《温岭丛书》甲集第二十四册

金寿祺集　吴观周集

江涵集　裴灿英集

陈一星集　屈莅纕集

屈蕙纕集　赵云崧集

ZHEJIANG UNIVERSITY PRESS
浙江大学出版社

总目录

金寿祺集

［清］金寿祺　撰

徐三见　点校

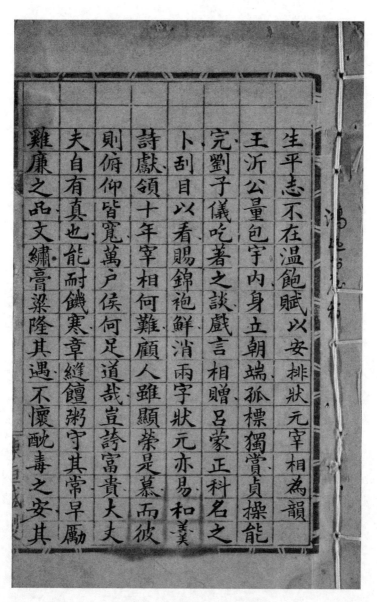

生平志不在溫飽賦以安排狀元宰相為韻

王沂公量包宇內身立朝端孤標獨賞貞操能

完劉子儀吃著之談戲言相贈呂蒙正科名之

卜刮目以看賜錦袍鮮消兩字狀元亦易和美

詩獻領十年宰相何難顧人雖顯榮是慕而彼

則俯仰皆寬萬戶侯何足道哉豈誇富貴大夫

夫自有真也能耐饑寒章縫饘粥守其常早勵

難廉之品文繡膏粱隆其遇不懷酖毒之安其

小有天園雜著、

太平金壽祺蒂齋著

男 潤棠雨梧敬校
孫 嗣獻諤軒謹輯

宗譜序

粵稽綺爻脈注在天麗宗正之星孤竹空桑太古衍神明
之冑以及箴禧侵姞開寶籤於皇條任宿句須溯瓊圖於
帝系莫不華穩胤祚貴列宗潢第以高陽氏所遺屈景徒
得其苗裔陳胡公而上夏禾䔬其源流有耀自佾無徵
不信降自後世漸變古風司商廢協姓之官故府失立宗
之法姓與氏混何知袞有德而旌有功崇由事歿誰省別

临海市博物馆藏《小有天园杂著》书影

点校说明

《金寿祺集》分《小有天园杂著》与《鸿远书屋稿》两部分。

金寿祺（1835—1880），字祉受，号苭斋，太平琛山（今温岭市温峤镇琛山）人。邑诸生，尝七赴秋闱，六获荐拔，终不得志，咸丰十一年（1861）名列第一，仍为第二者所得，人皆叹惜，而金氏处之夷然，曰："科名者，衣服。学问者，身体。身不修而华其服，奚裨为！"自是益立志于学，自题其室曰"师果"。性好子史家言，平日虚心取友，所交多知名士。后捐资得教职，署浦江教谕；又改捐同知，晋三品，授荣禄大夫衔。寿祺家饶于资，热心公益，如修建县廨、校士馆，建宗祠，修族谱，均悉力为之。尤喜收藏，储书甚富，不虞卒后俱毁于火。其孙嗣献，能继其志，搜罗乡邦文献不遗余力，刊刻《赤城遗书汇刊》16种57卷，亦可谓继祖业于不替了。

苭斋先生所著有《两论题解集正》4卷，《鸿远书屋诗抄》4卷，《允笔余吟》2卷，《师果斋文抄》6卷，《小有天园杂著》2卷，这些著述于光绪十六年（1890）回禄之灾中都成灰烬，其子若孙竭力搜访，"仅得序传四篇，经艺十余篇，……近数年来，复得书牍三篇，都为一书，经艺则另录之，仍其旧名，曰《小有天园杂著》"，嗣献于民国四年将其刻入《赤城遗书汇刊》中。所幸的是，临海市博物馆尚藏有《鸿远书屋稿》残存一种，字用楷书，书法工整，内不分卷，外无书皮，故亦不见书名，也不知原本有无目录，仅于现存首页右下侧得见淡墨行书"鸿远书屋稿"五小字。又，书稿少许篇幅有过改正，其中《台州团练保甲议》一篇改动最多，前后不下十余处，如"其器分藏于各董事家"，改成"其器藏董事家"，其下又插补"或一村有五六家富户，亦准分藏造册报明，如有弊端，总责成于董事"，插入之字为行书，由此推断，《鸿远书屋稿》似为苇斋先生自行手录，且有所审改。稿中所收，计有赋8篇，经艺杂论17篇，诗16首（五言9首，七言7首）。此稿未经编次，故或赋或诗或经艺杂论先后杂出，应该算不上定稿，尽管如此，增此数十篇文字，于苇斋先生而言，亦算是不幸之大幸了。此次整理，先《小有天园杂著》，次《鸿远书屋稿》，内中篇什序次，均保持原貌，为清晰眉目与方便检索，整理者为之编一详目。校勘方面，因无对应本子，只能对一些明显错字和避讳字略作校改。

　　不当之处，敬请诸行家读者不吝指正。

徐三见

2015 年 12 月

目　　录

小有天园杂著

清故荣禄大夫苫斋金君墓表
王舟瑶

同郡金嗣献谔轩,劬书慕古,好表章乡邦文献,余既铭其考中宪君之墓,一日,又贻书求表其大父教谕君之墓,余久未报,谔轩请益坚,余念谔轩之孝思,又以其表章乡哲之举,实肇始于教谕君,故未忍终拒。按状:君讳寿祺,字祉受,苫斋其别号也。太平水洋金氏,其先本氏刘,为唐节度使沔之后,至五代时避吴越王镠嫌名改氏金。曾祖讳德友。祖讳珣,例贡生。父讳雅奏,附贡生,归安学训导;母赵,继母张,赵三世皆赠荣禄大夫,妣皆赠一品夫人。君幼颖异能文,为诸生,同辈咸治举子业,君独喜子史家言,斐然有纂述志。既而补廪膳,七赴秋闱,六获荐,卒不售。咸丰辛酉,值选拔期,君名列第一,而竟为第二者所得,人咸为君惜,而君处之夷然,曰:“科名者,衣服。学问者,身体。身不修而华其服,奚裨为!”繇是一志于学,榜所居斋曰“师果”以自励,且虚心取友,所交多知名士,入赀得教职,署浦江教谕。时值洪、杨乱后,继以凶荒,人文賷落,弦诵阒然,君锐意振厉,凡书院之颓废者为延师以课之,生徒之无力读书应试者捐俸以给之,文教为之一振。大吏闻其贤,调署昌化,其教亦如浦江。既而改捐同知,归部铨,并晋三品，升衔加三级，得荣禄封典归。君性好义，又饶于资，家居纂修族谱，建立宗祠，力任其难。邑有大举，如建县廨、校士馆等，亦惟君是赖，且爱储书，而于乡哲遗著尤拳拳，收藏甚富。君殁十年，家不戒于火，悉委灰烬，故嗣献亟以搜罗故籍为事，继君志也。卒在光绪庚辰二月，年四十有六。所著有《两论题解集证》四卷、《鸿远书屋诗抄》四卷、《呎笔余吟》二卷、《师果斋文抄》六卷、《小有天园杂著》二卷。配王夫人，后君十四年卒。合葬于县西乡之琛山。子三人：长燾，同知职衔；次镳，盐提举职衔；次润棠，松江府经历保升知县。女二人：均适士族。孙五人：长即嗣献，湖北候补州同知；次学任、学仕、学杰、学伊，幼。女孙四人。吾台在宋明时魁儒硕彦飙举云兴，学业勋名照耀史乘，然不数传辄归零替，如杜清献、车玉峰之后，不第继起无闻，即读书识字者今亦无一人焉。昔戴参政豪谓："吾乡虽有名山秀川，终僻在南裔，不能比中原之宏深博大，士生其间，受才多清，受气多薄，而受福多不能大以退。"吁！其信然邪？若太平金氏，虽历世未闻有显达卓著之彦，然读书尚义，富而好礼，在元明时即有闻于世，如千户用嘉，太学如璧，琴趣处士镛，松屿处士钘，屏山处士洼，六合训导凤魁，敬斋处士枝，尚斋文学炮，一山文学听，其行谊志节见于黄定轩、谢桃溪、夏赤城、黄久庵、叶海峰诸《集》者班班可考，至今代历数十，年踰数百，而故业依然，流风不替，读书稽古，急公好义之士接踪继轨，犹有如君者，盖累仁积德，未振襮于世，故蓄之而弥长欤？抑贻谋独远，实远胜于他人，故子孙足以世守欤？余于是叹金氏之多贤，而无愧吾台之旧族也。故特表之，以为世之守富者劝。甲寅春月，二品顶戴广东候补道黄岩王舟瑶谨撰。

宗谱序

粤稽绮交脉注,在天丽宗正之星;孤竹空桑,太古衍神明之胄。以及箴僖僾姞,开宝篆于皇条;任宿句须,溯琼图于帝系。莫不华标胤祚,贵列宗潢。第以高阳氏所遗,屈景徒传其苗裔;陈胡公而上,夏商未著其源流。有耀自他,无征不信。降自后世,渐变古风,司商废协姓之官,故府失立宗之法,姓与氏混,何知襃有德而旌有功;宗由事分,谁省别以生而缀以食!自世本详于《汉史》,族志载在《唐书》。推叙昭叙穆之伦,姓略著于《高》《路》;本率祖率亲之义,系篆启自欧、苏。谱学斯兴,宗人允赖。然而齐梁慕势,漫托簪缨,魏晋崇华,竞高阀阅。道或分南北,眷亦别东西。蝉冕美王氏钑镂,乌衣开谢家荣戟。八龙两骥,耀后来之秀令;五马三狐,夸累世之方雅。是皆铺张鼎族,攀附甲门,虽自炫其宗盟,终无关于谱系,固未有濡毫纪实,序牒练真,开图篆于两朝,联本支于百世,如吾宗金氏者。夫金提为伏羲之佐,金天实少昊之传。张掖秅侯,珥貂七叶;仁山吉父,俎豆千秋。如彼豪华,自应翘瞩,然无故实,未敢攀援,盖吾宗固胎息于河中,亦本原于刘氏。其肇基也,开藩坐镇,建节钺于三唐;其绳武也,破房酬庸,拥旌旄于八闽。而乃潢池煽乱,幕府筹防。欲奋鼓鼙,则受命惟闻招抚;第坚壁垒,则纵寇易致披猖。当群飞之刺天,难一木以支厦。于是还朝告急,航海言归;胡期贝锦兴谗,诏书责谴。谪越州之司户,忧愤捐生;开虎阜之佳城,悲凉会葬。天乎!不吊公也何尤?洎夫四世踵兴,二难继美。恢张材略,倾动公卿。跂伯仲之声华,下指挥之征辟。时则河山割据,戎马仓皇;志在归田，身难许国。休居大都会，父命为尊；耻事小朝廷，乱邦不入。挈家去越，来寻隐士薛萝；易姓从金，好谢霸王缫帛。固贤者之避地，亦哲人之知几。厥后仲则花种河阳，携两髦以归邦族；伯则籍占台峤，衍一枝而创门楣。本流寓之寄公，作开基之始祖。武阳世阀，未即堕于何绥；万石家风，已稍衰于阿庆。缘室家之播越，致世系之陵夷。祚薄门衰，如李密之式微者几易世；族单地僻，若刘卞之寒悴者百余年。求其代不旷僚，世能绳祖；于今为烈，自古其难。而况历宋元之朝，时丁未造；稽金刘之绪，姓系互更。当夫泥马行空，石人挑动，一则偷安吴会，喋口北廷；一则窃据庆元，争雄东浙。惧干隐讳，与完颜之部落混同；恐嫉清门，鉴陈氏之剪屠惨酷。爰销声而匿迹，屡迁地以易宗。其间劫换红羊，符飞赤爵。洵是山河不改，阅两代以兴亡；匪惟闾井无常，感一家之荣悴已也。载稽家乘，参阅艺文，喜世次之甚明，如家珍之可数，八世而创垂图篆，九世而再造门庭，十三世而云浦受釐，十九世而水洋著姓。居铜川者六代，至文中子始发祥；衍杜派者五家，惟赵郡中独称最。由是分之为七巨族，合之成三大宗。笃桑梓之敬恭，蔚其簿阀；望水云之搏击，郁为鼎门。地望无双，子孙不亿，名节风教，世为衣冠。顾瞩资科名文章，人皆台阁清华选。虽宗无显宦，竞等华侪；幸代有闻人，善明支系。韦宗七卷谱，房略辑自韦绚；褚氏一家言，行传修于褚结。先世或间资名宿，后来要无愧前修。诚以鼎鼎百年，瓜绵旧蔓；绳绳一线，桐擢新枝。户各丁添，食何啻一千指；系由庚续，世已阅三八传。宜溯源而寻流，亦垂颖而顾本。堂基肇造，推祖继祢之贤；芬响聿追，将缌小功之察。盖所以笃鸠宗之志，而收貂续之功者，诚亟亟也。至于从一迁再迁之际，推改姓复姓之由，似可摭所见闻，藉以明其义例。如"枣据"之"枣"转为"棘","束皙"之"束"[一]出于"疎"。汉安帝兴,"庆"易为"贺";王审知乱,"沈"改为"尤"。范宣子之系为唐,从杜从韦,历四朝而始系以范;文潞公之宗本敬,偏文偏苟,阅百岁而终定为文。顾此屡复而屡更,犹为异宗而异氏。若夫白水村内,世祖潜宗;天目山前,真人建号。亦复隐姓使卯刀并去,审音与留住同更。卯金本谪星,天以为吾宗之姓;炎刘皆世裔,人不忘故旧之门。斯则联二氏为同宗,历千秋无异轨,正不等卢、雷袭误,虢、郭沿讹。陇西启驼李之嫌,京兆示犊韦之别。甚至高平旧族喧呶,沈约弹章;河内沈碑胶结,安生讼牍。等橘槐强合,如桑柳寄生。无益宗祏,徒资笑柄。则凡鱼冠郑,狐带令,赵附巫而称姑,方冒相而呼伯者,况而愈下,等诸无讥。兹谱上述灵源,下寻的派。汇云礽于群从,绵似续于各房。不觊靡以旁连,无缕褫以滥入;序疏属而非繁,列存疑而弗略。他若兆域必详,禀诸官礼;诗文并附,比乎楹书。幸祖武之绳其昭,孙谋而贻厥所。愿横湖森森,占流泽兮孔长;方岳峩峩,与宗祧以终古。至如董修之劳勚,襄事之勤劬,端牍另详,掺觚不赘。

校勘记

〔一〕"束皙"之"束"原刻作"朿"。今予订正。下同,此误者均径改,不一一出校。

林母蒋太孺人穆行序

　　夫椒铭鞠颂,汗简扇其清风;竹葆松幢,贞珉镌其苦节。苟非阐崇规于篆素,踵美前徽,何以扬芳矩于佩彤,延光累叶。而况荒庄伏处,谁操壶史之觚;净土皈依,已灭氍县之相。如我林母蒋太孺人，尤当得而亟述焉。孺人者，盖锡旦赠公之继配，而紫庭上舍之尊慈也。幼循内则之仪，长肄女师之诫。佳耦曰配，续昔干于鸾胶；静女其姝，缔新盟于雁瑟。人皆称为邦媛，家亦爱其闺姆。固已嗃嗃不占，媞媞自好。内尽藁砧之助，妇式无愆；上承潇灑之欢，姑恩有曲。况复良人遘厉，健妇持门。茶苴虽甘，蓉菔自苦。综览夫男钱女布，焦劳在旰食宵衣。以故料理米盐，常操量鼓；储收姜蒜，不挂屏风。惟家政之克修，斯阃仪之益谅。既而心齐一袜，怀堕双铃。白首盟长，红颜命薄。勤斯鸒子，方销螺蠃之忧；哀矣望夫，遽兆龙蛇之梦。偏弦自奏，大厦独支，斯诚恨欲摩笄，身难化石者矣。繇是未明警旦，辛苦长斋。袖倚竹以忘寒，鬓飞蓬而却沐。洎乎佳儿既冠，凤卜双谐；快婿连镳，雀屏迭中。金昆玉友，都董黉舍之声；姒妇婴姑，共效彩衣之舞。始觉灵花香胜，谏果味回，固禔祉之有征，因报施之不爽。孺人乃益修善果，广种福田，义重嵩衡，财轻箅箨，庇暍人于夏樾，延壶士于春桑。布金修佛子之因，斲斛受夫人之号。而且千盘鸟道，尽辟康庄；一粟鼍梁，咸歌利涉。以敦乡里则千石之券燔，以散亲交则百缗之钱尽。阴德诚符乎三传，义声爰播于六姻。无如磨蝎临宫，枭鸱毁室，薪燃曲突，焰卷长空。值火德之司时，遭祝融之煽虐，维时园林瓦砾，庐井邱墟，万般惟剩劫灰，一炬可怜焦土。孺人于是荼心耐苦，棘手操劳，收灰烬之遗，殚经营之力。思一椽之可庇，容膝自安；虑百堵之皆兴，燃眉谁解？孰意工师削墨，潜崇轮奂之规；衲子呈材，巧挟侵渔之计。出诸意外，堕其术中；囊橐既倾，钗钿复质。迨室家之再造，已门祚之中衰。遂乃货膏腴，偿逋负，权出入，籍赢余，招旧雨之宾，析旁风之产。虽治生无计，渐嗟北道之贫；而娱老有赀，独就东家之宿。

加以群孙绕膝，头角峥嵘；季子承颜，色容愉婉。即使菀枯异遇，今昔殊情，固可种萱草以忘忧，履绹綦而独乐。今者贞柯憔悴，宝婺迷离；寿域初登，化台已筑。证妙因于般若，享纯嘏于古稀。元壤一抔，妥幻相优昙之魄；丰碑八尺，铭含章漆室之贞。固不徒采入輶轩，彤徽振美；且定卜荣邀绰楔，紫诰褒封也。谨摅巴里之言，藉表桓嫠之行。是为序。

楼旗小宗祠记

祠堂之名，始见于宋文潞公家庙碑。当时有建于墓所者，有立于居室正寝东者，要之岁时崇祀，法制相沿，即古所谓"士庶无庙，祭于路寝"之遗意也。小宗者，由大宗等而下之，所以分支别派，与《礼经》继祢之义名同而实异。吾族自云浦发祥，子姓蕃衍，既创建大宗祠，祀南坡公为宗主，而腰屿、孝母祠、东洋各立小宗，后分为七族，以故东、西、南、蒋，四洋各祖其祖，祖各有祠，而楼旗鼎峙其中，并号蕃昌，非茅、墙比，族叔祖慨峰公深以祠宇缺略为憾，慨然就墓侧废庵倡议改建，先广文韪其志，力赞成之，并挽先叔通奉公各贷巨金，而嘱族人玉成等为臂助，始得集事。堂庑落成，慨峰公谢世，其东西两楹与门闼五架则族舜廷叔勉承先志，节次踵成，而诸旧董与有力焉，然非得先广文暨先叔之义，始终资助，以成其美，则所费不赀，虑难为继，即成亦未必若是之廊庑崭新，规模具备也。祠与古刹邻，四围环以修竹，幽篁翠篆，蔚然与琳宫绀宇交辉映于山深林密间。其东则岭峤崔巍，其西则峰峦高矗，其南则遥岑列障，其北则空谷流声。又有野花着树，山鸟啼春，潭心印月，松顶奔涛，境则幽而深，堂则奥而静，用以妥先灵，修时祭，明神庶无恫焉。祠改建于道光十八年戊戌,其两廊则廿四年癸卯告竣,至咸丰六年八月三门始成,迤逦十数年,而祠宇完美,未始非陟降之灵所默于呵护也。今岁因增修宗谱,谨追撅其始末,而付之梓。光绪二年岁丙子十一月朔裔孙寿祺谨撰。

茂才孙君子翼传

　　夫士之怀才不遇,终老岩阿,卒至赍恨以终者,何可胜道哉?然或以志节显,以文章传,动忍增益,老而愈辣,穷而后工,一时负盛名,享大耋,其遗风高躅,流留于人间,亘百世而不可泯没者,由苍苍之别,有位置阨之而寔成之,此独不幸中之厚幸焉。若夫丰其才,啬其遇,而又靳其年,怀抱利器,名不出乡邑间,淹忽十余年,遽尔溘逝,命之穷遇之阨,固未有如我友孙君子翼之甚者也!君讳绳武,少失怙,母郑太孺人苦节抚育,赖以成立。幼聪慧绝伦,读书目数行下,弱冠与余同笔砚。先君阅其文,谓余曰:“此不羁材,尔曹朝夕与居,当视为畏友,不当昵为好友。”同塾四五年,遇试辄列前茅,年二十四补博士弟子员,逾年即食饩,声噪一黉,人咸以翰苑期之。君亦厚自许。每当酒阑灯炧,泣然谓余曰:“寒门不幸,先君弃养时甫离襁褓,母氏劬劳逾二十载,大丈夫不能显亲扬名,区区奉养服劳,何足为孝?”闻者韪之。平居自奉俭约,缊袍敝屣,寒素自如,性和而介,处乡党朋友间,尔雅温文,无疾言遽色,亦未尝为青白眼,然不妄交一损友,不妄取一文钱,雅量高致,朋辈中咸自谓不及。自游庠后,远近耳其名,争执贽为门下士,设讲帐近十年,束脩岁积,家渐裕,无尸饔内顾忧,遂慨然有乘风破浪志。每自言:“为村学究如局促辕下驹,何时得扬眉吐气?

徒以萱堂衰迈，家无次丁，且膝下荒凉，窃窃顾虑，不能如愿耳。"岁庚午秋闱被黜，郁郁不得志，阅数月遂病，日渐尪羸，独力疾赴鲸山乡塾，长至卷帐归，病已剧，百方医治，讫无少效，遂于岁除前四日谢世，时年三十有六。呜呼！君竟死矣！君生长穷乡僻壤，间遭逢盛世，既无名公巨卿推挽于前，又无高节畸行振荡于后，惟图以科目进身，习帖括业，其所为文半揣摩时尚，冀合于宗工之绳尺，年未强仕，不暇顾身后名，求所谓以志节显，以文章传，皆不可得。君子疾没世而名不称，死者有知，当含恨于九原也。今岁春，族人举修宗谱，请余序其遗行，以为家乘光。余不敏，虽不足以传孙君，然与君交最深，又同乡同学，晨夕过从，熟知其性情言行，因书其略迹以为后之传孙君者告。

上某夫子书

迭荷慈培，未申清觌，缅想辉荫，渺隔山河。去冬接读乡同门郎仁圃孝廉一函，道及驱车省会，立雪师门，延访庸愚，宠加宏奖，识焦桐于既爨，衲顽矿于在镕。是则玉尺频衡，声价业长夫结缘；金针欲度，命提特出于垂青。故而衔命腾书，约期修贽，俾承陶铸，勉竭驽骀。意者，陈文举之疏章，虽虚荐鹗；傍李膺之几席，即是登龙。嗟乎！何夫子之爱才若此，而贱子之辜恩如彼。静言思之，且感且愧。入春以来，拟修芜启，藉表葵倾，只以村舍幽遐，驿程间隔，故虽感知慕德，位并蛇珠，终致积日累时，音沉雁杳。区区此意，负负徒呼，月之初旬，晋谒新任邑侯孙柟盟司马，款接殷勤，宠光优渥，道与夫子以珂乡故旧，作墨绶寅僚，常日盘桓，近邻洽比。省公门之桃李，兼下体之菲莪。虽白未识韩，而杨尝说项，以故藩辕听鼓，久饮香名〔一〕，海峤分符，先探芳躅，凡兹宠贶，实出慈嘘，既赭汗之交颜，益丹忱之如结，云龙欲逐，风马徒睽，未审何时得申良晤也？夫子以玉笋之清班，试铜符之□秩。偶权缗算，心倍凛夫四知；迭主文衡，目不迷于五色。因而上游群钦才望，同官交挹德辉。虽怀刺三年，未试种花之手；而披云一宴，终欢捧檄之颜。罣误何嫌，升迁在即。所望双凫飞到，隶仁宇之帡幪；行看五马驱先，接康侯之晋谒。风前引首，露祝倾心。祺才陋雕虫，命临磨蝎，久荒学殖，有愧士林。寻秃笔之生涯，十分自误；耐寒毡之况味，一样可怜。砣碌一身，蹉跎廿载；敢陈梗概，少达悃忱。忆自弱冠游庠，逾年食饩。继惨室家之灰烬，兼造庭庐；随伤怙恃之凋零，兼持门户。嗣复寇深乡里，忧烽燧之连天；续因官冷广文，泊琴书于异地。是故十年未读，恨抱韦编；五荐不售，羞操觚觚。所幸名心渐淡，悟鹿梦之原虚；却教恩眛难忘，报雀环其奚觅。伏冀时颁槩训，少牖樗庸，斯忝列门墙，非徒守大节在三之诚；抑且永依杖履，定当结没蜀不二之怀。感在笔先，泪随声下。倘逢暇日重度省门，另容抠谒崇阶，追随函丈，谨熏寸牍，肃具饼金，聊代执贽之雉，敢充束脩之羊，幸赐哂存，曷胜拜祷，江天在望，延跂维劳，此请升安，希惟斗照。

校勘记

〔一〕"名"字似为"茗"字之讹。

与陈某书

人生既无绝大勋业照耀千古，复无数百卷书流传不朽，亦太寂寞。吾太得二人焉,如鹤泉、壶舟二丈,或可庶几也,足下勉之哉!盱衡当世,固是我辈应命之时,然自顾一身,不足以夷难而靖患,何如择处山深林密中,与尘世隔绝之处,聚古今坟典数万卷,朝稽夕考,求其指要,然后会归于五经,折衷于四子,畅达于六艺,藏器于身,待时而动,即至老死空山,将平生所得之故,作为文章,藏之名山,传之其人,真是吾辈中绝大事业,以视掇巍科,取高第,其身既死,其名不彰者,相去几何哉!吾子天资明敏,与二君实堪伯仲,工夫向上一着,则俯视而众山皆小矣。故人相隔百余里,经年仅达一函,又不作寻常寒暄语,此以我二人相契之深,而相期之远也。使世之大人先生者见之,不叹为愚,定斥为狂矣,非足下其谁语哉?近作几何,可录一二赐教否?闻浣兄有瓯江之游,新诗定满行箧,足下何不同行也?今归来乎,为我讯游兴若何?高堂二人,定获遐祉,足下攻苦之余,亦当以摄生为要,老氏五千言,虽与圣道乖谬,然以处乾初履二之时读之,实非无益。足下暇日希一寓目,节取焉可也。语无斟酌,乞赐钩海为幸,余不赘。

与临海某君书

客冬话别,蟾影重圆,新岁忽来,鸿宾尚滞。猥蒙惠问,未答寸笺,临楮墨而依依,对梅花而怅怅。恭维新祺安燕,侍祉吉羊,属在心知,定符额颂。弟材原樗栎,敢希豹变之奇;才谢圭璋,安望龙头之属。抚形向镜,惭愧交并,铩羽之伤,固亦其分。今虽卷局阛阓,伏息山林,只图藏拙之谋,敢作问天之语。足下学深蛾术,技括龙雕,照人则肝胆常悬,觌面则襟期可挹。以兹鹤立,自合鹏翔,勿忧刖足之频经,自卜扬眉之有日。所愿只求自反,勿遽尤人,保身同圭璧之珍,力学戒嬉游之习,秋风在即,左券堪操矣。伏维衡鉴不宣。

跋

金嗣献

　　於戏!此先大父茚斋先生之遗文也。先大父著有《两论题解集证》四卷,《鸿远书屋诗抄》四卷,《吰笔余吟》二卷,《师果斋文抄》六卷,《小有天园杂著》二卷,光绪庚寅,家不戒于火,悉付灰烬。当火起时,先父中宪公与叔父雨梧先生往救,而势已燎原,不可向迩,仅以身免。自后先父与叔父竭力搜访,仅得序传等四篇,经艺十余篇,故先父易簀时谆谆以收复遗书为训。近数年来,复得书牍三篇,都为一书,经艺则另录之,仍其旧名,曰《小有天园杂著》。嗟乎!小子无似,未获访其全璧,致使楹稿零落,中夜扪心,抱疚无已,然吉光片羽,手泽可珍,谨为编刊,非敢问世,藉以示诸后人云尔。乙卯夏五孙嗣献谨志。

鸿远书屋稿

生平志不在温饱赋 以安排状元宰相为韵

王沂公量包宇内，身立朝端，孤标独赏，贞操能完。刘子仪吃著之谈，戏言相赠；吕蒙正科名之卜，刮目以看。赐锦袍鲜，消两字状元亦易；和羹诗献，领十年宰相何难。顾人虽显荣是慕，而彼则俯仰皆宽；万户侯何足道哉，岂夸富贵！大丈夫自有真也，能耐饥寒。章缝饘粥守其常，早励鸡廉之品；文绣膏粱隆其遇，不怀鸩毒之安。其志也，修齐在抱，胞与为怀。作圣希贤恐后，光风霁月无涯；达则冕旒治赞，穷则薇蕨隐偕。屈似寒蝉，那识炎凉俗态；贪惩封豕，岂甘饕餮同侪。不为悦来之境圂，悉由有主之心斋。虽范叔敝衣，绨耻受于魏臣之邸；虽子胥无食，箫耻吹于吴市之街。初何烦绶若印累，垂绅焜耀；更奚事山珍海错，盛馔匀排。且夫欣厌者世情，浮沉者习尚，贫窭欲辞，豪华共望。其未得温饱也，裘与共而难求，粥嗟来而不让。牛衣涕泣，半通之命未邀；鱼钓生涯，一饭之恩无量。谓此时忍听号啼，果何日获优奉养？幸也挂簪笏于庭中，列鼎钟于座上；服不衷而致人讥，竦乍覆而兴官谤。出是麒麟之楦，福亦称庸；出供虎豹之餐，罪真无状。而不然者，芦披为絮，菜咬其根；缊袍独立，菽水图存。今即纱笼锡宠，琼宴蒙恩；个中别有深情，冰渊自惕。此外原无长物，口体何论。

羡他谏议质衾,棘嗟栖凤;陋彼宰衡伴食,庭咏县狟。热不因人,试减伯鸾之灶;饥能忍己,勿尝重耳之飧。卧布被兮终身,俭师晏子;靳杯羹于一勺,悭笑华元。故当日者趋向必端,穷通不改;衮补九重,饴含四海。志莫先于正君德,宵旰维勤;志莫大于厚民生,税租宛在。志存进善,弹冠皆孙奭之贤;志切锄奸,借箸定允恭之罪。禁应天之里门飞帽,妖术都穷;劝惟演以药石名言,良箴可采。两宫和后,母子尽可解推;五害陈时,苍赤皆无冻喂。报国为先,谋身有待。苟非寡欲,而志励廉隅;安能效忠,而志无荒怠。所以庸车服于庙堂之上,望重平章;调盐梅于鼎鼐之中,位尊冢宰也。是知志贵洁清,志当高抗。操存乃内课之真,驰骛尽外来之况;英雄以磨炼而才成,豪杰以穷愁而气壮。士有韦布萧条,箪瓢惆怅;上不以鱼袋分荣,下不以猪肝相饷。一旦龙标夺锦,寒温可笑人情;连番鹤俸增钱,醉饱敢忘君贶!遭逢虽极其丰亨,心性仍昭其幽旷。但得章身果腹,便幸少康;何须轻暖肥甘,争夸新样。此际国家黼黻,社稷臣业冠古今;他年俎豆馨香,凌烟阁名传将相。

赋得团扇鲛绡画凤文 得文字五言八韵

制此团圞扇,鲛绡皱细纹。轻疑蝉晒翼,画出凤成文。
诗怨传班女,书工倩右军。珠光携处溢,缥影却时分。
尾诺随机应,仪来运笔勤。扬仁贤守誉,近事放翁闻,
质薄凉裁月,声和响遏云。空空真妙手,梦吐思超群。

台州团练保甲议

自来保甲之设,昉于《周官》。比闾族党,使之相保相爱。厥后管子行于齐,商君行于秦,皆有富强效。至汉唐而法未废,宋王安石卒以此坏天下,议者遂谓保甲之法宜古不宜今,非通论也。试以台州言之,大僚下一令,有司以奉行为故事。悬门牌,设董事。有城局董、乡董、庄董、村董。为城董者,乃奸贪巧诈之人为之;而一时之求乡董者,贿城董;求庄董、村董者,因乡董而并贿城董,如谋官缺然。既得一谕,辄武断乡曲,包揽词讼。凡民间钱债田宅,一涉细故,口角必请董事。为董事者,心秤不公平,或以恩怨而下上其手,或图财利而挑唆其事,甚且恫疑虚喝,托官竖子而结党,势以喷制。众心不服,欲和事而反生事,则讼狱之繁,皆保甲害之也。古者兵器,止弓矢刀剑,今加以火器,其利十倍。毛匪后刘守治台,民间私藏洋枪者有罪,当私兵者杖押,而六邑遂无吊禁聚众之风。今因保甲令行,民间可藏洋枪,富者十余枝,贫者亦市一二。无事则游手好闲,登山林而猎禽兽;有事则挟枪扣弹,争以毙命为能。董事置之不问,官亦不责于董事。尤可恶者,董事喝众,或为本村渠魁,或助邻村械斗,以故近时火器伤人之案,不可枚举,则人命之多,亦保甲害之也。古者保甲,即寓兵于农之意。本无粮饷,未尝日日操练。今有一种地棍,聚徒数十,号曰小队,俨然保甲兵。试问其所需兵费,非劫夺即勒捐。口称为官擒匪,其害甚于土匪。佐贰衙门,畏其势而无可奈何。且保甲洋枪,不归一处,全无认识。无业之人,每好用此。日负之则曰保甲之器,夜借之即为盗贼之资。则土匪之多,亦保甲害之也。有此三害，即稍有益处，功不补患。保甲当废矣甚明。虽然，何可废也，亦奉行者不得其道耳。古之为保甲长者，必修行为善之人，赐帛赐爵，异于齐民。今欲立保甲，必先择董。城间总董，当举一二忠信清正之绅士。令总董举乡董，乡董举庄董、村董。乡之董事无论绅耆士庶，皆可充当，但必须其家殷富，次则少康，其人诚实不浮。所举之人，务须画押。非其人者，并罪画押之人。官既郑重此事，使贪使诈皆可化莠为良。当斯任者，必尊礼之。入署即见，阍人不索袖金，公事准其用禀，密事准其投函，下情可以上通，捏情诬告者罪之。地方讼事，或查或讯，着原差邀同该董理处，明白后准其禀销。门牌造册，除男女人数外，注明某村丁壮若干，军器若干，无业之人，董事不敢明填，准其密函报知。每年冬节，文武官出乡巡视，先接见董事，后阅团练之兵，受规矩约束者有赏。洋枪刻明某村保甲字样，无此字者充公，其器藏董事家，或一村有五六家富户，亦准分藏造册报明，如有弊端，总责成于董事。每月开放一次，由官定期，火药炮子，向官售领。或平民私放洋枪，托名田猎者，责归董事。或用保甲枪，在本村聚众毙命，过邻村充当私兵以及为土匪者，持枪之人与董事同罪。董事自己无故亦不得用洋枪保甲兵。夜间有警，鸣锣为号，一村有盗，邻村皆集，即向该董及富户领取洋枪，用后即缴还，不得擅留。即或外夷有衅，乡团之兵多于官军，且熟识本地形势，未尝不可用。凡一切乡庄村董有能奉公报效，上益于官，下便于民，有司必赏之，大则保功名，小则给匾额。其庸恶陋劣者罚之，使人知劝善而惩恶。化善为良如此，则可以保国，可以安民，可以弭盗，可以张中夏之威，可以慑外夷之胆，富强之效，莫急于是。保甲之有利无弊，不仍甚宜哉！

李广射虎 七律不拘韵

山中奇石虎无殊，欲射先弯满月弧。幻相点头疑白额，健儿豪气是黄须。林寒一啸腥风卷，火烈三更激电驱。绝技后来谁可继，废亭贯矢溯东吴。

苏武牧羊

牧羝海上泣忠魂，雪窖冰天掘草根。白发盈头愁节落，黄沙满地剩毡吞。数千里外皆歧路，十九年中尽触藩。归汉酬功惟典属，几多烂胄受君恩。

祖逖闻鸡

中原逐鹿事无成，起舞闻鸡是祖生。警我酣眠催蝶梦，邀君静听异蝇声。英雄坐老愁三唱，岁月奔驰到五更。猛着先鞭争奋发，一鸣定可使人惊。

王猛扪虱

扪虱高谈礼节疏，中原余子尽搔除。幺么不敢缘须上，痛痒相关释褐初。飞卫悬时形若此，之才觅后快何如？他年御览诚尊贵，汤沐酬庸庆乐胥。

练兵实纪书后

明戚少保者，名继光，字元敬，定远人。世袭指挥，官都督。隆庆二年，总理蓟州、昌平、保定三镇。万历二年春[一]，朵颜长董狐狸及兄子长昂，犯喜峰口，少保击败之。冬，长秃复入寇，少保禽之，狐狸、长昂率部属叩关请死，乞赦长秃。少保遣将受降，皆罗拜，献还所掠人，攒刀设誓，乃释长秃，许通贡如故。在镇十六年，守甚固，议建敌台千二百所。台宿百人，二千里间，声势相接，又立车营制、拒马器，节制精明，器械坚利，蓟门军容为诸镇冠。其教训将士，著《练兵实纪》九卷、《杂集》六卷，其中《练法》六篇，讲求练兵之术，《杂集》五篇，军中条议法制，其词明白如话，俾军士粗知书者，皆可讲解，了然于心目中。此少保之所以为名将也。今之为武臣者不然，幼未尝就外傅，《春秋》大义，历代史书，毫不寓目，至于孙、吴兵法，颇、牧奇谋，死守之方，战胜之略，驭将驭兵之道，天文地理之奇，皆茫然不解其何故，惟是冒军功，市世袭，善夤缘，纳贿赂，侥幸而窃功名，观其履历，不无劳勚，而乌知其以张代李也，抑或身居异地，未获一匪，未临一阵，当路者滥保之耶！故其居官之日，高车驷马，趾高气扬，专以声色货利、膏粱文绣为娱，而且生患得患失之心，要结权贵，凡文臣有势力者，即行苞苴，求其保荐。所管兵丁，旷名浮额，百人之中，多则八十，少则四五十，上宪受其贿托，置而不查，即查实亦不罪。每岁虚縻国帑无数。屯驻之处，见土匪不敢追击，匪一去则索诈良民，诬以窝藏之罪。军中约束不严，兵勇擅入民家扰害。至于训练之道，彼素未闻知，且视以为分外事。一旦变故猝乘，敌人轻之,大僚责之,军士贰之,民心恶之,彼即欲矫言忠义,勉强出战,谁为之用者?无怪其望风而逃,临阵而退,败北而降,国家大事之坏,实此辈执其咎也。武弁之类是者,十有八九。嗟乎!身食朝廷之禄,父母妻子皆受厚恩,不思所以报答,竭股肱之力,效命于疆场,反至于误国殃民如是,复何有面目立人世乎?闻戚少保之风,其亦可以少愧矣!

校勘记

〔一〕历:原作"圣讳",盖避乾隆弘历讳,今回改。按:以下同此者亦径回改,不复出校。

海不扬波赋 以德及于水海不扬波为韵

昔周成王之世,垂拱凝休,永清建极;鱼跃呈祥,鸿畴作则。八百年带砺初基,三十世本源已植。葵来西旅,愿为率土之滨;雉献南蛮,尽是同风之国。海若效灵之日,共沐皇恩;波斯入贡之年,群钦帝德。则有越裳氏者,琼岛身栖,珠崖地湿;蚁慕诚输,凫趋意急。感丕冒之风声,效率俾而云集。是王者之上仪也,何妨航海而来;知中国有圣人焉,窃愿奔波而入。濙陂僻处,惟鱼鳖之与游;夷夏难通,如马牛不相及。谓我小邦海隅生长,海宇幽居;海市之惊涛汹涌,海楼之骇浪吹嘘。故其波之扬也,源通砥柱,气接尾闾。沐日浴月之时,双丸耀彩;抉岸排山之势,万壑凌虚。当兹向若徘徊,已望洋而叹矣;谁克逐流上下,果乘桴而浮於。乃今则不然,河伯靖威,阳侯戢技;练软铺银,澜平漾紫。珠光与贝阙交辉,琼树与琪花竞美。沧溟夜静,腾皓魄于鹏程;渤澥晓澄,霭祥云于蜃市。比夏廷之称渐,被治及莫川;岂唐室之警怀,襄灾忧洪水。则见鳞屋结华，龙堂绚彩；渔人击棹而歌，舟子挂帆相待。蚌胎珠孕，珊网都收；鼋架梁成，石华可采。就令湖飞白马，空际而回；试看池浴金乌，中央宛在。踏芦枝而可渡，无非沧浃之余波；悬蒲席以遥通，恍震声灵于薄海。是盖膏泽如春，涵濡及物；举凡异域景从，悉本仁风披拂。来原重译，方壶峤历其奇〔一〕；今已三年，蜑雨蛮烟宣其郁。不复浪翻飓母，幻境依稀；几回锦织鲛人，祥光仿佛。百川学至，任教纵苇杭之；万派朝宗，自是细流择不。斯时也，踪安精卫，命用禹强。鳌堪常负，鲸不敢狂；巨浸消其恣肆，奔湍息其汪洋。岛屿俱青，光连析木；水天一碧，景濯扶桑。天池地脉之间，安澜有庆；北极南溟以外，放棹何妨。海客乘槎，纪祥符之征验；波臣纳赆，知盛德之宣扬。方今圣天子璇枢宰运，玉烛调和，化普黄支乌弋，瑞昭书洛图河。灶突扬尘，煮盐获利；帆樯扬武，挽粟孔多。受海国之委输，冠裳日集；登海滨之珍错，玉帛星罗。所由成允成功，共沐一人之闿泽，会归会极，咸覃九有之恩波。

校勘记

〔一〕"峤"前应脱一字，估计当为"员峤"之"员"字。

赋得政平讼理 得循字五言八韵

为政先无讼，惟称汉吏循。持平由我后，上理洽吾民。
敏树千秋布，悬蒲片念仁。万几途守正，三尺法从新。
花县怀贤宰，棠阴爱后人。虎苛原自异，鹰鸷不同伦。
化已雎麟普，争应雀鼠均。盛朝曾建极，四境泽如春。

李广程不识将略孰优论

以成败论人者，后儒之俗见也。以必成必败论事者，识者之先见也。以所以成所以败论理者，圣贤之卓见也。古今将略，成败者不知凡几，而要之临事而惧，好谋而成，周详持重，动遵古制，其驭兵也似严而卒能成。妄更成法，自用师心，逞其材艺，简易率下，其驭兵也似宽而卒至败。如西汉李广、程不识，安边名将也。李行无部伍，止听自便，不击刁斗，省文书，远斥候。程不识一切反是，士卒多乐从广，而苦程不识。史两龁之，皆称其未尝遇害。与李类者如霍去病，自有方略，不学古人；班超荡佚简易，宽其小过；张巡不依古法，使士识将意，将识士心是也。与程类者，如周亚夫细柳营，李密令严霜雪，李光弼号令精明，岳飞军威难撼是也。之二人者，皆名将也，似无所谓优劣者。即以优劣论之，班掾为李立传，而程附之。李号飞将，而程无是名。李射虎没羽，杀射雕者，而程无是力。李数骑遇贼，解鞍纵马，贼弗敢击，又被生擒，腾胡儿马得脱，又在四万骑围中，射其裨将，意气自如，匈奴解去，而程无是智勇，则李优于程。上郡之役，右北平之役，李皆轻身冒险，侥幸生旋，而程不闻有是举；杀霸陵尉，杀降羌八百，而程不闻有是忍心；李从大将军出塞，失道自到，而程不闻有是祸，则程优于李。大约李豪放不羁人也，公孙昆邪谓其材气无双，自负其能；程拘谨有守人也，班氏称其直谏，为人廉，谨于文法。然则后之为将者，效李乎？效程乎？蒙请断之，曰效程。效程虽无大胜，犹不至大败。效李则幸而小胜，必至于大败。且效程不得，犹不失为谨厚之人，所谓刻鹄不成尚类鹜者也。

效李不得，流于纷更浮动之弊，所谓画虎不成反类犬者也。师出以律，否臧凶，李无部伍，律何在乎？军法计里而宿，李听其自便，法何在乎？为兵者多非良民，畏威则从令，肆志则妄行，将数千骑，犹可以惟吾指挥，设将数十万，而行阵不止齐，坐卧听自便，未有不乱次者。如李将略，可以驭良民，不可以驭悍卒。可以为偏裨，不可以为大帅。其弊一也。刁斗、文书、斥候，古人设此以警军防敌，亦有备无患之道，今一概撤之，则我无以自卫，数十里营垒，声气不通，谍者知我疏忽，乘间而攻，援兵一时莫及，未有不至于覆亡者。信如是说，史称为名将非与？不知有李广之才则可，无李广之才则不可。即有李广之才，而当日武帝逆知其弊，阴戒卫青者在此。其曰数奇，特饰说耳。青之所以沮广者在此，广之所以失道杀身者亦在此。儒者尚论古人，虽不拘成败之迹，而以理论之，究其所以然，宽者败道也，严者成道也。昔子产有言："火烈，民望而畏之，故少死焉。水懦，民狎而玩之，故多死焉。"治民如是，治兵亦何独不然。为将者将欲民之多死乎？抑欲民之少死乎？明乎此，而李、程之优劣不辨自明矣。

石工安民不肯镌名党人碑论

天下之熙来攘往于宇宙间者，曰名曰利。上焉者君子，为名不为利也。下焉者细人，为利不为名也。乃有为利之细人，善名则附之恐后，恶名则避之若浼，岂细人果闻君子之道哉？亦以好恶之公，是非之正，三代直道之存，未尝泯灭于人心，故虽编户齐民，亦以不屑不洁为耻。异哉！宋蔡京籍元祐党人司马光等百二十人，令州县立碑，石工安民，始辞不忍刻，继泣而乞免名，何其有士大夫之行与！夫史策三千年来，王侯将相，声称烂于一时，没则已焉，其名磨灭而不彰者，何可胜道！即有名而遗臭万年者亦不少，惟倜傥非常之人称焉。如齐南史，晋董狐，孙盛之《晋阳秋》，吴竞之《实录》，此其人类皆读书明理，谙古今事，故其笔削一归于正。不为一己之名，而后世卒以此名之。从未有居草野，亲贱役，以好贤恶恶为心，恨权奸之肆志，痛忠良之被诬，恧然不自安而深耻之如安民者，诚难得也！且夫宋室养士百余年，当蔡京立碑之时，大小臣工，无一人知非而直谏者，惟安民独耻之，耻己与其事，无以对诸贤于地下也；耻己之为小人用也；耻己之所刻，无以对天下万世也。其曰不忍刻，天良也。不敢辞，迫于势也。乞免名，自洁其身也。彼亦恐后世之误信是碑也，故不忍刻。彼亦知后世之必辨其冤也，故乞免名。而乌知安民之不镌名者，正所以得名乎？使徽宗当日以涑水诸公为贤，如汉麒麟、云台，唐凌烟故事，使安民刻石，彼必欣欣然鼓刀而前曰："斯役也，某也能。得挂名于诸公骥尾，荣甚，幸甚！"乃事竟有大谬不然者，此安民之所以欲逃名也，此后世之所以名安民也，此安民之所以细人而得厕君子之林也。宋之士大夫曾石工之不若也。噫！

《尧典》《月令》中星不同考

王者南面而治天下，仰以观于天文，视星之中，而知民之缓急。故授人时，重民事也。《尧典》"日中，星鸟""日永，星火""宵中，星虚""日短，星昴"，此中星也。《月令》"孟春，昏参中，旦尾中""仲春，昏弧中，旦建星中""季春，昏七星中，旦牵牛中""孟夏，昏翼中，旦婺女中""仲夏，昏亢中，旦尾中""季夏，昏火中，旦奎中""孟秋，昏建星中，旦毕中""仲秋，昏牵牛中，旦觜觿中""季秋，昏虚中，旦柳中""孟冬，昏危中，旦七星中""仲冬，昏东壁中，旦轸中""季冬，昏娄中，旦氐中"，此中星也。谨按：二书中星不同，《尧典》单举四仲，《月令》遍举十二月，其不同一也。《尧典》春夏冬曰日，秋曰宵，互举以见意；《月令》每月皆曰昏旦，其不同二也。《尧典》举朱雀、苍龙、玄武〔一〕、白虎四宿，每宿皆有七星，单举其七星中之第四星，故曰中星。《月令》论日月所会，斗柄所建之辰，星次西流，日行东转，东西相逆。若月初之时，则日在星分之初；月半之时，在星分之半；月终之时，在星分之末。凡十二月日之所在，或举月初，或举月末，皆据其大略，不细与历法齐同，其昏旦中星，亦皆如此。即如以春言之，昏自参而弧而七星，旦自尾而建星而牵牛，与《尧典》之星鸟异宿，余可类推，其不同三也。《尧典》春言星鸟，总举七宿，夏言星火，独指房心，虚昴惟举一宿，经文不同，互相通也。《月令》昏旦中星，皆举二十八宿，独仲春之月，昏云弧中，旦云建星，独非二十八宿者，以弧星近井，建星近斗，以井斗度多，其星体广，不可的指，故举弧建，以定其昏旦之中，其不同四也。总之，《尧典》为治历之祖，以中气言，故第举四仲而已足。《月令》为纪候之书，以分节言，故必举十二月而始备，中星之所以不同者在此。

校勘记

〔一〕玄：原作"圣讳"，盖避康熙玄烨讳，今回改。

中国开矿利弊策

《礼》云："天不爱道，地不爱宝。"所谓宝者，岂第山有材木，水有鱼鳖已哉。石韫玉而山辉，水怀珠而川媚，凡瑰奇珍重之物，胥于地乎藏之，而惜其不多见也。惟金、银、铜、铁、铅、锡、煤诸物，为民间日用所急需，古所以有开矿之政也。自明季矿使流毒天下，言官奏其弊，所以然者，由税使并用，阉竖横行，若辈无有才具，不知矿金何由而取，但责令民间献，以为矿中所出。名曰公事，实则肥私，无怪其误民病国，皆归咎于矿务也。本朝惩前明弊，二百年来，不敢言开矿。今得泰西诸法，云南、贵州、湖北、直隶等处，聘用西人采办，业经著有成效，而其中利弊，可得而举焉。近者国用支绌，开捐抽厘，纳粟捐官，种种弊政，皆由贫乏而来，户部百计图维，终无致富之理，惟开矿一端，大有裨益。数十年前，西人游历内地，测得一二省之矿，可敌欧洲全土，在西人原属过夸，然幅员如此广长，地利所出，应亦有此。果处处开矿，远省可以卫边疆，近省可以充帑藏，此一利也。国有富商，足以裕国，仿西洋公司之法，使国中之财，由散而聚，则所经营者，亦由小而大，上下相通，同力合作，以招集股分之例行之，些微之资，可沾无穷之利。以散者言，则有股者皆不得为富商。以聚者言，凡有股者无非富商。今者矿务之兴，附股者争先恐后，日久定能足民，亦一利也。所虑者矿兴既多，股分易集，而就中弊端之大者有二：一则经理矿务者不免有私心。矿之好否，仅见其苗，开而利，后效可期，其不利，奢愿难偿也。故于招股之先，藏其股分之半，夸张于外，使买股者争欲得之，不敷分派，其价立涨，然后以所藏者出售于人,则溢于原价者数万。皆私财也。迨股既卖完,矿中消息久而无闻,股价渐疲,有股者甘心折耗,争求转售,于是又以贱价收归,则省于原价者数万。又皆私财也。一则买股者不免见小利,泰西股票,传之子孙,或涨或跌,不肯轻卖,今中国之买股,身家殷实,力可存积者,固亦有之,然大半藉庄款流通,买股之后,日日问价,涨喜跌忧,直与钱市空盘无异。因而买卖纷纷,盈亏互见,但计目前之小利,不顾日后之大局,如此又足以败坏矿务也。当轴者不惜重赏,不厌日久,不畏难能,派员督办,驻勇弹压,而又求精明强干、端方不苟之人,寄之以重任,自可兴利而除弊。矿务之隆,有不蒸蒸日上,远胜于泰西诸国哉?

冯异号大树将军赋<small>以诸将争功异立树下为韵</small>

　　冯节侯栋梁器裕,桢干材储;克播冠军之业,无惭良将之誉。芟艾群雄,旅如林而竞进;执谦高节,心师竹而皆虚。锦衣夸钱氏之荣,同此声称藉藉;温室拟孔光之慎,不矜口辨诸诸。当光武之中兴也,火德仍炎,伏符不妄;赤眉青犊皆除,附凤攀龙相尚。邓禹元勋,冠恂贤相;马成扬武之名,耿弇建威之望。树屯边之绩,王霸才多;树徇县之劳,万坚气壮。莫不历叙奇谋,自言善状。黄扉赞治,扶汉室于二百年;青史流芳,羡云台之廿八将。况异也定关中策,收河内兵,下成皋之道,拔上党之城,蜀师被破,胡虏就平。收之桑榆,降敕书而慰劳;披其荆棘,怀主簿之功名。则将坐论英雄,二桃先赏;自矜韬略,一木能撑。皇帝制曰卿之力,天下莫与汝相争,乃孰知其屏大树下焉。迁乔择地,俯梓鞠躬,岂果息阴避热,胡为免胄趋风,意盖以君恩难报,臣道无穷。人则施劳而伐,我则让善而忠。敢云细柳成营,凯歌必奏;第恐伐檀致诮,食禄无功。人故号为大树将军焉。樕朴呈能,楩楠等类;十年培拔萃之材,百尺想干霄之志。棠称召伯,翦拜情殷;棻美卫公,琢磨器利。武事迥殊文教,胜他王勃三珠;坐谈不是起行,岂斫庞涓四字。盐梅可作,知傅岩筑野之奇;桃李无言,识李广成蹊之异。彼夫花相尊崇,瓜朋采拾;六逸径幽,七贤林集。大夫松贞操不摇,先生柳高怀莫及。紫薇内史,杜樊川韵事堪传;红杏尚书,宋子京风流可挹。孰若此论赏推辞,同僚和辑。使甲兵如草木,决胜运筹;奠带砺于苞桑,独行特立。所以当日者食阳夏之荣封,受汉家之厚遇;自然壮元老之猷,不第充偏裨之数。思麦饭菟肩之候,主已见知;忆抱薪热火之时,事难忘故。此间小住,肯容借我一枝;厥后酬庸,定欲与卿全树。方今圣世,泽被寰区,化周夷夏;云乐从龙,风行驭马。谙将略于幄帷,肃军威于朝野;号令布而正科条,大猷升而安宗社。干城称职,树伟烈于行间;钟鼎纪勋,树风声于阙下。

赋得左氏品藻_{得扬字五言八韵}

左氏才华富,先知述后扬。品题钦武库,藻采出文场。
目岂因盲贱,胸还有癖藏。霜严公笔削,月旦费平章。
凫悦群情洽,鸿铺五色光。掞庭摘后丽,乐泮采时忙。
司马难同例,公羊莫比量。麟经千古在,水草共流芳。

千秋金鉴赋以张九龄上千秋金鉴为韵

　　曲江公情殷启沃，念切赞襄；搜罗学博，黼黻才长。综往古兴亡之局，为本朝法戒之方。字字精金，漫说声堪掷地；言言明鉴，允宜悬在虚堂。差同丹宸献时，谠论群称夫李；恰似宝箴上后，嘉谟共仰夫张。当开元之二十三年，万岁呼嵩，千秋颂后；日升月恒，天长地久。一人披龙衮之衣，百尔晋兕觥之酒。采珍奇于海外，鲽贡归心；罗玩好于庭中，凫趋拜手。大抵休征并集，仿祷祝于华三；问谁奏议纷呈，比忠贞于陆九。惟公也致身家国，纳海朝廷；编甲部乙，铅丹简青。惟此缥缃之富，可为几杖之铭。闻其语如见其人，恍郑侠之陈两轴；立之监而佐之史，胜桓谭之述五经。愿吾君公则生明，不疲屡照；愿吾君虚而受益，永享遐龄。若夫世之献金鉴者，百炼冰莹，四规月朗；其舞如鸾，有仪可象。此不过任我览窥，供人玩赏。而是录也，得失可分，盛衰可仰；可以明物察伦，可以知来藏往；可以区贤否之途，可以别正邪之党。自是金相玉质，域看仁寿之登；依然鉴空衡平，策拟治安之上。盖由其名言洞彻，至理昭宣。以文章为镕铸，以翰墨为磨镌；以玉策为珊瑚之架，以瑶函为玳瑁之筵。自帝而王而春秋，相形遂分优绌；由汉而魏而南北，对待悉判媸妍。巍乎焕乎，共庆当阳九五；高也明也，远涵世界三千。宜乎皇衷赏识，御览契投；厕球图而并贵，与泥检而相伴。五卷眉分，善褒恶贬；十章目列，隐抉微钩。开涑水之先声，精神如见；扫蔚宗之秽语，云雾难留。行在镜中，万古常新之象；置诸座右，一尘不染之秋。向使帝常思懿训，不负良箴，始终同德，前后一心，则投匦之诗可却，灵符之谶必禁。华萼楼中，吴直言而刘直笔；芙蓉阙下，高知古而齐知今。虽云貌有瘠肥，乐于引鉴；何至怀夫风度，悔而赐金哉！而乃天宝以还，王纲几陷；初基本亦厉精，末路堕于听谗。范模未立，孰警汤铭；茫昧相将，谁严殷监。就令一函依旧，弃若弁髦；安能万帙高悬，珍同刀剑。何若圣天子求贤辅治，筑台必用燕金；士大夫祝嘏陈辞，实录可为龟鉴也乎！

赋得竹深留客处 得深字五言八韵

何处能医俗，猗猗竹院深。引人探胜境，留客订知音。
翠静秋先到，香幽暑不侵。良师原在是，佳士盍相寻？
绕屋迷青霭，扶筇度绿阴。樽开三益径，诗咏七贤林。
旧雨无端遇，凉风有韵吟。浑忘炎夏苦，我亦解虚心。

赋得荷净纳凉时 得荷字五言八韵

凉意奚时纳，聊赓菡萏歌。阴添千个竹，净洗一池荷。
艳阐青盘洁，圆浮紫线拖。清风钱可买，明月镜初磨。
筒碧宜携酒，尘红不染波。露珠招若此，雨盖滴如何？
香送披襟待，闲消荡桨过。赏秋人乍到，衣盍试轻罗？

讨蚊檄

夫文征明捉虱之诗，爬搔扪撮；尤西堂讨蚤之檄，啮齿穿龈。凡属痛痒所关，必使诛锄殆尽。况如蚊者，形本么么，性尤饕餮。长喙细身，昼潜夜出；凭寸嘴以毛求，据百骸以血食。

恃负山之力，乘衅来攻；夸成市之多，聚雷附和。争雄者莫如豹脚，肆虐者每伏蛇鳞。匿檃枪于床第，饥则附而饱则扬；起肘腋之干戈，暗则来而明则去。甚者秦蚊楚蚋，类聚群分；子蚊昏蟊，异名同恶。故虽呼韩尸而不无先见，称黍民而亦克化身。然入桓公之寝，罔识尊君；剥吴猛之肤，不怜孝子。沉伦好释，难求去箧之安；女子守贞，卒受露筋之苦。是以欧阳托咏，憎之防及晨餐；杨慎作文，破之传为露布。呜呼！腐化湿生，原为草寇；投闲抵隙，偏等幕宾。倘三更入梦，任其短吸长嘘；则七尺微躯，势至寝皮剜肉。吾恐北宫之肤必挠，邓侯之剂〔脐〕必噬。苏秦之股，无锥而有血；汉宣之背，无刺而有芒。夫安得香熏兰叶，绝其鼓噪之谋；厨隔碧纱，杜其并吞之毒乎！今者衣裳端拱，衽席同登；不使白鸟之蕃滋，复去焦螟之族类。烟尘蔽野，烽燧燎原；以黄盖之茨为先声，以田单之火为后实。焱焱炎炎，纷纷飑飑；靡有孑遗，同归煨烬。从兹卧榻之旁，无烦挥扇；晒书之际，尽可裸形。伏尸流血，且严蛛相之诛；碎骨粉身，不啻螗军之击。师出有名，攻无不胜；永断钻刺之根，兼灭逋逃之薮。

郭子仪单骑见回纥赋 以不与唐战见一大人为韵

从来能制敌者达经权，善将兵者知伸屈；德可服人，诚堪动物。曹成造国良之垒，夙怨都消；华元登子反之床，前盟可乞。只身免胄，异先轸之入狄师；万众叩头，俨仁贵之逢突厥。但看令公忠信，蛮貊行焉；果然酋长悦从，兵车以不？当夫永泰之祚初兴，回纥之兵大举；以仆固为前锋，以吐蕃为后拒；合胡虏之檃枪，侵泾阳之强围。拥群雄之势，欲肆鲸吞；征诸道之师，未齐虎旅。纵使技穷百战，恐败绩而无功；问谁诸重千金，可推诚以相与。惟郭汾阳，嘉言孔彰；风霜辞气，铁石肝肠；不遑启处，尽撤备防。力难争以强弱，恩可靖其猖狂。彼既有十万人，相遇断难相抗；我苟从五百骑，自卫适以自戕。大元帅奋不顾身，已愿轻生于虏；药葛罗闻而听命，奈何负约于唐！其见以单骑也，似卻〔郤〕子之下趋，如晋卿之乘传；露郭贺之冠，睅然明之面。军屯细柳，疑汉帝之行营；气慑强秦，恍毛公之上殿。迥殊李武穆，镇朔行威；岂效裴晋公，平淮督战。谓回纥初有大功，继而中变；因逆贼而背盟，听叛臣之潜煽。但使资粮取敌，我所恶且与同仇；继好全师，汝之计于斯孰便？大将军请定约也，当时万岁齐呼；天可汗今尚在焉，异日两君相见。果也夷獠倾心，军容屈膝；吾既罄其悃忱，彼亦输其情实。酒堪酹地，拟羊祜对饮之时；烬不背城，比魏绛和戎之日。恨此际外夷受侮，震撼九重；喜者番振策言旋，幸全万一。向使虎变阵前，鹰扬阃外；命甲士以麾旄，使丁男以载旆。特恐戎行顿挫，类苻秦淝水之围；况兼众寡难侔，等高祖平城之害。即或按辔徐行，单刀赴会；铁骑奋而称戈，骦骑屯而动旝。就令效赵云之息鼓，势可张虚；窃虞蹈狼瞫之危机，勇难恃大。乃公则消其诡诈，结以亲仁；当此投枪释甲，居然羽扇纶巾。所以弭兵却敌，修好睦邻；上以安宗社，下以福生民。当年节度东西京，孰有及中兴之元老；他日中书廿四考，犹难忘贞吉之丈人。

赋得秦中自古帝王州 得中字七言八韵

一州如斗原为小，自古曾闻陕镇雄。帝业恢宏光塞外，王猷彪炳仰秦中。

汉家乍启都营沛,周室初兴邑作丰。华岳青天凝极北,函关紫气满从东。

公卿共捧长安日,花草咸迎上苑风。鹑首当阳大夏化,龙门陁险奉春功。

休云升降时都异,到底乾坤运不穷。圣代丕基由此弼,定观万国赋来同。

汉卜式唐刘晏论

天地所生,财货百物,只有此数。不在民则在君,不在君则在民,二者必无两全之道也。古之圣人,但求足民,不求富国,仁义而已,何必曰利。长国家而务财用者,谓之小人。后世王道不行,如汉卜式之愿输财,唐刘晏之善理财,其君皆信用之。何者? 当内忧外患交迫之时,国费支绌,忽有人焉,谓我愿输财效命,使天下之民皆效之,我善理财赈饥,使天下之吏皆效之。君闻此言,无不中其旨而欣然喜,况武帝穷兵黩武,百姓疲敝。德宗新复中原,藩镇跋扈。其尊式而举晏也固宜。使卜式当武帝时,沮其好大喜功之气,与民相安无事,则财不匮。刘晏当德宗时,示以正本清源之治,教民力穑为先,则用自充。乃二臣见不及此,而惟兢兢焉输民之财,以纳之官,理彼之财,以通于此,不过权谋机智之为,未闻君子之大道也。虽然,刘晏救一时之急,犹功罪参半也;卜式则纳君于邪,逢君之恶,有罪而无功焉。乃议者反以式令终,晏缢死,是式而非晏,亦未知当日之情事耳。使汉皆从式之言,则式之获祸,更甚于晏。使唐不用晏之策,则晏之保身,亦同于式。乃汉史谓布告天下，天下莫应，则上不见其利，下不见其害，害少者人不怨，故式安；唐史称变通有无，曲尽其妙，则上既享其利，下必受其害，害深者人必怨，故晏危。要之二臣之品，皆君子所不取，而其言亦有可采者。式言盐铁船算之不便，桑弘羊贩物求利之害[一]，何其直也。晏言出纳委士，类理财先养民，官多则民扰，大事不计小费，事必于一日决，皆可法也。节取其长，亦不以人废言之意耳。

校勘记

〔一〕弘：原作"圣讳"，避乾隆弘历讳，今回改。

孔子佩象环五寸赋以题为韵

溯玉藻之训词，缅缅帷之举动；德辉自美申夭，辙迹何嫌侂傯。以制器者尚象，物迥异夫鞯鞴；能知道者佩环，用不同于鞸琫。昭垂委于章缝之外，文亦从周；著威仪于趋步之间，卓曾苦孔。我孔子阙里钟灵，高山仰止；貌原勃躚之如，服岂紫红之比。任尔谤兴裒鞸，解组来归；可怜乐进文衣，容玑竞美。仪可象而周规折矩，知为鲁之达人；系以佩而右征左宫，依然古之君子。有佩焉苍水堪珍，冲牙可爱；相质咸宜，尊卑相配。昭其文也，逍遥征曳杖之容；服有章哉，伛偻表循墙之态。羡函丈怡怡自得，拱手鞠躬；笑及门行行未捐，鸡冠猦佩。识者知其为象环也，圭璧差同，珙瑅可仿。方以智而中虚，圆以神而外朗。岂制夸象笏，临朝修再命之恭；岂用类象尊，入庙见三缄之像。恰似金声玉振，条理循环；忆曾俎豆冠裳，髻龄舞象。其数则五寸焉，分寸之周围错杂，方寸之肉好萦弯。非五音之锵戛，非五色之斓斒，非五行之交济，非五位之列班。

倘令五瑞邀荣，典宝于杏坛芹沼；若使五章耀采，增光于泗水
尼山。为衷之旗，综两地参天而立极；比德于玉，统阳奇阴偶
而回环。于是饰以琼琚，加以纂组；待珍聘兮难期，志鼎铭而
莫侮。剑佩在琴书之列，弟子书绅；银佩为弓冶之诒，曾孙绳
武。温良可慕，观禹腰尧颡之形；意必胥捐，中肆夏采齐之谱。
此日牺爻默契，韦已绝三；当年麟绂呈祥，老曾降五。彼夫杂
佩则良友联欢，纫佩则骚人写恨；佩弦有急遽之情，佩玦有别
离之怨。兹则衮衣惠我，莫邀轩冕之荣；韦布终身，未遂斧柯
之愿。故其为象佩也，切磋磨琢，匠心不绝如环；较短量长，布
指自然知寸。方今圣教覃敷，皇恩远布；璧水光华，璇图巩固。
材非桢蕴，何须怀宝于宗邦；容亦襜如，咸欲执圭于当路。从
此佩珂摇曳，赞黼家黻国之猷；更兼象服委蛇，上赤芾葱珩
之赋。

赋得栗零 <small>得零字五言十二韵</small>

栗本称佳果，成时坠不停。《礼》文曾曰撰，《小正》亦
云零。

败叶摧三径，寒包扑一庭。钻防蜂孔绿，脱看猬毛青。
有客倾筐待，何人倚树听。质殊蒲柳薄，搓共橘橙馨。
积翠千团玉，流黄万点星。苍蓬堆错落，紫壳裂珑玲。
似剥鸡头样，犹留犊角形。琼浆甘似醴，金颗剖同萍。
周社疏枝荫，东门旧地经。秋来兼枣实。执贽献彤廷。

已日乃孚解

革，已日乃孚。王辅嗣云："革之为道，即日不孚，已日乃孚。"干宝解为天命已至之日。近焦氏里堂云："已，止也。"是以"已"为"已止"之"已"。虞仲翔曰："四动体离，故己日乃孚，以成既济。"朱子发读为"戊己"之"己"。顾亭林、毛西河、惠天牧、惠定宇、张皋文、姚仲虞辈皆从之。是以"己"为十干之"己"。近王氏而农曰："日在禺中，六阳出地之时。"是以"巳"为"辰巳"之"巳"。夫"已止"之"已"，音以，"戊己"之"己"读纪，"辰巳"之"巳"作祀，窃意三说皆非也。如谓"即日不孚，已日乃孚"，则必革后而始信，何以汤武革命之初，东征西怨，南征北怨，皆曰"奚独后我"。孟津大会，不期而至者八百国，一则彰信，一则敦信，未闻其待时日也。二爻"已日乃革"，王彼注云："革已，乃能从之。""已"上添"革"字，"已"下脱"日"字，经言"革"不言"从"，以"从"训"革"，是革已乃能革之，不辞甚矣。如谓其已革，初爻不可有为，二爻居离之中，向明而治，乃可有为，正革之初，非已革之候也。如谓初爻未革，至二爻始革，则上文"已日乃孚"，既解为革之已然，此"已"字将何所指？并观二注，不辨自屈。至谓坎戊离己，以卦辞之"己"指离，亦似近理，不知纳甲之法，第汉儒解经之一道，非圣人作《易》时先有此法。夫建寅建丑建子，三代各自有岁正，则所用之日，何必专限于己。即如武王伐纣，戊午逾孟津，癸亥陈商郊，征诛大事，犹不闻其择己日，况其馀之发号施令乎？若以"巳"为"辰巳"之"巳"，谓阳气至巳而尽出，至午则阴生，尤为臆说。圣王理阴赞阳，兴利除弊，无时不然。谓必当阳出之时,岂阳未出时而遂不革乎？谓必当阴未生之时,岂阴既生后而遂不革乎？况下孚上之所革,谓必当戊己之日、辰巳之日,岂过此以往而遂不孚乎？谨案:"已"音以,当训"此"。《尔雅》曰:"已,此也。"《庄子·齐物论》篇曰:"已而不知其然谓之道。""已"字承上文而言,言此而不知其然也。《养生主》篇曰:"已而为知者,殆而已矣。"言此而为知者也。《淮南道应》篇曰:"已虽无除其患,天地之间,六合之内,可陶冶而变化也。"无,不也。言此虽不除其患也,已日犹此日也,乃犹则也。《系辞》"见乃谓之象,形乃谓之器",《诗·生民》"鸟乃去矣",隐三年《左传》"乃定之矣",皆训"乃"为"则"。孚,信也,"已日乃孚者",犹此日则信也。试以卦德言之,兑泽在上,离火在下,少上中下,志不相得,具有变革之义,以其内有文明之德,外有柔顺之气,故其革之日,即有以信于人。存神过化,不疾而速,不令而行,应天顺人之道,所以元亨利贞,其悔乃亡也。《彖》曰"已日乃孚,革而信之",谓此日则孚,骤革而即信之也。二爻"已日乃革之",盖二当革之初,故云此日则革之也。彼以"乃"为难辞者,殆皆泥旁通纳甲之说欤？

汝乃是不蘉说

《洛诰》:"汝乃是不蘉。"马、郑及二孔均训为"勉",蔡仲默《书传》因之,音莫郎切。陆氏《释文》引徐邈云:"莫刚反,读若芒,从蔷省声。"又武刚反,王凤喈、钱晓征引《释诂》"孟"训"勉","孟"古音近"芒",遂谓此"蘉"字即"孟"字。刘申受引庄说曰:"仍是不寝,谓仰而思之,夜以继日,此说得之。"谨案:《尔雅》训释六经,六经果有"蘉"字,何以不见于《尔雅》？许氏作《说文》，称《书》古文。《洛诰》为古文，非晚出之书，果有"蘉"字，何以不见于《说文》？《正义》云："'蘉'之为'勉'，相传训也。"孔已无所考证，疑而不敢直决，故以为相传之训。王氏、钱氏不得其训"勉"之故，乃据徐"莫刚反，读若芒"，"芒"与"孟"音近，而谓即《尔雅》之"孟"，不知反切乃晋人所创，"蘉"读为"芒"，彼已无据，王氏安得以其音之近，而遂谓"孟"乎？夫古字通借之例，不外形声。"鶪"与"鵙"通，以其字皆从"鸟"也。"蕃"与"鄱"通，以其字皆"番"声也。"纤"与"盰"通，以其形之相肖也。"姒"与"弋"通，以其字之同韵也。"蘉"从"侵"，"孟"从"子"，"蘉"从"瞢"省声，"孟""皿"声，则从不同，声不同，形又不肖。"瞢"声在蒸、登部，"孟"声在唐、阳部，韵又不同。"瞢"与"孟"皆"明"母，故段玉裁谓二字双声可，谓二字同音非也。解者曲由"蘉"通"瘳"，由"瘳"通"孟"，或由"薨"与"萌"与"明"与"芒"通"蘉"，未免迂回，不如作"寝"之为直捷也。《说文》："瞢，目不明也。"段注"梦"与"蘉"音义同。"蘉"字从"瞢"省声，而《说文》"寝"字从"瘳"省，"蘉"字从"侵"，而《说文》"寝"字省声，则"蘉"即"寝"省文可见。"寝"字已见于《说文》，复见于《尔雅》，彼皆不引《洛诰》者，以"寝"字常见，引不胜引也。《隶释》有《汉冀州从事张表碑》云："蘉疾而终。"即寝疾也。《广雅释诂》："寝，藏也。"是"寝"亦作"侵"。夫"寝"之本义为卧，其引伸之义为息为止，不寝者犹不卧不息不止也。顾或难之曰："'寝'字与'勉'义无涉，郑说非与？"窃意郑注"蘉"上有"不"字，后人脱讹，郑意"寝"字人人所晓，无待解，乃总"不蘉"之意而释之曰"勉"也。"勉"训"强"，训努力。不卧不息不止，非努力而何？且"不蘉"对上文"不暇"说，谓"朕已不暇"，"汝亦当不寝"也。不永，永也。《诗》"徒御不警，大庖不盈",毛传:"不警,警也。不盈,盈也。"此其例,言汝仍是不寝,乃时惟永哉。下节王答公末句云"予小子,夙夜毖祀",即公坐以待旦,夜以继日之意。公以是勉,王亦以是自勉矣。

以箴陈事释

　　《左氏传》文十八年"以箴陈事",贾、服曰:"箴,救也。"杜同。《方言》:"箴,救也。"《广雅释诂》同。郭注:"《方言》云:'箴亦训救'。"盖本贾服之训。近洪稚存云:"晋以后诸书皆作'箴',遍检字书,并无'箴'字。《方言》《广雅》'箴'字亦后人追改。今考字当为'苟'。"此说得之。案《正义》曰:"'箴'之为'救'无正训,先儒相传为然。"是孔疏已开疑窦,特惜其未指为何字耳。《说文》无"箴"字,惟卷九上:"苟,自急救也。从羊省,从勹口。勹口犹慎言也。"是"苟"有"救"义,复有"慎"义;人部:"備,慎也。"用部:"苟,具也,从用苟省。"与"苟""備"字虽稍有区别,而"苟"已力切,"備"与"苟"皆平秘切,同在古音之哈部,同部之字,无不可通用,况其形复相类乎。字又作"箴"。《玉篇》:"箴,救也。"据《晋语》阳毕曰:"厚戒箴国以待之。"韦注:"箴,犹救也。""苟"训"救","箴"亦训"救",以其字本通也。夫传中果有"箴"字,《说文》何以不收,且贾为许之师,称爵而不名,贾果有"箴"字之训,许断不至遗略。惟以"箴"即"苟"之讹,故贾训"救",许亦训"救",无异义也。易"苟"之口为"用"而成"苟"字,加"人"成"備"字,人皆知其义之本相通,而"苟"之与"箴",形大不类,幸有"箴"字可证。"箴"与"苟"形异,既皆训为"救",则"箴"与"箴"形近,亦何不可训为"救",且安知其非"箴"讹为"箴"乎?然后知贾、服所见本，必作"苟"字也。敕者，诚也。"以葳陈事"犹言以诚陈事耳。

晋康侯用锡马蕃庶昼日三接解

"晋康侯用锡马蕃庶昼日三接"，郑康成曰："康，尊也，广也。"荀爽曰："阴进居五，处用事之位，阳中之阴，侯之象也。阴性安静，故曰康侯。坤为众，故曰蕃庶。"虞翻曰："观四之五，晋进也。"惠氏栋《周易述》兼用虞、郑之义云："'康'读如'康周公'之'康'，广也。坤为广，四为诸侯，观四宾王，四五失位，五之正，以四锡初云云。坤为康，康，安也。初动体屯，震为诸侯，故康侯。震为马，坤为用，故用锡马。艮为多，坤为众，故蕃庶。离日在上，故昼日。三阴在下，故三接矣。"谨案：诸说"康"字训"尊"、训"广"、训"安"，名异而实同。《礼·乐记》："广大而静。"疏云："谓志气宏大而安静。"则广与安义相近。《礼·明堂位》："言广鲁于天下也。"注云："广，大也"。《考工记·轮人》："部尊一枚。"注云："尊，高也。"《国策·齐策》："志高而扬。"注云："高，大也。"则"高"有"大"义。"广"即"尊"也。"锡"字皆以为"天子锡诸侯"，惟惠氏以"锡"为"诸侯享王之礼"，此说得之。经文"用"字属"康侯"下，明为康侯所用，如"王用享于岐山"之例。若以用属天子，则"用"字当在"康侯"上。如"用汝作砺""用汝作舟楫"之例，且下文三接，以上接下，此复以为"天子锡诸侯"，则上之待下过厚，下绝无以事上，揆之用下敬上，用上敬下之道不合。"锡"字有二义，自上锡下者，如《春秋》"来锡王命"是也。自下锡上者，如《书》"九江纳锡大龟"是也。《史记·周本纪》："纣囚文王于羑里，散宜生闳夭,求骊戎之文马,有熊之有驹,因殷嬖臣费仲而献之,纣大悦,乃赦西伯,又赐之弓矢鈇钺,使专征伐。"《史记》虽无三接明文,吾想当日赐物之际,纣未有不接文王者。此即诸侯锡马之事。《觐礼》:"匹马卓上,九马随之。"此即诸侯锡马之礼。三阴连类以进,莫不来享,故其马蕃庶,而天子勤于晋接以嘉受之。大行人之礼,三享,三问,三劳。《觐礼》延升,一也。觐毕致享,升致命,二也。享毕王劳,升成拜,三也。此皆三接之证。

五事配五行说

《洪范》"五行:水、火、木、金、土。"郑注曰:"此数本诸阴阳所生之次也。"《逸周书》卷三《小开武解》云:"五行:一黑位水,二赤位火,三仓位木,四白位金,五黄位土。"孔鼂注云:"言其所顺而动。"是亦言阴阳所生之次,与《洪范》合也。"五事:貌,言,视,听,思。"郑注云:"此数本诸阴阳,昭明人相见之次也。"江氏声疏云:"人相见,则先见其貌。既见则必有言,因其言则可以知其所视所听,且可以知其所思,故先貌,次言,次视,次听,次思。"谨案:五行五事,分观其次,各相因而不可紊。合观其次,虽相对而不可泥。五事配五行,蔡传以貌、言、视、听、思配水、火、木、金、土,与五行次第似极相合,而汉儒之说不然。伏生《尚书大传》以貌为木,言为金,视为火,听为水,思为土。董、刘歆、班、郑说皆同。试以雨旸寒燠推之,四时之气,春温多雨,秋燥多旸,夏火故燠,冬水故寒,然则貌、言、视、听,亦以木、金、火、水属之,其证一。若以五藏言之,古《尚书》说:"脾,木也;肺,火也;心,土也;肝,金也;肾,水也。"则是以心为思,思属土。脾为貌,貌属木。肺为视,视属火。肝为言,言属金。肾为听,听属水。其证二。更以八卦言之,《易》正四卦:东震为木,为足,为动;西兑为金,为口,为说;北坎为水,为耳;南离为火,为目。虞翻《易象》坤为土、为思,离为见,为光、为明,坎为虚、为入、为纳,其证三。然则汉儒之说,固较精于蔡传也。

鲁无《风》有《颂》考

鲁无《风》有《颂》,诸说纷纷,迄无定见。《序》云:"僖公能遵伯禽之法,鲁人尊之。于是乎季孙行父请命于周,而史克作是《颂》。"窃意僖公中兴之主,尚为鲁人所颂,则伯禽开国之贤君,何独无颂?顾氏证以孟子迹熄诗亡,谓《鲁颂》东周之诗也。成康之世,鲁岂无诗?而今已亡矣,则鲁之有《颂》也固宜。鲁既有《颂》,列国何以无《颂》?列国有《风》,鲁何以无《风》?郑云:"鲁圣人之后,是以天子巡狩,不陈其诗,所以礼之也。"窃谓幽、厉以降,王者不巡狩,即有国《风》,谁采之?且采《风》观其贞淫以为赏罚,如欲尊鲁,何妨采其诗之贞者,以示异于天下,乃并其美而掩之,非所以尊鲁也!纵天子不采,鲁不当自废。何季札观乐,遍及列国,鲁独无诗歌,则谓天子之尊鲁也固非。郑曰:"孔子录之,同于王者之后。"夫商周皆王者之后,宜有《颂》。鲁,周公之后,得用天子礼耳。未尝为天子,笺言王者之后,盖指文王。襄十二年《左传》:"临于周庙。"杜注:"周庙,文王庙也。"周公出文王,故鲁立其庙。然郜、雍、曹、滕,皆文之昭,未尝不祖文王,亦不闻其作《颂》。况夫子笔削甚严,述而不作,鲁或不当有《颂》。而夫子必易《风》

为《颂》,强附于王者之后,非但于礼不合,且私鲁矣。则谓孔子之尊鲁也亦非。凡此诸说,皆泥《风》为诸侯之诗,《颂》为天子之诗,以致百家聚讼,试观十五国有二《南》,天子之诗也。《小雅》有《宾筵》,《大雅》有《抑》,诸侯之诗也。《雅》为天子之诗,既可厕以诸侯,则《颂》为天子之诗,亦何不可厕以诸侯?《风》不必专属之诸侯,《颂》不必专属之天子,《风》即《颂》,《颂》即《风》,鲁虽名《颂》,其实《风》也,特体例不同。美刺相间谓之《风》,自下美上谓之《颂》,鲁人既名曰《颂》,夫子安得不谓之《颂》,列于商周之中,此为下不倍之道,非私鲁也。鲁有《颂》,所以无《风》,与列国之有《风》无《颂》等。

天子乃鲜羔开冰说

《月令》:"天子乃鲜羔开冰。""鲜",郑读为"献",谓声之误也。"献羔"谓祭司寒,"开冰",出冰也。孔疏据《诗》"献羔祭非",知"鲜"当为"献",以下有"荐寝庙",恐人疑为献羔荐寝,故言祭司寒。司寒,玄冥,水神也。谨案:《太平御览》十九引蔡邕《月令章句》曰:"仲春之月,天子献羔开冰。"《吕氏春秋》及《周礼·凌人》注亦作"献羔开冰",《左氏传》曰:"献羔而启之。"启即开冰也。则"献羔"之文,不独见于《豳风》。"献""鲜"声相近,《尔雅》释山:"小山别大山,鲜。"《诗·皇矣篇》:"度其鲜原。"毛曰:"小山别大山曰鲜。"即用《雅》训。《公刘篇》:"陟则在巘。"传曰:"巘,小山别于大山也。"是毛公之意,以"鲜""巘"同字,此即"鲜"与"巘"通之证。古字借转之例有六,本借亦在其中。本借者,字虽同类,音则异母,定姒、定弋是也。鲜,相然切。献,许建切。皆在古音十四部。况"献"有

"轩"音,与"鲜"音最近。同部之字,皆可通用,读"鲜"为"献"其即本借之法欤?若方氏悫谓开冰阳事,用羔正合少阳用事;陆氏佃则读"鲜"如字,谓"击牲曰鲜":二说皆未当。然后知郑之破"鲜"为"鲜""献",非无据也。

《说文》六书次第与《周礼》《艺文志》不同辨

《周礼·保氏》郑注:"六书:象形、会意、转注、处事、假借、谐声也。"贾疏云:"六书象形之等,皆依许氏《说文》。"《汉书·艺文志》:"六书谓象形、象事、象意、象声、转注、假借,造字之本也。"颜注亦引《说文》为证。许氏《说文》云:"一曰指事,二曰象形,三曰形声,四曰会意,五曰转注,六曰假借。"谨案:六书次第,自唐以来,易其先后者数十家,要皆以郑注为非。然考张参《五经文字序》曰:"《周礼·保氏》,掌养国子以道,教之六书,谓象形、指事、会意、形声、转注、假借六者,造字之本也。"张氏引郑注,与《汉书》合,与贾疏不同。意者张氏据郑注,为未经倒乱之本,贾氏别据倒乱之本,未可知也。按此当以班、许之说为是,然二说大同小异,亦自有辨。戴东原曰:"指事、象形、谐声、会意四者,书之体也。假借、转注二者,书之用也。"段玉裁曰:"有指事、象形、形声、会意,而字形尽于此矣。字各有音,而声音尽于此矣。有转注、假借,而字义尽于此矣。"或又曰:"指事君也,象形臣也,形声、会意、转注,佐也。假借,使也。"此皆以许说为宗。郑樵《通志》曰:"六书者,象形为本,形不可象,则属诸事,事不可指,则属诸意,意不可会,则属诸声,声则无不谐矣。五不足而后假借生焉。"王氏《释例》亦宗班说,而其论甚精确。试举王氏之说以难诸家。王氏云:

"六书分为三耦。象形实,指事虚。会意实,谐声虚。转注实,假借虚。"则不得以四者为体,二者为用矣。又云:"象形,形也。指事、会意,义也。形声、转注、假借,皆声也。"夫转注、假借,在形、事、意、声四者之中,而可专属之声者,假借固无不以声借也。则事、形、意、声固可谓之形声。而转注、假借义中亦有声,不得专属之义矣。其云象形、指事,皆独体也,有物然后有事,故宜以象形居首。明乎此而指事不得为君,象形不得为臣矣。其云会意、形声,皆合体也。而会意两体皆义,形声则声中大半无义,且俗书多形声,其会意者千百之一二耳。即此足知其先后。明乎此而形声不得先会意,会意不得后形声矣。其云转注、假借,在四者之中,而先后亦不可淆者。转注合数字为一义,假借分一字为数义,则转注、假借相对待,转注不得为佐,假借不得为使矣。则试为之辨曰:郑氏之说,不如许氏。许氏之说,不如班氏〔一〕。

校勘记

〔一〕是篇之末,有无名氏行书评语一则,录如下:"《易》从惠氏,较诸家为长;《书》从古义,亦有条理,《诗》说亦明达,《礼》说简要,《六书辨》亦简明,然似俱少心得语。"

贾逵作《左氏解诂》赋 以兼习国语同为解诂为韵

贾景伯侍中贵幸,都尉尊严;通儒望著,古学心潜。《夏侯书》已亲教授,《左氏传》亦乐观瞻。乃翁撰廿一篇,条例悬于竹简;小臣陈三十事,纪纲载在芸签。解古今言,长义之名始创;诂形声字,秘书之领宜兼。原夫左邱明之为传也。《雅》《颂》乍亡,《春秋》乃立;一百二十国之宝咸罗,二百四十年之经可集。志明事记，比《公》《穀》而开先；面命耳提，授曾、吴而递及。张苍献后，贵并笙簧；贾谊传时，珍宜什袭。业已出从孔壁，置博士而偏遗；问谁讲侍汉宫，诏高才以共习。惟遝也倜傥不羁，智思莫测；弱冠诵成，壮年识默。羡长头之器宇，品重兰台；探盲目之渊源，缘聊翰墨。才同郑众，诠章句兮凝神；见迈陈元，寓异同之卓识。自叙慕素王法则，笔削专家；上疏征黄帝灵祥，文章华国。则见其作解诂也，隐微之旨能伸，谨约之词独抒；核变权名分之宜，正父子君臣之序；解疑直可钩深，诂训自然包举。解从刀判，判若冰霜；诂合古言，言通齐楚。解以分为意，分疏不爽毫厘；诂与故同音，故事能明细巨。初终综一十二卷，解人特美平陵；笺注上五十一篇，诂字兼详《国语》。宜乎显膺帝眷，内启宸聪；赐衣数袭，给纸一通。释强干弱枝之理，溯恶惩善劝之风。宛如胜、建名家，兼收并蓄；爰选严、颜别派，振聩发聋。紫阁校书，卫士进三长之奏；黄门受业，诸郎知十赋之工。忆前番颂献雀宫，思真月浣；喜此日讲来虎观，语避雷同。且夫东汉隆儒术矣，五经立后，三传行时。教羽林者以孝，供纸墨者有司。幸临雍而化洽，祠阙里而荣施。四姓育材，奉李桓为更老；一人称制，召鸿望为师资。升堂传张酺之编，拜丹可象；聚讼定曹褒之典，尚赤修仪。是以痃癖藏胸，疏麟史而大官富艳；耕耘赖舌，拥皋皮而郎将迁为。彼夫通论作而《易》可占，杂记作而《书》为楷；景汉伯《礼略》无讹，郑康成《诗笺》甚夥。即如好《左氏》者，服虔之说淹通，谢该之辞潇洒。针盲起废，羊彌言穷；入室操戈，何休意骇。斯皆称拔俗以为贤，好著书而不罢。孰若此雪冤抑诋排之枉，问事不休；辨切明直顺之条，读书甚解。惜乎正学将兴，异端复鼓；乍招黉序生徒，旋请沙门佛祖。英为符瑞，刻成玉鹤金龟;宪造飞书,难禁雏孤鼠腐。以《左》《国》证明图谶,文致堪讥;谓刘家实嗣陶唐,阿谀何补? 故时虽获询刍,而异世难留秘府。何如圣天子念麾览乙,罗四库之典章;士大夫志切拜庚,集诸儒之传诂。

赋得芭蕉先有声<small>得先字五言八韵</small>

夜雨同声应,兹何独最先。忽闻银砌响,为滴碧蕉穿。
数尺阴才展,层楼听不眠。惊寒红豆逼,报捷紫花传。
韵欲添青霭,心愁漏绿天。鸡鸣犹未度,鹿梦已难圆。
战叶争催箭,跳珠缓入泉。晓窗残点湿,风送扇中仙。

拟苏子瞻龙尾砚歌

何处飞来一片玉,覆雾兴云花灿绿。云是此砚龙尾名,昔年曾入东坡录。东坡旧作风味铭,坐羞牛后语不经。后从方君得奇石,少解前说笔不停。此石本是仙翁种,玻璃蟾蜍共郑重。一旦云雨化墨池,封为万石庙堂用。睛窗染翰恣流连,碧天照水气万千。钟王笔法从心得,庾鲍风流夙世缘。雁头麟角难媲美,惟伴龙宾十二士。千秋词客传宝珍,书癖不独一苏子。

半江红树卖鲈鱼赋<small>以题为韵</small>

瑟瑟萧萧枫叶岸,渔人收罾将柳贯;一声唤彻动乡心,秋光未老今已半。时也蓼红堕浦,苹白浮矼;平沙鸥两,小屿雁双。霜染花而穿径，风落叶而敲窗。衰柳牢骚之韵，孤篷欸乃之腔；千丝万丝之网，三只五只之艭。问生涯于流水，话风味于长江。则见提纲结伴，击楫浮空；轻簑雾重，圆笠烟笼。去复去兮树以外，行复行兮江之东；枯草凄凄兮投香饵，夕阳黯黯兮收钓筒。不愿剖书得素，但甘换酒沽红。于是鱼箔摊，鱼梁渡；碧鲈悬，银鲈捕。所值几何，此间小住；放棹停矶，缘溪得路。秋水欲流不流，暝烟似暮未暮。物原待价而沽，人已等闲而度。一寸二寸之鱼，三株两株之树。其卖也，非花巷之往来，非饧箫之行迈；非酒媪之取酬，非菜佣之收债。当日斜风定之时，与菰饭莼羹共话。白鹭飞才，青蚨数快；一担荷包，百钱杖挂。遂令张翰之见思，岂钓上虞而不卖。烟水招呼，依然画图；取诸怀以相与，问有余而非无。玉尺围而形短，银梳铸而味腴；巨口细鳞交错，黑章白质攸殊。市看翁醉，篮任奚扶；惟釜可溉，与酒同娱；何来野脍，知是松鲈。少焉棹回荻港，影息蓬庐；声谁摇橹，唱不闻渔。但见茫茫蘸碧，澹澹涵虚；飘飘点染，寂寂吹嘘。无江不静，有树皆疏。树横江而霭护，江绕树而霞余。即欲访武陵之业，寻泛宅之居；其人杳矣，其户阒如。亦惟是山藏归鸟，渊宿潜鱼，爰为之歌曰：栟榈战兮蒹葭溯，木叶脱兮衰草素；江湖生趣无穷期，富贵浮云我何慕！歌响未终，舍舟缓步；两岸鸣蛩，一天凉露。赤壁之游乐乎？试与读子瞻之赋。

赋得犹有黄花晚节香得香字七言十二韵

试从百卉惯平章，数尽繁英圃已荒。惟菊独能贞晚节，此花犹自透清香。任他皎月浓烟度，仍倩寒蜂瘦蝶忙。佳色可餐真正色,群芳欲谢剩孤芳。标来高格先生径,留得清风宰相堂。君子交情同淡漠,词人傲骨肯颓唐? 紫分异国笼轻霭,红点疏篱趁夕阳。悄悄冬心深护惜,萧萧秋意细商量。几多品概神仙拟,阅遍炎凉世界茫。柑共圆时肥带雨,橙方熟后饱经霜。白衣弗逐豪华梦,素味应当冷落尝。好插满头真醉罢,闲将韩句贮诗囊。

有不虞之誉有求全之毁论

　　人类之不齐也,彼有贤否,则我有美刺;彼有淑慝,则我有是非;彼有正邪,则我有好恶。臣寮有直枉之分,故朝廷有举错;士夫有纯疵之判,故史策有贬褒。此固三代直道之行也,夫谁不慕其有、效其有、深幸其有哉? 若称善过其实而为誉,称恶过其实而为毁,已非平情之论矣。况誉又出于不虞,毁又出于求全者乎! 孟子所以特斥其有,慨然有世道人心之惧焉。且夫天下事得之意外、失之意中者,亦复何限。以狗续貂,指鹿为马。鸡本家禽,贱物也,美其有德;麟原仁兽,贵物也,目为不祥。兰生空谷,不冀知音,而偏受王香之号;桐可为琴,实称良木,而偏遭爨下之焦。捧心之西子,无意求容,而人反爱之;效颦之东施,有心献媚,而人反憎之。不期誉而誉,可免毁而毁,颠倒其词,雌黄其口,名之不足凭也,由来旧矣。三代以上,惟患好名。三代以下,惟患不好名。名也者,乡曲定为月旦,廊庙采其风声。设官授职之时,以名为去取;计吏上廉之日,以名为权衡。苟不察其内行之真,而第据外至之名而信之,则奸雄之窥意旨者,党同伐异。若者欲加诸膝,若者欲坠诸渊,揄扬之可上云霄,讪谤之可辱泥涂。受毁誉之人,不自知其所以然。而誉之毁之者之意中，非心服其为人也，附富贵也；非心鄙其为人也，忌道德也。其誉也，不至同登于要津不止；其毁也，不至挤排于危地不止。独不思"声闻过情，涸堪立待；欲加之罪，何患无辞"之终无益乎。旷观三千年之史，周公元圣也，誉之有东人，毁之有同室；孔子至圣也，誉在三月之后，毁在三月之前；子产贤大夫也，"谁嗣"之诵，在三年以后，"孰杀"之歌，在一年之间。为誉为毁，圣贤且不免，况其下焉者乎！是以誉新莽者，谦恭可同吐握；誉魏阉者，典要可拟《春秋》。贾谊献治安之策，毁之者斥其纷更；子仪完将相之功，毁之者诬其专柄。千古小人之党小人而倾君子也，未有不操此术者。不特此也，寇准誉丁谓，富弼誉安石，张浚誉秦桧，以君子而誉小人者有之。晏婴毁仲尼，王导毁周颙，苏轼毁程颐，以君子而毁君子者又有之。嗟乎！有识者见微知著，有相士之明，具知人之哲。不为毁誉所惑者，许将、裴行俭、高孝基以外，不可多得。窃愿世之用人者，操风鉴，裕灼见，贱耳而贵目，黜伪而崇真，使不虞者不得妄增声价，求全者不至湮没终身。毁誉虽有，视之若无。岂非世道人心一大转机哉？

赋得到处逢人说项斯 <small>得人字五言八韵</small>

到处难藏善，相逢是故人。推袁殷想象，说项费精神。
学问潜修富，文章格律新。幸吾公月旦，惟子出风尘。
挈伴游春日，聊盟酹酒辰。境难忘历历，语不厌陈陈。
甘肉三生契，知心两地亲。圣朝衡鉴当，褒许遍同寅。

仁者以财发身论

生财者天也,理财者君也。天未尝专予君以财,特寄君以辅相裁成之任,俾之开其源节其流,养万民即所以奉一人耳。如《大学》所云:"仁者以财发身。"诚王道也。然其中亦有霸术焉。王者以德行仁,霸者以力假仁。王者不为身计,第为民计,无散财之迹也。霸者先为身计,后为民计,市散财之名也。何言之,霸者之于诸侯,罢马为币,纂组为奉,垂橐入,捆载归,厚往薄来,歌其德者众矣。由是有豆区釜钟之赐,归令如流水焉。有载脂投醪之惠,赴难尽忘劳焉。有蠲租免税之文,读诏而感泣焉。甚至豪侠轻财忘身,其徒称颂不衰,曰:"何知仁义,已享其利者为有德。"凡此者,袭王之名,沿霸之弊,窃仁之似,乱仁之真,非仁者也。且夫天有日、月、风、霜、雨、露,所以生物也。而人不知其所以然,第敬天而已。王有正德、利用、厚生,所以养民也,而人不知其所以然,第尊王而已。财贵散,不散之散,乃真散也;身贵发,不发之发,乃真发也。分四民,任九职,罚惰民而惩旷土,使府海官山,原隰林麓,各献其材而不爱其宝,而且老幼废疾得所养,敬教劝学育其才,无一物不得其所,无一夫不被其泽,其取诸下也,行彻法用一缓二,正供以外无苛求。其出自上也,制九式之法,自太宰以及太府司会,皆赞王以式,不敢违式以媚上,无内庭之侈费,无冗员之滥赏,无土木之繁兴,无奇技淫巧之妄作,即不幸而大赈大邮,大军大役,钱谷动縻巨万,而耕九余三,以三十年之通制国用,百姓足,君孰与不足? 此所谓不散之散也。而为君者犹宵旰忧勤,匹夫不获,则曰时予之辜,皇皇然视民如伤,足不下堂阶,心常周寰宇，不爱其身而爱其民，身似不发矣，孰知当日之民已延颈企踵，回面内向，尊之为元后，亲之如父母，奉之若神明，不识不知，顺帝则而忘帝力，是以九重之上，安富尊荣，恭己垂裳而大治，穆穆然，雍雍然，士君子之生其际者，沐浴盛化，涵濡教泽。将归功于良有司，有司辞曰："此吾君之德也，臣何力之有。"归功于天子，天子亦辞曰："此天地自然之利也，因所利而利之，朕何力之有。"无已则必归功于太空，故曰：仁，天心也，仁君即天也，彼区区以小补欢虞为务者，乌足与言仁道之大哉！

赋得不学《诗》无以言 <small>得诗字五言八韵</small>

自古能言者，都教善读《诗》。不然荒学术，无以吐清辞。
相鼠曾讥矣，雕龙孰信之。面墙人共诮，唾玉我何知。
枉领温柔教，终输辨论时。断章还未解，专对亦奚为。
六义神难会，三缄口可疑。鲤庭垂至训，有物正葩词。

吴观周集

[清] 吴观周　撰

吴茂云　点校

先生性理為學不為小節

……貴州左參政。丁內艱服闋。起山東按察使
遷江西右布政奏罷宦瀶王宸私貢新茶新筍散青
時瀶威欬方熾人皆以為難得。……
閩除廣西左布政以征蠻……功。陞刑部侍郎
雲南輯綏蕃漢地方以……嘉靖甲……入為刑部侍郎
……狀所……日……大禮
上疏請郵刑復乞還……
安所……有閩易傳疏周禮義大學稽古……諸臣
年統未城會通記尊鄉續義元編……
通志古文類選東瀛遺稿義……

符教諭邵陽……

先生四歲其祖……唐十八學士像於壁指其名氏示
之翼日試焉則一一識無夾比。長邠……為縣學諸生
陽明公及華虛齋諸說皆未出舉子師類題緝輯
子尋食廩……問業者摩踵於門是時
講語授學徒謂之資講先生一掃而求務研
窮理道鈞元……舉辟吾台所謂十大儒者多諸生
列坐聽講不置書册第舉所疑為問疏學……細入
絲毛夜分則除煙默坐紬繹舊聞故及門者多沈潛

临海市博物馆藏《续台学源流》稿本

65

國朝

贈廬州知州次山趙先生崇賢

禮部尚書董翰林院學士久菴黃先生絕

刑部河南司主事海峯黃先生良佩

贈太子少保兵部尚書方崔趙先生大佑

遂昌縣教諭達卷四趙先生成宣

太常寺博士辛酉舉人澄圍林先生茂岡

河南涉縣知縣鶴泉戚先生學標

拔貢鏡初周先生鑑

贈廬西按察僉事鄲城縣知縣象坦許先生鴻儒

太平鄉賢事略卷一

宗

王方嚴先生

王先生名居安字資道初名居敬字簡卿避桃廟嫌易之家方嚴鄉因號馬始能言讀孝經有從容指日曉此乎即答曰夫子教人孝耳劉孝趨七月八日過其家塾見其異凡兒便賦入夕詩援筆成之有恩致孝趨驚訝其背日名位必遇我入太學適熙國者以先生十年不調將遷授職事先生目請丁內外艱柄國者以先生十年不調將遷授職事先生目請試民事乃授江東宗史江西提刑司幹官使者王厚之鵰鋒

临海市博物馆藏《太平乡贤事略》书影

閑距錄序

古無所謂異端也自老耼作道德經倡清淨無為之說以
立異於堯舜禹湯文武周公之道而異端於是乎始然幸
我夫子與之同時祖述憲章列聖之道大明於天下故其
說不得肆而夫子見微知著嘗曰攻乎異端斯害也已又
曰索隱行怪後世有述焉蓋為老子發也降至戰國而異
端紛起楊氏為我而無君墨氏兼愛而無父為害尤甚孟
子起而闢之廓如也秦皇漢帝並好神仙而老子之學遂

临海市博物馆藏《闲距录》稿本

67

前　言

吴观周（1848—1905），字心恒，号黝农、邻农，太平四都（今浙江温岭箬横上尤金）人，增广生员。

一、家世、生平

吴观周者，笔者族叔祖也。据先父所撰《清增生黝农公传》："公自幼颖悟，善读书，如莊公笃爱之，期望綦切。年二十余，受知于邑侯徐公，以县试冠军入邑庠，旋补增秋闱，荐卷数次，卒不中，惜哉。家贫以舌耕奉亲，世家争聘之，甘旨赖无缺。"如莊公乃观周之父也。

与黝农公同村之林丙恭先生所撰《吴黝农先生事略》，对黝农公身世记之较详："念乃祖端淑公由黄岩凤阳铺，徙邑之南乡上尤金，门户单微，欲奋功名以自振，揭苦帖括。平日服膺陈星斋先生，揣摩既久，下笔辄得其神似，为陈苣东师所激赏，兼工训诂，于两汉经师，及清代顾、王、戴、段各经说，多所匡正，不屑附和。岁科试屡列高等，乃五赴秋闱，未获一第。……（光绪）三十年甲辰，孙叔平启泰权邑篆，创办横湖官学堂，聘先生任国文教习，为后学矜式，因功课过劳，竟于是年九月初八日戌时卒[一]，距生于咸丰戊申年三月初二日申时，年仅五十有七。人皆痛惜。……生一子天春，能读父书，后先生十二年卒，娶陈氏无嗣，陈氏亦后夫一年卒，以从侄四妹入继,女一,适湾张内侄某。"

又《续台学源流》载:"光绪二十三年,岁次丁酉二月起稿,至五月稿成,时馆涧桥,观周记。"

其祖父端肃公从黄岩凤阳铺(今台州市路桥区横街镇湖头村),迁至太平四都。[光绪]《太平县志·人物》仅收录其父吴如茳之小传,而未及录吴观周。据县志记载:吴会申,字如茳,四都车江人。家贫力学。初泛滥于释老,后乃专心四子书。其论性善有云:"天赋人以性,犹泽物以雨,雨无不清,性无不善。一落气质,则有善有不善,如雨降于山则为山水,降于河则为河水,降于海则为海水。水有清浊咸淡之不同,然其初则皆雨也,无不清也,无不淡也,观此而性可知已。"同治初,粤贼授以伪职,不受。陈学博沣尝序其行以美之。

吴观周生活在清咸丰、同治、光绪年间,时值鸦片战争到辛亥革命前夕,清王朝经历了鸦片战争和太平天国运动,国力已江河日下,进入多事之秋。但太平地处东海一隅,变乱还基本未波及,百姓生活仍是日出而作,日落而息,读书人也还是按部就班地读书考功名。据上述资料记载,吴观周出生于书香家庭,从小喜读书,1874年年度考试,考得第一,进入县学读书,成为秀才,这一年他27岁。此后则专事教书、著述。先研究礼仪,再钻研程朱理学,师从理学名家富阳人夏震武。光绪庚子(1900)学官赠"笃志正学"的匾额,以表彰其理学成就。

二、著作的思想内容

吴观周一生著有《家礼从宜》《常惺惺斋存稿》《续台学源流》《闲距录》《太平乡贤事略》等,其中《家礼从宜》和《常惺惺斋存稿》已佚。

　　作为传统士子,吴观周读的是儒家正统之书,学的是圣贤之学,其著述之宗旨不外乎代圣贤立言。南宋理学经几百年的传承,在台州也得到了发扬光大,代有闻人,积累下了不少资料。梳理道统,记叙源流就成为当地后学的一份责任。在吴观周之前约五百年的方孝孺就曾想发动学人,为地方理学名人树碑立传,其《与邑人许继书》中有"仆以为前人之弗传,后死者之责也。故窃欲有所纪述……勒成一书,藏之学宫,俾人人有所考法,知古先之贤哲,益思修己治人之道,其功用甚大,足下毋辞且让也",可惜当时未能施行。百余年后的临海人金贲亨有感于此,遂作《台学源流》一书,对台州理学人物作全面诠叙,自宋至明,收录 38 人,传其生平,述其趣旨,使台州之理学传承脉络分明,一览无遗。又三百余年后,王朝更迭,传统理学经西学之冲击,到清末已呈衰颓之势,吴观周要重振地方学术,认为救人心莫急于广圣学,广圣学莫先于求友声,于是遵金贲亨之体例,继续厘清台学源流,将明至清代之道学中人予以续补,录入 37 人,树立典型,以求完整。至光绪二十三年(1897)《续台学源流》书稿编成。

　　《太平乡贤事略》四卷,乃搜辑诸史志传记,叙自宋以来,崇祀乡贤者三十二人,各为之传,也即是为温岭历代已列入乡贤祠的名人所作的传记。乡贤祠,据考证是始于东汉,孔融为北海相,以甄士然祀于社,开始有了乡贤祠。明清时期,各地均建有乡贤祠,凡有品学为地方所推重者,死后由大吏提请,祀于其乡,入乡贤祠,春秋致祭。这里既有正史中之达官贵人,也有未中功名之处士,但都是读书人,也是有贡献之人。先生为乡贤树碑立传,既为记叙文脉,也是为乡里树立榜样,以引导后人崇文、为善。

《闲距录》二卷,书名取之于《孟子·滕文公下》:闲先圣之道,距杨墨,放淫辞者不得作。意即捍卫古代圣人的学说,反对杨朱、墨翟的学说,驳斥错误的言论,使发表荒谬言论的人不能抬头。因为杨朱主张个人第一,这便否定了对君上的尽忠;墨翟主张天下同仁,不分亲疏,这便将否定对父母的尽孝。他认为无父无君,那就成了禽兽,作者就是要以圣贤之道来否定这些异教邪说。

作者编撰这一本书是有感而发的,他在作于光绪二十九年(1903)的自序中这样说:"古无所谓异端也,自老聃作《道德经》,倡清净无为之说,以立异于尧舜禹汤文武周公之道,而异端于是乎始。秦皇汉帝并好神仙,而老子之学遂盛行于世,凡此皆中国之异端也。至东汉永平八年遣使天竺,得佛像以归,而外国之异端始入中国矣。独不解泰西天主耶稣之教,贻害中国至于此极,而中国之人何以甘受其害而莫之悟也。去年秋试将归,过富阳,谒夏伯定先生,谈及时事,戚然忧之,谓洋教传入中国,人心之坏,士习之衰,国势之弱有不可救药者。相对呜咽,不能自已,因嘱观周著为说以告斯世。爰辑先儒时贤之驳彼教者为上卷,条驳新旧约书之谲诞者为下卷,窃取《孟子》之意,名之曰《闲距录》,以报伯定先生。"

西学东渐以来,东西文化开始频繁地发生摩擦,有时甚至还呈现猛烈碰撞之态势,使不少人晕头转向。故《闲距录·自序》云:"独不解泰西天主耶稣之教,贻害中国至于此极,而中国之人何以甘受其害而莫之悟也。"而"莫之悟"的结果就是近代史上频频发生的"教案"。

天主教于唐代时就已传入中国,但一直影响不大。直到晚明清初大批西方传教士来到中国,达到高潮,如利玛窦、熊三拔、南怀仁、汤若望等,他们以基督教的名义传播福音,广交中国官员和社会名流,传播西方天文、数学、地理等科学技术知识,为中国民间乃至朝廷都干了不少好事,因此他们在中国,"朝野上下无不尊之"。但 1704 年(清康熙四十三年)11 月 20 日,教皇克雷芒十一世(Pope Clement XI,1700—1721 年在位)对中国天主教众颁布七条禁约,禁止中国入教者祭祖、祀孔、敬天后,就失去了在华传教的资格,经历了一百多年的禁教期。咸丰八年(1858)之后,随着《天津条约》《北京条约》等一系列不平等条约的签订,西方传教士又重新获得在华传教的权利。对于帝国的统治者而言,虽然条约必须履行,内心却很不舒服。洋教威胁着中国固有的伦理规范,西方的上帝瓦解着中国固有的社会秩序,要稳定秩序,就不能不抵抗西方宗教。晚清教案始于 1842 年北京教案,结束于 1911 年陕西长武教案,长达 70 年,与整个晚清相始终,其持续时间之久,是同期其他事件所望尘莫及的。据统计,仅 1856 年到 1899 年的 43 年间,各地就发生重大教案 700 多起,把清廷弄得焦头烂额,最后发生了义和团运动。同时产生的外交纠纷,也是同期其他事件所无法比拟的。直接发生在台州而影响较大的是海门教案,光绪二十五年(1899),黄岩人应万德等奋起反洋教:二月十八日,捣坏洋屿教堂 3 间;三月十一日,焚烧太平城内教堂楼房 9 间;三月十五日,毁坏二塘庙教堂楼房 3 间;二十二日,捣拆新河教堂楼房 4 间,又拆坏附近房东楼房 4 间,又拆坏附近教民三妹先楼房 3 间,二十四日又拆毁泉井教堂 5 间。到八月,应万德被捕,黄岩县令、海门游击等五官员受调离、撤职处分,赔恤焚毁各教堂教民家共计银十八万两正②。

中西文化冲突蔓延到了家门口,引起了乡村士绅阶层的强烈不满和痛苦,光绪二十八年(1902)吴观周参加省秋试归来,途经富阳,再次拜访了夏伯定,在谈到时局混乱时,对有些传教士借其享有的特权,勾结地方上的地痞、流氓等不法之徒,引发民教冲突,二人都表示十分愤慨,竟至相对呜咽,不能自已。作为当地士绅总想有所作为,经夏伯定先生提议,二人决定以编书来还击,以儒学思想来驳斥洋教教义,以期唤醒民众。经过一年的努力,到光绪二十九年(1903)吴观周终于编成是书,定名《闲距录》。书中先汇编了一批"先儒时贤之驳彼教者"的文章作为上卷,其中也摘录了夏伯定之《中兴十六策疏·变士风》一节,每条之下再加按语以品评。再摘录《旧约》经文,逐条驳斥其中的荒诞者为下卷,以回报伯定先生。

夏伯定(1854—1930)③,富阳人,名震武,字伯定,号涤庵,是著名的理学家、爱国教育家。著述丰富,有《人道大义录》《灵峰先生集》《悔言》《悔言辨正》《衰说考误》《寱言质疑》《〈资治通鉴后编〉校勘记》《大学衍义讲授》《论语讲义》《孟子讲义》等。八国联军攻陷北京后,夏震武应慈禧太后、光绪帝之召,奔赴西安,上《应诏进言谨陈中兴十六策》,反对屈辱求和。夏震武曾任浙江教育总会会长、京师大学堂教习。后退隐回乡,筑灵峰精舍聚徒讲学,教育学生:"一言一动,必以洛闽理学为门户,洙泗为堂奥。"排斥管、商、韩、杨、墨、佛、老、耶、回,学生遍及秦、晋、鲁、豫和日本、韩国、越南。

"达而在上,救天下以政;穷而在下,救天下以学。""庶人人知洋教之害不为所惑,而中国人心正、士习端、国势强,则以是为筌蹄可也。"从吴观周、夏震武论述中对国事、民事的关心,可见一代读书人忧国忧民之心和澄清天下之志。

三、关于本集的点校

　　吴观周之著作留传下来的都是稿本或是抄本,未见刻印,只在朋友之间传抄,流传不广,太平本地藏书家陈树钧编于宣统二年的《台书存目录》未著录。临海学者项士元之《台州经籍志》失收,《续台学源流》一书仅见于喻长霖民国《台州府志》卷六十八《艺文略五》。黄岩王舟瑶得到项士元所赠之《台州经籍志》后,对此书曾作补漏,补上吴观周之《家礼从宜》《续台学源流》和《太平乡贤事略》,书于书眉,并作简评,可见王舟瑶是读过吴观周之书稿的。

　　喻长霖民国《台州府志》卷六十八《艺文略五》其《续台学源流》条云:"国朝吴观周撰。自明谢铎至国朝陈宽居,凡二十七人,人各一传,传末注明所据书,一如金赉亨之例。惟金书略分派别,加以按语,此则以时代为次,虽泯门户之见,未免派别之淆。今存原稿。"王舟瑶谓是书:"采择未精,挂漏亦多,殊暗源流,远逊金氏之书。"的确,本书作为续编《台学源流》之未定稿,是存在较多缺点:一是文目不符,目录标有 27 人,而卷一"章明经文录",卷二"王定庵光"有目无文,卷二"王明经云"有文无目。后来内容中增补了 9 人,而目录未加。二是后补者未按前例之年代排列。三是不知后补之"应进士良"即卷二之"应方伯良",重复收入。但瑕不掩瑜,本书对梳理台州学术源流,补史之缺,使不少默默无闻的学者能留名后世,能得见台学全貌,功不可灭。

　　本次点校所据的是临海市博物馆所藏之《续台学源流》稿

本,封面署有"续台学源流初稿"字样。针对其缺漏,无目者补目,无文者补文,另减去重复者,实收 37 人。对增补之 9 人排列次序按年代作了调整,庶几能保持其体例。而喻长霖府志当年所见 27 人,则应是未增补之原稿。稿本之书眉原有许多人与事之考证和注释,具有一定参考价值,今均置于校勘记中。稿本中全书目录与内容原未按年代编排,后来在目录上按人物年代重标序号,想来作者会在誊清时按序号按年代重新排列,因此今均按其序号重新编排目录和内容,使之符合作者原意,也使脉络更加清晰,并将原目录移至书末作为附录。初稿文字涂改较多,给点校带来了一定的难度,好在徐三见先生已点校过一遍,今参考其校本,重新再校了一遍,原稿涂乙之处个别文字略有异同。

《太平乡贤事略》四卷,抄本,藏于临海市博物馆,均未见于各种书目。前有同事赵佩茳先生之序言,今移至书末,作为附录。32 篇乡贤传记中被收入《续台学源流》书稿的仅谢铎、周鉴、黄绾、叶良佩四人,今亦不作删改,不避重复,以图完璧。书末原有《吴幽农先生事略》,未署作者之名,文与附录中林丙恭所作基本相似,今不再收。

《闲距录》二卷,抄本,藏于临海市博物馆。均未见于各种书目。卷上共二十二条,辑自 18 种书,共计 34 篇。各篇见于《四库全书》,或能找到其原文集者,都作了校勘。其与原文有所节略者,均于校勘记中录出。《旧约》原文 39 篇,《新约》原文 27 篇,《闲距录》仅对《旧约》中之《创世纪》《出伊及记》《利未记》《民数记》《申民记》《约书亚记》《士师记》各篇作了摘录和辩驳。因年代久远,不知当时吴观周摘录自何种版本之《旧约》,经与现在通行的中文和合本比对,内容未变而文字相差较大,似乎都作了节略,因此无法作具体校勘,仅对其中人名作了核对,以利句读。

又于《黄岩湖头吴氏宗谱》中辑得两篇佚文:《重修宗谱序》和《太学生静轩公传》,并《续台学源流》原目录、先父所作《清增生幽农公传》、林丙恭所作《吴幽农先生事略》同附于《续台学源流》之后,以资参考。

吴观周之诗文集已佚,现存之《续台学源流》和《太平乡贤事略》按传统分类属于史部传记类,而《闲距录》属子部宗教类,因而现将三种书稿之目录分开排列,以基本保持原貌。

本集之整理点校,得到了临海市博物馆和徐三见馆长的无私帮助,谨表衷心谢意。

二〇一六年一月二十三日定稿

注释

①时字前原文空一字,据《太平乡贤事略·吴幽农先生事略》补。

②见李性忠的"台州知府高英所存海门教案文献"。

③夏伯定,其父夏范金,贡生出身,讲求程朱理学。震武自幼刻苦向学,清同治十三年(1874)考中进士。光绪六年(1880)朝考二等,授工部营缮司主事。八国联军攻陷北京后,夏震武应慈禧太后、光绪帝之召,奔赴西安,上《应诏进言,谨陈中兴十六策》,反对屈辱求和。奉旨引见时,又面陈和战大计,并指斥枢臣,为此触怒权贵,未被重用。但洋人却极忌讳这个直言的小官,在庆亲王奕劻、大臣李鸿章的奏折上,都写有转述洋人的话,如"若清廷诚意议和,当先罢黜夏震武"等文字,一个官小言微的存记官,竟也使洋人胆寒如此,可见夏震武的威望了。因清廷和议已决,震武遂告病回乡。后曾任浙江教育总会会长、京师大学堂教习。晚年"以孔、孟、程、朱公道为天下倡",在故里筑"灵峰精舍",聚徒讲学,先后慕名从学之士甚众,日本、朝鲜、越南学者亦不远千里而来。

目　录

续台学源流

卷一

谢文肃 明宣宗宣德十年乙卯生〔二〕

谢文肃,名铎,字鸣治,号方山,后更号方石,太平人。从叔父贞肃公省学,天顺甲申进士,改翰林院庶吉士,授编修。成化修《英宗实录》成,癸巳,与修撰罗璟等校勘《通鉴纲目》成,疏言:"宋神宗、理宗虽留意是书,卒不能推之政治。"因劝上讲学用贤,大本立而万目自随。丁亥,时塞上有警,条上备边事宜:请养兵积粟,收复东胜河套,言今边将,无异晚唐债帅,败则士卒受殃,捷则权豪受赏,语皆切弊。上嘉纳之〔三〕。庚子,遭两丧。服阕,以亲不逮养,遂不起。弘治初〔四〕,台谏交荐起修《宪宗实录》,乃起供职,擢南国子监祭酒。以道义廉节为教,上言六事:曰择师儒、慎科贡、正祀典、广载籍、复会馔、均拨历,请增杨时从祀而黜吴澄。尚书傅瀚阻之,乃进时而祀澄如故。他若择师儒、慎科贡、广载籍,诸论列尤多。明年复致仕,归。家居将十年,荐者益众,给事中吴蒜言尤力,有"擢用经筵、仿佛程朱"之语。帝素重先生,擢礼部右侍郎,仍管国子监祭酒事,命吏部即其家起之。再辞,不得。庚申,力疾应命,在道旧病发,径归。复请,而敦迫益急,乃至京。辞所加职,以本官治事。亦不许,乃就职。时章文懿懋为南祭酒,两人皆人师,诸生交相庆。先生严课程,杜请谒,增号舍,修学宫,又出夫皂顾役钱买地以扩庙门,尽革六堂班见礼,监故有羡金。构东西楼,刊经史庋其上。监庙街湫隘[五],益市地,辟置官廨三十区,居学官以省僦直,其斜侧又市庐舍三十余区为官廨。诸生有贫窭及死而无归者咸赈给之。又请别祀叔梁公,以曾晳、颜路、孔鲤配,用全齐圣不先父食之义。凡所建白,皆师古义,无徇俗希人意。居二年,再疏乞归,不许。癸亥,修《历代通鉴纂要》成,疏又五六上,不许,后以乞归养疾,许之。命给驿以行,令有司候病愈闻,时六馆诸生以状乞留者毋虑千人。正德戊辰,吏部以"经术宏深,才可大用"荐,会权阉用事,矫令致仕。庚午,卒于家,年七十六。赠礼部尚书,谥文肃。

　　先生天资纯粹,性介特,力学慕古,动师圣贤,复讲求经世务,家居极孝友,自违养后无意仕进,尝从其叔父贞肃公学,师事终身,虽列崇阶,如寒素。凡俸赐,尽以给诸弟侄,自奉则布衣疏食。尝置义田三十亩,书院田二十亩,构墓庐曰会缌庵,以合宗族。姻党知识困乏者,咸有周恤。顾无长物,惟节俸入为之。一日欲买地治归来园,问其值,须五十金,倾囊不足其数,乃还地券。会江心寺建文信公祠,永嘉令汪奉二十金来请碑文,先生笑曰:"园成矣。"其无厚蓄如此。乃至乡郡先正遗文善行,皆辑录以传。尝请于大尹黄公,表杜清献、车玉峰、黄寿云诸儒先。所友善陈忠愍选、黄文毅孔昭、长沙李文正东阳,书问往来,皆以道义相切劘。其讲学一守程朱,与吴原明书辟陈白沙云:"此老平生肺肝尽见,其下二陆又不知几等,乃敢作此瞒天说话。"又云:"鸳鸯谱从他自绣出,我顾服此布帛以终身。来书有引公甫禅家语，不敢更传彼金针法矣。"又有二绝云："说地谈天半有无，骇风奔浪剧鹅湖。真看绝学今千载，压倒先从太极图。""吓地瞒天日几回，只将甜舌作蜂媒。吠形可是能逃影，肝胆分明见得来。"论者谓其德业无让薛文清、林见素。俊尝曰[六]："谢公天下第一流人物也。"

尝著《伊洛渊源续录》，以继朱子之书，起罗从彦至王柏，凡二十二人，盖惧后世借儒雅之言，以盖佛老之真。又有《续真西山读书记乙集》《四子释言》《元史本末》《宰辅沿革》《尊乡录》《赤城新志》《桃溪净稿》。所编辑有《伊洛遗音》《国朝名臣事略》《缌山集》《赤城论谏录》《赤城后集》《赤城诗集》《黄岩志·艺文》诸书。又有《国子监续志》《方石史论》。仪封王宫保廷相铭其墓，今祀乡贤。刻有《伊洛遗音》《方逊志先生文集》。（见《桃溪净稿》、《海峰堂前稿》、《明史》本传、《雍正浙江通志·名臣》、《嘉庆太平县志》、《台州外书》）

校勘记

〔一〕《续台学源流》底本为初稿，正文未分卷，今按目录分卷立标题。

〔二〕明宣宗宣德十年乙卯生：此为书眉批注。按：底本各篇名下所注之生年均后加于书眉，今均移至篇首名下，下同，不再说明。

〔三〕句上书眉有吴观周批注："按《净稿》论西北备边事宜状列于癸巳封事之前，叶《传》、戚《志》序之于后，误。今考《明史》本传，既以修《英宗实录》序于校勘《通鉴纲目》上是矣，而仍以条上备边事宜序于癸巳封事下，《黄岩志》同，则亦未得其实也。今悉以《净稿》为据。又按：迁侍讲三句，叶《传》次于修《英庙实录》下，戚《志》同，今依《明史》补"秩满"二字，系之癸巳封事下，庶得其实。"

〔四〕弘治：底本作"宏治"，原为避乾隆讳弘历而改，今改回。下同，不一一出校。

〔五〕句上书眉有吴观周批注："'北监'二句本戚《志》。叶《传》作'庙门衢面多狭斜,买其地而廓之'。"

〔六〕俊：指林俊,俊字见素。即上句之"林见素"。

王提学

王提学,名纯,字允儒^{〔一〕},仙居人。成化辛丑进士,授工部主事,会王恕致仕,先生言恕社稷臣,无容轻弃,上怒,命诏狱,随谪思南推官。弘治元年,吏部主事储瓘言："王纯以直言徇国,乞置之风纪论思之地,与其旋求敢谏之士,不若先用已试之人。"报可。当事忌其戆,乃外擢湖广督学。先生校士,先行谊,抑浮竞,士类翕然向风。未竟厥用而卒。(《雍正浙江通志·名臣》)

校勘记

〔一〕底本空二字：王纯字"允儒",今据方志补之。

王侍郎<small>英宗天顺八年甲申生</small>

王侍郎,名启,字景昭,号学古,黄岩人。自幼颖悟过人,敏记问,成化丁未进士,告归婚娶,授霍邱知县。有兄弟争财,讼不息者,以宋人所著《兄弟吟》令诵,朝夕对揖,久之愧服,一时感化者众。弘治间当道荐之,召选,擢南台御史,屡进谠言,不避权贵。奏外戚张鹤龄家奴生事,及内侍董让等不法,百司肃然。升江西按察佥事,诘奸慝,理冤狱,增修濂溪、白鹿两书院及文信公祠,毁淫祠四百余。正德戊辰,本司进副使,以事忤逆瑾,降广西容县知县,怡然就道。谢文肃公赠以诗,有"不挫心藏国士风"之句,瑾怒犹未息,檄巡按鞫问,淹恤梧州,惟闭户考古图书。瑾败,复为四川蓬州知州,巡抚都御史林公廷选以志节论荐,擢守南雄,寻升贵州左参政。丁内艰,服阕,起山东按察使。明年迁江西右布政,奏罢宁王宸濠私贡新茶、新笋数事。时濠威焰方炽,人皆以为难。寻丁外艰,踰年变作。服阕,除广西左布政,以征蛮督饷功升俸一级。辛巳晋右副都御史,巡抚云南。辑绥蕃汉,地方以宁。嘉靖甲申入为刑部右侍郎,上疏请恤刑,复乞还大礼谪戍诸臣,不报。丁亥以大狱事罢归,日以著述为事,足迹不至公府。甲午卒,年七十一,学者称东瀛先生。先生性坦夷,不矜小节。与人语率真无防畛,亦不肯随俗作好恶低昂。及免官家居,未尝怨怼,饮食衣服泊如也。所著有《周易传疏》《周礼疏义》《大学稽古衍义》《元鉴年统》《宋元纲目续修》[一]《赤城会通记》《尊乡续录》《抚滇翊华录》《正蒙直解迻言》《古文类选》《东瀛遗稿》《义蜂记》。隆庆初以吴时来请,诏复其官,锡祭葬。(《通志》《黄岩志》)

校勘记

〔一〕《宋元纲目续修》:据书眉补上。

夏评事

夏评事,名鎔,字树德,天台人。成化丁未进士,以省亲违限,例当送问,先生不服,三原王吏部恕令人曲谕,乃就刑部主事。会主事李文祥、庶吉士邹智、御史汤鼐等以论列大臣言直得罪,先生抗章论救,并劾大臣,诏逮锦衣卫狱。推治无所得,释送铨曹,谢病归。弘治辛酉,复起赴选,自台至辇下,数千里间,见有百姓流离,科差繁重,乃备述其状,以疏进,不报。久之,当受职,当局者忌其刚鲠,不欲置近要,除南大理寺评事。

守备内臣违例,准进民词,即论奏削其权。以母老乞养归。其学以诚为归宿,以辨义利为入门。著有《夏赤城集》,太平赵尚书大佑为梓行。(《雍正通志·名臣》《外书》)

符邵阳英宗天顺四年庚辰生

符邵阳,名匡,字允试,号正斋,黄岩人。祖禄,父孚,咸有隐德。先生生四岁,其祖禄悬唐十八学士像于壁,指其名氏示之,翼日试焉,则一一识无爽。比长,以治《诗》为县学生,寻食廪。刻志经籍,尤敦实行,远近来问业者踵相接。是时阳明公及蔡虚斋诸说皆未出,举子师类摘题缀辑讲语授学徒诵习,谓之资讲。先生一扫而去之,务研穷理道,钩玄索微,举与吾台所谓十大儒者角,诸生列坐听讲,不置书册,第举所疑为问,疏擘肯綮,细入丝毛。夜分则除灯默坐,细绎旧闻,故及门者多沉潜著已。其为文尚理致,不事浮靡,善谈说时务,皆凿凿可行。由是声望籍籍,出台多士上,尤为提学吴公伯通所器重,以决科许之。已而累举于有司,同时推让不敢与先生并。或尝从游为门人者咸第,顾先生独不第,正德中由岁贡入太学,祭酒王公瓒一见叹曰:"吾老友也。"即举于应天,又不第。已乃谒选天官,冢宰杨公一清试得其文,辄曰:"此场屋遗才。"然先生自是不复有志于再举矣。遂循格授益阳训导。益俗尚鬼习谕,鲜知古礼,先生讲明正学,首以冠、昏、丧、祭四礼示诸生,因节《家礼辑要》示之,士俗大变。时湖襄用兵,县吏弗任,巡抚秦公金檄先生掌县事,调兵食,罔弗办。秦公属将荐之,会先生以课最升邵阳教谕,即邵训之士俗,亦罔不如在益时。邵于宝庆为城下邑,郡守檄摄,杨公淳御下如束湿,顾独敬重先生,曰:"是能以四礼教诸生者也。"宝属武冈州有亲王岷府在焉,州官率挠于宗贵,弗克治,杨守请以先生摄州事。即州事,又罔弗治。故事王府禄给外,月输八十金为稍食,先生省至四金,民大德之,即王亦感先生诚意,数延诸殿上,称之曰"先生,先生"云。比去武冈,老稚咸来,卧辕泣,且曰:"恨符公不遂守吾武冈也。"武宗毅皇帝宾天,郡檄纂修《实录》,推先生为总裁。甲申竣事,遂引年力请于抚按诸公,皆不许,而先生请益力,遂得力乞致事以归。寻卒,闻者无问识与不识,咸嗟异之。年六十有五,宝郡人慕之,请祀名宦祠,时嘉靖甲申五月也。先生性孝友,于声色纷华。澹无所好,不习交权贵人,居常惟以讲学为事,及施于有政,顾绰有才誉。尝倡立大宗祠,让父产于兄弟。又还妇家奁田,外舅所矛亦固让弗取。论者谓先生泊德如浮也〔一〕,于享位不称,才积者厚,施者未光也。门人叶郎中良佩撰《行状》,称先生深于理学,其源实出于章主事陬〔二〕。字仲寅,正统丙辰进士,善治《毛诗》。陬又出于孟康靖梦恂。子验,登进士,官御史,至广西按察金事,有政声。若夫精造远诣则所自得为多。(见《海峰堂前稿》《黄岩志》)

校勘记

〔一〕先生:底本误作"先先",径改。

〔二〕本句上有吴观周眉批:"章主事名陬,字仲寅,正统丙辰进士,善治《毛诗》。"

章明经

章明经,名文禄〔一〕,字秉道,号百可,黄岩人。早有至性,好古执礼,不屑俗学,精于天文、地理、律吕、图书之奥。嘉靖初贡京师，当轴知其邃于天文，欲授以历官，辞归。杜门不出，晨夕正襟危坐，精思力索，有得辄书之。尝曰："平生拙于世用，但两间至理欲粗得于心耳。"（《康熙志》）自奉甚约，饮食服用，人所不堪者，处之澹如，势利毫无所动于中。（《乾隆县志》）著有《易象系图》《启象通释正误》《律吕新书解要》。（《康熙志》）

校勘记

〔一〕本篇底本有目无文，今据民国《台州府志·儒林》补。《府志》开篇作"章文禄，字秉道"，今按统一体例改。

赵参政

赵参政，名渊，字宏道，号竹江，临海人。父璧，绩学不仕〔一〕，有古逸民风，为谢文肃公所重，尝书"作好人"三字遗诸子。先生幼承家学，长与金一所先生友。登正德戊辰进士，授行人，以亲老请教职便养，不许，随告侍亲。数载，复任。未几，使湖湘，便道归省，适母蒋疾革，人谓孝思所致。居丧极哀。服阕，称疾不起，累迁司正，部檄两至，始就职。月余，擢四川按察佥事，改督贵州学，迁云南参议。上章乞归养，当道疏留，转江南提学副使。首兴白鹿书院，以教诸生。补四川参政。两疏乞休，弗允，乃复之蜀，启蜀王建方正学祠于宋潜溪墓侧，为文记之。未几父讣至，即日奔还，擗踊屡绝，奉柩葬泾山，逾年始归。服阕，荐剡日至，竟不复出。处异母弟曲尽友爱，抚孤侄恩意尤至。先生初崇名节，继攻文辞，晚则究心濂洛，益自振拔，其饬行省躬，虚己求益之心，方进未已。尝欲与一所先生编辑吾台理学诸儒源流，以为乡间式，竟赍志以没，年五十七〔二〕。卒之日，正衣端坐，惺惺不乱，识者谓足觇所学

云。从祀乡贤祠。（《康熙临海县志·孝友》）

校勘记

〔一〕绩：疑"积"之讹。

〔二〕年五十七：民国《台州府志》《临海县志》均作"年五十五"，生卒年月待考。

吴参政

吴参政，名廉，字介夫，仙居人。正德甲戌进士，授礼科给事中。时郭勋、张鹤龄以勋戚贵幸，先生首论二家骄蹇。武庙巡行西北边，先生偕同官泣留，跪午门外三日。正德末，储贰未建，逆阉毕镇表宸濠孝行于朝，冀召入，先生据法驳还，事遂寝。未几，濠果以叛诛。转户科右给事中。世庙嗣统，首条四事：曰正君心、开言路、明经筵、近儒臣，上嘉纳之。出为四川参政。按蜀，蠲害兴利，纠重臣之使蜀殃民者。性耿介，不能逐时好为俯仰，三疏乞归。（《雍正通志·名臣》）

卷二

应方伯

应方伯[一]，名良，字元忠，仙居人。正德戊辰进士，辛未殿试，选庶吉士。时刘瑾虽诛，阉焰仍炽，遂解组归。嘉靖初，用台谏荐，起为侍从。会议大礼，忤旨杖阙下。寻奉使册唐王，悉却赆馈。出督学山东，升广西参政。赍表北上，时张、桂当国，欲招致之。密曰："北司成正以迟公。"先生正色曰："朝廷官爵，奈何私许人。"乃外升广东右布政[二]。无何致仕归。先生初成进士，即从王阳明、湛甘泉辈讲学，居官著清节，不欲以文士自待，故其诗文皆散佚，郭黄崖从其家索得遗文若干首，题曰《间存集》。(《雍正浙江通志》《台州外书》)

校勘记

〔一〕句上书眉有批语："此系姚江王氏学派，宜删。"按，此语笔迹与增补卷之〈应进士〉书眉张廷琛校语同，当系张语。张廷琛(1854——1911)字季玕，又字补瑕，天台人。

〔二〕句上书眉有批语："《黄岩金石志·陈氏大宗祠碑记》题名云'赐进士第、山东右布政、前提督学校、翰林院编修'，《通志》作'广东'，未知孰是。"按：方志均作广东右布政，无山东右布政之任。

应尚书 俟考

应尚书[一]，名大猷，字容庵，仙居人。尝与金一所先生友，以道义相劘切。金家居，先生复起用，过金别，赠诗壮行，

且曰："他日归，须照样一个应容庵还我。"林白峰先生亦有答应先生书。(《知我轩近说》《三台诗话》)

校勘记

〔一〕书眉有批语："已详见补编。"系张廷琛语。

金提学 宪宗成化十五年己亥生

金提学，名贲亨，字汝白，号一所，洪武荐辟授将仕郎。高福德四世孙，复姓金。正德丁卯领乡荐，入南雍，从海宁许杞山讲性命之学〔一〕，静坐精思，毅然以圣人必可学而至。甲戌登进士，乞教授扬州，行冠、昏、丧、祭、射礼，修释奠之仪，新乐舞之器。时有故尚书高，素无行述，其子营祠乡贤，先生执不可，乃求时宰梁公书币以属，先生乃于祠堂列名儒、忠臣、孝子为三龛，各著行实，曰："此外者不得与也。"事遂已，高终不得入。戊寅，升南京刑部主事，告归养亲。嘉靖改元，补刑曹，转员外郎，出佥江西按察使司。有豪民为放债瞽族弟两目，幽于密室三年，人莫敢发。先生偶讯他事，廉得其状，遣卒发之，置豪民法，析其半产以赡废疾。转督学八闽，慨然以斯文为己任，推闽学之传，本于明道，乃立道南书院于会城，祀龟山、豫章、延平、晦庵，而主之以明道。又疏请从祀罗从彦、李侗于孔庭。又立养正书院，择士之有志向者肄业其中，亲与讲明洛、闽微旨，作《道南录》。改督学江西，聚生徒讲论于白鹿书院，明濂溪过化之由，究鹅湖异同之旨。试南昌，梦夫子有疾于捧汤药，觉而讶之，不数日而毁像之报至，惧然感叹。因思二亲衰老，遂乞休，飘然东归，图书数箧而已。既归，杜门读书，按抚交章荐，不起。其生平究心理学，每喜横渠"一时放下，则一时德性有懈"，及伊川"整齐严肃，则心便一"之语，言动有纪，细过必录，践履既笃，德性坚定。尝终日正襟端坐，以敬自持，以勇自克。久之，取明道、延平书反复潜玩，有会于心，乃悟前所用功，求进太锐，则多助长，于澄然真体，未有优游自得之趣。于是默坐澄心，一意涵养，于明道所谓"不须防检，不须穷索"，延平所谓"洒然冰解冻释处，超然有解"，以是平居，动止语默，务合于天理，服官行政，大抵主于崇礼教，敦风尚，端蒙养，以维世善俗之意，恻如也。晚年尤好《易》，与赵竹江、章楼石为讲《易》之会，因书其所自得，为《学易说》。天性至孝，执父丧三年不入私室，居乡一遵古礼，绝不喜缁流。嘉靖甲子卒于家，年八十有六。所著有《学庸说》《龟山白沙要语》《台学源流》《临海县志》。隆庆壬申，御史谢公疏请建"崇正祠"以祀之，今祀乡贤祠。子立爱、立敬、立相，俱登嘉靖进士。（见《康熙临海志》《雍正浙江通志》）

校勘记

〔一〕书眉有批语："按《浙江通志》，许闻至，海宁人，从父九杞山人，阐发阳明良知之旨。据此则许杞山固讲姚江之学者。"

金侍郎

金侍郎，名立敬，字中夫，号存庵，一所先生次子也。嘉靖庚戌进士，授南兵部主事，督造上供马快船，裁减有方，内监不得高下其手。考满赴京，适杨椒山以言事下狱，先生往问候，捐俸金以赠。升吏部郎中，行谊矫矫，持正不阿。转福建参议，驻札武平，时山贼窃发，倭寇交儆，百姓流离。先生劳来安集，奉督府檄统广兵援剿，正部伍，严约束，有妄取民间一物者辄按法以狗,兵帖然无扰。改福建提学,先生至辄修道南、养正两书院,取郡邑高等诸生肄业其中。先是一所公疏请罗从彦、李侗从祀孔庙,事下部,未行,至是复具疏上请。壬戌,按试延平,闻父病,具疏乞休,未及报,即束装出境,既而部覆不允,先生已东归。铨曹以思亲念切,非擅离官职比,得免议。一所公得见先生,喜甚,疾旋愈。先生于是日侍汤药,杜门谢客,无复仕进意。甲子,丁父忧,执丧哀毁。隆庆改元,以华亭徐公荐,起为山东副使。改四川督学,刻《二程全书》以训多士。戊辰,升河南参政,访二程故里,祭其祠。言于督学,简其裔孙,列名庠序。己巳,升山西臬司,迂道归省其母,至家,遂不复出。上疏乞休,词旨恳切,人比之李令伯。壬申,丁母忧,服阕。万历丙子,补江西臬长,端轨率物。时江陵柄政,其父以护卫经历请托,执不从。是年秋,江陵遭父丧不奔,进士邹元标上疏极论,先生对众言曰:“先朝罗一峰论李文达,犹在官也。邹方成进士,敢捋虎须,真铁汉子也。”人咸谓先生不宜轻发,先生曰:“彼论之者实难耳。”升湖广右布政,寻转左。丁丑,升顺天府尹,明年抵京,行李萧然。止于朝房,并不私谒江陵,会王麟泉上疏忤江陵削职,策蹇出都门,先生独送之郊外。京兆当辇毂下,中官蟠踞,弊孔百出,先生不激不随,张弛互用,宿弊顿革。如节京县之支费,清孤老之影射,岁省钱粮十万余金。己卯,升工部右侍郎。明年春,上谒陵,请减扈从中官,以省冗费。辛巳,转左,董修京师涂渠。工完,例得增秩,江陵靳其赏,止赐金帛。先生自楚藩至佐司空,每事与江陵枘凿,只以人望攸归,曲意优容。是年春,值京察,江陵悉以平日建言诸公,列名劣等,以杜起用。先生入朝,面斥之,曰:“太宰此举,欲为元祐党人碑,其如天下公论何?”江陵大怒,先生即日上疏乞休。致仕归，结庐于龙固山，闭门著书，居林下十年，抚按交章疏荐，终不起。绍明家学，以思诚为立本，以主静为入门，每云："不以求诚为本，则终至于画饼。不以静养为功，则未免于泣岐。"又云："予于'敬恕'二字，常目在之，曾下苦功，非性能也。"又云："若于未发前著工夫，则流于禅。在已发方用工夫，亦是逐末流俗学。惟必有事而勿正勿助，方是动静合一之学。"又云："大丈夫当浩然与天地常存，安能视人眉睫，与世浮沉，而自小其志气。"生平操履端方，一切荣利仕进，毫不以动其心，易箦之际，整巾端坐。与亲友诀别，口占曰："朝闻犹自愧，得正复何求。"语不及私，奄然而逝。抚按奏闻，赐谕祭。所著有《约言存省》《圣谕八行注解》。今祀乡贤祠。（《康熙临海志》）

石中丞

石中丞，名简，字廉伯，号玉溪，宁海人。父文彬，事亲以孝闻。先生自幼笃学，有日者谓其不达，令辍业，奋然曰："人生不读书学为圣贤，以立身济世，何以生为！"自是益励志。长从阳明先生游，敦尚实行，不务空谈。嘉靖癸未登进士，授余干令，清慎公勤，百废具举，民为立生祠。性狷介，不谄事上官，去之日有金事某衔之，以峻法鞫其库役，欲以枉法中之，其人引刀自刎，宁死不忍诬也，其服人心如此。丁亥，与潘五山以考绩赴京，寓杭，闻阳明先生适趋两广。召命留旬余日以俟其至，乃师事焉。升南京武选司主事，转刑部郎中，改吏部文选司。值考察，一秉至公，不徇权势，出为高州知府。众颇不满，而先生安之。高故多盗，至则锐意抚摩，盗尽解。以身为教,一郡大治。逾年调安庆,途遇盗,行李萧然,惟图书数卷而已,盗无所得,人以为"真廉伯"。安庆当水陆之冲,供帐费每不赀,先生为裁节,岁省四万金,皖人树石以志其德。历云南、湖广、山东藩桌,升云南巡抚,所至有声。时方向用,以云南布政徐樾轻入边地被害,竟坐落职。明年,朝议欲起之,而先生没矣,时论惜之。生平制行高洁,而心尤长厚,不为矫激。自家食以迄归田,非公事不入公庭,尝自言曰:"作官自俸入外,丝粒皆非义。"清白之操,终始不改。故宦游三十余年,历官一十三任,而清白之操,懔如一日,罢归后宾客之资无以供,识与不识皆信为天下清官。而其文章行谊,论者谓正学先生以后一人,著有《石氏家藏稿》。子承芳,以明经授常熟二尹,荐升广东兴宁知县,亦以廉介称,自守不坠家学焉。(见《海峰堂前稿》《康熙临海县志》)

锺笃庵

　　锺笃庵,名世符,字阶甫,笃庵其号也,太平人。幼负高志,从王阳明游,筑读易楼以居。父逸休卒,庐墓三年,饘粥饮水,枕块寝苫。母卢安人虑其过哀,粉干鱼入粥中,觉而大号,遂不复食。为国子生,抗章论逆瑾,不报,士论壮之。湛甘泉、王虎谷皆相器重,时相董公与世媾,以先生子不为下,大恚,嘱铨曹远除广西浔州照磨。未几谢归,筑养心窝,诗酒自适。郎中郑善夫有《锺孝子传》甚详。(《太平县志》《台州外书》)

章士麟〔一〕

章士麟,字祉盛,宁海人。少笃孝义,慕王阳明之学,言动取与俱准诸义。亲殁,庐墓三年,时切悲号,忽墓产异竹,同本而生,人以为孝感所致。年未三十丧偶,或劝之娶,则曰:"有子嗣继,足矣。"后人以"义夫"旌。

校勘记

〔一〕本篇系后补,未注出处。按:本篇内容见民国《台州府志·孝友》,篇末"年未三十丧偶"句后作"不复娶,后以义夫旌,人称灵泉先生。"其余文字完全相同。

邬司训

邬司训,名中涵,字世元,号槐东,宁海人。英颖过人,慨然以道学自任,与石玉溪、潘五山诸公为契友。嘉靖中遘倭乱,里民惊逸,先生入丫髻山,煮芋和饭涂壁,封以纸。逾月,里人归,饥不得食,后出以破壁饭里人,救活甚众。盱江罗近溪先生荐于御史台,历数郡,佐理得宜,恒加器重。尝两登副榜,壬子贡于京,授福清训导,以节义文学励多士。倭寇福清,邑故无城,令是邑者以单弱莫守,委之去。先生曰:"一命之臣,皆有封疆之责,况我官训导,当以忠孝为训,而顾可自叛名教乎!"爰鼓士气,集乡勇,树高栅,身冒矢石,与贼对垒待援。及督抚兵至,而先生已中飞矢死矣。闻于朝,加赠恤,命祀于学宫。《闽志》及广秘籍,传其死难事甚悉。(《康熙宁海县志》《雍正浙江通志·忠臣》)

王定庵[一]

王定庵, 名光,字伯奎,号定庵,太平人。亦从金贲亨游,明心性之学,卒,林贵兆为志其墓。又有朱若虚字存诚,号雁洲,力学有守,与贵兆及光交,早卒。(《三台诗录》传)

校勘记

〔一〕本篇底本有目无文。今据民国《台州府志·儒林》补,《府志》开篇作"王光字伯奎",今依统一体例改。

王明经

王明经, 名云,字尚德,太平人。嘉靖间岁贡,邃于理学,有《题太极图》一篇传世。与戴给谏师观、邵长史諴友善[一]。沙角徐玉成、塘下徐冕、高浦王光,皆其高弟,学者称梅关先生。(《嘉庆太平志》)

校勘记

〔一〕书眉有批语:"'諴'字当作'澨'。按諴成化辛丑进士,擢南京吏科给事中,不同时,澨则嘉靖戊子举于乡,官至德府长史。"按"澨"稿本初作"諴",后改,故有此批注。

林文贞 武宗正德四年己巳生

林文贞, 名贵兆,字道行,号白峰,太平人。幼承庭训,学有渊源。稍长,便有远大之志,厌俗学纷靡,专务穷理。慕薛文清、陈白沙之为人,以生不同时为恨。闻郡城金一所先生唱道东浙,往从之,以心性名节相砥砺。嘉靖庚子,举于乡,选江西都昌知县。茹蘗饮冰,知有民而不知有官。筑新城,革旧弊,政绩炳炳。时权势当朝,大小竞趋附,先生曰:"我岂能为若作鹰犬耶?"居官才九月,即解印绶去。父老泣留,先生别以诗曰:"湖边植柳维官骑,柳未成阴官已去。殷懃父老莫留衣,旧瓢曾挂衙前树。时艰无计缓征输,一夜忧民鬓已丝。唱断南风人不和,空留春色到棠枝。"士民思慕,为立祠。给事梁梦龙以守道执法题荐,竟卧不起。于居之旁筑一斋,曰"知我轩",著书乐道,至老不倦,立资善会社以讲乡约,为时砥柱者三十年。乡人化之,所居称仁里。万历庚寅卒,年八十二,门人私谥文贞先生。其学以立志为标,以致知为门,以敦行为地,本之以诚,持之以敬,于一切纷华澹如也。与友人方缉轩书云:"昔读阳明《大学解》,亦颇疑眩,已而持朱、王二说极力精思,凡两阅岁,而后悟。其精粗远近迥隔,未易议也。夫人惟上智之资,知至而行亦至焉,中人以下,强克未能,即欲顿悟,辟之游神天阙,而蹠足空江,升高未能,而失坠立见矣。"其不深信姚江,亦概可见。金存庵先生尝谓:"先君之学,得其正轨者,惟白峰而已。"非虚语也。教授林元栋为纪其行实甚详[一]。著有《四书申解》《易经申义》《大学困知录》《知我轩近说》《识知录》《齐治五伦礼》《正志诗》,今惟存《近说》与《正志诗》抄本,余俱佚。(《知我轩近说》、《嘉庆太平县志》、林教授元栋《文贞先生行实》)

观周按:《近说》有《奉金一所先生书》言:"伯奎卧病时,持敬之志愈笃,伏枕凡七月,每客至,必披衣正冠,扶坐以见,属纩前一日犹然。凡语未尝及妻子,惟以'侍教未久,使道不获闻'为憾。又微声曰:'今见得惟此一物耳,绝命有辞,令书扇奉寄为诀。'又为词与兆诀,皆恳恳戒勉意。兆鲁弱之资,失此强辅,何可胜悲。"据此则伯奎亦太平人,与文贞同师一所先生者,即易簀时一事,非深于涵养不能,惜不得其姓名及生平事实,姑附此以俟考〔二〕。

校勘记

〔一〕书眉有批语:"按林教授《行实》作《四书知新录》《易经肤义》,又先生《知我轩近说》引有《知识录》,未知孰是。"

〔二〕按伯奎即王光。光字伯奎,号定庵,太平人,吴氏不甚了了,故目录有"王定庵光"而正文无传,此则录伯奎事"以俟考"。

卷三

戴进士

　　戴进士，名说，字景霞，临海人。嘉靖癸未进士，为诸生时，博综群籍，学有渊源，尝手编经史子集数十卷，有条有贯，事详理密。覃思洙泗、濂洛、关闽之源旨，作《大学八条目解》，为后进津梁。门下士受其熏陶者，卓然名家，当道争延为弟子师。性孝友，兄弟四人，先生居三，伯与季早世，抚其遗孤唐臣、唐相，饮食衣服如己子，课以一经，皆成立。仲无子，晚婴痼疾，迎养于家，躬亲浣涸，率子侄供汤药，终其余年。生平端重自好，行规言矩，一无所苟。编辑经史子集数十卷，藏于家。子：长唐献，记问该博，有声艺苑；次唐徵，邑诸生；幼唐彻，字可均，性至孝，十岁丧母，擗踊如成人，以时日不利含殓，辄大恸曰："纵阴阳相克，宁有母克子乎。"卒视殓如礼，后入邑庠。
（《康熙临海县志·孝友》）

王襄裕_{世宗嘉靖二年癸未生}

　　王襄裕，名宗沐，字新甫，号敬所，临海人。生而敏异，年十四，读书姚江，究百家言。嘉靖癸卯，年二十举于乡。甲辰，登进士，授刑部主事。庚戌，升广西按察使佥事，督学政，修宣成书院，建崇迪堂，聘经师以教多士，凡百四十余人。甲寅，升广东参议，惠、潮间市舶辐凑，山海奇珍，矞然不滓。丙辰，转江西提学副使，首葺王阳明祠，建正学、怀玉两书院，萃诸士肄业,躬自督课。修白鹿洞,与吴明卿会诸生三百余人讲学[一]。己未,升本省参政,寻转臬使,辑宗禄、水利,下及陶冶事,凡七篇:曰赋书、均书、藩书、实书、险书、陶书、溉书,合名《江省大志》,以资考镜。辛酉,转右布政。时永丰流贼窃发,部兵往击,尽歼之,升山西左布政。壬戌,入觐,因晋饥,疏请宽征,乞留河东盐税,给宗禄,获谴,调广西右藩。乞休,不允。过衡州,建会灵精舍于南岳兜率峰中,仿朱晦庵、张南轩讲学故事。癸亥,以父病告归。修《宋元通鉴》,始宋建隆庚申,终元至正丁未,家居杜门,惟以著书为事,三年始告成。丁卯,丁父忧,服阕,以巡抚谷中虚荐,起补山东左布政。编《东省经制全书》,清各铺行税额。会胶河淤塞,朝廷遣给事中相视开凿,先生条议海运之法十二利,详考颠末如指掌,东抚梁梦龙采其法,发米四千石,自淮试运,竟抵天津,遂上其议于朝。辛未,擢右副都御史,总督七省漕运,兼巡抚凤阳等处。先是,屡年运路不通,先生饬法振弊,首申全单之法。旧例:各州县每年应运粮米,由运粮把总分派,而各卫各帮水次有难易高下之分,官旗吏书,因而作弊。自全单设,凡某帮运某州县米,悉由漕司派定,每帮各给一纸遵行,陋规顿革。又自淮安至清江闸,筑为双堤,高若城堳,西增高家旧堰,以遏横溃,东浚涧河,以泄霖积,每大水涨溢,堤以内民庐安堵,堤以外移巢堤上,淮人德之,立生祠尸祝于上,名王公堤。万历乙亥,升南京工部侍郎,改北京,寻升刑部左侍郎,会江陵擅权,侍御刘台疏论,获罪下狱,先生草爰书,调护保全,江陵怨之。辛巳计察,嗾言官拾遗,遂告休。江陵败,南北交章荐,坚卧不起。辛卯卒于家,年六十九。天启改元,以给事中惠世扬请,赐谥襄裕。所著有《海运志》《宋元资治通鉴》《东省经制全书》《南华经别编》《敬所文集》。从祀乡贤祠。子士琦,字圭叔,号丰舆,万历癸未进士,历官至右副都御史,巡抚大同,有政声。(《康熙临海县志》《雍正浙江通志》《台州外书》)

校勘记

〔一〕句上书眉有批语:"吴明卿,名国纶,嘉兴人。"

邬刺史

邬刺史〔一〕,名若虚,字君受,梅石其号也,宁海人。幼颖敏,外祖石博士文睿,早卜其非凡儿,及补为诸生,益锐于学,毅然以振起斯文为己任。万历辛卯登乙榜,授崖州守,会黎蛮猖獗,先生增浚城濠,与王总镇协力拒守,裹甲不解者五旬,贼乃遁。已而海寇引倭,蹂躏崖土,孤城几旦夕下,先生以信义纠集民兵,以身先之,与妻子诀曰:"天子以封疆属我,城亡与亡,义不反顾,尔等须自为计。"妻洪氏亦预洁智井以待。先生历气登城,士皆用命,城赖以保。兵后益勤抚字,正风俗,培士气,反诬狱,凡有益于地方者无不举。癸丑,以治行最迁邵武司马,兴利除害,如在崖时。有暮夜馈金者,却弗受。戊午,致政归,所余俸,分给诸侄,族戚之待以举火者时周恤之,无少吝。家居二十余年,以寿终。崖民思其德,请于朝,入祀名宦祠。所著有《承乏言》《樵讴集》。今从祀乡贤。(《宁海志》)

校勘记

〔一〕邬刺史:底本作邬梅石,因目录与篇名均作邬刺史,今按统一体例改作邬刺史。

吴茂才世宗嘉靖三十四年乙卯生

吴茂才,名思夔,字钦尧,以字行,更字大章,号荆阳,黄岩人。鲁府纪善俸之孙。为邑诸生,警敏好学,手录书盈箧,岸然外穷达,不屑科举业,慕考亭朱子之学,又曰:"我思尹焞,实获我心。"乃筑室委羽山中,聚徒讲学,以洗心明伦为宗,以"作好人"三字为训。居亲丧,哀毁骨立,杖而后能起。怜其弟贫,为谋生产甚周,尝自吟云:"尽瘁歌棠棣,含悲废蓼莪〔一〕。"盖实录也。子执御既登贤书,晨起稍迟,必怒责之,越七年成进士,司刑济上,先生从板舆至其署,见其官舍清贫,或出不意,发其橐史装,窣然有声〔二〕,皆官文书也,乃大喜曰:"儿大耐官职,是为好人矣。"为题座楹曰:"清风说扇三十属穷黎,何妨老人菽水;大业须膺五百年名世,才是我辈尊荣。"自甘澹泊而好施与,常以力有未逮为恨,年七十四卒〔三〕。黄春坊道周为之传,倪祭酒元璐志其墓,著有《义田聚邸》《均盐罚》诸议,藏于家。从祀乡贤祠〔四〕。(《黄岩县志·孝友》)

校勘记

〔一〕"悲",民国《台州府志》作"愁"。

〔二〕"史装",语意不详,疑为"中"字之误。按光绪《黄岩县志·孝友》、民国《台州府志·人物传》十九云:"子执御既登贤书,晨起稍迟,必怒责之,后见其子官舍清贫,甚喜,为题座楹曰……"无"史装"二字。

〔三〕书眉有批语:"按倪《志铭》,当卒于崇祯元年戊辰。"

〔四〕"祀",底本误作"祠",今改。

吴给谏 <small>神宗万历十八年庚寅生</small>

吴给谏,名执御,字君驾,号朗公,荆阳先生子也。天启壬戌进士,除济南推官。洁躬执法,不假色笑,济人谓之"吴靖街"。两校秋闱,所拔皆知名士,金光宸、黄太元、范淑泰、傅岩、刘光斗、唐允谐,其最著也。德州建魏忠贤祠成,先生独不赴,曰:"吾官可罢,吾义不可辱也。"士论壮之。崇祯庚午,御笔亲除,清介第一,擢刑科给事中。初入考选,辅臣周延儒令其私人李元功邀致之,不往。明年请除掣签法,使人地相配,议格不行;请蠲畿辅加派,示四方停免之期,晓然知息肩有日,不至召乱;请罢捐助搜括,毋为贪墨藏奸薮。帝以沽名市德责之,且曰:"加派原不累贫,捐助听之好义,惟搜括滋奸,若得良有司奉行,亦岂至病民乎?"不听。劾"吏部尚书王永光比匪,用王元雅而封疆误,听张道濬贿举尹同皋而祖制紊,国家立法惩贪,而永光诲贪,官邪何日正?宠赂何日清?"帝以永光清慎,皆不纳。请召黄克缵、刘宗周、郑鄤,忤旨谯让。又论:"今日言饷,加派则害民,不加派则害兵,前年遵永之变,袁崇焕、王元雅拥金钱数百万,士马数十万,狼狈失守,而史应聘、张星、王象云、左应选,各以一邑抗强敌,故曰筹边不在增兵饷,而在择人,诚令北直、山西、陕西,凡近边诸邑,罢去阘茸之辈,敕吏部精择甲科,尽行改选,赐玺书畀以本地钱粮,便宜行事,各随所长,抚练军民,自御寇边关,文武吏缮修战守外,责以理财,如先臣王翱、叶盛辈所为,客兵可撤,饷省可数百万。"帝时未审所言,不听。又劾首辅周延儒:"揽权壅蔽,私其乡人,塘报章奏,一字涉盗贼,一字涉边防,辄借军机密封下部,明畏廷臣摘发其短,他日败可以捷闻,功可以罪按也。词臣黄道周清廉不阿,欲借试录齮之,未遂其私,则迁怒仪郎黄景昉、楚录箴砭异同,必欲斥之。李元功、蒋福昌等,夙夜入幕,私人如市,此岂大臣壁立千仞、不迩群小之所为哉?"奏上,上切责之。先生再劾、三劾,俱留中。又陈内外阴阳之说:"九边中原庙堂之上,无非阴气,心膂大臣,不皆君子。"帝以所称阳刚君子无主名,令指实,乃以前所荐刘宗周三人及姜曰广、文震孟、陈仁锡、黄道周、倪元璐、曹于汴、惠世扬、罗喻义、易应昌对,上责其徇滥。会御史吴彦芳亦言李瑾[一]、李邦华等当用,帝怒其朋比,遂削二人籍,下法司讯,时御史王绩灿,方以荐李邦华、刘宗周等下狱,而先生与彦芳又继之,举朝震骇,言官为申救,卒坐三人赎徒三年,时崇祯壬申也。先生在谏垣年余,章凡七十上[二],所言皆小人所深忌。既下狱,有衔之者使客夜行刺,先生叹曰:"吾既逆龙鳞而蹈虎尾,岂畏死者哉!"危坐读书自若,客不忍害而去。出狱,倪祭酒元璐赠以诗曰[三]:"顶门一下是阳刚,七十谏书飞血光。政事堂堪名偃月,累臣志不在飞霜。遂精《周易》囚羑里,欲祭皋陶奈范滂。滴滴君恩如海大,将人几肉放还乡。"林居谢客,州府罕得见其面,及利弊关桑梓,持救必力,当道亦景其义而举行之。甲戌黄饥,悉出己藏为倡,存活数万户。乙亥,黄春坊道周以救钱龙锡谪官,千里过访,信宿九峰寺,相与感泣时事。有"未断吾侪三惕忧"之句。戊寅卒,年四十九,当事者为建专祠祀之,刘正义先生颜其额曰"理学名臣",仍祀乡贤祠。所著有《刑垣疏稿》四十篇[四],《江庐独讲》一编。其学以立诚为本,而以坤二爻为入门,因合之乾三爻,深佩宋儒居敬穷理之说,至周海门言求已处,亦笃信不疑,故于克己闭邪,谓不当作去私说,其一种担当近理之识,卓然躬行君子也。(《雍正通志·名臣》、《黄岩县志》、乾隆王邑侯憕《祠记》)

尝曰:"克复工夫,是一了百当,其余出门使民,都是逐件做工夫。假如出门时聚起精神,这出门时便是仁。使民时聚起精神,这使民时便是仁。""祭祀感格,乃生者之气,非死者之气,朱子'人死未尽散'之说,尚从佛学来,然难说只是生者之气。气本无间,屈伸有无,皆气也。虽散而尽,仍是死者之气〔五〕,故曰:反而归者为鬼。""天无时不动,而天枢则不动。"
又曰:"两间可求惟己,七尺可问惟心。喜怒哀乐,稍有盈溢,
便是气。"又曰:"常存此心,不为气动,即是无终食之间违仁。"
语见《明儒学案》。刘念台称其语多从亲切体帖来者,论者以
为知言。〔六〕

校勘记

〔一〕句上书眉有批语:"《明史》本传作'李仅'。"

〔二〕句上书眉有批语:"按《台州外书》'给谏在朝,章凡七十上',稿中
有不尽载者,或自削不存,或编辑遗之。据此则其疏稿之所传者,或止于
四十篇,而当时章奏固不止四十上也。"

〔三〕句上书眉有批语:"倪元璐,字玉如,号宝鸿,谥文贞,上虞人。"

〔四〕四十篇:民国《台州府志》本传作"四十二篇"。

〔五〕句上书眉有批语:"死者之'死',当作'生'。雍正

〔六〕此段自"尝曰"至"论者以为知言"二百余字乃吴观周后来所添,
当以插入"其学以立诚为本"一句之前为宜。

又按,《康熙临海志》称:蒋典学贯串关闽濂洛之旨〔一〕(附
见其父《蒋承勋传》)。《台州外书》称:临海蔡迎恩,以父尚书
云程荫官广西太平府知府,为《崇善县规序》,于古今为学人己
得失之辨,剖析深至,其言切中时弊。在官恂恂儒者,喜讲学
(按《临海志·恩荫》言迎恩云程孙〔二〕)。《嘉庆太平志》称嘉
靖中贡王云〔三〕,邃于理学,有《题太极图》一篇传世(见《选
举·岁贡》)。此三人者,皆明季时人,不得其详,姑识于此以
俟考。

校勘记

〔一〕蒋典学,字德修,号宗华,临海人,民国《台州府志》、民国《临海县
志》之《卓行》俱有传。

〔二〕蔡迎恩,字号不详,临海人,民国《台州府志》、民国《临海县志》之《儒林》有附传。按:蔡迎恩乃云程仲子,非其孙。

〔三〕王云,字尚德,太平人,《嘉庆太平志》有传。按王云已见于卷二,此复录以"俟考",可见卷二之王云为其后补入,故而稿中有文无目。

卷四

陈处士

陈处士，名明绾，字君儒，号念兹，临海人。恭愍公六世孙，为诸生，性清介，壁立万仞，好与人尚论千古。谈及忠臣义士，则意气激昂，娓娓不倦。至言近今不平事，则怒填胸臆，半晌不出声。躭嗜书史，朝夕坐卧一小斋，刿心鉥肾，研穷圣贤义蕴。尝作《五经注疏》，沿流讨源，深造自得，手所抄誊，皆蝇头细字，久久篇帙积盈筐箧，惜未付剞劂，沾润海内。国初时文犹袭明弊，俳俪剽窃，无济性灵，先生深探洙泗濂洛之源，刊落时英，典型先民，以易学者耳目，凡有经其指引者，无不归于有成。晚年兵火之余，衣帔绽裂，儿女啼饥，积雪拒门，炊烟屡绝，晏如也。所著书皆散佚不传。(见《康熙临海志·卓行》)

朱处士

朱处士，名之任，字君巽，号觉庵，天台人。少禀奇节，为诸生，喜博览史书，论古今成败得失事，以经济自负。明季愤马、阮用事，忼慨草疏，率同志徐光绥等走南都劾之，中途闻变而归。杭、越次第不守，弃儒服，隐居邑之欢岙，杜门著述，名士后先寓台者，若莱阳姜如农兄弟，仁和陆丽京、柴虎臣等，莫不钦其品而重其学。所著书如《易说》《四书寻微》《史林》《河图广说》，俱佚，惟《易通》尚留大半。齐宗伯序其遗集，称先生为吾台三高士之一。《宝纶堂文钞》称其著《诗经偶笔》十二卷,《春秋述》十五卷,《史娱》六十卷。其诗文曰《自娱集》,陆丽京、蔡九霞每称赏不置,共为一联揭于隐居,曰:"论学不妨子静异,著文时付伯喈抄。"(见《台州外书》"人物"及"艺文")

王文靖

王文靖[一],名藻,字允琳,一字次居,号又次,黄岩人。雍正初恩贡。少负异姿,笃厚好古,既长,负笈八百里,谒陆稼书先生于当湖,从之累年,得洛闽之传。归而授徒,讲天人性命之理,乃取困学之义,自号又次。邑之名宿,多出其门。既老,瞽于目,从游者益众,先生所见亦益高。著有《学庸奥义》《论孟津梁》,凡数万言,学使彭公始扡见之,大加称赏,欲荐于朝而惜其瞽,乃表其庐曰:"学继紫阳。"卒年八十三,门人私谥曰文靖先生。(《黄岩县志》、王孝廉棻《瞽者三先生传》)

校勘记

〔一〕句上书眉有批语:"《黄岩选举志·恩贡门》作字允伦,又云雍正初恩贡。王孝廉棻《三先生传》作康熙间岁贡。按陆先生于康熙九年成进士,需次里居教授,十四年授嘉定令,十五年落职归,于是家居讲学者七年,至二十二年起补灵寿知县,以后则皆在官之日也。据云'从之累年',其为康熙二十二年以前明矣。既令,先生二十往谒当湖,至雍正初年几七十,其目已瞽,安能充为贡士,似王说为长。"

周拔贡圣祖康熙五十二年癸巳生

周拔贡,名鉴,字梅友,号镜初,其先世居温之楚门,国初闽寇郑芝龙据台湾,遣沿海居民于内地,祖宁膺始迁太平,遂为太平人。父皋,为县掾吏,性慷直宽厚而谨,兢兢奉法,生平宁人负己,众呼为"周老佛"。先生五岁失怙,十一岁兄又殁。母邱抚养成立,自少知念母艰,思所以悦其志。雍正己酉,年十七,从金秋屏先生学,精进日异,归辄依依亲侧。辛亥入邑庠,乙卯食饩学官,始知俗学之无用,于是究心先儒讲学之书,以为一生归宿。乾隆辛酉,学使邓公锺岳钦其品,取为选贡。向例,多科试前列者得之,而先生独以二等拔,为破格之事,顾不以一贡喜。居家孝养,不赴廷试。母殁,枕枢侧数年。自谓:"失恃后,怅怅如无头路人。"初年捃经摭史,为文雄恣,继乃敛华就实,专意四子书,尤殚精《河图》,由李安溪《周易观象》,上穷邵、朱《启蒙》及《皇极经世》奥旨,终日正襟玩索,有得则旁注,蝇迹殆遍,一一正书,不敢苟。性廉介,授徒所得脩脯外,一介无取,乡间高其行。偶出,见者皆耸然敬之。卒年八十余。所著有《大学中庸订解》《训子编》《丧礼节次约订》《家祭说》。其讲解《论》《孟》及知行敬义存省之说,皆足以补先儒所未及。门人哀集而刻之,曰《留楹书》。咸丰辛酉,板毁于寇,今惟存抄本。光绪初,从祀乡贤祠。(《嘉庆太平县志·隐逸》《留楹书》)

其学以立志为要,以持敬为主归,尝曰:"读史不若穷经,穷经不若修己,修己莫先治心,治心莫先主静。学有本原,心与亲是也;学有程法,敬与义是也;学有条目,言与行是也;学有准极,敬之笃,诚之至是也。"又曰:"为善去恶,逆治则难,顺治则易,得主治则安而有成。私起而抑之,欲萌而制之,此逆治也;向善则恶退,此顺治也;中有主则实,此主治也。"又曰:"稍有志者,多为一'待'字所误,不知待人则虚此己,待地则虚此地,待时则虚此时,直须当下果确奋发。"

王孝廉 <small>高宗乾隆卅二年丁亥生</small>

王孝廉,名映玉,字章达,号裴山,黄岩人。性纯笃,寡言笑,自幼端悫如成人,及就外傅,苦质鲁,父默思公虑其无成,欲使徙业,先生泫然流涕,不能出声,父不忍夺其志,乃专意令习儒业。先生发愤攻苦,无间寒暑,恒夜分不寐,倦则引水泼目,或戴重立诵,积日累月,潜心深造,卒能变其不敏之质。读书之暇,惟好观先正格言,以圣贤自励,一切稗官小说家言,勿视也。乾隆乙巳,学使窦公霈取入邑庠。癸丑,食廪饩。嘉庆癸酉,登贤书。一上公车,遂绝意进取。主讲萃华书院,奖成后进,谆谆以立身行己为本,以读书明理为要,而余力及于文艺,尝著《抑欲篇》《戒赌书》,《迁善》《改过》二箴,以示门下,每令涵养性灵,曰:"真味须从静里参。"故从游者多端士。生平务行谊,重名节,尤笃于孝友。年十五,母陈孺人卒,哀号欲绝,苦块读《礼》,不茹荤者三年。弱冠时,默思公令诸子析居,先生独以授徒所得脯脩进甘旨,先意承志,能得其欢心。默思公卒,哀毁一如居母丧时。弟患项疽,先生躬亲抚摩,不避秽恶,数月无倦容。事二兄,老而弥敬,岁时伏腊,必会饮以为乐。每遇忌日,不茹荤酒,虽远必归,进膳展拜,太息出涕。仲兄子众,室隘不能容,为赎所典屋益之。又以其余分润亲戚,因自咏曰:"饥溺思周天下外,阨穷何忍一家中。尽将所有培天性,莫厌床头竟日空。"凡朋友门人之贫乏者,亦量力周恤焉。嘉庆乙亥,邑大水,六都等处荡析尤甚,先生与同志数人,劝诸绅富,醵钱赈济,所全活甚众。又度地势设法疏通,水患稍息。邑故无考棚,先生因永嘉曾氏典肆废基,请于邑令,募捐建造以为校士馆。为朱子祠于其后，规模宏敞，士论韪之。邑侯黎畅园明府雅重先生学行，有疑难事辄就馆请决，尝以某事质，先生曰："宜如此。"侯曰："如此则格于势。"先生曰："事当论理，不当论势。"明府首肯者再。有兄弟争墓地者，将讼于官，为解《棠棣》诗，未终泣罢。先生令曲者出钱一百，雇肩舆，舁直者之母归。率两人至社庙一揖而罢，人呼王一百先生。家居无外事，布衣疏食，怡然默坐，课诸孙辈以自娱，间作诗文，随手散弃，不欲藉以沽名。陈鲁山先生尝曰："裴山先生，吾所奉为叔度者也。"道光癸巳卒，年六十七，所著《孝经定本集注》《言行录续编》，未成。同治中从祀乡贤祠。（见《北山文钞》《黄岩县志》）

陈茂才 文宗咸丰五年乙卯生

陈茂才，名宽居，初名文炜[一]，以性卞急，易今名，字再陶，黄岩人。少习举子业，随俗逐时为汉学，光绪□□入邑庠[二]，丁亥肄业诂经精舍，研究经义，考据详赡，试辄列高等。偶阅《国朝先正事略》，至汤潜庵、李安溪传，叹曰："吾以为近今不复有圣贤学，果是，则圣非不可学，特不肯学耳。"已而得王氏书读之，喜甚，立弃所学，锐意圣贤，刻日自期。友人黄上舍方庆、王孝廉舟瑶，劝读程、朱书，乃大悔悟，由是遍览宋明理学家言，栉疑梳似，抉摘毫厘，寝规食矩，日磨月砻，一言一动，笔写籍记，考其善恶，苦绳刻责，学行大进。癸巳乡试寓杭，闻富阳夏伯定先生倡道浙中，介天台张上舍廷琛往谒，一见如旧相识。先生剖析心性，及王学之谬，皆洞悉奥旨，大为夏所器重，别后讲问不绝。甲午，学使徐公致祥征其优行，先生以母疾不赴。旋丁母忧，丧葬祭奠，一准文公《家礼》，屏绝僧道，枕块寝苦，朝夕哭泣，衰绖尽湿。亲友赙赠，一无所受。家故贫，饘粥不继，诸生请出讲授，固辞。逾年以哀毁卒，年四十，时光绪乙未十二月也。明年学师某请于督学，奏准从祀孝友祠。夏先生尝语人曰："再陶之识，浙中无两。"又曰："其见到处，可以上驾杨园。"因挽以诗，又为志其墓而铭之。所著有《读大学札记》《论论语札记》《论孟子札记》《读近思录札记》《悔言质疑》《警惰录》《读礼疑义》《思亲录》，文集、日记凡若干卷。（见夏震武所撰墓志铭）

校勘记

〔一〕文炜：民国《台州府志》本传作"文玮"。

〔二〕底本所空两字为原未考定年份。

己亥冬，得天台张上舍廷琛书，言陈恭愍以前，陈献肃、王静学诸公当为补编；恭愍以后，如黄岩黄文毅，仙居张圭峰、吴忠恪诸公，俱宜续编[一]。

校勘记

〔一〕本条为作者小跋，以下各篇为后期增补。陈恭愍为明临海人陈选，陈献叔为宋临海人陈良翰，王静学为明初黄岩（今属温岭）王叔英，黄文毅为明太平黄孔昭，张圭峰为明仙居张俭，俭号圭山，书中误作圭峰。吴忠恪为明仙居吴时来。按：陈恭愍早已被金贲亨收入《台学源流》卷七，其余终未补编，不知何故。

增　补

戴处士

　　戴蒙,字养正,仙居人,太史洪演父也。少从乡先生顾景南学治《尚书》,长用力于廉洛诸儒之奥,忠实不二,推诚乡里。有园曰涉趣,自号园翁,日与一二知己觞咏其中。卒,翰林郑好义铭其墓。(《外书》)

黄尚书

　　黄尚书,名绾,字宗贤,号久庵,又号石龙,太平人。以祖孔昭荫补后军都督府都事。王阳明自庐陵入觐[一],与之语,喜曰:"此学久绝,君何所闻?"曰:"虽粗有志,实未有闻。"阳明曰:"人惟患无志,何患无闻。"订与终身共学。先生聆其言,如渴得饮,无弗入也。后闻"致良知"之旨,大叹服,遂执贽称门人。正德中,有武职依凭中贵,侵官银至万计,莫敢问者。先生竟发其事,中贵虽衔之,无以害也。嘉靖初,为南京都察院经历。会大礼议[二],廷臣意见不同,互相攻击,先生谓廷臣不和,则君心疑,上下之情扦格不通,为害匪细,乃具疏论救,因援古证今,明大礼之所从甚辨。议既定,凡与上意合者,悉进官,迁南刑部员外郎,先生志弗乐也。即再具疏乞致仕,不俟报遂行。六年,帝念其议礼功,召擢光禄少卿,预修《明伦大典》。迁大理寺卿,改入翰林,修《明伦大典》成,升詹事,充经筵讲官,擢南京礼部右侍郎。时诸部院官缺,兼视五篆,一无废事。时阳明中忌者,虽封伯,不给诰券岁禄,绾讼之于朝,且请召辅政,阳明得给赐如制。复摄领操江,严防御,谨盘诘,江盗屏息。阳明既没,桂萼龁龀之,先生疏言:"昔议大礼,臣与萼合,臣遂直友以忠君,今萼毁臣师,臣不敢阿友以背师。"乃以女妻阳明子正亿,携之任,销其外侮。癸巳,自右侍郎转左,奉命抚勘大同功罪,计擒元凶三百三十余人,一方难靖,还知贡举。丁内艰,服阕,己亥以礼部尚书奉使安南,未行而罢。既归,犹屡疏论国事,不报。卒年七十五。平生博极群书,于五经皆有论著,尤善经理世务,为海内重。尝与湛甘泉、郑少谷为莫逆,又与方献夫合同门会京师,发明师旨,故称浙中学派者,必及先生云。今祀乡贤。所著有《五经原古》《石龙奏议》《云中疏稿》《久庵集选》。(见《理学宗传》、《雍正浙江通志》、《嘉庆太平志》、何文定瑭《送石龙先生致仕书》)

观周按:久庵先生自序《易经原古》云:"每遭毁誉机窜之交,则多郁郁疑思,幽忧困心,若无所容其生者,则进之于穷理尽性,以求乐天知命,庶几可安矣。然犹未也,又求而进之,则见理在于我,性在于我,天在于我,命在于我,无容穷于我,无容尽于我,无容乐于我,无容知于我,乃一而无二矣。"是即阳明"本体如是""工夫如是"之说,其弊不至一切解脱,无无亦无不止。至说《易》,既以先天诸图,有图无书为伏羲《易》,以《彖辞》为文王《易》,以《爻辞》为周公《易》,以《彖传》《小象传》《文言》《说卦》《序卦》《杂卦》为孔子《易》矣。又以《大象传》为孔子明先天《易》,而其卦之次序,亦依先天横图先后[三],盖欲复汉《易》之旧而参以邵子先天之说,复据邵子之说,而变乱古经者也。且以《系辞》言,始终万物莫盛乎艮,阖户之坤先辟户之乾,推之以见夏商《连山》《归藏》卦位之次序,而于《文言》《系辞》《说卦》诸篇,谓有错简,辄为更正,则与阳明古本《大学》说"格物为正物,致知为致良知"同一师心自用而已矣。无怪其说《诗》专以《南》《雅》《颂》为先,退《国风》于后,去其名谓之列国,《鲁颂》亦降就列国,说《礼》专以身、事、世为三重,凡言身者以身为类,言事者以事为类,言世者以世为类,蒦裂古书,无复完帙如此也。戚大令《台州外书》谓其读书著述,议论自喜,《黄岩新志》列《儒林》,殊为有见。

又按:明世宗初议大礼,一时中外臣工,如杨廷和、蒋冕、丰熙、何孟春、马理等,皆议称孝宗为皇考,兴献王为本生考,此合乎天理,惬乎人情者也。而张璁、桂萼、方献夫、席书辈,乃逢君取宠,谓兴献帝得称皇考,不得称本生,孝宗当称皇伯,不得称考,其昧天理,拂人情,莫此为甚。彼璁、萼小人,固不足责,独惜先生亦附和其说也。考其时阳明适为南京兵部尚书,先生与献夫皆其门人,席书又其所善者,则附和璁、萼,当亦阳明所与闻矣,愚不怪先生之党璁、萼,特怪先生讲学于阳明而仍党璁、萼耳。

校勘记

〔一〕句上书眉有批语:"按阳明入觐在正德五六年间。阳明以成化八年壬辰生,至此年四十,嘉靖七年戊子卒,年五十七。"

〔二〕句上书眉有批语:"《明史》本传:'嘉靖初,张璁、桂萼争大礼,帝心向之。三年二月,绾亦上言曰:"武宗承孝宗之统十有六年,今复以陛下为孝宗之子,继孝宗之统,则武不应有庙矣。是使孝宗不得子武宗,乃所以绝孝宗也。由是,使兴献帝不得子陛下,乃所以绝兴献帝也。不几于三纲沦,九法斁哉!"奏入,帝大喜。其月上疏再申前说,俄闻帝下诏称本生皇考,复抗论极辨,又与璁、萼及黄宗明合疏争大礼,乃定。'又云:'绾与璁辈深相得,璁欲用为吏部侍郎,且令典试南京,并为杨一清所抑,又以其南音,不令与经筵。绪大恚,上疏丑诋一清而不斥其名。帝心知其为一清也,以浮词责之。'又云:'初与璁深相结,至是与璁相左。'《黄岩志·艺文》有《四书原古》《庙制考义》《知罪录》《明道编》《恐负卷》《思古堂笔记》。"

〔三〕句上书眉有批语:"按黄宗羲曰:先后天图说,康节一家之学也。朱子置之别传,亦无不可。今以《先天》诸图即伏羲手笔,与三圣并列为经,无乃以草窃者为正统乎?《大象传》之次第,又复从之,是使千载以上之圣人,俯首而从后人也。(见《黄岩志·艺文》)又曰:《诗》有《南》《雅》《颂》及列国之名,而曰《国风》者,非古也。此说本于宋之程泰之,泰之取《左氏》季札观乐为证,而于《左氏》所云风有《采蘩》《采苹》,则又非之,是岂可信?然季札观乐次第,先《二南》,即继之以《十三国》,而后《雅》《颂》。今以《南》《雅》《颂》居先,列国居后,将复何所本乎?此又泰之所不敢也。"

应进士^{〔一〕}

应进士,名良,字□□^{〔二〕},仙居人。成进士,即从王、湛辈讲学。居官著清节,颇不欲以文士自待,所著书多散佚,郭黄崖从其家索得遗文若干首,题曰《间存集》。(见《台州外书》卷七《艺文》,详《通志·名臣》)

观周按:《三台诗话》卷下载金一所与仙居应容庵以道义相劘切:金家居,应复起用,过金别,赠诗壮行,且曰:"他日归,须照样一个应容庵还我。"又林白峰有《答应容庵尚书书》,不知容庵即良之字否^{〔三〕}。

校勘记

〔一〕句上书眉有批语:"廷琛按:应进士即应方伯,已见前。"按:应良已见于卷二《应方伯》篇,不可再补。

〔二〕原稿缺,当为原忠。

〔三〕句上书眉有批语:"廷琛按:良字元忠,号南洲,官至布政使。应

121

容庵名大猷,官至刑部尚书致仕,著有《容庵集》,是二人非一人也。"按:应良(?—1549),字原忠,亦作元忠,号南洲,仙居人,与王守仁、湛若水友,官至广东右布政。应容庵乃应大猷号,大猷(1487~1581)字邦升,亦仙居人,官至刑部尚书。

叶郎中　孝宗弘治四年辛亥生

叶郎中,名良佩,字敬之,号海峰,太平人。少从潘教谕禄受《诗经》,又从黄邑符邵阳匡游,习举业有声,益精究《坟》《典》《史》《汉》,及星历图纬,百家之言无不披览。领正德丙子乡荐,嘉靖癸未登进士,授新城令,刑简赋轻,民甚德之。自署其门曰:"空庭不扫三分雪,泰宇长留一脉春。"部使者以其能奏,调繁贵溪,会权珰督造真人府,怙势横敛,里下受害,先生至,一绳以法,不敢肆。案牍丛集,谈笑立决,政声籍甚。擢南京刑部主事,以刑为民命所关,加意详慎,丝毫无所假贷,有富阉当论死,夜馈二百金,欲以移诸同事,严拒之,竟抵于法。转河南司郎中。任久,法益精,奏进"案比法",诸司有疑难案,咸咨以决。侪辈多推服。在留都,与况伯师会讲经书,伯师转考功郎中,科道官之以考察去者,皆疑伯师取论于先生,因罗织其罪,嗾当事举劾,报罢,怡然拂袖归。坐一室,翻阅校雠,思以作述名世,日以著述为事。秦华峰尚书在西曹时,与邹东郭、吕泾野诸公为五经会,既归,坐一室,雠史质经,思以作者自名,余姚钱绪山德洪、山阴王龙溪畿及王尚书绾,皆阳明高足也,先生与之往还论学者无虚日。生平孝友俭约,出自天性,晚寄情于酒,酣而不乱,言貌温恭,士人恒乐亲之。尝著《周易义丛》十六卷,用王弼本,采辑古今《易》说,自《子夏传》

迄元龙仁夫，凡一百七十七家，首列朱子本义，诸家皆以时世为次[一]，摘录其要，惟程传全录，或自抒己见，则称"测曰"，御定《周易折中》有采其说者。此外又有《读书记》《洪范图解》《春秋测义》《易占经纬》《天文便览》《皇极经世集解》《太玄经集解》《绿野青编》《燕射古礼》《太平县志》《海峰堂稿》《地理粹言》诸书。今祀乡贤祠。（见《海峰堂稿》《通志·循吏》《嘉庆太平县志》《台州外书》）

观周按：《海峰堂前稿》有《答钱绪山、王龙溪论学书》云："推是，则知异日吾身既坏之后，必当有不坏者在，而不可知其如何也。"是即佛家所谓"惟有法身常住不灭"之说也。其《祭从侄乾亨文》有云："子之死也，而遂死乎？将复为聪明之士以续其志乎？"是即佛家轮回之说也。夫以先生博极群书，程朱之学未有不究心者，况幼尝亲炙谢文肃公，长又从学符邵阳先生，其渊源具在乎？第因姚江良知之说，其焰方炽，一时好高之士，皆骎骎入乎其中。至国初而毒犹未殄，故先生虽未及姚江之门，而染其余氛不能自脱也宜哉！

校勘记

〔一〕句上书眉有批语："自言少为词章之学，继而为经济之学，校度古今、思议经权，久而知经济必有道德以为之本，于是复弃其旧，而为身心之学。（见《海峰堂稿·赠陆田二生序》）盖得阳明、甘泉之绪，论学凡三变，而益进于道。（《海峰堂稿·序》）"按：此与上《应进士》篇书眉批语字迹相同，亦张廷琛所批也。

赵处士[一]

赵同条，字克扬，天台人。性简重，不妄与人交，女弟以疾

老于室,抚之久而弥笃。精性理学,兼通数术,善吟咏,自号霞城病叟。(《正德天台志》)

校勘记

〔一〕此篇系吴观周后来补入,无题,现题为整理者拟加。以下王处士、胡处士二篇与此同。

王处士

王宗元,字子春,号西轩,天台人。奇之子。究心濂洛书,精理数之学,屡举不第,郡守顾璘表其行以劝世,陈尧名其里曰"振贤",提学孔天胤亲造其庐,题曰"园林贞素"。(《万历志》)尝受业邵宝之门,宝有《简端录》十二卷,宗元所辑也。(《王敬所集》)著有《定性书》《洪范数》。(《天台志》)

胡处士

胡坡,字子载,宁海人。读书寒暑不辍,尤慕性理学。家甚贫,饭疏饮水,悠然自得,为文词皆根据理要,学者景仰之。(《康熙台州志》)

何大令

何大令,名纮度,字绩潘,号石湖,又号心斋,临海人。顺治壬辰进士,历临晋知县。洁己爱民,途有贵人过,绝不迎谒,贵人嗾巡按中以事,罢归。在林下五十年,意未尝稍怏怏也。究心伊洛,绪言开示后进,人尊为心斋先生。著有《客言》《醉

石稿》《心斋四逸篇》。(见《两浙輶轩录》)

叶处士

叶处士,名舟,字守干,号梅溪,临海人。幼好学,刻苦自励,长受师友陶淑,品诣愈纯,文词愈富。生平学问,以"毋自欺"为主,立身行己,务求实践,及其出与人接,蔼然粹然,令人傲睨之气,当之辄化。初,学使刘公拔取童试第一,遭艰而罢,遂决然弃去,放情山水,吟咏自适。家居多行善事。辛巳道光纪元,诏举孝廉方正,佥议以先生应,先生毅然辞之,盖将追踪于郑谷口、陶通明,一命之荣,非其志也。著有《枕山楼诗草》,太平戚大令学标为之序。(见《两浙輶轩续录》)

辑　佚

重修宗谱序〔一〕

　　昔张子之作西铭也,广仁之术,推孝之极,至于父乾母坤,宗子其君,家相其臣,兄弟其天下之人,盖视天下犹一家,中国犹一人,必使九州之大,四海之遥,无不各得其所焉,而后孝子之事亲,仁人之事天,其分量始完也。岂惟是尊吾祖、敬吾宗、收吾族云尔哉。虽然,理一也,而分则殊,人未有薄其所厚,而能厚其所薄者,亦未有行远登高,而不自尔且卑者。故自古圣贤,德修于身,教行于家,必切切于同姓之亲。是以书美惇叙,诗咏公族,礼重宗法。《左氏传》言:"庇本根",此后世谱系之所由昉也。

　　吾宗自景潜公于宋元间由仙居迁黄岩之湖头,谱之可考者三:初修于乾隆辛卯,再修于道光乙酉,三修于同治乙丑,其详具载旧序。乙丑之役,先君子主其稿,时周年十八,曾侍笔砚,故谱之流源体例得于膝下者甚详,迄今三十有八年,而周已老。会族中绅耆廷铨、澄扬、克复诸君,惧后之人不复自知其宗派也,议重修辑,而嘱周校订焉。周乃为之定其宗支,正其讹谬,补其未登载者,事既竣,爰举仁孝之理,为吾族告,俾知人之所以为人者,体天地之塞,性天地之帅,即莫不有仁孝之心,由亲亲而推之,虽胞与民物,不难也。而一切平等之谬言,自由之妄谈,保种保教之瞽说,庶不为其所惑,不然,一无仁孝之心,中夏几何不沦于夷狄,人类几何不陷于禽兽哉,窃愿与族人共勉之。光绪二十九年三月。十八世孙观周敬书。

校勘记

〔一〕本文及下两篇均辑自《黄岩湖头吴氏宗谱》。

太学生静轩公传

先生讳鹏南，字邦地，号静轩，以字行，余与同六世祖者也。自幼庄重不逐群儿嬉。比长，二老相继逝，故学书不成去而学贾，然虽开设染坊逐什一之利，而至诚相与，市价不二，五尺之童莫之或欺，以故设色之工甲两邑焉。性仁厚好施与，亲友乡族有贫不能婚嫁及丧葬者，倾囊以赠，不少吝。每岁终沿街乞人待其周恤而后举火者数十百人，率以为常。尤爱文士，凡尝问学识礼义郁郁不得志之人，与之往来，出樽酒相款留，虽座上客满，应接不暇，先生处之裕如，终日无惰容。居常训子弟诚实宽厚，不较横逆为要。乡人无大小贤不肖，皆倚以为信。行旅入其乡者斗斛衡尺，知其出于先生，则皆无异词。曰先生固不我欺也。其为人信服如此。光绪岁，合族议增冬至祠祭之费，先生慨然割田一亩以为之倡。祀事之勿替，自此始。丙申五月，以疾卒于家。年仅五十有五而已。卒之日，远近来吊无不泣下。呜呼，若先生者岂易得哉？夫所贵乎君子之学者，为其能推已及人也。先生虽未尝道问学，迹其所行，生质之美，盖已与之暗合。而世之所谓学士大夫者，非不博闻强识通达古今天下事，然日驰逐于名利之场，以为子孙计，至老死而不悔，不复知亲友乡族为何人，济人利物为何事，有不闻先生之风而汗颜者乎？呜呼！若先生者，岂易得哉！余少先生六岁，于同治中从先君重修宗谱，执笔砚役，馆于其家，嗣后春冬二祭必亲至,至必以为东道主,故知先生事甚悉。因特表而传之以示其家,以告诸族人,以质诸世之知先生者。

愚叔太平藉观周龋农谨撰

附　录

续台学源流原目录

光绪二十三年，岁次丁酉二月起稿，至五月稿成，时馆涧桥，观周记。

续台学源流总目

卷一

谢文肃铎　王提学纯　王侍郎启　夏评事鍭　符邵阳匡

章明经文禄　赵参政渊　吴参政廉

卷二

应方伯良　应尚书俟考〔一〕　金提学贲亨　金侍郎立敬　石中丞简

锺笃庵世符　章明经士麟〔二〕　邬司训中涵　王定庵光　王明经云〔三〕林文贞贵兆

卷三

戴进士说　王襄裕宗沐　邬刺史若虚　吴茂才钦尧　吴给谏执御

卷四

陈处士明琯〔四〕　朱处士之任　王文靖藻〔五〕　周拔贡鉴　王孝廉映玉

陈茂才宽居

增补〔六〕

戴处士蒙　黄尚书绾　应进士良　叶郎中良佩　赵处士

同条

　　王处士宗元　胡处士坡　何大令纮度　叶处士舟

校勘记

　　〔一〕应尚书：此条底本有文无目，今据文补入。

　　〔二〕章士麟：此条底本无目，文亦为后来补入。

　　〔三〕王明经：此条底本有文无目，今据文补入。

　　〔四〕明瑄：底本目录作"昭瑄"，内文作"明瑄"，稽阅所据之《康熙临海县志》，实作"明瑄"，查民国《台州府志·人物传》二十三，亦作"明瑄"。

　　〔五〕王文靖：底本作"王明经"，文中已改作"王文靖"，今依文改之。

　　〔六〕本卷在原目录中并未列出，其文系后补者，今按其体例，据时代先后重新排列，并以"增补"列入末卷。原文顺序为：何纮度、叶舟、黄绾、戴蒙、应良、叶良佩、赵同条、王宗元、胡坡。

清增生幽农公传

　　公讳观周，字幽农，谱名希旦，茂才如茌公之仲嗣也。其祖端淑公自凤阳迁居箬横之四都，至公父遂籍太平焉。

　　公自幼颖悟，善读书，如茌公笃爱之，期望綦切。年二十余，受知于邑侯徐公，以县试冠军入邑庠，旋补增秋闱，荐卷数次，卒不中，惜哉。家贫以舌耕奉亲，世家争聘之，甘旨赖无缺。及如茌公弃养，居丧尽哀尽礼。事母蔡孺人尤孝，蔡孺人晚年患疯疾，公侍奉甚勤，药必亲尝，衣必亲浣，卧起必躬自扶持，衣不解带者月余。德配张孺人亦能孝养，一日，取姑衣裤涤之，不使公知，适为公见，让曰："汝未请命，未知吾母之意欲汝洗乎欲吾洗乎？何卤莽若是。"呜呼！公之事母可谓至矣。每岁春冬二祭，公必亲至宗祠，至辄宿吾家。某冬祭毕，风雪大作，公辞去，吾父挽之曰："如此天气，岂可行数十里路乎？"

公曰："已定期于母,不可违逆,况天气严寒,更不可使老人倚门而望也。"吾父知其孝,不敢留。及母死,停枢堂中,日侍枢侧,夜则寝苫枕块,以布被半覆母棺半掩己身而卧。呜呼,此岂人之所易能哉!生平行必由径,亦不蹂人之田,途遇妇女或负担者,必趋避道左,虽有急事不改其常。县令某知其贤,聘为鹤鸣书院掌教,鹤鸣为温邑最大义塾,束脩极丰,向以进士、举人任之,公力辞不获。开讲之初,诸生以公之非举人也,屡以僻典质问,公皆剖答如流,命一题,昼夜笔削数百十篇,俱足以启其智,乃大服。越岁院试,公之生徒获高选者多人,始知先生之道德文章,洵足以超越寻常也。厥后,公之足疾不起,临终谓妻曰:"汝善抚吾子,余死无憾矣。"语毕含笑而逝。嗣君天春公尚能克循父道,不坠家声云。

璋生也晚,不获见公之面,又不获亲受其教,生平闻吾父述公之行谊,耳熟能详,而两邑父老谈公遗事者,皆啧啧称道。岁己卯,族中议修《谱》,因略记之以入家乘,藉伸景仰之忱,惜不学无文,不足以表扬盛德耳。

族侄曾孙国璋拜撰〔一〕

校勘记

〔一〕吴国璋(1905—1987),《谱》名宏高,笔名慎因。祖籍黄岩新桥凤阳铺,清末随祖父迁至温岭新河北门,十六岁操祖业,经营吴大成染坊,晚年总结旧法印染技术之要诀,撰《染经》,被收入《中国纺织科技史资料》第十二集中。还有《台谚拾零》《瓦瓶随意插新花》等著作藏于家。有藏书数千册,"文革"中被毁。书学颜体,饮誉邑中。《温岭县志》有小传。

吴幽农先生事略〔一〕

林丙恭

吴先生名观周，字幽农，浙江太平人。祖端淑。父会申，邑诸生，发明心性之源，矢志程朱之学，邑志有传。子二，长希尠，务农，次即先生。幼承庭训，于书无所不读，读即穷其源委。家贫，年甫及冠，即以课蒙为业。甲戌府、县试皆第一。入泮后，念乃祖端淑公由黄岩凤阳铺，徙邑之南乡上尤金，门户单微，欲奋功名以自振，搦苦帖括。平日服膺陈星斋先生，揣摩既久，下笔辄得其神似，为陈芑东师所激赏。兼工训诂，于两汉经师，及清代顾、王、戴、段各经说，多所匡正，不屑附和。岁科试屡列高等，乃五赴秋闱，未获一第。

丙戌春，丁外艰，读礼家居，始取父遗书《近思录》、周子《通书》、张子《西铭》等书，反复玩索，有所得。复读《朱子全集》，专心理学，毅然以卫道自任，于阳明良知之说，条析而辨难之。尝云："先儒性理诸书，宜体诸身行诸家，发之为觉世之语，达之即经邦之略，不第在语言文字之末也。"其读周子《通书》书后云："此书大指，皆发明《太极图说》者也，《图说》探理气之根源，推人物之始终，而要其归曰主静，又恐人之耽于静而溺异端也，故复自注云：无欲故静。此书四十章，言诚、言性、言圣人者綦详，大抵明无欲之旨而已矣。无欲者性之真，圣之要，而诚之究竟也。"诚为万物之太极，故元亨诚之通，利贞诚之复，无欲为心之太极。故静虚而明，明而通，动直而公，公而溥。天下无无欲而不静诚者，亦无有欲而能诚者，惟圣人能完无欲之天以立人极。君子寡之吉，小人纵之凶。此言有功于后学不浅也。其读张子《西铭》书后云："张子一生精力，尽在是篇，人之称张子之学者亦莫先于是篇。盖自孟子而后千三百余年，无复有见及此者，讽诵一过，便觉一部《孟子》都在里许。夫孟子学孔子而善于《易》者也，曰乐天，曰畏天，曰求仁，曰正命，曰尽心知性，曰万物皆有备。其功始于养气，其效极于事天，即《易》所谓各正性命，保合太和；大传所谓与天地相似，故不违，知周乎万物而道济天下，故不过。张子精于《易》、心学、《孟子》，故发出此段议论，以橐栝七篇之旨，使学者知小着此心，便与天地不相似，而吾浩然之气馁，这便是不仁，这便是不孝，这便是不可以为人，则其垂世立教之心亦良苦矣。先儒谓周子为宋之仲尼，吾则曰张子宋之孟子也。"观此则先生之学，一以朱子为归，其他论说，实不外是。其说经，如《周易用韵考》《释象》《尚书又曰解》，为王子庄、张子远师所赏识，选刻《九峰精舍课艺》。

性至孝，侍父疾，必躬扶掖，执厕牏，丧葬一遵朱子《家礼》而行，母卒亦如之。苦次著《家礼从宜》六卷，富阳夏震武进士易其名曰《简易录》，而为之序，称其处今日而欲修先王之礼，以折乱本，则固无得而议者。

吴君自甲午谒予于西泠，忽忽十年矣，好学之志，久而弥笃，予内返于心，未尝不自愧也。吴君近复有《闲距录》之作，条举西教之源流本末，而明辨之，正人心，息邪说，守先王之道，以待后之学者，吴君之志壮矣。予虽衰病，他日尚当读其书而序之。其见许于当世之大儒又如是。

生平衣布食蔬，虽盛夏衣冠必整，接人以礼，人亦无不敬之。历主松门翼文、望云诸书院讲席，教生徒必先学行而后文艺。尝谓门人应试之道，王文成公谓"入场之日，切勿以得失横胸中"，尚属权宜之说，不如冯文恭公言"看书作文时，务要潜心体验，就在此处发挥道理，使一一可见诸行事之为当也"，斯实见道之言。光绪廿四年戊戌，邑宰孙叔盉鼎烈，延聘先生主讲龙山书院，以居内忧辞，孙宰历举古人读礼不废讲学之说为证，再三函请，坚辞不赴。孙公乃胪本先生学行，具详学使徐季和致祥，蒙徐公给"笃志正学"匾以奖，士论荣之。三十年甲辰，孙叔平启泰权邑篆，创办横湖官学堂，聘先生任国文教习，为后学矜式，因功课过劳，竟于是年九月初八日戌时卒，距生于咸丰戊申年三月初二日申时〔二〕，年仅五十有七。人皆痛惜。所著有《通书札记》《西铭札记》各一卷，《家礼集证》四卷，《丧礼集证》八卷，《家礼简易录》六卷，《闲距录》四卷，《读说文》二卷，《说文引经异同疏证》八卷，《尤桥杂著》四卷，《文集》二卷，《诗集》二卷，《经说》五卷，《读朱子全书举要》《读说文举要》未成卷。娶林氏、王氏皆早卒，续娶张氏，生一子天春，能读父书，后先生十二年卒，娶陈氏无嗣，陈氏亦后夫一年卒，以从侄四妹入继，女一，适湾张内侄某。先生在日已自营生圹于花心小山头，以配林氏、王氏、张氏袝。

丙恭与先生居同村，仅隔二里许，衡宇相望。光绪十一年乙酉，先生设帐于我大宗祠崇本堂，时丙恭亦课徒于其旁之小宗祠，尝以文字就正，得与弟子之列，故于先生生平知之特详，谨具事略，以俟后人为之立传焉。

校勘记

〔一〕本文录自《蕉荫补读庐文稿》卷十六。林丙恭，字爵铭，温岭长屿水沧头人。工诗文，热心桑梓文献，建海沧阁贮书，为台州藏书家。著有《老子索微》《台州采芹录》《蕉荫补读庐文稿》《蕉荫补读庐诗稿》，辑有《九老诗存》。

〔二〕咸丰戊申:咸丰没有戊申年,当是道光戊申年(1848),较之下文吴观周卒于光绪三十年甲辰,年五十七,相吻合。

太平乡贤事略

卷一 宋

王方岩先生

王先生,名居安,字资道,初名居敬,字简卿,避祧庙嫌易之。家方岩乡,因号焉。始能言,读《孝经》,有从旁指曰:"晓此乎?"即答曰:"夫子教人孝耳。"刘孝赴七月八日过其家塾,见其异凡儿,使赋八夕诗,援笔成之,有思致,孝赴惊拊其背曰:"子异日名位必过我。"入太学。淳熙丁未,以省试第二人,为甲科第三人,授徽州推官,连丁内外艰,柄国者以先生十年不调,将径授职事官,先生自请试民事,乃授江东提刑司①。干官使者王厚之,厉锋气,人莫敢撄,先生独面争不少屈。入为国子正太学博士,首言人主当以知人安民为要。迁校书郎,乞召试,改司农丞,主管仙都观。逾年起知兴化军,条奏便民事,乞行经界,且言番舶有损无益,宜遏绝禁止,皆要务也。召为秘书丞,转对论疆场事,称旨,迁著作郎,兼考功郎。开禧丁卯,诛韩侂胄,先生实首赞其决。明日擢右司谏②,极论侂胄奸邪误国,请肆市朝,以为不忠者戒。右丞相陈自强污浊贪鄙,乞追责远窜。又劾吴曦外姻郭倪、郭僎窜岭表,天下快之。继兼侍讲③,时太府寺丞吕祖俭以谪死,布衣吕祖泰以直言流远郡，上疏请明其冤以伸忠鲠之气。又疏言："古今治本乱阶，更为倚伏，人主公听则治，偏信则乱；大臣公心无党则治，植党行私则乱；大臣正小臣廉则治，大臣污小臣贪则乱。如用人稍误，是一侂胄死一侂胄生也。"赵彦逾与楼钥、林大中并召，力言钥与大中用，天下苍生之福，彦逾启侂胄专政之谋，汝愚斥死，彦逾之力居多，陛下乃使与二人者同升，不几于薰蕕同器乎？非所以示趋向于天下也。疏已具，有微闻者，除目夜下，迁起居郎、崇敬殿说书，于是为谏官才十八日。既供职，即直前奏曰："陛下特迁臣柱下史，岂非欲使臣不得言耶？二史得直前奏事，祖宗法也。"遂直论之。又言："臣为陛下耳目官，谏纸未干，乃以忤权要徙他职，不得其言则去，臣不复留矣。"帝为改容。御史中丞雷孝友论其越职，夺官。太学诸生有举幡乞留者。四明杨简邂逅山阴道中，谓此举吾道增重。江陵项安世致书云："左史，人中龙也。"逾年复官，知太平州事，威惠流行，寇攘晏然。以书抵当路，辨副将刘佑冤。或谓佑自诬服，得毋嫌于党逆乎？先生曰："郡有无辜死，奚以守为。"事果白。寻以直龙图阁提点浙西刑狱，入对，帝曰："卿有用之才也。"权工部侍郎，以集英殿修撰知隆兴府。初，盗起彬黑风峒，罗世传为首，江右李元励之兵亦起，列城皆震，朝廷以先生为帅，督战于黄山，胜之。贼惧，走韶州，势日蹙，朝命先生节制江池，召土豪问便宜，皆言贼恃险不可破。先生曰："吾自有以破之。"会元励执练木桥贼首李才全至，先生厚待才全而赏元励，罗世传疑元励贰己，遂交恶。先生语都统制许俊曰："两虎斗于穴，吾可以成卞庄子之功。"已而世传嗾练木桥贼党袭元励，擒之以献，磔于吉之南门。元励既诛，世传负功益矫蹇，名效顺而实自保。许俊请班师，先生不许，俾因壁固守。居无

何,世传果与兄世禄俱叛。乃密为方略,遣官民兵合围之,世
传自经死,斩其首以徇,群盗次第平。先生之在军中也,赏厚
罚明,将吏尽力,始终用以贼击贼之策,故兵民无伤者。江西
人祠而祝之,刻石纪功。徙镇襄阳,以言罢,闲居十有一年。
嘉定壬午,与魏了翁同召,迁工部侍郎,时方受宝,举朝皆贺,
先生入对,首言人主畏无难,而不畏多难,舆地宝玉之归,盍思
当时所以失,言极切至。甫两月,以集英殿修撰提举玉隆宫。
未几,以宝谟阁待制知温州,郡政大举。理宗即位,以敷文阁
待制知福州,升龙图阁直学士,转大中大夫,提举崇福宫。将
行,盐盗起宁化,命先生专任招捕。至则募军校刘华、邱锐授
以计,指旗约降,与摄汀守不合,力辞归,卒。赠少保,史称其
以书生于兵不学而能,宅心空明,待物不贰,扫除群邪,以匡王
国,其志壮哉。著有《方岩文集》十卷,临海王子良为作序。崇
祀乡贤,明谢文肃铎有赞。(见《宋史·本传》《桃溪净稿》《雍正通志
·名臣》《戚志·仕进》《光绪黄岩志·宦业》)

注释

　　① 原注:戚志作江西,今从《宋史》。

　　② 原注:《黄岩志》右作左,今从《宋史》。

　　③ 原注:戚志作侍读,今从《宋史》。

戴泉溪先生

　　戴先生,名良齐①,字彦肃②,居泉溪,因以为号。嘉熙戊
戌进士,累官秘书少监,赐爵临海子。景定初转对,奏"祈天永
命"四事:曰惩奸、劝贤、保民、理财。又进君臣交修之说,词甚
剀切,帝嘉纳之。及退而家食,复以"便宜"四事白太守,曰经

界、水利、社仓、赋税。皆凿凿切中民隐。以古文鸣,而尤精性理之学,所著有《中说辨妄》《通鉴前纪》《曾子遗书》《论语外书》《孔子年谱世谱》《七十子说》。临海林尚书公辅答徐始丰书有曰:"当今经书虽皆完具,而礼经独为残缺,加以汉儒之记有不纯者,乡先哲戴少监尝力为之辨,草庐吴文正公师之而得其说,于今未行也。"又以其文与陈箓窗耆卿、吴荆溪子良,并谓其光芒四达,蟠际霄汉,可谓雄伟不拔者矣。卒,崇祀乡贤,谢文肃有赞。(见《桃溪净稿》《台学源流》《海峰堂稿》《雍正通志·儒林》《戚志·仕进》《黄岩志·儒林》)

注释

①原注:《台学源流》作良斋,今从《通志》。

②原注:戚志作奇肃,今从《台学源流》。

元

邱心泉先生

邱先生,名应辰,字咏圣①,号心泉,泉溪人。博极群书,与叶本初、应景裕为友。元贞间,举青田教谕,不就。著《忧忧集》,有《正异复井田论》,皆关世教切时弊之言。尝和赵师度诗云:"庭草尚春色,霜风有岁寒。万家晨汲苦,三月溜声干。"用心可想矣。明初,御史毛公经其墓下,祭之云:"学究天人,才优经济,晦迹一时,曙光万世。"从祀乡贤。见《通志·文苑》《戚志·隐逸》《黄岩志·遗逸》。

注释

①原注:《黄岩志》作咏性,今从戚志。

盛圣泉先生

盛先生,名象翁,字景则,三坑人。少读书有异禀,从车玉峰、黄寿云游,得朱子之学。二先生并邃于《易》,车主明象,黄专晰理,先生会而通之,著《易直指本原》,溪南应氏谓其有功学者。延祐间,以荐起,官平阳学正,迁汀州路教授,聘典江浙行省试,江阴陆文圭子方①,为时宿学,为文融串经传,纵横奇变,莫测其涯际,先生一见识之。仕终昌国州判官。所居与圣水山近,学者尊之曰"圣泉"先生。崇祀乡贤,谢文肃有赞。(见《桃溪净稿》《通志·儒林》《戚志·仕进》《黄岩志·儒林》)

注释

①原注:《黄岩志》文作奎,今从戚志。

林古泉先生

林先生,名梦正,字古泉,谷奥人。性聪敏,稍长,博极经史,无所干进,去为浮图氏,凡六经百氏无不记览成诵,为文词下笔辄数千言,如不经思,自负其才,复归于儒。客吴楚间,以授徒为业。久之,游京师,与虞伯生、揭曼硕为友,揭公荐于朝,不果用。至正甲申,贺丞相惟一当国,以遗逸荐①,擢溧阳教授。未几蕲黄寇起,先生摄州事,督兵御之,获其魁张某,问之,曰:"我父为军千户,红巾入境,逼我父为帅,父以年老,令我代之。"先生叱曰:"尔祖父世受国恩,而尔忍从贼耶?"既而寇转盛,竟夺张去,下令曰:"有生得林教授者,受上赏。"既为所得,张曰:"前日骂我者非尔耶?降即俾尔为元帅。"先生终不屈,贼怒,磔其尸于州南大树上,垂危,骂不绝口。天台徐一夔闻其事,为之作哀辞,溧阳人祀之,从祀乡贤。(见《通志·忠臣》《戚志·义烈》《黄岩志·忠义》)

注释

①原注:戚志作"以遗逸举",今从《通志》。

观周按:戚志祠祀,不列林先生名,今据《义烈传》补。

潘省中先生

潘先生,名伯修,字省中。士骥从子,居淋头①。少负异才,从陈绍大习举子业,后从林兴祖游,林大器重之。其诗文与陆居仁、蔡余庆齐名,尝三举于乡,为省元,究不得志于春官,决志隐居教授,以著述自娱。旁通天文地理律历之学,为诗文皆寓微意,曰:"文章不关世教,虽工无益也。"至正戊子,方国珍兵起,其族祖义和与乡人应允中等,纠众与战死,先生避难玉环,续馆西乡柔川黄氏。浙江参政朵儿只班统兵至,将尽屠海上民,先生率父老诣军前力争曰:"倡乱者独国珍耳,吾民无罪也。"乃得免。又尝挺身说国珍降,左丞答纳失里奏其功,素为泰不华、达兼善所重,不华镇黄岩,兼善帅台州〔一〕,每事皆咨访焉。后国珍据有温台,开府庆元,同郡名士朱右、詹鼎等,多往依之,先生独不往,国珍劫至庆元,欲使长幕府,力辞归。郭仁本嗛国珍,使盗待诸隘而杀之,时年四十三。应梦虎哭以诗,有"稽康未必轻锺会,黄祖何曾爱弥衡"之句,其徒黄中德,欲走婺州请兵为复仇,会国珍已降明,不果,林公辅曰②:"潘先生莫邪大剑也,其光铄然足以动星斗,其锋锷然足以破坚珉,而不保其缺折之患。虽然,不害其为千金之宝也。”可谓深得其为人者矣。所著有《江槛集》,从祀黄岩乡贤。(见《海峰堂稿》《通志·忠臣》《方城遗献》《戚志·义烈》《黄岩志·忠义》)

案:戚志《仕进传》,李时可,温岭人,尝与潘伯修同避兵柔川,柔川汇于乌岩,与大澧岙不甚相远,故叶氏以为大澧人。又按:《艺文》载:先生答谢秦秘书,书有云:旧日躬耕舃卤之墟,不旱即水,若居大澧,则在黄岩西南三十五里,四面皆山,非舃卤之区,亦无水患者也,然则戚志所云自确。观周案:《戚志·祠祀》不列潘先生名,传亦不言从祀,今据《黄岩志》补。

注释

① 原注:《海峰堂稿》作黄岩大澧人,今从戚志。

② 原注:《黄岩志》作黄云泉曰,今从《海峰堂稿》。

校勘记

〔一〕泰不华、达兼善实为一人,据《元史》,泰不华字兼善,初名达普化,文宗赐名“不华”。盖作者失察而误记。不便改动,谨出校说明。

卷二　明

郭畅轩先生

郭先生，名槚，字德茂，号畅轩。其先仙居人，高祖世卿正肃公，磊卿之兄也。正肃公从朱子游，与方山、南湖二杜友。从子勉中，得诸家庭师友间，学有原委。勉中子友直，孙敏夫，咸以儒世其家。先生敏夫公子也，从世父宽夫徙邑之温岭。少勤学问，比壮，时有所悟，由伊洛上溯洙泗，求圣贤真实之学。燕居独处，衣冠修整，即祈寒暑雨，危坐终日，及与人接，和气满容，箪瓢屡空，晏如也。其涵养专用静中工夫，言动一循乎礼，邑士人多从之游。其为教必先收放心，曰："收得心，方见得吾道端倪，即圣贤言语，皆有归着。"又曰："学者若不惩忿窒欲，则自家多坏了，此是大切要处。"又曰："作诗写字，误了天下多少英俊。"父没，兵荒不克葬十余年，抱戚未尝破颜。迨营冢，或以左道沮，先生不听，曰："阴阳家祸福之论不足信，得先人入土，死无憾。"奉母杜氏极婉愉。长兄梁多子累，有所需，力为营慰母念。母患末疾，衣不解带，亲为浣涤，凡六越月，手指湿烂成疹，终不以人代。与其兄友爱尤笃，兄贫，欲以先业售于人，同署券略无吝容，亦不分其值。饥寒扶济，不待告也，乡人化之，虽狡猾者无不革面。终元之世，隐居授徒，尝作《感秋》《酷热》诸诗以寓意。洪武辛亥，以御史李时可荐，授饶阳知县。值岁饥，旁令嗫不敢请，先生上其事，得旨蠲赈，泽及九邑。有省檄不便，民甚苦之，又执奏，廷议韪其言，德被八府。在任三年，劝农桑，兴学校，均田赋，平力役，表节义，毁淫祠,境内大治。壬子夏旱,旧俗聚龙象以祷,先生命焚之,秉诚默祷,天大雨深一尺。考满入京,以从兄事坐免,逻者察于途,搜箧中,惟所著《易说》《杂评》《畅轩稿》数十卷,及爪发一束以闻。帝嘉其廉,赐纱幞、银带、宝钞以旌之。既归,号台南兀者,贫益甚,课其子熙躬操井臼。一日诸生及门,闻打麦声,视之,乃先生也。癸亥卒,年六十二,门人私谥贞成先生,崇祀乡贤,谢文肃有赞。熙号退庵,博学笃行,叶氏士冕黼尝从之游,门人私谥文康先生。熙孙玪,号筼心,克世其学,辑有《郭氏诗选》《文献录》,文肃极敬礼之,其卒也为之铭其墓。(见《桃溪净稿》《台学源流》《通志·儒林》《戚志·仕进》《黄岩志·儒林》)

王静学先生

王先生,名叔英,字原采,号静学,亭岭人。初从外家氏陈,后复本姓。其学得于临海陈南斋先生、同郡叶夷仲见素、林公辅右,皆心折之,尤与方正学道义相切劘。洪武初,与杨大中及同郡三人并征,辞还。丁卯以荐起为仙居训导。丁丑,改德安教授,升汉阳知县,多惠政。岁旱,祷雨,与神约,三日不雨减一食,五日减二食,六日不雨当绝食饮水,以俟神之显戮,不忍见斯民饥死而己独生。是夕大雨,连三日不止,虑其涝也,复祷晴,是夕开霁,邑人大悦。建文初,正学为讲官,议行井田,先生移书劝止①。已而,召为翰林修撰,上《资治八策》,曰务学问,谨好恶,辨邪正,纳谏净,审才否,慎刑赏,明利害,定法制,皆援古证今,凿凿可行。时朝议削宗藩,急纷更,先生上疏曰:"太祖除奸剔秽,抑强锄梗,如医去病,如农去草,去病急或伤体肤,去草严或伤禾稼,病去则宜调燮其血气,草去则宜培养其根苗。"帝嘉纳之。靖难师起，奉旨募兵广德。无何，成祖渡江，尚书齐泰惧诛来奔。先生曰："泰贰矣。"令州人执之。泰告以故，乃释之，与图再举。闻都城破，恸哭沐浴具衣冠，书绝命词一首，藏衣裾间云："人生穹壤间，忠孝要克全②。嗟予事君父，自省多过愆。有志未及竟，奇疾忽见缠。肥甘空在案，对之不能咽。意者造化神，有命归九泉。尝闻夷与齐，饿死首阳颠。周粟岂不佳，所见良独偏。高踪邈难继，偶尔无足传。千秋史臣笔，慎勿称希贤。"又书案上曰："生既久矣，愧无补于当时；死亦徒然，庶无愧于后世。"遂自经于祠山玄妙观银杏树下，时年未四十也。天台道士盛希年为葬于祠山麓。陈瑛簿录其家，妻金氏自经死③。二女下锦衣狱，赴井死。幼子戍大同，杨文贞士奇尝托乡人孟范访得之，后不知所终。所著有《静学斋集》行于世。

先生自少以孝行称，既仕，好奖善类，文贞其所荐士也。正统中，追题其墓曰："呜呼！故翰林修撰王公原采之墓④。"复祭以文，略曰："先生之学，圣贤是师。先生之行，纲常允持。先生之心，金石其贞。先生之道，霜雪其明。"成化间，莆田周瑛守广德，嘉靖初，安福邹守益谪州判，皆修其墓，从祀乡贤。崇祯末，赠礼部尚书，谥文忠。国朝乾隆中，赐谥忠节，从祀乡贤。（见《明史》本传、《通志·忠臣》、《方城遗献》、《戚志·义烈》、《黄岩志·儒林》）

注释

①原注：书略曰：凡人有才固难，能用其才尤难，子房于汉高，能用其才者也，贾谊于汉文，不能用其才者也。子房察高帝，可行而言，故高帝用之，一时受其利，虽亲如樊郦，信如平勃，任如萧曹，莫得间焉。贾生不察而易言，且言之太过，故绛灌之属得以短之。方今明良相值，千载一时。

但事有行于古,亦可行于今者,夏时周冕之类是也。有行于古,不可行于今者,井田封建之类是也。可行者行,则民之从之也易,而民乐其利;难行而行,则从之也难,民受其患。

②原注:"要"一本作"贵"。

③原注:戚志作"瘐死狱中",今从《明史》。

④原采:底本作"厚采",误,径改。

程成趣先生

程先生,名完,字德充,号成趣,小泉村人。永乐二年,与同里林原缙、邱镡、邱海、何及、何永愚、狄景常、翁子实、王崧,会于里之梅花山,修白香山故事,称花山九老。先生气和行方,博涉经史,为文有典有则,一时物论,归重门下,著录之盛,与叶拙讷相等,渊源并出于贞成郭先生,其教皆先行而后艺,卒祀乡贤。(见《方城遗献》《戚志·隐逸》《黄岩志·遗逸》)

叶拙讷先生

叶先生,名黼,字士冕,拙讷其号也,温岭人。父希圣,操履清修,见重乡间。季父泳,谪戍于淮,托以孀妇童孙,尽家所有付之,后归,见妇孙皆植立,赀更逾旧,曰:"吾侄托孤寄命之节,当于古人中求之。"先生濡染庭训,自少即知励行。比长,从郭文康游,得饶阳性理之学,其教生徒,先孝弟诚敬,次经史,次文艺,门下士缀巍科,跻显列者不一人。而先生青袍终其身,脩脯所入,计八口经费外,即以均乡族之贫者。弟尚夫无子,与同衣食,命次子原纪为之后。兄女少孤,育之如己子,既长,具妆奁嫁之。平居无惰容,御下无疾言遽色,暇则端坐一室，左图右史，虽盛暑，衣冠不苟去身，家法严正，内外肃如也。晚学益邃，从学亦益众，豪家右族，不得师事之，则有惭色。洪熙乙巳，馆镜川叶氏，应复庵先生实受业焉。尝折衷《学》《庸》众说，取《朱子语类》，及黄寿云《通义》，与《语录》相发明者，附于《周易本义》，未终而卒，时宣德六年辛亥也。年五十一，学者称拙讷先生。吉水刘俨铭其墓，崇祀乡贤，谢文肃有赞。子原征，字允迪，号素轩。次原纪，字允仁，号一得，皆以文学世其家，时号二叶。黄久庵尚书言先桃溪处士，少从叶拙讷、程成趣二先生游，二先生之学又源于贞成郭先生，贞成尝言："敬者天命所以流行，衽席之间，一有不敬，则天命息矣。"故二先生之学，皆以敬为本，而叶先生犹得其醇云。（见《桃溪净稿》《海峰堂前稿》《戚志·隐逸》《黄岩志·儒林》）

李存省先生

李先生，名茂宏，字用受，号存省，长屿人。本林姓乔年之后，以曾大父天麟后其舅氏李，遂从其姓。父毓，字长民，号药所，元至正中，方国珍据有三郡，杜门不与通，赋《感愤诗》曰："白发三千丈，穷愁十万端。谁云李太白，心事酒中宽。"明洪武间，以明经荐，不赴，耽隐山林，自行其志。先生于永乐乙未登进士，授刑部主事，迁吏部考功主事，转员外郎。勘狱闽藩，时称其有为有守，为钱塘王仪之、东里建安南郡三杨学士所重。时下诏求贤，辅臣欲荐居禁近，或谓先生语言多南音，不宜近侍，乃止。考满以老疾乞归，廷臣知者留之不可得。景泰壬申卒，年七十四，萧山魏文靖骥表其墓。

先生敦重贞悫，廉介沈毅，不奔竞，不诡随，遇事不择夷险，无毫发戾所学，经事四朝，几四十年，而冰蘖之操，始终如一。土木之变，李文达贤谓人曰："往正统间，李先生尝言君臣之情不通，经筵进讲，不过粉饰太平气象，未必可久。官满即引疾去，乃今其言果验，智者见于未然，先生有焉。"又曰："茂宏为人，恬淡少许可，与人不苟合，而疾恶之心太胜，以故未至卿佐云。"从祀乡贤。《一统志》称其志尚淡泊，不慕荣进，可谓得其为人矣。

子谟，字君定[①]，号讱庵，复姓林，正统辛酉举人，会试副榜，授苏州府训导。自守甚严，诸生以贽见者，一无所受。吴江莫铉取古画《时苗留犊图》，乞尚书杨翥题其上以赠，先生曰："此使我为市名矣。"录诗而返其画。论者谓其清介有父风。（见《通志·介节》《戚志·仕进》《黄岩志·介节》）

注释

① 原注：《戚志》作居定，今从《黄岩志》。

林凌云先生

林先生，名纯，字君粹[①]，号凌云，泉溪人。有学行，永乐甲午举于乡，授湖口训导，勤于教诲，尤厉风节，得士子心，去后，至设木主以祀之。正统间，掌兴国教，严教规，讲论或至夜分，邑士礼经有传，自先生始。卒于官，门人立祠祀之。以子畏斋先生鹗贵，赠刑部右侍郎，从祀乡贤，畏斋自有传。（见《三台外书》《方城遗献》《戚志·仕进》《黄岩志·宦业》）

注释

① 原注：《戚志》作"居粹"。今从《三台外书》。

李肃斋先生

李先生，名匡，字存翼，号肃斋①，长屿人。宣德丁未，联捷成进士，授太常博士。正统丙辰，迁御史，弹劾无所避。辛酉，奉敕录囚陕右，所平反数百人，民以无冤。戊戌，按江右，时杨少宰士奇柄国，其子稷暴横乡里，先生按治如律，纤毫无所假，民大称快，杨公后亦愧谢之。升四川按察副使②。己巳，平播州苗乱，捷闻，擢左佥都御史，巡抚四川③。叙州蛮叛，焚劫九县，全属骚扰，复领敕剿捕，而四川军伍数少，先生乃召民间壮丁凡九千余，教练操习，杂处部伍，号令严明，措置有方，屡战屡捷，夷蛮始息。是岁，乜先大举入寇，英宗北狩，先生在蜀闻之，北向长号，以无朝旨不能亲赴难为恨。景泰辛未，播州余寇复炽，贵州总督王来咨请会兵攻草塘，约期进兵，至则来违期，先生被围，乃坚守营寨，偃旗鼓，息刁斗，一战而捷。来耻无功，嗾法司诬奏先生，帝怒，罢为民归，且十年。天顺壬午，宣府有警，以兵部尚书马昂奏，起巡视宣大。陛辞，赐宝钞以行。先生亲历边陲，增寨堡，斥堠崇密，鸡犬相闻，复要势所侵屯田，备御有方，寇不敢越边墙，朝廷降玺书褒美，赐白金文绮。甲申，以老致仕。辛卯，卒于家，年六十六，从祀乡贤。（见《戚志·仕进》《黄岩志·宦业》）

注释

①原注：《方城遗献》作复斋，今从《戚志》。叶本东《李先生传》作号复斋，更号肃斋。

②原注：戚志作兵备副使，今从《黄岩志》。

③原注：戚志同叶氏，许便宜行事。

应复庵先生

应先生,名律,字志和,以字行,号复庵,晚号宜休居士,宋名儒恕之后。世居黄岩,父尚惠,始徙邑之镜川。家故多赀,而从伯尚武贫无子,先生乃以赀归兄志卿,而身为从伯后。从伯卒,伯母周老,事之不异所生。笃意问学,从族父溪南先生尚履游,又登叶拙讷之门,具有师承。永嘉黄文简淮一见,遂定为忘年交,声誉日起。孙提学鼎以明经荐为盐城训导,以母老辞。正统中,周守旭鉴复以郡学荐,道近,乃奉母同赴官。未几,丁母忧。服阕,补兰阳,其县乏科第,先生力振作,士皆知奋,岁有登荐者。任满,升鄱阳教谕,兰阳人感其教,为立生祠。在鄱阳益笃风教,访周瑜、陶侃之墓而封表之,进江万里、彭汝励于祠,贤声之著,上彻淮府。寻乞休归,考德问业,门无虚席。弘治戊申卒,年八十四,谢文肃铭其墓。所著有《复庵存稿》《应氏杂录》,从祀乡贤。

季子纪,字茂修,号继休,成化庚子举人,会试得乙榜,授六合教谕。以岁俸供其父家食,身自刻苦,于馈遗一无所受,顾复捐己资,赒赡贫乏,士风翕然尊信。举摄县事半载,平反冤狱,有能声。顷之,聘为福建考试官,所取皆博雅之士。父丧归,满制,改黟县,清修如六合。未几谢疾归,家贫,授徒自给,有田数亩,门下遣力代之耕。会袁公文纪来掌县事,袁六合人,素重之,乃尽蠲其族人之徭,俾以值归继休,继休辞不取,令族人建宗祠。所著有《玉山惭稿》。(见《桃溪净稿》《戚志·仕进》《黄岩志·孝友》)

谢愚得先生

谢先生,名省,字世修,号愚得,晚号逸老,桃溪人。景泰甲戌,联捷成进士。天顺初,授南京车驾司主事,禄俸外不私一钱,转武选员外郎。尝市一奴,后知为武官子,亟遣之,仍俾从优给例,袭父职。成化己丑,出知宝庆府,至则首与神誓,悉推堂食钱为公用。书真西山四事十害,为僚属戒;条民隐十四事,请于上,次第罢行之。春秋时行郊野,察民不足给牛种,告民妇纺绩,斥淫祠,为社学。计郡储可支五年,选学官子弟教之府,乡村教之社,皆得以饩食于公。暇则自诣学,正句读,行赏罚。又撮取文公《家礼》,并作《十勿诗》,俾民诵习。督民婚丧,以拘忌勿举者数家,黜县令二人,籍其赃,以代民赋,境内肃然。会岷府欲徙建宫殿,檄有司议,先生执不可,府中人行数百金,令有力者来居间,屹不为动。已而巡抚力主其议,乃乞补教职,不许,连乞养病,亦不许。癸巳,考满,至中途,上疏竟归,时年方五十四。声誉籍甚,当道交章荐之,檄下郡县趣之行,不赴。或问其故,则曰:"士方好进,吾当勇退以风之耳。"宝庆人相率立去思碑于学宫。既归,囊橐如洗。

子三人,仅各给田十八亩,顾孜孜于祀先合族,训幼睦乡之事。与从兄世衍,筑会缌庵,作敦彝十二。每旦深衣幅巾,谒祖毕,即与弟子讲学方岩书院,议行乡约。时复同一二布衣,登高望远,酌酒赋诗。李文正东阳在朝,闻而深服其为人,寄诗为寿。先生博通经史,早有诗名,尤深于《礼》,著有《行礼或问》《杜诗注解》《逸老堂净稿》行于世。弘治癸丑卒,年七十四,门人私谥曰贞肃先生。李文正表其墓,从祀乡贤。(见《桃

溪净稿》《通志·循吏》《戚志·仕进》《黄岩志·介节》)

林畏斋先生

　　林先生,名鹗,字一鹗,号畏斋,凌云先生子也。景泰辛未,联捷成进士,拜监察御史。时朝廷方重台谏,言事之臣,捃摭或过其实,先生独持大体,言必当实。与山阴沈性齐名,而简重过之,掌院萧公举看详奏牍,士论重焉。丙子监京闱试,陈循等忻考官,以邑人林挺预荐,诬先生有私,逮挺考讯,将中先生以法,及调所试卷考验,皆如格,事得白。丁丑,英宗复辟,仿先朝故事,出廷臣为知府,先生得镇江。至郡,举偏补弊,清介不阿,重祀典以励风化,遣先贤之后入乡塾,以教养之。漕使以孟渎河多险,欲开七里港,引金山上流通丹阳避之,巡抚崔恭是其议。先生以七里港接故河几四十里,坏民田庐坟墓无算,且多山石,功难成,请按七里港东,京口闸甘露坝故迹,因而浚之,甚便。崔以其言疏于朝,从其议,遂为永利。壬午,调繁苏州,苏故健讼,先生曰:“囹圄之设,正为此辈。”乃故淹之不为理,久而讼简。苏学庙像,岁久多剥落,或欲因其旧而修饰之,奋然曰:“塑像非古,我太祖于太学易以木主,百年夷俗乃革,彼未坏者犹当毁之,幸遇其坏,易以木主,有何不可。”或以毁圣贤像为疑,先生曰:“此泥土耳,岂圣贤耶!孔子生佛教未入中国之前,乌识所谓泥像哉?”闻者皆辣服。于是诣学宫,进诸生,讲业校文,而府庭肃静,若无事者。御史李昺行部至,迎诸郭门,不跪,李颇衔之。或谓李曰:“林某非俗吏也,第善遇之。”癸未①,超拜江西按察使,有犯大辟赂达官求生者,先生屹不为动。广右盗起,流劫赣之龙南信丰,势张甚,亲督兵兼程往剿,寇闻遁去。广信民有妄传妖神者,立置其首于法,妖遂息。访陆象山、虞雍公诸贤后,命有司存恤,进其可教者于学宫,民咸感劝。成化丙戌,进右布政,逾年转左。岁饥,奏减恒赋十五万石。遏岭南洞寇,不使入境。庚寅,擢南京刑部右侍郎,丁内艰,服阕,改北刑部右侍郎。持法平正,权要请托,一无所听,罪无大小必加研审,务得其情、合于法而后已,狱称无冤。丙申,得疾卒,年五十四,图籍外囊橐萧然。友人谢文肃、黄文毅为经纪其丧,同声叹曰:"官至三品,而家无百金之积,产无一亩之增,古所谓居官廉,虽大臣无厚蓄者,公真其人矣。"帝闻,遣官谕祭,仍给驿舟归,命有司营葬。先生貌庄重,人望之耸然,少入庠校时,谒乡荐绅,荐绅以便服见之,平立不拜,曰:"某晚进,方观法先生,请以礼服见。"其人敛容谢。后位至亚卿,接乡人必称名迎送,见小吏必束带,对妻子无惰容,危坐阅书史、临古帖、作楷书,夜分乃止,五鼓即起,率以为常。自奉俭薄,事母程氏尽孝养,母性严,少忤即大怒,常跪请移时乃已。彭从吾曰:"林侍郎之好礼,其严足尚也。"大学士邱文庄潏铭其墓。嘉靖中御史赵大佑上其节行,赠尚书,谥恭肃。著有《畏斋存稿》,从祀乡贤。(见《通志·名臣》《戚志·仕进》《黄岩志·宦业》)

注释

　　①原注:"按《存稿·祭趣园三叔父》文云:'甲申之夏,江右提刑,取道归省,趋拜阶庭。'"

黄定轩先生

　　黄先生,名曜,字孔昭,以字行,更字世显,号定轩。世居洞黄，后迁旧邑之西。父彦俊，正统丙辰进士，授职方主事，清理军籍无所私。祖礼遐，字尚斌，号松坞，读书识大义，于嘉言善行，恒思以身体之，每阅史至奸臣贼子，掩卷感愤，义形于色，居家井井有法，临财尤不苟，尝见人有盗其囷者，佯为不知，避之。

先生年十四，遭父母丧，哀毁骨立。初以明经举为松溪训导，不果，乃淬厉读书，登天顺庚辰进士，授工部屯田主事。屯田号浊曹，先生独持以正，同僚怨之，嗾恶吏诬奏，事白，誉益起。奉使江南，馈遗一无所受，进都水员外郎。成化己丑，吏部尚书姚夔知其廉，荐调文选员外郎。癸巳，进郎中，持铨清慎，汲汲以人才为重，常曰："国家之用才犹农之积粟，粟积于丰年，乃可以济饥，才储于平时，乃可以济事，苟以闭户谢客为高，何由知天下人才？"公退，未尝脱冠带，客至辄见。询访有得，必书于册，随其地望，参之舆论，荐用各当其才，人莫敢干以私。尝与尚书尹旻争，至推案盛怒，先生拱立，俟其怒止，复言，尹亦信其谅直。尹暱通政谈伦，欲用为侍郎，先生执不可，尹卒用之，伦果败。又欲推故人为巡抚，先生不应。其人入都谒先生，至屈膝，先生益鄙之。尹谓其人曰："黄某不离铨曹，汝不能迁也。"先生在文选，人望而见其喜，则知贤者之进，见其忧，则知小人之不得退，如是者十五年。癸卯，考满，始擢右通政。戊申，弘治改元，升南京工部右侍郎，署尚书事，澡剔宿弊，如恐不及。先是沿江诸郡芦洲，咸属工部资营缮，率为豪势所侵，先生稽籍，悉归之官，委属员董其入，著为令。节量诸费，除借办商贾所逋钱数万缗，民甚德之。奉诏举方面官，以知府樊莹、佥事章懋应，后皆为名臣。郎官主藏者，以羡金数千进，斥退之。掘地得古鼎，急命工镌文庙字，送之庙中，俄中贵欲献诸朝,见镌字而止,人服先生之远识。辛亥六月卒于官,年六十四。先生体貌严重,沉静自守,厚伦睦族,立义塾,教族子弟,读书务穷义理,与临海陈恭愍选齐名。尤精诗格,所著有《定轩集》。又与谢文肃为莫逆交,同辑《赤城集》,及《赤城论谏录》。吴文定公尝称之曰:"昔毛玠仕魏,为东曹掾,所举皆清正之士,能以俭率人,一时士皆以廉节自励,今观定轩为人,盖近之。"嘉靖中,赠礼部尚书,谥文毅,从祀乡贤。子俌,成化辛丑进士,官至吏部郎中。孙绾,自有传。(见《桃溪净稿》、《明史》本传、《通志·名臣》、《戚志·仕进》、《黄岩志·宦业》)

缪先生守谦

缪先生,名恭,字思敬,号守谦,又号青庵①,其先世自兰溪历迁临海、黄岩,父汀复迁邑之茅峿。先生自少刻苦问学,不事家人生产,弱冠通《春秋》,为县学生。已而弃举子业,攻诗文,往来于二叶,得拙讷先生性理之学。又尝从黄岩张学录粹游,与谢昭为同门友。昭以石亨得官,奔走其门者如市,先生贻书与张曰:"亨败在旦夕,祸将及昭,先生虽门弟子,方远之不暇,而顾亲之乎?"未几,言果验,人服其远见。弘治初,诏求直言,先生以布衣上书言六事:一曰保神器,二曰崇正学,三曰绍绝续,四曰怀旧勋,五曰广贤路,六曰革冗员。历历凡数千言。其曰绍绝续者,谓懿文太子,功在社稷,宜择贤宗室封国,以续其祀。指斥忌讳,皆人所不敢道者。疏入,通政司官大惧,拘留劾奏,帝不之罪,敕有司给路引,遣还家。有问之曰:"万一不测,奈何?"先生曰:"吾此行已自分一死,敢侥幸其间哉?"自是杜门不出,环堵萧然,惟授徒自给,诸生脩脯外,即亲友有所馈遗,不受。寄黄文选孔昭诗曰:"出处云泥隔,行藏实系天。南山田不治,终日抱愁眠。"自号小茅山饿夫,示志也。宏治癸丑卒,年六十五。贫无以殓,门人叶大卿俊,为之经纪其丧,谢文肃铭其墓曰:"韦布之忧,肉食之弃。明主之危,治世之利。呜呼思敬,罪或言高,思非出位。漆室杞天,我铭不愧。"门人林暨亦哭以诗,有"青①草独留坟上土,漫将荣悴问苍天"之句。著有《茅山秽稿》若干卷,从祀乡贤。(见《桃溪净稿》《海峰堂前稿》《戚志·隐逸》)

注释

①原注:原本"青"作"责",未知孰是,请博雅君子改正。

林抑斋先生

林先生,名垄,字克贤,以字行,更字一中,号抑斋,北山人。少从李考功茂宏游,与从兄一鹗相师友。成化丙戌进士,授刑部主事,以法律自守,罪人情与律当者,虽重未尝姑息,苟其律与情未当,则求其平而不为威势所移。有阮成者,锦衣置大辟,属先生谳之。知其冤,白尚书陆公曰:"固知锦衣权重,然杀人以媚人,某弗为也。"卒从末减。寻吏部诬王宗穰以匿名书罪,宗穰之父渊,尝以言官获谴。众曰:"非林主事莫能辨。"遂以属先生,事竟得白。时台州方奏割太平,先生知其事之有害于民也,诣户曹力争之,不可,乃闻于上,陈古风今,动千数言,功虽弗就,识者韪之。考满升员外郎,兼看详三法司奏案。未几,擢福建按察司佥事,先生力振风纪,有大臣纵豪奴并吞,竟置之法。巡按御史尹仁舞文法,稔奸丑正,尝面折其过。二人者,伺隙不能得,则相与嗾武流无赖子毁之,虽卒莫之浼,然竟坐是十年不调。尝两监乡试,御史欲以意黜陟人,执不从。乙巳,以外艰归。寻卒,年五十六。有《抑斋稿》藏于家,黄文毅表其墓,谢文肃为志铭,从祀乡贤。(见《桃溪净稿》《通志·介节》《戚志·仕进》《黄岩志·介节》)

陈敬所先生

陈先生,名彬,字儒珍,号敬所,更号秋山居士,莞山人。少从郎中林无逸先生游,与黄文毅、林金宪、谢文肃以文行相激厉,岁考递相后先。三公相继取科第,于时有所建白,先生滞诸生,顾名行日显,乡里尊之,不以一第得失为轩轾,请业者溢其门,先生亦遂脱青袍高隐。将贡,辞不赴礼部,读书暇,即会族人,合乡老,讲行礼法。立义学,斥淫祠,孜孜行善,以身为乡里率,三十余年,未尝一日变。文肃家居,深衣幅巾,白首往来者,先生一人而已。郡邑守令,闻其名者,交请为乡饮宾,先生皆不就,而有所资决,则恒顾其庐而礼焉。卒年八十,门人谢增、高崇文等,相与谥曰"刚敏",并呈请入乡贤祠。有杂文三卷,诗四卷,文肃为之序。弟杨,字儒敷,号嘉植,不甚读书,然力于为善。邑侯袁道知其可任,举为乡长,人服其公正,讼或不之官而之儒敷,论者谓二陈庶几古之王彦方云。(见《桃溪净稿》《方城遗献》《戚志·隐逸》)

卷三　明

谢方石先生

　　谢先生,名铎,字鸣治,号方山,后更号方石,桃溪人。幼从叔父贞肃公学,天顺甲申登进士,改翰林院庶吉士,授编修。成化丁亥,预修《英宗实录》。癸巳,校勘《通鉴纲目》成,疏言:"神宗、理宗,虽留意是书,而不能推之政治。"因劝上讲学亲贤,大本立而万目随。帝嘉纳之。时塞上有警,条上备边事宜:请养兵积粟,收复东胜河套。又言今之边将,无异晚唐债帅,败则士卒受殃,捷则权豪受赏,语皆激切。秩满升侍讲。每经筵进讲,必尽言无讳。庚子,接丁内外艰,饮水疏食,倚庐祥禫,一如古礼。既终制,以禄不逮养,无仕进意。弘治初,台谏交荐,以原官征修《宪宗实录》,庚戌,擢南京国子监祭酒。以身为教,疏请增杨时从祀,而黜吴澄,尚书傅瀚持之,乃进时而祀澄如故。他若择师儒、慎科贡、广载籍,诸论列尤多。明年,致仕归,家居将十年,荐者益众,给谏吴蕣言尤力,有"擢用经筵、仿佛程朱"之语。升礼部右侍郎,仍管国子监祭酒事,命吏部即其家起之。再辞不得,乃就职。时章枫山懋为南祭酒,两人皆人师,诸生交相庆。先生严立课程,务先养成器识,濯砺风节,一时士类,翕然大变。监故有羡金,至是尽籍于官,以其金廓庙门,修学宫,构东西楼,刊经史庋其上,置官廨三十区,居学官以省僦值。诸生有贫窭,及死无归者,咸赈给之,不自私一钱。又请别祀叔梁公,以曾皙、颜路、孔鲤配,用全齐圣不先父食之义。凡所建白,皆师古义,无徇俗希人意。癸亥,修《历代通鉴纂要》成，以疾乞致仕，疏凡五六上，每优旨勉留，不能夺，乃许养疾，命给驿以行，时六馆诸生，以状乞留者，无虑千人。正德戊辰，吏部以"经术宏深，才可大用"荐，会权奄用事，矫令致仕。庚子卒，年七十六。赠礼部尚书，谥文肃。

先生天资纯粹，动师圣贤，凡俸赐，分给诸弟侄，自奉如寒素。尝置义田、书院田，构会缌庵，以合宗族。姻党知识困乏者，咸有周恤。虽退处岩野，每闻朝政更革，君子小人进退消长之会，未尝不拊膺太息，而致虑于世道之升降也。所友善陈恭愍选、同邑黄文毅孔昭、林恭肃鹗、林金宪克贤、陈布衣彬、长沙李文正东阳，书问往来，皆以道义相切劘。其讲学一守程、朱。尝曰："自邹孟氏没，而圣人之学不传，过于高远者，不沦于虚无，则溺于寂灭，其安于浅陋者，不滞于词章，则狃于功利，二者虽过与不及之不同，而其为吾道之害则一也。向非伊洛诸老先生相继迭起，于千数百年之下，得不传之学于遗经，以兴起斯文为己任，则吾道之害，将何时而已耶。考亭朱子之训，吾徒所守以为家法者也，不然，则顿悟之学，虽六经皆赘疣耳。"《与吴原明书》辟陈公甫云："此老平生肺腑尽见，其下二陆又不知几等，乃敢作此瞒天说话！"又云："鸳鸯谱从他自绣出，我顾服此布帛以终身。来书有引公甫禅家语，不敢更传彼金针法矣。"又有二绝云："说地谈天半有无，骇风奔浪剧鹅湖。真看绝学今千载，压倒先从太极图。""吓地瞒天日几回，只将甜舌作蜂媒。吠形可是能逃影，肝胆分明见得来。"论者谓其德业无让薛文清。莆田林见素俊尝言："谢公天下第一流人物也。"

著有《四子释言》[①]《伊洛渊源续录》《续真西山读书录乙集》《元史本末》《宰辅沿革》《尊乡录》《方石史论》《桃溪净稿》

《赤城新志》。所编辑有《伊洛遗音》《国朝名臣事略》《缌山集》《赤城论谏录》《赤城后集》《赤城诗集》《国子监续志》。门下士王宫保廷相志其墓,从祀乡贤。(见《桃溪净稿》、《浚川集》、《海峰堂前稿》、《明史》本传、《通志·名臣》、《戚志·仕进》、《黄岩志·儒林》)

注释

①原注:《光绪续志·补遗》作"择言"。

林克冲先生

林先生名霄,字克冲,号勿斋,畏斋先生从弟也。五六岁时,号奇童,十五岁食廪学官。成化乙未,以优等贡入太学。戊戌,联捷成进士,入翰林,升刑科给事中。乙巳暹逻遣使入贡,且告丧,以先生晳肤伟貌,发声洪亮,特赐一品服,与行人姚隆往封其子国隆勃刺略坤息刺兀地为王。其国在占城西南,必顺风十昼夜始至,波涛不测,人皆危之。先生曰:"君即天也,顾辱命是惧,何足危。"至其国,议相见礼不合,不肯宣诏。除馆西郊,供张甚薄,再三欲屈先生。先生不受,愤恚成疾卒。副使姚折节,获厚宴重赂以归。事闻,罢黜姚,厚恤先生,赐祭葬,赐敕有"使节不屈于蛮邦,结愤竟归于冥漠"云云。子菲,荫国子生,官光禄寺丞,从祀乡贤。(见《方城遗献》《戚志·义烈》)

戴师文先生

戴先生名豪,字师文,温岭人。少辄颖异,日读书凡数千百言,至义理繁肯会心处,虽其师亦反为所难。弱冠,领成化丁酉乡荐,明年成进士。李文正得其卷奇之,以语谢文肃。及廷试，冢宰尹公欲置上第，时相万公以文长难于奏读，置二甲之三，自是名动京师。授兵部武库主事，选员外郎，升职方郎中。会边报旁午，众务纷纠，先生不动声色，应答如流。本部马文升特倚重之，诸司奏牍，悉委看详，同官服其精敏。公退，虽甚疲，手不释卷，家人以日用不足告，辄挥去，曰："称贷之，无乱吾志。"会陈公甫应聘来京，先生斋沐请见，后别去，千里寄书，自明求道之心。弘治中，升广东右参政，取道归省其亲，既至，益殚志虑，思有以救弊拯困。甲寅卒于官，年三十七。赴官之夕，其父见大星坠于水，故居草木皆有悴色，盖兆先见云。所著有《赘言录》，谢文肃为之序，并志其墓，从祀乡贤。

（见《桃溪净稿》《戚志·仕进》）

赵次山先生

赵先生名崇贤，字彦达，号次山，关峤人，弘治壬子领乡荐，会试乙榜，授汀州府训导。善迪士，人人喜得师，岁掇科常四五人。迁知南城县，丁外艰，服除，补六合县。京卫军恃横侵民产，先生严禁之，民为谣曰："积苦军横，势极乃更。天假赵侯，以宁我生。"剧贼赵实、王平等为乱，流劫至县界，先生先为备，密授义勇张文连等计，擒斩其魁，逆瑾抑其功。正德己巳，量移广德知州，闻州大姓濮鸢三等为里害，号十虎，皆缚至庭下，法处之。叩头乞改过，先生曰："改即贷尔死。"时方议津贴建平军需，以助养马，先生以马政派自草场，军需出于田亩，县民食田，而州民为纳税，非制也，数与太仆卿杨及乡官潘姓者争，事得已。州人德之，于去后建三惠祠，祀王邦瑞、彭栋及先生焉。迁道州，亦有惠政，建周元公祠，抚苗兵，数得其用。

已而，以病乞归，寻卒。以孙大佑贵，赠通议大夫、刑部左侍郎，从祠乡贤。论者曰：赵公其后禄乎，位不副德，其后果大显。孙大佑，自有传。（见《燕石集》《方城遗献》《台州外书》《戚志·仕进》)

黄久庵先生

黄先生，名绾，字宗贤，号久庵，又号石龙，定轩先生之孙也。以祖荫补后军都督府都事①，初师谢文肃，正德庚午，王阳明自芦陵入觐，先生因储柴墟巇请见，阳明喜曰："此学久绝，君何所闻。"曰："虽粗有志，实未有闻。"阳明曰："人惟患无志，何患无闻。"订与终身共学。先生聆其言，如渴得饮，无弗入也。后闻致良知之旨，大叹服，遂执贽为门人。又与湛甘泉、郑少谷为莫逆。嘉靖初，以荐起为南京都察院经历，会大礼议起，廷臣意见不同，互相攻讦。先生谓廷臣不和则君心疑，上下之情，扞格不通，为害不细，乃具疏论救，援古证今，明大礼之所从，甚辨。议既定，凡与上意合者，悉进官。迁南刑部员外郎，先生志弗乐也，即再具疏乞致仕，不俟报，遂行。丙戌钱绪山德洪、王龙溪畿，举南宫，俱不廷对归，遗先生书曰："人在仕途，比之退处山林时，工夫难十倍，非得良友时时警发砥砺，平日志向鲜有不潜移默夺，弛然日就颓靡者。"其为时贤推重如此。丁亥，帝念议礼功，召擢光禄少卿，预修《明伦大典》。时阳明中忌者，虽封伯，不给诰券岁禄，先生讼于朝，且请召阳明辅政，得给赐如制。寻迁大理寺左少卿，升少詹事，兼侍讲学士，值经筵，以任子官翰林，前此未有也。明年，《大典》成，进詹事，兼侍讲学士，寻升南礼部右侍郎。时诸部缺官,兼视五篆,一无废事。复摄领操江,严防御,谨盘诘,江盗屏息。阳明没,桂萼龁龁之,上疏言:"昔议大礼,臣与萼合,臣遂直友以忠君,今萼毁臣师,臣不敢阿友以背师。"疏入不报。阳明既革,锡与世爵,有司默承风旨,媒蘖其家,乃以女妻阳明子正亿,携之任,销其外侮。癸巳,自右侍郎转左,奉命察勘大同功罪,捕首恶数十人诛之,遂令有司树木栅,设保甲,四隅创社学,教军民子弟,城中大安。还朝,列上文武将吏功罪,以劳,增俸一等。乙未知贡举,丙申丁内艰归。己亥,帝议讨安南,欲阴以觇之,特起先生礼部尚书,兼翰林院学士,为正使。时方幸承天,趣诣行在受命,先生先驰使奏疾,不能前,致失期。帝责其不驰赴行在,而舟诣京师,为大不敬,令陈状,已而释之,使事亦竟寝。既归,犹屡疏论国事,不报。徙家翠屏山中,寒暑未尝释卷,年七十五卒。平生博极群书,于五经皆有论著,尤善经理世务,为海内重。尝与方献夫会同门于京师,发明师旨,故称浙中学派者,必及先生云。所著有《五经原古》《石龙奏议》《云中疏稿》《久庵文选》。从祀乡贤。(见《理学宗传》、《明史》本传、《通志·儒林》、《戚志·仕进》、《黄岩志·宦业》)

注释

① 原注:《理学宗传》作绍兴人,成进士,误。

叶海峰先生

叶先生名良佩,字敬之,号海峰,镜川人。少从潘教谕禄受《毛诗》,又从黄邑符邵阳匡游,习举业有声,益精究《坟》《典》《史》《汉》,及星历图纬,百家之言,无不披览。领正德丙子乡荐,嘉靖癸未登进士,授新城令,刑简赋轻,民甚德之。自署其门曰:"空庭不扫三分雪,泰宇长留一脉春。"部使者以其能奏,调繁贵溪,会权珰督造真人府,怙势横敛,里下受害,先生至,一绳以法,不敢肆。案牍丛集,谈笑立决,政声籍甚。戊子擢南京刑部主事,以刑为民命所关,加意详慎,丝毫无所假借。有富阉当论死,夜馈二百金,欲以移诸同事,严拒之,竟抵于法。辛卯,三载考绩,将行,高陵吕文简楠,作序以赠。转河南司郎中,任久,法益精,奏进"按比法",诸司有疑难案,咸咨以决。在留都,与况伯师会讲经书,伯师转考功郎中,科道官之以考察去者,皆疑伯师取论于先生,因罗织其罪,嗾当事举劾,报罢,怡然拂袖归。日以著述为事,雠史质经,思以作者自名。先是在西曹时,与邹东郭、吕文简诸公为五经会,又与桂阳郑从商、保定宋元锡、华亭顾伯从、嘉善陆秀卿、钱塘田叔禾,讲毛氏《诗》,至是,仍与余姚钱绪山、山阴王龙溪、同邑王久庵①,以书往还,论学无虚日。先生孝友俭约,出自天性,晚年寄情于酒,酣而不乱,言貌温恭,士人恒乐亲之。其卒也,临海秦尚书鸣雷铭其墓。尝著《周易义丛》十六卷,采辑古今《易》说,自《子夏传》迄元龙、仁夫,凡一百七十七家,首列朱子《本义》,诸家皆以时世为次,或自抒己见,则称"测曰",御定《周易折中》,间有采其说者。此外又有《读书记》《洪范图解》《春秋测义》《易占经纬》《天文便览》《皇极经世集解》《太玄经集解》《绿野青编》《燕射古礼》《太平县志》《海峰堂稿》《地理粹言》诸书。从祀乡贤祠。(见《海峰堂稿》《通志·循吏》《台州外书》《戚志·仕进》《黄岩光绪续志·祠祀》)

注释

　　① 书眉有注:王久庵疑即黄久庵。

赵方崖先生

赵先生，名大佑，字世允，号方崖，次山先生孙也。嘉靖乙未联捷成进士，授凤阳府推官，擢广东道御史，巡案贵州。宣慰使安万铨所为多不法，械其党指挥张仁、李木毙诸狱。又将按铨，巡抚刘某纳铨赇，使伪授甲为文移诸司，指仁、木之死为召衅，以胁先生，先生曰："苟利社稷，死生以之，吾何爱一身哉。"竟迁吏按之，铨即日囚服出就理。贵阳永顺苗相攻，有司招之不服，贵与湖广邻，檄界上严为备，奏进兵合剿，二省以宁。比还，条上八事：曰兴学校，设陥壁，禁侵渔，杜骚扰，省刑罚，备边储，均徭役，厚流民。诏下贵州编为令，迁大理寺丞，历少卿，升都察院左佥都副都御史。疏荐前都御史王廷相复原官，劾时宰翟銮不合引用尚书周期雍①、王尧封、侍郎费宷，三人相继罢黜。又上分别君子小人疏万余言，词甚剀直，赵御史之名，震于阙下。转刑部侍郎，奉命往勘伊藩，严分宜当国，属宽之，至则尽发伊藩不道事。旧军民讼，俱投牒通政司，送法司问断，诸司应鞫，亦参送法司，后诸司不复遵守，先生与郑晓、傅颐守故事争，与巡按御史郑仁章，俱下都察院会刑部平议。分宜激帝怒，落晓职，贬傅侍郎秩，并出先生为南京右都御史。及分宜败，伊藩始服法。晋南刑部尚书。齐庶人杀其仆，以诬儒生陆某。某故富家，法曹引嫌莫敢断，先生独毅然出之。劾兵马司胡元弼，褫其官，因请定终岁考察法。阉人马广坐法当刑，巨珰王锦阴左右之，竟奏弃市。乙丑，因亲老乞归养，足迹不入城府，暇读书如儒生，创大宗小宗祠，数周其族之贫者，至节衣缩食不少靳。隆庆戊辰，以言者交章荐，复征为刑部尚书，寻改兵部，参赞机务，两疏力辞，温诏许之。明年卒，年六十，诏赠太子少保，赐祭葬。华亭徐大学士阶铭其墓。先生尊乡之念尤为切至，林恭肃故未有谥，请于朝，赐今谥；天台夏赤城鍭，以文行著，为梓其遗集，并恤其孙，故勋业著于官，行谊闻于乡。著有《燕石集》四卷，太仓王世贞为之序，从祀乡贤。弟大伦、大佶，子成孚，皆嘉靖间举人。(见《戚志·仕进》《续志·艺文·文外编》)

注释

① 原注:《戚志》作周其雍、顾尧封,今从墓志铭。

赵达庵先生

赵先生名成宣,字德旬,号达庵,关屿人,万历壬寅恩贡,历官吴县训导,遂昌教谕。见《戚志·岁贡》。

观周案:《戚志祠祀乡贤祠》云:府志增知州赵崇贤、教授赵成宣,雍正五年,学册有赵崇贤,无赵成宣。成宣遂昌教谕,非教授。据此则县志无之,即府志亦不足信。考其行事,又不见于记载,今姑存之,以俟知者。

卷四　国朝

许象垣先生

许先生名鸿儒,号象垣。自其祖永乐间为松门卫镇抚世职,至先生以文学显,受知督学樊公,同里刘上更、应陛、沈松霞志夔并推重之。顺治四年岁贡,谒选,得广西罗城县,携弟重然,子承昊、承荐之任。时县境为贼踞,大师未克进,身随征战,家暂止长沙,承荐病死。辛卯,桂林既下,同事分方赴任,至沙巩,会罗城胥役来迎,重然先往,中途陷于贼,惟承昊相随,间关入县。治凡一期,地方有起色。壬辰,西兵骤入,省会告变,定藩自焚,州县一时皆溃,罗城孤立失援,先生为贼得,以刃加颈,逼令降,先生不屈,与子承昊俱死。姻戚季廷梁闻而哭以诗曰①:"四人离宗国,沦胥无一存。虽得忠存名,其如死者冤。"读者伤焉。甲午,仲子圭万里奔丧,哀请赠恤,赠广西按察使金事。谕祭文略云:"历潢池之起变,砺臣节以弥坚。临难不屈,殒命甘心。"命府县两学祠祀,荫一子恩骑尉。圭流寓江右,恩典遂悬,后归,徙家泽库,孙国鹏补荫,改文生。(见《方城遗献》《台州外书》《戚志·义烈》)

注释

①原注:戚志作廷梁,今从《方城遗献》。

周镜初先生

周先生名鉴,字梅友,号镜初。先世居温之楚门,顺治初,郑芝龙寇海上，诏遣沿海居民于内地，祖宁膺公，始迁邑城。先生五岁失怙，母邱氏抚养成立，自少知念母艰，思所以悦其志。雍正己酉，年十七，从金孝廉季琬游，精进日异，归即依依母侧。辛亥，入邑庠，寻食饩，始知俗学之无用，究心先儒《性理》诸书，以为一生归宿。乾隆辛酉，学使邓公锺岳钦其品，充为选贡，向例多科试前列者得之，而先生独以二等拔，为破格之典，顾不以一贡喜，居家养母，不赴廷试。母没，枕枢侧数年，自谓失恃后，伥伥如无头路人。初年掮经撼史，为文雄恣，继乃敛华就实，专意四子书，尤殚精《河图》，由李安溪《周易观彖》，上穷邵、朱《启蒙》及《皇极经世》奥旨，终日正襟，玩索有得，则旁注蝇迹殆遍，一一正书不敢苟。性廉介，授徒所得脩脯外一介不取，乡间高其行，偶出，见者皆耸然敬之，年八十余卒。其论学有曰："读史不若穷经，穷经不若修己，修己莫先治心，治心莫先主静。"又曰："稍有志者，多为一'待'字所误，不知待人则虚此己，待地则虚此地，待时则虚此时，直需当下果确奋发。"又曰："不怕人欺怕自欺，不怕人害怕自害，身上百样是，只得个平过，犯一样病，却句人招受了。"又曰："格物传，表里精粗无不到。忽表与粗，将舍视听言动以言仁，而蹈于猖狂空寂；遗里与精，将执词章著述以为学，而流于浮泛无根。有不到，则不知其所当然而不容已，与所以然而不可易者，而听其若存若亡，可做可不做矣。起手处真是一丝错不得。"皆足以发明先儒之旨。所著有《大学中庸订解》《训子编》《丧礼节次约订》《家祭说》。门人哀集而刻之，曰《留楹书》。从祀乡贤。(见《留楹书》《戚志·隐逸》《续志·祠祀》)

戚鹤泉先生

戚先生,名学标,字翰芳,号鹤泉。康熙初,高祖君宇公,由余姚长泠迁邑之泽库。先生生有异资,读书目数行下,初就傅,大父亦崖公,每夕授以杜诗,略为讲解,即能工韵语,尝阅《竹书纪年》,至太甲杀伊尹事,大怒,扯其书,以太甲之贤,不应如此诬之也。亦崖公笑曰:"该扯该扯,但如此扯法,《檀弓》《史记》都要被你扯完。"由是益锺爱之。稍长,通经史,工诗文。乾隆甲申,年二十三,充乙酉拔贡,时齐侍郎召南掌教敷文书院,先生往从之游,内外生数百人,推为高足。甲午中顺天举人,寻馆曲阜孔氏,尽发其所藏书读之,闻见益博,师友极一时之盛。居数年,丁外艰归,逾年,孔氏来迎,复赴曲阜。辛丑成进士,归班需次十余年。甲寅,始授河南涉县。县僻小,苦阔布征,为申请减派。邑有任公渠,久淤塞,首捐俸开凿焉。累兼署林县,有故邳州知州子康某,兄弟争产,集太白句为《斗粟谣》以讽,皆感悔。抚绥既久,讼庭清间,惟以读书著述自娱。在任十三年,以忤学使鲍公桂星罢归。嘉庆丁丑,丁继母忧。服阕,复原官,厌县事剧,请改教职,乃授宁波府学教授,越三载归。历主紫阳、崇文两书院讲席,晚年手不释卷,诗宗少陵,古文雅近柳州、半山,尤长于考证,尝言六书三曰形声,而声随乎气,气有阴阳,韵书行,而谐声之法废,乃为《汉学谐声》二十四卷,征引极博,尽去徐氏所附音切,以还《说文》"读若"之旧。其《毛诗证读》,旁引本经,博采三代有韵之文,下至子史词赋以证之。其为文风发泉涌,足以裨补经传,于乡邦文献,尤所究心,所著邑志,搜罗群籍既博且精,所辑《台州外书》

《三台诗录》《风雅遗闻》《三台述异记》，皆征文考献之作也。其他《鹤泉文钞》《集杜正续集》《涉县志》《字易》《回头想》《回头再想》《回头再想想》。又与临海宋大令世荦，同辑《台诗续录》三十卷，道光乙酉卒，年八十四。从祀乡贤。（见《回头想》《北山文钞》《续志·仕进》）

观周案：戚先生之祀乡贤，光绪戊戌，由黄岩杨给谏晨奏准，《续志》成于乙未，故《祀祠》不载，谨依年世之次补于此。

林澹园先生

林先生，名茂冈，字邦协，号澹园，邑城人。嘉庆辛酉，由优廪生充拔贡，是年中式本省乡试举人，循资截取知县，不赴选，改授太常寺博士。先生长身玉立，吐音如洪钟，性仁厚。年十二，读《周礼》，即殷然以大司徒六行自勖。事亲先意承志，能得堂上欢。择地南郊，构祖祠，旁附棣花书塾，与弟茂崑、茂峋，暨从兄茂堃，昕夕聚处，讲明古圣哲学文修行之道，互相策励，更延师训子姓，俾族无弃材。家故饶于资，而自奉俭约，好周人急，三党中或告匮乏，必偿所愿，甚有待以举火者。同年友陈凤飞应礼部试，病殁于京寓，自医药以至殓殡，一切事皆先生任之，并护其柩归里。邑令某以赔垫亏空，欲加粮额，商诸先生，先生谓累民非便，自假以白金千两，议遂寝。宾兴田租，岁久为势豪徐姓侵蚀，先生控之县府，无效，控之省，始清理复旧。又捐置鹤鸣书院田百余亩，为诸生膏火费。阖庠先后，公赠匾额，一曰"嘉惠后学"，一曰"宏奖士林"。他若改建文庙，增修城垣，筑琅呑、横塘、鹜屿诸牐，先生均董其事役，并助款以倡。咸丰初元，以急公好义得旌，建坊东郭河岸。先生平日为学宗旨,不斤斤朱陆异同之辨,惟务理得心安。诗法陶、韦,文近南丰一派。嘉庆辛未,戚大令学标重修邑志,分纂五人,先生与焉。卒年八十九。著有《学礼质疑》六卷,《澹园文存》四卷,《诗存》二卷,《溪西集》二卷;所纂辑者《儒先语录粹编》八卷。从祀乡贤。(见光绪《太平续志·遗逸》,及叶蒸云《研露点易山房文钞》先生墓志)

附　录

太平乡贤事略序

甲辰岁,与邻农吴先生同掌教横湖学堂事。先生力学,为吾邑最,博涉诸书,尤长于经。初攻训诂,试则列高等。后乃一宗程朱,志圣贤之学,为前知县事何公士循、孙公鼎烈所器重。居邑南之琅洋庄,不恒接觌,闻其声矣,欲观其撰著而不得,窃以为憾。及与同昕夕,见其为学,锲苦自励,矫气习,屏嗜好,至老而不辍。而言论方鲠,容止端严,又足为学人式,有以知先生。是岁之冬,馆课稍暇,相与辨论经旨,乃出《家礼从宜》,及此编示余。《家礼》一本朱子,参以时俗可行者;此编乃荟萃诸书,搜辑而成。叙自宋以来,至于国朝,崇祀乡贤者三十有二人,各为之传。吾邑地滨山海,开化最迟,唐以前无闻也。自朱子行部至台,理学名臣,稍稍继起,已足为吾邑光矣。先生志古人志,乃能事古人之事,功亦不可没也。先生以去岁捐馆舍,今见此编,益动余怀旧之情,故书数语于简端,以志先生之苦心云尔。

光绪三十二年,岁在丙午,序于玉海书院,次芳赵佩茳识。

闲距录

自 序

　　古无所谓异端也，自老聃作《道德经》，倡清净无为之说，以立异于尧、舜、禹、汤、文、武、周公之道，而异端于是乎始。然幸我夫子与之同时，祖述宪章，列圣之道大明于天下，故其说不得肆。而夫子见微知著，尝曰："攻乎异端，斯害也已。"又曰："索隐行怪，后世有述焉。"盖为老子发也。降至战国，而异端纷起：杨氏为我而无君，墨氏兼爱而无父，为害尤甚。孟子起而辟之，廓如也。秦皇汉帝，并好神仙，而老子之学遂盛行于世，凡此皆中国之异端也。至东汉永平八年，遣使天竺，得佛像以归，而外国之异端始入中国矣。自是佛教盛而老衰。唐韩愈氏作《原道》《上谏佛骨表》，痛言佛老之害，而其焰稍熄。洎乎赵宋，佛变为禅，程朱挺生，著书立说，剖心性之精，斥禅学之非，于是孔孟之道如日中天，魑魅罔两莫敢昼见者三百年。明之中叶，姚江王氏复援儒入禅，标良知为宗旨，显树朱子之敌，隐叛孔孟之教，则又异端之出于吾儒者也。一时之被其毒者，喜谈心学，倡狂恣肆，无所忌惮，道学遂为天下裂。同时，罗文庄作《困知记》，国朝陆清献著《学术辨》，反覆驳诘，不遗余力，天下乃晓然于王学之非。

　　嗟乎，异端之兴，圣道之厄也。观于一代之异端，必有一

代之圣贤出而救其害，天固未尝无意于其间焉。独不解泰西
天主耶稣之教，贻害中国至于此极，而中国之人，何以甘受其
害而莫之悟也。盖自利玛窦于前明万历间，始以其教入中国，
厥后汤南踵至，益复披猖其教，以敬奉上帝为第一义，曰天下
皆平等之人，教人无君也；曰人人有自由之乐，教人无父也。
入其教则以为永享天堂，不入其教则以为永堕地狱，是举杨、
墨、老、佛之怪诞悖谬而兼而有之也，虽以杨氏光先，深思远
虑，著《不得已书》，及《辟邪论》等篇，极言传教之祸，必至猾
夏，曾不足以障其波而回其澜。迄于今则名为行教，实则勾引
奸民，鱼肉良善，假借保护，挟制官府，以致教民横行，教案叠
出，戕一教士，闹一教堂，则索偿占地，无所不至。中国有大奸
慝为天理所不容，人人得而诛之者，一入其教，则司寇不得过
问。嗟乎天下之生久矣，异端之害有若是决裂者乎？

　　去年秋试将归，过富阳谓夏伯定先生，谈及时事，戚然忧
之。谓洋教传入中国，人心之坏，士习之衰，国势之弱，有不可
救药者。相对呜咽，不能自已。因嘱观周著为说，以告斯世。
观周于道未之有闻，自顾绵力，焉能胜任？退而思之，中国之
人所以异于夷狄禽兽者，以其有纲常也，洋教行而纲常坠，纲
常坠则乾坤毁而人类灭矣。士生中国孰无纲常之责，安忍坐
视同胞之人，沦陷于夷狄禽兽之归而不一援手乎？爰辑先儒
时贤之驳彼教者为上卷，条驳新旧约书之谲诞者为下卷。窃
取孟子之意，名之曰《闲距录》，以报伯定先生。尤望大力君子
如孟、韩、程、朱、罗、陆者出而距之，庶人人知洋教之害，不为
所惑，而中国人心正、士习端、国势强，则以是为筌蹄可也。

　　光绪二十九年，岁在癸卯七月日，太平吴观周。

卷　上

第一条　明史　意大里亚传[一]

　　明万历九年，有大西洋之意大里国人利玛窦，泛海九万里，至粤东。又二十年，始至京师。中官马堂以其方物进献，内有所贡《天主及天主母图》，又携有神仙骨诸物。礼部言："其自称大西洋人，而《会典》无大西洋之名，其真伪不可知。又寄居二十年方行进贡，则与远方慕义特来献琛者不同。且其所贡《天主及天主母图》，既属不经，而所携又有神仙骨，则唐韩愈所谓'凶秽之余'，不宜令入宫禁者也[二]。况此等方物，未经臣部译验，径行进献，则内臣混进之非，与臣等溺职之罪，俱有不容辞者。及奉旨送部，乃不赴部审译，而私寓僧舍，臣等不知其何意。乞给赐冠带还国，勿令潜居两京，与中人交往，别生事端。"不报。帝以利玛窦慕义远来，假馆授餐，给赐优厚，卒不遣。而公卿以下咸重其人，利亦安之，遂久留不去，卒于京邸。

　　自利玛窦东来，其徒先后至者日益众，时值历官推日食多舛，乃有五官正周子愚言"大西洋归化人庞迪我、熊三拔等深明历法，其所携历书，有中国载籍所未及者"。请令仿洪武初设回回历科之例，许迪我等入局测验。于是西人之入中国者，以推算为名，而阴行其天主教法。遂有王丰肃者，居南京，专以天主教惑众，士大夫暨里巷小民间为所诱。礼部郎中徐如珂恶之，其徒又自夸风土人物远胜中华，如珂乃召两人授以笔札，令各书所记忆，悉舛谬不相合，乃倡议驱斥。遂于万历四十四年，与侍郎沈㴶、给事中晏文辉等合疏，斥其邪说惑众，且疑其为佛郎机假托，乞亟行驱逐。礼科给事中余懋孳亦言："自利玛窦东来，而中国复有天主之教，乃留都王丰肃、阳玛诺等煽惑群众，不下万人，朔望朝拜，动以千计。夫通番左道，并有禁令〔三〕，公然夜聚晓散，一如白莲、无为诸教，且往来濠镜，与澳中诸番通谋，而所司不为遣斥，国家禁令安在？"帝纳其言，是年十二月，始令王丰肃、庞迪我等俱遣赴广东，听还本国。令下久之，迁延不行，所司亦不为督发。四十六年四月，迪我等奏："臣与先臣利玛窦等十余人，涉海九万里，观光上国，叨食大官十有七年，近南北参劾，议行屏斥。窃念臣等焚修学道，尊逢天主，岂有邪谋，敢堕恶业，惟圣明垂怜，候风便还国。若寄居海屿，益滋猜疑，乞并南都诸处部臣一体宽假〔四〕。"不报。乃怏怏西去。丰肃寻变姓名复入南京行教如故，朝士莫能察也。

案：洋教入华之始，论者归咎于王氏之心学，谓物必先腐而后虫生，固已然。是时礼部诸臣亦能昌言斥逐，一则曰勿令潜居，别生事端；再则曰邪说惑众，亟行驱逐；三则曰通番左道，并有禁令，未尝无防微杜渐之意。而风会所趋，一如病之初起，邪气自外而入，其势方盛，纵有良药，不能退之使出者，虽曰人事，岂非天命哉？观于利玛窦之托为贡献，庞迪我之借名推算，王丰肃之变易姓名，其处心积虑，皆在于行教，是虽王学足以腐人心，而蟊贼之蚑行蠕动于九万里外者，已非一日也，气数所必至，有莫之为而为者，于王学乎何尤。

校勘记

〔一〕本文辑录自《明史》卷三二六、外国七。多有删改。原稿无"第一条"字样，今据下文排序编号加上。

〔二〕宫禁:影印文渊阁《四库全书》本(以下简称四库本)《明史》作"贡禁",误。

〔三〕禁令:四库本《明史》作"今令"。

〔四〕部臣:中华书局点校本、四库本《明史》作"陪臣"。

第二条　天主教论〔一〕

邱嘉穗

（字秀瑞,福建上杭人,康熙庚午举人,官归善县知县,有《东山草堂集》）

三代而上异端皆出于真,三代而下,异端皆出于伪。出于真者,每执其实见之差而误人;出于伪者,又反阴窃前人之绪余而阳排之,以欺罔天下。虽其为教亦各以意见相抗,而究其蔽陷离穷之心,以定其罪之差等,则真异端之称霸于前,犹溺于气质之偏,而不自知;而伪异端之篡统于后,乃不胜其矫诬之私,而所谓小人无忌惮之尤者也。尝观衰周之来,自杨朱、墨翟为孟子所拒外,复有老聃、庄周、列御寇之徒,纷纷以说争鸣于世,皆所谓执其实见之差而误人,非其本心不然,而谬为大言以欺世而盗名者。独释氏之书〔二〕,东汉时始入中国,其说日新月盛,延蔓以至于今而不绝。自是以来,道家者流,尤而效之,一切炼养服食、经忏符录之说,皆假而托之老子,虽鄙俚粗浅,不逮释氏远甚,而其乱人家国者,犹有张角〔三〕、孙恩、柳泌、赵归真、林灵素之徒出焉。况近日泰西天主一教,又踵释、道之故智〔四〕,撰造其书,诳罔中国,而忍不一言以杜之乎?今亦无论其他,而姑举其一二立教之大旨,皆窃于释氏老庄者而言之〔五〕。老子曰:"有物混成,先天地生,寂兮寥兮,独立而不改，周行而不殆，可以为天下母，吾不知其名，字之曰道，强为之名曰大。"释氏偈曰〔六〕："有物先天地，无形本寂寥。能为万象主，不逐四时凋。"其所恃为修净土以超三界者，实本诸此。而天主教亦且阴祖其言，而为之说曰："天主者，生天地、生神、生人、生万物，一大灵明之主也，但天主之所重者人而已，故为之生天以覆之，生地以载之，生神以护之，生万物以养之。"因诡托天主，以汉哀帝元寿二年庚申降生其国，盖虽分门别户，而大意互相仿效如此〔七〕。老子曰"谷神不死"，庄子曰"不亡者存"，释氏因从而为之说曰："人死而精灵不可灭，上界为天堂以处善，下界为地狱以处恶鬼，中界人物，皆以其因果缘业而轮回升降之，惟修佛法而得其真者，则可以免于轮回之苦，而超三界得净土焉〔八〕。"而天主教则谓物死而精灵已灭，本无轮回，人死而精灵不灭，乃有轮回，天主常视其生前善恶，而赏之以天堂，罚之以地狱。盖以其私意小智，稍删释氏之半，而乃袭其因果缘业、天堂地狱之说〔九〕，以号召天下者又如此。而彼方且居之不疑，反哓哓焉力辟释氏诸诞妄，若将以是自附于吾儒之所谓太极〔十〕、上帝、鬼神云者，而究其受误之由，类皆知有气之灵幻，而不知理之虚实，知理之无为而不畏，而不知气之有觉者，终无久聚不散之理〔十一〕，既不可与儒者同年而语矣。及考其归，乃又与释氏无以异，亦但以识神不灭，生死事大，听命于土木偶人，使人逐逐于大斋小斋，日事祷祠，以求身后之利福〔十二〕，而漠然不知民义之可务〔十三〕，虽阳排释氏，而其篡窃之迹，反有欲盖而弥彰者，是不但同浴而讥裸裎，而又有盗憎主人之情状也〔十四〕。宋人有伪作子书以自售其私说者，而近世媒利之夫，假为古器古字以眩俗者尤众，皆三代以下〔十五〕，异端之心迹也，而矫其诬〔十六〕，殆有甚焉。然则杨、墨、老聃、庄、列者,孔孟之罪人,而其情犹有可矜者也;道家[十七]、天主教者,又老聃、庄、列之罪人,而其篡窃之心,固王法所必诛而不以赦者也[十八]。抑又有大可虑者,今闻京师中既许立天主堂,而直省郡邑亦皆所在创造,闻其国主于登州海上,岁赍金银以百万数,津遣其徒散布州府,号为神父,三岁一交代,每以数金煽诱人士为弟子,登名于册,四季命题劝课,而一衣一食皆自给办,不以累人,窃恐数十年后,党与日众,乘隙而动,其患将有不可测者。明季徐如珂为南祠曹郎,时有泰西王丰肃者倡其教于金陵。如珂曰:"此汉之米贼、唐之末尼也,宜亟屏之。"丰肃又自夸其风土物力远出中华上。如珂即以纸笔界其徒,两人隔别杂书,竟舛误不相符,一时士大夫从其教者,皆口噤无以应,而放黜之议始定。此其识虑之深远,实与晋之江统、郭钦齐驱,亦今日留心世道者,所宜监观而取法云。(见长龄《皇朝经世文编》)

案:天主教阴窃释氏之说而阳排之,邱氏谓为盗憎主人,可谓得其罪状矣。惟并云窃老庄,则失其实。盖老庄之书未尝行于西土,彼教何由梦见?特因老子有"先天地生,谷神不死",庄子有"不亡者存"等语,遂以证彼教之窃其说,是欲置之法而故为深文也,过矣。

校勘记

〔一〕本文又见《皇朝经世文编》卷六十九《礼政》十六正俗下。原稿无"第二条"字样,今据下文排序编号加上。邱嘉穗,生卒年均不详,约清圣祖康熙五十六年(1717)前后在世。康熙四十一年举人。官归善县知县。工诗文,著有《东山草堂文集》二十卷,诗集八卷,续集一卷,《考定石经大学经传解》一卷,《东山草堂迩言》六卷。

〔二〕独释氏之书,东汉时始入中国:《东山草堂文集》卷七作"独释氏之书崇饰虚伪,东汉时始入中国,至谬相推溯,以为佛与孔子同时,且敢自号牟尼,而号其众曰比丘、比丘尼以侮我先圣名字,而其徒之译经者,又往往踵晋宋清谈余习,窃取老聃、庄周、列御寇之微言,推衍而增益之,以为尽出于佛之口,是以"。辑录时略去85字。

〔三〕犹有张角:《东山草堂文集》卷七作"犹有如张角"。

〔四〕释道:《东山草堂文集》卷七作"释氏"。

〔五〕皆窃于老庄者而言之:《东山草堂文集》卷七作"皆与释氏同窃于老庄者而言之"。

〔六〕释氏偈曰:《东山草堂文集》卷七作"释氏既显,窃其言而为之偈曰"。

〔七〕大意仿效如此:《东山草堂文集》卷七作"大意仿效已如此"。

〔八〕得净土焉:《东山草堂文集》卷七作"得净土焉,是固诞而无稽矣"。

〔九〕而乃袭其因果缘业、天堂地狱之说:《东山草堂文集》卷七作"而仍袭其因果缘业、天堂地狱之谬"。

〔十〕若将以是自附:《东山草堂文集》卷七作"若将以是而自附"。

〔十一〕久聚而不散:《东山草堂文集》卷七作"久聚而不复散"。

〔十二〕身后之利福:《东山草堂文集》卷七作"身后之福利"。

〔十三〕不知民义:《东山草堂文集》卷七作"不复知有民义"。

〔十四〕而又有盗憎主人之情状也:《东山草堂文集》卷七作"而又真有盗憎主人之情状也。且非独如此而已,释氏疑本汉时人也,而必强而溯诸数百年之前,以与周末之孔子同时;天主教亦必自明而始设也,而必强而溯诸一千六百余载之上,以与释氏同起于汉明之世,意以事既后起,而欲驾而出乎其上,非托之生同时出同世不可,而不知中国外裔隔绝不通,又无文字记别佐验,茫茫年代,其孰能稽而合之,是其妄思篡统以欺罔天下之奸心,盖亦不待究其理之是非,而已知其书之为伪矣"。辑录时此处略去160字。

〔十五〕皆三代以下:《东山草堂文集》卷七作"皆三代而下"。

〔十六〕而矫其诬:《东山草堂文集》卷七作"而其矫诬"。

〔十七〕道家:《东山草堂文集》卷七作"释道"。

〔十八〕篡窃之心固王法所必诛:《东山草堂文集》卷七作"篡弑之心固王法之所必诛"。

第三条　不得已书

杨光先[①]

杨光先,安徽新安卫人,世习畴人之学,初具呈礼科,谓《宪书》面上不应用"依西洋新法"五字,不报。康熙三年,状告礼部,摘其"推算本年十二月戊午朔日蚀交会之误"奏闻。奉旨交吏部审,遂黜汤若望等,授光先为监副,寻转监正。光先自以但明推步之理,不明推步之数,凡五请解职,不许。六年,以推闰失实,方请更正,而《宪书》时已颁行,遂下光先于狱,拟大辟。秋审缓决,乃议遣戍,遇赦归。自是复用汤若望、南怀仁为钦天监正副官,一时士大夫言天学者,无不右汤而左杨。光先自愤其先忧之隐不白于天下后世,爰著《不得已书》攻其教法。光先既遇赦归,行至山东,为欧罗巴人毒死,又以重价购其《不得已书》板毁之。见《中西纪事》,其《不得已书》之大略,具见于王渔洋《池北偶谈》及阮仪征《畴人传》。(《续文编》按语)

《不得已书》其略曰:自利玛窦入中国已来,其徒党皆藉历法以阴行其天主教于中土,今开堂京师宣武门外及各省,凡三十窟穴,而广东之香山澳,盈数万人盘踞其间,成一大都会,以暗地送往迎来,而棋布党羽于大清十三省要害之地,其意欲何为乎?(见《皇朝经世文续编》)

又,日食天象,验汤若望之历法,其推验康熙三年十二月戊午朔之日食，人人有目，难尽掩也，而世方以其不合天象之交食为准而附和之，是以西洋邪教[徒]为中国不可无之人，而欲招来之，援引之，自诒伊戚。无论其交食不准之甚，即准矣，而大清国卧榻之旁，岂容〔一〕若辈鼾睡？从古至今有不奉彼国差来朝贡而可度越我疆界者不？有入贡陪臣不回本国而呼朋引类煽惑我人民者不？江统《徙戎论》，盖早烛于幾先，以为毛羽既丰，不至破坏人之天下不已。兹著书显言："东西万国，及我伏羲与中国之初人，尽是邪教子孙。"其辱我天下之人，至不可言喻，而人直受之而不辞。异日者，设有蠢动，还是子弟拒父兄乎？还是子弟卫父兄乎？卫之，义既不可；拒之力，又不能，请问天下人何居焉？光先之愚见，宁可使中国无好历法，不可使中国有西洋人。无好历法，不过如汉家不知合朔之法，日食多在晦日，而犹享四百年之国祚；有西洋人，吾惧其挥金以收拾天下之人心，如抱火于积薪，而祸至之无日也。（见《续编》）

注释

　　①杨光先(1597—1669)，字长公，江南歙县(今属安徽)人。杨光先早年受恩荫为新安所千户。崇祯十年，杨光先放弃千户继承权，以布衣身份先后弹劾当时已声名狼藉的首辅温体仁和吏科给事中陈启新，却被廷杖后流放辽西。不久，温体仁倒台，杨光先被赦免回乡。清顺治间，以顽固守旧著称的杨光先策划了一场旨在把汤若望等西方传教士赶出中国的排教案，指摘钦天监汤若望等图谋不轨。康熙四年(1665)，在鳌拜的主持下，杨光先的上疏得到了审议，结果导致汤若望等8位钦天监官员被判处凌迟，后京师地震，合都惶惧，在孝庄皇太后斡旋下未执行，南怀仁被流放，钦天监中与传教士合作的中国人如李祖白等被处决。排教达到目的，史称"康熙历狱"。后杨光先被任命为钦天监监副，但他不懂历法，上疏请辞。但清政府却提升他为钦天监监正。杨光先被迫上任，并编纂《不得已》一书以自明心志。并以吴明烜为钦天监监副，实际负责立法推算，以

旧历取代西洋历,结果差错百出。康熙七年(1668 年),鳌拜倒台,朝廷发现杨光先确实无法胜任历法推算,复启用南怀仁。南怀仁遂提出要以实证证明西洋历法的准确度,并在次年的推算比赛中战胜了杨光先、吴明烜,光先夺官免罪。南怀仁等又呈告光先依附鳌拜,政王等议光先死罪,后被康熙帝赦免回乡,死于路上。

校勘记

〔一〕容:原误作"空",径改。

辟邪论上^①

历官李祖白,"天主教之门人也。著《天学传概》一卷。其言曰:"天主上帝,开辟乾坤,而生初人,男女各一,初人子孙,聚居如德亚国,此外东西南北并无人居。当是时,事一主,奉一教,纷歧邪说,无自而生。其后生齿日繁,散走遐逖,而大东大西,有人之始,其时略同。考之史册,推以历年,在中国为伏羲氏,即非伏羲,亦必先伏羲不远,为中国有人之始,此中国之初人,实如德亚之苗裔。自西徂东,天学固其所怀来也,生长子孙,家传户习,此时此学之在中夏,必倍昌明于今之世矣。延至唐虞三代,君臣告诫于朝,圣贤垂训于后,往往呼天称地,以相警励。其见之《书》曰:'昭受上帝,天其申命用休。'《诗》曰:'文王在上,于昭于天。'《鲁论》曰:'获罪于天,无所祷也。'《中庸》曰:'郊社之礼,所以事上帝也。'《孟子》曰:'乐天、畏天、事天,何莫非天学之微言法语乎哉!'审是,则中国之教,无先天学者。"

噫,小人而无忌惮亦至此哉!不思今日之天下,即三皇五帝之天下也。祖白谓历代之圣君贤臣,是邪教之苗裔,《六经》《四书》是邪教之微言,将何以分别我大清之君臣,而不为邪教之苗裔乎？而弁其端者曰："康熙三年柱下史毗陵许渐敬题。"噫吁，异哉！以史臣以谏官而亦为此言耶？虽前明之季，学士大夫如徐光启、李之藻、李天经、冯应京、樊良枢者，多为天主教作《序》，然或序其历法，或序其仪器，或序其算数，至进《天主画像图说》，则罔有序之者，实若望自序之，可见徐、李诸人犹知不敢公然得罪名教也。若望之为书也，曰男女各一，以为人类之初祖，未敢斥言覆载之内尽是其教之子孙也。祖白之为书也，则尽我中国而如德亚之矣，尽我中国古先帝圣师而邪教苗裔之矣，尽我历代之圣经贤传而邪教绪余之矣，岂止妄而已哉！天主教不许供君亲牌位，不许祀祖先父母，真率天下而无君父者也，而许侍御序之曰："二氏终其身于君臣父子而莫识，其所谓天即儒者，或不能无弊。"噫，是何言也，二氏寺观供养龙牌，是尚识君臣。佛经言：供养千辟支佛，不如孝堂上二亲。是尚识父子。况吾儒以天秩、天叙、天伦、天性立教乎？惟天主耶稣，以犯其国法钉死，是莫识君臣。耶稣之母玛利亚，有夫名若瑟，而曰耶稣不由父生，及皈依彼教，人不得供奉祖、父神主，是莫识父子。许君颠倒之甚，至谓儒者言天有弊，是先圣乎？先贤乎？不妨明指其人，与众攻之，如无其人，不宜作此非圣之文，自毁周孔之教也。杨、墨之害道也，不过曰为我、兼爱，而孟子亟拒之曰："杨、墨之道不息，孔子之道不著。"《传概》之害道也，苗裔我君臣，学徒我周、孔。祖白之意若曰："孔子之道不息，天主之教不著。"孟子之拒，恐人至于无父无君；祖白之著，恐人至于有君有父。而许君为祖白作《序》，是拒孟子矣，遵祖白矣。儒者不得无弊，许君自道之也。

邪教开堂于京师宣武门之内，东华门之东，阜成门之西，山东之济南，江南之淮安、扬州、镇江、江宁、苏州、常熟、上海，浙之杭州、金华、兰溪，闽之福州、建宁、延平、汀州，江右之南昌、建昌、赣州，东粤之广州，西粤之桂林，蜀之重庆、保宁，楚之武昌，秦之西安，晋之太原、绛州，豫之开封，凡三十窟穴。而广东香山澳，盈万人盘踞其间，成一大都会，以暗地送往迎来。若望藉历法以藏身金门，而棋布邪教之党羽，于大清十三省要害之地，其意何为乎？明纲之所以不纽者，由废祖宗之法，弛通海泄漏之禁。徐光启以历法荐利玛窦于朝，以数万里不朝贡之人，来而弗讯其所从来，去而弗究其所从去，行不监押之，止不关防之。十三直省之山川形势、兵马钱粮，靡不收归图籍而弗之禁，古今有此玩待外国人之政否？大清因明之待西洋如此，习以为常，不察伏戎于莽，万一窃发，百余年后将有知予言之不得已者。（见《海国图志》）

注释

①本篇上下均为杨光先所作。

辟邪论下

　　天主教所事之像，名曰耶稣。手执一圆像，问为何物，则曰"天"。问："天何以持于耶稣之手？"则曰："天不能自成其为天，如万有不能自成其为万有，必有造之者而后成。天主为万有之初有，其有无元而为万有元，超形与声，不落见闻。乃从实无造成实有，不需材料、器具、时日，先造无量数天神无形之体，次及造人。其造人也，必先造天地，品汇诸物，以为覆载安养之需，故先造天造地，造飞、走、鳞、介、种植等类。乃始造人，男女各一，男名亚当，女名厄袜，以为人类之初祖。天为有始，天主为无始，有始生于无始，故称天主焉。次造天堂，以福事天主者灵魂,造地狱以苦不事天主者之灵魂。人有罪应入地狱者,哀悔于耶稣之前,并祈耶稣之母以转达于天主,即赦其人之罪,灵魂亦得升于天堂,惟诸佛为魔鬼,在地狱中永不得出。"

　　问:"耶稣为谁?"曰:"即天主。"问:"天主主宰天地万物者也,何为下生人世?"曰:"天主悯亚当造罪,祸延世世苗裔,许躬自降生救赎,五千年中,或遣天神下告,或托前知之口代传降生在世事迹,预题其端,载之国史。降生期至,天神报童女玛利亚,胎孕天主,玛利亚怡然允从,遂生子名曰耶稣。故玛利亚为天主之母,童身尚犹未坏。"问:"耶稣生于何代何时?"曰:"生于汉哀帝元寿二年庚申。"

　　噫,荒唐怪诞亦至此哉!夫天,二气之所结撰而成,非有所造而成者也。设天果有天主,则覆载之内,四海万国无一非天主之所宰制,必无独主如德亚一国之理。独主一国,岂得称天主哉?既称天主,则天上地下,四海万国物类甚多,皆待天主宰制。天主下生三十三年,谁代主宰其事?天地既无主宰,则天亦不运行,地亦不长养,人亦不生死,物亦不蕃茂,而万类不几息矣。天主欲救亚当,胡不下生于造天之初,乃生于汉之元寿庚申?天主造人,当造盛德至善之人以为人类之初祖,犹恐后人之不善继述,何造一骄傲为恶之亚当,致子孙世世受祸?且其子孙中又有圣有贤,有智有仁,不甚肖亚当所为,又何人造之哉?天主下生救之,宜过化存神,型仁讲让,以登一世于皞熙,其或庶几。乃不识其大,而好行小慧,惟以瘳人之疾、生人之死、履海幻食、天堂地狱为事,又安能救一世之云礽,去恶而迁善,以还造化之固有哉?释氏销罪,必令忏悔。彼教则但崇事耶稣母子者,即升之天堂,不奉之者,即下之地狱。使奉者皆善人，不奉者皆恶人，犹可言也。苟奉者为恶人，不奉者为善人，不皆颠倒赏罚乎？谓佛堕地狱中，永不得出，谁则见之？而耶稣生钉十字架，则现身剑树苦海，岂有主宰天地万物之人，而不能自主其一身之性命乎？以造化世界之上帝，而世人能戕之戮之者乎？剿窃释氏天堂地狱之唾余，而反唇谤佛，则虽道教之剿佛谤佛，不如是甚也。且又援儒而谤儒，历引六经之上帝，而断章以证其天主曰："苍苍之天，乃上帝所役使，或东或西，无头无腹，无手无足，未可为尊。况于下地，乃众足所践，污秽所归，安有可尊之势。"夫不尊天而尊上帝，犹可言也，尊耶稣为上帝则不可言也。耶稣而诚全天德之圣人也，则必一言而为法后法，一事而泽被四海，若伏羲文王之明易象，尧舜之致时雍，大禹之平水土，周公之制礼乐，孔子之明道德，斯万世之功也。耶稣有一于是乎？如以瘳人之病、起人之死为功，此华佗良医、祝由幻术之事，非大圣人之事也，更非主宰天地万物者之事也。苟以此为功，则何如不令人病、不令人死之功更大也。以上帝之圣神广运，一一待其遇病瘳之，遇死起之，则已不胜其劳，遇耶稣者一二，不遇耶稣者无量无边，其救世之功安在也？且利玛窦之书止载耶稣救世，功毕复升归天，而讳其死于王难。至汤若望黜不若利玛窦，乃并其钉死受罪图写而直布之，其去黄巾五斗米之张道陵几何？而世尚或以其制器之精奇而喜之，或以其不婚不宦而重之。不知其仪器精者，兵械亦精，适足为我隐患也；不婚宦者其志不在小，乃在诱吾民而去之，如图日本取吕宋之已事，可鉴也。《诗》曰："相彼雨雪，先集为霰。"《传》又曰："鹰化为鸠，君子犹恶其眼。"今者海氛未靖，讥察当严，揖盗开门，后患宜毖。宁使今日詈予为妒口，毋使异日神予为前知，斯则中国之厚幸也夫。

第四条　辟左道以正人心以扶治运疏

刘子宗周

（字念台，号蕺山，浙江山阴人，明崇祯末为左都御史[①]）

今天下皆知有异端之祸，而不知异端之祸，异端之教为之也。何谓异端之教？则佛老而外今所称西学者是。始万历中西夷利玛窦来中国，自言航海九万里而至，持天主之说以诳惑士人，一时无识之徒稍稍从而尊尚之，遂为南礼卿沈潅论列以去。不意其徒汤若望等，越十余年复入中国，遂得夤缘历局，以行其一家之说。又有西洋火器，逞其长技，皇上因而羁之京师，至表之为天学，而其教浸浸行于中国矣。臣窃意历家之说，大抵随疆域以分占候，故四夷各有星官，未必尽行于中国也，而今且设局多年，卒未有能究其旨者，至历法为之愈讹。况一技若火器，岂中国有道圣人所恃乎？不恃人而恃器，兵事之所以愈不振也。若天何主乎？天即理也，今以为别有一主者，以生天而生人物，遂令人不识祖宗父母，此其说讵可一日容于尧舜之世！而近者且倡仁山大会，以引诱后进，率天下之人而叛君父者，必此之归矣，此臣所谓异端之教也。所恃圣明，表彰正学而宗孔氏，永遵吾中国君臣父子之教，宪万世而淑来兹，又何至遗异孽盗孽，以酿祸乱于无穷乎？仰祈皇上将西人汤若望等立驱还海，毁其祠宇，悉令民间燔其文字，从此人心正而世教明，以为息邪除寇张本，而国家亿万年无疆之祚，亦端于此可卜矣。（见《刘子全书》卷十七）

案：洋人挟天学入华，华人之震其术者，不独周子愚、徐光启辈无识之徒也。我朝讲学家最纯正者,无如陆清献,尝读其乙卯日记:"三月十九游天主堂,见西人利类思,看自鸣钟。利送书三种,曰《主教要旨》,曰《御览西方要记》,曰《不得已辨》,又出其所著《超性学要》示余。四月初八,西人利类思以南怀仁《不已辨》来送,因赠读之,豁然西法,曾未吹毛。午未间杨光先之说方行,士子为历法表者,有云:'知平行实行之说,尽属尘羹;考引数根数之谈,俱为海枣。'何轻易诋呵如此。西人之不可信,特亚当、厄袜及耶稣降生之说耳。又《问学录》四引西人之说,地为圆体,悬于空际,上下四旁皆有人居云云,言其详见阳玛诺所著《天问略》中。今观《不得已辨》中言,杨光先于历理毫无所谙,见于大地非圆一语,则此固言历之本也。又引西人熊三拔所著《简平仪说》,而谓西人之历,其相传之久而精,有佐吾中国圣贤之所未及,故虽其教不可从,而至其论历,则固不必泥前代之成说而骇而摈之也。"则历算一事,陆先生固心折于西人矣,然此特末艺耳,且《周髀》已有地圆之说,固非中国圣贤之所不及,儒者自有当务之急,必执"一物不知,儒者之耻"之说,又何解于程子玩物丧志之讥乎?先生既知耶稣降生之不可信,又谓其教之不可从,而以区区一艺之微,不惜亲登无父无君之堂以求之,反讥杨光先为轻肆诋呵,何其智出畴人下也。蕺山有知,不能不含恨于九泉矣。

注释

①刘宗周,字起东,号念台。浙江山阴(绍兴)人。因讲学于山阴县北蕺山,故称蕺山先生。生于明万历六年(1578),卒于清顺治二年(1645)。万历进士,官至南京左都御史。因同东林党人一起指陈时政,斥责魏党,而三次革职。南明亡后,绝食而卒。曾筑证人书院,弟子众多,其中殉明而载于《明史》者五人,如祁彪佳等,又有后成为著名学者的黄宗羲、叶庭

秀、陈确、张履祥、恽日初、陆世仪等。学术上早年兼宗程朱陆王,后自立。由其学生董玚编集成《刘子全书》,含语类十三卷、文编十四卷、经术十一卷,附《行状》、《年谱》各一卷。卷首有黄宗羲《序》和董玚《抄述》。

第五条上　东华录[①]

康熙八年八月奉旨,天主教除南怀仁照常自行外,恐直隶各省复立堂入教,仍著严行晓喻禁止。

案:我朝以推算历法之故而重用西人,以重用西人之故,而听行邪教,虽有禁止各省立堂入教之诏,是特剪其枝叶而仍留其根株也。道光壬寅、咸丰庚申、光绪甲申、丁酉、庚子之祸,实胎于此。夫我朝学术治术之隆,至康熙而极,汤文正、李文贞、陆清献皆理学名臣,故人心之正、风俗之厚,上轶唐宋,而天主邪教,如魑魅之不敢昼见。然自利玛窦东来,而后历官必用西人,遂为定例,各省私设之天主堂,已阴布其毒。《易·坤》初六曰:"履霜,坚冰至。"《象传》以为"阴始凝"。盖阴之凝不始于阴生之时,而始于阳盛之时。汉之匈奴,唐之突厥,皆萌芽于开国之日,而其祸遂延及数世。始之不慎,势必至此。以圣祖之圣神文武,不能烛察于幾先,未始非盛德之累也。独惜熊、李诸公讲程朱之学,遭遇盛明,谏行言听而亦见不及此。呜呼,虽曰天命,岂非人事哉?杨氏光先,以畴人子弟,独能见微知著,哓哓于邪正之辨、夷夏之防,不惮以身为殉。其深识远虑,实远出乎山巨源、郭汾阳之上者,盖其所料者,不在一人之身,而在数世之后也。而或者犹以不谙历法小之,王士正《池北偶谈》、阮元《畴人传》皆有此意,不知杨氏固谓"宁可使中国无好历法,不可使中国有西洋人",未尝与汤、南辈争胜负也。迄今二百余年，读其遗言，无一语之不中，乃叹其深识远虑，非浅见所能及。呜呼！往者不可谏，来者犹可追，世有如杨光先其人者乎？吾将铸金事之。

注释

①《东华录》为编年体清代史料长编。乾隆三十年(1765)重开国史馆，蒋良琪任纂修，就《清实录》及其他官书文献，摘录清初六朝五帝史料，成书三十二卷，起太祖天命元年(1616)，迄世宗雍正十三年(1735)，以国史馆在东华门内，故题为《东华录》。本篇原在第四条之前，今移至此。

雍正元年十二月，礼部议覆，浙闽总督觉罗满保奏：西洋人在各省起盖天主堂，潜住行教，人心渐被煽惑，毫无裨益，请将各省西洋人除送京效力外，余俱安插澳门。应如所请，天主堂改为公所，误入其教者，严行禁饬。

第五条下

雍正五年四月八日，谕内阁九卿等曰：今日为佛诞之期，恰遇西洋国使臣上表称贺，两事适然相值，故于在廷诸臣奏事之暇，偶将朕意宣谕尔等知之：向来僧道极口诋毁西洋教，而西洋人又极诋佛老之非，彼此互相讪谤，指为异端，此等识见，皆以同乎己者为正道，而以异乎己者为异端，非圣人之所谓异端也。孔子曰："攻乎异端，斯害也已。"孔子岂以异乎己者概斥之为异端乎？凡中国外国所设之教，用之不以其正，而为世道人心之害者，皆异端也。如西洋人崇尚天主，夫天以阴阳五行化生万物，故曰万物本乎天，此即主宰也。自古以来有不知敬天之人乎？有不敬天之教乎？如西洋教之敬天有何异乎？若云天转世化人身以救度世人，似此荒诞之词，乃借天之名蛊惑狂愚率从其教耳,此则西洋之异端耳。朕意西洋立教之初,其人为本国所敬信,或者尊之如天,倘谓立教之人,居然自称为天主,此理之所无者也。又曰:西洋天主化身之说尤为诞幻,天主既司令于冥冥之中,又何必托体于人世?若云奉天主教者即为天主后身,则服尧之服,诵尧之言者皆尧之后身乎?此则悖理谬妄之甚者也。西洋人精于历法,国家用之,且其国王慕义抒诚,虔修职贡,数十年来,海洋宁谧,其善亦不可泯。蒙古人人尊信佛教,惟言是从,故欲约束蒙古,则喇嘛之教亦不轻弃,而不知者辄妄生疑议,乃浅近狭小之见也。总之,天下之人存心不公,见理不明,每以同乎己者为是,以异乎己者为非,遂致互相诋诽,几同仇敌,不知人之品类不齐,习尚亦不一,不能强之使异,亦不能强之使同,且各有所长,各有所短,惟存其长而弃其短,知其短而不昧其所长,则彼此可以相安,人人得遂其用,方得圣帝贤王明通公溥之道,而成太和之宇宙矣。(见《经世文续编》卷一百七)

　　案:世宗宪皇帝于即位之始,既准天主堂改为公所,入教者严行禁饬矣,复以精于历法,为国家所用,作存长弃短之说,盖欲示天下以帝王无外之量也。惟是春秋之义,内中夏而外夷狄,诸侯用夷礼则夷狄之,进于中国则中国之,西洋人之来中国者,仍复自行其教,无一奉我孔孟之教者,则夷狄未尝进于中国也。而我反用其历法,则又以中国而用夷礼矣,岂真明通公溥之道乎?是虽于天主化身之谬说再三驳诘,究不足以挫其气也。夫世宗智勇天锡,又当全盛之时,果能防微杜渐,则虽勒令归国,不使腥膻之气沾染中华,不难也。乃竟托为调停之说,以留遗种,庸讵知养虎之患见于百有余年后也乎?自

雍正五年丁未,至道光廿二年壬寅,凡百十五年

第六条 改天主堂为天后宫碑记

李氏卫 字时官,浙江总督①

　　自利玛窦之入中国,迄今几一二百年,浸淫沉溺,惑其教者,未必一旦豁然有悟,即悟矣,或以为不妨存而不论,以见天地之无所不有。是其得罪于天,而为害于人心风俗者,卒未大白于天下也。夫不申其罪,无以服附和之心;不诛其心,无以破奸诡之胆。

　　夫教称天主,是风雷、云雨、阴阳、寒暑彼皆得而主持之也,不知未有天主之前,将竟无有阴阳、寒暑、风云、雷雨乎? 抑别有主持之者,俟天主出而授之柄乎? 此其谬一也。入其教者,必先将本人祖宗父母神牌送与毁弃,以示归教之诚。不知天主生空桑乎? 抑亦由祖宗父母而生也? 彼纵生于空桑,亦不得率天下之人而尽弃其水源木本之谊,况人之所以敬天奉天者,以天实能生人生物耳。今以生我之父母祖宗而弃绝之,尚何取于生人生物之天而敬之奉之乎? 此其谬二也。弃绝父母祖宗者,欲专其敬于天主也。然闻西洋之俗,亦有君臣,有兄弟朋友,且生生而不绝,则何不尽举而废之? 而所以事天主者尤专且笃,而独父母祖宗弃若敝屣? 此其谬三也。西洋之教,一技一能务穷思力索,精其艺而后止。设所得止及于半而死,则举而授之其子,脱其子犹有未就,则复举而授之其孙,或一传,或三四传,其艺始精,则群然推而奉之,以为此可以行教之人矣。今之人中国者悉此类也。夫一技一能,原无当于生人日用之重,至于奇技淫巧,尤为王法所不容,今既

193

不知有祖宗有父母,则为其祖宗父母者,当亦不复以子孙视之。独至奇技淫巧之事,父忽念其为子,而不啻箕裘之授,子忽念其为父,而不啻堂构之承,此其谬四也。艺既精矣,遂可出而设教行道矣,夫既祖宗父母之尽弃,其他漠不相识之人,复何关欣戚,而必穷数世之精力,以利他人之用,此其谬五也。然此虽足为人心风俗之害,而弊止及于惑其教之人,其罪虽犹小,若其居心之险,则尤有大不可问者。西洋去中国数万千里而遥,非经岁不得达,又有大海风涛之险,去故乡离妻子跋涉而来,以人情论,必有所利而为之。故携带土物,造作器用,其诳中国之金钱,诚不可数计。乃闻入其教者,必有所资给,人有定数,岁有定额,劳心焦思取中国之财,而仍给之中国之人,图利者恐不若是之拙也。或云:每年红毛船到,必广载其国中之金钱,以济其在中国行教之人。或又云:彼来中国者,皆善黄白之术,以彼国之金钱而用之中国,又以此数人之行教,而国中居守之人,肯倾赀以佐其用,则其所图者非利也。彼既以天主之教惑人,而复借黄白之术以要结人心,是其设心殆有在矣。或又为之说曰:彼其志欲行教耳,好名之人,能让千乘之国,何难去故乡离妻子,蹈不测之大海,以传后世之名。夫好名之人,或有舍其身以徇人者,然一人好名,何为尽一国之人亦皆好名,而倾赀以佐之也,且络绎而来,其居天主堂者所在而有,抑何好名者之多也。此盖非无所为而为之者,一见其技于噶尔巴矣,再见其技于吕宋矣,又几肆其技于日本矣,为行教计耶,抑不为行教计耶?且愚夫愚妇未有不以祸福动其心者,今日本于海口收港登陆之处,铸铜为天主跪像,抵其国者,不蹈天主像则罪至不赦,夫既为天之主,而受海外一国如此蹂践毁灭,而卒亦无如之何,其不能祸福人明矣。所精者仪器,而璿玑玉衡,见之唐虞矣;所重者日表,而指南车,周公曾为之矣;所奇者自鸣钟,而铜壶滴漏汉时早有之矣;所骇者机巧,而木牛流马诸葛武侯已行之,鬼工之奇五代时亦有之,至今尚有流传之者。是其说不经,其所制造亦中国之素有,其为术又不能祸福人,吾不知何为而人之惑之也。(见《经世文编》卷六十九)

案:洋教之谬,岂止数端,李氏所辟,特举其显而易见者言耳。至云居心之险,大不可问,谓其岁费金钱,心有在,非无所为而为,不仅为行教计,一似逆料今日猾夏之祸于百数十年以前者,则其识卓矣。独惜其当世宗之朝,为吾浙帅,言听计从,不能昌言于朝,驳满保等所奏"送京效力,安插澳门"之非,使邪教无所容身,以绝祸根,而徒遵奉部文,改天主堂为公所,抑末矣。又不改为名臣先儒之专祠,而为天后之淫祀,其不为外夷所窃笑也几希。

注释

①李卫(1687—1738),字又玠,江苏铜山(今江苏徐州 大沙河镇)人,清代名臣。康熙五十六年(1717),捐资员外郎,随后入朝为官,历经康熙、雍正、乾隆三朝。深受雍正皇帝赏识,历任户部郎中、云南盐驿道、布政使、浙江巡抚、浙江总督、兵部尚书、署理刑部尚书、直隶总督等职,为官清廉,不畏权贵,能体察民间疾苦,深受百姓爱戴。于乾隆三年(1738)病逝,年五十一,乾隆帝命按总督例赐予祭葬,谥敏达。

第七条　四库全书提要〔一〕

一、《西学》凡一卷〔二〕,附录《唐大秦寺碑》一篇 _{两江总督采进本},明西人艾儒略撰〔三〕。儒略有《职方外纪》已著录。

是书成于天启癸亥,《天学初函》之第一种也,所述皆其国建学育才之法,凡分六科:所谓勒铎理加者,文科也;斐录所费亚者,理科也;默第济纳者,医科也;勒义斯者[四],法科也;加诺搦斯者,教科也;陡禄日亚者,道科也。其教授有次第[五],大抵从文入理,而理为之纲。文科如中国之小学,理科如中国之大学[六],医科、法科、教科者,皆其事业。道科在彼法中所谓尽性至命之极也[七],其致力亦以格物穷理为本,以明体达用为功,与儒学次序略似,特所格之物,皆器数之末,而所穷之理,又支离神怪而不可诘,是所以为异学耳。末附唐碑一篇,明其教之久入中国,碑称"贞观十二年,大秦国阿罗本远将经像来献上京,即于义宁坊敕造大秦寺一所,度僧二十一人"云云。考《西溪丛语》载:"唐贞观五年,有传法穆护何禄,将祆教诣阙闻奏,敕令长安崇化坊立祆寺,号大秦寺,又名波斯寺。"至天宝四年七月敕:"波斯经教,出自大秦,传习而来,久行中国,爰初建寺,因以为名,将以示人,必循其本,其两京波斯寺,并宜改为大秦寺,天下诸州郡有者,准此。"《册府元龟》载:"开元七年,吐火罗国王上表献《解天文》,人大慕阇智慧幽深,问无不知,伏乞天恩唤取,问诸教法,知其人有如此之艺能[八],请置一法堂,依本教供养。"段成式《酉阳杂俎》载:"孝亿国界三千余里,举俗事祆,不识佛法,有祆祠三千余所。"又载:"德建国乌浒河中有火祆祠,相传其神本自波斯国乘神通来,因立祆祠。祠内无像,于大屋下置小庐舍向西,人向东礼神,有一铜马,国人言自天而下。"据此数说,则西洋人即所谓波斯天主,即所谓祆神,中国具有纪载,不但有此碑可证。又杜预注《左传》次睢之社曰:"睢受汴,东经陈留、梁谯、彭城入泗,此水次有祆神,皆社祠之。"顾野王《玉篇》亦有"祆"字,音呵怜切[九],注为祆神。徐铉据以增入《说文》。宋敏求《东京记》

载："宁远坊有祆神庙。"注曰："《四夷朝贡图》云：康国有神名祆，毕国有火祆祠，或曰石勒时立〔十〕。此是祆教其来已久，亦不始于唐。"岳珂《桯史》记番禺海獠："其最豪者蒲姓，号白番人，本占城之贵人，留中国以通往来之货。屋室侈靡逾制，性尚鬼而好洁，平居终日，相与膜拜祈福。有堂焉以祀，如中国之佛，而实无像设，称谓聱牙，亦莫能晓，竟不知为何神。有碑高袤数丈，上刻异书如篆籀〔十一〕，是为像主〔十二〕，拜者皆向之。"是祆教至宋之末年尚由贾舶达广州。而利玛窦之初来，乃诧为亘古未睹。艾儒略作此书，即援唐碑以自证，则其为祆教更无疑义。乃无一人援古事以抉其源流，遂使蔓延于海内。盖万历以来〔十三〕，士大夫讲心学〔十四〕，刻语录，即尽一生之能事，故不能征实考古，以遏邪说之流行也。

校勘记

〔一〕本条十节录于《四库全书总目》卷一百二十五《子部·杂家类·存目二》。

〔二〕西学：此篇原为本条中之第五篇，因其内容概括外教传入之历史，所以编者将此篇提作第一。

〔三〕西人：今本《四库全书总目》（下简称《总目》）作"西洋人"。

〔四〕勒义斯：《总目》作"勒斯义"。

〔五〕教授有次第：《总目》作"教授各有次第"。

〔六〕理科如中国之大学：《总目》作"理科则如中国之大学"。

〔七〕道科在彼法中：《总目》作"道科则在彼法中"。

〔八〕知其人有如此之艺能：原作"知其人艺能"，据《总目》改。

〔九〕呵怜切：《总目》作"阿怜切"。

〔十〕或曰石勒时立：《总目》作"或传石勒时立"。

〔十一〕上刻异书：《总目》作"上皆刻异书"。

〔十二〕是为像主：原作"是为像王"，不通，据《总目》改。

〔十三〕盖万历以来:《总目》作"盖万历以后"。

〔十四〕士大夫讲心学:《总目》作"士大夫大抵讲心学"。

二〔一〕、《二十五言》一卷,明利玛窦撰。

西洋人之入中国自利玛窦始,西洋教法传中国,亦自此二十五条始,大旨多剿窃释氏,而文词尤拙,盖西方之教,惟有佛书,欧罗巴人取其意而变幻之,犹未能尽离其本。厥后既入中国,习见儒书〔二〕,则因缘假借,以文其说,乃渐至蔓衍支离,不可究诘,自以为超出三教上矣。附存其目,庶可知彼教之初,所见不过如是也。

校勘记

〔一〕二:此篇底本作"一",因《西学》已提作第一篇,则将序号按顺序重编。下同。

〔二〕儒书:《总目》作"儒言"。

三、《天主实义》一卷〔一〕,明利玛窦撰。

是书成于万历癸卯,凡八篇。首篇论天主始制天地万物,而宰主安养之〔二〕,二篇解释世人错认天主,三篇论人魂不灭,大异禽兽,四篇辨释鬼神及人魂异,论天下万物不可谓之一体,五篇排辨轮回六道,戒杀生之谬,而明斋素之意在于正意〔三〕,六篇解释意不可灭,并论死后必有天堂地狱之赏罚,七篇论人性本善,并述天主门士之学,八篇总举泰西俗尚,而论其传道之士所以不娶之意,并释天主降生西土来由。大旨主于使人尊信天主,以行其教。知儒教之不可攻,则附会六经中上帝之说,以合于天主,而特攻释氏以求胜。然天堂地狱之说,与轮回之说相去无几〔四〕,特小变释氏之说,而本原则一耳。

校勘记

〔一〕《总目》作二卷。

〔二〕宰主:《总目》作"主宰"。

〔三〕正意:《总目》作"正志"。

〔四〕无几:《总目》作"无几也"。

四、《畸人十篇》一卷,明利玛窦撰。

是书成于万历戊申,凡十篇,皆设为答问[一],以申彼教之说。一谓人寿既过,误犹为有。二谓人于今世,惟侨寓耳。三谓常念死候[二],利行为祥。四谓常念死后,备死后审。五谓君子希言,而欲无言。六谓斋素正旨,非由戒杀。七谓自省自责,无为无尤。八谓善恶之报,在身之后。九谓妄询未来[三],自速身凶。十谓富而贪吝,苦于贫窭。其言宏肆博辨,颇足动听,大抵撮摄释氏生死无常、罪福不爽之说[四],而不取其轮回、戒杀、不娶之说,以附会于儒理,使人不可猝攻[五],较所作《天主实义》,纯涉支离荒诞者,立说较巧,以佛书比之,《天主实义》犹其礼忏,此则犹其谈禅也。

校勘记

〔一〕答问:《总目》作"问答"。

〔二〕死候:《总目》作"死后"。

〔三〕妄询未来:《总目》作"妄词未来"。

〔四〕大抵撮摄释氏:《总目》作"大抵掇释氏。

〔五〕使人不可猝攻:《总目》作"使人猝不可攻"。

五、《辨学遗牍》一卷,明利玛窦撰。

是编乃其与虞淳熙论释氏书,及辨莲池和尚《竹窗三笔》攻击天主之说,[一]齐固失矣,楚亦未为得也。

校勘记

〔一〕此节作者仅摘录其前半,今录全文以备查:明利玛窦撰,利玛窦有《乾坤体义》已著录。是编乃其与虞淳熙论释氏书,及辨莲池和尚《竹窗三笔》攻击天主之说也。利玛窦力排释氏,故学佛者起而相争,利玛窦又反唇相诘,各持一悠谬荒唐之说,以较胜负于不可究诘之地。不知佛教可辟,非天主教所可辟,天主教可辟,又非佛教所可辟,均同浴而讥裸裎耳。

六、《交友论》一卷,明利玛窦撰。

万历己亥,利玛窦游南昌,与建安王论友道,因著是编以献,其言不甚荒悖,然多为利害而言,醇驳参半。如云:"友者过誉之害大于仇者过訾之害。"此中理者也。又云:"多有密友,便无密友。"此洞悉物情者也。至云"视其人之友如林,则知其德之盛;视其人之友落落如晨星,则知其德之薄。"是导天下以滥交矣。又云:"二人为友,不应一富一贫。"是止知有通财之义,而不知古礼,惟小功同财,不概诸朋友,一相友而即同财[一],是使富者爱无差等,而贫者且以利合,又岂中庸之道乎? 王肯堂《郁冈斋笔麈》曰:"利君遗余《交友论》一篇,有味哉其言之也,使其素熟于中土语言文字,当不止是,乃稍删润,著于编。"则此书为肯堂所点窜矣。

校勘记

〔一〕即同财:《总目》作"即同,则"。

七、《七克》七卷《文编》作一卷,明西洋人庞迪我撰。

书成于万历甲辰。其说以天主所禁罪宗凡七:一谓骄傲。二谓嫉妒。三谓悭吝。四谓忿怒。五谓饮食[一]。六谓迷色。七谓懈惰于善。迪我因作此书发明其义:一曰伏傲。二曰平妒。三曰解贪。四曰熄忿。五曰塞饕。六曰防淫。七曰策怠。其言出于儒墨之间,就所论之一事言之,不为无理,而皆归本敬事天主以求福,则其谬在宗旨,不在词说也。其论保守童身一条载:"或人难以人俱守贞不婚,人类将灭。乃答以倘世人俱守贞,人类将灭,天主必有以处之,何烦过虑?"其词已遁。又谓:"生人之类,有生必有灭,亦始终成毁之常,若得以此终,以此毁,幸甚大愿。"则又词穷理屈,不觉遁于释氏矣,尚何辟佛之云乎?

校勘记

〔一〕饮食:《总目》作"迷饮食"。

八、《灵言蠡勺》二卷,明西洋人毕方济撰,而徐光启编录之。

书成于天启甲子,皆论亚尼玛之学。亚尼玛者,华言灵性也。凡四篇:一论亚尼玛之体,二论亚尼玛之能,三论亚尼玛之尊,四论亚尼玛所同美好之情。而总归于敬事天主以求福,其实即释氏觉性之说,而巧为敷衍耳。明之季年,心学盛行,西士慧黠,因撼佛经而变幻之,以投时好。其说骤行,盖由于此,所谓物必先腐而后虫生,非尽持论之巧也。

九、《空际格致》二卷,明西洋人高一志撰。

西法以火气水土为四大元行,而以中国五行兼用金木为非。一志因作此书以畅其说。然其窥测天文,不能废五星也。天地自然之气,而欲以强词夺之,为可得乎〔一〕?适成其妄而已矣。

校勘记

〔一〕为可得乎:《总目》作"乌可得乎"。

十、《寰有诠》六卷,明西洋人溥汎际撰。

书亦成于天启中,其论皆宗天主,又有《圆满》《纯体》《不坏》等十五篇,总以阐明彼法。案欧罗巴人天文推算之密,工匠制作之巧,实逾前古,其议论夸诈迂怪,亦为异端之尤。国朝节取其技能而禁传其学术,具存深意。其书本不足登册府之编,然如《寰有诠》之类,《明史·艺文志》中已列其名,削而不论,转虑惑诬,故著于录而辟斥之。又《明史》载其书于道家,今考所言,兼剿三教之理,而又举三教全排之,变幻支离[一],真杂学也,故存其目于杂家[二]。

案:提要论列西学诸书,抉其源流之所自,探其宗旨之所由,详加驳斥,以辟其诞妄,而又追原祸始,归咎于明季之讲心学,痛哉其言之也。盖自阳明倡良知之说,援儒入禅,已阴驱一世之士为达磨、慧能之徒矣,此利、艾之辈所以得挟其术,以簧鼓天下也。入国朝来,崇尚朱子之学,真儒辈出如日中天,而其焰遂熄。乾嘉以降,争讲汉学,厌薄宋儒,其心之腐,又有甚于明季者,欲虫之不生也得乎?然则邪说之流行,惟孔孟程朱之道可以遏之,所云征实考古,恐亦无济于事。

校勘记

〔一〕变幻支离:《总目》作"变幻支离,莫可究诘"。

〔二〕故存其目于杂家:《总目》作"故存其目于杂家焉"。

第八条　澳门纪略[①]

天主教者,西土曰天主。耶稣,生于如德亚国,为天主肇生人类之邦,西行教,至其国奉之至今。甚且沾染中土,诱惑华人,在明则上至公卿,下逮士庶,迄日奉诏禁,而博士弟子尚有信而从之者。其徒著书,阐述多至百余种,士大夫又为之润色其文词,以致谈天言命,几于乱聪。今就澳门取其书观之,所云五经十诫,大都不离天堂地狱之说,而词特陋劣,较之佛书尤甚。间尝寻求其故,西洋之国由来皆崇佛教、回回教,观其字用梵书，历法亦与回回同源，则意大里亚之教，当与诸国奉佛奉回回者无异，特其俗好奇喜新，聪明之士遂攘回回事天之名，而据如来天堂地狱之实，以兼行其说。又虑不足加其上也，以为尊莫天若，天有主则尊愈莫若，盖其好胜之俗为之，不独史称历法云尔也。见《海国图志》

案：利、艾东来，而后其所著之书，皆华人为之润色，故其说往往与新旧约书互异，而愈出愈奇，辟佛辟儒，以自畅其神怪之异说，是虽夷人之好奇喜新，其实好奇喜新中于吾华士大夫之心者，非一日一人也。惟云攘回回事天之名，似不知回教始于隋开皇时，穆罕默德后于耶稣且六百年，未免失实耳。

注释

①《澳门纪略》是专记澳门之地方志书，是世界上和中国历史上第一部系统介绍澳门之古籍。由澳门同知印光任、张汝霖编撰。1751 年完成，全书分三篇：《形势篇》《官守篇》《澳蕃篇》。

第九条　癸巳类稿_{癸巳系道光十三年}

俞正燮　字理初，安徽黟县举人①

《大唐西域求法高僧传》云："诸外道先有九十六部，今但十余。斋会聚集，各为一处，是彼时犹与佛教同赴斋请，其截然分判不知始于何时。今天主教皆力拒佛，其自言知识在脑不在心，盖为人穷工极巧，而心窍不开，在彼国为常，在中国则为怪也。乃好诱人为之，而自述本师之事，亦不求所本。然则耶稣在西洋为持世之人，而他部之人入其教，则亦无心肝之人矣。"见《海国图志》卷二十七

案：人心道心之说，始自虞廷正心诚意之学，传于孔子，故

孟子以为心之官则思,程子以为主于身为心,张子以为心统性情。是人之有心,固性理情欲之所由具,亦知觉思虑之所从出也,未有心窍不开而能穷工极巧者。虽然,与心相贯者有脑焉。《说文》"脑"作"𦜆",云:头髓也,从匕,匕相。匕,著也,巛象发,囟象𦜆形。"段氏玉裁注云:"头髓在囟中,故囟曰𦜆盖,囟字上开,象小儿囟不合,故曰象形。"又囟部云:"囟,头会𦜆盖也,象形。"思部云:"思,容也。"段氏改作容,从心从囟。黄氏《韵会》云:"自囟至心,如丝相贯不绝也。"然则头之髓为脑,脑之盖为囟,自囟下贯于心为思,脑亦未尝无知觉、思虑也,但必以心为主,故许书"念"训常思,"惟"训凡思,"想"训冀思,"怀"训念思,其字皆从心。其从思得义者,惟"虑"训谋思,"𢖻"训同思之和而已。然必合囟与心,而后有思义,其不能离心而专责之脑也明矣。彼教谓知识在脑不在心,则《新约》书所谓:耶稣教门徒虚心、哀恸、柔和、羡慕、仁义、怜恤、清心等事,岂皆出于脑而不出于心乎?盖自利、艾、汤、南辈,见中国经传,并谓性情、知觉之由于心,于是倡为脑筋之说,以变乱吾华之古义,此实夷人狡黠之故智。俞氏谓心窍不开,在彼国为常,似亦惑于其说而不知其说之由起。至云入教之人无心肝,则痛哭言之,以为华人告,其苦心有不容没者。

注释

　　①俞正燮(1775——1840),字理初,安徽黟县人,清代著名学者,为嘉、道间转变学风之代表人物。其自幼刻苦读书,尝"拥籍数万卷,手翻不辍,辍已成诵,地人名、事迹本末,见某庋某册某篇行,语辄中"。20岁时即独立撰写了《唐律疏义跋》等文。然因家贫及科场困顿,一生主要以佣书为业,先后为人编校的书有《五代史补注》《大清会典》《黟县志》《两湖通志》《古天文说》等十余种,然"手成宏巨书不自名"。其代表作《癸巳类稿》,是考订经史、诸子、医理、舆地、道梵、方言等各方面的成果汇编。

第十条　海国图志

魏源　字默深,湖南邵阳人,道光壬午举人,有《清夜斋文集》①

是书六十卷,成于道光二十二年,咸丰二年又成四十卷,共一百卷

西方三大教,天主、天方皆辟佛,皆事天,即佛经所谓婆罗门天祠,其教皆起自上古,稍衰于佛世,而复盛于佛以后。然吾读《福音》诸书,无一言及于明心之方、修道之事也,又非有治历、明时、制器、利用之功也。惟以疗病为奇,奇称天父、神子为创制,尚不及天方教之条理,何以风行云布,横被四海,莫不尊亲,岂其教入中土者,皆浅人拙译,而精英或不传欤? 神天既无形声无方体,乃降声如德之国,勒石西奈之山,殆甚于宋祥符之天书,而摩西一人上山受命,遂传《十诫》,则西域之王钦若也。印度上古有婆罗门,事天之教,天方、天主皆衍其宗支,益之谲诞,既莫尊于神天,戒偶像、戒祀先,而耶稣圣母之像,十字之架,何又歧神天而二之耶? 斥佛氏之戒杀,而力言禽兽异于人之灵魂,万物不可为一体,以济其口腹庖宰之欲,是上帝果不好生而好杀乎? 人之灵魂最贵,故人不可杀,亦不可自杀,即殉难自杀亦必陷地狱,则申生、扶苏、召忽、屈原皆地狱中人,反不如临难苟免之人乎? 谓上帝初造人类时,只造一男一女,故人各一妻。妻即无道,不可议出,即无子不可娶妾,则何以处淫、悍、不孝? 且何又许富贵人仆婢无数,岂阴许其实而阳禁其名乎? 谓人一命终,善恶皆定,受报苦乐,永无改易,更无复生、轮回之事,则今生皆初世为人,人皆天主所造,何不但造善信,毋造淫恶乎? 耶稣自身受罪,可代众生

之罪,则佛言历劫难、行苦行,舍头目脑髓若恒河沙,功德当更不可量,耶稣又何斥之乎?谓孔子、佛老皆周时人,仅阅二千余岁,有名字、朝代,但为人中之一人,不能宰制万有,则耶稣讵非西汉末人,又安能代神天以主造化?且圣人之生,孰非天之所子,耶稣自称神天之子,正犹穆罕默德之号天使则是,此之代天则是,彼之代天则非乎?历览西夷书,惟神理论颇近吾儒上帝造化之旨,余皆委巷所谈,君子勿道。又其书皆英夷所刊布,而英吉利旧传不奉天主教(见《海国闻见录》及《浮夷安突得口供》),及考《每月统纪传》,则又言英吉利民迁墨利加洲新地,不服水土,疫气流行,皆赴神天之堂,吁救得息,于是国人奉事天主,七日礼拜。又以耳得兰岛,距国数里,结党,教国王勒之归顺,且禁买黑奴,亦以耶稣之教,岂昔辟之而近日奉之欤?董子曰:"道之大,原出于天。"故吾儒本天,与释氏之本心若冰炭,乃天方、天主亦皆本天而教之,冰炭益甚,岂辨生于末学,而本师宗旨或不尽然欤?周、孔语言文字,西不逾流沙,北不暨北海,南不尽南海,广谷大川,风气异宜,天不能不生一人以教治之,群愚服智,群嚚讼服正直。文中子曰:西方之圣人也,中国则泯。庄子曰:八荒以外,圣人论而不议,九州以外,圣人议而不辨。或复谓东海、西海,圣各出而心理同,则又何说焉?

案:魏氏目击道光之季,英夷犯顺,不能讨罪,遽尔议和,故撰此书及《圣武记》,其愤愤不平之气,时露行间,于彼教宜恶之深矣。乃所驳者惟以摩西为西域之王钦若,最得其情,其余各条则皆为佛氏讼冤,初非欲卫周孔之道者,至谓神理论近于吾儒,而以西方圣人许之,则其外强中干,亦概可知矣。

注释

①魏源(1794—1857),字默深,邵阳(今属湖南)人。近代经史学家、思想家、文学家。入京师,与龚自珍结识,从刘逢禄受公羊《春秋》,编辑有《皇朝经世文编》,提倡经世实用的文章。1840 年(道光二十年)鸦片战争爆发后,曾入钦差大臣裕谦幕府,参与抗英斗争。后辞归扬州,撰写《圣武记》,编纂《海国图志》,是当时介绍西方历史和地理最详实的专著。魏源致力探求富国强兵和方法,提出了著名的"师夷长技以制夷"的主张,是近代中国"睁眼看世界"的首批知识分子的优秀代表。1844 年(道光二十四年)始中进士。晚年皈依佛教。他主张"贯经术、政事、文章于一"(《刘礼部遗书序》)。散文多论说时务政事,观察敏锐,文笔犀利,代表了鸦片战争前后新体散文的风貌。

第十一条　筹海论下篇〔一〕

张自牧 贵州候补道,光绪二年,充英国二等参赞官①

同治时普法战事,教人实肇其端,拿破仑为教所误,国破身俘,为天下笑。奥相安得拉讥法人甘为教奴,西班牙论法人视与国如仇雠,力庇天主教,居天下之恶名,受其实祸。美国论法国三次大乱,死亡数百万②,皆由于教。是洋教者,法国之蟊贼也③。泰西三教截然不同,法之神甫不能行天主教于英、俄,犹英之牧师、俄之教长不能传耶稣、希腊之教于法也。印度拒力额士教入境,德国逐耶稣会男女三万人,葡萄牙籍教徒六千人财产入官。西班牙以山外教人助登卡为乱,籍教党五万五千人之家。义大利封天主教堂七十二所,录其产。罗马王遣教员驻瑞士,国人驱而远之④,法人无如何也。法不能遍行其教于万国,而独施之中国可乎?各口洋商供亿教堂之费,岁至数百万金,因传教之故⑤,中外相猜,各国皆驻兵船自

卫,费且千万,于外国庸有利乎?且夫毕麻士克⑥,泰西之名
相也,功业震耀寰瀛,实创禁教之令,而荷文罗式令非斯赞之
英相格兰斯顿亦著书力诋天主教。理各雅,泰西之名儒也,尝来中
国谒孔林而归,主阿斯福书院讲席,广译五经四子之书教授其
国人,尤谆谆以贩烟传教为非义,秉彝之懿好,中外有同情矣。
(见《经世文续编》卷一百七)

案:洋教流传实普天之蟊贼也,不独法人力庇天主,受其
实祸,为其国之蟊贼,英行耶稣,俄崇希腊,亦即英、俄之蟊贼
也。若德、葡诸国,亦皆各奉一教,其驱逐教党,不过恶其教之
异己,非能知教之为害如蟊贼也。虽然,德、葡诸国亦法类也,
尚有驱逐教党之举,我中国道、咸而后,洋人传教载入和约,独
不许民间有闹教之事,反不若德、葡诸国之得伸大义焉,则是
天主教之祸中国,中国自取之耳。盖泰西各国虎视眈眈,其欲
攫中国而噬之者,已非一日,特先以行教一事尝我耳,故不惜
百万千万之金,以为教堂兵船之费,是必其利有倍蓰于此者,
可知如李氏卫所谓不为行教计是也。张氏言于外国庸有利
乎,似犹未知夷情之叵测者。

又案:张氏据西儒理各雅谒孔林、译经书、戒传教之事,谓
秉彝之好,中外同情,其说诚不可易。曷言之?孔孟之教,本
乎天地之自然,出乎人心之当然,合乎天下之同然,而为凡有
血气所莫不尊亲者也。数十年后,信从孔孟之教者,当不仅理
各雅一人也。昔李氏元度答友人论异教书云:"来书以泰西人
行异教于中国,愚氓多为所惑,虑夺吾尧舜孔孟之席,谓此开
辟以来未有之变,其言深痛若此。有心哉!有心哉!然某之
隅见,窃谓不足虑,抑且深足为喜,不惟不虑彼教夺吾孔孟之

席,且喜孔孟之教将盛行于彼都,而大变其陋俗。"又云:"天地之生,人为贵;人之道,以伦常为本。彼际天并海之夷,以千百国计,皆人也。有血气即有心知,皆可以人道治之者也。特自古不通中国,又相去七万里,礼闻来学,不闻往教,故末由近圣人之居,而闻其教耳。天诱其衷,以互市故朋游于中土,而渐近吾礼义之俗。彼自知前者之蔑弃伦纪,不复可以为人,有不幡然大变其故俗者耶? 天主耶稣教,仅法兰西一国耳,然且诸国皆摈之不使阑入其境,盖亦共知其陋矣,恶能加毫末于尧舜孔孟之教哉。"又云:"今此通商诸国,天假其智慧,创火轮、舟车,以速其至,此圣教将行于泰西之大机栝也,继诸国而来者,后将不知其纪,尧舜孔孟之教当遍行于天地所覆载之区,特自今日为始,造物岂无意哉。"其决孔孟之教之将遍行于大地也,尝先我言之矣,惟是彼族之习天主耶稣者,势将信从吾孔孟之教,而中国之习孔孟者反不能笃守其教,而甘为天主耶稣之奴婢,窃恐孔孟之教盛行于异国者在将来,灭绝于中国已在今日也。然则彼教夺吾孔孟之席,固不足虑,而所谓喜孔孟之教盛行者,转不暇为孔孟之教喜,而先为中国之人悲矣。

校勘记

〔一〕《筹海论》下篇:《皇朝经世文续编》卷一百七作《瀛海论下篇》。

〔二〕数百万:《皇朝经世文续编》作"数百万人"。

〔三〕法国之蟊贼也:《皇朝经世文续编》作"又法国之蟊贼也"。此下原文还有如下一段文字:"西洋自禁民嗜烟,东洋、南洋亦有禁者,英人不相强也。基发大臣乌墨拉以鸦片殒年,各国皆举以为戒,英不能行其烟于万国,而独加诸中国可乎?"。

〔四〕驱而远之:《皇朝经世文续编》作"殴而远之"。

〔五〕因传教之故:《皇朝经世文续编》作"因行烟传教之故"。

〔六〕毕麻士克:《皇朝经世文续编》作"毕士麻克"。德国首相,今通译作"俾斯麦"。

注释

①张自牧(1832—1886),字笠臣,湘阴(今属湖南)人。以生员筹贵州饷有功,授候选道,加布政使衔。张自牧虽仅为诸生,而以才名震动长沙学界,咸丰年间他是得学政张金镛欣赏的高才士子。湘军之兴,"自牧积劳至道员",同治六年更"以筹办黔捐,洊保藩司衔,并戴花翎"。湖南编纂《湖南通志》,以郭嵩焘、曾国荃为总纂,张自牧名列提调,且掌管资金而地位尤重。张自牧喜研讨外国史地,曾言欲采英、法等国史,用中国史书体例编成一书,未成。郭嵩焘与张自牧交谊颇深,郭在日记中曾多次记载两人讨论时事、洋务,甚至一些重要的人事任命案。清时力倡学习西方科学技术以自强的洋务派,不但得不到支持,还常受到社会歧视。光绪十八年(1892)"湖南通省公议"攻击洋务派,把具有较先进思想的郭嵩焘、曾纪泽、朱克敬、张自牧称为"四鬼"。

第十二条　洋教论〔一〕

杨象济①

近西人复力攻天主而崇尚耶稣,姑即以耶稣论之。论耶稣必先论耶稣之所自出,今其书云自取肉身于贞女马利亚氏。夫童女受孕,千古第一怪事,然则耶稣者,有母而无父,其本身之来历已属暧昧不明,其余更可知矣。(见葛士濬《皇朝经世文续编》卷百十二)

案:耶稣有母无父,谓其来历暧昧不明,盖深知夷狄之俗,自古已然,而彼教犹神其事,以为上帝降生救世主之确证,殆犹安禄山之先拜杨妃,自述其俗而恬不知耻者,中华人士当必唾骂之不暇,何为而皈依其教乎?

校勘记

〔一〕洋教论:《皇朝经世文续编》卷百十二作"洋教所言多不合西人格致新理论"。

注释

①杨象济(1825——1878),字利叔,号啸溪、一作小溪,因慕汉代汲黯之为人,自号汲庵,别署啸痴、苹叟、白鹤峰主,浙江秀水(今嘉兴)人,清文学家、画家。咸丰九年举人,曾为张亮基、曾国藩等人幕僚,与太平军作战,曾献策征税助饷,后叙拣选为知县,加五品衔。咸丰十年后,就江苏巡抚丁日昌聘入江苏书局,历时十年译绘《六大洲地图说》一百卷。杨象济工诗画,诗文"雄健",画风古雅,居所题名为"龟鱼巢"。著作宏富,有《汲庵文存》6卷、《汲庵诗存》8卷、《菰芦笔纪》、《王江泾志稿》等。集历朝古今文为《汲庵文录》40卷。

第十三条　泰西各国采风记

宋育仁 富顺人,官翰林院检讨,钦命驻英二等参赞大臣①

　　自摩西以巫开部落,自称上帝之仆为部长,而别立祭司。摩西卒后,立祭司为士师,传神命,听讼狱,号为先知,亦称先见,纯是巫教。至耶稣则参合释、墨二家遗言,而推本家传世巫,仍以事神为主,专意行教,自成一家。故今天主、耶稣教,皆赞述耶稣,不遵摩西也。耶稣生而智慧,十二岁即能入殿讲论,长于埃及,必多识中土流教之古书,故其教律训言迥异于摩西,而同于墨翟者十三。释氏之家由印度而西,耶稣及其门徒皆能作各国方言,意必读佛氏之书窃取其意,故其说合于佛者十七。旧教,祭司犹是平人,耶稣后,教士皆出家不娶,此仿释氏出家,要人敬信而舍身度世,亦附会佛经立言。

案:祖述巫教窃取佛书,是耶稣一生本领。观《新约》书所记疗疾、起死、驱鬼、幻食诸术,皆巫家伎俩也。鬻产共财,指门徒为母,生前善恶,死后审判等说,皆佛家谰语也。故黜栝摩西十诫,而以一心事主、爱人如己二语尽之。宋氏谓其推本家传世巫,附会佛经立言,得其实矣。然因爱人如己一语,偶合于墨子兼爱尚同之旨,遂谓合释墨二家遗言,则似未核。今考墨子之书,其大要皆富国强兵之策,如蕃其人民,积其货财,精其器械,而又志在必死,则可以守矣云云。《备城门》《备高临》《备梯》《备水》《备突卫》《备穴》《备蛾附》《迎敌祠》《旗帜》《号令》《杂守》十一篇,盖欲藉以治世,而非专为立教也。故孟子虽斥其无父,而仍以利天下许之。若耶稣,则假神术以惑人,托神子以行教,无有一语及于治人者,是无父而又无君也。其于墨子之学,百无一似。宋氏断为同于墨翟者十三,误矣。

注释

①宋育仁在光绪二十年(1894)出任驻英公使二等参赞,期间,他在英伦三岛进行考察、访问,撰写了《泰西各国采风记》,著录了他所见的英国政法、经济、军事制度,并涉及礼俗、宗教、语言,范围十分宽广。此著收入《小方壶斋舆地丛书·再补编》。

第十四条〔一〕

又罗马自汉至唐,为泰西一统之国,西并波斯,耶稣后三百年,罗马皇肯斯旦进教,受礼耶稣教。而佛教寖衰,则当中国六朝。佛教乃由印度而东行于中土,至唐代,日耳曼沙厘曼王奄有欧洲中境,尤笃信教,命教士与百官同理国政,总教主之权,九重奉冕,立沙厘曼为日耳曼皇,并为罗马皇,则耶稣教愈盛，佛教愈衰。故唐时大秦僧贡经像，以佛号奉于耶稣，而以波斯冒于罗马，不谓大秦之源于波斯，反以为波斯之出自大秦。盖其教衰微，为势所夺，影附以自存，不觉数典而忘祖，此天主教与佛教在西土迭为盛衰之源流也。

又又四百年，当五代之际，大教主始称为教皇。东至俄，西至英，凡国皇即位大典，皆教王奉冕立之，然后发号境内，通告邻邦。遇两国相争，皆请教皇为定曲直，如有不服，国即被兵，主即被废。元末明初，传至教皇移挪孙第三，诛灭异教，一时焚死二千五百余人，减死受刑者籍家充军又四万七千二百余人。法国承其意旨，令民自杀，异教者一日死三万人。日耳曼人路得按《东西洋教育》："马尔亲路德者〔二〕，以一千四百八十年十一月生于德国之阿益斯凌柄矿夫之家〔三〕。"又云："一千五百二十一年，遂行宗教之大改革。"其改革旧教，则明正德十六年也，据此则当明成化十八年生也。起而攻其说，谓教不立王，以刑胁人入教，非耶稣要旨，于是取耶稣之书译解流传，别立教规，人主入教，不夺其尊，教士娶妻不出家，祈祷上帝，但自齐洁，在家如庙。其言弥近理，而教皇又重法以为之，欧故从者如归市。教主始令诸王捕杀，而其教已盛行。德意志列邦首从新教，英、荷、嗹、瑞等国次第服从，教皇令不行而势顿衰。惟意大利、佛郎西、比利时、西班牙、葡萄牙等国犹奉旧天主教，自是君与民因分教相杀，国与国因分教相攻，前后肆市朝、膏原野以数百万。明天启时争教未定，利玛窦渡海东来，而艾如略、汤若望等接踵而至，盖其教衰于西，而欲行之于东也。既睹中国圣人之书，知其言不易入，始窃中国教言，变其说以相附会，而杂引经传言天之说，以为造天地主宰之证，隐攻圣教，以王者祀天之非。见佛教早行中土，则竭力攻之以自见。诸人皆天主教，时有庞迪我、熊三拔明历法,周子愚荐之入局测验,于是西人之入中国,以推算为名,而阴其教。我朝定鼎,若望上书进西洋象器,得旨试行,特命汤若望、南怀仁为钦天监官,新安杨光先摘其日食交会之误,遂黜汤若望等,授杨光先监副,寻转监正。六年,以推闰失实遣戍,复用汤若望、南怀仁,光先乃为《不得已书》,以攻天主教。其时耶稣教尚为天主教所遏,未畅行于西,故不遑及远。自明景泰时,罗马国亡,而法朗西与教皇相依为重,法欲因保教而称帝,继罗马古皇之位。及普法大战,法败,而教皇顿衰,义大利王入居罗马故城,收夺教权,封禁教产,日耳曼列邦推为德意志皇,首从新教,于是两教并立,名天主教为公教,耶稣教为修教,其统名为救世教。修教自别名为救世原教,公教斥修教为后起之异端,修教斥公教为横行之邪说,而其演说耶稣为救世之主,与造化主宰,禁祀别神,及以其教遍传万国,宗旨原同,波澜莫二,此耶稣以后分为二派之盛衰原起也。

案:耶稣援释入巫,自立教门,既以事主、爱人为宗旨,宜乎奉其教者谨守家法,无复异议矣。何以路得别立教规,分天主旧教而为耶稣教乎?又何以因分教而相攻相杀,荼毒数百万生灵乎!厥后公教、修教各立门户,势若冰炭,其教务之盛衰,恒视奉教之国之势之强弱。中国两教林立,平民之不入教者,既为教所压制,其黠者借入教为护符,而此教与彼教又互相仇敌,则不入教而死,入其教而亦死,中国之民尚复有生理乎?而其祸皆自耶稣立教始,耶稣虽粉身碎骨亦不足以蔽其辜,钉死十字架幸矣。

校勘记

〔一〕此下至第十七条，均为《泰西各国采风记》。

〔二〕马尔亲路德：今通译为"马丁·路德"。

〔三〕阿益斯凌柄：今通译为"艾斯莱本"。

第十五条

又耶稣取法释、墨，谬于周、孔，虽为父言慈，为子言孝，为夫妇言相爱相终，为主言恕，为仆言忠，为兄弟朋友言信义，于名教无违，而推本天父为一尊，以待人如己为宗旨，指门徒为母，令人专心从教，父子相疏，言世人平等，不当有尊，始终未言事君之义，则隐与名教相反。其精华在称天以教，令人敬畏修省，所谓挟天子以令天下，其所托足以攻别教，而非别教所能摇。统于一尊，则名教之尊卑几难自立。程子言：佛氏之言尤为近理，其为害尤甚。况又进于佛氏者乎？

案：耶稣之显背名教，全从佛氏脱胎，其异于佛氏者，惟尊天一事耳。中国惑于佛教者已深，故闻耶稣之教，不啻胶漆之相投焉。彼惑于佛而欲辟耶稣者，直抱薪救火同归于烬而已矣。

第十六条^{〔一〕}

又路得以后渐被夏声，而智慧不及耶稣，又以先入为主，乃矫其说，谓天伦有六按彼教以天人为第一伦，以排名教，知末忘本明有朱惟城书，即发此论，近西人皆阐其说，此为贼道之大端，滑夏之要害。父子天性，圣教之大原，颠扑不破。君臣夫妇皆由此起例,虽释氏之汪洋恣肆,道流之微渺超虚,皆至此而穷,不能不影附而立。惟彼教握定天生人为根本,用爱无差等为转关,有天父在前,则父子之亲为枝叶。神为天主,统万国人,皆当一心事神,则君臣之义为等夷,而其流论至于殴父无刑,谋反不诛,弃夫无过。法人著论,欲尽废天下君主,诸国公党群起和之,至著为诗歌,欲遍地球君主之血流,洗遍地球国土。其教普行各国,实有大效。风俗全主于教,政治半出于教,其半不出于教者,亦非按:当作"必"推本于教以为言。以富强为教之征,即以富强助教之势,羽翼已成,持之甚坚,并力思以其教易中国,不可易而忽之也。

案:宋氏以路得以后捏造六伦,斥为贼道。又谓彼族并力思以其教易中国,诛夷人之心,破中国之惑,真识时务者哉。而中国保护教堂之说,见于文移,著为章奏,奉有谕旨,举一国之人而尽入彀中,势不至夏变为夷不止。

校勘记

〔一〕本条摘自《采风纪·路德教谓天伦有六为滑夏之要害》。

第十七条

又明西洋人高一志《空际格致》,以气水火土为四大元行,驳五行兼用金木为非,则袭佛书地水火风之说。而其推测天文,仍本五星,并未指为地球。彼学最重天文,开宗明义即言神造天地,耶稣自神降生,而言天仍拾浑天遗说。高一志测天不外五星,论地分为四行,不过中邦陈法,释典唾余,其学术由来已可概见。西人好胜,喜新是其本性,且其教本天主,不合谈天反随人后。故自汤、南以后,智者辈出,极力推求,务变旧说,以夸饰其教为天教,独能知天。于是窃地圆宣夜家言,言地轴自转,绕日而行,诸行星皆为地球,各有月循绕地球轨道于五星外用远镜测出天王、海王二星,然不能算其轨度,则亦欺人之术,斥浑天为无征。又于五行去木加风,诋经传与佛书俱不得当。耶稣医疾是古之祝褵,至彼得、保罗,犹能行其术,再传以后,其术遂失。而藉医行教,是其授受渊源。故传教士皆习医科,刳死人以观藏腑:见心为血所出入,执以驳经传言心为身主之非,以神其灵魂为主之说。然耶稣述诫,首言尽心事神,其余说教言心,亦不一而足。耶稣不谈物理,而艾如略《西学》,凡述其国建学育材之法,有文科、理科、医科、法科、教科、道科,其致力以格物穷理为本,引而归之于尽性致命。提要称其所格之物皆器数之末,即今所谓格化学。西人自言,化学由中国道流炼丹点金之术推阐而出,则与教无涉。原艾如略得读中国书,见朱子释《大学》"格物"为穷物理,遂以其国制器、分质诸艺附会格物,合之于教,推究于造天地,以证"人无所能,神无不能"。盗取格物一言,以攻中学之理有未穷,知有未至,可谓黠贼。中国习而不察,推重西人天文者十九,称西医者十五,确信格物为制器、分质者十七八,不知其用心专在争胜,而欲以其教折我,奈何操戈而授人以柄乎!

案:西人所挟以诈耀中国,而中国士夫甘居其下者,惟此天文、医学、格致三事,不知地圆之说见于《大戴礼》,天圆地转之说,见于《尔雅》释天疏,固未尝始于西人也。扁鹊、仓公、华陀,其起死回生之术,具载正史,特中人无能精于其术耳,于耶稣何羡乎?于今之西医,又何羡乎?若夫彼之所谓格致,则不外乎气光化电之末,特工耳、技耳,与大学格致无涉,固尽人知之。近郑观应论西学,即气光化电等术,皆证以诸子百家之说,谓中国先儒已有言及者,奈何数典忘祖,弃自家之美玉,宝他人之碔砆耶!

第十八条　劝学篇 光绪戊戌三月著^①

张之洞 直隶南皮人,字孝达,又字香涛,见官湖广总督

同心第一

回教,无理者也,土耳其猛鸷敢战,而回教存。佛教,近理者也,印度蠢愚而佛教亡。波斯景教,国弱教改;希腊古教,若存若亡。天主耶稣之教,行于地球十之六,兵力为之也。

案:道光廿二年壬寅,白门议抚所议传教一款云:"有传教者来至中国,各省须一体保护,地方官不得禁阻。"此以兵力之故,行中国之始,然未尝许华人之习其教也。至二十五年乙巳,佛郎西商船赴粤督,呈请天主教并非邪教,请弛汉人习教之禁,两广总督耆英据以奏闻,部议准其海口设立天主教堂,华人入教者听之。然未尝听其遍地立堂,尽人入教也。咸丰十年庚申,英人纠集法、美、俄三国,由天津入寇,文宗狩滦阳,恭亲王奕䜣留守京师,与之交换和约,始增入专款:"各省军民传习天主教,许其会合讲道,建堂礼拜,且将滥行查拿者,予以应得处分。凡前禁天主教时毁为公廨之天主堂、坟茔、田土等件,应即查明,交还法国驻京之使,转交奉教之人,照旧收执。并听传教之士于各省租买田地房屋,悉由自便。"则听其遍地立堂,尽人入教矣,然此时犹但有英之耶稣教堂也。光绪十年甲申,法兰西寇台湾基隆,与之和。而法国天主教堂、美国之基督教堂亦遍各直省焉。廿三年丁酉,山东民教不和,杀一德意志教士,遂以兵占我胶州湾,而中国之地割矣。廿六年庚

子,山东拳匪闹教,由天津入都攻使馆,杀一德使臣,而十三国联兵入寇,以致九庙震惊,两宫西狩,为中国莫大之辱,为臣民不共戴天之仇。而全权大臣李鸿章复与议和,偿以兵费银四百五十兆两,立保护专约九款,而彼教遂如山岳之不可撼。嗟乎,中国以四千余年文明之邦,受制犬羊之种一至于此,其祸端孰非自行教来哉!张氏谓两教之行,由于兵力,盖洞识夷情者。奈中国之人如醉如梦,弃先王之政,效西国之法,屈于兵力而不自厚其兵力,以任彼教之横行于大清十八省乎?彼入教之齐民,与谋国之大臣,皆俞氏正燮所谓无心肝之人也。

注释

①《劝学篇》为中国晚清名臣、洋务派代表张之洞在戊戌维新运动高潮中撰写的变法纲领性文章,后进呈给光绪皇帝,是一部宣传优先传授中国传统经史之学教育思想的作品。全书贯穿"旧学为体,新学为用"思想,认为三纲五常是中学之本原,以此反对维新派的君主立宪。全书24篇,4万余言,要旨为五知:知耻、知惧、知变、知要、知本。该书数易其版,广为流布,产生了很大影响。

第十九条①

又明纲第三

五伦之要,百行之原,相传数千年,更无异义,圣人所以为圣人,中国所以为中国,实在于此,故知君臣之纲,则民权之说不可行也;知夫妇之纲,则男女平权之说不可行也。

又正权第六

近日撮拾西说者,甚至谓人人有自主之权,益为怪妄,此语出于彼教之书,其意言上帝予人性灵,人人各有智虑聪明,皆可有为耳。译者竟释为人人有自主之权,尤大误矣。夫一哄之市必有平,群盗之中必有长。若人皆自主;家私其家,乡私其乡;士愿坐食,农愿蠲租,商愿专利,工愿高价,无业平民愿劫夺;子不从父,弟不尊师,妇不从夫,贱不服贵,弱肉强食,不尽灭人类不止。

案:废弃三纲,实始耶稣,耶稣无治人之权,其意专在于立教,故窃佛经平等之说,以攻异教,以废旧律,以愚徒众,以欺后世,其教之行远而且久,皆由于此。而其平等之说,则又原于有自主之权;惟其有自主之权,是以君臣、父子、夫妇皆平等也。张氏谓知三纲,则民权等说不可行,是已;而以人人有自主之权为译者之误,欲为耶稣出脱,则非。夫人所以异于禽兽者,以其有三纲也。苟无三纲,则名虽为人,实无异于禽兽矣。耶稣虽于外夷,要不可谓之非人,而乃倡为平等自主之说,是不以人之道立教,而欲以禽兽之行立教也。然耶稣以夷人而为夷语、行夷教,其近于禽兽,亦何足惜?独惜吾华士大夫,前则有徐光启、王肯堂辈,为之润色其词;今则有康有为、梁启超辈为之撝拾其说。润色其词者,甘为耶稣之伥者也;撝拾其说者,欲假耶稣之威者也。以中国之人而亦沦于禽兽也,抑独何也?

又案:张氏任封疆者十余年,前后奏请设学堂、习外国语言文字,改洋操,筑铁路,兴制造,停科举,令士子由学堂出身,遣英俊子弟游历外洋,保举康有为可以大用。联军犯京师,约东南八省督抚保护洋人,无一事不用夷变夏,而独于此三说断其不可行,可见良心在人,终有不容自昧者。呜呼,李鸿章以全权大臣,不可和而和;张之洞以封疆大臣,可以战而不战,中国之臣而尽如是也,欲求三纲之不坠,人类之不灭,不可得矣。

注释

①本条亦属《劝学篇》。

第二十条　翼教丛编

苏舆①　湖南平江人

答康有为书

朱一新 字蓉生，官御史②

　　乾嘉诸儒以义理为大禁，今欲挽其流失，乃不求复义理之常，而徒备言义理之变。彼戎翟者，无君臣，无父子，无兄弟，无夫妇，是乃义理之变也，将以我圣经贤传为平淡不足法，而必以其变者为新奇乎？有义理斯有制度，戎翟之制度，戎翟之义理所由寓也。义理殊斯风俗殊，风俗殊斯制度殊，今不揣其本而漫云改制，制则改矣，将毋义理亦与之俱改乎？百工制器是艺也，非理也，今以艺之未极其精，而欲变吾制度以徇之，且变吾义理以徇之，何异救刖而牵其足，拯溺而入于渊，是亦不可以已乎！

　　案：天主耶稣之教，自前明万历二十九年辛丑，利玛窦始入京师，迄今几三百年矣。乃有南海康有为者出，以强记博辩之资，济其阴毒险狠之恶，其意欲求一速化之术，势不得不借西学以为捷径。于是习西书、慕西政、信西教，窃其平等自由之说，创为改制变法之论。以为不尊孔子，不足以号召天下也，于是乎有《孔子改制考》之作；不伪六经，不足以独伸己说也,于是乎有《新学伪经考》之作;不假经术,不足以煽惑竖儒,奔走朝士也,于是乎民权托之《孟子》,改制托之《公羊》,大同托之《礼运》。浸假而仿彼教礼拜之仪,而施之孔庙矣;浸假而仿耶稣纪年之法,而书孔子卒后若干年矣。名虽托为尊孔,实则主张耶稣之教,以自快其无父无君之志。一则曰通教以保教,再则曰合种以保种。而海内无识之士,或入其党会,或附其门墙,或荐于朝廷,或誉为正学,或尊为圣人,一时学士大夫,若黄遵宪、徐仁铸、熊希龄、谭嗣同、樊锥、易鼐、唐才常、梁启超、韩文举、叶觉迈、欧榘甲、张荫桓、杨深秀、宋伯鲁、林旭等皆惑于其说,而笃信不疑。复为之扇其焰而扬其波者,则莫如梁启超,梁启超既称其师为合孔、墨为一人,复号其师为通孔、释、耶三教,而康有为自视遂以为真持世之教主矣,此戊戌柄用所以有矫诏劫后之大变也。嗟乎,乱臣贼子如康、梁,固天理所不容,人人得而诛之者,然使夷教不入于中国,则彼无所依托以售其奸,其祸或不至若是之烈。道光末有洪逆入其教,而天父天兄蹂躏几半天下,今复有康逆演其教,而平等自由之人心且陷于禽兽,有识者追原祸始,安能不叹息痛恨于天主教之入中国乎?谁生厉阶,至今为梗,读《桑柔》之诗,为之怆然。

注释

①《翼教丛编》六卷,清苏舆辑。苏舆字厚康,一字厚庵,平江(今属湖南)人。光绪三十年(1904)进士,改庶吉士,官邮传部郎中。曾学于王先谦之门,反对变法维新派的民权平等说,此书即其所辑反对变法维新的文章汇编。

②朱一新(1846—1894),字蓉生,号鼎甫。浙江义乌(今属浙江)人。清光绪二年进士,历官内阁中书舍人、翰林院编修、陕西道监察御史。为官正义刚直,爱国忧民,直言遭贬。致意执教,任广东肇庆端溪书院主讲

及广州广雅书院(广州中山大学前身)山长。著述颇丰,对经学尤有研究,为清末著名学者、汉宋调和学派代表人物之一。

第廿一条　与吴生学兢书

王先谦 字益吾,一字葵圎,湖南人,前官祭酒[①]

半月前,见梁启超批学生刊稿,各本称南海先生,然后知为康有为弟子,专以无父无君之邪说教人,大为骇怪,同人遂有联名具呈之事。熊庶常不知醒悟,反为不平,不知何意。然则得罪名教之乱臣贼子,当在公同保护之列欤?至谓今日之事,亦趋重西学者势所必至,然朝廷之所采者西学也,非令人从西教也。西教流行,势不能禁,奸顽、无赖从之,犹可说也,学士大夫靡然从之,此不可说也。至康、梁今日所以惑人,自为一说,并非西教。其言平等,则西国并不平等;言民权,则西国实自持权。康、梁谬托西教以行其邪说,真中国之巨蠹,不意光天化日之中有此鬼蜮。今若谓趋重西学,则其势必至有康、梁之学,似觉远于事情,且康、梁之说无异叛逆,此其可党乎?

注释

①王先谦(1842—1917),长沙(今属湖南)人。字益吾,宅名葵园,时人称为葵园先生。于史学、经学、训诂学上成一大家,兼办实业。是清末著名的学界泰斗。曾任翰林院侍讲、国子监祭酒、江苏学政,湖南岳麓、城南书院院长。并于南菁书院设立书局校刻《皇清经解续编》1430卷。创设宝善成机器制造公司,经理其事。王先谦博古通今,精熟各朝典章制度。其最大成就为史学,遵乾嘉学风,重校勘,代表作为《汉书补注》。经学上有《尚书孔传参正》,探原委,精说明,最为善本。此外,还编有清《十朝东华录》《续古文辞类纂》等。著有《水经注合笺》《后汉书集解》《荀子集解》

《庄子集解》《诗三家义集疏》等。有《虚受堂诗文集》44卷,文宗秦汉,诗崇杜、苏,于清代集中,挺然秀拔。

与刘先端、黄郁文两生书

叶德辉　字焕彬,湖南长沙人,官吏部主事[1]

康有为平日慨然以孔教自任,其门下士持论,至欲仿礼拜堂仪注拜孔子庙,此等猥鄙之事,楚鬼越機则有之,岂可施之于大成至圣之前乎?且中人孩提入塾,无不设一孔子位,朝夕礼揖,至于成人,但求不悖于人伦,以对越孔子在天之灵。处则为孝子,出则为忠臣,虽不祀孔子,孔子亦岂汝咎。若以施之于乡愚,则孔庙不能投杯筊,而乡愚不顾也;若以施之于妇人女子,则孔庙不能求子息,而妇女不顾也。夫中国淫祀多矣,其所以若存若亡者,以禁例森严,不敢为惑世诬民之事耳。西人一天主,一耶稣,教会之名至盈千万,此其结会相仇,兵连祸结,西人未尝不痛恨之。康有为以改复原教之路得自命,欲删定六经,而先作《伪经考》,欲搅乱朝政,而又作《改制考》,其貌则孔也,其心则夷也。康有为之公车上书,诋西人以耶稣纪年为无正统,而其徒众又欲废大清统号,以孔子纪年,无论其言行之不相顾也,即言与言亦不相顾,何其谬耶!

注释

[1]叶德辉(1864—1927),字焕彬,号直山,别号郋园。祖籍江苏苏州,迁居湖南长沙。1892年中进士,分派吏部主事,以乞养回籍,不再复出。以藏书、刻书而名重一时,戊戌变法时反对湖南学政徐仁铸和在长沙时务学堂任教的梁启超,后编《翼教丛编》《觉迷要录》。1927年,为湖南农协所杀。治学广博,尤精版本目录学,有《书林清话》《藏书十约》《郋园读书志》等。

第廿二条　中兴十六策疏_{光绪庚子，两宫召赴行在，上此疏}

夏震武 浙江富阳人，字伯定，号涤庵，官工部主事

一曰变士风。本朝以朱子之学立国，学术最纯，士风最正。一坏于李鸿章之讲洋务，再坏于张之洞之讲西学，而士风扫地矣。廉耻之道丧，奇邪之习胜，著书立说者，无非平权、民主之言，议政论事者，无非用夷变夏之说，人心日坏，风俗日变。皇太后、皇上若不力加整顿，则人道将为禽兽，中国必为夷狄。伏乞亟简品端学正、笃守孔孟程朱之道者十数人，畀以督学之权，使之主持风教，变易风俗，无令康、梁逆党得滥膺其选，而责成督抚、学臣，遴选院长，甄别学官，严定院课、学课，有叛弃孔孟程朱者必惩无贷，则士习端而风气可变矣。

案：康、梁援儒入耶，逞其邪说，以簧鼓天下，天下靡然从之。今虽窜戎翟，而余党遂变为革命流血诸名目，其为害于人心风俗，不可胜言。我以受制外洋之故，莫能问罪，则是中国一十八行省几不国矣，中国四百兆人民几无人矣。乃为督抚、学臣者，犹复推其波而助其澜，甘为康梁之奴婢以悦洋人，中国大局何堪设想。先生讲孔孟程朱之学，欲易滔滔之天下，而曾无尺柄。庚子召对，累数千言，皆拔本塞源、修内攘外之至计，虽为奸邪所沮，不获进用，而谏疏传流普天，知中国之大有人在也。若此条则尤有益于人心风俗者，端士习在此，排异教亦在此，欲自强以中兴，舍此别无良法。

卷下　驳旧约

宋育仁富顺人《采风记》光绪乙未著:商之中叶,摩西起于埃及,遂领其众至阿拉伯之西乃山,推崇主神,刻石传诫,作《创世记》以证其神,为上帝张其教所从来。

案:《申命记》以上皆摩西所作,以愚彼族者。《约书亚记》以下则其教徒之所记也。

创世记第一

太初,上帝创造天地。

案:程子《易传》:夫天,专言之,则道也;分而言之,则以形体谓之天,以主宰谓之帝,以功用谓之鬼神,以妙用谓之神。则帝也、神也、鬼神也,皆天也,亦皆道也。是书首称上帝,或名为神,或名为主,或名为圣、神似已。然谓其能创造天地,则是以上帝为有物矣,于天地之外,别有一上帝矣。度其意,盖以旧教有天祠,专以祀天为事,若言天造万物,不足以争胜,故特丧心昧良,撰出一造天地之上帝,以驾乎天之上,使我教之独尊于异教也。观于称天使,称神人,称神命、神告,与摩西所传《十诫》,首禁奉祀别神,可见矣。然则彼教之所借以蛊惑斯世者,其原实在于此。

又案:《易·系辞》:"易有太极,是生两仪。"周子《太极图说》:"太极动而生阳,静而生阴。"朱子注云:"太极者本然之妙也,动静者所乘之机也。"盖太极,理也,阴阳,气也,有理斯有气。故曰太极生两仪,犹言理生气也,非谓真有一个太极生出天地也。《广雅》:"太初,气之始也,清浊未分。太始,形之始也，清者为精，浊者为形，二气相接，剖判分离，轻清者为天，重浊者为地。"所谓生两仪者此也，又何创造之足云。

第一日，上帝言当有光，即有此光。因将光暗分开，称光为昼，暗为夜，有早有晚。

案：天地间惟日有光，故日出地则明，日入地则暗。今于此先言光，下文始言日，分光与日而二之，是不知光暗、昼夜、早晚之皆系于日也。且无日亦安有所谓第一日、第二日乎？其敢于造谎、自相矛盾如此，吾不解彼族之人，何以一不之思，而辄奉是书为铁案也。

第二日，上帝造空气，称空为天。第三日上帝称陆地为地，称水聚处为海。上帝言地当生草木，地即生结子之草、结果之木。第四日，上帝造两大光，大者管昼，其次管夜，又造众星，管理昼夜，分别明暗。

案：许氏《说文》："日，太阳之精。"邵子《皇极经世》："天之神，栖乎日，故天地无昼夜，以日之出入为昼夜；天地无寒暑，以日之远近为寒暑。月与星无光，受日之光以为光。日者天地纯阳之气之所聚，万物生长之命之所系者也。是以羲和治历，惟兢兢于出日、纳日、日中、日永、日短，盖舍日无以敬授人时也。周人郊天之祭，大报天而必主日，盖非日则天无以成其功也。故日为阳精，又为君象，未有不得阳气而能发生万物者。"地舆家说："以南极为南冰海，北极为北冰海，其地苦寒，人迹所不能到，以其远于日也。"夫远于日，尚亘古积冰，不能生物，况无日乎？今云先有草木，后有日，有是理乎？有是理乎？

第五日,上帝造大鱼及水中诸般动物,与诸般飞鸟。第六日,造野兽、牲畜、昆虫。又按自己形象造人,使之管辖海中鱼、空中鸟、地上牲畜昆虫。

案:《扬子》:"或问:'雕刻众形者匪天与?'曰:'以其不雕刻也,如物刻而雕之,焉得而给诸。'"周子《太极图说》:"无极之真,二五之精,妙合而凝。乾道成男,坤道成女,二气交感,化生万物。"《朱子语类》:"'生物之初,阴阳之精,自凝结成两个,盖是气化而生,如虱子,自然爆出来。'又问:'生第一个人时如何?'曰:'以气化二五之精,合而成形。'又云:'造化之运如磨,上面常转而不止,万物之生,似磨中撒出,有粗有细,自是不齐。'"观此数说,可以知天地生物之妙矣。如是书所云,是天之生人物,果雕刻也,非气化也。穿凿至此,可为一笑。至云按自己形像造人,则上帝亦人也,亦有形像者也。夫上帝而非人,无形像,如程子所谓,以主宰而言谓之帝者,而谓其造天地人物,已属画蛇添足,乃竟目为人,目为有形像,则其惑世诬民,罪不容诛矣。

第七日,造物已成,即在此日安息,因降福,此日定为圣日。

宋育仁《泰西各国采风记》:七日安息,不知所本。在英有东洋人,赠以西历,用日月五星注其日,主凡礼拜皆日值辰,故日本人即译礼拜为日曜。考波斯教为太阳火教,其教亦称天主而拜日。波斯在西之东,弥近中土,度苗民窜居西裔。巫教先及波斯,摩西用其拜日之辰,以为燔祭之日,而讳所从来。又《礼》:"报天而主日。"九黎巫教本少皥诸侯,崇巫事天,仍沿

"报天主日"之义，故波斯衍其教法，主拜太阳。

案：波斯以报天主日之义，误为主拜太阳之教，摩西讳其拜日之实，创为七日安息之名，其种种傅会之迹，显然可见，而彼教遂信其实有是事，而七日礼拜，至今不改，则受欺于摩西也深矣。

耶和华译为自有、永有，无始无终之意上帝创造之时，用土造人，将生气吹入鼻内，即成一有灵魂之人，名为亚当。又造一配偶，使亚当睡去，取其肋骨一条，补上肉，即成一个女人，名为夏娃，二人裸体，并不知愧。

案：人也而以土为之，又可取他人之骨肉以成之，是上帝特一术士之能变幻者耳。摩西以己是上帝仆人，遂捏造此怪怪奇奇之事，托之上帝以欺人，彼受其欺者真土人也。

上帝立伊甸园，使亚当守之，命之曰："园中果皆可食，惟当分别善恶树之果不可食，食必死。"有一蛇对夏娃云："汝食此果，眼益精明，神能分别善恶。"于是夏娃摘其果与夫分食之，二人眼果明，始知裸体之可羞，编无花果树叶为裙。上帝行至园中，二人避入树间。上帝唤亚当，亚当云："我因裸体，故尔藏避。"上帝云："谁谓汝裸体，当是食我所禁之果矣。"二人以实告，上帝对夏娃云："我必使汝怀胎受苦，产子多艰。"对亚当云："汝必终身劳苦，始得饮食，直归到汝所从出之土。"又恐其摘园中生命树果，逐二人出，使之耕种，设利剑以守之。

案：分别善恶，是非之心也；裸体知羞，羞恶之心也；人性本善，固无待于食果而然也。设有其果，可以增长性灵，上帝正宜急教之食，以瀹其明，乃禁之使不得食，以锢其智，则上帝之愚人,反不如蛇之直也。未食之先,绐之以死,既食之后,不惟不死,且又目明,则上帝之欺人,反不如蛇之信也。仅食一果而各示之罚,至以利剑守生命果,则上帝之待人,反不如待树之厚也。夫果诚不可食,上帝何必造此树?果不可食,而蛇教之食,上帝何必造此蛇?知二人之将惑于蛇,而故严其禁,是不仁也;不知二人之将食此果,而使居园中,是不智也。吾不解造万物之上帝,而竟一无是处也。呜呼,妄矣!

　　亚当生该隐、亚伯该隐杀亚伯,居于伊甸园之东挪得,生以诺,以诺生以腊,以腊生米户雅利,米户雅利生玛士撒利,玛士撒利生拉麦。拉麦妻二人,一亚大,一洗拉。亚大生雅八,为畜牧之祖,又生犹八,为笙歌之祖。洗拉生土八该隐,为铜铁匠之祖至一百三十岁又生塞特,寿九百三十。塞特百五岁,生以挪士,寿九百十二。以挪士九十岁生该南,寿九百零五。该南七十生玛勒列,寿九百一十。玛勒列六十五岁生雅列,寿八百九十五。雅列一百六十二岁生以诺,寿九百六十二。以诺六十五岁生玛士撒拉,始事奉上帝,寿三百六十五。玛士撒拉百八十七岁生拉麦,寿九百六十九。拉麦百八十二岁生挪亚,寿七百七十七。挪亚五百岁生闪、含、雅弗。含生古实、麦西、弗、迦南四子。古实生西巴、哈腓拉、撒弗他、拉玛、撒弗提迦、宁绿六子。拉玛生示巴、底但。迦南生西顿等族。雅弗生歌篾、玛各、玛代、雅完、土巴、米设、提拉七子。歌篾生三子,雅完生三子[一]。含与雅弗后裔各随方言、土地,各分宗族、邦国。

　　案:摩西欲证己为上帝仆人,因自述其上世,而托言上帝所造之亚当为己之初祖也,此即《新约》称耶稣为上帝之子之滥觞。又神其说,谓寿皆数百岁,与《神仙传》《涅槃经》同一诬罔,可为一笑。

校勘记

〔一〕雅完生三子：当代通行之《圣经》（下简称"今本《圣经》"）作"雅完生四子"。

　　神子见世人女子貌美，任意择娶，此时有伟人在世，后来神子与世人女子交合生子，亦是伟人，即上古英武有名之人。

　　《采风记》：据言未发洪水以前，惟有彼族，既降洪水，惟留彼族挪亚一支，则所谓上古英武有名者，何自而来？亚伯拉罕到埃及，埃及即有王称为法老。时又有示拿等四国王，所多马等国五王，争战于西亭谷。又有撒冷王麦基洗德为至上上帝祭司，为亚伯拉罕祝福，皆非彼教之人，更非挪亚之裔，又何从而有？此书之作在摩西以前，或即摩西所作，不过欲以其教统一其族类，与别族争强。原不敢以其教遍地球国土，故不妨亚当之外别有人类，其后变本加厉，至谓天下之人皆亚当子孙。中国之信从其教者，从而附和之，乃至狂澜日肆，居之不疑。如其言信而有征，则彼教之言，天所命也，虽有圣人，岂能自外于天？虽有久行之名教，岂能独背其祖，则当率天下而归之耳，是乌容存而不论也？

　　案：神子故别乎？于神子而言世人，言伟人在世，摩西以亚当子孙，为以见其非亚当之子孙也。夫自亚当至挪亚止九世耳，此时已别有世人、有伟人，则上帝造亚当之说，其诬妄不攻而自破。

　　挪亚六百岁时，主见人罪恶贯盈，因悔造人，欲降洪水以灭绝之。惟挪亚事奉上帝，命造方舟，揭家人闭藏四十日，得免其难。水既退，挪亚筑一祭台，杀牲献祭，主受享讫，许不再降洪水以祸天下,因借虹以立誓。

《采风记》:其书言洪水,回教书亦言洪水,由亚伯拉罕上溯洪水,约五百年。案:彼书下文记洪水后,至亚伯兰生,止二百九十年两教所言同时,较可征信,即为尧时洪水,无疑。

案:上帝既有造天地人物之大力,何以不概造善人,而反滋生恶人乎?既生恶人,而始悔造人之多事,设一法以灭绝之,则何如初不造人之为愈乎?既降洪水之后,因受挪亚一脔之享,然后誓不复降,又何以赎被淹而死之命乎?始而纵恶,继而祸世,终且贪食,世上第一恶人,上帝也,其能造天地人物乎?摩西之意,不过欲证己之事奉上帝筑台献祭,本于洪水不死之挪亚,造出一段奇事以惑人耳,非实有其事也。宋氏不信其书,而独信洪水,为即尧时洪水,过矣。

当时天下言语相同,因人作砖欲建城筑台,主以众人连合一处,言语相同,故作此事,恐以后凡有所作,无事不成,于是使人散居遍地,变乱天下人言语。

案:五方语音之不同,由于地道刚柔之不一,此《周礼》所以有象胥之职,《王制》所以有象寄译鞮之官也。此书乃言上帝恐人妄有所为,变其语音,宜乎既变之后各安疆土,不复相争相杀矣,何以十传而后至亚伯拉罕时,有五王争战之事乎?捏造妄说,可为一笑。又上文言洪水之降,独留挪亚一家,则安有所谓天下人哉!此亦人非亚当子孙之一证。

洪水之后,挪亚在世又三百五十年,寿九百五十。闪百岁生亚法撒[一]、以拦、亚述、路得、亚兰亚兰生乌斯、户勒、基贴、玛施,又在世五百年[二]。亚法撒三十五岁生沙拉《新约·路加传福音书》作撒拉，又在世四百三年。沙拉三十岁生希伯，又在世四百三年。希伯三十四岁生法勒、约坍约坍生亚摩答、沙列、哈萨玛非、耶拉、哈多兰、乌萨、德拉、俄八、亚比玛利、示巴、俄斐、哈非拉、约八，又在世四百三十年〔三〕。法勒三十岁生拉吴，《路加传福音》作拉苟，又在世二百九年。拉吴三十二岁生些鹿《路加传福音》作撒鹿，又在世二百七年。些鹿三十岁生拿鹤，又在世二百年。拿鹤二十九岁生他拉，又在世一百十九年。他拉七十岁生亚伯兰、拿鹤、哈兰拿鹤以哈兰之女为妻，哈兰生子罗得后寻死，寿二百五岁。

案：拿鹤与哈兰兄弟也，竟公然娶其女为妻，而父兄莫之禁，则拿鹤固人而禽兽矣。又《新约·路加传福音书》云："其上是撒拉，其上是该南，其上是亚法撒。"则撒拉系亚法撒之孙，非所生之子也，两书所叙世次互相背戾，且不足信如此，其他尚足信乎？

校勘记

〔一〕今本《圣经》在此句后有"另有儿子"四字。

〔二〕又在世五百年：今本《圣经》此句在"闪生亚法撒"之后。

〔三〕又在世四百三十年：今本《圣经》此句在"希伯三十四岁法勒"之后。

主命亚伯兰将妻撒莱与侄罗得往迦南去，既至，主向亚伯兰显现云："我以此地赐汝子孙。"亚伯兰即于此地筑一祭台，寻迁至山上，于伯利特之东支搭帐幕〔一〕，又筑一祭台。既而岁荒，亚伯兰将往伊及〔二〕，与妻约云："伊及人见汝貌美，知是我妻，势必杀我留汝，求汝认为我妹，方可保全我命。"及至伊及，伊及王法老果将其妻要入宫中，厚赐亚伯兰。主知其故，降大灾于法老家。法老召亚伯兰告之曰："汝何为不明言己妻,而反称为妹,几使我娶之为妻?"因将其妻遣归。

《采风记》:由摩西逆溯云云。

案:上帝能面命,又能显现,理宜保护亚伯兰之妻于未入宫之前,必待入宫既久而始降灾以警之,则撒莱已非完璧矣。是书欲明上帝之能力,故为此感应之说,不知适以彰其秽亵诬妄而已矣。彼族至今数千年曾无一明眼人自悟其说之不经焉,此其所以终于夷狄乎? 至亚伯兰之以妻为饵,虽曰狡黠,实无耻之徒耳。

校勘记

〔一〕伯特利:今本《圣经》作"伯利特"。

〔二〕伊及:今通译作"埃及"。

时有示拿王暗拉非、以拉撒王亚略、以拦王基大老玛、列族王提达来攻所多玛王比拉〔一〕、俄摩拉王比沙、押玛王示纳、洗扁王善以别与别拉王〔二〕,战于西订谷即今盐海,所多玛、俄摩拉二王败走〔三〕,兵陷于谷,四王掳其财物、粮食以去。时亚伯兰迁居希伯来,其侄罗得分居所多玛,亦被掳。亚伯兰率壮丁三百十八人,战败基大老玛及同盟各王,将罗得与所掳财物夺回。撒冷王麦基洗德者,至上上帝祭司也,来犒师,且为亚伯兰祝福。亚伯兰取所有十分之一,以与麦基洗德,所多玛王请于亚伯兰曰:"人民我自抚之,财物惟汝所取。"亚伯兰曰:"我指至上上帝耶和华起誓,凡汝所有一丝一毫我皆不取,惟同行之亚乃、以实各、幔利所应得者,任其取去可也。"

案:摩西欲自显其为族报仇之能,因先称六世祖救侄一事,为诸国王所钦服者,以为笼络族众张本,其意若曰报仇杀人是吾家家法,故于此极写亚伯兰之能军也。至撒冷王为至上上帝祭司,为亚伯兰祝福,则西土之巫风,其所由来者远矣。

校勘记

〔一〕列族:今本《圣经》作"戈印"。

〔二〕别拉:今本《圣经》作"比拉"。

〔三〕俄摩拉:今本《圣经》作"蛾摩拉"。

亚伯兰之妻撒莱不生育,有婢名夏甲,使作侧室。夏甲既有孕,视轻主母,撒莱因虐待之,夏甲逃至旷野,主使者遇于途,劝之归,又谓其怀孕生子为主闻知,必使后裔繁盛。后果生一子,名以实玛利,时亚伯兰年八十六。至年九十九时,主显现云:"我是全能之上帝,尔当事奉我,我即使尔子孙繁盛,且使尔作众国始祖,尔当称亚伯拉罕译即众国之祖之义,尔妻撒莱当称撒拉。"又云:"我必作尔上帝,亦必作尔后裔上帝,尔与尔后裔当世守吾约,凡有男子宜受割礼,否则必然灭绝。"于是亚伯拉罕与子以实玛利及家中一切男子俱行割礼。

案:嫡妾争宠,以至勃谿,亦人家常事,今云主使者劝之归,赐之福,盖所谓家为巫史者。观于称己为全能上帝,作尔上帝,作后裔上帝云云,全是巫觋口吻。至其割礼,则宋氏育仁所谓荒诞不经者也[一]。

校勘记

〔一〕荒诞不经:底本作"荒谈不经",误,径改。

主显现于亚伯拉罕前,有三人,亚伯拉罕取水为之濯足,烧饼宰犊以饷之。三人食毕,许亚伯拉罕云:"尔妻撒拉明年必生一子。"

《采风记》：其书称天使称神人，而亚伯拉罕所遇为设饮食，与人无异。后书亦称摩西为神人，则所谓神人，亦祭司先知之流传神语者，非鬼神也。

案：上帝而有三人，能濯足，能饮食，能传语，宋氏谓为祭司先知之流，其说最允，彼教乃竟认为真上帝也。吾谁欺？欺天乎？

两天使至多所玛〔一〕，罗得见之，延至家，备筵席与之食。将就寝，多所玛人欲与两人为难，环其家而攻之。两人作术，但闭其门，能使众目皆盲，不得其门而入。因告罗得曰："此地人皆作恶，主遣我毁灭，尔可将尔眷属速离此地，切勿回首。"及天明，罗得率妻与二女逃至锁珥城，主向多所玛及俄摩拉两处，从天上降下琉璜与火，凡城邑平原，所有居民地产一切毁灭。罗得妻回首一望，其人即变作一条盐柱。已而罗得厌居锁珥，将二女迁往山间，大女与小女商议，醉父以酒，与之同寝，可以存留后裔，于是二女皆由父怀孕，各生一子。

案：罗得与女生子，则名虽为人，实无异于禽兽矣，上帝不降遣于后，而反保险于前，于多所玛人则灭之，于亚伯拉罕之侄则纵之，此等上帝，宜为彼教所信奉也。

校勘记

〔一〕多所玛：今本《圣经》作"所多玛"。

亚伯拉罕年一百岁，其妻撒拉生一子，名以撒。至第八日，遵上帝之约，即行割礼及断乳。后撒拉欲夫逐其婢夏甲及其子以实玛利，亚伯拉罕患之。上帝告之曰："尔当听妻所言。"亚伯拉罕乃以饼与一皮囊水给其婢，使携其子以去。夏甲行至旷野，迷不得路，而皮囊之水已尽，因将其子置之树下，前行数武，而哭曰："我不忍亲见其子之死也。"其子亦哭。上帝闻之，使使者从天上唤夏甲曰："尔善抚养此子，我必使之成为大族。"夏甲目益明，见一井，又将皮囊盛水，以饲其子后以实玛利生十二子，作十二族牧伯。

案：亚伯拉罕以惧内之故，不能庇其妾与子，置之死地而不恤，其忍心害理，固不待言，而为上帝者，亦教之听从悍妻，果何心乎？夫有子十五六岁，且不能保，而复许其后裔之昌盛。设夏甲告以"我躬不阅，遑恤我后"，不知上帝将何以对也。

上帝试亚伯拉罕，曰："尔将所生之子以撒往摩利亚山上献上，以火焚祭。"亚伯拉罕与其子至山上筑祭台，捆以撒放在柴上，信手取刀，将杀之。主使者从天上止之，曰："不可，尔不爱惜其子，以敬事上帝，我知之矣。"亚伯拉罕乃以牡羊代之。主云："我赐汝福，必使汝子孙之多如天上星辰、海边尘沙。"

案：《左传》僖公十九年，宋公使邾文公用鄫子于次睢之社。杜氏《集解》："睢水之次有妖神，东夷皆社祠之，盖杀人而祭。"然则杀人以祭妖神，夷俗之常，无足怪者，摩西特欲借此以要结人心，因记之以为信教之左证，岂知亚伯拉罕畏其妻而逐其子且忍为之，畏上帝以焚其子，何不可忍为之乎？于未生子之先，许以生子者此上帝，何既生子之后绐以杀子者亦此上帝乎？以上帝而果有此事，则无常，以亚伯拉罕而果为此事，则昧良。而彼方且举此条以诱人入教，不值识者一笑也。

亚伯拉罕既老，谓其仆曰："我居迦南，不欲我儿娶迦南之女为妻,尔可往我本地本族,为我儿娶一妻。"于是仆往亚兰,至拿鹤所居之域,默祷云:"求我主人的上帝耶和华,使我得遇机会,预定以撒之妻。"寻得一女子极美丽,系彼土利之女,拿鹤与密迦之孙女利百加也,遂携归以配以撒。

案:以撒娶从兄弟之女为妻,而摩西纪之,若视为当然者,则彼族之狂榛可知,乃竟托为上帝所默佑,则其所谓上帝者亦可知矣。

亚伯拉罕又续娶基突拉,生子心兰、约珊、米但、米甸、益巴、书亚,一百七十五岁而死。

《采风记》:由摩西逆溯亚伯拉罕,不及四百年,则当夏后氏之代五台徐继畬《瀛环志略》泰西人纪犹太古事云:犹太古名迦南,有夏帝芒之世,西土有至人曰亚伯拉罕,迁于迦南,其苗裔称以色列族。美国丁韪良《天道溯源》:夏朝少康时,上帝令希百来人亚伯拉罕到迦南,据此则亚伯拉之生不能定其为夏朝何王也,筑坛燔柴,皆古祀天之礼,见于《尧典》,此必自中土流传。《国语》观射父说:"少皞之衰,九黎乱德,民神杂糅,家为巫史。颛顼受之,乃命南正重司天以属神,命火正黎司地以属民,使复旧常,无相侵渎。"此巫教之最古者,始自苗民。《吕刑》:"苗民弗用灵。"郑康成说苗民:"九黎之君颛顼,代少皞诛九黎,分流其子孙,居于西裔者为三苗。至高辛之衰,又复九黎之恶。尧兴,又诛之;尧末,又在朝,舜又窜之。禹摄位,又逆命,禹又诛之。穆王恶此族三生凶恶,故著其氏而谓之民。"《帝典》:"窜三苗于三危。"司马迁云:"迁三苗于三危,以变西戎。"又曰:"分北三苗。"郑曰:"三苗为西裔诸侯,犹为恶,乃复分析流之。"是三苗之兴,最先犹好巫鬼,至为梗化,故四凶皆只一迁,而三苗尚烦再徙,其放流之地当极远,西人纵非有苗之裔,其教确为九黎之遗,所谓天使神人者,其为苗民之巫,无疑也。分北之时,盖其族已逾流沙,析居盐海,去亚伯拉罕之时未几,曼衍流传,神人杂糅之教,遂行于西土矣。

案:宋氏据《国语》"九黎乱德,家为巫史"之说,证以郑君《吕刑》注,断亚伯拉罕所称之天使神人为苗民之巫,可谓入虎穴得虎子矣。吾华知彼教之为巫教,则知是书一巫者家传也,而其秽亵诬妄之说,可不烦言而破。

以撒妻不育,因祈祷主,主允之,其妻利百加即怀孕,似有双胎,乃问主,主曰:"二国在尔腹中,其族必胜他族,长子必事少子。"及弥月,果生二子,先生者名以埽,又名以东,后生者名雅各。时以撒年六十。后二子长,以埽善猎,以撒爱之。雅各朴实,利百加爱之。一日,雅各作羹,以埽求其分给,雅各云:"尔将长子名分卖与我,即给尔。"以埽遂以长子名分,易一杯羹焉。

案:求子于巫,巫许生子不足奇,奇在適长之分可以买卖,至以一杯羹之细而卖適长之分,则奇而又奇者也。

以撒既老,两目失明,呼以埽曰:"汝可将所猎者作成美味给我食,及我未死之时,为汝祝福。"利百加闻之,即令雅各冒作以埽,又因以埽遍身有毛,用羔羊皮蒙于雅各之手及颈,乃美味奉父。其父呼之近前,以手摸之,乃曰:"声是雅各之声,手是以埽之手。"食竟,为祝福曰:"愿上帝赐汝天上甘露,地上肥土,列国事奉汝,万族跪拜汝,弟兄尊汝为主。"祝毕,雅各出,以埽亦以美味进。其父曰:"我已立雅各为汝主,为其祝福矣。"以埽放声大哭,深恨雅各,欲待居父丧时杀之,其母利百加知之,使雅各奔哈兰舅家去。

案:雅各,摩西之高祖也,既强买长子之分,又假冒长子之名,其狡狯可谓极矣。母利百加爱不知恶,父以撒愚而受欺,则所祝之福尚可信乎? 摩西欲表高祖之长,而适以彰其短,盖彼族固以狡狯为能者也。

以扫既娶赫族人比利之女犹滴,及以伦之女巴实抹为妻,皆为父母所不悦,今又命雅各往亚兰去,因复娶玛哈拉为妻。玛哈拉者,以实玛利之女,亚伯拉罕之孙女也。居西珥之以东地。

案:以扫娶从姐妹为妻,则又甚于其父之娶从侄女矣。又下文云以扫娶迦南赫族以伦之女亚大,希未族亚拿之女亚何利巴玛,又娶以实玛利之女巴实抹,其族其名与此互异,殊不可解。

雅各至拉班家,拉班以二女利亚、拉结妻之,利亚有目病,雅各颇爱拉结。主见利亚失宠,使之生育,连生流便、西缅、利未、犹大四子。拉结不生育,将其婢辟拉为侧室,生子二,长但,次拿弗他利。利亚亦以婢悉帕为侧室,亦生二子,长迦得,次亚设。后利亚又生二子:以萨迦、西希伦。上帝又怜念拉结,亦生一子约瑟。主告雅各云:"汝还本乡去,我必保佑汝。"雅各与利亚、拉结二妻商议,不告于拉班,私将妻子逃回,拉结又窃取父家神像以去。比三日,拉班始觉,追之七日而及。拉班责其窃取神像,拉结将神像藏于所坐骆驼鞍下,拉班遍搜二女及二婢帐幕,不获,于是彼此和好,盟于迦累得曰:"愿亚伯拉罕与拿鹤所敬奉之神,在尔我中间审判。"誓毕而还。雅各将过雅泊渡，夜遇一人，与之角力，直至天明，不分胜负。彼将雅各腿一拧乃去，雅各邀其祝福，彼曰："汝名不要称雅各，要称以色列。"因为祝福，雅各自谓与神面晤，然其腿则瘸矣。

案：拉结窃其父家神像，女子中一黠盗也，雅各与巫角力至瘸其腿而始请祝福，则小巫畏大巫也。

雅各既至迦南之示剑城，筑一祭台，名以色列上帝之祭台。其女名底拿，为地主哈末[一]之子示剑所污，劫之去。利未因为其子示剑求婚于雅各，众子与之议，必行割礼，始许成婚，哈末父子从之，归谕示剑城人，皆行割礼。甫三日，受割者正患疼痛，雅各子西缅、利未二人各执刀剑，将哈末父子及城中男丁尽杀之，救出底拿，并虏城中所有货财、妇女、婴孩而归。

案：示剑劫人之女，罪固不容诛矣，西缅、利未竟夷其族，屠其城，罪不更大于示剑乎？利未为摩西曾祖，记其救姐妹一事，所以明报仇杀人之有家法也，与上文所记亚伯兰救侄同意。

校勘记

〔一〕哈末：今本《圣经》作"哈抹"。

上帝命雅各往伯特利去，当于其处筑一祭台，雅各谓家人及从者曰："汝当除向所有外邦人神像，洁净其身，更换其衣，将与汝往伯特利焉。"比至迦南之路斯即伯特利，遂筑祭台一座，名伊勒伯特利拉结又生一子便雅悯，因产厄卒，长子流便与父妾辟拉同室，其父亦听之。

案：摩西十诫，首禁敬奉别神，故记雅各时事，即有除外邦神像之说,盖不用此法,无以笼络众人,使之信从也。至雅各子烝其妾而不能禁,则所称以色列之上帝者,安在乎?

　　以色列生约瑟年已老迈,故爱之过于诸子,常衣以花衣,诸子嫉之。约瑟又将所梦田间捆禾,诸子下拜,及见日月与十一星下拜二事告之诸兄。诸兄云:"岂尔要作我等君王乎?"其父闻而责之曰:"尔梦如是,岂我与尔母尔兄弟皆俯伏拜尔乎?"一日,众兄往示剑牧羊,父命约瑟往视,诸兄议欲杀之,流便曰:"不可,且坑之。"约瑟至,诸兄即褫其花衣,推入坑中,犹大曰:"不如卖与以实玛利人。"适米甸商人过其地,因将约瑟拉上卖之,得银二十舍客勒约十两。诸兄以羊血涂花衣,若为兽所攫者,归给其父,其父恸哭不胜其哀,众子女慰之,曰:"我之哀必下阴间下阴间或作入墓,至我儿处。"

　　案:爱怜少子,亦情之常,众兄弟议欲杀之,何其忍也。杀之不忍,因而坑之,坑之不忍,因而卖之,是孟子所谓紾兄之臂,谓之姑徐,徐者不孝不友,何以自立于天地之间乎?至阴间二字,系佛家语,原注云:"下阴间或作入墓意。"入墓是摩西原文,耶稣之徒参用佛教,始以梵语改作下阴间也,此彼教宗旨之迹之可寻者。

　　犹大娶迦南书亚之女,生子三,长珥,次俄南,次示拉。犹大为珥娶媳他玛尔《新约》作大马氏[一]。主见珥为恶,令之死,犹大即使次子俄南以嫂为妻,生子,以为兄后。主又见俄南为恶,亦令之死。犹大谓他玛尔曰:"尔且往父母守寡,待我三子示拉长成。"他玛尔遂回父家。已而犹大之妻死,与其友希拉往亭纳。他玛尔以示拉既长,不娶为妻,因易吉服,以帕蒙首,坐亭纳道上双泉旁。犹大见之，以为妓女，欲与之狎。他玛尔要其以物为质，犹大即以印、带、杖三物与之。比及三月，有人告犹大曰："尔媳作妓怀孕。"犹大欲焚死其媳，其媳即遣人以所质印与带与杖归犹大，犹大曰："我之罪较彼之罪更大矣。"遂不复同室。及产乃孪生，一名法勒斯《新约》作法勒士，一名些拉《新约》作撒拉〔二〕。

案：他玛尔以寡嫂妻二叔而不辞其丑，已不可言，复欲以舅为夫，真禽兽矣。而犹大者，摩西之曾叔祖，耶稣之始祖也。其生法勒斯也，虽他玛尔陷之，然其禽兽之心早伏于命子室嫂之日矣，至既孕而始叹其罪之大，而不复同室，庸可赎乎？

校勘记

〔一〕他玛乐：今本《新约》作"他玛"。

〔二〕些拉：今本《新约》作"谢拉"。

米甸人挈约瑟至伊及，转卖于伊及法老之内臣、护卫长波提乏。约瑟在主人家，主保佑之，使凡事皆顺，于是主人使掌家务。主人之妻见约瑟俊美，欲私之，约瑟拒之曰："主人信任我甚专，我何敢作此大恶，得罪上帝。"一日，约瑟入内办事，主母挈其衣，约瑟将解其衣，脱身而出。主母诉之主人曰："尔所管家之希伯来奴，今戏弄我，其衣尚留于此。"主人大怒，遂下约瑟于狱。既至狱，主保佑之，司狱以狱中事委之。

时伊及酒政与膳长二官有罪，法老并令下狱，与约瑟同囚，约瑟为之占梦而验。越二年，法老梦七母牛之瘦弱者，将肥壮之七母牛吞下，召博士占之，无知者。酒政以约瑟荐法老，即令出狱，以所梦告。约瑟曰："此上帝预示兆也。七肥壮牛者，七丰年也；七瘦弱牛者，七凶年也。将来伊及必有七丰年七凶年,丰年不备,国民必为饥荒所灭。当选一才智人治理,于七丰年时预备粮食,使国民不灭于饥荒。"法老曰:"上帝既以此兆示我,尔可为我治理。"因以安城祭司波提非拉之女亚西纳妻之,寻生二子玛拿西、以法莲。约瑟巡察伊及全地,积七年之粮食于各城,后果荒如其言,他处皆大饥,惟伊及积有粮食。凡求食者,法老均令就约瑟籴焉。

雅各闻伊及有粮,遣子十往籴,皆不复识约瑟,约瑟见之,知是兄弟,故为不相识者,指为奸细。诸人言:"我居迦南,兄弟本十二人,一已死,一至幼,在父所。"约瑟曰:"我是敬畏上帝者,尔等果诚实人,可留下一人,余人赍米回家,以救饥荒。"于是以西缅为质,其粮如数给之,而阴置银于米中,使之去。余人归迦南,告其父,复装束行李,并米中所置原银,挈其幼弟便雅悯以往。既至,约瑟见众兄与弟偕来,大开筵宴,屏左右,泣告曰:"我,约瑟也,上帝遣我先来伊及,为法老相治理伊及通国,尔等速归语父,请将合家迁来,居于歌珊,受我奉养。"因趣众兄弟以车辆往迎其父,及合家人等,及至歌珊,约瑟亲往见父,抱头而哭。父曰:"我得见尔,死亦瞑目矣。"约瑟引父见法老,法老即以歌珊赐之,时雅各年百三十岁。

案:约瑟所为之事,诚彼族之矫矫者矣。观其对主母之言,词严义正,其大节何凛然也。治伊及之政积粟备荒,其治才何炳然也。释诸兄之怨,给粮还银,迎父归养,其孝友何蔼然也。是书所记,自亚当至此无一人能出其右者。韩子云:"诸侯用夷礼则夷之,进于中国则中国之。"如约瑟者,又安得以夷人目之哉!但记自摩西,故一则曰上帝示兆,再则曰敬畏上帝,不免巫家口气耳。

后十七年，雅各病将死，约瑟偕二子往省，雅各令十二子咸集，为之祝福。其祝利未云："西绚利未，兄弟相同，其刀剑是残忍之器，我心不愿与同谋，我灵不愿与同聚。其逞怒屠戮人，其任意残害牛，其怒过盛可咒，其气太暴可诅。"其祝犹大云："我儿犹大，卧如公狮，蹲如母狮，谁敢犯尔，权柄永不离尔，立法者由尔而生，直待赐平安者来，万民皆归顺矣。"祝毕余祝文繁不录，寻卒。

案：利未为摩西曾祖，犹大为耶稣始祖，其记以色列，祝福之辞，利未反不及犹大者，盖耶稣之徒，删改是书，以证耶稣之改旧律为斯世立教之主也。或曰："其徒既删改此文，何不并犹大狎媳之丑而亦删之。"曰："彼族狂榛，无异禽兽，至今犹然，况耶稣之时乎？故华人所目为丑事者，彼方且自以为公理也。"噫！

出伊及记

以色列第三子利未，生子革顺、哥辖、米拉利，寿一百三十七。哥辖生子暗兰〔一〕、以斯哈、希百仑〔二〕、乌泄〔三〕，寿一百三十三。暗兰娶利未之女约基别，生亚伦、摩西，寿一百三十七。

案：暗兰娶利未之女，是以父之姊妹为妻也，以下文法律绳之，当遭天谴矣，而上帝不之知，何也？

校勘记

〔一〕哥辖：底本作"歌辖"，误，径改。

〔二〕希百仑：今本《圣经》作"希伯仑"。

〔三〕乌泄：今本《圣经》作"乌薛"。

约瑟与众兄弟死后,以色列子孙最盛,伊及新王即位,不念约瑟之功,而患其族之强,使作苦工,又下令不得育男孩。摩西生而俊美,潜藏三月后不能藏,乃置苇箱中,置之河干,有法老女过之,遣使女取苇箱,知为希伯来之孩,乃雇一乳母养之,盖即其母也。法老以为己子,名曰摩西。既长,至本族,见伊及人与希伯来人争,将伊及人击死。事觉,法老欲杀摩西,摩西逃至米甸,米甸祭司叶忒罗以女西坡拉妻之,生子一名革顺,一名以利亚撒。

以色列人因作苦工哀号上帝,上帝闻之,于荆棘火焰中显现,呼摩西曰:"我是尔祖父之上帝,即是亚伯拉罕之上帝,以撒之上帝,雅各之上帝。我民在伊及受虐,欲使尔见法老,领出伊及。"摩西难之。上帝曰:"我是自有永有者,尔可与以色列长老同见伊及王,告以希伯来人之上帝耶和华遇见我,求尔容我往旷野去祭我之上帝,若不容尔去,我必施行诸般奇事,以攻击之。"摩西曰:"彼必不信我。"上帝乃教摩西杖变为蛇,手变为癞,水变为血。摩西曰:"我素无口才,主命仆人之后亦然,奈何?"上帝曰:"尔兄亚伦是能言者,我赐尔口才,亦赐彼口才。"于是主命亚伦来会摩西,二人遂见法老,告以上帝耶和华之言,释放我民。法老曰:"我不识耶和华,亦不释放以色列人。"益虐之。摩西告主,主曰:"我必施展大能,彼必释放以色列人。"

《采风记》:摩西当商之中叶,殷巫咸初作巫,盖始立巫官以司神事,与摩西之兴相去未久。《瀛环志略》:事天神始于摩西,时在有商之初,沃丁年间。麦仲华《经世文新编·论教会》:摩西《旧约》成于纪年前一千四百五十三年,当商太戊之二十三年。案《书·序》:"伊陟赞于巫咸,作《咸乂》四篇。"释文引马云:"巫,男巫也,名咸,殷之巫也。"

《说文》云：“巫咸始作巫。”宋氏说本此，巫咸为太戊之臣，然则谓摩西《旧约》成于太戊二十三年者近是。惟太戊二十三年丙寅，距汉哀帝元寿元年己未，凡一千六百十四年，今云一千四百五十三年，差六十一年《周礼》亦有巫官，沿二代之旧典，特不甚重。又有夏祝商祝，皆司丧事祈祷。自颛顼废九黎，尧、舜、禹分窜三苗，而巫教萌芽于西。

案《周礼·春官》：“司巫掌群巫之政令，国有大灾，则帅巫而造巫恒。”自亚伯拉罕至此已七世，则固巫而恒者也。观于上帝，自称为尔祖父之上帝，称以色列人为我民，摩西自称为主之仆人，盖用巫术以结族人者，不然，上帝岂以色列人所独有，而伊及人之所无乎？抑岂摩西家之物，而为法老之仇乎？何以不能使法老感悟，而必行奇事展大能以相与角戏乎？而彼族至今犹啧啧称摩西为至人、为圣人，吁，可怪也！

摩西年八十，与亚伦见法老，作以杖变蛇，以水变血，以杖指水使蛙遍地诸法，伊及术士亦作邪术敌之。惟以杖击土，土变为虱，术士不能作。然法老心甚坚执，不肯释放，主复降蝇蚋于法老宫中，及瘟疫于伊及牲畜，旋命摩西向天洒灰，人畜皆有泡疮，向天举杖，天即降雹，击死人畜。法老见灾则许其释放，比灾去，则主使法老依然坚执。已而伊及诸臣皆谓摩西扰累，劝其释放。法老谓摩西曰：“许尔等壮年去，将幼孩留此。”摩西不可，主命用杖指伊及国，使蝗虫遍野，又向天举手，使伊及黑暗三日，法老始允其偕幼孩去，将牲畜留此，摩西不可，主又使法老心仍坚执，不肯释放。

《采风记》：禁咒变幻皆古巫术，摩西领众出伊及，作各种术，而伊及法老亦有术士，能作诸术，相斗不胜，则其术有优绌耳。

案：传记载神仙事，有所谓噀酒灭火、点石化金者，盖皆巫家之幻术，非必实有其事也，故儒者弗道焉。摩西所作之术，或出于己，或出于主，或传主命，巫家伎俩自是如此，固不足怪，所异者既云主命摩西作法矣，复云"主使法老坚执"，一若不如是不足以尽显其技者。谚云："天下本无事，庸人自扰之。"吾则谓天下本无事，上帝自扰之。

主命摩西曰："此月定为正月，尔告以色列会众：此月初十，各家预备羔羊一只，至十四晚皆宰之，以血涂其门，此是主所定逾越节。是夜我必击杀伊及所有长子及牲畜头胎者，亦毁其所拜之群神。凡以血涂门作为记号，我一见即过，必无此灾，尔等当记。此日定为节期，世世谨守，七日之内，当食无酵饼，头一日，尔等当有圣会，第七日亦然。此两日除预备所食外，不许作别工，从正月十四晚起，至二十一日晚止，尔等当食无酵饼。"于是摩西召以色列众长老，告以此言，众皆俯首下拜。

案：《创世记》已言"第七日安息"，定为圣日矣，此复云逾越节，当有圣会者，巫家欺人之术，不曰献祭，必曰礼拜，摩西凭空造出此段神语，以蛊惑族众，使之一心事主，乃所以使之一心事我也。阅者慎毋为其所惑，而谓上帝之真有是言也。

及期夜半，主击杀伊及所有长子，上自法老，下至囚犯之长子，及六畜头胎者，法老始允摩西并将牛羊携去。主又令以色列人向伊及人索金银衣服等物，乃启行。大约有六十万人，计寄居伊及凡四百三十年。

案：此亦摩西凭空造出者，摩西果能作法，与其击杀其长子,而始得出此地,曷若击杀其法老,不烦释放,不烦远徙,而我即君其国,子其民之为愈乎? 此理甚明,人所易晓。若曰:法老不当死,则一国之长子岂尽当死者,甚矣,巫者之诬也。

主命摩西曰:"尔率以色列人滨红海而营,我必使法老追尔。我即因法老全军得荣耀,使伊及人知我是主。"法老果备战车六百辆,令军长领之追以色列人,以色列人怨摩西,摩西伸手在海上,主使行过海中如履平地,水在左右如墙壁,伊及一切车马军旅追至海中,摩西又一伸手,海水复合,全军皆淹没焉,以色列人见主所施大能,无不敬畏主、信服主,及主之仆人摩西。

案:《后汉书》:光武帝至下曲阳,闻王郎兵在后,前有滹沱河,候吏白:"河水流澌。"及至河,河冰合,乃渡,未毕数骑而冰解。《东华录》载:大清兵追明桂王,钱塘江潮不至,然则履水如夷,古固有此奇迹,摩西托为主使似已。乃云主必使法老追尔,是教人为恶者主也,罪其为恶者,亦主也,在彼欲自显其巫术以欺人,故为是灵异之说,而不知其污蔑上帝也实甚。

摩西在旷野,其岳父叶忒罗送其妻及二子至。明日,摩西审问民事,自早至晚,遍以上帝法律晓喻之。叶忒罗曰:"尔以一人任此事,劳甚。尔当于众民中选有才德者,作千夫长、百夫长、五十夫长、十夫长,管审判事,必有大事然后白尔,如此则可以胜任而不劳。"摩西从之。

案:此乃彼教立国之始,摩西以巫教惑人,其处心积虑欲得旷土而君之,故一闻叶忒罗之言而辄为此也。迹其所为,与东汉之张角无以异。其自称上帝仆人,犹角之自称天公将军也；其作种种异术，犹角之以妖术教授也；其立千夫、百夫、五十夫、十夫各长，犹角之置三十六方方犹将军也，大方万余人，小方六七千也。乃角不数月而诛。摩西领众四十年，则其所遭之有幸有不幸也，而彼教且以摩西为圣人，噫，异哉！

行至西乃，旷野安营，主驾火光降临，西乃山烟气上腾，角声大震，召摩西上山，传以诫命。曰："我是尔之上帝耶和华，曾领尔出为奴之伊及。除我之外，不可敬奉别神，不可为自己制作偶像，不可妄称尔上帝耶和华之名。安息日守为圣日，无论何工不可作。当孝敬父母，不可杀人，不可奸淫，不可偷窃，不可作假证害人，不可贪慕人之房屋与妻及一切所有。"

《采风记》：十条之诫约，首禁奉祀别神，末禁婚姻他族，此其统一部落之机权，争雄他族之胜算，盖辍耕陇上之流，而智略过之，借以固人心，而非以传教为宗旨，其传上帝命，必先言我从若辈为奴之伊及领汝出此，即摩西自作之语以要结人心者。

又《十诫》敬父母以下六条，甚合于理，似深明父子之亲，夫妇之别。而在摩西前载在《创世记》者，有翁与媳生子，父与女生子，未言天神降谴。叙之世系，视若当然，可见摩西以前，其族本属狂榛，摩西虽才略过人，仍属草泽杀掠本色。而立部旷野，首重彝伦，当必有所从受。今西夷无知妄作，修改律例，父子相殴，罪皆三月坐监，女子自主择夫，先淫后配，弃夫改适，不为失行，虽有淫恶妇无出例。此则耶稣以降，日出日歧之卮言，不如摩西之约法也。

又传《律例》云：若买人为奴，事奉六年，至第七年，可以任其自由。彼孤身来，则孤身去，如有妻，当与妻同去。若主人赐以妻，生有子女，则妻与子女归主人，彼仍孤身去。若奴不愿去，则穿其耳，留为世奴。若买女为婢，主人不悦，当许其赎身，不可卖与异邦人。若为子买婢，当待如女儿。一般若打坏奴婢一眼或一牙，当即放去，任其自由。若打死人必当治死。若非有心杀人，我必使其可以逃避。若用奸谋杀人，即逃至祭台上，亦当治死。

打父母，咒骂父母者皆当治死。

拐带人口必当治死。

若彼此相争，或石砍，或拳打，尚不至死，殴者免死，当以银赔其耽误工价，并延医调治。

若用棍责奴婢至死，必当偿命，若越一二日死，不偿命。若打伤孕妇堕胎，尚无别害，当按其夫所要银数，由士师罚之。若有损害，当以命偿命，以眼偿眼，以牙偿牙，以手足偿手足，以烙伤偿烙伤。

若牛触死人，当以石砍死牛，不可食此牛肉，牛主无罪。若牛素触人，牛主不拘索，即以石砍死牛，亦必使牛主偿命。若触死人之奴婢，牛主当出银三十舍客勒—舍客勒约银二两，给奴婢之主，牛亦以石砍死。

若井口不盖，致牛驴陷入井中，井主当将牛驴价值赔还本主，死牲口归己。

若牛相触而死，当卖活牛，平分其价，死牛亦平分。若牛主知牛素好触，并不拘索，当以牛偿牛，死牛归己。

人若窃牛羊，无论宰卖，当以五牛赔一牛，四羊赔一羊。

人若遇贼挖墙，将贼打死不偿命。若日已出打死，必须偿命。若贼被拿，应将所偷偿还，不足，则卖身以偿。

人若牧放牲畜，坏人庄稼[一]，当将嘉谷美果赔还，若焚烧荆棘致烧别人所积粮食或未获庄稼，举火者皆当赔还。

人若将银两器皿交邻家看守，被贼偷去，若拿获贼，使贼加倍赔还，若贼未拿获，当领看守者至士师前，士师判定是谁偷窃，谁即加倍赔还。

人若向邻家借牲口，或伤或死，本主不同在一处，借者即当赔还，若同在一处，不必赔还，若雇来牲口，亦不赔还。

人若引诱处女与之苟合，即当聘以为妻，若女父不肯许之为妻，彼当按聘女银数交清。

有邪术女子，不可容其存活。

人与畜淫，必当治死。

不可欺压客旅，因尔在伊及亦曾作客。不可欺凌孤寡，若欺凌之，我必使尔被刀杀死，使尔妻为寡妇，子为孤儿。

我民中有贫者，尔若借与银子，不可取利，若以衣服作质，日落时必当还之。

不可诟詈审判之官长，不可咒诅民中之牧伯。

尔当将初熟谷酒，头胎牛羊，及头胎儿子，皆当献我。

不可布散谣言，不可助恶人妄作见证，不可随众为恶。有争讼者，不可徇众作证，屈枉正直。穷者争讼，不可徇情偏护，亦不可偏断，不可受贿，以直为枉。

《采风记》：此数十条，皆其治部落律例罗马律例即本摩西诫条，今西国通行皆罗马律，绝不似神诫之语。

案：十诫与律例，皆摩西托之上帝，以使人信从者也，其重人伦，定刑律，似皆沾染华风而为之者，故君子犹有取焉。然禁示别神，一心敬主，不脱巫家习气也至为奴六年任其自由一条，后世缘此，遂有自由党之名，则又摩西之罪人也。

校勘记

〔一〕底本作"稼庄",倒,今径改。

主命摩西曰:"尔与亚伦、拿答、亚比户,并以色列长老七十人,皆至此遥遥下拜,惟摩西可以近我耶和华,余人皆不可近。"

案:凡为欺人之术者,必背人独处,讹传神语,盖恐众目共见其伪托者,必败露也。摩西所谓,得毋类是?

摩西下山遂以主所传者告之民,并笔之于书。于山下筑一祭台,按以色列十二支派,立十二石柱,遣以色列少年,以牛献主,为火焚祭,为平安祭。

至第七日,主又召摩西上山,摩西使亚伦、户珥代理争讼,在山上凡四十日。主命摩西建会幕、造法匮,及赎罪。盖以木为桌子,以金为灯台,以木为祭台,作十绣幔,十一外幕,及幕板。又命立亚伦及其子拿答亚比户、以利亚撒、以他玛为祭司,制胸牌、以得弗外袍、内袍、冠及大带,为圣衣,行分派礼。所用祭牲,取羊脂、肝片、腰胸、右腿,在耶和华前一举,以胸腿归亚伦及众子,永为定例。又命查以色列人数,每人出赎命银半舍客勒,献与耶和华,尔收之以为会幕费。

须造一浴盆,亚伦与众子或进会幕,或上祭台,皆当以水洗手足,可免死亡,为子孙世世永远之例。命毕,以二法板赐之,盖上帝亲书诫律于石者。

《采风记》:以胸腿归亚伦,以赎命银为会幕诸用,此郑伯使祖射颖考叔者,伍出鸡犬因以犒师之故智,亦五斗米之宗风也。

　　案:摩西在山上四十日,则诫律之书于石者,其为摩西所作明甚。观其于上山时,预屏众人,不使一人在傍致泄其术,盖可见矣。以故种种惑人之说皆可任意捏造,托于上帝,上帝有知,不怒摩西之妄,必笑彼族之愚。正不独胸腿归兄而银归己为足,见其草泽劫掠本色也。至浴盆一节,不过洁身之意,而彼教遂定为入教受洗之礼,则非摩西所逆料者矣。

　　百姓以摩西不下山谓亚伦曰:"尔可为我作一神。"亚伦乃令众民以妻女耳上金环铸一牛犊,因筑一祭坛告众民曰:"明日是耶和华节筵。"厥明,遂于牛犊前献火焚祭,为平安祭。主知之,乃命摩西下山,摩西携法板而下至营前,见牛犊,大怒,掷二板于山下,板俱折,寻以火烧其牛犊,捶为屑,撒之水上。摩西知众民所为,是亚伦纵之,乃立营门,告众民曰:"凡归主者皆就我。"利未人皆就摩西。命之曰:"尔辈在营中往来,见有拜牛犊者,无论兄弟、朋友、邻里皆杀无赦。"利未人遵其令,民中被杀者约三千人。

　　《采风记》:此徙木行法之术,且因以剪除异己耳。

　　案:亚伦铸金犊为神,首犯禁奉别神之诫,固有罪矣,然不明正其罪,而使利未人纵杀三千人,宋氏所谓草泽杀戮本色者此也。

　　摩西移会幕于营外,凡求问主者皆在会幕听候。摩西出营就幕时,主与之语如朋友相语一般,摩西回营后,惟服事摩西之少年人约书亚永不离幕。

　　案:主与摩西语如朋友相语,盖摩西欺人之不见而为此说也,不然何以回营之后惟约书亚常在幕中乎?

主命摩西再琢二石板，如前法板一般，复上西乃山。摩西携二板而上，主从云中降临，立摩西前宣告曰："耶和华是矜怜、慈爱、容忍，大施恩典、大有诚实之上帝，施恩与人，直至千代，赦免愆尤、罪恶，惟有罪当罚，断无不罚，为父之罪罚子孙，直至三四代。"摩西俯伏敬拜曰："求主与我同去，赦免我辈愆尤罪恶，使我辈为主之民。"主曰："我欲行天下万民所未见之奇事，我欲使亚摩利人、迦协人〔一〕、比利洗人、希末人、耶希斯人〔二〕，皆由尔驱逐，尔须谨慎，不可与彼民立约，当坏其祭坛，毁其偶像，盖为我耶和华是忌邪之上帝也。尔若与彼民立约，祭其神，食其祭物，恐娶其女子，引诱尔子，妄从其神。尔当将此言记录，与以色列人立约。"摩西在山四十日，不饮食，而十条诫命仍记在二板上，摩西乃携之而下。

案：此段所记纯是巫者口吻，盖上帝而自诩为矜怜、慈爱、容忍，当不若是之骄。上帝既有怜爱、容忍之心，而独仇亚摩利等六族，必使摩西驱逐之，吾正不知各族所事之神为邪神耶，抑摩西所事之神为邪神耶？观耶和华，而云我耶和华，非巫者口吻乎？

校勘记

〔一〕迦协：今本《圣经》作"迦南"。
〔二〕耶希斯"今本《圣经》作"耶布斯"。"

摩西遵主所选比撒列亚、列利亚伯二人，使造十绣幔，十一外幔，及幕板法匮，及赎罪盖，桌子、灯台、祭台、浴盆，又为亚伦制圣衣、冠带等，凡民所献金，计二十九他连得七百三十舍客勒约三万五千九百六十九万两零三钱，查民数所得银，计一百他连得零一千七百七十五舍客勒约十二万三千七百二十七两零七钱五分,凡民自二十岁以上,计六十万三千五百五十人,每人献一舍客勒之半,民所献铜计七十他连得二千四百舍客勒约八万七千零八十四两。

案:摩西《十诫》首禁敬奉别神,而独于事上帝,以民所献金,造会幕、祭器等物,费至巨万,则其谄渎鬼神,与亚伦令民出妻女耳环造牛犊何以异哉!

利未记

主于会幕中召摩西,命定献牛、献羊、献鸟兽、献素祭、献初实、献平安祭之礼。又命之曰:"人若误犯诫中一条,行不可行之事,当献赎罪祭。若祭司犯罪,使民陷于罪者,及会众误犯,初不自觉,日后始知者,皆当献牡牛犊作赎罪祭。若族长误犯,当献牡羊。庶民误犯,当献牝羊为赎罪祭。或匿事不报获罪,或扪不洁物有愆,或妄发誓取咎,均宜献羊,或献禽,或献面为赎愆祭。或欺占人物誓不承认,因而获罪,当献牡羊为赎愆祭。"

摩西令亚伦为己为民献赎罪祭,其子拿答、亚比户,以非圣之火焚香,有火自主前出,烧死二人。

案:误犯过失,果可以献牛羊等物赎其罪,则凡媚己者皆宜无罪矣,胡为铸金犊神之亚伦不闻其有所谴,用非圣火之二子竟遭祝融之惨乎? 是殆二子不戒于火而死,而摩西坐之以罪耳。

主命摩西告以色列人分别鸟兽、水族及匍行之物洁与不洁,洁者可食,不洁者不可食。又命之曰:"人若患癞疾,祭司详察,定为不洁,使居营外。若衣发霉斑,其状如癞,祭司详察,禁锁七日乃洗之,又七日,其斑仍在,则以火焚之。若房屋发霉,祭司详察,封锁七日,若其霉散溢,则拆毁之。凡男患白浊,女当行经,必七日后洗濯其衣,沐浴其身,乃为洁净。"

案:好洁恶秽,亦情之常,乃以好洁之故而恶癞,以恶癞之故而恶及衣服、房屋之有斑痕者,嘻,其甚矣。

又命摩西使亚伦进圣所,为己及以色列人赎罪。用牡犊牡羊各一,以其血抹祭台四旁,又以指蘸血洒祭台上七次。行洁净礼毕,即牵一牡羊至,亚伦以两手按于羊首,使承认以色列人之愆尤过犯,将羊放于旷野,举一切愆尤俱带至沙漠去。又以七月初十日为大安息日,永垂定例。大祭司斋戒,衣圣衣,为圣所会幕祭台行洁净礼,亦为诸祭司及会众赎罪。

案:欲赎罪而宰牛羊以代之,求洁净而取牲血以洒之,已不可解,而又欲以众人之罪加于一羊之首,使无罪之羊认人罪以去,巫家之术,诚有想入非非者,乃欺当时而当时从之,欺后世而后世信之,抑独何耶?

主命摩西晓以色列人曰:"我耶和华,是尔等之上帝,尔等尝寄居伊及国,不可效其所为,我欲领尔等至迦南地,亦不可效其习俗,惟当遵守我之法律。凡尔有众,不可奸母与继母以辱父,不可奸姊妹及孙女外孙女,不可奸姑母与姨母、伯叔母,不可奸儿媳,不可奸兄嫂弟妇以辱兄弟,不可淫人之妻,不可与男行淫,无论男女皆不可与兽行淫以玷己身。"

又命其晓以色列会众曰:"我耶和华,是尔等之上帝,为圣,尔等亦当为圣。尔当敬畏父母,守我安息日,不可偏向虚神,不可为自己铸神像。若献平安祭,当乐意而献,祭牲于献日与次日食尽,若至三日,当以火焚之。收获五谷,不可收尽,若有遗落,不可拾取。摘葡萄园之果,有遗下者,不可再摘,当舍给贫民与客旅。不可偷窃,不可说慌,不可欺骗,不可指我名假誓,不可亏负人,不可抢夺。当给工价不可留至次日,不可咒骂耳聋人,不可置妨碍物于瞽者前。听讼时,不可行私,不可偏护贫民,不可徇庇有势力人,不可谗毁人,不可谋害人,不可嫌怨同族,当劝教同人使免于罪。不可报仇,不可怨憾本国人,当爱人如己。不可食带血物,不可占卜,不可用法术,头之周围不可剃,须之周围不可损,不可为死人割身上肉,不可于身上刺花纹。不可使女为妓,不可信从交鬼之术士。当恭敬老人,不可欺压客旅,当爱人如己。听讼不可行非义,尺、丈平[一],秤、升、斗皆当公平。我耶和华是尔等之上帝,曾领尔等出伊及,尔等当谨遵我一切法律,我是主。"

又曰:"凡以色列人献女于摩洛者,必当治死。有见其事,佯为不见者,我必发怒,从民中灭绝。人若向交鬼之术士行邪,我必发怒,从民中灭绝。凡咒骂父母者必当治死。若淫人妻,奸夫淫妇皆当治死。若淫乱继母,是辱父,淫乱儿妇是逆伦,皆当治死。若与男子行淫,皆当治死。人若娶妻并娶其母,是恶俗,三人皆当烧死。若与兽交,人当治死,兽亦当杀。若妇人与兽交,杀妇人,并杀兽。若娶姊妹,必从民中灭绝。不可与姨母、姑母苟合。若与伯叔母苟合,是辱伯叔父,必无子女而死。若娶嫂与弟妇,是辱兄弟,必无子女,尔等当谨遵我一切法律,当在我前作圣洁人。"

又命其晓亚伦子孙曰:"不可为民之死尸污秽己身,惟为骨肉之亲如父母、子女、兄弟,及未嫁姊妹乃可。不可使顶上光秃，不可剃须之边际，不可割己之肉，不可娶妓女及被污女为妻，不可娶被休之妇为妻。祭司之女若行淫，玷辱其父，即当烧死。尔兄弟中有被分派作大祭司者，不可露顶，不可撕衣，不可临近死人，不可出圣所，不可污亵圣所。大祭司可娶本族中处女为妻，寡妇、被休妇、妓女、被污女皆不可娶。尔子孙有残疾者，不许近前为主献祭物。"

案：此四条申明上文诚律之意，而分别以色列人及会众、祭司、大祭司之条例也，其变革野蛮，渐启文明，不可谓非华风之被于西土者，其为西人法律之鼻祖也，宜哉。惜乎纯用巫教，则功之首亦罪之魁也。至其爱人如己一语，耶稣即据以改《十诫》，似非摩西所及料者。

校勘记

〔一〕丈平：今本《圣经》无此二字。

主命摩西晓以色列人曰："我耶和华之节期，六日内可以作工，至第七日是安息日，是圣会，无论何工皆不可作。正月十四日，是主之逾越节，十五日是无酵节，七日内当献火祭。凡收获时须将初熟禾稼一捆，令祭司于安息次日献至主前一摇，用牡羊为火焚祭，配以细面为素祭。自此日数满七七日，至第七安息之次日，计五十日，用新面作素祭。七月初一日当有圣会，并吹角为记，不可作工，当献火祭。七月初十日是赎罪日，当有圣会，当斋戒，献火祭，不可作工，守为大安息日。七月十五日是居庐节，第一日有圣会，七日内当献火祭，第八日亦有圣会，又献火祭，此是大会节期，不可作工。献祭于主，或火焚祭、素祭、平安祭皆奠酒，每日献所当献，奠所当奠。

尔至我所赐之地当有年，使地安息，六年内可以耕种田地,修理葡萄园。至第七年,地上亦当安息,即守为安息年,不可耕种修理地中所产之物,大家可以公食。计七安息年,共四十九年,七月初十日,当遍地吹角,以作圣年,一切民居可以自由自在,为尔所当守之禧年,其年业归本主,不可耕种,不种而生者,不可收获,田中自生之物,大家可以公食。

凡土产,无论粮食、果子、牛羊,必以十分之一归主。

案:摩西所定节期,一味借媚神以惑人,巫家伎俩自是如此,乃因七日安息之故,并谓地亦有安息之年,使民终年游惰,不复耕种,此岂可以治部落者乎?西国至今有自由党,则摩西阶之厉也。惟十一之征,则华风被于西土之一证。

民数纪略

明年二月初一日,主在西乃野,命摩西将以色列人按数点名,凡二十岁以外,能临阵者,编为队伍,于十二支派中,各择一人为牧伯,以统其军,各归本纛,共计六十万三千五百五十人,皆安营于会幕四围。又有利未支派,安营于法幕四围,以色列初胎之男多于利未者二百七十三人,令每丁赎银五舍客勒,以与亚伦及其子。又令利未支派中,自三十岁至五十岁,能在会幕作工者,皆来服役,共计八千五百八十人。

案:以色列人,与摩西同高祖者;利未人,与摩西同曾祖者。若亚伦,则与摩西同父者也,故摩西待之各有差等。可见亲亲之杀,本于天性,虽夷人巫教,有终不得而昧者,奈何执爱人如己一语,而谓摩西之教本如是乎?

衅祭台之日,众牧伯各献礼物,行落成礼,按日来献银盘、银盂、金碗及牛羊等牲。摩西进会幕，欲与主言，闻法匮赎罪盖上，二基路伯中有主之语音焉。

案：摩西所行之事，所言之语，无一不托之上帝，则摩西之身即上帝之身，摩西之口即上帝之口矣。然此止足以惑无知之民，而不能使有识者之信也。故特弄出怪异之术，如石言枢鸣之骇人，庶六十万族众皆信我而不疑我，呜呼狡矣！

又明年，命制银角二，以招集会众，使之启行。二月二十日，有云从法幕上升，停于巴兰野，以色列人即离西乃至其地，众民咸怨，摩西告主曰："为何使仆人受此苦，治民之任，我一人不胜其重，若蒙主恩，与其如此待我，不如杀我也。"主曰："尔于以色列长老中择七十人，使之分任民事。"米利暗与亚伦亦诽谤摩西，谓主但与摩西言，不与我等言。主怒，米利暗忽生癞，摩西为之求主，乃七日而愈。

案：摩西之术虽狡，而屯营旷野，众畔亲离，至谓待我不如杀我，则向之以巫术欺人，彼亦未尝不自悔也。观于米利暗、亚伦之言，可以见欺人之术必有觊破机关矣。

主命摩西于每支派中择一人，使之往探迦南地，阅四十日而返，皆言其地之民强盛于我，我之自视与彼之视我，皆如蝗虫一般，于是会众大哗，与摩西为难，谓不如回伊及去。惟约书亚与迦勒则言其地甚美，我有主保佑，必能灭绝彼民。会众欲以石砍二人，主忽显现，告摩西曰："凡遣往迦南，归而毁谤者，我必使死于旷野，惟迦勒、约书亚得入迦南。"已而毁谤迦南，使民怨詈摩西者，果皆遭瘟疫而死，而二人无恙。时有人于安息日打柴者，以色列人解至，摩西即遵主命，以石砍死。

　　案：不守安息日，摩西必处以死罪，宋氏所［谓］草泽杀掠本色者，亦其一证也。

　　哥辖之孙可拉与流便支派中以利押之子大坍、亚比兰及比勒之安三人结党以叛，同二百五十人来攻摩西，曰："会众都是圣，主亦在彼中，尔何为自大僭越主之会众。"摩西俯伏于地，告可拉曰："明日携香炉来焚香主前，主择谁，谁即为圣。"又使人召大坍、亚比兰二人曰："尔欲我等杀于旷野，此非小事，尔犹欲自立为君，管辖我等，岂欲剜尽众人之目乎？"遂不至。摩西告可拉曰："尔偕党众，明日与亚伦至主前，各执一香炉。"于是彼党齐集，皆执香炉献主，与摩西、亚伦立会幕前，可拉招集会众至会幕门，欲攻摩西、亚伦。主显现于会众前，命摩西、亚伦曰："尔等离此会众，我将于顷刻之间，使彼灭绝。"摩西对会众曰："尔等速离恶人帐幕。于是众人皆离可拉、大坍、亚比兰之帐幕。"大坍、亚比兰亦归己之帐幕。摩西曰："我行此事，是主使我者，主若创一件新事，使地开口，将此等人与一切人物吞下，使其生堕阴间，方知此等人干犯主怒。"言毕，地即裂开，吞下可拉、大坍、亚比兰之帐幕，及其丁口财物，地口乃阖。又有火自主前出，烧死献香二百五十人。次日，以色列会众又向摩西、亚伦争闹，但见云蔽会幕，主显现，命二人曰："尔等离此会众，我将顷刻之间使比灭绝。"摩西谓亚伦曰："主发怒，降瘟疫矣，尔携香炉，速往会众处为之赎罪。"亚伦焚香往，瘟疫乃止，死者共一万四千七百人。

　　案：可拉、大坍、亚比兰三人首叛摩西，坑之固宜，其徒众二百五十人毁于火，及一万四千余人死于疫，则未免玉石不分矣。而独于安漏网焉，何也？然观可拉之责其自大僭越，大坍、亚比兰之责其欲立为君，可知当日亦有知摩西之心事者。摩西之术虽狡，究不能以一手掩其目也。或疑地口之开，香炉之焚，瘟疫之降，上帝与摩西，实有呼吸相通者，岂巫家所能作法乎？曰："是不然。"《传》曰："妖由人兴，人无衅焉，妖不自作。"地裂、炉焚、疫降，皆妖也，摩西之巫，可拉等之叛，非人之衅乎？不得谓上天生杀之权，惟摩西所欲也。若果惟摩西所欲，则比勒之子安亦必不免矣。阅者慎毋为其所惑。

主命摩西曰："尔谕以色列人诸支派牧伯，各出一杖，杖上自署其名，我所选者，其杖必萌芽。"摩西将十二杖置法幕前，明日视之，惟亚伦之杖萌芽开杏花、结果，于是存其杖于法匮前为志，以警凶逆。

案：此一条与释氏所传锡杖开花，主持世教之说相似，疑亦耶稣之徒窃佛经以傿入是书者欤？

行至汛之旷野〔一〕，安营于迦叠〔二〕，会众怨无水，又与摩西为难。摩西遵主命，取杖击磐石者二，水即涌出。摩西使人假道于以东王，以东王不许，于是迂道过何珥山。亚伦死，乃以亚伦之子以利亚撒为祭司。迦南亚拉得王闻以色列人来，与之战，主允以色列人屠其城。至摩押，使人假道于亚摩利王西宏，西宏率众来攻，巴珊王噩亦来击以色列人，并败之，得其地。摩押王巴勒欲驱逐以色列人，遣人召巴兰以诅之，上帝降临，谓巴兰曰："尔不可诅此民。"巴兰不往，巴勒再遣使召巴兰，乃往，令巴勒筑七祭台，献以牛羊各七，为火焚祭。上帝又降临，巴兰遵上帝命，不但不诅以色列人，反为之祝福焉。

以色列民有与摩押女子行淫者，拜其神巴力昆珥，主大怒,以利亚撒之子非尼哈即以戈刺杀苟合之以色列人心利、米甸女子哥斯比斯。时降瘟疫,死者二万四千人。

案:禁拜别神,十诫之首,摩西盖欲灭异教以尊己教也,故治罪之重如此,非徒以其苟合也。

校勘记

〔一〕汛:今本《圣经》作"寻"。

〔二〕迦叠:今本《圣经》作"加低斯"。

主命摩西:"尔当攻米甸人,为以色列人报仇。"摩西乃令每支一千人出征,而以祭司以利亚撒之子非尼哈掌号角,杀米甸五王及巴兰,掳其妇女、牲畜、财物而还。摩西怒曰:"此等妇女,曾从巴兰之计引诱以色列人拜毘珥,得罪主,尔等当将一切男子并与男子亲近之妇女尽杀之,其未近男子之女子则留之。"

案:摩押王召巴兰以诅以色列人,则巴兰殆摩押之巫也,故筑祭台献焚祭,托言降临,口传告语,皆与摩西所为无异。夫亚摩利、米甸诸王以不信上帝而杀,巴兰以信上帝而亦杀,可见信上帝之无益矣。迨既杀之后,摩西欲以摩押女子引诱以色列人拜偶像,谓其计出自巴兰,为得罪主,则所谓欲加之罪何患无辞者也。

出伊及后四十年,在摩押平原约但河侧安营,主命摩西曰:"尔等过约但河进迦南境,须驱逐其居民,毁灭其偶像。"乃以迦南地分与以色列人,以四十八城给利未人,其中六城定为逃城。凡故杀人者必当治死,若误杀人者,可以逃此,待大祭司死后,方许其归本土,永著为例。

案:摩西所定之律不设狱囚,而以逃城处误杀者,其立法之轻遂为西国律例之所本,特未尝为被杀者计耳。

约瑟支派基列之后裔,以西罗非哈约瑟子玛拿西,子玛吉,子基列,子希弗,子西罗非哈生五女无子,若嫁与以色列支派人,将所有地业携去,则先人之地业必减,其夫之地业必增,来告摩西。摩西述主之命曰:"西罗非哈之女,但当嫁同祖支派人,不可由此支派归到彼支派。"于是西罗非哈诸女皆嫁约瑟子玛拿西族中人。

案:摩西欲振兴己族,以翦除异族,而约瑟支派又不欲己派之业归于别派,于是乎有女嫁同祖之命,而不知与上文律例所谓"不可奸姊妹"者自相矛盾也。

申命记

摩西在约但河东,向以色列人追述主所命之事,言尔辈若有先知或作梦者,告尔事奉别神,其所称之神乃尔所不知道之神,所云异兆奇事,虽然应验,尔仍不可信从。盖为尔上帝耶和华,欲试验尔果是竭尽心意敬爱上帝与否,尔当顺从上帝,遵守其诫命,听从其言语,敬畏之,亲慕之。彼先知及作梦者欲以言叛逆领尔出伊及之上帝,引诱尔离开上帝所命之道,尔当将彼治死。若是尔兄弟或子女,或爱妻密友,引诱尔事奉别神,尔不可听从,不可遮庇,即当将彼治死,以石砍死之。若邑中有匪类引诱本城人事奉别神,即当以刀杀尽城中居民及牲畜,凡城内财物用火烧尽,使此城永为荒邱。其当焚之物,不可一毫入手,如此则主必息怒。

案：事奉别神，固不合理，但摩西所事之上帝，亦非聪明正直之神也。观是书所称，与列祖起誓保护以色列族，灭亡仇敌诸国，其异兆奇事，若惟摩西之命是听者，是直一淫昏之鬼而已矣。以此之神，禁彼之神，犹同浴而笑裸裎也。而其立法之重，乃至于兄弟子女，尽杀无赦，合城居民屠戮无遗，其残忍狠毒几非人类所为，此后世争教之祸，所以动辄杀人数万数十万也。

当在亚笔月于尔天主耶和华前，守逾越节、七七节、居庐节，各当按己力量，照上帝耶和华所赐之福分，献礼物。

案：彼教天主之名始此。不知天主者天之主宰也，故程子谓以主宰谓之帝，朱子谓天即理也。今乃于天之外别求一上帝，而谓之天主，令人绝倒。

尔至上帝耶和华所赐之地，不可效其居民所行之事，不可有占卜，有邪术，及行巫术、书符、念咒、交鬼、跳神，凡此皆为主所憎恶，彼国若行此事，尔上帝必驱逐之。

昔在何烈山，主告我曰："我必在尔同族中立一先知，与尔一般，使其将我所言者，传与众人。若有人不听我之言，即是先知奉我所言者，我必讨其罪。若有先知擅敢托我名，传我未曾言之言，或托别神之名传言，即当将彼治死。尔等若云，先知所传之言，安能知其是否，则凡先知奉主名传言，若不成就、无效验，即不是主所言者，是先知擅敢自言者，尔等不必畏之。"

案：此二条是摩西倡立己教灭除异教之秘计，后世天主耶稣之教不独与希腊回回等教相仇敌，即天主之与耶稣同一摩西之教，而亦视若冰炭焉，其源盖出于此。

尔若与仇敌争战，掳得美貌女子欲娶为妻，尔可领至家，使剃头发、修指甲，脱去掳时之衣，在家中哭其父母一月，然后可与同室。后来若不悦，当许其出去，容其自便，不可卖与人，亦不可以婢女待之。

案：所掳女子其纳也，使伸其孝，其出也，不抑其情，似已得其平矣，然《礼》以女之有罪者为妾，恋其色而娶为妻，其如始之不正何。

人若有二妻，一所爱，一所恶，长子是所恶之妻生者，分产时不可以所爱之妻之子为长子，必当以所恶之妻之子为长子，将产业多给一分，因此子是我强壮时所生，长子名分必不可易。

案：妻之言齐，故自天子以至于庶人，毋得有二妻者。今乃不论嫡妾之分，而但以所生之子先后为序，尚可为后世法乎？此二条皆非礼之礼，非义之义，不可以不辨。

人若有忤逆子，父母虽惩责仍不听从，当将其子交与本城长老，本城人即以石砍死其子。

案：摩西此律所以治不孝者严矣，则夷俗固未尝无父子之伦也。近日西国律例，乃有父子相殴[一]，罪皆三月坐监之条，造此律者又摩西之罪人也。

人若诬谤其妻在家不贞，将男罚银，其妻终不可休，若女果不贞，即当治死。

人若与有夫之妇苟合，即将男妇一并治死。若男子强奸已受聘之女,但将男子治死,女子无罪。若男子强奸未受聘之女,男子当以五十舍客勒银子与女之父,娶以为妻。

案:摩西此律所以治奸淫者严矣,则夷俗亦未尝无夫妇之伦也。第云强奸未聘女,给银女父,可娶为妻,与近日西国律例"女子自主择夫,先淫后配"一条,相去无几矣。夷狄之沦于禽兽,谓非摩西阶之厉乎?

校勘记

〔一〕底本作"欧",误,径改。

凡同族借银与粮不可取息。

人若不悦其妻,即写离书交之,听其离去。妇人既嫁后夫,又出之,或后夫死,前夫皆不可娶回。人若新娶妻,一年不出征,不办官事。

不可因子杀父,亦因父杀子。

人若争讼,须听士师审判,当以义人为义,恶人为恶,扑责以四十下为限。

权衡升斗须当公平,不可一大一小。

案:以上数条,似亦华风之被于西土者。

兄弟同居,若一人无子而死,其妻不可出嫁外人,兄弟当娶为妻,首生之子必归死者。若兄弟不愿娶死者之妻,往告长老,长老召之来,若执意不娶,即令死者之妻脱其鞋,以唾沫吐其面以辱之。

案:此摩西生聚之计,而不知其驱人而入于禽兽也。上文屡言不可奸嫂与弟妇,以辱兄弟,虽不明定其罪,未尝不斥为非。今乃寡嫂强之苟合,不从则可控长老;劝之苟合,不从则可辱。以一人而有此矛盾之言，而彼族且奉为教祖焉，异哉。

摩西与以色列诸长老令民曰："尔等过约旦河之后，即以所言一切法律记录于石，立于以八山上，又用石筑一上帝祭台，顺从主言，必蒙主福，违背主言，必蒙主祸。又将法律记在书上，授之祭司，命其每七年之末年，于居庐节朝见主时，读此法律与众人听。"

案：此摩西行教之始，摩西以己所定法律勒之石，宣之众，其自信过于吕不韦，其刚愎过于王安石，此其所以钳制愚民，鼓动族众，生为一时草泽之英雄，死为后世欧美之教祖也。

主谕摩西曰："尔死期近矣，当召约书亚来，我将以命传之。"于是摩西与约书亚并立会幕中，主藉云柱显现，命约书亚曰："尔当奋勇勉力，导以色列人至我所起誓应许之地，我必保护尔。"又命摩西曰："尔登亚巴林山，即是尼波山，必死于此，归尔本宗去。"摩西乃为以色列十二支派祝福毕，自摩押平原登尼波山，遂死，时年一百二十岁。以色列人为摩西哀哭三月，此后以色列人不复有先知如摩西者。以摩西是主所认识，主又使摩西在伊及国行诸般奇事异能，又在以色列人中行诸般大能可畏之事。

《采风记》：巫教西行，始为印度婆罗门教佛经，有婆罗门天祠，斥为外道，此在佛教未兴以前流传，先及波斯，为大阳火教，由波斯传犹太时，即已罩及埃及。摩西起于埃及斗术，既盛，遂领其众，择旷地而居，至西乃山推崇主神，刻石传诫，作《创世记》以证其神为上帝，张其教所从来，专令其族信从，尚未及于他族，此天主教别于婆罗门旧教之始。

案：摩西所为之事，大约以巫术欺人者也，迹其生平，与东汉之张角无以异，其自称上帝仆人，犹角之自称大贤良师、天公将军也。其作种种奇事异能，犹角之以妖术教授、咒符水疗病也。其立牧伯、士师、千夫长等官，犹角之置三十六方，大方万余人，小方六七千也。其以兄亚伦侄以利亚撒为祭司，犹角之以弟宝为地公将军，梁为人公将军也。乃角不数月而即诛，摩西领众四十年，以寿终，则其所遭之有幸有不幸，非张角愚而摩西智也。而彼教竟尊之为圣人，奉之为教祖，吁，可怪也。

约书亚记

摩西死，主谕摩西侍者约书亚曰："我之仆人摩西已死，尔当继之，领众民渡约但河，往我所赐以色列人之地，尔一生无人能敌，我保护尔如保护摩西一般，尔当奋勇勉力。凡摩西所书律法，尔不可左右偏离，须谨守遵行。"于是约书亚命民间官长曰："尔等预备食物，三日内要渡约但河，进上帝所赐之地。"明日，约书亚与以色列人到约但河边，越三日，官长遍告营中百姓曰："尔等视祭司所异上帝耶和华约匮为行止，与约匮常离二百丈，不可太近。"主命约书亚曰："我今必使尔为以色列人之长，使以色列人知我保护尔如保护摩西一般，当令异约匮诸祭司至约但河侧，即当行入水中。"约书亚与众民起行，异约匮诸祭司在前。及河，彼自上而下之水立起如土堆，水之流往咸海者皆绝。异约匮祭司皆在河中立住，俟以色列渡毕，乃命诸祭司登岸。既登，河水合流如故。时正月初十日也。

案：此与出伊及记渡红海一事同一怪诞之说，作是书者，欲显约书亚之巫术与摩西不相上下，故能成摩西未成之事，统率部落得迦南地而居之也，然而诬矣。

主命约书亚曰："尔制造快刀，为以色列人复行割礼。"众民受割礼毕，既痊愈。主谕约书亚曰："我将耶利哥王，并其中战士，皆归尔手，尔须旋绕此城，一日一次，七祭司各持号角，在法匮前。至第七日旋绕时，祭司当吹角，众民大声呼喊，城必崩塌，可以直入。"约书亚遵此行，城果陷，既入，屠其城中男女及牲畜。

以色列人犹大支派中有些拉之曾孙、飒底之孙、迦米之子名亚干者，擅取财物，主即发怒，而约书亚不知也。遣三千人，由耶利哥往攻艾城，艾城人杀其军三十六人，众皆逃散。约书亚俯伏于法匮前，祷告主。主命之曰："以色列人违我之命，擅取当归我之财物，所以败北，明日须按各支派掣签。"主掣出一支派，即于支派中按宗族，主掣出一宗族，即于宗族中按其家，主掣出一家，即于其家按其人，主掣出一人，即是擅取财物者，当将此人焚死。次日，约书亚如法掣签，知是亚干，以色列人，以石砍死，又焚其尸。

案：亚干擅取财物，固不得为无罪，而约书亚托为掣签之法，则全用摩西之巫术也。

主命约书亚曰："尔率军士往攻艾城，当设伏兵，但城内财物牲畜，可以自取。"约书亚选三万勇士，使于城后埋伏。[曰：]"我所领兵由前进敌，若出战，我即佯走，敌兵追我，既离城，尔伏兵起急夺取城，以火焚城"。明日，果如所料，艾城人见烟焰冲天，欲奔无路，以色列人之佯走者，转身击杀，伏兵亦出城迎击，艾城人全军皆没，生擒其王，献于约书亚。约书亚悬之于木城中,牲畜财物皆为以色列人所得,约书亚至以八山,为上帝耶和华筑一祭台,将摩西所写律法抄录石上,凡其所述之言,及律法书上论赐福降祸之语皆宣读一遍。

案:此彼族传教之始。

基遍居民闻约书亚灭耶利哥与艾,惧甚,设计遣使者至吉甲见约书亚,言自远方来,求与立约,约书亚及众牧伯许之。

亚摩利有五王,耶路撒冷王亚多泥洗德,希伯仑王荷咸,耶末王比兰,拉吉王耶非亚,厄伦王底璧,以基遍与以色列人和,遂率兵攻之。基遍人使人求救于约书亚,约书亚兴兵往救,击败敌兵,敌兵奔至伯和仑下坡,主降下大雹似石,击死敌兵过半。当是时,约书亚祷告主曰:"愿日停基遍,月止亚耶伦谷。日月果皆停止,如一日之久,及战胜回营,知五王逃入玛基大洞里,命将五王解至,乃使军长以足践其颈而后杀之,屠其城。约书亚乘胜由玛基大攻立拿、拉吉、基色厄伦、希伯仑、底璧,皆尽杀其人,收其地。凡主所命摩西之事,约书亚一一遵行,于约但河西杀其人而取其地者共三十一王。

案:约书亚为摩西侍者,其所为亦有草泽杀掠手段,是犹张角之后有张修,亦以妖术寇巴郡也。

约书亚年已老,主谕之曰:"尔将所得之地,拈阄分给以色列人为业。"其流便、迦得与约瑟派下玛拿西半支派,摩西在约但河东给之地矣。其余犹大、便雅悯、西缅、西布伦、以萨迦、亚设、拿弗他利、但、及约瑟派下以法莲半支派,皆各拈阄给地。惟利未支派未得地,以献主之物为其业。以色列分地已毕,遵主之命,将约书亚所求以法莲山之亭拿西拉城给约书亚。其时利未人诸族长至祭司以利亚撒与约书亚、并以色列诸族长前曰："昔主托摩西言：将城邑给我等居住，城外郊野给我等游牧。"于是以色列由己业中以邑四十八与利未人。

约书亚将死，召以色列诸族长及士师官长至，述上帝遣摩西领尔等出伊及，久居旷野，及过约但河与诸王争战之事，尔等安居其地，尔当敬畏主，事奉主。众皆答曰："我等不敢背弃主去事奉别神。"约书亚曰："惟恐尔等不能事奉主，因主是至圣之上帝，是忌邪之上帝，必不赦尔等罪恶，主必于降福尔等之后，转而降祸。"众曰："我等一心事主。"约书亚乃与众人立约，在示剑立定规条律例，将所言者皆录于上帝律法书上，复用一大石立于主殿之橡树下以为证。既毕，各归。主之仆人约书亚死，年一百十岁。

案：此篇所记，疑约书亚仿摩西《出伊及记》《利未记》二篇而为之者，但其魄力不若摩西之大，其居心不若摩西之狠，其弄术不若摩西之巧耳。宜彼教之人，止称摩西而不及约书亚也。

士师记

约书亚既死，后世不知主为以色列人所行之事，背弃列祖之上帝耶和华，去事巴力与亚斯他绿诸神[一]，于是主向以色列人发怒，将彼交与四围仇敌手中，主乃为彼设立士师以拯救之，彼复不肯听从士师，仍然崇拜别神，速离列祖所行之道，及士师死，仍是行恶，比前尤甚。主怒曰："此民违背我与彼列祖所立之约，所以约书亚死时所留迦南各族，我不曾驱逐一人，欲试以色列人视其肯遵行主道与否，故不速将各族驱逐，交付约书亚手中。"

案：诮渎鬼神固非，然别无恶迹，而但以此为极恶，何以事奉上帝耶和华，同属诮渎鬼神之事，即谓其有善无恶乎？迦南各族未尽驱逐，特约书亚力有不及耳，上帝探后世人之恶志，而故留一仇敌以为之难，其设心之奸险，有非操、懿所及者，上帝果如是也，恶莫大焉，于人之行恶，又何怒焉。

校勘记

〔一〕亚斯他绿：今本《圣经》作"亚斯他录"。

于是主将以色列人交与亚兰王手中，服事亚兰王八年，以色列人乃呼吁主为设立一人拯救之，即迦勒同族基纳之子俄得聂是也。使作士师，出与亚兰王战，克，国享太平者四十年。

俄得聂死，以色列人又行恶，主使摩押王攻击以色列人，服事摩押王凡十八年，以色列人呼吁主又为设立一人救之，即便雅悯支派基拉之子以笏也。以笏左手便捷，当纳款于摩押王时，以两刃刀藏右股上，纳毕，告王曰："我有机密事白王。"王屏左右，以笏至王前曰："我奉上帝命告于王。"王乃立，以笏以刀刺入王腹，即出，锁其门，及王仆人知觉，以笏已逃。遂至以法莲山上吹角告以色列人曰："尔等随我追逐主，已将摩押人交尔等手矣。"于是众皆奋往杀摩押，凡一万人，国享太平者八十年。

以笏死，以色列人又能行恶，主即交与迦南王耶宾手中。王有铁车九百两，与其将西西拉虐待以色列人二十年，以色列人呼吁主。有一女先知名底博拉者，拉比多之妻也，时为以色列人士师，乃使人召巴拉克至，谓之曰："尔率拿弗他利与西布伦二支派一万人，上他泊山去，我必使耶宾将军西西拉全军皆交尔手。"巴拉克约与同去,底博拉偕巴拉克至基叠,西西拉领铁车九百辆,至基顺河。主使西西拉全军被巴拉克杀败,西西拉步行而逃,至摩西岳父、何巴后裔希百家,其妻雅亿给之入幕,以衾覆之,将橛子钉入西西拉发间。巴拉克正追赶时,雅亿告以故,始知西西拉已死,自此以色列人势日强,遂将迦南王耶宾灭绝,此后国享太平四十年。

　　以色列人又行恶,主又交与米甸人手中七年,米甸人以势压以色列人,以色列人极其穷乏,因呼吁主。主使者至俄弗拉,坐约阿施之橡树下,约阿施之子基甸正打麦子,在压酒处向其显现云:"勇士,主保护汝。"基甸云:"若耶和华保护我,我等何至遭此祸耶?"主命之曰:"我使汝依汝力量去拯救以色列人。"基甸以家贫力微对。主云:"我必保佑汝,使汝攻击米甸人如攻击一人。"基甸求主示证据,主乃令基甸以羊羔及无酵饼放磐石上,使者以杖搅肉饼,即有火从磐石中出烧此肉饼。基甸因亲见主之使者,乃筑一祭台于亚比以谢之。俄弗拉名耶和华沙龙译即主赐平安之义,拆毁巴力之坛,砍断坛旁木偶。此时米甸人、亚玛力人与东方人俱聚集过河,在耶斯烈安营,基甸在哈律泉旁安营,但选三百人与战,同时吹角,敌军大败,获米甸二王,一名俄立,一名西伊伯,寻斩之,自是国享太平四十年。

江涵集

［清］江涵　撰

夏哲尧　点校

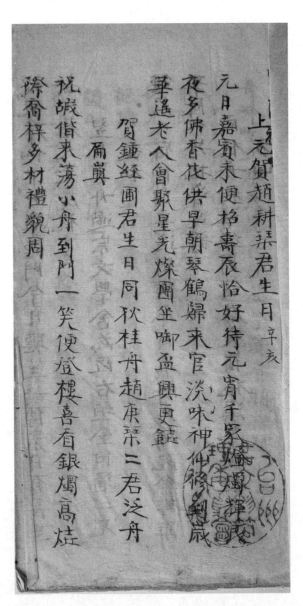

临海市博物馆藏《寄庐杂咏》书影

前　言

　　《寄庐杂咏》抄本一卷，为项士元所抄。项士元在封面题"寄庐杂咏"，扉页题："温岭江涵撰。涵晚号迂浦涵叟，清末庠生，入民国，卒年七十余。"据林丙恭《壶舟文存·跋二》载："先生所著《壶舟诗存》十四卷，江观察春苑已为锓版行世矣。光绪三十四年冬，丙恭校印先生所注《夏小正》既毕工。老友江茂才涵泳秋、陈广文树钧襄臣，各以所辑《壶舟文存》见寄。"江涵，字泳秋，编辑出版了《壶舟文存》，并于光绪二十一年（1895）仲秋作短序一篇："乡先辈黄壶舟先生，著述甚富，先伯祖为记得诗存。"可见其伯祖江春苑曾出版《壶舟诗存》。又据《温岭县续志稿》："江浩，字竹宾，生于箬横望族诗礼之家，富甲一乡，博学多才，壮岁食饩，南乡士子，惟马首是瞻。光绪间续修《太平县志》，主持南局，颇具勤劳，志事告竣，县府聘为南区总董，为时达十余年。……江泳秋，世居箬横，为江浩之胞弟，致志攻读，经书悉能背诵，一字不误，是饱学之士。入庠后，埋首穷研诸子百家。"可见江家世居箬横，诗礼传家，胞兄江浩，曾修县志。江泳秋为庠生。

　　关于江涵的生平事迹，邑志没有详细记载，但从其诗作中能略知其大概。《送春庚申》曰："去年送春我七一，今年送春我七二。"从项士元题记看，庚申年当为民国九年（1920），据此推算，江涵当生于清道光二十八年（1848），其卒年当在民国九年（1920）或以后[①]。

　　江涵虽然生活于"离乱世",且"母没八龄父卅一"(《慕父母》),但他还是接受过良好的传统教育,从同治辛未(1871)到光绪丙子(1876),曾六次游学府城参加岁考,并曾获得县试第二(《游学鹿城》)。他虽在民国时期任过温岭县人民代表②,但"我年七旬未一仕"(《慕父母》),只是"聚徒讲学乐融融"(《答复狄桂舟君慨世原韵》),布衣一生。而作为深受儒家思想熏陶的一位乡绅,江涵坚持操守,具有儒家仁民爱物之情怀。他不仅仅是"独善其身",聚徒讲学,结社酬唱,而且十分关心时局变化、民生疾苦,积极关心家乡的公益事业,"一生精力销公益"(《独坐书怀》),"公益曾储千石谷,私藏剩有半楼书"(《答复王尧臣原韵》),尤其是积极参与家乡的水利、文教建设。

　　"振笔捷书数十年"(《元旦试笔》),《寄庐杂咏》收录诗歌近二百首,从其主要题材及思想来看,可大致分述如下。

一、揭露时弊,讽喻现实

　　"我生不逢辰,适当离乱世。"(《梦想》)江涵身处时代变革之际,历经洪杨之乱、戊戌变法、义和团运动、联军入侵、清朝灭亡、民国建立。社会鼎革时期的动荡混乱,山河破碎,民不聊生,使江涵格外忧念时局,关心社稷苍生,鞭挞祸国殃民者。如:"洪羊劫在甲寅年,一带街衢一炬燃。从此故家乔木尽,吾乡风物不如前。"(《续家乡怀古》)"旧昔版图归统一,而今管领问由谁?""仙人岛好久传闻,强敌垂涎望早殷。去岁西夷犹是借,东夷今直上青云。"(《又和青岛杂咏原韵》)"大兵之后逢凶岁,伏莽依然异昔时。如许饷糈何处措,几多党会曷能支?列

强环伺尤难测，安得苍苍拯此危？"(《转念时艰次前韵》)"外侮
恃强多逼处，内奸乘势暗交通。议和本为安民计，争奈谋成又
属空。"(《前题》)又如在《和许蓉垣劫余杂咏原韵》一诗中，则
以"红权乱后人心去，先误佛爷后庆王""乱世奸雄多窃据，欺
人孤寡用阴谋"等诗句及自注，直接对慈禧太后的专权残忍及
袁世凯等人的阴谋进行了无情的揭露。而《梦想》一诗，则对
各时期的祸国殃民者进行了无情的鞭挞。

　　"鼎革之交盗贼多"(《哭次子钟俊》)，政局的变化不仅造
成社会的动荡混乱，而且也是滋生官场腐败的温床。对于清
末民初的官场腐败现象，江涵进行了无情的揭露。如："义利
关头谁打通，世态炎凉古今同。君第见，贿赂公行仕路中，上
下钻谋惟青铜。不知近世臣不忠，庶人聚议亦不公。君第见，
工媚风遍浙西东，廉耻道丧谁责躬？"(《答复狄桂舟君慨世原
韵》)又如："江山零乱等残花，义士谁为古押衙。泄沓官僚醉
梦里，惟知媚上博乌纱。""擅权贵戚宝盈车，世外桃源自适
居。""多年搜刮委强胡，莫怪王公泪眼枯。"(《又和青岛杂咏原
韵》)

　　时代的鼎革，不仅体现在政权的更替，而且也涉及社会生
活的种种变化，对此，江涵进行了无情的讽刺。如《世界》：

　　势力真成世界，理情都付子虚。党派只争多数，单寒到处
吃亏。

　　君主易为民国，书院改作学堂。讲文议院国会，用武炸弹
手枪。

　　群夸今日中华，行远轮船火车。洋货洋房为市，电灯电线
生涯。

　　君父大伦不讲，自由平等有权。男儿头皆剪发，女子足重

天然。

选举专视投票，运动力多有效。通国上下皆然，被选诸君热闹。

手摸麻雀博克，口衔蕃菜香烟。小住茶园旅馆，多看花院舞台。

江涵是一位襟怀远大、素有抱负的绅士，即使到了古稀之年，仍然是壮心不已。《烈士暮年》诗云："早岁襟怀期远到，穷途功业愧难成。交游羞与闲鸥伍，困屈聊同伏骥鸣。心恨黄天真有阙，眼看白日总无情。庞眉皓首形容异，生不逢时气不平。"《七秋励志》诗云："烈士暮年志未灰，我何枉到古稀来。虽知伏骥鸣无益，也要雕虫奋不才！"因此，身处山河破碎、政局动荡、人民离乱的社会现实中，他虽然是"胸中郁郁不自得"（《同桂舟耕琴经圃诸君夜宿桃溪学校明旦游方山》），但并没有消极沉沦，而是一方面颂扬抵御强寇、为国捐躯的勇士："惜我健儿殉敌阵，恨他强寇逼吾庐。乡间捍御真知义，世俗悠谬枉读书。"（《自叹次前韵》）另一方面则渴望社会的安定，生活的安宁，如《现象》《梦想》两诗不但详尽地叙述了时局动荡及所带来的灾难，而且寄寓了自己的愿望："吾国乱如丝，幼主存若赘。谁为申包胥，洒满秦廷涕。大力定中原，天颜得开霁。忽入黑甜乡，神与隆平契。世宙转唐虞，小人尽怀惠。须臾德化成，仁风遍陬澨。民物尽熙熙，臣僚无泄泄。我辈负杖游，同舟可共济。重见升平日，千秋更万岁。"（《梦想》）

二、关心民瘼，投身水利建设

作为一位具有仁人之心的乡绅，江涵十分关心家乡人民的生活疾苦。"离乱人民百事哀。奈堪加税令频来。东西洋债偿难尽,遑向滑稽问劫灰。"(《和许蓉垣劫余杂咏原韵》)"天久不雨河无水,晚禾在田干欲死。忧从中来夜不眠,黄岩之游我当止。"(《赓琴桂舟经圃兄订中秋前三日游黄岩羽山诸名胜余以天旱不果行赋此答之》)温岭地处海滨,除旱灾外,大水洪潮所形成的水患更频繁,所造成的灾难也更为严重。"迄到我生之初日,大水洪潮相接连。金谓金清新闸作,水患早已伏于前。上乡来毁下乡拒,官连冤结官从权。庚午刘守饬吴令,派绅顾浚劝民捐。欸少工少效亦少,那堪丁亥夏雨悬。低乡沉灶为鱼鳖,浮家真同志和船。人食草根逾半载,乙丑蛟出邑城过。后溪淹毙人多数,一带民房无一全。"(《金清浚河行》)又如《庚申夏大熟未获蓦为风雨所坏援笔赋此时尚未知沿海洪潮也》《温岭大水兼洪潮行》两诗,不但叙述了水患给人民生命生活带来的深重灾难,而且深刻揭露了造成严重水患的人为因素。"目睹灾情真惨然",正因为江涵目睹了水患所造成的灾难,所以他一方面颂扬历代兴修水利的地方太守与乡绅(详见《金清浚河行》),另一方面则不辞辛劳,积极参与家乡的水利建设。"我辈功费七年尽,满冀凶荒从此蠲。""我辈奉委又督浚,日早视工夜迟眠。惟恐疏水有不效,此身若将坠诸渊。"(《金清浚河行》)

三、家乡怀古,思亲念友

江涵曾参与"光绪间续修邑志"(《续家乡怀古》诗末自注)工作,对家乡的历史沿革十分了解,并且特别关注家乡的文教事业。诗集中的《家乡怀古》《续家乡怀古》《游学鹿城》等诗,不仅叙述了家乡的历史变迁，而且弘扬了家乡的文教事业。"台南南监始何年，邑志云同北监传。古是昌明文教处，何今科学不同前？""徐见竹林成七数，栽培毕竟在人为。"(《家乡怀古》)"汉时回浦统温台，元季始传学校开。地在吾乡今可考，便知累代有人才。""任用人才郭秉文，长安政绩久传闻。吾家仕进当年盛，继世簪缨《志》亦云。""富庶人家兴教易，书声多处起人文。"(《续家乡怀古》)"斯道南来久，吾台名远闻。城成唐武德，教兴郑广文。号称小邹鲁，芹藻扬清芬。宋元多文学，节义炳有明。"(《游学鹿城》)同时，江涵不仅自己身体力行，教子课孙，聚徒讲学，而且还积极参与家乡的文教建设。"觉世端资先觉民，相期大雅可扶轮。"(《答给谏杨定孚先生原韵》)文教的发达不仅造就了仕进人才的兴盛，而且也促进了文化的发展，民风的改变："生徒常济济，时雨化均匀。风俗昔乔野，人士今彬彬。"(《游学鹿城》)"喜他早各兼耕读，一唱田哥一雅歌。""风景春来看不尽，街西文阁又高悬。""女织男耕忙不了，是乡风俗尚淳良。"(《家乡杂咏》)

　　"人生仁孝根天性，孩提无不知爱敬。"(《慕父母》)江涵是一位十分重忠孝节义、珍重感情的诗人。江涵对父母、姐弟、儿子有很深的感情。"屈指数年事，家庭不幸多。"(《哭三弟晓春》)诗人对家庭众多亲人的不幸离去怀有深深的思念追悼与自责之情，如《慕父母》《哭三弟晓春》《追悼毓青胞兄》《追悼六弟福绥》《哭次子钟俊》《哭三子秀琚》《丁巳生日述怀》等诗。而在《丙辰中秋无月有怀》一诗中，诗人则以月的永存、盈亏为喻，富有哲理性地表达了对父母的深深思念之情："月阙匝月圆复来，吾亲去世何不回？一番见月一思亲，月在亲亡可怜人。或说人生有来生，犹月有亏复有盈。否则子孙谋燕翼，即是蟾光照不息。究竟解人其难索，天道幽远安可测?""惟有亲恩天罔极，月夜梦见之，还期报万一。"

"人孰无交游? 所难在良友。"(《又和朋盍簪原韵》)江涵对友人也同样一往情深。这种情谊不仅体现在诸多的庆贺友人生日寿辰和哀悼友人的诗作中，而且也表现在与友人聚会、游览名胜的诗作中。如"几日前头曾访之，犹期后会慰相思。早知从此成长别，卅里行来肯便辞?"(《哭益友张竹斋》)又如："高年携伴同行乐，杖履优游亦快哉。"(《癸丑中秋狄君桂舟叶君霭士赵君耕琴锺君经圃先后买舟到舍是夕开筵宴客月明如镜游赏畅谈不知夜如何其也赋此志喜》)而难能可贵的是，江涵还常以惋惜、达观之情怀劝慰被馋去官之友人，并且善为友人排难解纷。如："自古遭馋恒不免，达人只好豁胸襟。""此去大才还大用，重寻后会话平生。"(《蓉垣许君任监事长八阅月因被谤去官陈彝甫兄为作留别诗余次韵和之》)"好官自古得恒难，召公杜母公堪匹。""父老借寇寇不留，力薄攀辕恨无术。方城二月杏花红，染成别泪绚诗笔。"(《严觉之邑侯莅温九月弊去利兴人民悦服因馋去任无计乞留临别赋诗》)"锺家一宿便回车，径到横峰日未斜。只为阮金排解事，同人共把鲁连夸。"(《翌日买舟过宗文学舍为阮右垣金伯涵二兄说和》)

从诗歌的创作方法来看，江涵的诗歌具有明显的现实主义倾向。现实主义的创作倾向使诗歌具有明显的"诗史"性质。"诗史"性首先在于具有"史"的认识价值。江涵的诗(包括自注)提供了"史"(邑志)的事实，既可以证邑志，又可以补邑志之不足③。可以夸大地说，一集《寄庐杂咏》，既是一本江涵简谱，亦是一部简志。

而"诗史"的性质，决定了写作方法上的叙事性。江涵广泛使用叙述手法,以诗叙自己及友人行藏,以诗述史实、写时事。有些诗甚至是即事名篇,如《庚申夏大熟未获葚为风雨所坏援笔赋此时尚未知沿海洪潮也六月初三日》《温岭大水洪潮行六月初八日》等诗。其诗既叙事件主要经过,又用注释补充详情,如《家乡怀古》《续家乡怀古》《和许蓉垣劫余杂咏原韵》《金清浚河行》等诗。同时,诗人在叙述事件经过时,不尽是平铺直叙,而是融入了强烈的抒情,如《同桂舟耕琴经圃诸君夜宿桃溪学校明日旦游方山》,在写登山之艰、轿夫嗜利、途中所见后,触景生情,转入对历史名人、当前时局的抒发:"方崖方岩及方石,以此自号学乃精。经济文章皆炳炳,千秋史传有真评。我辈年皆古稀近,两经乱离苦用兵。前见沦陷十三省,今见兴复南北京。未知风潮何日靖,遑问再见三代英。胸中郁郁不自得,聊借此游以舒情。极目四顾远无际,风云变态顷刻呈。此地非徒远尘俗,且知人事有代更。"有的诗,则杂以议论,如《梦想》,融叙事、抒情、议论于一体。又如《温岭大水兼洪潮行六月初八日》一诗,在开篇叙述此次水患的严重灾情后,便以议论抒情笔法写道:

"五十余年谈水利,朱子汇开利农田。底事兴工来抗阻,要公中止官无权。民风强梗浇风起,公道无存水道填。米价昂时犹漏海,富商利己心何专。官厅禁止终无济,穷民之瘼几时瘳。东南沙涂数万亩,天然利益浩无边。连年种广收亦广,各乡见之皆垂涎。富豪产易增多顷,穷苦宅难得一廛。垄断独登网市利,谋差缴价号专员。无论原垦非原垦,统视势力为转旋。坐分红利居多数,永作自家汤沐田。忙煞趋炎附势辈,经营财产力钻研。更有万民心痛事,河道任意卖银圆。不顾间邑患在后,只知一身利在前。人怨丛生气郁积,天怒勃发祸

接连。累及穷黎罹奇惨，安得救苦来大仙…吁嗟乎，灾荒苟仅
一隅止，移民移粟荒政传。灾荒今有十七八，车薪杯水空拳拳。
发粟那有许多粟，散钱那有许多钱。非求天雨多多谷，饥民何
由得粥饘。思彼熙熙遭浩劫，何人不知自省愆。悔罪之人天必
佑，求天庶可得回天。反风禾起《周书》载，愿与邑人共勉旃。"

　　通篇是叙事、议论、抒情相结合。诗人记述的是具体水
患，揭示的是水患的人为因素，而抒发的则是一己之情怀。

　　在中国诗歌史上，叙述手法早在《诗经》中就有广泛运用。
而大量使用叙述手法，以五、七言古体写时事，即事名篇，把叙
事手法发展到一个新高峰的则是唐朝"诗圣"杜甫，而杜诗向
被称为"诗史"。当然，江涵的诗，无论从思想内容的深度广度
上还是从叙事手法的娴熟技巧上，都无法与杜诗相提并论，但
从其诗歌的"诗史"性、叙事性看，受杜诗的影响则无疑是十分
明显的。

　　此次整理《寄庐杂咏》所据底本，为编委会所提供的临海
市博物馆珍藏的《寄庐杂咏》抄本。此抄本为项士元整理台州
地区文献时所抄。此抄本半叶 8 行，每行 20 字，无板框，白
口，无鱼尾，无行格。线装 1 册，开本高 20.5cm，宽 11.0cm.。
整理时力求保持原貌。原本中的古体字、异体字及俗字，今按
通用字改出，并按照编委会要求一律以简体横排。对于抄本
中模糊不清无法辨认的字，则以"□"形式标之。由于整理者
水平有限，期盼读者对所存在的不足之处批评指正。

注释

　　①浙江省图书馆古籍善本部藏有黄绾《石龙集》二十八卷六册抄本一
种。在该抄本"《石龙集》卷第六终""《石龙集》卷第二十三终""《石龙集》
卷第二十八终"末均附有"辛酉重九日后学江涵覆校"字样，而在卷十八

《答薛子修书》页眉有江涵的一处校勘记:"'实理',原抄本作'实礼',余雇抄人写作'理',窃谓作'理'为是。江涵记。"卷二十八《祭洞黄先墓文》页眉亦有江涵的一处校勘记:"'远',原抄本作'源',友人改抄'远'字,(江)涵意疑改作'思源'"。该抄本还一并誊录"王舟瑶按语"。(详见浙江省图书馆藏《石龙集》抄本,索书号:善004573)张宏敏《黄绾著作考论》认为"王舟瑶校勘按语作于民国",浙江省图书馆收藏的《石龙集》抄本"系江涵(籍贯、生卒年、生平事迹待考,可以肯定江涵此人生于清末,卒于民国或稍后)组织一批友人据明嘉靖本誊录,其中原本'王舟瑶按语'亦一并誊录,且江涵在覆校友人誊抄本之后,自己还作有校语。'民国辛酉'即民国十年,公元1921年"。"江涵组织的抄录、覆校工作在1921年重阳日完成无疑。"(《国学学刊》2013年第1期)黄绾,明朝黄岩县人,他是"明代中期杰出的政治家、社会活动家"和"伟大的思想家、哲学家、文学家"。而《寄庐杂咏》作者江涵十分重视、关心家乡的文教事业,并在诗集中曾多次提及家乡文献的编校:"三台文献力维之,雠校丛残鬓已丝。"(《和杨定孚先生鉴湖一曲原韵》)"闭门常雠千卷足,顷仓惯赈一城贫。"(《和陈襄丞五十四岁自述原韵》)"经过沧桑非幸免,力维文献是难能。"(《答杨定孚先生原韵》)民国十年(1921),江涵为七十三岁。据上推测,组织抄录、覆校乡贤黄绾《石龙集》的江涵极有可能就是《寄庐杂咏》的作者江涵,这样,江涵的卒年最早在民国十年(1921)。

　　②《温岭县志》收录的民国六年《为淋川盐民请命》文后"温岭县人民代表"中有"江涵"。(温岭县志编纂委员会编:《温岭县志》,第953页,浙江人民出版社1992年版)

　　③如《金清浚河行》在"我辈功费七年成"下注曰:"先有金襄廷、阮馥云、金鸣九、赵俊夫、郑竺生、沈□谦诸先生董其事,后或作古,或他往,惟鸣九先生始终如一。当时襄办十余人,惟狄桂舟、林灵岩、赵庚亭同余四人经办最久。"又如《续家乡怀古》在"如何邑乘不书官"下注曰:"今县志不载,伤哉贫也。"在"庙祀今何两见之"下注曰:"一在中街,黄岩场署侧,载前《志》;一在南街,前《志》所未载。光绪间续修邑志,余曾采入,主笔者又删去,今缺然。"

目　录

寄庐杂咏

上元贺赵耕琴君生日<small>辛亥</small>

元日嘉宾未便招，寿辰恰好待元宵。千家灯烛辉良夜，多佛香花供早朝。琴鹤归来官淡味，神仙修到岁华遥。老人会聚星光灿，团坐衔杯兴更饶。

贺锺经圃君生日同狄桂舟赵庚琴①二君泛舟扁屿

祝嘏偕来荡小舟，到门一笑便登楼。喜看银烛高烧际，乔梓多材礼貌周。

谬说群仙下大罗，德门今日听笙歌。传家自有长生诀，不藉凡夫庆祝多。

注释

①应即上文赵耕琴，后文亦作"赓琴""庚亭"，今照录底本，不作改动。

翌日买舟过宗文学舍为阮右垣金伯涵二兄说和

锺家一宿便回车，径到横峰日未斜。只为阮金排解事，同人共把鲁连夸。

同桂舟耕琴经圃诸君夜宿桃溪学校明旦游方山

　　奇峰屹立本天生，我欲登兮趁早晴。惟恐此山不易上，大家雇轿当步行。路出桃溪三四里，耳畔忽闻瀑布声。云是碎鸡娘岩到，此处危险人皆惊。蓦然细雨从东至，定是催我诗句成。春光转眼又开霁，已到绝顶一半程。先后轿夫同时话，暂焉憩息聚一枰。此后山路益逼仄，一步一步皆不平。抬头高望天将近，欲上难于登蓬瀛。世俗登高恒怕险，得半而足亦自鸣。轿夫嗜利力独奋，勇往直前莫与争。脚步踏定不肯住，经历崎岖若平衡。直过山背肩始息，道人见之来欢迎。上有楼阁接霄汉，中藏洞府辟高闳。怪石嶙峋世鲜觏，形同羊角势峥嵘。其余怪象犹不一，半是天然半经营。布置一切颇雄壮，住居十余若弟兄。有一老者年近百，须发皤皤道貌亨。若仙若佛若神圣，供奉如礼极尊荣。自古南人多信鬼，烧香往来路为盈。我辈于兹得小住，茶罢进面尚丰盛。昨夜学校进肴馔，食味虽嘉无此清。洞中咸谓众仙降①，今日之会笑语訇。岂知吾儒别有意，不在貌合在心诚。方崖方岩及方石，以此自号学乃精。经济文章皆炳炳，千秋史传有真评。我辈年皆古稀近，两经乱离苦用兵。前见沦陷十三省，今见兴复南北京。未知风潮何日靖，遑问再见三代英。胸中郁郁不自得，聊借此游以舒情。极目四顾远无际，风云变态顷刻呈。此地非徒远尘俗，且知人事有代更。吁嗟今日已近午，过此不归心怦怦。最高尚有一兰若，惜未穷我行远旌。急忙为作言旋计，又见飞雨入轩楹。冒雨直从山背转，当前得失付明明。

注释

①原注:余诸人皆道装往。

剑 岩

一剑生成妙自然,奇岩高插影参天。若非洞里神仙佩,着手何人得异传。

最好斜阳照碧空,锋铓远映剑光红。更兼万丈云霞护,益见天心镌铸工。

二老谈经

二老何年到此山,谈经妙在不言间。须知参得禅机透,故作僧家入定颜。

和赵耕琴君感怀时事原韵

好风片片雨丝丝,龙蜇求伸理可知。世局更新原有象,山河再造在斯时。东西交涉重洋靖,南北军声独力支。莫道斯人堪不出,此身天下系安危。

转念时艰次前韵

忽见霜侵两鬓丝,因难而退我须知。大兵之后逢凶岁,伏莽依然异昔时。如许饷糈何处措,几多党会曷能支?列强环伺尤难测,安得苍苍拯此危?

和狄桂舟君自遣原韵

爱种名花手自锄,小园兴致未全疏。客来足抵半方榻,月到光增一草庐。南北派分犹有字,周秦誓后便无书。桃源洞在还应访,旧路可曾问捕鱼?

自叹次前韵

安良道在暴能锄,自叹筹防计太疏。惜我健儿殉敌阵,恨他强寇逼吾庐。乡间捍御真知义,世俗悠谬枉读书。辗转筹思无善策,不如归去伴樵渔。

病时自咏仍次前韵

病久根深要力锄,从前调剂悔多疏。方针我未能兼习,坐卧今惟守一庐。

忙里难医沉痼疾,闲来须读卫生书。何时勿药占能得,休再携竿学钓鱼。

家乡怀古

台南南监始何年,邑志云同北监传。古是昌明文教处,何今科学不同前①?

遗迹人人说紫阳,为兴水利费周详。今公祠宇虽零落,基址犹存大路旁②。

场衙毁后喜重修,松桂轩开景色遒。为问竹深何处是?堂空环翠几经秋③。

河泊昔曾驻此间,革除寻复若连环。何来太守重题请,移向澄江不再还④。

留遗禹庙近千年,栋木至今色尚鲜。治水功成明德远,馨香祝满大街前⑤。

二七人来市上多,当年交易气融和。如何并入新河去,地运使然奈若何⑥。

少逢离乱命多穷,卖得家家田宅空。喜到同光时际好,街前街后唱财丰⑦。

我生记取少年时,秀竹凌云只一枝。徐见竹林成七数,栽培毕竟在人为⑧。

注释

①原注:《志》载南监对临海北监而言,宋元时,郑、郭二姓簪缨方盛,延师教读,书声后先不绝。近年回浦书院改为学校,科学率与前异,故云然。

②原注:从前南监地面颇广,邑共六闸,五闸在其庄内。朱子疏水至斯,议修议创,制极周到,后人建祠祀之。今祠已圮。

③原注:今场署东边有松桂轩,花木修洁可观。旧署相传有竹深处、环翠堂,今皆无在者。

④原注:从前河泊所亦在署场侧,中间除去又复续。后太守周志伟奏请移驻澄江。

⑤原注:相传朱子疏水至斯,为建王庙,中有栋木,至今如新,石二方,色白润,叩之有声。《志》皆载及。

⑥原注:南监向来有市,自新河筑城后,地大且近,便人留宿,故渐渐并去,亦地势使然也。

⑦原注:乱世年荒谷贵,故卖田者多。同光之交连岁丰稔,家有积蓄,

且场署书役办公取钱亦较易易。

⑧原注：南监近百余年相传在庠仅有一人，接连自捐，建回浦书院，落成后，文武在庠者合增至七数。

家乡杂咏

从前南监是迁江，夜静月明听吠龙。村舍接连街市古，四民杂处语言哤。

前街店铺几家传，生意场中夺利权。货殖须师端木氏，先贫后富亦称贤。

场署前头聚处多，吏书差役本殊科。喜他早各兼耕读，一唱田歌一雅歌。

后街农圃最专长，每日田园种作忙。一点闲非俱不染，个中心地自清凉。

远山明媚水清涟，叱犊人归十亩前。风景春来看不尽，街西文阁又高悬。

陇上风来饼饵香，今年麦算最丰穰。只缘去岁秋收歉，还说街前米价昂。

今岁早禾收亦薄，三农齐祝晚禾良。上天泽及吾乡渥，风雨时和稼穑昌。

木棉熟后苦村娘，寒夜机声听未遑。女织男耕忙不了，是乡风俗尚淳良。

人言冬日农忙少，吾见忙多在此时。半卖园蔬半功作，朝朝早出暮归迟。

民国初年新政多，令来剪发急如何。在官在校风行早，个个头颅尽是陀。

英才后起志昂昂,头角生来便不常。会待养成双翮健,云端直上共高翔。

自顾盈头发已斑,此身好共白鸥闲。事来可让群英做,何用衰年再汗颜!

同桂舟耕琴右垣诸君及陈文猷管带会李吉卿兄家食新

食粟何如食麦新?良朋邀饮聚嘉宾。三人道派三僧派,鱼肉云胡又杂陈。

学佛学仙酒有无,今朝席上转糊涂。道皆怕酒僧皆喜,僧道原来是士夫。

赵耕琴君延师教儿孙读馆迁叶君霭士家东翁麦饼请客

今年麦算最丰年,月未圆时饼早圆。喜得主人邀客饮,满盘肴馔尽新鲜。

食味老来脆觉宜,烹调失饪岂吾期?平时我怪强欺弱,今我亦谓弱可欺。

眼看童冠与先生,西阁安排一席横。不等自由新党派,尊卑名分蓦然更。

老年少子最堪怜,信手携来共一筵。饮到众宾将散际,几人拇战兴依然。

狄桂舟君自椒江回以方长白玉一片
并佳章见惠为步原韵成四绝

剪发行新政，何如束发良？头巾今已换，缀玉用长方。
样式由新制，乡村未易寻。眼前如可购，何惜费多金。
喜有同心友，椒江到有光。回来先惠我，头上便轩昂。
玉白称完品，形方比正人。佳章相与赠，依旧重儒巾。

又和海谷春小饮原韵

椒江景色近时多，学得申江澈夜歌。海谷春藏花酒满，少年乐此老云何。

和王子裳先生淮南留别原韵①

欧西当日赋刀环，航海轮回问执攀。儒吏终存儒雅度，此心何地不清闲！

权政不言利有无，持筹得体亦良图。但期谋国心无负，龙断凭他贱丈夫。

一官归去阅人深，行止毫无顾恋心。今见苍溪同栗里，黄花到处任吾寻。

众人皆醉独公醒，前度骊歌今复听。面目本来终不失，在天能有几晨星？

注释

　①原注：先生一号六潭。

桂耕二老以六潭先生寄迹葭汕女校诗来
订小雪后邀余同往即以原韵和之

秋水溯伊人,宛在水中沚。葭苍露白间,未通尺素纸。同是束发身,瞻仰道在是。相约走程门,雪深不盈指。

和王漱岩君长庆寺题壁原韵

老去青衫十载余,远游毕竟胜家居。看完山水能观画,阅遍人情即读书。不近藩篱惟凤鸟,脱离钓饵一鳌鱼。中原有鹿人争逐,难得先生意自如。

师 古

古堪师法信非虚,择善而从道在余。壮岁从戎班定远,晚年高谊蔺相如。爱莲茂叔超尘俗,种菊渊明恋隐居。更有南阳桑八百,武侯本意不忘初。

独坐书怀

转瞬年将七十来,满腔热血付寒灰。一生精力销公益,屡见风潮只独哀。本为同舟求共济,那堪遇险启多猜。早知江上波涛恶,稳坐无如上钓台。

金钩钓月

路出北山林氏家，苍松古井聚三叉。天然生就金钩好，不钓鳌鱼钓月华。

松老枝垂钩影曲，井深水照月光圆。化工作意开图画，欲捉蟾蜍到树巅。

江湖钓饵不空投，此地应教月上钩。果得嫦娥枝上坐，泉溪景比广寒优。

岂知钓月镜花同？掬水井中总是空。惟有此情兼此景，任人摹拟这形容。

贺叶霭士君生日用前韵

君生适与我同年，我祝君家月共圆。朋辈冈陵齐晋颂，桑榆景好色新鲜。

君运嘉时近暮年，齐眉瑞映璧双圆。桥门春盎八重咏，数见谁云事不鲜。

蓉垣许君任监事长八阅月因被谤去官陈彝甫兄为作留别诗余次韵和之

官衙近在梓乡中，仕宦仍存林下风。案牍判由监事长，宾朋来作主人翁。如斯人地称相得，奈彼谤书上不同。六十程途时六月，一官归去等飞骢。

长材短驭效难同，辜负文名满浙东。锐意筹防空檄递，实心兴学叹材穷。雌黄莫息多人喙,清白徒存两袖风。好月自来还自去,一回相见一思公。

萧曹向有移交卷,灶课原为正项金。事必斟情消己见,讯无枉法亦仁心。南箕贝锦诗何巧,屈子贾生冤竟沉。自古遭馋恒不免,达人只好豁胸襟。

塞翁失马非为祸,神武挂冠任自行。借寇只关人士意,思刘实感长官情。人当临别多行酒,我罕戒心安用兵。此去大才还大用,重寻后会话生平。

又和许君原作次韵

去岁灾荒满浙东,调梅人代即天工。上官未识寅僚意,小试先惊万里鸿。

答给谏杨定孚先生原韵

宴集将之涉趣亭①,晚春花木斗芳馨。好随乘兴游山屐,先过月河拜福星。

觉世端资先觉民,相期大雅可扶轮②。而今老去身无事,同作湖滨闲散人。

注释

①原注:亭在黄岩西江别墅,昔年江数峰学博倡议,集同志筹筑。今其弟梦生君宴客于此。

②原注:昔年提拨场署中饱串费办学,黄岩归先生经手,太平归余经办。

和杨定孚先生鉴湖一曲原韵

世界沧桑又见之,怕闻时事乱如丝。好寻秋水伊人去,可结烟波钓叟知。莫问文衡肩共负,何劳谏本手重持。四明狂客今如在,一叶舟来追步时。

三台文献力维之,雠校丛残鬓已丝。避世烟霞双桨领,著书岁月一灯知。人心陷溺难援救,吾道渊源赖主持。异学争鸣正学惧,中流砥柱望杨时。

一样鉴湖两见之,光明并可照毫丝。剡溪不及苍溪近,逸叟也求钓叟知。眼底尘怀应尽涤,胸中慧镜许同持。月明一夜飞都遍,想见青莲入梦时。

周兴二老共归之,滨海当年两钓丝。瑞世飞熊春梦杳,孤臣伏骥暮年知。白蘋秋老须珍重,红蓼花疏好护持。但得月河清可待,渭滨异世俨同时。

赠林蔚生观察

束身名教中,莫重于根本。《尚书》言平章,亲睦先节搏。微子抱器奔,存殷非行遁。庙祀思久长,宗支防淆混。我昔亦讲求,本枝幸无损。去年君惠临,谈论极恳恳。聚族溯大家,勋名同华衮。文臣半大僚,武臣至专阃。累代多伟人,君躬尤蹇蹇。喜辞荣禄归,道德光耀焜。我今登君门,相见转恨晚。款客礼崇隆,燕居容和婉。棣萼齐联辉,内外言由梱。即此家可齐,便知本能反。非惟祖庙新,祭器愈工稳。非惟谱系明,恩谊愈诚悃。君看近来人,谁是贻谋远。砚池属君家,世世光文苑。

和章一山太史移居青岛原韵

河岂竭乎海岂干？可怜时局等糟团。君非尧舜应传子，臣少伊周尽素餐。多学浮沉随俗易，谁知明哲保身难。中原寸土无干净，远引飘然位置宽。

桃源寻得莫逡巡，世外樵渔尽可亲。此去琴书堪适志，本来杖履自生春。浑忘富贵功名味，愿作羲皇怀葛民。浮海居夷遵孔教，先生斯道一传人。

答复王尧臣原韵

羞将近事向人夸，自理残书妇绩麻。急唤幼孙开小径，闲随老友看寒花。旧游尚有青山在，晚节休言素行嘉。自问此生多抱愧，惟留清白可传家。

誉人未惯怕人誉，素志仍存一寄庐。公益曾储千石谷，私藏剩有半楼书。枕高可学袁安卧，室静应来康节车。忽报门前王粲到，迎忘倒屣答吹嘘。

和狄君桂舟游雁荡不果为订后期原韵

雁山古无乎，名何并西湖？康乐游未遍，见嗤今士夫。玉清觅良木，此山人始熟。北雁每南来，夜归湖荡宿。龙湫水潺潺，大小石最顽。先见一僧坐，接客无时闲。奇峰世所无，崖好任尔摹。中藏僧寺古，客过必招呼。善价不须求，名胜此兼收。其西望天姥，太白梦曾游。南蹑赤水脚，北揖委羽客。其

东接方岩,见者皆手拍。吾约今年秋,携伴往应尔。君何独不
然,初念不如此。好境终须赴,步勿封其故。期改到来春,吾
行毕吾素。

又和朋盍簪原韵

人孰无交游?所难在良友。声气订应求,讲习须长久。
善劝过必规,外物何能诱。伟哉管鲍交,古今名不朽。但以道
义重,徵逐陋美酒。

咏　史

自夸天命效文王,显示儿曹篡取忙。不数十年观得失,同
曹三马事昭彰。

黄袍禅诏一天加,检点果然志愿赊。本是欺人孤寡事,逆
来顺守便为佳。

和许蓉垣劫余杂咏原韵

官家厄运到黄杨,革命军声起武昌。天意有归人力绌,共
和时代大清亡。

清政在人恩最厚,何传十世便云亡?红权乱后人心去,先
误佛爷后庆王①。

离乱人民百事哀,奈堪加税令频来。东西洋债偿难尽,遑
向滑稽问劫灰。

人生天地一蚍蜉,何羡嘉谟有荀攸?乱世奸雄多窃据,欺

人孤寡用阴谋②。

入关毫不费经营③,禅位忽然报亦平④。但得天心今悔祸,杀人差可免盈城。

注释

①原注:西太后晚年,宫中称老佛爷,性淫乱残忍,任用阉宦,虐待皇上,擅移通国兵费改颐和园度支,国用日绌,兵力日弱,且晏驾前数日,听阉臣潜皇上,致不得其死,罪恶益彰。自西安回銮陵,满大臣日事揽权专利,而庆王尤甚,以致人怨日积,社稷为墟,而遗老逸民有隐痛焉。

②原注:袁世凯同宋教仁等先有密约,后多反覆。

③原注:俗语相传:"李闯打天下,顺治现成坐。"

④原注:而今失国易,乃报应使然。

又和青岛杂咏原韵

青青一岛笑人痴,何事交交学窃脂。旧昔版图归统一,而今管领问由谁?

江山零乱等残花,义士谁为古押衙①。泄沓官僚醉梦里,惟知媚上博乌纱。

擅权贵戚宝盈车,世外桃源自适居。狡兔原为三窟计,谁知蓦地下军书。

多年搜刮委强胡,莫怪王公泪眼枯。出使恨无班定远,身来虎穴服匈奴。

仙人岛好久传闻,强敌垂涎望早殷。去岁西夷犹是借,东夷今直上青云。

注释

①原注:用成句。

普陀烧香

火轮船到普陀山,走马烧香一日间。诸佛从头参遍后,磐陀石上悟禅关。

百二茅篷八十庵,僧徒多数尽包涵。普天共信慈悲大,香火年年盛海南。

由普陀过上海

普陀航海过申江,佛地花天世少双。仗大光明观色界,满头脂粉枉装腔。

马路纷歧辨未清,车声历乱听须明。愚园减色张园冷,兵事频遭过客惊。

华夷杂处此间多,华弱夷强可奈何?国货滞销洋货进,众商惟听舞台歌。

蕃菜如何人羡之,常情大半学趋时。我从此地亲尝过,适口厨还本地司。

杭　州

一别杭州廿五年,此来风景不同前。湖名西子西装矣,几处洋房傍水边。

昔日旗城化劫灰,那堪马路此间开。六桥三竺今依旧,但见公园车骑来。

丙辰重到杭州踵前韵

湖上浪游续旧年，恰逢暮雨晚风前。亭台一览归舟急，辜负梅边与柳边。

孤山游兴未全灰，来日探梅花正开。料得逋仙妻更好，淡妆无语下山来。

和王玫伯后凋草堂原韵

豹隐于今见一斑，葛天民尚在人间。但期此后能容膝，遑计当从前早出。山花径新堪集益，柴门虽设却常关。少陵自有草堂在，憩息好随倦鸟还。

沧桑一变多尘劫，难得完全剩此身。老树经霜知节操，小园植石喜嶙峋。门墙自昔同邹鲁，世界何须问汉秦。归去一官陶靖节，宅边五柳有同人。

奔波宦海久忘形，慧剑今看乍出硎。居里得邻清献宅，藏身不羡子云亭。门楣手创头将白，松柏春长眼共青。十八年前曾一见，至今异地仰芳型。

名贤相遇叹多疏，藏拙频年一寄庐。衰老羞言畴昔事，清闲还读圣贤书。羡君得所成高隐，愧我离群致索居。遥望苍溪惟一祝，后凋两字颂相如。

续家乡怀古

汉时回浦统温台，元季始传学校开。地在吾乡今可考，便知累代有人才①。

任用人才郭秉文,长安政绩久传闻。吾家仕进当年盛,继世簪缨《志》亦云②。

地当冲要古曾闻,早有商舟集似云。富庶人家兴教易,书声多处起人文③。

工文难得复工诗,县令骤迁翰苑时。事实俱详方石《表》,先朝人物系人思④。

督蹉减赋亭民悦,捐粟赈贫里社安。天富人民歌德政,如何邑乘不书官⑤?

回忆昔年六闸兴,吾村五闸至今称。盐场押袋兼何泊,有此官衙得未曾⑥。

红羊劫在甲寅年,一带街衢一炬燃。从此故家乔木尽,吾乡风物不如前⑦。

关圣威灵世共知,一街一市一专祠。吾心不解村庄事,庙祀今何两见之⑧?

注释

①原注:汉昭帝元年置回浦县,是时回浦地阔,兼今温台二郡。元元贞间建回浦书院,《戚志》载地在今南监。

②原注:郭道善,字养性;郭道保,字养民;郭道僧,字养恭。一以进士授玉山教谕;一以辟用任邵武同知;一以人才授岑溪知县。问宗,字秉仁,工部主事。振民,字东城,颍上知县。见新旧邑志及宗谱。

③原注:《戚志》载,地当冲要,商舟云集,郑郭两姓簪缨方盛,建设书院教子弟,书声不断,仿佛泉溪十字街焉。

④原注:郭秉心,字公葵,号谔轩,工诗文,著有《谔轩集》,由明经辟用县令,迁翰林编修。《黄岩志》列入文苑,谢方石《人物表》载之。

⑤原注:郭道和,字养素,仕温州判官。林惕若《旧志稿》云,省院慕其名,荐温州路天富北监场司令。蹉赋繁重,亭民逃亡,公审弓额之弊,闻于

朝,诏减三分之一。续迁通判,未到任,卒。郡人宋修蜕诗曰:"督蓌减赋亭民悦,捐粟赈贫里社安。"今《县志》不载,伤哉贫也。

⑥原注:《戚志》载,邑共六闸。闸在今南监者有五焉,其地兼驻设盐场押袋、河泊等官。

⑦原注:康熙甲寅四月,耿精忠遣曾养性,由闽扰温台,行兵过此,合街被毁,诚一大劫也。

⑧原注:一在中街,黄岩场署侧,载前《志》;一在南街,前《志》所未载。光绪间续修邑志,余曾采入,主笔者又删去,今缺然。

和赵君耕琴癸丑新年作原韵

耳边爆竹响连连,知是人家又过年。老去流光如掷矢,新磨古砚试耕田。大才有用成皆晚,小草无知发最先。得气原来分厚薄,生人生物一般天。

寿赵君耕琴生辰用前韵

灯烛辉煌特地连,去年庆祝复今年。春风有约来仙侣,南极腾光照福田。不恋一官归便早,定知五福寿为先。待看享受期颐日,愈见君身厚得天。

狮子贺岁

门前锣鼓闹喧天,扮出兽王若自然。终日吼声胡不断,年糕挑重又营钱。

报状元

状元停试已多年,今日何来索报钱。小乞不忘清故事,红单捧送到堂前。

送麒麟

诗歌麟趾是呈祥,公子振振家有光。仁兽何来凭汝送,分明行乞此为良。

唱莲花

沿街乞食唱莲花,携伴同来过我家。欲得年糕同桿大,乞儿所望抑何赊。

接土地

诸侯三宝爷称首,世上何人不奉承。位在中堂居左个,迎神断不后财神。

迎财神

神以财称货殖多,生财有道气须和。大家预备元宵到,作乐欢迎街巷过。

灶　神

一家福禄自天申,上达天曹仗灶神。圣训示人无获罪,休工求媚信权臣。

镜　听

夜静深闺握镜来,轻移莲步踏莓苔。东邻吉语分明听,夫婿今应早些回。

勉人力学

少非努力老徒伤,爱惜分阴切莫忘。开卷自然多有益,观经观史业无荒。

没世无称君子疾,腐同草木我何堪。劝君及早须勤学,道义千秋好负担。

劝人戒烟

洋药新尝效最奇,却教无病不相宜。迷途一入恒难出,瘾倒深时悔莫追。

斩断病根在戒烟,脱离黑籍即神仙。从前吃尽终宵苦,此后安然得早眠。

和赵君庚亭在城读道书有得原韵

城居心自在山居，安见修真道不如。但得通玄观众妙，吾身何处不安舒！

几人笔底灿青莲，那识空中色相全。是色是空空即色，空虚极处色逾妍。

和狄君桂舟剪发解嘲原韵

采药偕行伯仲贤，兴周心事卸双肩。文身断发行权事，吾发无留也中权。

泽库文阁有柳阮馥云先生手植今砍去桂耕两翁作诗吊之余踵耕韵率成二绝

文祠植柳几经春，汁兆科名信有神。从此人文真蔚起，胡加斤斧负初心。

莫道柳神异吉神，生材而笃有前因。而今不见依依色，太息欷歔两老人。

七夕乞巧

秋宵七七常年有，牛女双双何地无。天上银河年一渡，人间佳会自同途。

渡河期定在今宵，一过今宵会复遥。何似寻常夫若妇，联欢暮暮又朝朝?

今宵天上巧何多,惹得深闺乞欲魔。我道人生皆有命,不如安分逐年过。

乞巧言传事果符,几人乞得巧来乎?吾家占尽人间福,富贵兼看寿考图。

癸丑中秋狄君桂舟叶君霭士赵君耕琴锺君经圃先后买舟到舍是夕开筵宴客月明如镜游赏畅谈不知夜如何其也赋此志喜

中秋佳节不多逢,况聚名贤合伴侬。美满抬头看桂魄,欢谐如意话萍踪。问年花甲逾皆久,论事苦辛历过重。今夕开樽邀共酌,团栾八月两雍容。

去岁今宵苦水灾,今看万户笑颜开。只须禾稼歌双穗,多劝宾朋饮几杯。千里明同人意适,十分圆足夜光来。高年携伴同行乐,杖履优游亦快哉。

赏 菊

好花开值我生辰,老圃秋容倍可亲。冷落时来佳似客,荒凉径畔淡怜人。疏篱占苑姿逾艳,冒雨经霜色更匀。青眼相逢时正好,韶华休道不如春。

黄梅花

丰神绝世少人知,满树鹅黄今见之。却笑素英殊冷淡,翻嫌红艳太娇痴。蜂房队里休相妒,蜡国人来好共持。品格亦堪松竹伴,中央色见岁寒时。

哭三弟晓春 五言绝句十八首

人世多代谢,感慨极凄凉。　中年失手足,如何心勿伤?

忆昔垂髫日,同气只三人。　北堂早见背,未知痛伤情。

赖有后母贤,我养兼我育。　我父积善多,雁行得成六。

岂期咎在躬,勿早自殒灭。　贻祸及高年,大椿为摧折。

抱此终天恨,血泪共盈盈。　居丧齐读礼,冀无忝所生。

此生别无能,诗书留世泽。　吾弟与吾子,观摩共晨夕。

吾弟负质优,下笔迈宿学。　人争远到期,英资显卓荦。

岂惟弟质美,弟学更不纷。　寒暑功无间,业自精于勤。

学中禄自在,圣训如斯哉。　满朝朱紫贵,尽自读书来。

造物竟难知,真才遭屈矮。　小试且不售,中怀多郁郁。

积忧疾易成,形骸日益瘠。　忽忽几半年,奄奄仅一息。

病入膏盲后,药石讵有灵。　吉人天不相,赍恨到幽冥。

有女尚未嫁,有男尚未婚。　怪弟心胡忍,遽抛男女情。

人品纯与杂,论定在盖棺。　中外言无间,方知素行端。

幼弟昔年亡,幼子隔岁逝。　后顾甚茫茫,书香将谁继?

屈指数年事,家庭不幸多。　弟又舍我去,奈何复奈何?

犹冀弟有灵,豚犬皆觉悟。　为后能承先,延兹旧门祚。

若知读书力,若知服田勤。　各各安职业,差慰阿兄心。

哭益友张竹斋

愁云连日拨难开，惟冀冥冥默挽推。无奈篱边花正放，凄风苦雨一齐来。

一痛人琴俱杳哉，闻言反作梦中猜。秋风未遂飞鸿志，苍昊如何遽嫉才？

几日前头曾访之，犹期后会慰相思。早知从此成长别，卅里行来肯便辞？

年来亲友半凋零，君去云何不稍停？如许哀怀忘未得，教人何处达幽冥！

答复狄桂舟君慨世原韵

植物过时失青葱，人生失势若痴聋。年光过眼等飞篷，有始几人能有终？见士节义待时穷，欺人孤寡非英雄。义利关头谁打通，世态炎凉古今同。君第见，贿赂公行仕路中，上下钻谋惟青铜。不知近世臣不忠，庶人聚议亦不公。君第见，工媚风遍浙西东，廉耻道丧谁责躬。不知理足气自充，人不务实皆蹈空。惟我尼山一老翁，聚徒讲学乐融融，用行舍藏听苍穹。时不见通国旗白，十字会红，纵有些不竞南风，儒衣儒服尚可过朦胧。

和狄桂舟君乙卯试笔原韵

岁逢乙卯，我仍守拙人弄巧，其欲逐逐何时饱？蓦然露出牙与爪,先发制人谋甚狡。我却自知年已老,逆料是非多颠倒。窃幸中怀素皓皓,把这前事辞退早。今被若辈又捏造,说个理由自起草。这回卸得重肩好,永永勿再生烦恼。

锺经圃君六十寿辰 七言绝句八首

丹崖之南有鳌屿,锺君经圃世居此。其地肥美稼穑饶,《志》云积谷先锺氏。

锺氏聚族近千家,君一到门无喧哗。想见年高德弥劭〔一〕,一正自足服百邪。

难得教子重义方,哲嗣英年饩郡庠。启后承先合一手,绵绵延延永书香。

年当强仕入仕途,今日归来一老夫。由闽旋里逾十载,书生面目有改无?

君之诞辰在仲春,节过花朝逾一旬。届期同人齐庆祝,喜气欢声洽比邻。

自古仁者寿必高,理定不爽半丝毫。羡君生平久积善,应食王母多数桃。

旧闻丹崖葛仙到,丹成去后遗丹灶。今见鳌屿众仙来,锺离仙翁捧扇笑。

始皇汉武求神仙,千秋贻笑青史篇。道家自有长生术,时来白日可升天。

校勘记

〔一〕劭,底本作"邵",据文意改。

狄君桂舟生圹成众宾乐之各纪以诗

狄君桂舟余知己，家在光明樟篁里。君今年已七十矣，须发皤皤貌肥美。邑有公事皆赖彼，仗义敢言人鲜比。遇事壮心犹未已，不愧暮年古烈士。生圹营成隔一水，同人往观舟代履。须臾登岸路迤逦，长屿之西凤山起。中有吉地异人指，峰峦罗列儿孙似。生成左图兼右史，前与兰若近尺咫。若非前身是佛氏，放大光明何密迩。上有松苍下竹紫，常得慈云覆蒿里。生可乐兮死可喜，生死如君无二理。君本达观心无滓，他日香花长享祀。古有宜休一居士，圹中有酒多且旨。宴客客去已多纪，犹留诗话芬人齿。今君豪举复尔尔，呼僮预日赴城市。多买嘉肴并绿蚁，主宾不醉更何俟。倦就禅榻便可倚，吟傍村落何嫌俚。人生行乐听自使，乘兴而来兴尽止。吁嗟乎，光阴百年一掷矢，自古世人谁不死。君惟求其理之是，居易俟命即君子。不管乡评臧与否，盖棺而后埋于此。但得鸟飏蚁绝趾，便是尸骸享福祉。君真智足澈终始，故差同荷锸之刘伶，而不羡出关之李耳。

金清浚河行 有小序

乙卯冬，余偕狄君桂舟、赵君庚亭、陈君襄臣、金君次齐、金君萧谱、金君仲弢、阮君右垣八同事，奉严觉之邑侯委任，浚金清闸内大港，设工程处于罗公祠。时阮君有他务不至，金氏三君惟会勘一至处所，后亦不至。余乃与狄君、赵君、陈君轮住工次督浚，功速费省。转瞬月余，旋近年终，停工回里。为忆吾邑水利巅末,爰成七古一首,以示同人。

水灾最重是中天,禹出治平历八年。三过其门而不入,尼山一老称其贤。台南自古皆滨海,潮淤高起即涂田。灌溉田禾须淡水,御咸无计禾可怜。邑人到处为筑埭,蓄水有方泄难焉。提刑罗公①持节至,水利聿兴钜制传。永丰黄望周洋闸②,功成岁取咏十千。未及百年制渐坏,赖有朱子守其先。修彼三闸创六闸③,闸底齐平固且坚。议定付与勾龙公④,蔡⑤林⑥佐之功乃竣。法诚良矣意甚美,利赖应可永绵绵。无如后人更其旧,闸堙河塞害又牵。迁浦忽狭金清阔,世界沧桑地变迁。嗣后有因复有革,接续疏通为转旋。天长地久无终极,七百年来如云烟。迄到我生之初日,大水洪潮相接连⑦。金谓金清新闸作⑧,水患早已伏于前。上乡来毁下乡拒⑨,兵连冤结官从权⑩。庚午刘守⑪饬吴令⑫,派绅雇浚劝民捐⑬。款少工少效亦少,那堪丁亥夏雨悬。低乡沉灶为鱼鳖,浮家真同志和船。人食草根⑭逾半载,己丑蛟出邑城穿。后溪淹毙人多数,一带民房无一全。成守⑮陈守⑯四下邑,重兴水利委专员⑰。当日议成黄合办⑱,阙后吾邑独勉旃。旧港浚深⑲新港辟⑳,蓝田闸建不少延㉑。我辈功费七年尽㉒,满冀凶荒从此蠲。此后二十有二载,虽有水旱灾亦偏㉓。中间屡见年大有,丰乐真可登管弦。不图辛亥秋霖恶,汪洋一片浩无边。颗粒无收鸿满野,咨议员请大府钱㉔。益信少时父老话,不出卅载当浚川。今秋严侯奉省令,注重此举急欲然。筹画经费一身任,祷告河神心益虔。我辈奉委又督浚,日早视工夜迟眠。惟恐疏水有不效,此身若将坠诸渊。幸得工程逾一月,费省功速事不愆。转瞬年终无多日,暂停工役可息肩。会待明年春水暖,浚深此港畅流泉。休云可缵禹之绪,只尽心力于涓涓。

注释

①原注:号赤城,宁海人。

②原注:皆在邑南监东。

③原注:金清、迁浦二闸在本邑,蛟龙、鲍浦、长浦、陡门四闸在黄岩。

④原注:名泰昌。

⑤原注:官武博。

⑥原注:字和伯。

⑦原注:清咸丰三年没淡水,四年没洪潮。

⑧原注:在琅奥,闸下流,门较狭,底较浅。

⑨原注:下乡人从桥上掷石,破坏上乡船只不少。

⑩原注:和平判决。

⑪原注:号兰洲,湖南人。

⑫原注:号诚斋,湘潭人。

⑬原注:当时称筑泥窝。

⑭原注:俗呼三十六桶,味苦,必水浸三十六次始可食。

⑮原注:号梓臣。

⑯原注:号鹿生。

⑰原注:先委史心芝,后委章峣青。

⑱原注:因黄岩东南乡水皆由此出,故议定黄三分,温七分。

⑲原注:经费四万有奇。

⑳原注:买田雇浚。

㉑原注:经费较浚港尤巨。

㉒原注:先有金襄廷、阮馥云、金鸣九、赵俊夫、郑竺生、沈□谦诸先生董其事,后或作古,或他往,惟鸣九先生始终如一。当时襄办十余人,惟狄桂舟、林灵岩、赵庚亭同余四人经办最久。

㉓原注:或上乡水灾,或下乡旱灾。

㉔原注:陈君襄臣列首。

丹崖用江梦荪前游韵

丹崖佳气接苍溪,地在汪洋泽国西。山路晓登疑伏虎,寺门昼静未闻鸡。一池水映天光近,万树松撑日影齐。仙去灶空禅榻冷,归途时听晚鸦啼。

烈士暮年

早岁襟怀期远到,穷途功业愧难成。交游羞与闲鸥伍,困屈聊同伏骥鸣。心恨黄天真有阙,眼看白日总无情。庞眉皓首形容异,生不逢时气不平。

严觉之邑侯莅温九月弊去利兴人民悦服因馋去任无计乞留临别赋诗以为纪念

温岭土肥民朴质,有谷登场盈百室。禁止漏海漏依然,百弊丛生官莫诘。公来先为借箸筹,寓禁于捐法较密。添募团丁满百人,兵足可卫食充实。每日判事坐堂皇,示民信用永勿失。强御矜寡使安宁,履薄临深常战栗。有利必兴弊必除,壤叟衢童齐称述。好官自古得恒难,召父杜母公堪匹。邻邑官绅忌嫉生,煽惑上官无天日。公不援上气浩然,柳下何嫌直道黜。父老借寇寇不留,力薄攀辕恨无术。方城二月杏花红,染成别泪绚诗笔。

自　嘲

浮生若梦梦依然，转瞬六旬又八年。自笑身闲偏得健，老夫常伴老妻眠。

丙辰中秋无月有怀

去年明月今宵多，今年今宵云似罗。来宵云散又见月，圆满边旁有一阙。月阙匝月圆复来，吾亲去世何不回？一番见月一思亲，月在亲亡可怜人。或说人生有来生，犹月有亏复有盈。否则子孙谋燕翼，即是蟾光照不息。究竟解人其难索，天道幽远安可测？今日不知明日事，得失存亡度外置。有月即赏无月眠，一生无病是神仙。莫问中秋非中秋，倦来休息兴来游。布衣粗饭安吾素，今逢佳节等闲过。惟有亲恩天罔极，月夜梦见之，还期报万一。

九日登高

年年重九去登高，菊酒凭谁饮兴豪。却笑刘郎吟太苦，题诗何独不题糕？

避灾遗事传桓景，鸡犬牛羊尽代亡。若道东施颦可效，也应先去问长房。

前村书院是龙山，山任我登顷刻间。落帽孟生何处去，一逢佳节一追攀。

昔人遍插茱萸上，我插满头黄菊登。乘兴而来兴尽返，个中祸福记何曾？

病不服药

一生无病小神仙，勿药可占幸侥天。自叹忧薪才半月，何须蓄艾到三年。灵丹难得云房赐，医理果谁岐伯传。曷若时时调养好，霜晨迟起夜先眠。

病后书怀用陈虚舟师秋日自遣韵

久病初痊值万钱，喜来老友聚林泉①。俗情厌故新知结，吾道守先旧梦牵②。华国文章今忽贱③，趋时学术众称贤。江河日下将胡底？惟有黄花一样妍。

注释

①原注：狄桂舟、赵赓琴二老友同日来访。

②原注：夜间，屡梦同昔年同学在文场考试。

③原注：科举废后，青年子弟不知从前八股为何物。

方　竹

有竹天然直且方，枝枝节节总相当。虚中事恐模棱误，不肯圆通失故常。

问　梅

篱边菊朽几多时，来日窗前费我思。秀竹苍松寻好友，冰天雪地觅奇姿。寒威冲得年终到,花信报由岭上知。莫道春光无漏洩,老梅应放向阳枝。

丙辰冬大雪

欧洲兵战两经年,流血不知几万千。一夜西风加倍紧,飞来化作雪连天。

大雪今年异往年,难分水万与山千。可怜遭此飞船劫,多在雪中别有天。

雪　人

堆雪为人顷刻成,只能坐立不能行。浑身洁白无尘染,断不趋炎恋俗情。

相知应结饮冰客,并坐怕来纳日人。小住尘凡忘世界,多教梅萼长精神。

偶　成无题

鸟飞兔走去匆匆,人世荣华醉梦中。每见停云如有意,何期平地忽生风。雪泥鸿爪前缘薄,海市蜃楼转眼空。回首恍然皆幻境,镜花水月理相同。

梦　想丙辰

我生不逢辰,适当离乱世。少闻洪杨来,不许吾发剃。蹂躏半天下，流血千万计。芟夷仗勋臣，侯封应罔替。延祚卅余年，政教日疲敝。戊戌变法初，君臣志甚锐。此愿若早偿，列强非绝艺。母后信谗言，致远其恐泥。守旧诛新党，大事失时际。庚子红拳张，联军来奋袂。仓卒出蒙尘，西安驾暂憩。全权授合肥，和议成佗傺。赔款四百兆，列入常年税。事平得回銮，当何如愤励。怙过胡不悛，吾君益受制。亲贵满要津，阉臣任便嬖。佛爷老不知，举动仍悖戾。活到八旬余，毒致两君毙。庆王久擅权，括尽民间币。没入青岛中，甚矣王之蔽。学堂育人才，欲除科举弊。游学遍两洋，养虎直自卫。醇王辅少主，时已去大势。革命起武昌，损失诚非细。召用袁世凯，千钧一发系。北伐军不行，南征师罢誓。总统由票投，不同殷周继。立宪号共和，剪发令遍递。竟使小朝廷，河山失带砺。何未满四年，民国复称帝。洋债日加多，益为人民厉。大失军士心，无药可调剂。何怪汤武多，独夫自殂逝。副统黎元洪，足援继任例。才力不逮袁，居心实恺弟。其如党派多，令出半阻滞。十三省联盟，欲销国会缔。内难未能平，外侮若附丽。日人视眈眈，真如猛虎噬。吾国乱如丝，幼主存若赘。谁为申包胥，洒满秦廷涕。大力定中原，天颜得开霁。忽入黑甜乡，神与隆平契。世宙转唐虞，小人尽怀惠。须臾德化成，仁风遍陬澨。民物尽熙熙，臣僚无泄泄。我辈负杖游，同舟可共济。重见升平日，千秋更万岁。

怀金竹友懋修 乙卯

广文祠畔秋风雨，伴我夜观案首时。四十三年如昨日，个中情事有谁知？

试毕归来共路程，江家饭后我先行。那堪五载同晨夕，遽尔幽明隔死生。

丙辰除夕

今日吾年六十八，明朝吾年六十九。人言今日是年终，我道明朝为岁首。一岁只争几小时，一刻千金同宝守。年华旧去新复来，送旧迎新若好友。已除之夕去不回，未除之夕年年有。递除递加加又除，今夕不先且不后。时行物生天不言，岁功成焉视枢纽。富贵死生有命存，回其庶乎赐不受。立德立功与立言，古人所称三不朽。忠孝节义皆当为，薄责于人躬自厚。人事乘除逆料难，是非只为多开口。少时尝见几儿童，转眼皆成颁白叟。上寿不过满百龄，中寿下寿何能久！人生在世本须臾，春梦一场何胜负。祸福相因理自然，得放手时且放手。急思庄子《逍遥游》，勿效史公牛马走。我生去日已苦多，来日未知多与否。今看除夕又眼前，自愧无闻成老丑。但烧高烛候春风，畅饮满杯消腊酒。除去俗情读我书，《易》曰括囊斯无咎。

游雁荡山

洞天何日石扉开，绝巘登临插翅来。枕上黄粱炊未熟，空山风雨一声催。

醒来急着芒鞋走，百二峰皆到眼前。五日行踪①三载约②，看完名胜兴悠然。

注释

①原注:是行往返恰五日。

②原注:约成时隔三年。

偶　成

美人香草漫相思,好事多磨结果迟。丹鼎炼成功到候,黄粱炊熟梦醒时。奇书可授惟坚忍,大道将成赖护持。吾学苦辛须历尽,莫教晚节失追随。

金镜吾先生八旬晋一寿辰

八秩人怀八斗才,英年游泮老重来。一门四代文星聚,三祝千声寿宇开。天许鸿儒登大耋,家传貂叶任新裁。汾阳本是吾先世,今列宾筵末席陪。

丁巳生日述怀

今日我生辰,家人具酒食。佳节近重阳,思亲心倍亟。行年将七旬,自思犹片刻。生平抱疚多,历历皆可忆。记得甫八龄,见背痛堂北。寒暑再廿三,兴嗟屺空陟。哀哀父母劳,莫报恩罔极。同父共六人,雁行半折翼。安宁友不如,自恨无知识。姊一妹有三,一亡我心恻。存者赋《柏舟》,之死矢靡慝。山荆归我门,年今过杖国。生苦行步难,所守惟阃则。回顾我膝前,少殇次死贼。大犹道无闻,家恐莫我克。有女嫁腰塘,尚能称妇职。夫婿极和谐,桂子犹待植。媳妇随我儿,水鱼也相得。妯娌气不和，妇言夫易惑。抱孙岂不欢？祖训宜足式。长幼各成人，有躬胡未饬。今知满意难，苟全存一息。我壮勿如人，遑言毛进德。惟望我后人，一一开茅塞。生我同我生，两皆无差忒。男勤读与耕，女习纺兼织。服食戒奢华，日用知俭啬。菽水可承欢，日侍庭闱侧。我愿本易偿，加餐当努力。三径幸未荒，九秋喜在即。瞻彼老圃花，清芬有佳色。春华且不如，便知多价值。

慕父母

大孝终身慕父母，今问其人何处有。五十而慕舜有然，纪市青塚冷荒烟。我道是书警庸常，极言父母不可忘。人生仁孝根天性，孩提无不知爱敬。一念得亲与顺亲，何时何地无其人。父母有存即有没，爱慕之心谁不发。我自抚今思早日，母没八龄父卅一。后母鹤算较添长，没时我年将杖乡。生前子职都有亏，死后思亲觉已迟。欲学达观无用思，有时思深不自知。此情历劫难磨灭，有怀二人心自切。忌日是我终身丧，年年供养在室堂。回忆提携保抱时，瞻依顷刻不能离。妻子少艾各有慕，不若孺慕尤专注。我年七旬未一仕，不知慕君心何似。要之事君可尽职，不若亲恩报罔极。莱彩娱亲老且然，《蓼莪》废读死应该。我身何日赴重泉，仍侍吾亲之膝前。

游学鹿城 五言古诗八十韵

斯道南来久，吾台名远闻。城成唐武德，教兴郑广文。号称小邹鲁，芹藻扬清芬。宋元多文学，节义炳有明。樵夫一肩

重,正学十族轻。后人思报德,岁祀洁粢盛。三祠长鼎峙,永
永留芳名。祠皆富学舍,可容数百人。生徒常济济,时雨化均
匀。风俗昔乔野,人士今彬彬。同治辛未秋,我一负笈游。东
湖佳山水,境好我先留。樵夫甘赴水,祠外水长流。忠魂终不
没,鱼鸟任沉浮。我上樵云阁,湖光豁我眸。寻凉入湖心,先
到亭半勾。身在一方水,解识河之洲。书院月有课,给奖视学
优。朔望官扃试,珊瑚铁网收。时未满两月,试逢郡守刘。抡
才得首选,邑城金懋修。金君我益友,笔妙今无俦。我学实不
及,同气空相求。续经学院试,失意我无尤。壬申春再至,肄
业在赤城。正学尽臣节,当年死犹荣。千载有生气,如在祠三
楹。祠前桃千树,培植成群英。祠后山白色,开通九万程。我
得良师友,寸进赖裁成。屡试名前列,谬四月旦评。铅刀利一
割,身价贵有声。同人期望远,望我到蓬瀛。区区一小试,何
用力经营。其如试官见,又不利于行。嗟我学犹浅,仍安若平
生。癸酉我三就,赤城霞依旧。秋来捷于乡,诸生学步骤。文
阵谁雄狮,下笔皆力斗。我仍一文童,文理颇参透。木天课不
拘,棘闱试岂囿。月各考一文,文成无不售。所幸名益高,奖
赏得日懋。岁暮一旋归,青蚨满衣袖。甲戌春四到,斋夫走相
告。两院住已多,三台可先导。同行五六人,少安得无躁。台
学溯渊源,广文彰名号。祠宇最崇隆,我来瞻堂奥。中有澡心
池,池水清且澳。旁有一勺泉,泉流非穿凿。朝夕我于斯,求
学心愯愯。徐守青眼加,许我其可造。前月衡我文,童军齐压
倒。岁试又及时,善养气无暴。县试第二名,第一名府噪。学
院下马来,当从我所好。忽闻到瓯回,天台有警报。五到岁乙
亥,光绪元已改。为遭国大丧,试期还有待。暮春乃按临,泮
芹容我采。采芹百余名,发落人咸在。新得入文昌,满身生光

彩。翌日各还家,喜气皆加倍。瞻望我里门,张灯复施彩。鼓乐来街迎,我视同傀儡。及见老父欢,前年皆我罪。我心实怀惭,闻见滋疑殆。今初得一衿,还期寡尤悔。丙子春科试,我行第六次。踰月过椒江,椒江善文治。庇士广厦多,试士房预备。多费造士心,颇得寒士意。士有几日闲,府课包封至。膏火一样同,同拜司马赐。我住又半年,秋闱装已治。往返乘秋风,战北灰壮志。回思六年来,高堂疏奉事。二老春秋高,应在膝前侍。聊尽人子心,勿出远问字。

送　春七言绝句六首庚申

去年送春四月初,今年送春三月中。九十春光容易老,三月四月一样同。

去年送春夜未半,今年送春天已明。九十芳辰只片刻,夜半天明各一行。

去年送春在邑城,今年送春在吾家。邑城吾家同一送,算来九十总不差。

去年送春我七一,今年送春我七二。七一七二皆年高,不觉为春抛老泪。

去年送春一樽酒,今年送春一篇诗。我不善酒与善诗,独为送春勉为之。

去年送春偕二客,今年送春剩一身。二客一身心如一,留春无计来送春。

前　题 五言古诗十六韵

花朝二月二,上巳三月三。端午与重九,期定皆常谈。惟有春来去,早迟信须探。来早去亦早,来迟去亦迟。日时虽无定,九十却可知。来迎去有送,送非我独私。暮春狂士咏,伤春屈子心。留得春常在,一刻值千金。春其留不住,芳踪岂可寻?长途九万里,先历廿四桥。归斾何处拂,王孙魂都销。落花香寂寂,流水去迢迢。荒村烟雨里,过客极无聊。行期当三月,既望又三天。晓钟犹未到,羲驭不稍延。今日一分手,相见待来年。

自　励

惟天有命不于常,作善真堪说降祥。年老习勤恒得健,岁凶知耻足称良。穷能富我文多集,病可养身色少荒。忧患而生安乐死,圣贤有训自昭彰。

冒　险

危险在前捷足驰,英奇奋发视天时。风雷震起蛟龙蛰,冰雪炼成梅萼姿。北浪一椎功竟就,西山片壤节长垂。看他地裂天崩际,伟烈清标任我为。

侥　幸丁巳

吾家伯叔姑娘嫂，今日犹留十一人。合数年华盈七百，平均六秩过三春。

侥幸从来尝试难，暮年岂得久平安？但期造物栽培厚，少许丛残耐岁寒。

现　象丁巳

唐虞二帝官天下，一到三王局便更。朝易廿余年半万，重行禅让益兵争。

人心逐日下江流，帝制犹难况自由。六载共和三革命，干戈攘攘几时休。

孰是文明孰野蛮，弊通选举各机关。富豪多仗青钱力，那个寒酸不厚颜。

议院阁臣意见歧，外交大事转游移。如何总统权旁落，一恃军威一力持。

鹬蚌相持未肯平，重臣复辟令遂行。不期临事盟皆背，促彼逃亡又散兵。

黄陂从兹职力辞，保全宪法一心知。有人可卸双肩重，便是见几而作时。

独立风潮滇粤来，北军问罪鼓鼙催。不知南海民多少，兵事一遭半劫灰。

举国泯梦似乱丝，列强窥伺几多时。寄言当路休偏执，利到渔人后悔迟。

世　界

势力真成世界，理情都付子虚。党派只争多数，单寒到处吃亏。

君主易为民国，书院改作学堂。讲文议院国会，用武炸弹手枪。

群夸今日中华，行远轮船火车。洋货洋房为市，电灯电线生涯。

君父大伦不讲，自由平等有权。男儿头皆剪发，女子足重天然。

选举专视投票，运动力多有效。通国上下皆然，被选诸君热闹。

手摸麻雀博克，口衔蕃菜香烟。小住茶园旅馆，多看花院舞台。

上　古

上古风淳厚，结绳事可为。尔我无虞诈，书契焉用之。

古　处

先民其有作，凿井耕田多。朴质衣冠古，乡间自太和。

晚　近

独惜余生晚，道偏与世移。古人邈难觏，来者安可期？

时　事

年华流水急，世事乱山多。既往皆如此，将来又若何？

元旦试笔戊午

我先世景纯师，花五色笔一枝。千秋艳，万古姿，江郎多才梦得之。梦见还笔才遂尽，才因笔妙概可知。妙笔若不付妙才，付之同姓也应该。此笔果予同姓得，我家笔花胡不开？我生初学质极鲁，笔重百钧举最苦。振笔捷书数十年，涂鸦变作游龙舞。今日我为古稀人，又逢离乱几经春。千军笔阵能横扫，元旦试之当有神。

七秩励志

烈士暮年志未灰，我何枉到古稀来。虽知伏骥鸣无益，也要雕虫奋不才！矍铄马援鞍尚据，数奇李广石能开。不思将寿蹉跎补，没世无称奚可哉！

追悼毓青胞兄

六十余年弹指过,天伦乐事几人知。眼看膝下儿孙绕,应是弟兄快意时。

岂知荆树荣难久,忽折高枝同气伤。自是池塘春梦冷,再无风雨坐长更。

追悼六弟福绥 有小记

弟少孝友称邻里,惜年十八身便死。有妇聘成未来归,世俗泥礼无后尔。当时葬附祖墓旁,清明同扫斜阳里。老母痛子心不忘,购园半亩纪念矣。手足情伤我亦然,置田一亩益岁祀。呜呼,余弟魂有知,应视侄儿孙,无异亲孙子,变彼质犬豚,行同驾骒骊,光大我门闾,声称遍遐迩。植尔园兮耕尔田,子子孙孙祀事,肃将永永无废弛。

哭次子钟俊

岁月一终一更始,人生自古皆有死。重则泰山轻鸿毛,名称不称有如此。吾儿仗义若性成,豪侠误人同轵里。鼎革之交盗贼多,力任义务卫桑梓。群盗哄入里闬中,赴难捐躯顷刻耳。一人身殒一方悲,千声同哭我儿子。奠文挽词续续来,吊客到门如归市。文武官绅下拜多,使我答礼行不止。省长赠额赠金钱,恤典有加乃无已。父老追念不能忘,鼎建专祠岁有祀。呜呼,生荣没已比比然,虽死犹生谁可拟?吾不复见吾儿回,第见年年鸡豚荐晋秋风里。

哭三子秀琚

嗟我儿郎,缘尽即殇。书香谁继？使我心伤。儿甫五龄,便有知识。教之读书,欣然有得。私心窃计,意是麟儿。崭然头角,可远为期。乃吾性急,欲儿速成。功程偶旷,扑责不轻。儿视教严,罔敢游侠。黄卷青灯,编摩一室。我家合食,廿口还多。绸缪未雨,我劳如何？累儿衣食,苦楚不堪。怨我鄙吝,我心实甘。我本无他,为一家计。望儿将来,当享美丽。讵意青年,遽尔夭折。后悔已迟,悲恸欲绝。拟收儿骨,附葬吾边。置田岁祀,以记我愆。

和韩渐逵残菊诗四首原韵续加古风一首

篱下幽姿气骨豪,傲霜枝在任风挠。群芳谢尽秋容老,三径荒凉节独操。

花名隐逸实英豪,叶已萧疏干不挠。历尽风霜留本性,笑人何自失真操。

未经挫折貌徒豪,国色天香亦易挠。孰若兹花标劲节,不因时变改吾操。

栗里先生兴致豪,归田素守定难挠。问他爱菊何如命,松柏岁寒一样操。

篱菊开迟香馥郁,秋容愈淡乃愈肃。秋老菊残干尚存,不同众卉飘零速。豪情逸致迈寻常,翻笑常情多反覆。斯真可称隐逸花,一寒彻[一]骨容不戚。当其香满老圃中,一任世人自寻逐。世人大抵爱繁华,繁华歇绝爱秋菊。人皆爱菊在盛开,兼爱菊残隐者独。盛开秋菊色最佳,菊残犹留真面目。渊明爱菊我爱之,爱其田园味足,诗酒情浓,不肯折腰而归来兮,由其自计之已熟。真有如此菊之残兮,经历风霜,气骨昂昂,都不管世态炎凉,世界沧桑,只剩得三径未荒,便安排匿采韬光,形影相忘,吾率吾真东篱旁。

校勘记

〔一〕彻,底本作"澈",据文意改。

和赵赓琴秋雷原韵

霹雳声闻百里惊,云从龙去又天晴。发声已久收声到,雷厉风难照旧行。

和赵赓琴过时历日原韵

年新历旧朔难知,建子建寅各失时。无论阴阳都是错,何如一火保全之?

庚琴桂舟经圃诸兄订中秋前三日游黄岩羽山诸名胜余以天旱不果行赋此答之

天久不雨河无水,晚禾在田干欲死。忧从中来夜不眠,黄岩之游我当止。珂乡水足润黍苗,三人同行应色喜。但得上苍泽遍施,苗稿浡兴可立俟。待到重阳日又三,还看戏演社庙里。酌酒赋诗就菊花,届期请屈诸君趾。

雨夜怀人 八月廿五夜

雨滴空阶夜不眠,怀人千里一灯前。中秋节过重阳近,花事诗情思并牵。

新知何似故知好?今雨不来旧雨来。嘉节今年还有几,看花招饮莫相推。

儿 孙

大厦千间眠七尺,聚米为山食几石?积产何如积德多,培植心田足自适。儿孙有贤有不贤,教之义方庶有益。朱均不肖启不然,自天生成谁能易?

国清寺怀古①

骑虎遗闻记昔年,丰干饶舌语相传。今生拾得寒山者,旧是文殊与普贤。

语近齐东事可疑,漏沙锅里见离奇。如何塔顶成还未,一座石梁一手为。

注释

①原注:戊午十一月十一夜口占。寺去天台县治二十里。

云峰寺①

远上寒山石径通,白云深处一峰雄。何年遗得禅房在,成佛人多住此中。

　　寺前池水碧盈盈,潜物生成异象呈。鱼自无鳞虾自熟,螺蛳断尾久传名。

注释

　　①原注:在郡城西南山麓。至寺十五里中,有高僧聚徒常数十人。

腊月有感_{戊午}

　　梭掷光阴叹逝川,心惊腊鼓又催年。风霜冰雪难经历,沧海桑田易变迁。清季百年五易主,共和七载四传贤。自伤衰朽同匏落,回溯生平一惘〔一〕然。

校勘记

　　〔一〕底本作"辋",误,径改。

蔡子庆先生七旬同庚双寿

　　子庆先生富道德,精气积充仪容饬。平日身藏尔室中,鹭河四面皆生色。君谟后有多福人,得天最厚增培植。少敦孝行乡里称,学文文成多赏识。采芹早与拾芥同,秋月春花无价值。著鞭祖生效者多,种瓜邵子谁致力。先生洗净利名心,乐天知命安家食。田真荆树足怡情,宁戚水鱼自相得。忘却富贵爱林泉,手辟名园锄荆棘。四时花木取次栽,满室琴书常在侧。结社赋诗集宾朋,尽日盘桓乐无极。适其性也葆其真,光可韬兮采可匿。世界沧桑可不知,岂问磊落奇才有抑塞?自古达观有几人,买山早自营生域。同庚老妇随老夫,昨日杖乡今杖国。行看偕老到百年,有如操券获非弋。我生去岁届古稀,妇长两年犹纺织。教子课孙少义方,愧煞老悖真失职。孰若先生寿而康,耄年德仍进不息。子孝孙慈绕膝前,嘉谋自可诒燕翼。一家安乐即神仙,身闲不知岁将逼。耆英会里首潞公,洛下人人知敬式。艺兰社中有先生,清望高名尤出特。养生卫生得长生,自与仙行地上,柯烂山中,经历数百春秋如一刻。岂效秦皇汉武俦,求仙徒为方士惑!

答杨定孚先生原韵

沉埋剑气久还腾,老去凭他白发增。经过沧桑非幸免,力维文献是难能。蹉跎我负五周岁,闲散人来三益朋。话到重游萦梦毂,花时须尽酒如渑。

庄诵新诗兴致腾,高情厚意一番增。主宾相见老同老,唱和休论能不能。人到白头都是客,我逢青眼便为朋。身闲天许寻行乐,近过苍溪远过渑。

生圹择定地点志喜

畴昔常寻身后地,今朝便自眼前来。小桥流水将田绕,为我好培土一堆。

近水远山俱有情,卜云其吉是佳城。四围墓木须先植,待我归藏荫已成。

和赵赓琴君闲闲居落成原韵

黄花屿下绿衫旁,吉第成逢月满廊。今见迁乔增气象,本来居士爱清凉。渊明宅剩二三柳，诸葛庐遗八百桑。宦倦归田饶逸趣，闲闲十亩赋何妨。

自守拙鸠老寄堂，风尘扰扰让人忙。羡君高致闲都雅，笑我吟怀老亦狂。瓜熟黄同邵子种，榴开红过越妃妆。更须每日平安报，新竹数竿乍出墙。

题澡云先生墓

方岩方石方崖后，人物吾乡逊一筹。南粤官声翁最好，归来也作古人游。

桃溪吉壤望崇隆，昔葬谢翁今阮翁。道德埋藏精气聚，四围墓木自青葱。

清初吾邑仕途塞，二百年来三县官①。翁宰灵山任未满，邑人多数庆弹冠②。人才出处关地运，先路翁开不畏难。宦游既倦归田好，家乡风味足流连。盘桓为官政声驰，百里居乡公益见。多端头上霜侵老，不觉一朝天下白。玉棺自古福人得，福地兹山面面好。峰峦新庵阆壮新，仟耸山色湖光取。次第看，而今千余人送葬，道旁处处皆聚观。我辈古稀人三四③，杖藜到垄倚阑干。生刍荐后归途晚，斜日山间只半竿。

注释

①原注：赵淡生、戚鹤泉、黄壶舟三先生，先后出宰，相去近二百年。

②原注：赵耕琴、金伯勋、金伯吹三君同时作宰。

③原注：赵耕琴、江梦生二君同余三人。

感　事

丛集愿尤有百端，茫茫前路尽疑团。人心似鬼谋为幻，世事如棋量料难。邵子一窝穷理透,程生片席托身安。清闲便是神仙福,动作凭他笑未完。

春　雪

春风吹落遍东西,质白何妨辱在泥。道学程门须立久,山居袁枕怕眠低。寻梅踏处深难测,沽酒归来路易迷。天地混然山莫笑,玉龙戏倦卧长堤。

物　理

教育须求妙化裁,闲观物理莫迟回。蝶依花片随花舞,鱼戏水流跃水来。腐草为萤同蜡照,眠蚕作茧待蛾开。无知却自多知觉,学不变通是弃才。

理　想

鸡鸣人共起,舜跖此分途。一善一为利,其知去取乎?

其　二

飞潜鱼鸟性,人性善皆同。鱼鸟常自若,人当有始终。

其　三

千驷无称死,饿夫至今传。吾儒惟守道,穷达不计焉。

其　四

耕牛无宿草,仓鼠有余粮。得失皆前定,无宁安我常。

其　五

人为万物灵,腐朽同草木。名立在行成,自求得多福。

其　六

天伦乐地存,经畬中心好。学问黜浮华,是非勿颠倒。

其　七

仁义礼智信,是人大头脑。余事蔬鱼猪,书考宝早扫①。

注释

①原注:"考""宝""早""扫""书""蔬""鱼""猪"八字,是清曾文正公家训。

其　八

襟期须坦白,人道辨危微。当慎之又慎,圣贤可同归。

教 子

　　燕有垒兮蜂有衙,犹人筑室可为家。燕垒蜂衙子生聚,人家有子壮门户。燕知翼子蜂负子,诗云式谷无不似。人生教子重义方,苟或不能须改良。孔云爱之能勿劳? 磨练乃造就儿曹。孟云才也养不才,培植以待其将来。

和章一山太史己未冬回海游故里原韵

　　满地风潮一叶舟,倦游棹稳返源头。待清最好居滨海,履洁自应避浊流。知耻镇之非异土,尽忠正学是同州。芳踪媲美乡先哲,经历沧桑志未休。

　　夜读添香忆袖红,痴聋休问阿家翁。霞城高撷泮宫秀,浙水旋闻桂阙风。宴到琼林情畅适,身登玉署识开通。十年京秩声名著,平地波生都是空。

　　乱离人共怨生辰,老去君为逋播臣。青岛移居旋息辙,申江寄寓滞闲身。变生土木袁彬伴,守失金川程济亲。朝代虽更故主在,吾侪同作葛天民。

　　或在山巅或水涯,丹邱可访羽人家。节高岂种渭川竹,身隐好栽甘谷花。一旅众延安邑统,四明客泛鉴湖楂。逸民心事何须问,闲课儿耕妇绩麻。

前 题

　　白首归乘载月舟,亲朋相见话从头。壮行未可轻忘世,勇退只因怕急流。旋里清标疏太傅,立朝重望薛居州。更多著作堪传世,不与一官共罢休。

万国会开十字红,捐输谁是主人翁。东西乍息鲸吞影,南北仍雄虎门风。外侮恃强多逼处,内奸乘势暗交通。议和本为安民计,争奈谋成又属空。

事不可为只浃辰,睠怀旧主是孤臣。去官耻大今重见,逊国族轻孰替身。祠祀一樵存气节,井留二女识尊亲。故乡邻邑同回首,炳炳当年有义民。

成王安在思无涯,天下何时复一家。志士痛流亡国泪,老臣羞见故园花。沼吴功费廿年力,炎汉使浮八月楂。差幸天台仙窟近,可寻奇遇饭胡麻。

庚申夏大熟未获薆为风雨所坏援笔赋此时尚未知沿海洪潮也六月初三日

民国九年六月朔,先期三日岁云乐。可怜嘉谷将登场,急雨飓风来数数。五日仅得半日晴,初见穰穰转濯濯。半遭水淹半风欺,收获几多鲜把握。白浪翻空黄云收,教人何处寻早穑。吁嗟乎,斗米近来钱七百,穷民束手悲无策。富者积谷也无多,薆然平粜难筹画。今天又祸我邑人,人饿欲死心益迫。情形危急到十分,谋食朝皆不及夕。青黄不接本寻常,往年不似今年剧。默祝天有悔祸心,使彼在田皆蕃硕。早禾损失还有收,秋来晚禾多囤积。

温岭大水兼洪潮行 六月初八日

前清咸丰三四年，大水洪潮分后先。距今六十有六载，邑遭奇灾更可怜。昔年水淹获将半，人得食粥命苟延。昔年潮患仅沿海，其余禾黍皆连阡。今日上乡水伤稼，海边平地潮成渊。篝车满载真空梦，陇上行皆乞丐船。满野鸿嗷同待哺，金穰转眼剩荒烟。后来饿殍不知数，目前淹毙已几千。鸡犬牛羊漂没尽，服食器用无一全。死者尸半填沟壑，生者室皆如磬悬。上天祸加我之邑，目睹灾情真惨然。无米之炊难巧妇，遇荒请赈赖官贤。翘首问天天何语，祸福由人自召焉。年前邻邑关令尹，高筑海塘固且坚。而今彼处潮无害，天降厥灾犹是偏。五十余年谈水利，朱子汇开利农田。底事兴工来抗阻，要公中止官无权。民风强梗浇风起，公道无存水道填。米价昂时犹漏海，富商利己心何专。官厅禁止终无济，穷民之瘼几时痊。东南沙涂数万亩，天然利益浩无边。连年种广收亦广，各乡见之皆垂涎。富豪产易增多顷，穷苦宅难得一廛。垄断独登网市利，谋差缴价号专员。无论原垦非原垦，统视势力为转旋。坐分红利居多数，永作自家汤沐田。忙煞趋炎附势辈，经营财产力钻研。更有万民心痛事，河道任意卖银圆。不顾阖邑患在后，只知一身利在前。人怨丛生气郁积，天怒勃发祸接连。累及穷黎罹奇惨，安得救苦来大仙。幸有邑侯能耐苦，灾区亲历着先鞭。给棺给粥安排好，回衙设法为筹捐。吁嗟乎，灾荒苟仅一隅止，移民移粟荒政传。灾荒今有十七八，车薪杯水空拳拳。发粟那有许多粟，散钱那有许多钱？非求天雨多多谷，饥民何由得粥饘！思彼熙熙遭浩劫，何人不知自省愆？

悔罪之人天必佑,求天庶可得回天。反风禾起《周书》载,愿与邑人共勉旃!

东乡秋日即目

层楼几遍海天东,劫后犹存遒劲风。可惜蓬门茅舍里,人家都在浪花中。

和陈襄丞五十四岁自述原韵

宾朋宴集每当春,下榻留徐总让陈。闭户常雠千卷足,倾仓惯赈一城贫。藏书香继家声旧,传子荣增首议新。公益事多心事远,漫扶鸠杖学闲人。

昭　君

嫔妃多少无称死,难得芳名千载传。生则有村没有墓,当年出塞岂徒然?

远行万里别君亲,国计民生萃一身。愧煞男儿为将相,边防无策靖边尘。

定孚给谏杨先生和同年劳玉初先生今秋重宴鹿鸣诗来嘱和率成四绝原韵

甲戌榜逢甲戌年,西林人瑞福无边①。有朋佳话今传诵,圣世耆英孰着鞭?

岁当辛酉桂重芳,浙水东西两耇黄。会看琼林应再宴,榕皋而后普天望②。

科举试停年分在,天章赐下好开筵。梁③汤④盛事孙⑤俞⑥继,又见同乡说二贤。

秋风两度听鸣呦,争睹花黄人白头。古往今来能有几,美谈应得到千秋。

注释

①原注:侯官林春泽主事年百有四岁,有司建人瑞坊,曾自撰楹联云:四十登科,甲戌还逢甲戌榜;五旬生子,长孙又抱长孙儿。时子若孙同官侍郎,人称西林。

②原注:潘奕隽字榕皋,八十六岁重宴琼林,子畏斋农部请终养廿年。

③原注:山舟学士。

④原注:文端公。

⑤原注:渠田先生。

⑥原注:荫甫太史。

前　题①

早达鲜能享大年,恩纶难得落天边。梁汤后惟孙俞继,此外何人再策鞭。

杨晨英年撷桂芳,劳諲绮岁踏槐黄。昔当辛酉今又届,吾浙东西聚首望。

二公福分真无比,许我颓唐与喜筵。一长宗文吾监学,一同咨议少君贤。

者番最好听呦呦,珍重天恩降上头。科举已停名义在,俚词附骥亦千秋。

注释

①原注:代狄桂舟作。

和王六皆六十五岁自咏原韵

别君四十有三年,今日重来会众仙。同席人余六百岁,良宵醉倒几多眠。一头白雪经畲永,卌载青衫诗思牵。更喜家庭多聚顺,登堂兰桂满阶前。

罗烈女 有小序

女为罗知事庆昌之妹,少字侍郎于式枚弟式楷,未归而楷卒,女决志殉夫。夫临终遗嘱,女为立后,女乃不死赴。三十年式枚卒,亦无子,其二弟为式枚立后,不为式楷立后,女赴水死。

百岁夫妻一见难,为遵遗嘱倍心殚。立孤不易殉夫易,一语能安万顷澜。

卅年苦志冷青春,志竟无成敢惜身。妾不负夫如此水,夫家谅妾有何人。

醒　世 五古诗二首

求儿得败子,求雨得风痴。求时心何切,得后怨已迟。予夺由天定,祸福听人为。不如求在我,当有吉神随。

败子亦是子,家赀浪费多。一朝能悔过,门内转太和。风痴亦是风,拔木力如何。人心知警惧,禾尽起可歌。

脱　俗

举世爱轻肥,菽躬甘粗粝。非人见识精,而我器量细。自古奢华家,几能到没世。但得饱且温,何须求美丽。

《大学》全书大意

明新止善学为大,入道程途格致先。诚正修齐须序进,治平可奏理同然。

《中庸》全书大意

不偏不倚中庸见,位育全凭一致功。是道须臾离不得,章详三十有三中。

《论语》全书大意

《论语》全书熟读之,始终勖我自求知。不知不愠为君子,命若不知无可为。

《孟子》全书大意

《孟子》一书分七篇,称仁道义是真传。读书养气功夫到,功利不言操守坚。

读《君子有三乐》全章

父母俱存兄弟睦,此是家庭第一乐。第二乐从道德生,仰不愧兮俯不怍。更得教成天下英,第三乐满于司铎。就使出为南面王,此心怕把威福作。人生乐事完全难,今适如我愿兮,好将帝典王谟尽束之高阁。

与赵庚亭函约因公晋城

早起下船晋邑城,水行四十有余程。适逢流逆兼风逆,坐久到迟百感生。

公事完时日已斜,两人同宿谨侯家。八旬老嫂藏珍果,分惠三枚异样佳。

遇渴得浆有感

求浆解渴寻常事,焉用仙姬句早成。当日裴航无玉杵,蓝桥空自见云英。

前有梅林兵渴解,奸雄应变也相宜。渴时甘饮人情共,临渴终嫌掘井迟。

裴灿英集

［清］裴灿英　撰

夏哲尧　点校

凝翠樓詩鈔

泉溪裴詩藏先生著

男　牧齋編訂

孫婿王摩民
謝　翔仝校刊

三劉祠

吾邑雖褊小不乏名賢祀皐夔二先生開厦六君子復
有三惠祠焜耀於鄉里上下數百年聞風皆興起劉氏
三弟昆中進士出府志皆冠蓋蟬聯似有宗曾建祠于

臨海市博物馆藏《凝翠楼诗钞》书影

361

前　言

　　裴灿英,字诗藏,太平月河桥畔人①。赵佩茳夏历丙寅元旦《凝翠楼集序》曰:"今先生归道山二岁矣。"赵佩茳(赵兰丞)生卒年为1866—1929年,则夏历丙寅年当为民国十五年(1926),据此推算,裴灿英当卒于民国十三年(1924)。《遇雨夜吟》诗云:"七十三龄溷俗尘,自拼渐与鬼为邻。"则其生年至少往前推七十三年,大约生于清咸丰元年(1851,辛亥)或之前。他曾多次到省城参加乡试②。赵佩茳《序》曰:"先生世业儒,藏书颇富,非就馆辄终日与书为伍。"其一生以读书、传道授业解惑为主,故有"裴夫子"之称。

　　《凝翠楼诗钞》二卷,收录古今体诗二百余首。诗歌的题材比较广泛,其思想也较为复杂,其主要题材与思想表现约有如下四类。

一、怀古咏叹

　　怀古是我国诗词的一个重要题材。诗人借登高望远、咏叹史实、怀念古迹达到感慨兴衰、寄托哀思、托古讽今等目的。《凝翠楼诗钞》中既有登高望远之作,亦有对古迹的怀念与史实的咏叹。如《花山怀古》一诗,诗人追述了明永乐二年甲申(1404)正月下旬,逸士林原缙、王菘、翁晟、邱海、邱镡、何愚、何及、狄景常、程完等九人"会于里之花山精舍,欲继唐白乐天香山故事","取少陵'迟日江山丽,春风花草香'之句,分韵赋诗"③之盛会:"喧然声誉满泉溪,楮墨行间如欲遇""胜游曾仿香山事,分韵推敲乐未央"。对"花山九老"结社赋诗这一盛事,诗人自然是十分的景仰:"迄今我辈景遗芳,硕德高年不可忘。"但时过境迁,虽然流风尚存,而遗址却萧条荒凉:"于今遗址委荒草,尚有流风传故老。梅花零落剩僧庵,夕阳故道无人扫。"表达了诗人的昔盛今衰之慨与深沉的凄凉之感。又如《三刘祠》一诗,既表达了对宋时家乡名贤刘氏三弟昆的仰慕之情,又感慨古迹的没落荒凉:"复有三惠祠,焜耀于乡里。上下数百年,闻风皆兴起。刘氏三弟昆,冠盖蝉联似。有宋曾建祠,于今久倾圮。故迹没荆榛,遗型留桑梓。"同时更颂扬了重修祠宇的友人叶子香:"我友叶子香,起而踵其后。表扬古先哲,尸祝不去口。鸠赀为建祠,景之如山斗。经营三十年,擎天出巨手。我谓古迹湮,守土职其咎。渺渺一布衣,巨任竟承受。我辈仰余芬,对之应俯首。行将与刘公,芳名同不朽。"诗人在表达自己对家乡历史文化遗址保护者景仰崇敬之情的同时,也谴责了历代"守土者"未尽保护职责的过失行为,体现了诗人对家乡历史文化遗产的高度重视。再如《塔山烈迹》:"倭寇淫弥甚,斯人烈具扬。手能歼二贼,身竟立三纲。刺虎应侔费,捐生岂逊王?洞中遗碧血,星月斗光芒。"颂扬了烈妇的刚烈、节义品格与英勇杀敌精神。而《狮巷宦迹》《苏武牧羊》两诗,在感慨遗迹荒凉、颂扬孤臣有节后,在诗尾则直接托古讽今:"如今尸位者,临变怕持戈""而今素餐者,应亦愧吞毡"。表达了诗人对当世那些尸位素餐者的强烈谴责。

二、抒写农事　关心民瘼

我国是一个传统的农耕社会,农耕与诗歌的结合是自然的,也是必然的。虽然裴灿英一生以"读书兼写字,随意课门徒"(《讯林少山先生近况》)为主,并且认为"毕竟耕者馁,学也中有禄"(《即景》),但作为一个长期在乡邑从事传道授业的塾师,他对农业生产与农民的生活无疑是十分熟悉的。如《即景》一诗,叙述了田家一年的辛勤生产与丰收后的喜悦场景。又如《春耕》一诗,生动地表现了春耕生产的热闹场景:"一犁滑汰人来往,千亩纵横犊送迎""千耦聚来功泽泽,一犁破处水滔滔。芳塍错落眸多眩,黛耜纵横手自操"。再如《牧犊篇》,诗中表现了牧童的自得其乐,"呜呜短笛无腔调,信口吹来乐未央"。而二首《育蚕》诗则形象地叙述了蚕农悉心育蚕的辛苦及收获的期盼。不仅如此,诗人还仿苏轼《秧马歌》作《秧马歌》一诗,形象真切地描绘了秧马这种农具的外形、使用、品格。结尾的"如今正值升平世,剑戟都教铸农器"一句,虽然"升平世"并不符合当时的现实情况,但充分表现了诗人对农业生产的关心之情及希望通过改善农业生产技术减轻农民生产强度与提高农业生产效率的愿望。

"近闻官家急租税,丝价不昂银价贵。卖丝纳税竟无余,阿姑身上仍破襦。"(《育蚕词》)"年年辛苦为谁忙,大官还要厌粱肉。"(《牧犊篇》)难能可贵的是,裴灿英所写的农事诗,并不是简单地叙述农事生产,而是处处表达自己对于农民辛勤劳动、艰苦生活的深切同情以及对官府苛捐重税的谴责。

"代庖越俎知难免,只为苍生谊最亲。"(《独坐无聊戏仿随园女弟子年年离合证今宵之体成吟尽横湖九十春诗五首聊以报珊卿谷日题诗寄故人之作》)关心民瘼是裴灿英思想的主基调。裴灿英适处动荡时代，混乱腐败、民不聊生的社会现实，必然会激发起这位"世业儒"塾师的强烈爱民情怀。如《元宵口占》写道："有灯有月是良宵，无数饥民涌若潮。好景如今添抑郁，夜窗危坐最萧萧。""不为景物赋新诗，只为斯民费苦忠。饥若己饥贤圣志，一枝枯管可支持。"而在《狱中竹枝词》一诗中，他不但叙述了自己在"六六年华"的高龄，因为民请命而"荆棘丛中坐六宵"的经历，而且满腔悲愤地直接揭露了当政者搜刮民脂民膏、草菅人命的罪行："一月牌输两角钱，脂膏从此吸贫民。太平竟有不平事，议会丛中议决新。""炮雨枪林惨一方，皮开头裂血飞扬。""如何黄夜擒人者，竟似饥鹰攫雀回。""民国如今民不贵，草菅人命实堪怜。"这种"不为声名不为钱"的为民请命行为，与他曾"录成谏草一千字"进呈《谏吴邑尊减粮书》(《独坐无聊戏仿随园女弟子年年离合证今宵之体成吟尽横湖九十春诗五首聊以报珊卿谷日题诗寄故人之作》)的行为同出一辙，充分表现了诗人爱惜百姓生命、关心百姓生活、敢于担当、自觉为民伸冤、请命的思想品格。

　　从爱民情怀出发，裴灿英还表现出对山河破碎、动荡混乱国运的忧念。如《别刘生》一诗写道："乘兴西去久蒙尘，满地烽烟惨不春。英法德俄齐构衅，士农工贾共伤神。""我朝国运谁能挽，聊向苍天诉不平。"而在《送林勺人州佐》一诗中，诗人还表达了挽救时局的看法："用夏变夷是何心？元度名言可细参。此辈明知皆疥癣，国家到底有参苓……柔攘两字君记取，改更原止一张琴。"充分表现了诗人的爱国情怀和儒家的积极用世思想。

三、思亲念友

"吾谓为丈夫,必自有情始。"(《忆内》)裴灿英是一个感情丰富、珍重情谊的诗人。这种感情首先体现在对家人的思念上。"自怜山馆凄清夜","以校为家原是客"。(《韩渐逵先生馈肴鲭到校赋此道谢》)"馆中何物堪消遣,有鸟谈天读月鱼"。(《和王子芳以诗贺岁原韵》)诗人往往设馆于离家较远的凄凉的书院旧址或僧舍,并且常常以校为家。虽然诗人课徒授业乐在其中,但凄凉之境,"黄卷青灯",远离家人的寂寞生活,必然会产生深深的思家念亲之情。如"未知萱阁内,厥疾可能痊"(《雨夜即事》),又如《书扇寄内》:

镜掩朦胧月一轮,床悬蛛网箧生尘。宵来听得邻姑唤,误作深闺伴读人。

挈儿初次整扁舟,客里刚逢岁一周。为向山妻重问讯,娇痴还似旧时不?

去时新柳未抽芽,今日丹榴已放花。惟有杜鹃真解事,一声声只唤归家。

端阳去后又多时,平展齐纨写小诗。半为思儿半惜别,怕看红豆一枝枝。

诗歌既表现了自己所处的凄凉环境:"镜掩朦胧月一轮,床悬蛛网箧生尘。"又形象地说明了离家时间的久长:"去时新柳未抽芽,今日丹榴已放花""端阳去后又多时"。而"宵来听得邻姑唤,误作深闺伴读人""为向山妻重问讯,娇痴还似旧时不"则十分形象真切地表现了自己对妻儿的深深思念之情。

"惟有杜鹃真解事,一声声只唤归家。"诗人借杜鹃的声声催归,既形象地表现了妻子对自己的思念之情,又反衬出自己对妻儿的思念之苦。"半为思儿半惜别,怕看红豆一枝枝。"红豆,又名相思子,自古就是相爱的人寄托相思之信物。诗人不是见红豆而引起相思,而是"怕看红豆"而增添相思,可见诗人的相思之浓烈,夫妻恩爱之深情。这种思家之情、念亲之苦,在《即景》《初夏回家》两诗中表达得更为直接。"齿痛非为病,肠虚怕忍饥。指遥占食运,情怯问归期。令节清明近,乡心苦梦迷。老妻应念我,寸管写披离。"(《即景》)"一夕乡心动,迢迢尚未还。抚时皆苦况,何处是家山。梅雨黄三日,秧云绿半湾。明朝放船去,应为洗愁颜。"(《初夏回家》)

同样,裴灿英对友人也是一往情深。诗集中既有对友人近况的询问,如《讯林少山先生近况》,又有对友人的悼念,如《哭陈生毓文》《挽杨豹君乃庆先生》等诗。作为一名诗人与塾师,裴灿英与社中诗友、馆中同事及生徒等结下了深厚的情谊,或唱和,或游山,或玩月,而一旦离别,诗人每每赋诗,或留别,或送别,直抒胸臆地表达自己的离情别恨。如:"太息人为墨所磨,新诗赋就别情多","唱和豪情驰腕底,别离新恨上眉尖"(《赴馆留别社中诸友》)。"一年翰墨缔因缘,唱到骊歌倍黯然","握管临歧书不尽,短笺深概意难穷。"(《别清海塾中诸契弟》)"已把离怀酬落日,奈堪分手又临歧","何日相逢重握手,平安先报竹修修"(《送朱伯芳返松江》)。"夏日镇日望佳音,谁料萍踪大海沉。从此子期千里外,伯牙不复鼓瑶琴。"(《赋寄雪莹》)"曾从苗乱出珂乡,日把兄恩系寸肠","料知此去枌榆内,骨肉宾朋识面稀"(《次解荩臣芳返黔中留别原韵》)。而《送林勺人州佐》一诗则是针对时势的有感而作,重在"勖君"。此诗不仅表现了诗人对时局的忧虑，而且表达了诗人积极用世的儒家思想："当知天步颠连日，是我儒生奋讯辰。"诗人一生虽然没有为官之经历，但诗中却写道："斗大衙门米大官，斯民端的系危安。维风蘽本何从拔，示警蒲鞭且放宽。智本有余须慎用，财虽不足要轻看。临歧从此云泥隔，且把骊歌当代檀。"诗人在诗题下注曰："弟此诗如苍头异军，幡然独出，亦当今宦途中座右铭也。"足见诗人对林勺人非同寻常的深情。

　　裴灿英长期在离家三四十里的僧舍等处设馆授徒，以校为家，同时，随着年事渐高，身体渐见脆弱，因此，每逢故友来馆探望或为其调理气血，诗人便会喜而赋诗道谢。如《王君春园赠疯酒一瓶赋此鸣谢》《赠韩渐逵时为予调理血症》《山蓟篇谢林丙恭勺人》等诗。"以校为家原是客，将宾作主不须招。酒逢浓处何辞醉，情到深时未易消。知道慕庐多厚意，竹窗清话在今宵。"（《韩渐逵先生馈肴鲭到校赋此道谢》）"十年朋好情浓淡，卅里家乡路渺绵。多少愁怀随雨注，此宵端的不成眠。"（《暮春雨夜适陈君伯封留馆喜而成咏》）老友的馈赠、探望，既改善山斋的生活，又暂解山斋之寂寞，怎能不让诗人喜而鸣谢。

四、描摹自然

　　《凝翠楼诗钞》中有不少描绘自然山川之作，这些诗歌以抒写家乡自然景物与人文景观为主，表现出诗人对家乡自然美景与人文景观的热爱和赞美。如《楼峰八景》《仙岩八景》《题东湖湖心亭次先生韵》等诗。这些诗歌大多想象丰富，比喻贴切,"大气斡运",境界开阔。如"风如并剪水如油,泻出云阳一段秋","波自涵虚天倒影,却穿运气望牵牛"(《题云阳书院俯清池》)。"江光如镜月如钩,小艇居然汗漫游。银汉一泓星上下,流萤数点影沉浮。苍茫云树涵虚碧,欸乃渔歌接素秋。"(《夜返云阳书院即景》)又如《楼峰遇雨》:

> 薄云韬日日光暗,天半怒风恣狂扇。定知巽二窖诗人,飒飒隆隆如不逮。忽然云阴泼墨来,空中幻出千堆万叠之楼台。排山倒海倾天黑,卓午须臾作冥色。拟似黄河已倒倾,万派惊涛来不测。又如当年有漏天,炼石娲皇补未得。同游诸子各茫然,欲止不止前不前。搔首攒眉无意绪,焉得数卷阳石努力共着鞭。那知二杨情更迫,未学仙人先赤脚。扶手双双负盖行,冒雨冲风出下策。我与谪仙侯最久,过却未申将及酉。当头渐渐散浓阴,才能罢喫栾巴酒。急唤羹奴负湿衣,三人不惮挺而走。相将转瞬上楼峰,无数冷云咽入口。横空几道瀑布飞,倾珠碎玉点点溅人衣。恍惚此身已到龙湫侧,砰訇喷薄一泻不复归。泻入溪中流不及,激起横桥翻立石。拟借钱王万弩来,弯弓遂使潮胥遏。

诗人以丰富的想象、极度的夸张、贴切的比喻,形象地描绘出一场骤雨来临前、骤雨中及骤雨后的各种自然景观,并十分真切地表现了自己与同伴遇雨时不知所措的窘态。

裴灿英的一些写景诗,还能准确地描写出景色的特点,形象逼真地表现出景色的特色。如《春日偶成》:"春来烟景正萋萋,芳草裙腰一带齐。鸠妇雨中鹈鴂唤,鼠姑风里鹧鸪啼。桃舒嫩脸初含笑,柳缀新眉未放黄。二十四番花信报,小阑干畔画桥西。"诗人以芳草、鹈鴂、鹧鸪、桃花、新柳等极富春天气息的动植物表现春天的自然景色,并以"唤""啼""笑""放"四字表现出春天的蓬勃生机,春意盎然。又如《秋色》:"空原非色色非空,淡淡浓浓写不工。露影压江无赖白,蓼花疏水可怜红。寒鸦几点霞初落,明月千秋夜正中。料得东皇应俯首,夕阳时节万山枫。"诗人以秋露、蓼花、江水、寒鸦、晚霞、明月、夕阳、枫叶这些自然景象表现出秋色的特点,并选择早晨时节的江边白露、水中蓼花与晚霞初落时的寒鸦、深夜的明月及夕阳下的枫叶,以红白黑三色鲜明地描摹出秋色的浓淡,足见诗人观察的细致及捕捉能力与炼句炼字功夫的超强。

　　赵佩茳《凝翠楼集序》曰:"诗初步取法随园,后乃出入于张仲治、舒铁云,学之俱得其神似。"袁枚(随园)、张问陶(仲治)、舒位(铁云)为清乾嘉时期三位著名的"性灵派"诗人。"性灵派"是对明代公安派"独抒性灵,不拘格套"诗歌理论的继承与发展,他们在诗歌创作上主张即"情"求"性",崇尚性灵,自由抒写,不拘格套,反对复古模拟风气,作诗以才运笔,抒发性灵,据自己的生活体验与个人志趣爱好,抒情写景,赋事状物,大都不受传统思想束缚和正宗格调限制,信手拈来,追求一种清新洒脱、轻逸自如、意趣横生的创作效果。"不附和类同,不修饰边幅。惟有性灵诗,兴来客不速。风雨迅挥毫,能使鬼夜哭。"(《次林少山舒社长原韵》)虽然赵佩茳《序》中说"先生之佳章巨著,向所钦迟者不什一存,而存者又不足尽先生之长",但从现存的诗作中,仍可以明显看出取法"性灵派"诗人的创作特色。赵佩茳《序》曰:"少负狂名,所为诗文,挥洒立就。"裴谦《跋》曰:"先君子好吟咏,有敏捷之誉。"裴灿英学博才高,"思似江潮才似海"(王钟秀《题词》),作诗往往以才运笔,抒发性灵,信手而成、随意而出,其自谓"偶然触诗兴,即为铺彩笺。据案信笔书,疾如云与烟"(《月夜偶成》)。诗题中标有"口占"或"率成""即事""即景""偶成"者就有十多首。"丈夫志四方,此语欺人乎。吾谓为丈夫,必自有情始。"(《忆内》)"老妻应念我,寸管写披离。"(《即景》)"我独谓君有识见,寄人篱下非贫贱。伯通之庑吴门箫,古来英杰恒无聊。非我注经经注我,字比句栉徒嘈嘈。胸中自有书,口中何必读。相印以心心,理彻义亦足。但能撷精华,自可弃糟粕。"(《题桐阴读书图》)"人道此饮仙无心,我道此饮仙有意。只为山前曾竖羊公碑,至今人人常堕泪。"(《题洼樽亭》)"君今初养儿,我愿窃有请。愿儿快长成,歧嶷受天禀。愿儿好读书,纷华有必屏。勿学乃父狂,朋游徒自逞。勿学乃父豪,挥毫在俄顷。"(《林君勺人下第归举一子诗以贺之》)"山色苍茫树色昏,横空风雨失孤村。一天尽是模糊景,不辨烟痕与水痕。"(《题画》)"远寒荒江喧雁阵,败荷枯草闹虫音。"(《秋声》)这种"腹有诗书脱口传"(叶恩镳《题词》)、直抒胸臆、陶写性情、不受传统思想束缚、不尽遵轨范、信手拈来、议论新颖、笔调活泼、语言通俗洒脱的创作特点,正是取法乾嘉时期"性灵派"诗人的明显体现。

此次整理《凝翠楼诗钞》,所据底本为温岭市图书馆所藏的民国十五年石印本《凝翠楼诗钞》。据《序》《跋》,此印本《凝翠楼诗钞》为裴诗藏死后其子裴谦(牧斋)搜求编订而成。此印本扉页题"丙寅仲春/凝翠楼诗钞/挹云山人敬题",正文卷端题"凝翠楼诗钞/泉溪裴诗藏先生著/男牧斋编订/孙婿王摩民/谢翊全校刊"。此印本半叶9行,每行21字,白口,无板框,无鱼尾,无行格。线装2册,开本高20.5cm,宽11.8cm。全书无明确的卷数信息,版心印有"五古、七古、五律、七律、五绝、七绝、诗余"字样,且每换一种体裁,页次分别起迄,每种体裁的首页均有"凝翠楼诗钞"题名。裴谦(牧斋)《跋》曰:"右《凝翠楼诗钞》二卷",大概是据册数而定。

　　整理中力求保持原貌,原印本中的古体字、异体字及俗字,今按通用字改出,并按照编委会要求以简体横排。对于原书中无法确认的古体字、异体字及俗字,则以"□"形式标之。由于整理者水平有限,整理中存在的不足之处在所难免,恳请读者批评指正。

注释

　　①《题王韵棠仁兄月河泛舟小照》诗末原注云:"予家住月河桥畔。"

　　②《将赴试武林留别沈六谦东翁兼询其恙》云:"两度秋风误棘闱,钱江今拟片帆飞。"

　　③《嘉庆太平县志》卷十四,浙江省温岭市地方志办公室整理:《太平古县志三种》,中华书局 1997 年版,第 427 页。

目　　录

凝翠楼集序

赵佩茳

先生，余父执也。少负狂名，所为诗文，挥洒立就，然随手弃去，不自收拾。晚岁，门下士谋梓其稿，先生将手定之，顾历岁月不成，涂抹摧烧，若不满意。其录以赴馆者，又不幸毁于火。吁，斯文之传，岂易也哉？今先生归道山二岁矣。长君牧斋思踵成其事，汇稿分体，持以问序。余谓古人专集首尚编年，以分体近于选本，且于年历不便参稽也。先生老友，若余伯岳林啸山，先生高第弟子，若王君子芳，生平最为投契，酬唱亦多，皆已先卒。牧斋君生后先生几二十年，比识字知书，少壮时已不及知，知之亦不能详。年谱之成必须时日。牧斋又急于付印。岁底匆匆一读，去其残缺甚不可存者，得古近体诗二百余篇。先生之佳章巨著，向所钦迟者不什一存，而存者又不足尽先生之长，为可慨也。先生世业儒，藏书颇富，非就馆辄终日与书为伍，理解超然，故所为骈散文皆有别情深致，尤能以大气斡运。诗初步取法随园，后乃出入于张仲冶、舒铁云，学之俱得其神似。惟好于贾勇，动辄连篇，晚年益任意为之，不稍事涂泽。然其天真烂漫，至今读之犹仿佛目前。诗道性情，区区工拙之见，岂足以论先生哉！夏历丙寅元旦问业世侄赵佩茳谨撰。

题　词

题　词

赵佩泣

冷冬风里校遗诗,体格岑高偶得之。多少钗荆裙布女,反因脂泽减光仪。

怕餐蔬笋学枯禅,开出骚坛自在天。陶写性情随处好,低昂差比《玉台》篇。

曾将摹拟陋隋梁,妙解清词宋亦唐。赖有纵横一枝笔,裁红刻翠也无妨。

十万横磨驭不纷,岂因贾勇累能军?鹤巢高雅壶舟俊,信手挥来乐可云。

题　词

晚学林鼎少梅

一读遗诗一怆然,有才无命欲呼天。青年豪气冲霄汉,白发穷愁困砚田。阮籍狂非招俗忌,子由名不让兄先。他时梓里求文献,继轨林鹤巢黄今樵姓字传。

题　词

受业王钟秀子芳

卷中字字走风雷,万朵心花正怒开。思似江潮才似海,如何汲得斗升来。

绝无留滞风前竹,如许清高雪里梅。占得诗中好世界,此生端不羡蓬莱。

题　词

叶恩镳松斋

跌荡风流写性天,满腔逸兴宛同仙。胸无芥蒂为心累,腹有诗书脱口传。旧作纵教遭劫火,新思却幸发言泉。盥薇愿把瑶篇读,淘尽人间俗虑牵。

题　词

林玮黻伯瑷

东郊矫首望斯文,吟兴豪情怅莫分。万丈光芒唐李杜,一家兄弟晋机云。诗成别有世传宝,楼古常延远岫雯。少壮英华几销铄,廉颇老去尚能军。

不须炳炳与琅琅,古体新裁两擅场。长袖由来多善舞,美人端不倚新妆。文章憎命贫非病,弟子传衣道自昌。二鹤风流今往矣,诗天重赖驻斜阳。

卷一

五古

三刘祠

　　吾邑虽褊小，不乏名贤祀。皋墅二先生，开庆六君子。复有三惠祠，焜耀于乡里。上下数百年，闻风皆兴起。刘氏三弟昆[①]，冠盖蝉联似。有宋曾建祠，于今久倾圮。故迹没荆榛，遗型留桑梓。我友叶子香，起而踵其后。表扬古先哲，尸祝不去口。鸠赀为建祠，景之如山斗。经营三十年，擎天出巨手。我谓古迹湮，守土职其咎。渺渺一布衣，巨任竟承受。我辈仰余芬，对之应俯首。行将与刘公，芳名同不朽。

注释

　　①原注：允迪、允武、允济皆宋进士，出《府志》。

重九赵兰臣社友置酒石牛冈索赋

　　光绪十六年，九月初九日。社友赵兰臣，约践石牛迹。菊酿既芬芳，萸囊亦萧瑟。枫柏叶翻黄，水泉色澄碧。开君秋草坛，坐我秋风席。一杯复一杯，醉倒卧白石。豪吟五字诗，乱洒千军笔。诗颠酒亦颠，直闯青莲室。昔君到我家，假君《太白集》。此中具妙理，一读一击节。自惭巴里吟，夺帜恐未必。率笔纪登高，聊以抒胸臆。

题梅雪图

空山风雪中，独与梅花处。蓦地扇阳和，喁喁作春语。逋仙颇有情，搴帷忽然起。呼梅梅曰咨，咨尔经霜侣。唯枫醉秋中，唯菊卧篱底。添出青女妆，往还无尔汝。陈君点笔成，淋漓不能已。铁线与银沙，纵横满一纸。问雪雪不知，问梅梅不语。我观肯綮中，自是具妙旨。倘使遇寒天，相守有鹤子。倘使遇奇夜，蟾光射窗里。从此赋新诗，我闻亦如是。

次林少山舒社长原韵

上尺五工六，丝竹不如肉。咽徵复含商，胜食防风粥。罗子隐深山，依将旧书读。陶写以声诗，不为公负腹。所恨制举文，屋上复架屋。非无山水音，所厌在琴筑。我有素心人，淡若东篱菊。出言气如兰，医俗雅于竹。笑彼皮相者，谁复耳而目。高山云巍巍，长江水漉漉。我辈忝知音，私心终佩服。日习《太玄〔一〕经》，往复颇能熟。载酒来问奇，阳春趋委谷。不附和类同，不修饰边幅。惟有性灵诗，兴来客不速。风雨迅挥毫，能使鬼夜哭。人情任诗张，世局日颠扑。兴亡等弈棋，谁复过而卜。幸无于陵廉，但享妻儿福。

校勘记

〔一〕玄，底本作"元"，系避清康熙帝玄烨讳改，今回改。

纪　梦

饥寒迫我躬,此身常悲恻。敧枕思无聊,寂寞长太息。胸无记事珠,古典难重忆。雨间一梦境,渺渺无从测。天不生仲尼,终古长昏黑。鹞雀起枋榆,翻笑垂天翼。厄运困英雄,晬盎难生色。觌面在睡乡,此境岂易得?

睡魔才逐去,诗魔倏又至。诘屈与聱牙,挥写难如意。梦境太匆匆,纪述诚非易。搁管几徘徊,措词颇累坠。相印在心心,即诗以见志。书此寄故人,徒惹心情悴。终日锁眉尖,都为妻儿累。会当驱烦冗,笔砚相从事。

哭陈生毓文

箬山树丹竹,经冬乃绿林。当兹艳阳日,结我桃李阴。有材才小试,霜雪屡见侵。我愧非子期,好鼓焦尾琴。韦弦互相赘,目我为知音。一旦遭惨变,菶葹死其心。父母及妻子,此穴竟共临。吾道日以孤,吾恸日以深。洵哉天丧予,沉痛不自今。

题莫芥舟先生墓

弱岁弄柔翰,笔法即奇古。体格访钟繇,魄力追颜鲁。豪迈本性成,处心厌卑琐。容貌颇瑰奇,言行必信果。其配亦相宜,母仪诚无负。载赓同穴章,千秋奉樽俎。

病瘥过半船楼

君家富藏书,千年上下古。经史及子集,浸淫至脏腑。蕴酿成文章,笔下万花舞。连编累牍中,一一争先睹。自愧惮为文,理法类囹圄。恣笔之所为,缅规又越矩。因此厄篇章,株连及训诂。偶染采薪忧,血气顿滞阻。寒暑倏推除,八月重绵举。读君遣瘥诗,今病幸少愈。

雨后登新城魁星阁远眺[1]

大雨亦已霁,众山如洗出。登楼一凭眺,此景信奇绝。远嶂层复层,四围咸络绎。秋气逼人来,秋风更烈烈。菱塘已失青,竹院难留碧。淋漓瀑布飞,界破青山色。我欲纵吟情,愿借瑶光笔。

东南一浮屠,其势若涌出。翘首望披云,清绝亦险绝。其余众小山,会同若有绎。松翻涛怒奔,瓦乱屋懔烈。草靡茎欲黄,桐落荫失碧。云散眼眩光,风猛肤无色。拟招巽二来,吹我生花笔。

注释

　①原注:秋日,偕朱君伯芳、沈生云帆、王生冠洲同登此处,走笔吟此。

龙潭二首

晋山高不极,山下水涵青。一径入云处,弯弯九曲形。乘势往而复,随流走不停。此间吟不得,端的有龙听。

大暑待霖雨,苍生翘首望。仗兹润枯渴,赖有蛰龙藏。一怒波涛立,千鳞翕合张。悬知泽下尺,阡陌尽汪洋。

朱家颢少蓉二尹丁忧旋里赋此饯之用宋全韵

古昔有遗言,士为知己用。知己复感恩,区区难额颂。英也颇不才,秉性极放纵。握管发狂吟,茫然忘愚惷。偶成芍药诗,颇为公称诵①。说项及寅寮,推袁到宾从。声闻过乎情,抚衷恒自讼。继得读公诗,朝夕供清供。奴隶役苏黄,衙官卑屈宋。细意熨贴平,天衣本无缝。能诗吏亦仙,有守官逾重。佐治莅新城,蕞尔犹分封。短驭屈长材,百里羁庞统。卧理自非难,庶务能兼综。建署首捐廉,赈饥恒分俸。养民若养苗,除恶如除葑。疾苦得周知,下情无上壅。如开镜里天,纤毫捐霾雾。相感以盹诚,黎庶何疑恐。迁江二十年,遍地甘棠种。而今弃我归,东西隔徐雍。图报乏涓埃,使我心情疢。怅望月团栾,千里还相共。

注释

①原注:曾咏《白芍药》,有"宰相如今是白衣",颇加称赏。

题团扇美人图①

妾貌如桃花,春来惹爱怜。妾身如团扇,秋来恐见捐。惟此傲霜花,酷似妾之节。相爱不相捐,素心皎冰雪。

注释

①原注:扇绘桃花,头插菊花。

东尧臣

君以狂相觊,增予一杰作。诸友盥诵之,咸首肯俯伏。今予作君序,成此五六幅。拉杂乱书之,读罢往而复。以病字为主,病中致功福。功在一时间,福垂及似续。以病报一狂,设想非碌碌。天壤我二人,托生亦不俗。奇想绘奇人,添毫三颊足。君能删薙之,予不胜其乐。予以懒推敲,君慎无觳觫。奋笔加涂抹,不必惮宿学。

次童柘塍赓年师见赠原韵

贫士宜有守,所厉在廉隅。自惭志节卑,惟以笔墨娱。一生无媚骨,轩冕轻泥涂。益之不谅力,对左赋异苳。时世值末流,蹙蹙靡所骋。燕雀处于堂,焚厦不知省。棘地复荆天,何处堪藏影。会须上积谷①,终身踞绝顶②。

注释

①原注:山名。

②原注:山上置一七级台,顶级四嵌玻璃,燃一灯,渔舟黑夜可辨方向,泊舟避风浪。其联云:凌空敞七级浮屠,雨晦风潇,破暗投明知所向。彻夜悬一轮皓月,波翻浪涌,避凶趋吉有攸归。

林君勹人下第归举一子诗以贺之

一棹放钱江,领略西湖景。求名不得名,尔我均喜甚。谁知伻者来,道君具汤饼。红绫饼未〔一〕尝,汤饼宜先领。愧我占先魁,豚犬已井井。婚期在三春,向平愿将尽。君今初养儿,我愿窃有请。愿儿快长成,歧嶷受天禀。愿儿好读书,纷华有必屏。勿学乃父狂,朋游徒自逞。勿学乃父豪,挥毫在俄顷。秋稻虽晚栽,秀宝期整整。他日我来睹,摩顶应三省。

校勘记

〔一〕未,原作"禾",疑笔误,径改。

即　景

田家自有乐,衣充食亦足。四面竹平安,满园菜交错。播种及良时,茁芽声簌簌。贮得一圆笭,转瞬新秧绿。田畴方罫开,阡陌重而复。罱泥镜面平,戽水梊头落。铺匀遍地金,点破一畦玉。他日遇秋成,大有年可卜。犁耘无荒芜,老幼勤种作。嗤他襁褓子,糯秜纷相逐。红莲稻出时,白粲随而凿。粢盛及餀餭,翩然恣饮啄。报赛约村翁,稽首咸俯伏。豚肩并斗酒,汗邪随意祝。自笑砚田荒,笔耕无厚福。今岁又明年,东西又南北。毕竟耕者馁,学也中有禄。书此作解嘲,还向青毡宿。

月夜偶成

天清月皎皎,凉露湿衣袂。行行重行行,忽到旧游处。情得其适然,意欣于所遇。既为乘兴来,讵为兴尽去。伊人与我言,此间堪小住。瞥见一萤飞,飞到檐前坠。

挑灯坐秋夜,相将不欲眠。饥鼠如有意,喈喈鸣砌边。四座寂无人,中庭月永圆。偶然触诗兴,即为铺彩笺。据案信笔书,疾如云与烟。陡觉东方白,言赴楼峰巅。

百丈岩

吟眸万丈光,此岩得百丈。此处辟诗天,空阔世无两。青云脚底飞,丛篆偏旁长。我愿生两翼,奋迅聊一上。

命谦儿开笔戏而有咏

虽曰犬豚耳,亦习文人事。且自擘红笺,命写新正字。点画既不齐,结构岂精致?只此学涂鸦,也慰区区志。

雪山寺

陟彼雪山寺,精蓝此处尊。钟声翻铿䥱,梵响彻晨昏。双杏红浮槛,群山绿到门。遗基唐代辟,象教镇乾坤。

七古

育蚕词

桑叶何青青,蚕儿何泄泄。半窗红日照时生,侬家体贴多经意。但愿雷无鼠也无,马头祭毕祭桑姑。也如嫩柳三眠起,剥茧缫丝慰所须。近闻官家急租税,丝价不昂银价贵。卖丝纳税竟无余,阿姑身上仍破襦。

陌上花

陌上花，缓缓开。同心人，来未来。石上镜花何崔嵬，海上浪花簇作堆。塔上铁花蚀以苔，火上灯花烛已灰，花不归来侬欲催。

和林少山次原韵

既不能隐居遁世王官谷，又不得书中觅取黄金屋。挽弓酸来太无聊，炎凉世味尝应熟。翁居漫吟读书乐，处处书城拘墨索。笔耕墨耨苦依人，未识生前作何恶。翘首青云翼不飞，诗云子曰苦因依。焉能郁郁久居此？呜呼噫嘻嘘乎唏。胡云铜有臭，胡云墨有香。但许安置棐几绳床得其所，便可神泣鬼舞一笑三千场。闷即吟诗狂喝月，醒归诗国醉睡乡。蝶归楼，句欲仙，瓶水斋，笔欲颠。恬吟密咏往而复，且以饱啖高眠全其天。

题桐阴读书图

生不能磨盾鼻书封狼居胥，又不能埋头牖下作老腐儒。橐一枝笔走万里，丈夫生计何其愚！我独谓君有识见，寄人篱下非贫贱。伯通之庑吴门箫，古来英杰恒无聊。非我注经经注我，字比句栉徒嘈嘈。胸中自有书，口中何必读。相印以心心，理彻义亦足。但能撷精华，自可弃糟粕。卷帘把卷凄以风，夜深桦烛红复红。一编呼月来相照，慎勿沉埋爨下桐。

题林勺人凌沧阁

少陵有草阁,五月寒飕飀。滕王有高阁,一序绵千秋。阁为人所建,亦缘人而留。勺人林君好诵读,门对沧江波一曲。写为沧水读书图,命名遂取凌沧阁。沧浪之水清且浊,清斯濯缨浊濯足。缨足皆由自取之,君为自计思应熟。我思米家书画船,白虹贯日光腾天。又思东山李太白,诗成笑傲三百篇。沧江与沧州,古今相对待。古人各各已成名,焉知更有今人在。我今登此阁,得与观此图。笑彼束书高阁者,熊熊鹿鹿知非夫。林君此后宜努力,铁可折兮韦可绝。听取鸣蛙阁阁声,时与呫哔伊哦遥和答。

花山怀古

春风习习溪西路,山北山南多烟树。诗人九老名独存,犹识当年栖止处。喧然声誉满泉溪,楮墨行间如欲遇。迄今我辈景遗芳,硕德高年不可忘。林君原缙为其首[一],谁其继者翁与王。二邱二何貌甚古,又有狄公名景常。终有程完为之殿[二],诸老诗文各擅场。胜游曾仿香山事,分韵推敲乐未央。于今遗址委荒草,尚有流风传故老。梅花零落剩僧庵,夕阳故道无人扫。

校勘记

〔一〕君,张岳主编《温岭历代诗词精华》作"公"。张岳主编《温岭历代诗词精华》第163页,中国文史出版社2009年版。

〔二〕有,张岳主编《温岭历代诗词精华》作"以"。张岳主编《温岭历代诗词精华》第 163 页,中国文史出版社 2009 年版。

秧马歌

秧马非马名以马,负秧行遍芳塍下。秧马名马无马形,蹄
涔聚处水泠泠。忆昔东坡在武昌,武昌农父正分秧。枣榆为
腹桐为背,此日田中自在行。勒绾想衔红荇细,鞭驱应借碧蒲
长。涂泥滑际蹄全没,云水平时首一昂。不须伏枥三升豆,不
用笼头数尺缰。惟佐蒸民成粒食,策功应不让骊黄。如今正
值升平世,剑戟都教铸农器。

读《紫霞闲言》和林啸山先生原韵

吾人未死以前生老病,谁能便许六根净。惟有苍苍百尺
松,心既贞兮节复劲。我与君交四十年,坦坦各自率其性。爱
书成癖是则同,炯炯胸中一轮镜。穆亭先生真知我,此笔千秋
惟所命。直将至理寓《闲言》,圣者不自以为圣。

楼峰遇雨①

薄云韬日日光暗,天半怒风恣狂扇。定知巽二窘诗人,飒
飒隆隆如不逮。忽然云阴泼墨来,空中幻出千堆万叠之楼台。
排山倒海倾天黑,卓午须臾作冥色。拟似黄河已倒倾,万派惊
涛来不测。又如当年有漏天,炼石娲皇补未得。同游诸子各
茫然,欲止不止前不前。搔首攒眉无意绪,焉得数卷阳石努力
共着鞭。那知二杨情更迫,未学仙人先赤脚。扶手双双负盖

行,冒雨冲风出下策。我与谪仙俟最久,过却未申将及酉。当
头渐渐散浓阴,才能罢嘿栾巴酒。急唤奚奴负湿衣,三人不惮
挺而走。相将转瞬上楼峰,无数冷云咽入口。横空几道瀑布
飞,倾珠碎玉点点溅人衣。恍惚此身已到龙湫侧,砰訇喷薄一
泻不复归。泻入溪中流不及,激起横桥翻立石。拟借钱王万
弩来,弯弓遂使潮胥遏。

注释

　　①原注:途中阻雨,欲买舟归家,而同社东平、晓东二人已冒雨归矣。
余挽梧庭到山盘桓许久。醉后成七古一篇以纪其事,且以遣山斋之岑寂
云尔。

山蓟篇谢林丙恭勺人

　　我生肮脏乏颐养,杂取果蔬拾栗橡。频年匏落晚飘蓬,蒜
友瓜朋集尘鞅。可园主人洵雅流,以雅医俗俗可瘳。笔针墨
炙言药石,纷然投赠春复秋。顷因见猎辄心喜,随缘小集平泉
里。为送诸生赴试来,彼此寒暄桃报李。投我小蓟一掬余,森
森如指屈复舒。知我近今苦脾疾,血干痰涌中气虚。命以陈
土为之和,聂切细窝涂涂附。饮余此恙当霍然,除其宿疾苏其
痼。余读《尔雅》苦不熟,山姜山连往而复。或呼马蓟或杨桴,
笺疏纷纭徒眯目。惟阅陶公《本草篇》,略加记忆转茫然。还
思笠舫吟三七,聊结诗坛翰墨缘。

牧犊篇

　　上山牵黄犊,下山逐黄犊。黄犊匆匆走坂坡,牧童得得遥

相逐。细草芊绵春日长，一鞭叱咤逼斜阳。呜呜短笛无腔调，信口吹来乐未央。犊兮犊兮听我嘱，汝负犁人饘与粥。年年辛苦为谁忙，大官还要厌粱肉。

题洼樽亭①

君不见长安市上醉眠时，一骑曾来白玉墀。又不见天津桥上倚楼日，举杯酣饮量无敌。谪仙本是长庚星，胡为小饮来此亭。亭中四顾无长物，惟有一樽斑驳石。光青樽外花纹多，剥蚀樽内洼深贮。酴醾一斗亦醉一石醉，何必择器兼择地。人道此饮仙无心，我道此饮仙有意。只为山前曾竖羊公碑，至今人人常堕泪。谪仙慕古有深情，对此能无感慨生。石友得联红友契，碑亭应并酒亭营。至今我辈搜遗事，署壁犹思借美名。

注释

①原注：按：亭在岘山，有石樽可贮酒。李白适之，常饮于此。

雪

风骤起，云满湖，林亭明灭山有无。忽然玉龙恣飞舞，漫空鳞甲纷模糊。江边老渔寒瑟缩，持竿独向扁舟宿。玉楼银海水晶盘，炫耀晶莹光夺目。此时此景不长吟，辜负天工惨淡心。我有尖叉车柱句，为君沃雪涤烦襟。

次谦儿无油吟韵

斯世间人多昧昧，十八狱中推黑暗。我有文字撑我肠，光焰辉煌能盖代。李杜二人相得定益彰，穿穴群经罗纪载。洸洸大集炳人间，崇拜人各从其类。学李既有人，不破任颠扑。学杜更有人，当不嫌穿凿。五言七字彪炳宇宙中，直把长空作诗屋。间架结构幸有成，此生长向凝翠楼中宿。

（附）原作

上古浑噩人草昧，圣人一出始开暗。尧舜禹汤文武及周公，各治一朝名一代。孔子大圣大开明，钟鼓煌煌千百载。嗟予未得孔子徒，囊萤凿壁原其类。予欲学囊萤，严冬无可扑。予欲学凿壁，邻壁无可凿。嗟予好古人，胡为居此屋？赖余有诗千载明，何妨黑甜乡里宿。

题锤进士

锤进士，髯何美，貌何丑。剑横腰，襟露肘，红尘插脚踉跄走。新鬼在前故鬼在后，我其戒公将毋狃。沙狐影射山魈吼，高明之家窥其牖。矧公终南一老叟，无贻伊戚罹其咎。公曰不然予否否。我目眈眈力赳赳，攘我臂，张我口，小者血食大者剖。陡请公，在门首，为我寒儒逐穷九。

五律

讯林少山先生近况

从前通体热,此际定清凉。劳我三宵忆,酬君七字忙。著书期养正^①,驱暑不求方。为语林君复,何时得报章。

贤阮归来否? 前书寄到无? 予怀多块垒,天气转模糊。遣兴诗频作,消愁酒不沽。读书兼写字,随意课门徒。

赏月云偏秘,忧时目已蒿。悲秋吟《杜集》,排闷读《离骚》。缩地难逢费,簪花欲学陶。重阳无几日,握管好登高。

注释

①原注:时方著《启蒙约编》。

咏怀松门古迹

茶山仙迹^①

绝迹飞行者,缘何有迹留? 鞋痕伴一道,步武亦千秋。袜锦休夸马,蹄涔总笑牛。吟余宜啜茗,新咏纪仙游。

注释

①原注:茶山之麓岩平坦及于地,有足迹数处,俗名为仙人脚迹。

普照禅迹^①

省识招提境,林环水在门。有题名自显,得鼎寺方尊。笕接泉逾活,云深石不言。我来参上乘,即此见真源。

注释

①原注:寺在松河头,明浙藩龚勉题曰"台南名刹"。有鼎曰"台南第一鼎",里人潘肩吾铸。

朝阳玄迹①

划石开飞观,披云筑小楼。嶙峋惊齿齿,瀚海恍浮浮。启牖延朝日,当轩接素秋。凭高时一览,尽可豁双眸。

注释

①原注:虎山之巅,有洞曰朝阳,蛇行真可入。后人就其地劈石成基,构数椽为道观焉。

狮巷宦迹①

荆棘没铜驼,狮儿复若何?旧官虽已往,顽石尚难磨。故址荒凉甚,遗踪感慨多。如今尸位者,临变怕持戈。

注释

①原注:李超御史故址,剩石狮在,后人名其巷为狮子巷。

塔山烈迹①

倭寇淫弥甚,斯人烈具扬。手能歼二贼,身竟立三纲。刺虎应侔费,捐生岂逊王?洞中遗碧血,星月斗光芒。

注释

①原注:下有元坛洞,当倭乱,有妇避其中,二倭犯之,妇手刃二贼,遂自刃焉。

天妃灵迹①

贼势如潮涌,元君绰有风。一帆真助顺,万籁尽从龙。圣诏原褒美,丰碑尚纪功。淋漓濡大笔,千古仰兴公。

注释

　　①原注:阮芸台剿海寇,祷之助风碎贼舟,勅建一宫祀焉。孙渊如有记,刊诸石。

中井泉迹①

　　斥卤交流处,相观眼独青。泉香擅泉味,中井媲中泠。调许符分竹,烹疑塔语铃。瓶笙吹彻后,清韵协柯亭。

注释

　　①原注:松井颇多,以此为最。

石床仙迹①

　　尘世梦中梦,空山闲更闲。黑甜乡不到,镇日闭柴关。枕石画三面,抱云身一弯。䞒䞒得佳处,俗虑尽为删。

注释

　　①原注:在茶山,石颇平坦。

寿坊恩迹①

　　宴已开千叟,诗传第一流。升平人是瑞,品望帝曾酬。德厚名能副,恩深石尚留。鸡窠怜蠢蠢,虚度卅春秋。

注释

　　①原注:百岁叟张廷辉,御赠"升平人瑞"额,镌诸坊。黄二峰先生有诗题焉。

砥柱书迹①

　　两字凿山巅,摩崖尚宛然。惯经霜雨雪,横绝地人天。世已伤多事,谁能障百川。小瀛洲接踵,卓立万斯年。

注释

①原注:伏龙山之巅,汪起龙刻"砥柱"二字。下有"小瀛洲"三字,卫廉安化李树勋泐。

题爱南园

独占迂江胜,苍苍二百年。园林阅今古,粉墨幻云烟。花草生如意,峰峦叠自然。乾嘉大手笔,多少赠华笺。

我本不能吟,难参翰墨林。爱书恒借阅①,读画每幽寻②。况以耽诗癖,兼之怀古心。客窗一抒啸,清韵答鸣琴。

注释

①原注:园中多藏古书。

②原注:兼蓄名画。

题陔兰图

洵是难能孝,终天亦不忘。至情供藻绘,世变阅沧桑。恋恋春晖报,悠悠爱日长。循陔留小谢,寸草有余香。

花 生

浑素先辞壳,微红且解衣。火均香始烈,筴瘦肉偏肥。适口缘知味,登筵亦耐饥。江郎传彩笔,一梦兆先几。

甘 蔗

世味酸咸外,甜香总属君。汁浆随意得,渣滓此时分。梗断横青玉,梢长拂绿云。回甘虽可羡,香白已纷纷。

宁戚饭牛

不辞牛后辱,一饭意何深。业托佣奴贱,歌迎霸主心。求刍殊牧者,叩角动知音。他日羊皮食,炰麜又感吟。

苏武牧羊

风雪两凄然,伤心十九年。孤臣惟有节,群竖已无鞭。属国酬功地,河梁赋别天。而今素餐者,应亦愧吞毡。

昭君出塞

十八拍胡笳,文姬别汉家。昭君写哀怨,此日复琵琶。延寿空图画,单于竟拜嘉。至今青塚上,犹自长情芽。

叠石于听涛阁之斋头名以小玲珑系之以诗

九华传名久,今朝又一峰。人皆大自在,山亦小玲珑。妩媚凝诗骨,峥嵘夺画工。摒挡浑不厌,剷刬又溟濛。

整顿一房山,须知石不顽。得闲堪寓目,涉趣故开颜。秀已峦头挺,奇疑绝壁嵌。一盆清彻底,添着水潺潺。

酒地诗天外,书帷笔格间。尘容应扫尽,俗虑总从删。借尔十分瘦,消予一晌闲。清晨当早起,转眼即烟鬟。

非简亦非繁,元之却又元。有香云绕座,无树月留痕。水渗偏饶韵,诗成亦不言。元章三十六,到此也儿孙。

普昭寺

林木阴森处,深藏一寺门。笕延泉有响,云冷石无言。僧懒梵音寂,山幽佛座尊。闲花与小鸟,禅趣印元元。

元夜试笔

兀坐觉夜久,清寒暗袭人。不堪连日雪[①],又是一年春。得句欣拈管,评文懒费神[②]。挑灯深阁内,身世感沉沦。

注释

①原注:元日下雪。

②原注:侄儿有旧作数篇,欲为评阅,旋又置之。

秋棠蛱蝶图

卸得残妆罢,啼痕染碧纱。秋风留冶叶,夜雨长情芽。寂寞依芳砌,偏反映晚霞。怜他残蛱蝶,恋恋尚依花。

雨夜即事

夜静陡生寒,灯光倍暗然。水喧溪畔石[①],春尽雨中天。瑟缩惊残梦,嘈腾搅独眠。未知萱阁内,厥疾可能痊[②]。

注释

①原注:时予设馆花山,庵前溪声聒耳。

②原注:母有微恙。

夜　雨

一夜雨潇潇,愁人倍寂寥。何堪惊好梦,无奈度良宵。幡为怜花竖[①],灯缘起草挑。小楼倾听处,闲倚到明朝。

注释

①原注:是夜兼风。

月夜即景偕陈生秀野育善同作

圆转复凄清,当春分外明。恋云成黯黯,漾水正盈盈。树影当阶淡,花阴绕砌生。疏星三两点,相伴最多情。

连夕瞢腾雨,姮娥闷玉宫。蓦然开雾縠,卓尔削云峰。皎洁终宵彻,团栾一握中。天街凉似水,信步挹清风。

观　剧

离合悲欢事,穷通得失场。团栾一大局,今古此霓裳。簧煖笙清处,脂红粉白妆。龢驹犹在否?遗迹问高唐。

题山水图

树色分深浅,山光杂淡浓。亭编茅短短,舟拨水溶溶。渚草青三叠,林烟碧几重。晚晴天气好,放棹乐从容。

秋夜偕王生子芳分韵咏烹茶得而字

何物堪消渴,龙团味最宜。煎来文武火,咏到陆卢诗。荈
谱微翻处,花时小瀹时。瓶笙吹彻后,端可羡涟而。

即　景

齿痛非为病,肠虚怕忍饥。指摇占食运,情怯问归期。今
节清明近,乡心苦梦迷。老妻应念我,寸管写披离。

今日生徒聚,洸洸满一楼。出题常即景,怕冷惯低头。月
正今宵满,诗余一腹愁。花朝时已过,摘艳问谁侔。

良宵灯火下,走笔赋新诗。夜景团成句,茶花引作词。古
稀还缺二,今世已无知。自笑颓唐甚,挥毫飒飒时。

镇纸双铜尺,知时一挂钟。居中三榻具,天下几人雄。袁
尚空为统,孙犹伏作龙。中原嗟莽莽,端合卧隆中。

水烟筒

一气鼓鸿濛,重离习坎中。荡胸吞薄雾,满口吸香风。汩
汩如鸣玉,弯弯巧铸铜。酒醿茶熟后,小递倩奚童。

夜泊钓鱼亭遇雨达旦不寐成即景二首

舟向荒亭泊,经宵竟不眠。惊涛翻古岸,急雨逼遥天。云
气蒸蓬背,帆痕落枕边。侵晨怀颇爽,凝眺晓峰前。

四围烟霭润,就里出轻舟。茅舍和云宿,危樯若荇浮。榜人多絮语,吟客半低头。转瞬巾峰到,登山恣胜游。

初夏回家

一夕乡心动,迢迢尚未还。抚时皆苦况,何处是家山。梅雨黄三日,秧云绿半湾。明朝放船去,应为洗愁颜。

题东湖湖心亭次先生韵

此间堪小住,我正苦呻吟。湖绕四围水,天留一片心。幽禽传逸响,秋柳护浓阴。解得樵夫意,同来涤素襟。

到此空明境,真堪涤笔吟。秋光涵水面,亭影倒波心。柳送当门绿,云生入牖阴。问奇宜载酒,小酌惬幽襟。

文房四宝

笔得鱼字

妙绝管城子,真堪信手书。大能参造化,小可注虫鱼。视草趋朝日,生花入梦初。会当排作阵,雄健有谁如?

春夜坐雨

雨点和愁集,宵深独闭门。春寒三月暮,灯烬一窗昏。壁破穿云气,书残积漏痕。明朝看瀑布,万派向溪奔。

连宵天不霁，催我苦沉吟。韭想呼童剪，云教达旦阴。助愁惊旅梦，分润到诗襟。一事堪惆怅，今番拥湿衾。

楼峰八景

狮岩观雨

一石空山伏，森然复耸然。天当沐以雨，我便踞其巅。气逼绣球润①，阴如锦带牵。苍苍涵远碧，蹲舞激飞泉。

注释

①原注：旁有绣球。

悬崖飞瀑

崷为峥嵘处，横空几道飞。萦纡垂组练，咳吐落珠玑。直共词源泻，还偕墨沈挥。石梁旋已到，空翠溅人衣。

天然云碓

就圈聊成碓，天然索我吟。转移莫乏术，造作本无心。山草环逾碧，岸花藏转深。会当携白粲，缓缓赴岩阴。

灵犀蹄迹

灵犀何处去，遗迹在山巅。足力知如许，蹄痕尚宛然。苔还封故磴，月漫望遥天。昨夜潇潇雨，涔余一勺泉。

巾峰望海

山名巾子外，此亦署巾峰。云气吞千丈，涛头拱万重。尽堪穷浩渺，直欲荡心胸。自是凌霄去，伊谁著履从。

龟潭印月

凉月皎如许，寒潭百尺深。悟来无色色，印处本心心。天与水俱化，云偕石共沉。此间聊曳尾，烧灼漫相侵。

峭壁虬簇

峭壁一千尺，苍然亘古簇。龙蛇激飞舞，日月漏鬅鬙。崛强真犹昔，缘行恐未能。会当资作杖，扶我步崚嶒。

石鼓传声

蠢尔一卷石，铿然亦有声。挝时功异羯，击处韵谐鲸。山谷咸鸣应，风雷共合并。奇文传与否，吾欲问张生。

为用九作题振衣千仞冈

豪气凌霄汉，来登第一峰。白云如可即，青嶂渺无穷。策杖临危石，披衣趁晚风。俯看烟树里，村舍尚濛濛。

寺前桥

不识前朝寺，当前耸一桥。崚嶒排雁齿，掩映亘虹腰。云影明还灭，潮声暮复朝。不教人病涉，元箸此超超。

食粉团口占

今日三秋节，何来饼饵香。有鱼还有肉，斟酒又斟浆。面炒千丝雪，橙余一味凉。前宵曾月蚀，圆缺自思量。

苇叶和青饼，香粳起白霜。两般分硬嫩，一物判低昂。酒渴思茶解，橙香笑汝忙。今宵皆韵事，随意入篇章。

咏全史

妙绝千秋笔，垂为万世规。兴亡成大局，褒贬著微词。纂述今兼古，平章公与私。一编传实录，作鉴圣明时。

绿珠坠楼

世上无红粉，楼前一绿珠。齐奴原姓石，楚霸亦歌虞。只觉身殉节，浑忘泣向隅。凄凉台下月，清影尚相须。

七律

丹崖重九会七律四首

重阳难得无风雨,也逐诸公蹩蹩来。愿学葛仙同抱璞,不须籐杖去扶衰。多情送酒心先醉,有意题糕首重回。三十七年留爪印,方知此地解怜才。

设果焚香冀格思,人皆催祭我催诗。茱囊谁复题双臂,菊酿先教剩一卮。炙日转怜蓉瘦损,经霜还笑柳离披。老当益壮夸强健,不向菱花感鬓丝。

咳吐何妨落九天,敢将吟笔踵乡贤①。文孙素性原耽佛,子建诗心总杂仙。窗外美人焦学字,庭中书带草含烟。虽然异姓皆兄弟,翘首家山梦亦圆。

丛桂芳馨匝小山,青云今日许同扳。访秋特地缘乘兴,论味通天亦解颜。碧嶂翠峦皆峻拔,丹枫黄菊任斑烂。登峰造极须臾事,莫笑吾儒一味悭。

注释

①原注:谓鹤泉太夫子。

重游宗文书院

宗文两度泛轻舟,今日重来续旧游。月印波心澄似镜,灯涵人面朗于秋。花香新喜栾初孕,云暗翻疑桂未收。我是水晶宫里客,个中圆相认还不?

和李秩三六秩自述次原韵四章

足音卓午忽跫然，蓦觐能诗李谪仙。生佛亿千万劫后，为官五十四年前。买牛会见新遗爱，饮马曾投旧俸钱。祝哽不妨兼祝噎，杖乡将近古稀年。

年来彼此隔参辰，今日居然作主宾①。但得施行都是福，再加涵养总无垠。空中云影翻成锦，傍晚霞光尚崭新。何必鼓盆嗟破釜，大椿独占八千春。

边韶镇日抱书眠，卧治闽中几许年。地类肯随金勒转，天蚕不受茧丝缠。羽毛已具骞腾势，骨肉终输文字缘。自此旗山开讲席，束修荷叶永田田。

杏坛冷落拥寒毡，滴露和朱手自拈。抱一李聃原李尉，监门梅福是梅仙。飞腾笔底龙兼虎，鼓荡胸中汞与铅。他日骑牛函谷过，作成文始五千篇。

注释

① 原注：相别十余年，今日始访。

忆　菊

一卷《南华》一缕香，半床凉月半阶霜。孤芳似我宜相忆，晚节如君不可忘。仿佛烟痕寒橘柚，依稀梦境到柴桑。而今记取当时事，曾向秋风赋汉王。

访　菊

东篱才过又南山，彳亍行来往复还。红叶已残诗思瘦，白衣未遇酒缘悭。几回欲步高人迹，何日能逢寿客颜。转瞬秋风消息便，数枝已绽小园间。

题云阳书院俯清池

风如并剪水如油，泻出云阳一段〔一〕秋。俯仰顿宽人世界，清凉不与俗沉浮。披襟我欲澄空碧，脱帽伊谁坐上头。波自涵虚天倒影，却穿云气望牵牛。

校勘记

〔一〕段，底本作"叚"，据文意改。

漫　兴①

几年牖下尚埋头，多少新愁与旧愁。家落浑如鸡入瓮，文成敢诩笔横秋。支撑倦眼惟高枕，安顿闲身有小楼。自分此生知己少，谪仙何处觅荆州。

注释

①原注：次放翁《秋晚登城北门》原韵。

六月雪

丛生细缀满庭隅，小朵攒来信可娱。榴火争先夸焰焰，榆星依样点区区。炎凉并历原无态,香白俱全总不输。始信飞霜当暑路,赋盐情事转相符。

己卯秋移馆爱南园值紫薇盛开

南薰吹尽透微凉,下榻秋园引兴长。故曲罢填青玉案,新诗惭对紫薇郎。盥来珠露原添净,扇到金风未觉香。散倚石边红错落,自将霞彩斗斜阳。

将赴试武林留别沈六谦东翁兼询其恙

两度秋风误棘闱,钱江今拟片帆飞。刘蕡岂有金泥望?苏子应堪玉带围。东道果能占勿药,西垣何惜谢残薇。他时记取观潮后,明月光中鼓棹归。

火　寸①

年来未止热中心,拈得区区不自禁。蘸首便知余焰在,焚身定有劫灰临。引来榆火红如豆,劈出松枝瘦若针。较向青藜还胜否,荧荧助我发长吟。

注释

①原注:见陶宗仪《辍耕录》。

客有熬罂粟膏者感而成咏

一样调和鼎鼐中,竹炉沸处室通红。吹来武火兼文火,抵得参功与术功。小榻横陈天不夜,薄罗笼罩怅无风。淡交毕竟堪持久,从此相依历始终。

暮春雨夜适陈君伯封留馆喜而成咏

一宵愁雨送残春,犹幸淹留有故人。下榻我惭非旧主,联床君尚话前因。诗书契合全终始,笔砚生涯最苦辛。自笑头颅如许拙,可能安得此时身。

年来郁郁困青毡,头脑冬烘剧可怜。懒极并无消遣地,闷时辄唤奈何天。十年朋好情浓淡,卅里家乡路渺绵。多少愁怀随雨注,此宵端的不成眠。

偶　成①

适兴灯檠茗碗间,萧萧岁暮不知还。家无长物方为客,囊少余钱误买山。藏拙未能翻守拙,暂闲毕竟逊长闲。迩来多病多愁甚,赢得身躯分外孱。

注释

①原注:次陆放翁《丁未除夕前二日休假感怀》原韵。

春日偶成

春来烟景正萋萋,芳草裙腰一带齐。鸠妇雨中鹣鸠唤,鼠姑风里鹧鸪啼。桃舒嫩脸初含笑,柳缀新眉未放黄。二十四番花信报,小阑干畔画桥西。

娄峰深处碧迢迢,飞瀑层峦入望遥。涧草暗随春日长,冰花渐逐浪痕消。松枝突兀撑千古,柳色依稀认六朝。管领韶光须让我,好将斑管试新描。

百五韶华胜画图,门庭新喜换桃符。花光匝地红难尽,草色连天翠欲无。双袖嫩寒憎料峭,一樽春酒醉屠苏。年来诗笔清如洗,漫学前人击唾壶。

题娄峰碧云洞次梧庭原韵

与君携手纵吟眸,云气岚光一霎收。三竺胜场推此地①,一年好景羡初秋。茫茫渺渺天披画,雨雨风风客倚楼。为向诗人重问讯,他时能否再来游?

注释

①原注:娄峰三洞,此处最佳。

和王生子芳以诗贺岁原韵

焉得如今见汝欤?翻诗又遇数行书。忧时略解常思藟,寡过难能总慕蘧。事业千秋谁与抗,琴书半榻愿非虚。馆中何物堪消遣,有鸟谈天读月鱼。

(附) 原 作

自从山馆赋归欤,未达河东问候书。日里事多忙碌碌,夜间心静睡蘧蘧。登门不拜年非旧,乍见无资礼恐虚。惟有新诗堪当得,蒸豚一个两黄鱼。

过云阳感旧二律

不到云阳已六年,自怜华发渐盈颠。沧桑倏换红羊劫,词草旋消《白石篇》。石竖仙船犹宛在,寺开护法尚依然。伤心子蕴荒凉甚,父子双双赴九泉。

书院更名作学堂,换汤换药太匆忙。更无古佛开坛坫,惟有逋仙作主张。叶氏子孙无地主,蒋家门径剩天皇。俯清池上凭栏坐,红日斜过牡蛎墙。

代邻向陈襄臣乞絮被蒙惠银蚨赋此道谢

尊使传宣至华门,银蚨飞下类朝暾。盖来身上虽无分,感到心中便觉温。腊尽冻形消瑟缩,春回暖气满乾坤。乞醢自笑微生直,敢向邻家一市恩。

赴馆留别社中诸友

星光耿耿夜迢迢,唱彻阳关恨不消。可惜芳时疏往日,那堪小住尽今宵。开樽酒已斟红友,赋别诗成尽白描。卅载江湖贫病甚,何曾十万许缠腰?

太息人为墨所磨,新诗赋就别情多。灯残砚北光犹闪,秋尽江南水不波。脱帽陡惊寒若此,开窗试问夜如何。莫嫌竟夕耽吟咏,仗此犹堪遣睡魔。

细数更筹已屡添,霜凝鸳瓦月窥帘。长笺犹自分元白,小谢居然赴黑甜。唱和豪情驰腕底,别离新恨上眉尖。山斋此去萧条甚,懒把霜毫取次拈。

匆匆一去又天涯,黄卷青灯促岁华。自笑此生长作客,如何今日转离家。茶逢沸后香偏烈,吟到残时字半斜。唯有鄙怀堪稍慰,膝前新种一枝花。

避暑碧云洞留别罗涤尘大炼师

年来热恼讵能支,况值炎天溽暑时。赖有名山堪寄迹,恐辜佳景愧吟诗。闲中着眼千寻石,静里陶情一局棋。深幸羽仙耽逸趣,风晨月夕惯追随。

拍肩何必待洪厓,涤得尘襟亦自佳。经卷药炉真活计,芒鞋麈尾旧生涯。在山且爱山中乐,绝世全抛世上怀。一炷清香闲读《易》,阴阳奇偶任安排。

果然招手有飞仙,云水情怀自渺然。待月不妨眠石上,种桃时复上山巅。邀将翠竹青鸾侣,缔得苍松白鹤缘。非是此中无甲子,逍遥清净久忘年。

转瞬金风已送凉,梧桐叶上倏翻黄。课徒此去依僧舍,玩月重来住药房。幸有微闲消夏暑,竟无清福领秋光。新诗吟罢愁多少,消得临歧泣数行。

题华严洞

果然弹指见华严,路转墙回涌绮檐。杰阁闲教依石壁,飞楼长自障云帘。枇杷园角时标秀,松柏山头足养恬。我亦幸逢吟屐健,且携季子恣观瞻。

题莫一峰离垢轩

扑去俗尘三百斗,轩窗面面放光明。非惟境净心尤净,岂但神清梦亦清。宝篆只萦香缭绕,冰壶应贮玉珑玲。始知虚室能生白,莫笑庄生语不经。

诗画之中无别物,琉璃屏障水晶瓶。四围云影笼虚幌,一线天光透曲棂。茶灶烟痕拖画槛,花樽月影漾帘旌。些须渣滓消融尽,何待沧浪问濯缨?

秋　兴

一曲灵江绕赤城,西风飒飒暮潮生。相如抱病医无药,庾信清谈月有声。百八杵钟摧木叶,两三更鼓动诗情。寒虫底事鸣空壁,斫地王郎正不平。

夜返云阳书院即景

江光如镜月如钩,小艇居然汗漫游。银汉一泓星上下,流萤数点影沉浮。苍茫云树涵虚碧,欸乃渔歌接素秋。我倚蓬窗闲觅句,天孙能与巧还否①?

注释

①原注:是夜七夕。

奉赠金芸荪贲园四之二

遑论束帛旧戋戋,景仰名园意渺然。家庆图成花作锦,皇恩浓处水成川。敦诗说画皆怡性,明月清风自乐天。我为幽兰清有韵,耽吟香祖旧楼边①。

学佛何妨更学仙,缥缃丛里恣安眠。好从淡泊求真趣,自向诗书缔夙缘。山耸帝青琛是宝,水摇官渌丈成川。我从凝翠楼头宿,日日赓诗作管弦。

注释

①原注:蒋心余有《香祖楼曲》咏兰花。

奉赠金傅川豫园四之二

国恩家庆总同符,此乐如斯我不图。刚应志行占己协,阴开阳阖义相须。好从介石知贞吉,盍到朋簪洵孔孚。由豫于今大有得,能成自此永无渝。

家居日涉趣成园,松菊泉明径尚存。味义百川归学海,文章三峡涌词源。翻来贝叶心先醉,梦到昌黎篆可吞。须信履祥祥即履,凤鸣应息众禽喧。

次赤土写怀拈得难字韵

一肩行李出江干,信宿谁怜客路难。逆旅奈堪供啸傲,高堂尚未报平安。文场结习随波转,浪迹浮沉逐水看。记否当初题柱者,金门终自跨金鞍。

漫劳觅句效方干,涉笔吟成未觉难。梦绕家山真目断,身羁邸舍转心安。柳迟霜信何容折,花到残枝不耐看。异日灵江重返棹,芙蓉时节整归鞍。

秋　色

空原非色色非空,淡淡浓浓写不工。露影压江无赖白,蓼花疏水可怜红。寒鸦几点霞初落,明月千秋夜正中。料得东皇应俯首,夕阳时节万山枫。

经秋随意试吟毫,着眼无多兴转豪。诗料好教供白帝,赋才端合仰黄滔。添来菊圃三分淡,染出枫林一带高。自是化工工绘画,荒凉万状供周遭。

送林勺人州佐①

手造乾坤岂异人?因难见巧是纯臣。当知天步颠连日,是我儒生奋迅辰。补救有方须着力,挽回无路反伤神。自怜潦倒青毡上,何日螵蚴可致身。

鹤立鸡群本卓然,须知只手可擎天。当今更有何官在,临难休徒以烈传。手挽狂澜方作砥,棋翻残局始称贤。君王引领苍生望,取次都来任一肩。

用夷变夏是何心,元度名言可细参②。此辈明知皆疥癣③,国家到底有参苓。犬羊也解尊亲义,鸳鹭须知报答忱。柔攘两言君记取,改更原止一张琴。

斗大衙门米大官,斯民端的系危安。维风蒇本何从拔,示警蒲鞭且放宽。智本有余须慎用,财虽不足要轻看。临歧从此云泥隔，且把骊歌当代檀。

注释

　　①原注：阅《邸报》，太息歔欷，潸然泣下，因有感而作。适林君将次赴选，即以勖君。弟之望君者重，则君之自待，尤不可轻。诸君赠行诗，琳琅遍立。弟此诗如苍头异军，幡然独出，亦当今宦途中座右铭也。言者无罪，闻者足戒，弗作骂世虚言，此则弟所厚望。君慷慨敬恭，四海皆为兄弟，随时珍摄，因地制宜，青眼能逢上游见重，素心相照朋辈联欢，固不必为君虑也。万千珍重，书不尽言。

　　②原注：李次青廉访有《论异教书》，其说颇详，其识亦远。

　　③原注：林文忠公易箦时云："中国之大患在俄，其余疥癣耳。"

别刘生

　　惯从翰墨缔因缘，聚首松城又一年。菲史[一]芸经勤寝馈，酒龙诗虎太缠绵。寻芳有约怀前日，赋别多情只此篇。为向早梅报消息，逋仙带雪整吟鞭。

　　听涛阁上听书声，聒耳琅琅直到明。侵晓启窗迎日色，及时敲韵订诗盟。漫天尘埃纷难已，铲地风潮正不平。一介寒儒成底事，满腔忠愤孰为鸣？

　　乘兴西去久蒙尘，满地烽烟惨不春。英法德俄齐构衅，士农工贾共伤神。乘时日报皆迷目，刮地风声孰率真。谁为刘郎通款曲，玄[二]都观里证前因。

　　七字伊谁问长卿，敢将诗笔作长城。溃围会待冲锋出，睹胜终当唾手成。慰我客怀全仗月，厌人时事不谈兵。我朝国运谁能挽，聊向苍天诉不平。

　　一肩襆被赋归欤，且整征帆返敝庐。马磨劳生今复尔，牛医事业总怜渠。杯倾荔尾阳关酒，篋启床头邺架书。消得闲情消得恨,青缃黄卷转愁予。

校勘记

　　〔一〕史,底本作"吏",疑笔误,据文意改。

　　〔二〕玄,底本作"元",避清康熙帝玄烨讳改,今回改。

别江生

　　生花一梦踵江郎,且拟邱迟锦缎〔一〕张。唾手满天星与斗,蟠胸匝地句兼章。五经诸子齐融化,《八索》《三坟》共激昂。我有耽吟一枝笔,且薰梅萼逗春光。

　　冬山如睡又逢春,启得芸窗又崭新。笔耨墨芸皆适性,涵今茹古总怡神。英才乐育成三乐,妙理真如只一真。惭愧年来鸦领凤,研光新纸写频频。

　　写遍羊欣白练裙,敢云字字尽超群。羲之妙墨淋漓泼,白也狂吟次第伸。天孕清才归掌握,地涵蜃气悉腥荤。满城何处推干净,百和清香为底薰。

　　归去来兮赋一篇,小舟容与又连绵。琴书满载迎新月,襆被随人破晓烟。欸乃一声随舵转,曹腾几日带愁眠。长安西笑知何是,都为科名一惘然。

校勘记

　　〔一〕缎,底本作"叚",据文意改。

题清流书屋

　　澜回大海任悠悠,砥柱而今叹莫由。自是不辰生浊世,谁知此处有清流。地当浦溆余鱼虾,文有奇光射斗牛。笑我水龙吟未惯,只堪随俗共沉浮。

石栏几处称心凭,破浪乘风得未曾。书似邺侯堆万卷,楼如宏景敞三层。面山窗启岚光逼,临海轩开水汽腾。此际诗成须朗诵,沧洲笑傲可能凌。

得《瓯北集》志喜

梦想阳湖赵翼诗,卅年初见已嫌迟。拜袁哭蒋图宜绘①,凿险缒幽境太奇。敦厚温柔君有教,骊黄牝牡我难知。多情全赖东阳子,持赠真堪慰渴思②。

注释

①原注:程拱宇曾有"拜袁哭蒋揖赵图"。

②原注:沈生伯鱼所赠。

秋 声

如马如潮是耶非,读书曾否树根依?空廊何处风行叶,寒杵谁家夜捣衣。白帝哀猿随峡断,衡阳归雁带云飞。凄凄切切琵琶语,似诉离愁恨未稀。

个 人

可惜芳春去不回,陇头闲煞一枝梅。锦城丽色萦燕草,绣袜遗踪吊马嵬。石氏漫夸金谷好,师雄曾记玉山隈。怜他娇软深闺质,妆罢还须粉笔催。

拜经台

漫向天台访苾刍,高台遗迹到今无。心经会历三千劫,膜拜应持百八珠。至诣肫肫穿一石,真如湛湛印双趺。登临颇竭皈依愿,龙象何难双手扶。

冼墨潭

非人磨墨墨磨人,欲向空潭写古春。垢腻焉能蒙鸲眼,文章到底属龙宾。烟云化处澄澄碧,荡涤归来日日新。从此伐毛兼洗髓,挥毫应与右军邻。

罗汉洞

触处于今尽洞然,应真五百本生天。有罗自可从空脱,此汉何妨以酒传。道济一时胥欲济,米颠千古枉称颠。莫嫌收拾归来晚,狼籍人间六十年。

仙人田

绝粒餐霞问几年,今生以后我生前。果然仙去何须食,不脱人名尚有田。白象犁余云漠漠,石牛耕处水涓涓。点金有术须臾事,租税应难一例捐。

别清海塾中诸契弟

一年翰墨缔因缘，唱到骊歌倍黯然。供帐屡承珍重意，别离应唤奈何天。诗成鸿爪泥留迹，路入鲸川浪拍船。太息匆匆竟归去，箬山何日整吟鞭。

青毡况味颇深尝，铅椠丛中岁月长。潮到江心宜捩柁，才如君辈亦升堂。烟霞恋我应终古，晨夕怀人又几霜。屈指归程三十里，月河河畔正斜阳。

抽帆随意趁江风，指点烟峦一望中。深望文章归锻炼，那堪踪迹又西东。羊欣遗事留新草，马磨劳才类转蓬。握管临歧书不尽，短笺深慨意难穷。

松　棚

碧萦绿晕翠萋萋，草阁东偏竹园西。盖影似怜团未正，钗痕应笑插难齐。健人入夏宜偕隐，躯俗先秋合并栖。只此尽堪消热恼，何须辟暑有灵犀。

竹　簟

截来左右竹修修，制出桃笙别样柔。八尺织成横万缕，五花铺处眩双眸。消将庭院三分暑，梦入潇湘一段[一]秋。半醉半醒中酒候，小栏杆外试科头。

校勘记

〔一〕段，底本作"叚"，据文意改。

茶　灶

望梅何必久垂涎，且把瓶笙细细煎。圆紧约将文武火，虚空透出淡浓烟。支来竹里三弓地，记否花时二月天。吩咐樵青须料理，仗伊润舌粲生莲。

藤　床

闲向名山截古藤，制成吟榻转难胜。当年阴下曾铺席，此日堂中胜结绳。刬曲梦回秋入骨，桃笙铺上夏疑冰。酒阑棋罢诗情减，一枕游仙兴可乘。

贺沈云函夫子重婚

氤氲大使太殷勤，此日冰函再策勋。庑下昔曾迎德耀，琴中今复见文君。较来缣素原相并，续到丝弦总出群。料得明珠生老蚌，定应喜煞沈休文。

独坐无聊戏仿随园女弟子年年离合证今宵之体成吟尽横湖九十春诗五首聊以报珊卿谷日题诗寄故人之作

吟尽横湖九十春，诗篇烂漫见天真。离情况复生今日，慧业那堪证凤因。细细柳眉青入槛，纤纤草色绿成茵。寒儒惯食黄齑味，何必将盘荐五辛？

诗随物候早更新,吟尽横湖九十春。料峭寒风惊梦草,酽腾醉眼昧舆薪。关心萱阁承欢际,屈指兰亭袯禊晨。两处迢迢频系念,双星何事隔参辰。

窃慕当年骨鲠臣,上书也算为斯人。录成谏草一千字[①],吟尽横湖九十春。蔀屋定知多属望,邑尊未必肯施仁。代庖越俎知难免,只为苍生谊最亲。

大挠遗制属壬申,准拟今年厄运伸。言值放时思下带,义达悟处每书绅。题残侧理三千纸,吟尽横湖九十春。自笑头颅如许拙,可能安得此时身。

幸得吴君作主宾,小楼相共住河滨。一床笔墨原成趣,满架诗书许结邻。山色偶然移鹢尾,水云常自见鱼鳞。清闲更有谁如我,吟尽横湖九十春。

注释

①原注:时予方录《谏吴邑尊减粮书》,将欲进呈。

辛亥夏偕门徒数人游于宗文讲舍即事有作

到此真成小有天,蔚蓝倒影漾清涟。空空印处都无色,渺渺怀予洵有缘。川上日华看欲动,镜中霞影绚无边。苍苍自是存真相,写意须教似笠圆[①]。

白衣苍狗且休论,相印心心意不存。似幻似真舒复卷,非烟非雾吐还吞。随风展去虽无着,傍水飞来尚有痕。多少孤寒劳庇荫,大恩自古不言恩[②]。

注释

①原注:天光。
②原注:云影。

春夜同金啸舫玩月感而有作

壁头才报九声钟，天送明蟾入槛中。园角已移花影上，波心先印镜光浓。苦无美酒邀嘉客，赖有新诗写寸衷。翘首天边闲徙倚，玉栏杆外步匆匆。

白芍药

东皇捧出玉盘盂，品格清高众草殊。得雨愈加标素质，凝烟犹自见清癯。伊其相谑谁堪赠，侬果将离意未舒。莫漫更夸金带好，风光我尚殿春余。

月　色[①]

雨态云容一霎收，盈盈表出十分秋。描摹只合成蟾兔，妆点何须倩女牛。素质恰侔温氏镜，清辉应擅庾公楼。姮娥毕竟含羞否，我正今宵注醉眸。

注释

①原注：分得尤韵。

霜　威[①]

何须叱咤畏风生，似此凌凌太纵横。青女令严当夜下，白藏权重趁秋行。封条只怪浑无赖，杀草终嫌甚不情。惨酷由来难久擅，明朝旭日放新晴。

注释

①原注:分得庚韵。

渊明爱菊①

春来五柳舞门前,转瞬黄花满目鲜。傲骨不嫌霜凛烈,素心同对月团圆。诗吟栗里清秋日,酒赏柴桑薄暮天。从此东篱闲徙倚,挂冠久已谢尘缘。

注释

①原注:分得先韵。

和靖放鹤①

羽仙得续逋仙后,娇纵何须责乃翁。振翮也能凌碧汉,耸身应不仗清风。湖边影落晴波里,山缺亭欹夕照中。傍晚归来须及早,倚闾梅萼盼无穷。

注释

①原注:分得东韵。

伯牙操琴①

山光隐隐水溶溶,曲未成时意转慵。弦外清音从此断,人间知己怅难逢。当涂孰是周公瑾,斯世谁为范蔚宗。未必独弹无古调,可怜倾听尽庸庸。

注释

①原注:分得冬韵。

羲之换鹅①

兰亭妙楷谁堪换,何幸今番不待招。道士襟期原落落,右军兴趣亦超超。闲中把笔情应适,书毕携笼意自饶。一卷《黄庭》相赏处,令人千古想风标。

注释

①原注:分得萧韵。

送朱伯芳返松江

镇日龙山共引裾,今朝何忍赋离居。清才并世情原契,好友连宵话即书。羡尔风标君似鹭,邀予月旦我知鱼。吟安五字忘还否? 斟酌推敲愧不如①。

迩来家运颇迍邅,磨砺何妨趁少年。红豆相思灯似穗,青毡寄迹砚成田。怜予贫病殷推毂,慰我劳愁坐拍肩。事事追思倍惆怅,迁江望月可重圆。

三年前事耐人思,别却琼花第二枝。已把离怀酬落日,奈堪分手又临歧②? 残红零落荆含泪,惨绿萧条柳皱眉。老我情怀何以慰,社中吟友太离披。

诗情画意一齐休③,世事真如速置邮。落落高怀原月朗,翩翩公子太风流。伤心棠荫情尤惨,回首松江泪迸流。何日相逢重握手,平安先报竹修修④。

注释

①原注:君屡以诗相质。

②原注:三年前令弟诗言“旋沪亦以诗饯”。

③原注:君善诗,令弟云樵善画。

④原注:末章重一流字。寸衷为离愁所逼,不能易也,然哀痛之情见乎辞矣。子野每闻清歌辄唤奈何,君今阅此,尚禁得巫峡猿声巴山鹃血乎?

乙巳中秋偕松塾诸生醉月即景赋此

露泠泠与水泠泠,盼到蟾宫眼又青。早识玉盘同活脱,谁知金镜本圆灵。清光洗我除烦热,对影邀人醉醄醹。诗即是心心即月,素娥曾否亦心经。

醉时招月醒寻诗,诗到中秋月不知。二水鉴明光欲荡,双桥鱼映沫齐吹。素心合共团栾印,皓魄宜从冷淡窥。一样婵娟莫相斗,好凭青女证相思。

普救寺婚姻主者

梵王宫殿草青青,子野当年一骑停。琴韵融时魂欲断,诗心沁处耳曾听。得偿此愿天应妒,能厕其间佛亦灵。天下有情人共哭,青衫红袖痛飘零。

次梧庭见和原韵

斗捷传笺兴不穷,匆匆都在一宵中。宫商莫漫论声调,箕毕由来协雨风。意撼沧洲回地脉,笔摇云汉夺天工。此时可有张华在,敲得铿锵仗刻桐。

寥落何由挹酒浆,好将诗酒恣猖狂。时衰岂肯随波靡?

气肚真堪喝月行。五夜只嫌桦烛短,百篇争惜彩笺长。菊英桂蕊同薰处,何必还焚笃耨香?

晓东夜坐见怀因次原韵答之

浊醪那可涤诗肠,挹取商飚分外凉。赌韵漫嫌莲烛短,当风应羡桂枝长。茫茫远渚芦初茁,短短疏篱菊有香。景物已随时序改,十千何惜泛霞觞。

鹤

风样蹁跹水样明,太虚一纵最多情。霜翎破处云如洗,丹顶翘然日乍生。阆苑翔来神倍爽,壶冰啄到喙为轻。尘埃半点侵难得,一字髯翁是定评①。

不论天边与海边,遥遥泂溯竟茫然。昂头眺处君原回,放眼追时我最先。若作衣裳名合氅,便为骐骥总归仙。罡风旋转程难计,九万抟鹏羡并肩②。

本来无事为谁忙,碧海青天任意翔。万丈松阴慵作盖,数茎芝草懒求粮。丹房莫漫营仙药,赤壁依稀梦道装。为有乐天堪适性,双双同卧白云乡③。

云龙底事独名亭,天纵脩翎总不停。自有高风谁约束,本多傲性太玲玲。任予摹拟难成句,相尔流传尚有经。一举冲天难笼络,霜皋云海久忘形④。

注释

①原注:清。

②原注:远。

③原注:闲。
④原注:放。

和柯煦谷年长兄九旬自述韵

原是羲皇以上人,性成姜桂老逾辛。品同界尺堪风世,德凛盘铭尚日新。百载岁华过渐渐,两轮日月转频频。岿然留得芳型在,鲁殿灵光认逼真。

穆如真有古贤风,泄泄融融一室中。老树屈蟠坚地脉,名花灌溉代天功。情原爱鸟飞恒羡,心本知鱼乐不穷。他日盛筵开北海,祝釐何必虑樽空?

果然拈笔擅精能,觉悟浑如入定僧。属稿也曾编夺蠹①,穿杨〔一〕真不愧甘蝇。文情皎洁云千片,诗思光明月半棱。疑有空中一古佛,暂来公处为传灯。

华堂曾未敞华筵,闲却床头贯酒钱。愧我未拈惊座句,知君已到杖朝年。目明能阅牙签藏,齿固堪参玉版禅。转瞬百龄成绰禊,丹青金碧共新鲜。

注释

①原注:曾手订大稿,名《夺蠹》,命予作序。

校勘记

〔一〕杨,底本作"扬",据文意改。

寻　诗

几回觅觅复寻寻,索尽枯肠费尽心。笑我鸢肩山独耸,何人驴背雪斜侵。漫天似欲搜零玉,掷地浑疑检寸金。将未成功僧入定,推敲焉得遇知音?

春　耕

春雨绵绵未肯晴,惊闻好鸟又催耕。一犁滑汰人来往,千亩纵横犊送迎。小邬元辰都着意,杏花榆叶总关情。劝农大典昭垂久,请向青畴绿野行。

行行南亩又东皋,布谷催耕不惮劳。千耦聚来功泽泽,一犁破处水滔滔。芳塍错落眸多眩,黛耜纵横手自操。为问杏花开也未,劝农曾否可相遭?

育　蚕

曲房东畔小窗南,蠕蠕纤纤已育蚕。到眼累千还累万,关情眠二又眠三。马头拜处灵机应,鸡骨占来喜气含。衣被群生功浩大,几春辛苦始能谙。

半窗红日影瞳瞳,欲启筠帘怯晓风。几箔嫩黄春色里,一篮柔绿雨声中。匀纤毕竟难容月,熨贴由来剧费功。甘向马头娘肃拜,小姑私祝太匆匆。

中秋有小恙辜同社赏月之约恙愈至社见诸友纷然因命笔追次梧庭原韵率成四章

分襟记否早秋天,赋别曾烦劈锦笺。数首新诗成既往,一堂清话忆从前。祖鞭着手难挥日,彩笔腾空欲化烟。惟有鄙怀强难惹,羽觞何处醉陶然。

漫唱弯弯月子歌,团团早夜问如何。盛筵此后真难再,胜会今番竟错过。到口杯盘空有约,入秋兴趣已无多。年来愁喜应交集,好句须赓谢小娥①。

那堪异地苦吟身,清瘦梅花竟染尘。未解受辛诗懒赋,不逢知己士难伸。还欣酒国多佳友,深幸骚坛有替人。愧我青毡徒坐困,披蒲削竹枉劳神。

落落苔岑自命俦,商量吟咏典糟丘。三杯贤圣凝清露,几韵尖乂斗晚秋。此夜好依莲叶座,何时果放木兰舟。唱酬不觉东方白,应有鸡人报晓筹。

注释

①原注:谢小娥有"对月频添愁喜句"诗。

寒　菜

范公瓺内庾公园,都受苍苍雨露恩。历尽冰霜存本色,独高清净自盘根。浓青浅碧丛丛叶,老圃荒畦短短垣。笑煞英雄甘养晦,携锄镇日闭柴门。

滋生原不仗春温,大地荒荒任托根。雪里余芳应倍脆,盘中真品此为尊。曾经绿野栽培厚,定有黄扉事业存。恐与斯民同面目,寸衷常自系晨昏。

自西湖入闱有感

此来端的负西湖,两字科名竟溷吾。涉世依然云过眼,蒙头惟有雨盈途。陆沉回忆家千里①,一管行看敌万夫。昨夜小楼和醉卧,荷花香里梦模糊②。

从此相思又起头,湖光山色雨关愁。柳舒倦眼如伤别,桐抱孤心总惜秋。幸得芳邻依玉局③,岂因香饵恋金钩?不如掷笔还乡去,差免高堂树背忧。

注释

①原注:时家乡厄于水。

②原注:寓所有荷花约四亩许,临行前一夜梦手折一枝。

③原注:寓苏公祠横翠楼。

挽杨豹君乃庆先生

朔风飒飒逼残年,《薤露》歌闻倍黯然。几杵晓霜催白发,一轮寒月暗青毡。雪迷素帐惟闻鹤,星冷空堂忆集鳣。自信善人应有后,承先端赖嗣君贤。

题李瑞卿东翁绿绕楼

一楼随意敞河干,临月临风纵大观。波影倒余春荡漾,黛痕环遍竹平安。夺来秀语山同色,合到前村树并看。从此天涯铺渐渐,清阴镇日簇成团。

闲来斜倚落霞边,涤笔高吟锦绣篇。满架缥缃刘子室,半床书画米家船。传经自昔过三载,下榻而今已一年。自愧挥毫多草草,敢夸帘外绿成天。

经能教子业承先,步武诚堪踵昔贤。藤影徵歌消俗韵,琴声参瀑爱高眠。人来不速苔双屐,客至如归竹一肩。几度花前频小憩,桥阴汩汩听流泉。

风帘曾共擘云笺,笔墨因缘岂偶然。同向秋闱邀一顾,各羁马足已多年。不逢知己才终屈,未免依人志恐偏。毕竟儒冠非误我,盈门桃李任栽培。

窗开四面纳新凉,帘幕层层阆景光。人与斯楼同百载,天教乔木绕千章。碧笺待乞供诗料,红友常偕入醉乡。更有一般清趣永,桐阴深处蓻都梁。

冬夜访章心宅即事

寒宵随意作清游,藜照楼中且暂留。客伴敢云夸四美①,月光浑欲胜三秋。称心凤侣谐双碧,适口龙图瀹数瓯。最爱麈谈霏玉屑,骚人风趣领还否②?

愧乏题糕说饼才,一盘清供为谁开。金筒香吸玲珑水,粉额妆添雅淡梅。秀本可餐原有色,债虽欲避恐无台③。惟余一事堪惆怅,不见王郎倒屣来④。

注释

①原注:时偕徐君臣川、顾生仁甫。

②原注:时心宅方新婚。

③原注:同伴中细君为心宅所谴,今转而谴心宅,因托云索债。

④原注:时欲访王君栗斋,不果。

秋 声

年来长抱惜秋心,倾耳关怀直到今。远塞荒江喧雁阵,败荷枯草闹虫音。吟余六一凄凉赋,和出千家断续砧。几度呼童频探取,何论园角与墙阴。

访个人不遇

重到花源访玉真,玉真终是隔红尘。本无牵惹偏藏匿,有甚参差尚阴沦。采药幽人期再面,楼居仙子证前身。从今不欠风流债,愿与流莺作比邻。

见惯佳人本自佳,眼波底事便争差。云藏娇艳春难觅,秀透根苗玉尚埋。月窟霓裳还月缺,海天踪迹竟天涯。阿侬不是忘情者,翘首飞琼信息乖。

寸心渺渺目瞿瞿,梅样丰神菊样臞。只望玉人长倚玉,谁知珠蚌惯藏珠。餐伊秀色堪医俗,助我文思坐向隅。海上仙山应不远,何时重得慰区区。

赠蒋生茂生次原韵

不到龙门不是贤,凌云姿质已完全。空无凭藉难为地,直欲吹嘘送上天。般若三摩能得地,楞严十种竟成仙。升霄捧日须臾事,只赖空中一线牵。

余霞耿耿送朝晖,五色祥光彻九微。直上摩登凌万丈,好从阊阖敞双扉。腾骧渤海诗能赴,鼓荡天池笔欲飞。翘首扶桑应不远,扶摇奋迅漫言归。

和郑君祥麟

不生西土不生天,景慕当初谢自然。触热怕趋三伏暑,消闲长坐一寒毡。惯餐脉望千钟粟,但守端溪数顷田。侥幸杖乡年已届,文房镇日擘吟笺。

慷慨王郎斫地歌,李仙杜圣自揣摩。诗赓七字今犹古,酒饮三蕉旨且多。避俗委心耽渭竹,怡颜镇日盼庭柯。春归差善人能得,敢负吾门一目罗。

再叠前韵

久谪华鬟第一天,红尘恩迹已茫然。王维雪里吟蕉叶,苏武胡中试酪毡。[①]庄起午桥频玩月,家移阳羡欲资田。自怜琐琐奩盐计,抛却吟坛斗寸笺。

注释

①原注:时胡人久愿。

赠韩渐逵时为予调理血症

迩来心血积成渊,一夕新红吐满船。自笑卫生长乏术,多蒙妙药可延年。良方赐我成奇效,今日逢君有夙缘。从此自怜还自幸,不须重读《悟真篇》。

几番夙约太缠绵,过却端阳又五天。好事从来多曲折,新诗此际费周旋。风当轻处云偏恋,雨乍晴时月未圆。最是晚凉人意惬,聊将所见写成篇。

(附) 韩渐逵先生馈肴鲭到校赋此道谢

薰风习习雨潇潇,知在新城第几桥。以校为家原是客,将宾作主不须招。酒逢浓处何辞醉,情到深时未易消。知道慕庐多厚意,竹窗清话在今宵。

（附）　韩渐逵步韵

夜来细响听潇潇,梦到南阳浅水桥。佳客相逢曾有约,伊人宛在不堪招。当年竹马情何限,老去元龙志未消。难得晋公今聚首,喜闻好句诵联宵。

（附）　王春园步韵

时当长至雨潇潇,流水声中过短桥。方唤儿童辞厚觊,偏来鱼雁固欢招。筵从宾设珍羞备,酒到醋时块垒消。自恨离群闻见寡,幸逢名宿话连宵。

王君春园赠疯酒一瓻赋此鸣谢

一瓻携到转茫然,数日离怀怅各天。同病怜君俱足疾,题笺愧我乏心传①。笋舆相接情何挚,菊酿旋倾意自绵。多谢奚童远相饷,今宵醉后好安眠。

注释

①原注:与君未曾同学,遽以夫子见称,惭愧何似?

检点遗书得先君子拟曹唐大游仙诗七龄弃养至今手泽依然谨依题成数律以志景慕

随着松风入碧山,山花处处鸟关关。此身不插尘中脚,携手聊寻世外闲。采药偶来青琐苑,看桃同步白云湾。痴心欲向春风问,侬是瑶池第几班①。

半瓢仙饭煮胡麻,引着檀郎入紫霞。约信不烦青鸟使,定情须指碧桃花。四围云树添春色，一样团栾是月华。消受双鬟好风趣，几生修得到仙家②。

一曲骊歌倍黯然，乡心无奈促归鞭。可怜艳福消千劫，小缔仙缘只半年。玉斧不修将缺月，娲皇难补有情天。问郎记否来时路，依旧寒山锁暮烟③。

碧天无际思悠悠，流水桃花满目愁。尘世姻缘能有几，仙家离别况逢秋。当年作合成虚幻，如此相思忍罢休？罗袂怕穿妆怕理，朝朝相对望牵牛④。

重到天台访玉真，天台非复旧时春。白云红树皆陈迹，瘦草零花证夙因。劝酒深情成已往，拾瓢遗事尚如新。山光水色依然在，不见当时款接人⑤。

注释

①原注：右刘晨阮肇同入天台。
②原注：右刘阮洞中遇仙子。
③原注：右仙子送刘阮出洞。
④原注：右仙子洞中怀刘阮。
⑤原注：刘阮再到天台，不复见仙子。

（附）　裴柱臣先生拟曹唐大游仙原作

采药仙山色色新，烟霞应为洗红尘。沙明玉净云间路，水宿风餐物外身。为爱藻香频撷秀，不缘花放那知春。游踪第一开台峤，漫把奇缘数向人。

芒鞋步乍入青苍，玉佩声徐出杳茫。自有桃花开锦帐，还凭流水奏笙簧。两谐逑遇烟云幻，七易孙曾日月长。不是兰因兼絮果，胡麻何事饭仙郎。

骊歌一曲出天台，惜别多情问再来。洞府从今惟妾住，岩扉何日为君开。紫霞有约劳心忆,青鸟相逢寄语回。惆怅溪边初遇处,落红万点覆苍苔。

春深不复理云裳,仙水灵山别绪长。梦断瑶天情脉脉,目穷尘海路茫茫。缠绵锦字凭谁寄,检点棋花只自香。风月依然人不见,错呼群婢觅新郎。

重入仙乡认不真,空中泡影幻中尘。惊看煮石眠云地,已失鸣鸡吠犬邻。拄杖复寻前度药,携篮空贮者番春。拟从双女峰前立,不信无人道有人。

春　晴①

碧翁大笔太淋漓,洒遍云笺力不疲。深院连句酣宿雨,小窗何日放晴曦。桃舒嫩萼犹遮面,柳锁柔荑未上眉。吩咐鹊儿须早报,占庚何故竟迟迟。

迟迟春日为云韬,四野天垂总不高。墙角宿烟缫万缕,溪唇新水涨三篙。夕阳徒切双眸盼,晨旭曾无一面遭。倘得明朝开霁景,芳阡绣陌快游敖。

注释

①原注:入春以来,绵绵苦雨,羲皇一画,欲补无从。迎春笔未破天荒,扫晴娘何曾缚帚?茫茫蓝蔚,漏如之何?欲鞭阳石而无从,即逐龙师而何益?李靖之驹久而犹驾,穆王之笛吹亦无功,适鹤鸣掌教,以春晴命题。咏春晴乎?望春晴尔?爰本是意,率成长律二章。春若有知,请放晴光一线。

卷二

五绝

静　坐

客散闲庭静，心安俗虑删。卷帘看不厌，相对只寒山。

忆　内

丈夫志四方，此语欺人耳。吾谓为丈夫，必自有情始。

琉璃灯

一点玲珑玉，纤尘绝不侵。光华如满月，想见妙明心。
灵光透太虚，灿灿成终古。稽首向三清，此是长明火。
出玄复入牝，是为众妙门。清光终不灭，道气本长存。
知白兼守白，圆明此十分。骊珠原独得，以外漫云云。

仙岩八景①

山深不计年，洞古多真趣。为我谢俗尘，只好留云住。

莽莽渺无际，冲寒射朔风。是沙还是雪，留待印飞鸿。
声韵贵自然，人籁须天籁。吹万本不同，刁骚同一派。
余水汇成浦，余蒲聚作帆。明朝看春色，翘首向江南。
月光漾水光，溶溶得雅致。借问此四桥，何如二十四？
是吾师丈人，虢虢声相应。夹其复溯其，吾亦左右听。
森森挺一峰，有狮据其上。初日先照之，谁能名其状。
鼎湖龙已去，鼎屿龙复来。春风一披拂，隐隐起春雷。

注释

①原注：古洞留云、平沙积雪、长林爽籁、远蒲归帆、四桥步月、双涧听泉、狮峰朝旭、鼎屿春潮。

题李生叶舟画

老渔驾轻舟，欸乃出深处。回首指山光，层层渺云树。

古　剑

入手风萧萧，舒怀月皓皓。随意绣苔花，龙光腾异宝。

古　镜

光华偏蕴酿，奁匣任摩挲。自愧须眉在，逢君竟若何？

古　钱

怜君细小形，偏作通神事。仔细定睛看，犹有开元字。

读某诗①

自与西施别，相思恨转多。一腔好山水，无奈此情何。
书籍偏丛杂，人才亦丽多。武林名胜地，许我住还无。
我原无住者，绊住只吟魂。遥忆陈无己，寻诗自闭门。
宵长寒彻骨，诗苦韵拘人。笑我酬君句，声猙语转狰

注释

①原注：与西湖别后，颇无聊赖，日坐愁城，比以鹤鸣。朔望二课，栗
六至今，终日与制艺相仇，毋乃刺谬太甚。昨夜咏秋，江君下榻舍间，剧谈
一夕，稍解胸中积闷。今日又得尊作一读，近来尘障一扫而空，因灯下走
笔和成诗，不必相肖，亦各言其事尔。

七绝

元宵口占

满街灯火甚辉煌，彻夜笙歌为底忙。最是贺荒成一曲，家
家枵腹鼓愁肠。

闹米人多杂又忙①，银花火树射饥肠。辘轳一转随牵扯，
傀儡今宵又上场。

有灯有月是良宵，无数饥民涌若潮。好景如今添抑郁，夜
窗危坐最萧萧。

一晌饥寒送好春，千金声价假还真。星桥铁锁开如许，可
有嫦娥证凤因。

不为景物赋新诗，只为斯民费苦思。饥若己饥贤圣志，一

枝枯管可支持。

春不人情做冷天,耸肩山字颇巍然。缊袍补缀聊相拟,谁识双趺履又穿。

金吾不禁夜沉沉,玉漏频催月色侵。天为诗人破常例,只教蟾魄沁吟心。

中华民国正维新,历判阴阳总是春。我是前汉一痴汉,自由二字倍伤神。

注释

①原注:时值水荒。

馆中书所见

文通梦笔生花后,又折燕山桂一枝。金粟前身还识否?有香须要待秋时。

小山丛桂久驰名,今日闺中组织成。若个饮香来索取,广寒宫里记深情。

还是香香是桂香,沉檀焚处散秋芳。一枝妙管描香出,鼻观熏来总擅场。

闱中即景

棘闱风雨夜潇潇,青步油帘幂几条。仿佛绿天庵内卧,搅人清梦有芭蕉。

墨

汁洒金壶满纸春，文章终古属龙宾，淡浓相间关情甚，独向灵台自写真。

一生旋转任君磨，辛苦芸窗可奈何。留得研池余沈在，轩然纸上起洪波。

黝光漫侈古隃糜，十载同窗用颇奇。羡杀徐家好兄弟，荆花交映太离披。

点漆何须羡一螺，此中妙境费揣摩。松烟化处添精采，怪底张颠草圣呼。

结得文房寂静缘，一池化后尽云烟。等身著作成何用，爱读当年《墨子》篇。

和林少山吟长偶成

酷爱诗文不爱钱，乱书堆里恣安眠。栖神养得如椽笔，破出娲皇五色天。

口如夷甫不言钱，腹似边韶只爱眠。此际不应呼负负，支撑今古五千年。

训蒙久住奈何天，每日书斋抱卷眠。自愧滥将经史卖，画叉依旧不叉钱。

留饮戏咏

早晨唤我饮新醅，何意天公用雨催。不料洞房春尚在，倦撑老眼看花来。

尊嫜尚在妙龄时,报道萱花结子滋。两个生儿成叔侄,好将汤饼预支持。

自怜入世已倭迟,今至南阳又几时。数到颓龄六十八,古稀何幸遇花枝?

氤氲大使太多情,引我同来证旧盟。为向白桃花一笑,夕阳傍晚尚留晴。

题沈赞襄仁兄小照

绣闼雕阑迤逦开,奇书古画积成堆。悬知桂影棠阴里,有个童儿送茗来。

嫩凉天气试新罗,坐把芸编细校摩。我欲披图殷问讯,此中妙义竟如何?

小瓶花对小金筒,取次安排棐几中。自是雅人深致在,一轮明月满怀风。

临水轩垂钓

鱼能知我我知鱼,钓使人恭洵不虚。结网不如垂钓便,一丝引出自徐徐。

伴来姜醋菜经冬,台覃重加味颇浓。一样称心兼适口,胜他熊掌与驼峰。

一诗吟得自鱼鱼,妙悟都参陆子书。谁是龟蒙谁吕望,泛舟终羡武陵渔。

鸣榔鼓枻记西湖,偷得筝箸入画图。自信不渔还不钓,笔端披出咒鱼符。

赵兰丞和韵

何事临渊日羡鱼，客来举网未应虚。秋江一幅天然画，水墨依稀写老徐。

嘉酿邻家熟上冬，垂纶系饵兴偏浓。得鱼换酒开轩坐，看遍盘峰与白峰。

不须弹铗叹无鱼，记取烹鱼腹有书。朋辈阔疏人老大，何时凭槛共观渔。

不学知章乞鉴湖，一竿秋水自成图。山人恨少投纶处，欲借东坡调水符。

消闲会首唱

世人那得有真闲，谁料真闲在此间。我独挥毫闲写照，百忙千虑一齐删。

真闲焉得到人间，便是平章只半闲。自在自由还自乐，闲非闲事不相关。

若个能消一味闲，白云红叶满空山。此中自有闲中趣，以外烦劳一例芟。

竟从十亩赋闲闲，一寸灵台万念删。不懒不慵仍不促，我从仙佛破机关。

赵兰丞和韵

住得名山欲养闲,闲情偏不到人间。寰中荆棘胸中事,安得和愁一例删。

不知天上在人间,逸客骚人竞赋闲。我亦自知忙里错,事如天大怕相关。

人自忙时我自闲,碧波荡漾倚青山。吟来十亩桑间句,俗虑闲情柞复芟。

梅鹤家风自在闲,裴航经过市尘删。我从客里偷闲晷,日夕哦诗自掩关。

题王君春团[一]扇

此际炎威尚未收,谁云团扇怕经秋①。动摇犹有凉风在,且莫随时别去留。

性情正直学圆通,气自抟谦体自充。我谓君身真似扇,行看到处被和风。

注释

①原注:时已初秋。

校勘记

〔一〕团,底本作"圉",疑笔误,据文意改。

阅王生子芳《玉连环》一集感而成咏

偶诵《玉连环》一集,几回沉痛几吟哦。料君撒手归天去,应比从前巧更多。

题　画

山色苍茫树色昏，横空风雨失孤村。一天尽是模糊景，不辨烟痕与水痕。

赋寄雪莹

闻之凤驾赴严州，七里滩边恣胜游。为问子陵钓台古，可能凭眺散羁愁。

我今镇日锁愁城，屡与新诗作送迎。回忆当年函丈内，依依相傍最多情。

文字因缘缔一年，如今相别转凄然。仙心只向诗心杂，何日重依讲席前。

云鬟婍婳鬓蓬松，知是愁容是病容。回溯去春侬染恙，累君清泪沁花浓。

雪莹浑似雪莹莹，一片灵光彻底明。我向此中评月旦，何人为汝锡嘉名。

六诗缄札寄严州，惟望如今速置邮。若得秋波经一盼，终年悬望庶能酬。

夏来镇日望佳音，谁料萍踪大海沉。从此子期千里外，伯牙不复鼓瑶琴。

何时重返大罗天，得见当年谪降仙。只向后峰翘首望，谁将名字写红笺。

杭州转瞬又严州，无定萍根逐水流。屈指双堤滩七里，宵来虽梦也难游。

艳福经修得几回，一年镇日对倭傀。如今独自成惆怅，但酌葡萄酒数杯。

听见声声唤小姑，琴舟作事太糊涂。掌珠抛向红尘外，谁道为娘是女模。

听彻司时十二钟，水仙何日见芙蓉。平安只望庭前竹，节节从容解箨龙。

消息曾无一字通，双眸空盼碧翁翁。富春山下孤山畔，两处时时系寸衷。

频年事事与心违，无翼焉能恣奋飞。一自云中君去后，泪痕带血染湘妃。

和郑君祥麟

自负仓山再世身，已过数万亿由旬。回头试向泉溪望，孰是当场一替人。

还是诗颠是酒颠，此心不被利名煎。出家争及家中好，恩迹红尘七十年。

如斯而已复如斯，莫忘尼山博济词。医国不同医俗好，一般心事自家知。

自临水轩回馆有咏

杜宇寻春不住啼，箸横回首草萋萋。如何一管生花笔，只让江郎独自题。

一声霹雳震遥天，无数惊魂落眼前。怪底圣人敬天怒，英雄失箸也当然。

赠蒋生茂生次原韵

今生以后我生前，那有情丝百丈牵。为尔垂天成羽翼，胸前柔氄亦盈千。

一月须知印万川，孤寒从不受人怜。蟾宫四万八千户，玉斧修来几缺圆。

吴樨圃以七绝题拙集依韵答之

一篇烂漫见天真，踵得香山旧日因。此际广陵无绝调，诗坛端合让斯人。

题梅石图

终日慵占介石贞，好从纸帐梦梅卿。挥毫为写天然照，太素风神太瘦生。

毕竟诗传抑画传，美人高士共流连。米颠欲拜逋仙聘，此意须知在笔先。

书扇寄内

镜掩朦胧月一轮，床悬蛛网箧生尘。宵来听得邻姑唤，误作深闺伴读人。

挈儿初次整扁舟，客里刚逢岁一周。为向山妻重问讯，娇痴还似旧时不?

去时新柳未抽芽,今日丹榴已放花。惟有杜鹃真解事,一声声只唤归家。

端阳去后又多时,平展齐纨写小诗。半为思儿半惜别,怕看红豆一枝枝。

在馆初十夜咏月

晚凉天气景萧萧,好月当头不待招。似为诗人破常例,今宵明又过前宵。

四月清和乍暖天,半梳遥挂小楼前。酒余茶后多清兴,吩咐蟾蜍慢慢圆。

纪小隐园花木

花木欣欣正得时,一时催赋送行诗。红情绿意缠绵甚,吩咐东君好护持。

春海棠空叶不花,葡萄满架竞抽芽。枇杷齐铸黄金弹,惊去飞禽静不哗。

杜鹃白白复红红,丹桂森森挺一丛。金橘石榴咸拱护,花王一座镇当中。

薄有园林小有天,绕墙一水尽清鲜。元龙百尺楼高耸,合倩薰风送管弦。

次解荩臣芳返黔中留别原韵

曾从苗乱出珂乡，日把兄恩系寸肠。自到泉溪同识面，已经三十一回霜。

未向青云一奋飞，故乡底事陡言归。料知此去枌榆内，骨肉宾朋识面稀。

水驿山邮问几经，栉风沐雨盛飘零。从今分手旋归后，玉树芝兰植满庭。

洁比冰壶品比金，一生正气本森森。年来自笑疏狂甚，相对能教摄寸心。

普赐神仙九转丹，惯于客路拯孤寒。大还此日归乡去，似跨遥天一彩鸾。

果然姓氏有余香，无愧名称一字芳。回首家山七千里，安然高卧白云乡。

能将慧剑斩情芽，不向章台瞰丽华。只此立功真诣极，回家先种及时花。

不相皮毛识本高，能敦手足愧吾曹。闽中有个林于九，独擅诗中一世豪①。

饯行未买玉壶春，谅我清贫有故人。拟向春风轻借力，为君随处拂征尘。

江湖习气本来无，如此行藏足慰吾。他日黔中修邑乘，姓名应许达皇都。

注释

①原注：林君诗有"能敦手足方为友，不相皮毛即是仙"之句。

庚戌中秋馆林氏楼上浓云韬月风雨交作
不得已仍以诗消遣因无月可赏也

中秋我欲不中秋，今夜何由恣胜游。奇妒从来输造物，嫦娥今夕怕昂头。

电光风力两相侵，催雨雷声虩虩闻。自启楼头一凝眺，四围都是黑沉沉。

目想神游思不禁，寻诗寻月两关心。诗成无月来相照，辜负科头拥鼻吟。

赠陈氏书童

调停天下刘安世，整顿琴书褚遂良。天为吾徒宽一例，国中国外两无妨。

奕奕丰姿动众芳，琅琅书韵口生香。惹他一阵门徒辈，多向琼宫去乞浆。

款冬才罢又迎春，淑气晴光满眼新。我有闲情堪管领，拓开诗量赋斯人。

少小曾夸十种仙，秦宫惯结再来缘。而今翻被桃花笑，惹得先生一粲然。

闱中口占

到此真堪笑杀人，棘闱今日陡更新。白头宫女谈天宝，顾影谁怜旧日身。

搬姜应叹鼠徒劳，井底蛙儿也望高。得失两心均不著，微名毕竟是鸿毛。

三十年前住圣湖，而今重到已模糊。问他横翠楼头柳，识得诗人面目无？

轻装试上火轮船，破浪乘风岂偶然。往日虚言今实事，少文应自叹无缘。

策论全将帖括更，四千余字太纵衡。谁从此处开风气，扫尽千军一笔横。

题画兰

九畹三闾各偶然，薰风镇日与周旋。平堤十里风千里，一派新香直到天。

渺渺平芜漠漠烟，素心青萼共流传。相思合在湘江上，隔着君山似隔天。

不须纫佩不登台，要与灵均作伴来。自有国香人服媚，薰风底事为吹开。

几箭兰和石一拳，左萦右拂镇相怜。兰台只在兰阶上，拼与兰亭一例传。

亦称君子亦称王，德位兼尊占一方。我有如兰一枝笔，笔花时共墨花香。

柏树伞

一从玄鸟降生商，汤社于今久渺茫。屈曲盘旋装作伞，经营惨淡见工良。

炎炎炎日午行天,赖此森森为曲蟠。我为众人成大厦,庇他七百辈孤寒。

何须绣虎与蟠龙,多少炎凉在此中。省识至人同覆帱,也应唤作碧翁翁。

几回搔首问青天,柏迫谐声恐不然。解义何如先拓量,敢将宏阔庇时贤。

一树阴森满院春,隔离天日绝嚣尘。诸公久压浑无谓,毕竟何人是替人。

一缕凉痕上画屏,几多洒落与珑玲。团栾好似桑阴溥,先主童年问几经。

诗抄告成次李之才石龙泉原韵

说士原如肉样甘,新诗删定自今年。好龙未必真龙见,只去乖龙一点涎。

又次晓东原韵成绝四首

秋宵寂寂月清清,飞盏传笺倍有情。疑是缑山山上景,但无子晋与吹笙。

小集禅林景最幽,二分何必羡扬州。买春消夏情难了,轮到今番又赏秋。

蓍腾不许与华筵,未必姮娥肯见怜。减却吟诗人一个,清光应愧十分圆。

竟夕笙歌兴不消,羡他二十四横桥。自怜山馆凄清夜,争及禅关唱和宵。

次笃生原韵

冬来群卉尽虔刘，万紫千红一例收。惟有长春花尚好，年年经夏复经秋。

七字原须自得师，休论直干与横枝。频诗应与花同例，开谢荣枯总不知。

生平诗格仿岑高，入选多惭旧日萧。我为云阳成一集，凤城山下贮诗瓢。

冲寒几日裹头吟，此处而今有赏音。东抹西涂狼籍甚，谁云惜墨似兼金。

愿向书城作典签，驱蝛逐蠹久垂帘。如今学界光明否？剑气须知不久潜。

丁未仲秋时客云阳书院奉和寄怀原韵

老我蒙童笔一枝，诗天酒地涸多时。而今又入春风座，惭愧三鳣与四知。

知是楞严色界天，薰香傅粉问何年。董郎袖彩王郎笔，齐向华鬘缔妙缘。

知君擅得生花管，妙楷簪花仿二王。满座琳琅诗四壁，摒挡检对定交相。

一编录出，梦到中山。百盏酣时，禅参上乘。非敢诩识途之老马，颇自夸乏技之黔驴。掇此巴词，糊兹李壁，展如之人，得毋向我胡庐耶？

和宗兴奴乩诗原韵

浔阳江上小津前,曾泊江州送客船。执手临歧相问答,殷勤颇证主宾缘。

芦花丛里荻花前,半面遮羞懒上船。我自谪居卿老大,伤心莫况旧时缘。

千呼万唤始来前,却抱琵琶过别船。心在浮梁身在此,两般情事一般缘。

卿船之后我船前,人与琵琶共一船。转轴拨弦弹续续,好凭弦索证前缘。

霓裳曲后六么前,嫋嫋余音袅一船。大小珠儿玉盘落,铮然代表浅深缘。

饯别筵开酒馔前,凄凉聊共泛觥船。两心相照还相应,同结天涯落漠缘。

虾蟆陵下小楼前,弱岁曾营渡世船。曲罢善才心也折,赏秋秋士缔秋缘。

香残灯炧酒樽前,情话喁喁满一船。阿弟阿姨同怛化,嗟予寮友见无缘。

青衫襟后与襟前,酒泪双痕湿满船。吩咐卿卿须记取,此生相遇有诗缘。

前生以后此生前,愿渡如来大愿船。悟彻大千真世界,阅人成世证因缘。

读《牡丹亭》有作

几回睡起几逡巡，小阁残灯黯黯春。读罢《牡丹亭》太息，冷香和梦哭佳人。

听彻更筹又几巡，眼花缭乱舌生春。私心欲向临川问，可是春卿再世人。

何曾索笑向檐巡，梦里重寻一段〔一〕春。土室三年多寂寞，启坟偏遇有情人。

校勘记

〔一〕段，底本作"叚"，据文意改。

和毛震伯重治尺园纪事原韵

素仰南阳旧草庐，尽堪补读未完书。而今整理前庭院，重与名花一处居①。

日日搓团土与沙，四围墙壁尽周遮。茸园原与行文类，腹有诗书气自华。

注释

①原注：旧有《牡丹》一本。

宿拈花禅院戏而有作即次壁间板桥绝句原韵

一角萧萧护绿筜，参差宜短更宜长。玲珑筛出姮娥影，赢得清阴上竹床。

清磬音中梵呗响，疏灯影里读书声。释门参得儒门座，道是无情也有情。

　　啜茗先须七品官,金人制度齿堪寒。吾侪领取龙团味,睡醒回甘日一竿。

　　适口佳肴仅有鱼,香粳饭熟上筵初。大家食罢南荣坐,共揭衣襟去曝书。

　　壁间诗句颇清新,松有贞心竹有筠。还似孤山高品格,暗香疏影总宜人。

　　送别何须酒一瓶,劳劳此处合名亭。诸君辛苦芸窗内,回首云梯路总青。

题王韵棠仁兄月河泛舟小照

　　侬家久住月河傍,小艇时时泛镜光。满载归来都是月,此生甘老水云乡①。

　　月湖一水接横湖,卌里迢迢路有无。我欲买舟寻子晋,片帆曾否隔菰蒲?

　　泛宅浮家恣往还,白云流水共闲闲。伊人宛在何须咏,悟到空云浩渺间。

　　清时莫负济川才,破浪乘风亦快哉。万丈文涛一枝笔,清光还与月徘徊。

注释

　　①原注:予家住月河桥畔。

枕

　　八尺风漪两扇开,阿谁珍重子安才。美人到此宜低首,定有红云上颊来。

芙蓉成褥锦成衾,莫把脂香污绣裀。一样齐眉好眷属,双凹软印十分春。

云鬟欹斜卸晚妆,教侬小倚合欢床。肩窝耸处山成字,莫漫抬头睇玉郎。

习懒成睡睡成痴,多少风情倦不支。赖有此君相倚傍,梅花香里证相思。

清明柳枝词

雨丝丝与柳丝丝,恰是清明禁火时。送得九娘归去也,挥毫聊为写新诗。

东风吹柳绿参差,好景分来太液池。侬亦有家长作客,此身真复似杨枝。

题赠霞城彩霞古史

曾读彤奁双璧诗,教侬尽日为驰思。而今侨寓霞城里,又见筌闺绝妙辞。

写生粉本仿黄筌,花草精神笔底传。此日读诗兼读画,画禅参罢又诗禅。

几生修到罗浮种,底事先摧第一枝。惟愿黄花坚晚节,好邀绰楔圣明时。

和王栗斋即次其赠予题词原韵

才如王粲尚登楼,不信人间有莫愁。此日拥书三万卷,何妨权拜小诸侯。

惟苍溪深不可测,惟九峰高未许攀。谁料此中一子晋,吹笙犹复寄尘寰。

一编吟罢满庭芳,何必拘拘辨宋唐。灭尽天孙针线迹,居然云锦织成裳。

敢云素昧此平生,文字知交倍有情。额诵佳篇珠错落,定知盥手仗薇卿。

秀灵端的毓银溪,从此文齐福亦齐。为向提刀人问讯,何如平步上云梯①。

自惭七字费吟安,祸枣灾梨洵大难。今日强颜成一本,摩挲何敢任君看。

注释

①原注:君曾代人作文获隽。

元宵口占题易初上人壁

元宵随意叩禅关,一种诗心不自闲。解识即空还即色,一轮红日已衔山。

香闻宝鼎客吟哦,参破真如解悟多。省识楞严真实义,未知我意竟云何。

指头见月月光明,踏到西方佛竟成。一个拳头如不识,更从何处证无生。

我是华严十种仙，行行将到大罗天。水中月色瓶中柳，自在观音证一禅。

世界如何竟作西^①，西方景物是耶非。佛闻法弗谐声处，笑破长眉也皱眉。

天台高处白云蒙，筒里茶芽苗几丛。七字吟来清绝否，腋间拂拂快生风。

钟鱼响处梵音来，馔上伊蒲宝帐开。六祖有灵临法会，香云盖里肯重回。

我佛心经本出群，心香一瓣趁心焚。菩提心是心中悟，相印心心证妙文。

铸铜如意哲那环，一领袈裟挂壁间。我欲此中来学佛，一枝吟笔闯禅关。

素心晨夕话喃喃，不二宗风本不凡。大法法中还有法，教侬何处可相参。

注释

①原注：庵有小额曰"极乐世界"，误"世"为"西"。

赠萧史

薄酒醒余倦倚床，凝眸几度暗相望。自惭倚玉真多愧，只合当前唤玉郎。

昵人风度最翩翩，不负楞严十种仙。惟愿此身生彩翼，时时飞舞向卿前。

遇雨夜吟

催诗一霎雨潇潇,起坐挑灯颇寂寥。握管匆匆忙属草,困人最是可怜宵。

红泥堆就小茶垆,檐溜清泉注一壶。楛拙烹来腾宿火,相如之渴解还无。

独把霜毫污麝煤,玉虫细细缀灯台。吟床好事浑难觅,未必奇花为报来。

雨声今已歇空阶,听彻瓶笙坐小斋。更喜诗肠来鼓吹,喧喧两部有清蛙。

助明两个白玻璃,许借余光一寸低。莫笑蒈腾双老眼,今宵忽地刮银篦。

更深逸兴竟遄飞,信口吟成信笔挥。何必凌沧兼撼岳,田家新体仿陶韦。

四月乡人尽日忙,蚕桑未罢又分秧。侬家却与诸君异,自把心田种美庄。

七十三龄溷俗尘,自拼渐与鬼为邻。独弹古调无相赏,谁料知音有美人。

题横山吕祖壁

一片诗心总杂仙,红尘洗净见诸天。楞严种种谁修证,我到人间七十年。

失　题①

挥毫拈得别离诗，吟到宵深未觉迟。两载琐窗同笔砚，关心应在独归时。

敢将梨枣寄新诗，犹自淹留返斾迟。他日倘能成一本，摩挲讵忘手抄时②。

不是劬书便诵诗，清晨偏早夜偏迟。而今记取年来事，都在披蒲削竹时。

吟到初冬夜月诗，欲加删改故迟迟。分明赋别江郎笔，写出消魂黯黯时。

劈得花笺写小诗，赠君今夕尚嫌迟。悬知此去家山内，定是寒梅破萼时。

注释

①原注：予与子从此别矣。回念春朝清话，秋月高吟，此景此情依依如昨，一朝分袂，能不慨然？爰于龙山夜坐之余，因五叠君和夜吟诗原韵成七绝五首，以写离怀，细细吟之，但觉情长纸短。

②原注：《凝翠楼诗草》蒙君手抄一本。

月河泛舟①

月河河上荡轻舟，水色天光一览收。少长联翩齐拍手，清歌数叠月当头。

分明明月是前身，谁主谁宾认不真。赖有当空一冰镜，照人都不带纤尘。

伴我清游有谪〔一〕仙，百篇斗酒兴无前。同游况有兰亭彦,那不高歌乐叩舷。

注释

①原注:辛酉中秋之夕,李君秩三偕金君仲彀、汝和傅川、芸笙篪秋、桐村箫谱、衡士烈轩、礼垣选青、彤甫景伯、若农植民、柏铭乐夫暨黄君文邻、李君辅勋等往月河,雇一巨舟赏月,其中余亦与焉,因成三绝以志胜游。

校勘记

〔一〕谪,底本作"摘",疑笔误,据文意改。

月夜即景

双袖凉痕一片云,两三星点杂缤纷。时人竞说扬州好,挹取清光赠与君。

诗余

减字南乡子·咏瘰

毒湿交攻,都在皮肤血肉中。怪煞病根劖不断,朦胧。才愈西边又向东。　痛痒关躬,两手爬搔力渐穷。蠥尽眉儿酸尽指,通红。卸却衣衫弄晚风。

题　画①

玄玄玄,一派宗风信手传。散尽天花浑不着,松问石上且流连。

注释

①原注:拈笔谐声,训诂家常法也,以之题画,谁曰不宜。

题吴静山听香读画山房小照①

乾坤如许,着个草亭在是,一树芬芳,半幅丹青,只合君消受。　谁能遣此,正茶熟酒醒时候。问他年,麟阁绘余,蟾宫分得,还向此间坐否?

注释

①原注:自度曲。

题林寿卿笃庆堂①

笃实辉光又日新,庆余累代一家春。五车书已攻贤嗣,千顷田偏据要津。　钱杂逻,粟陈因,曲突能谋徙积薪。惟愿儿郎能继述,早生天上石麒麟②。

注释

①原注:调寄《鹧鸪天》。

②原注:《大雅》云"则笃其庆",为王季咏也。注:"笃,厚而力也。""积善之家,必有余庆",《易》有明训,亘古为昭。寿卿勉乎哉,尚其顾名而思之,可也。

赠林寿卿①

箸横江水绿纭纭,谁料江边更有君。欲解吟诗同马异,也能书练向羊欣。敢期柳骨望颜筋,终日挥毫挹古芬。若论笔端呈妩媚,妙莲台上妙鬟云。

注释

　　①原注:寿卿东翁工书法,终日临池,水为之黑,其书法重一时,乃填《鹧鸪天》一词以志其实。

夜坐书斋遣闷①

　　半臂增寒,一灯添晕,人坐书斋孤另。拈毫吟断句,只半晌寻诗挢命。徘徊延伫,看香篆烟残,砚池水涸。搔不了,满头腻雪、可怜衰鬓。　　听得,娇鸟呼春,吱吱喳喳,同声相应。窗隙晨光透,知今日晴明天气,被侬猜定。问窗外桃花,可曾娇靓?哇哇有,绕庭吠犬,声声催迸。

注释

　　①原注:调寄《翠楼吟》。

山头篡

　　山篡篡,墙短短。安乐窝,于中转。林环门,风舒卷。石生云,壑为满。深而幽,近且远。

附云阳书院诸景

见山所

　　重重城府,屈曲回环。吾行吾春,开门见山。

面壁居

　　打穿后壁,得见真面。与圣人居,达摩何羡?

俯清池

上池水清，吾俯吾首。彼激浊者，于我何有？

仙船石

铁船则佛，石船则仙。女娲五色，祖龙一鞭。

浩然踏雪图为夏春泉作

浩然寻诗，不择何地。茅舍竹篱，一团秋意。命长耳公，领田家趣。彳亍徘徊，于焉觅句。

烟筒铭

吐纳兰麝，呼吸烟云。永朝永夕，惟有此君。

题莫芥舟先生墓

天地菁华，构此片土。秀毓灵钟，龙飞凤舞。启佑后人，克绳祖武。蔬韭一杯，松楸千古。

六言八首

拜石先朝石文，怜花亦爱花奴。语险无如说剑，诗狂不碍催租。

诵《诗》猛省邪思，读《易》研求吉象。从师同三人行，守分退一步想。

地僻留云入户，墙低延目升堂。梅已须眉还少，松惟血气方刚。

架帙休嫌客乱,盆花不倩人蟠。岂厌家常酒饭,未趋时样衣冠。

过眼云烟如梦,开怀风月当歌。画桥明偷北苑,诗囊暗拾东坡。

矜才难免使气,浊富不如清贫。心鉴平于止水,情田蔼若阳春。

高卧情忘蚁郡,清谈膝促蜗居。倦矣人方梦鹿,乐哉我自知鱼。

与竹石居不俗,入芝兰室斯馨。向谁一腔可白,笑我两眼徒青。

送朱少蓉家颢丁忧归里

穆宗皇帝御极之五年,我公摄篆来在春风前。盈衢竹马匆匆迎不及,一琴一鹤行李何萧然。入境下车便询民疾苦,若保赤子此心何殷拳。斯时兵燹烽烟初净扫,疮痍未复黎庶颇颠连。公独奋然与民更始治,扶衰救弊何幸来旬宣。日积月累休养复生息,苏其涸鲋渐得还其天。农者服畴力穑竭耕凿,士者春戈秋版安诵弦。工者度材制器务造作,商者有无化居得贸迁。四民安居乐业无失所,然后鸠工勒董首倡捐。慨分鹤俸以时用民力,创建公署在城之西偏。巍乎焕乎美轮亦美奂,高矣大矣不崩又不骞。复以其余赈济及皖省,散尽宦囊绝不名一钱。恺悌君子作民之父母,遐迩啧啧咸称少府贤。佐治横湖已及二十载,口碑载道到处相流传。生祭有祠预为馨香祝,此后士民瞻拜定致虔。一朝奉讳居忧旋故里,迂江望月何时得再圆。松江之莼为羹香且洁,松江之鲈作脍美且鲜。

峰云泖月催促不得住，我公留别应赋归来篇。

春宵闷坐走笔拈西字成感怀二十六韵

寂寞琐窗西，诗成笔懒提。灯花窥闪烁，书簏叠高低。云暗天难晓，宵深梦欲迷。怅怀千古事，戢翼一枝栖。警鹤怜风露，飞鸿踏雪泥。龙门谁造凤，牛渚漫燃犀。手乏柯兼斧，车无轨与輗。施行嗟辄阻，时运本难齐。远道多荆棘，荒城急鼓鼙。焚谁分玉石，祸衹及黔黎。士品嗟污下，官声莫品题。赀郎争显达，杂种溷羌氏。势失秦为鹿，衷成谤是麛。蛩蛩谁惊觉，瞒瞒孰提撕。立极原无柱，升天竟绝梯。仅能供狗马，何自扫鲸鲵。局外难援手，当途悔噬脐。抚怀添惘惘，触目倍悽悽。自恨长庚谪，徒燃太乙藜。耻从人作伍，惟与古为稽。稚弱嗟儿子，饥寒及母妻。量才无玉尺，刮目少金鎞。差类丧家狗，几同断尾鸡。事成皆龃龉，文出惹诃诋。焉得超罗网，飘然友阮嵇。脱身尘境外，去访武陵溪。

清侯陈君余知友宝侯之令弟也具佛子心作警世语阅人而为冷眼觑破大千说法而现全身俨然丈六一旦以诗见示洞明至无无明而想到非非想者矣余佛经懒阅内典怕窥不识上乘禅讵悟真如谛亦聊学优施模样戴毘卢帽穿坏色衣佩哲那环卓锡杖拍醒木作老头陀状升座而说偈曰

儒经释经，我教彼教。两不相干，奚须引导。
千佛万佛，只在一心。菩提果熟，不数观音。

世出世法,住无住心。四关参透,奚必精深。
只慈悲心,是波罗蜜。不悟空花,徒翻贝叶。

题画为周少溪濂作

以云林笔,作摩诘诗。经营惨淡,自谓过之。
有田可耕,有林可憩。茅舍竹篱,一团欲意。
帘影桅影,山光水光。归舟一叶,恋恋斜阳,
看山外山,过渡旁渡。或生成行,吾安吾素。

临水杂咏

临渊羡鱼,不如结网。临风舒啸,自形倜傥。若道临文,
樵今猎古。如此登临,各得其所。爰命筮之,得坎之临。六爻
参错,实获我心。夫子叹之,却在川上。逝者如斯,罜然高望。

逋仙林子,呼吸湖光。空濛潋滟,混漾汪洋。小波曰沦,
大波曰澜。韩潮苏海,蔚为大观。巨浸吞天,沐日浴月。鼋鼍
蛟龙,腾骧汩没。凭高临眺,骇目惊心。一轩收之,阖辟阳阴。

王新图公像赞

温温王君,弃儒入贾。如惠之和,如参之鲁。气静而平,
性毅而果。人皆趋今,君独学古。有子四人,左弼右辅。有孙
十余,膝前忭舞。家务劳心,甘中有苦。我道君真,庶几无负。

王郭氏像赞①

惟母之贤,三党驰名。惟母之德,纺织皆勤。端庄静一,以淑其身。以德配德,无忝二人。寿近九龄,福惟康宁。四肢五官,全体葆真。摹瞻阙像,酷肖其神。谁其铭者,世弟灿英。

注释

①原注:即新图公原配。

禹臣公像赞

任天而动,率性而行。春雨着物,万花怒生。不恋繁华,不慕荣利。富贵功名,均非所系。我用我法,君有君真。摹君之像,腕底生春。

张孺人像赞

行地之道,协坤之贞。克勤克俭,无成有成。惟蚌有珠,惟崑有玉。孕出伟人,乡邦之福。我屡登堂,获窥懿范。表德有词,谁云不敢?

金让夫妻林氏像赞

命薄颜红,彼苍常例。如何美人,而能永世。金生让夫,其妻林氏。早赴瑶池,才二十祀。予于今岁,舌耕东洋。获睹遗像,美哉清扬。温乎其容,婉然其度。见像思人,倍深景慕。

询其德性,称此容颜。欲求偕老,戛戛其难。我谓金生,烟云过眼。自古昙花,仅供一览。英雄有泪,不洒儿女。太上忘情,如今望汝。

狱中竹枝词

荆棘丛中坐六宵,黑漫漫地更逍遥。天心板板终难问,且把新诗慰寂寥。

一月牌输两角钱,脂膏从此吸贫民。太平竟有不平事,议会丛中议决新[1]。

投诉重重叠叠来,三回五转拨难开。学堂变作淮西地,耸出当年一个裴。

炮雨枪林惨一方,皮开头裂血飞扬。吞吴意气全无用,谁道吴王不重伤[2]。

纷纷藉藉恣奔逃,哀我农民惨不骄。徒手奋呼齐抱屈,谁将公愤一肩挑。

此际方来尚未来,指为哄署实冤哉。如何夤夜擒人者,竟似饥鹰攫雀回[3]。不识伤痕有也无,四人黑狱坐酆都。衣单食缺肤黄瘦,庚癸应知共口呼。

此心端可质苍天,不为声名不为钱。民国如今民不贵,草菅人命实堪怜。

太息何时可沼吴,眼看麋鹿上姑苏。一枝枯管无良策,画出张良借箸图。

六六年华逐逝波,生平自问欲如何。伤心七百余年后,谁续文山正气歌。

注释

①原注:每月勤捐挑夫洋弍角,议会与警署分肥。

②原注:署长吴郁周拔去挑夫五六人,皆殴重伤,送押县署。

③原注:并将陈方来拔去,以哄署例架。

附　王钟秀诗

子芳王先生钟秀为先君高弟,生平投契最深,唱和亦夥。今编遗稿,存者寥寥。其和章见王氏《敲诗读画楼》者,尚有数首,因附录于后,以志师弟两人之踪迹焉。

奉和裴夫子写怀韵

最爱扬州廿四桥,二分明月万愁消。读书有得皆真乐,本性能完故后凋。此日襟期原落落,频年元箸更超超。等身著作千秋在,不羡琼楼与碧霄。

白莲吟社赏牡丹呈裴夫子

梵王宫里报花开,香作围屏锦作堆。惊梦不烦鹦鹉唤,蚀钗自有凤凰来。诗吟国色中书笔,调进清平学士才。我亦蒲团端坐定,看他漫漫起楼台。

佳种何须羡洛阳,而今兰若亦芬芳。阆风扇处添春色,甘露沾来晕晓妆。醉后太真留玉指,舞余西子倚牙床。鞓红欧碧无双艳,若个怜香不举觞。

鼠姑风里敞琼筵,欲放狂歌继乐天。浓艳新翻鸠雨后,清香时供鸽王前。玉楼人讶春无价,金缕杯呈色更妍。安得夜阑来异蝶,网将数百簇花钿。

妆点胭脂映落霞，六朝佳景不须夸。藏来别院惊红锦，笼并新诗借碧纱。百宝栏边添艳冶，众香国里占繁华。笑他蜂蝶匆忙甚，也恋人间富贵花。

奉和裴夫子初夏夜即景韵

漫向芸窗理麦光，昨宵曾为送春忙。吟成桂月灯将灺，吹到薰风境转凉。最洒落时天不夜，犹清和节日初长。寻诗莫说无徒辈，自有王郎①与沈郎②。

注释

①原注：百泉
②原注：云帆

奉和裴夫子冬夜偶成韵

生公此夕现真身，细指迷途忒费神。说得一篇无上法，教侬亦作点头人。

烟云缥缈满瑶笺，我不能诗也见怜。尽是风流才子笔，只嫌吾党负薪传。

山斋何物可消寒，几杖追随夜未阑。还是围炉还煮酒，商量情事颇艰难。

一灯夜雨接清谈，书味诗情已略谙。此后倘能深领悟，不须疑信共相参。

细旃广厦不须夸，只让尘寰富贵家。惟有阿侬能耐冷，惯将心迹比梅花。

烹茶煮水乱敲冰，校字谈诗愧未能。省识琉璃真世界，明朝须上最高层。

奉和裴夫子即景韵

松枝郁郁水潾潾,山草山花各自春。翻笑宗君欠潇洒,卧游到底总非真。

飘飘直似御风行,路到村庄路亦平。笑彼崎岖趋捷径,夏畦二字可关情。

浓淡云天尚未平,半山阴间半山晴。兴来行到林深处,坐听黄鹂四五声。

关心绿意与红情,每到花时悄悄行。会得采茶歌里意,不教人听故低声。

跋

　　右《凝翠楼诗钞》二卷，都古今体二百余首。先君子好吟咏，有敏捷之誉。毕生精力固不仅此戈戈，且尽有杰构，足以压倒元白者，乃身后传名，竟此是赖。盖平日有作，辄随手弃去，或以原稿付人，否则夹之书中，向乏录本。惟与门人王子芳君倡和极多。子芳尝录以示先君子，师弟各得厚册，讵携至奥环书院被毁，并子芳之作乌有矣。先君子无以对子芳，抱憾靡已。晚岁检得片纸，悉付丙丁，岂自视以为不足存乎？抑旧撼未消，聊以说于子芳君乎？谦不敢有请，莫测所以也。弃养以来，竭力搜求，于凡往来者之家，败麓敝箧，随处留意，越期年积得此。明知砆玉杂出，而选择之任，岂谦所能胜？自顾年近周甲，一朝溘逝，继起无人，将何以见先君子于泉下？亟付印工，庶免散轶。朋旧如有续得，尚盼见寄。倘天假之年，当继成续钞。先君子有灵，冥冥中或有以默相之乎？

男　　谦谨识

陈一星集

[清]陈一星 撰

夏哲尧 点校

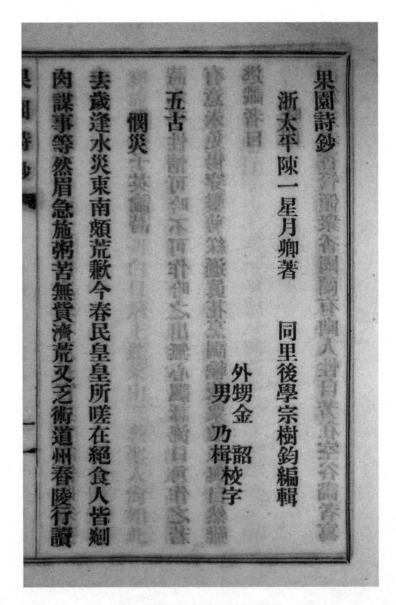

临海市博物馆藏《果园诗钞》书影

点校说明

《果园诗钞》一卷，温岭陈一星撰。

陈一星，字月卿。生卒年不详。《果园诗钞》中有《宗兄桂舟殿英肄业诂经精舍久不见成七绝六首聊以代柬》一诗。桂舟，即陈桂舟，温岭东乡凤山人①。他曾与吴昌硕同在俞曲园门下学习辞章和文字训诂之学。吴昌硕《交游稿》（抄件）说："太平陈桂舟，名殿英，号惕庵，博学工书，篆刻绘事，皆造其妙。"陈桂舟与晚清著名书画家蒲华同岁②。蒲华生于壬辰道光十二年（1832）③，陈一星称陈桂舟为宗兄，则陈一星当生于道光十二年（1832）以后。其妻林氏宣统二年（1910）所作《三节合编序》曰："予则以两夫人（冯元鼎妻陈夫人、叶元泰妻何夫人）相隔百数十年，而各具冰雪之姿，称未亡人者三十余载，其忧愁幽思，坚忍卓绝之操悉于诗焉发之。……不谓无几，何时两夫人所痛心疾首者，予亦躬自逢之。独恨无吐华舒萼之才以写其忧深思远之词，得效颦于两夫人耳。"④据此来看，陈一星去世距宣统二年（1910）已有很多年了。

《果园诗钞》收诗八十余首，诸体俱备，题材多样，涉及怀古、咏物、写景、观演等。从其诗歌所表现出来的思想内容来看，较为丰富复杂。如《悯灾》，表现了对家乡灾民的深切同情及希望官府与富翁及时救灾的强烈愿望。《新城怀古》《泽库怀古》《泉溪怀古》等诗，既追述了这些古迹当年的盛况："多少乾嘉大手笔，爱南园内姓名标。""官塘古迹尚依然，八咏遗诗忆郑诗。""盈耳书声小邹鲁,儒林多向此中栖。"又表现了如今的凄凉:"丹崖冷落仙人井,古鹤凄凉处士泉。"表达了诗人对家乡历史文化的热爱、颂扬与昔盛今衰之慨。而《六闸》一诗,则颂扬了朱熹在台州兴修水利的功绩:"兴利为民不惮劳,抚字定能书上考。""或蓄或泄惟其时,此闸千年祈永保。"《送刘观察兰洲师之台湾任》一诗,则以"师守台州台民乐,盗贼匿迹士向学",高度赞扬了刘璈守台期间追剿盗贼、修建书院、大兴文教的丰功伟绩。其写景诗,则大多能表现出景物的特点。如《览景》:"万物须从静里观,四时佳景自天然。春风庭院生青草,夜雨池塘透白莲。梧叶满阶明月下,梅花数点岁寒先。人生在世无多日,倏忽于今数十年。"诗歌以青草生、白莲透、梧叶落、梅花开四种景物的自然特征表现出四季的景色特点。同时,其写景诗往往不单纯是为写景而写景,而是极富生活气息。如《经山村》:"武林山外日西斜,值此行人复驻车。鸣吠相闻有鸡犬,翳阴满目尽桑麻。水田麟次三千亩,茅屋蜗居五百家。最爱前村风景好,沿溪开遍桃花。"表现了诗人对山村生活的热爱。而《鲁木台奉命于役留滞在华仿杜子美七歌体》《为西洋乌鲁木台留华九日有感作》及《道情曲》,则从别亲人、转徙行踪等不同方面详尽地抒写了西洋僧侣鲁木在华执着传教的艰辛与旅思愁怀,颇有特色。

陈一星认为:"诗本乎性情,可吟不可作。吟之出无心,讽咏流口角。作之若有意,未免伤穿凿。剪彩逊真花,烹调输菽粟。勉强与自然,难逃识者目。"(《与徐子英论诗》)他的诗歌的确是自己性情的自然抒写,如"莫嫌时落莫,且自读《蒙庄》"(《自叹》)"厄言今日出,何不读《蒙庄》。"(《夜坐读《庄子》》)"焚香彻夜浑无事,且诵《黄庭》对短檠。"(《闲斋》)"灵山欲拜慈悲佛，一问前生未了因。"（《将往洛伽谒佛舟中写怀次东坡寄子由韵》）及对西洋僧侣鲁木执着传教的抒写，便是自己浓厚佛道思想的自然流露。

"老妪诗吟《白长庆》"，（《邻友邀夜饮欣然有咏》）《果园诗钞》中的诗歌，风格近似陶渊明、白乐天，言近旨远，词浅意深，语言浅显自然，没有明显的雕琢痕迹。对于陈一星诗歌的艺术特色及成就，刘焜《序》中有极高的评价。

陈一星除著有《果园诗钞》一卷外，还著有《吟香仙馆随笔》一卷⑤。

本次整理以临海市博物馆所藏的民国二年（1913 年）铅印本《果园诗钞》为底本。该印本板框高 18.4cm，宽 11.5cm，半叶 8 行，行 23 字，白口，四周双边无格，单黑鱼尾。版心镌"果园诗钞"。线装一册，开本 25.7cm×14.9cm。正文卷端题"浙太平陈一星月卿著，同里后学宗树钧编辑，外甥金韶、男乃楫校字"。整理时尽量保持原貌，原书中的古体字、异体字，今按通用字改出，并按照编委会要求以简体横排。

由于本人水平有限，整理中有待改正之处一定不少，敬请读者批评指正。

夏哲尧

注释

① 马雪腾主编，沈珉著：《南湖文化名人蒲华》，浙江人民出版社 2012 年版，第 108 页。

② 陈二幼：《蒲华在台州的交游和画迹》，政协温岭县委员会文史资料研究委员会编：《温岭文史资料》第 3 辑，1987 年版，第 76 页。

③ 钱筑人：《蒲华年谱》，王及著《蒲华研究》，中国美术学院出版社

2002年版,第162页。

　　④(陈一星妻)林氏编:《三节合编》,清宣统二年至三年太平陈氏志澄阁木活字印本。

　　⑤温岭县志编纂委员会编:《温岭县志》,浙江人民出版社1992年版,第777页。

目　录

序

刘　焜

　　诗之为道，有以理胜、以情胜、以词胜，而其要必归于自
然。词胜不如情胜，情胜不如理胜，至于自然则情至理达，而
词与之会，如丸转手脱，风过箫鸣，动以天籁，不假人力，则诗
之极轨矣。自《三百》以降，汉魏六朝，逮于三唐，作者率本此
旨。至宋之江右派出，专以险怪奇倔，树立偏帜，维其刿心鉥
目，时若可喜，然于诗家自然之本旨，盖已远矣。吾浙为东南
文薮，当前清乾嘉盛时，词坛吟社所在，角立雍雍然，有金陵洛
下之风焉。遭洪、杨浩劫，人物凋敝，诗学亦渐以不振。迄于
近时，欧学东渐，青年之士穷日毕力于应世图效之业而不足。
诗之为艺，得之于己，不足以供衣食；饷之于人，不足以易钱
货。则亦谁复有此余晷，疲精神于无所得报之地？其间犹有
为此业者，大都耆儒宿德，离弃世网，肆意于荒江穷谷之间，长
吟短歌，取自怡悦，虽无志炫世，而中原文献之一脉或遂因以
不坠，是可喜也。顾独行而无与为徒，独唱而无与为和，空山
徘徊，孤影自赏，则又可哀也。严冬日短，朔风凄然，纸窗瑟
瑟，笔砚皆有冰意，适友人陈君百川见访，出示《果园诗钞》一
册，则其尊甫月卿先生之所著也。拣诵再四，言近而指远，词
浅而意深，如白乐天诗，老妪能解，而推阐元奥，时发道妙，殆
情理与词兼胜之作，深有得于自然之旨者也。百川因嘱赘数
言于简首，将遂编辑以付梓民。不佞二十年，奔走南北，此调

久废,今得先生之诗而读之,如逢故人,如走熟径,如所常见素习,或予心之所欲言,而先生代为发之也者。盖一矫江右狂怪之弊,而骎骎乎入陶潜、白傅之室矣。遂寿之梨枣,传播艺林,使知吾浙天台雁荡间犹有诗人啸傲之迹,此固不佞之所馨香而祷祝者也。至其诗格之高雅渊朴,冲夷澹宕,苟有识者自能辨之,亦无俟不佞之赞一辞也,谅哉! 诗以道性情,可吟不可作,此中三昧,先生已自言之矣。时在中华民国二年十有二月第四来复日兰溪刘焜谨识。

五古

悯　灾

去岁逢水灾，东南颇荒歉。今春民皇皇，所嗟在绝食。人皆剜肉谋，事等然眉急。施粥苦无赀，济荒又乏术。道州《春陵行》，读之增郁结。文公社仓法，行之忧不及。长官与富翁，筹赈须努力。

与徐子英论诗

诗本乎性情，可吟不可作。吟之出无心，讽咏流口角。作之若有意，未免伤穿凿。剪彩逊真花，烹调输菽粟。勉强与自然，难逃识者目。

咏　兰

兰为王者香，管领众香国。兰有幽人性，自芳在空谷。画者写其形，吟者馨其德。形践斯德全，守身庶无忒。

七古

何地行

斯何地,汝来走。斯何人,汝来吼。不识何地与何人,但觉黄金高北斗。黄金当贽执,白丁可入尼山室。黄金布满地,高僧诵经成舍利。黄金炼成丹,白日飞上蓬莱山。三教圣人尚如此,无怪通国皆为黄金死。呜呼,欲识何地与何人,须待四知杨老子。

鲁木台奉命于役留滞在华仿杜子美七歌体_{佚其三}

有臣有臣名鲁木,奉命于役在他国。留滞穷年不得归,目断关山空恸哭。历尽艰危苦不堪,棘地荆天常俯伏。呜呼一歌兮歌声悲,愁云渐渐来远天。

行囊行囊布半幅,一时没了遂无著。昨夜西风入骨寒,晨饮有米不盈掬。无衣无食可奈何,且向苦中寻一乐。呜呼二歌兮声幽细,听者多起怜悯意。

双亲双亲颜久违,路远无从问起居。劬劳恩重犹未报,不孝负罪良足诛。何日团圆舞彩衣,承欢膝下永不离。呜呼三歌兮歌声缓,思亲晕绝肠应断。

　　阿姐阿妹恩爱深,但愿相守不字人。一朝离别关山远,年复一年岁月新。乡树有棠花有棣,海天无雁水无鳞。鸣呼四歌兮声于邑,手足连心痛几绝。

五律

半 夜

半夜西斜月,高楼只一人。开窗胆终怯〔一〕,释卷意难伸。暂借灯为伴,谁怜笔有神。长镵堪托命,悽绝杜陵身。

校勘记

〔一〕怯,底本作"法",据文意改。

寄 友

自别吾子久,悬知近况佳。旧吟成几卷,新发是何花?出处犹须慎,光阴莫浪赊。相思情自切,暇日过吾家。

昔 日

昔日逢先辈,劝吾勤读书。于今二十载,蒙昧尚如初。骨肉悲长别,良朋叹阔疏。自思双泪下,素志究难舒。

晚酌林氏锦枫堂

向晚锦枫堂,堂前举首望。歧途高复下,古木短和长。带醉枫翻赤,含英菊吐黄。呼杯浮大白,陡觉夜飞霜。

自　叹

自叹辰安在,追思转自伤。一心长郁郁,两鬓已苍苍。僧话当头棒,人情扑面霜。莫嫌时落莫,且自读《蒙庄》。

过水推庙

长溪横古庙,来往几回经。一带波光白,四围山色青。天阴风渐息,日晚雨初停。欲借此中宿,双扉已早扃。

桥头作[①]

小小三间屋,长廊几许深。看花每孤往,爱静试幽寻。日晚炊烟细,风斜小雨侵。自吟还自诵,何处觅知音。

注释

①原注:桥头,里名。

涧　桥

高浦山头月,横河岸上花。两般俱可玩,半世此为家。空望千年药,难瞻八月槎。天台固附近,去问赤城霞。

楼　头

昨夜楼头梦,佳人不可忘。颦眉思旧雨,軃袖倚斜阳。暮雨云遥隔,高台日懒妆。镜中怜顾影,靥色带微黄。

水晶堂

清水出南郊,双河夹路遥。堂周围四野,阁耸入重霄。武帝留金相[①],将军握宝刀。平分前后殿,学舍与僧寮。

注释

①原注:中有武圣庙。

谒邑城中各庙

首谒古城隍,随瞻各庙堂。一年响钟鼓,百代盛烝尝。璎珞凝风静,琉璃映日黄。欣逢太平日,圣寿祝无疆。

夜坐读《庄子》

夜坐正凄凉,灯花灿寸光。一编书在几,万片瓦凝霜。蝶梦人千古,鸡声月半床。厄言今日出,何不读《蒙庄》。

同徐子英夜话

我愧陈蕃榻,君真孺子身。一枝红蜡烛,两个素心人。茗碗消余渴,梅花契古春。更深同不寐,情话倍津津。

颜慕鲁见访诗以纪之

难得良朋聚,今番幸见君。且尝新篘酒,重与细论文。鼓向雷门击,香偕荀令薰。剧谈方未了,不觉已斜曛。

黄邑九峰书院〔一〕藏书三千卷为孙大令欢伯熹购置予造其地访山长吴公不遇见馆友王君相接甚殷并约予饮其家作此以谢

直上九峰顶,佳哉气郁葱。偶然遇王质,惜未见吴融。一塔云常护,群书栋可充。任凭观卓荦,从此振文风。

相见竟如故,殷然接至家。开筵排盛馔,把盏醉流霞。好友情千古,新诗手八叉。自惭〔二〕无以报,握管乱涂鸦。

校勘记

〔一〕院,底本作"阮",据文意改。

〔二〕惭,底本作"渐",据文意改。

七律

新城怀古

龙山终古郁岧峣,迁浦今无早晚潮。六闸势倾塘角水,重阳人满寺前桥。铁盘作镇形模厚,铜弩留机古色饶。多少乾嘉大手笔,爱南园内姓名标。

泽库怀古

官塘故迹尚依然,八咏遗诗忆郑仙。高阁三层留蝙蝠,长街一里足鱼鲜。丹崖冷落仙人井,古鹤凄凉处士泉。赖有戚公能著述,千秋梨枣永流传。

泉溪怀古

一城两角判东西,西角全高东角低。阛阓居民盈六巷,潺湲流水决三溪。九桥踪迹风声古,两岸楼台日影齐。盈耳书声小邹鲁,儒林多向此中栖。

松　城

乱石山城四望中,两株松色尚青葱。苍波滚滚三方白,旭日瞳瞳万里红。归市客沽千日酒,卖鱼人趁一帆风。此中大半多蛮语,重译由来不待通①。

注释

①原注:土人多用闽语。

泊松城登岸望海上诸山

侧立高塘往复还,遥从大海望群山。惟余掩映空濛色,不见虚无飘渺间。晚汐渐移青雀舫,东风冷透碧松关。昂头四顾胸怀扩,任我偷将半日闲。

游苍溪

古来地号永宁州,三邑平分此最优。五道长流通白水,一轮炎日照红榴。无端明月遗郊野,未信清风满县楼。我亦横湖闲散客,都缘乘兴暂来游。

泊舟五里泾桥上一钩新月远望有作

双堤横跨是何桥,老树萧疏四望遥。月上一钩天穆穆,泾开五里夜迢迢。霜寒葭菼伊人远,梦醒琵琶古塞高。倚枕短篷思不寐,寸肠已断复魂销。

陵阳馆即景

白日飞升不是仙,陵阳幽景自无边。西窗尽靠泥城上,修竹都栽石室前。落叶萧萧晨欲雨,隔村隐隐晚生烟。后山有一黄杨树,闻道元来数百年。

客温郡游江心寺

无数风帆泊若林,石梯百尺起江心。禅灯晓夜流光远,白水东南绕郡深。都为化工妙点缀,那教过客不登临。长朝哑谜浑难解,留得疑团直到今。

瀛洲城

画角高吹海国秋,东风万里水悠悠。人声日沸鱼虾市,帆影云过上下舟。满目黄花新得句,一杯清酒快登楼。女墙夜半西斜月,不似凄凉古石头。

经山村

武林山外日西斜,值此行人复驻车。鸣吠相闻有鸡犬,翳阴满目尽桑麻。水田麟次三千亩,茅屋蜗居五百家。最爱前村风景好,沿溪开遍碧桃花。

将往洛伽谒佛舟中写怀次东坡寄子由韵

有用年华三十春,客途消受苦吟身。淮南鸡犬皆仙意,信国豺狼本故人。行尽九原犹遇鬼,读残万卷未通神。灵山欲拜慈悲佛,一问前生未了因。

航东海

布帆无恙任长征,破浪乘风快此生。沧海大观渺一粟,烟云变态眩双睛。鱼龙下上浮沉影,日月东西旦暮迎。及早回头登彼岸,莫随徐福觅蓬瀛。

为西洋乌鲁木台留华九日有感作

异乡孤客遇重阳,苦雨酸风暗自伤。亲舍白云空有望,莫囊衰雁不成行。思家遥隔三千水,海国凉生九月霜。何日归来完骨肉,团栾相聚共飞觞。

有　赠

古树轮囷遇合乖,十年漂泊在天涯。敝裘只见苏季子,倒屣谁为蔡伯喈。老去霜华飞短鬓,归来蛛网结空阶。闻呼妻子来相叙,不禁伤心泪暗揩。

送友游苏扬诸郡

送君南去路途赊,垂柳凄迷映晚霞。执手徘徊迟判袂,关心检点早还家。三更皓洁秦淮月,十里芬芳吴苑花。杜牧维扬春梦好,新诗勿负玉钩斜。

追赠黄壶舟大令

吾台地阔水濛濛,孕出奇才北斗崇。百里提封同靖节①,一联持赠感文忠②。池塘有梦生春草,身世无端叹转篷。古塞归时人已老,几楹矮屋野田中。

注释

①原注:宰彭泽县。

②原注:林文忠则徐赠联云:"宦味尝来同栗里,吟身归去伴花山。"

闲　斋

矮屋垂茅只数楹,闲窗独坐自忘情。裁笺作位供长佛,折简为书谢友生。老去生涯若何好,近来池水尚能清。焚香彻夜浑无事,且诵《黄庭》对短檠。

咏　古

拼身亡命走天涯,历尽风霜两鬓华。吴汉潮中攀马尾,王阳露处卧牛车。饥肠冷嚼燕山雪,泪眼愁看吴苑花。南北奔驰三万里,未知何处可为家。

喜旧友见过

停云落日望长途,如是三年眼欲枯。昨夜文星临草舍,今朝旧雨下蓬庐。关山修阻音书绝,萍水相逢笑语俱。谈到狂时身起舞,姬人小语讶狂夫。

秋　草

翘首长堤与短堤,摧残非复旧萋萋。园中日暖还弛马,塞外霜高任牧羝。寥落一身同感慨,蒙茸十里更凄迷。打头黄叶来飞舞,付与骚人恣品题。

秋　柳

昨夜秋风入武昌,大堤柳色半苍黄。柔条愁对三更月,弱质寒侵七月霜。汉殿痴情怜旖旎,苏家春色忍思量。永丰西角荒园内,愁煞香山白侍郎。

邻友邀夜饮欣然有咏

草满长坡水满塘,晚风禾黍正登场。主人爱客具杯酌,灯蕊开花报吉祥。老妪诗吟《白长庆》,小鬟赋诵《鲁灵光》。临行复订重阳约,会待秋深金菊黄。

515

清明旅思

冷节凄凄值禁烟,故乡万里水连天。村人扫墓来山上,稚子挑青向客前^①。沽酒杏花开正盛,啼归杜宇血将干。一盂麦饭东风暖,又是黄杨厄运年。

注释

①原注:清明食青螺谓之挑青,即吾乡之海蛳也。见《石门县志》。

梁 园

十亩名园五亩塘,堂前秋菊落英黄。假山压地乱堆石,老树参天高过墙。琥珀杯擎频劝酒,虾须帘卷漫焚香。主人自是饶风趣,相对浑将尔我忘。

访 旧

绿水悠悠几许长,小舟邑邑向南行。十年未见张三面,一日来寻李九庄。登岸抬头认门户,上堂执手问温凉。明朝又作别离客,且尽今宵酒数觞。

暮 归

日近虞渊色转黄,石濠村外晚风凉。愁云惨淡横山麓,枯树萧条卧土冈。鸟雀入丛声格磔,狐狸摆尾走仓皇。归途添得来时景,愿起鲁戈返夕阳。

览 景

万物须从静里观,四时佳景自天然。春风庭院生青草,夜雨池塘透白莲。梧叶满阶明月下,梅花数点岁寒先。人生在世无多日,倏忽于今数十年。

题徐芷英《特斋诗话》后

吾友才高识亦超,品题月旦振风骚。雌黄一世均无失,辨白千秋总不桃。宏奖词林声价重,表章桑梓姓名标。而今我亦登《诗话》,光许苍蝇附骥叨。

愤 言

天地使人缺憾时,满腔抑郁诉谁知。眼前所见皆伧父,心里惟存一可儿。过楚文投汨罗水,经吴泪洒愤王祠。归来残月在天半,嚼碎睢阳齿满颐。

吟红馆观演《长生殿》

一笛哀哀不暂停,马嵬坡上泪星星。黄泉碧落人难见,天宝开元事忍听。南内月明上皇梦,东堂酒罢众宾醒。回思栈道奔驰际,凄绝当年夜雨铃。

森堂夜观演《南柯梦》

婿乡近接黑甜乡,裨将翻为傅粉郎。梨梦因缘联黑蚁,槐花富贵到黄堂。秋来旅馆愁闻笛,月冷谯楼夜打更。回首金灯残焰碧,梨园子弟欲收场。

双星衙夜观演《琵琶记》

良人一去滞长安,歉岁高堂侍奉难。一曲琵琶愁欲绝,三更霜露月将残。是非身后评难定,悽楚坟[一]前泪未干。白叟黄童都解事,在旁观感也心酸。

校勘记

〔一〕坟,底本作"愤",据文意改。

顺昌店夜观演《西游记》

何日传经证夙因,皇唐贞观十三春。蛇神牛鬼僧遭难,意马心猿解逼真。一卷离奇《西域记》,三更冷落北堂宾。雷音寺内朝参后,九九迍遭始得伸。

聚星堂夜观演《千金记》

空中亚父泣连声,五载经营一旦倾。帐下美人终起舞,场前孺子竟成名。逝骓肯向乌江渡,亡鹿仍同赤帝争。今夜愤王祠宇冷,有人悲痛哭彭城。

纪　事

　　曲栏庭院绮筵开，一阵幽香入鼻来。宝帐深笼娇语细，绣巾轻带口脂回。菱花镜下双眸艳，白玉床头众妙赅。一度春风芳夜永，仙郎原是谪仙才。

丙戌端阳

　　去岁端阳曾有咏，赏心佳节乐怡怡。今年此日仍重到，清泪闲愁两不支。危难每遭莫须有，香醪虽设究何为？从兹敬奉馀山教，纵过端阳戒作诗。

五绝

读　画

著墨纵不多,下笔活泼泼。千山万水间,荆关有衣钵。

观　书

灿灿双电光,炯炯一轮镜。不受古人欺,论断出本性。

焚　香

三分鼻功德,一瓣心领受。终日垂重帘,芬芳过兰茝。

扫　地

心地本空明,焉用千金帚?任他十丈红,一挥复何有?

燕

来去双双侣,忧人翻羡汝。岂知汝亦愁,声声伤故主。

松江遇余斗山

丁丑三月间,贱子游燕还。路过松江府,人逢余斗山。

宗兄桂舟殿英肄业诂经精
舍久不见成七绝六首聊以代柬

一棹赴钱塘,许久未谋面。从此隔云泥,相思不相见。

其　二

西湖名胜地,晨夕足勾留。何日来相访,同君一快游。

其　三

一篇《菊花赋》,刊入《诂经集》。梨枣寿名山,珍藏宜什袭。

其　四

八法素驰名,铁笔更精妙。青眼遇俞公①,两心颇相照。

其　五

为君谋旅费,特设一斋长。督率众英才,声誉日益上。

其　六

杭州风景佳,吟赏恣所适。但为羁旅身,随处宜珍摄。

注释

①原注:曲园。

七绝

光绪乙酉端阳

仲夏初来日正长,天中佳节是端阳。年年同饮菖蒲酒,一半蒲香半酒香。

阅《聊斋志异》见两诗颇爱之乃次其韵

绮罗襟带总成尘,谁惜当年恩爱身。今夜荒山风露冷,相逢非复旧时春。

谁家诗句唱秋坟,剩有巫山一段〔一〕云。我借文通梦花笔,替卿题上藕丝裙。

校勘记

〔一〕段,底本作"叚",据文意改。

丁亥端阳朱桐冈招同林子声诸
友饮培元堂即席有作

培元堂上赏端阳,蒲剑森森艾叶长。东道主人情太重,黄昏邀客共飞觞。

戊子端阳泊舟横湖

横湖湖水净无尘，买得湖边一瓮春。欲赏端阳无伴侣，举杯先劝石夫人。

十八庵

吾邑有十八庵，俗传为明武宗葬妓李凤处。初，凤设旅店于临路，帝微行至此，见而悦之，伪为商者宿焉，而凤不知为帝也。及还都遣使迎之，兵马喧然，凤惧自经死。使者断其首以献，帝悲悼命葬于京师，复铸金为首，合其体葬于本乡，恐为人所盗，仿魏武七十二冢作十八庵。今青龙庵、东庵、茅庵诸处，皆以此得名也。

千年遗恨掩黄沙，空使康陵驾翠华。荒草难寻瘗花处，月钩斜照玉钩斜。

才　尽

郭璞邮亭橐笔行，文通才尽梦花醒。《南华》一部言多僻，数典应推《尔雅》生。

偶　感

漫道云曾化狗来，变迁人事亦堪哀。昔年文绣膏粱子，今日街头乞食回。

己丑端阳

难中诸事尽忘情,偏为端阳百感生。自笑见诗如见猎,愿为冯妇下车迎。

聚星堂夜观演《牡丹亭》

小圃群芳开未阑,游春人已赴邯郸。梅花杨柳关何事,只向亭边问牡丹。

舟行遇雨夜泊

云影沉沉天若低,沈家门外雨凄凄。商船百只无停泊,独有孤篷系短堤。

聚星堂夜观演《红楼梦》

大观园内半摧残,公子伤心泪暗弹。顽石一卷何处觅,情天终古恨漫漫。

借　宿

天涯仆仆苦投奔,翘首他乡欲断魂。日暮途遥天又雨,借休深感主人恩。

即　景

秋深海国霜初降,夜黑厢邪山更高。暗暗起船怜睡雁,迟迟下舵待归潮。

七古补遗

六　闸

吾邑古闸非草草,相传有宋文公造。想其摄篆至吾台,推官二字官声好。此时斥卤变良田,赖有大防备旱潦。锡以美名曰金清,顾名思义堪探讨。金能生水水不枯,清可逢源臻妙道。兴利为民不惮劳,抚字定能书上考。当年赏菊在洪家,壁上煌煌留墨宝。二十八字见胸怀,盥薇额诵都倾倒。至今古迹尚依然,社庙春秋殷祭祷。或蓄或泄惟其时,此闸千年祈永保。

送刘观察兰洲师之台湾任

师守台州台民乐,盗贼匿迹士向学。民方祝师长子孙,不知师已蒙拔擢。擢师观察之台湾,独当一面长诸蛮。台湾面面皆负海,疑到神山作仙宰。澎湖烟火交相望,球玛椰竹俯可采。将军一出海氛靖,太守一至番夷幸。前徽虽往我师兼,父老遏拜风神整。流亡不足集,社学不足立。俊杰类能识事务,当缓而缓急当急。我愧未能乘长风,破浪万里随药笼。翘首遥指鹿耳门,竹马欢迎来儿童。

五律补遗

船上作

小泊临江岸，凝眸送夕晖。船头人独立，浦口鸟双飞。四顾家何在，三思事总非。归舟闲倚枕，未免寸心违。

道情曲

海国秋来扑面霜，孤臣万里泣悽惶。愁云冷落西风起，一夜相思鬓已苍。吾乃西洋乌鲁木台是也，来从边徼，侨寓中华，回首故乡，倍添旅思。今日甚无聊赖，编出道情数首，以写愁怀，自惭一派哀词，还请诸公洗耳。

鲁木台，别父亲，家中国，传天经，行踪转徙多无定。燕南越北冰霜苦，楚水吴山风月新，光阴迅速愁双鬓。却好似累累丧狗，寻一个静处安身。

鲁木台，在粤东，好诗书，苦用功，文章满腹成何用。羊城东畔迎朝日，香浦西偏吸晚风，寒衾惊断思乡梦。叹此日关山遥隔，怎能得故里重逢。

鲁木台，寓东洋，慕上人，遂修行，佛前祝发为和尚。清晨响击三声磬，向晚虔焚一炷香，将来不管如何样。恨前生许多冤孽，问几时梦醒黄粱。

鲁木台,泛烟波,过瀛州,入普陀,名山胜境从容步。潮音洞外参慈佛,紫竹林中访羯磨,此身满冀慈航渡。借定力扫除诸障,乞慧剑斩却群魔。

(《道情》本不宜编入诗中,故《板桥集》另编数页,别名"小唱",惟《壶舟诗存》附刊集尾,兹仿其例。自记。)

附录

　　《果园诗抄》一卷,清温岭陈一星撰。一星字月卿,其子乃楫校印。兰溪刘焜治襄序。

项士元编《台州经籍志》卷三十六

贾贵荣、杜泽逊辑《地方经籍志汇编》第 23 册第 191 页

北京图书馆出版社 2008 年版

屈苞纕集

[清]屈苞纕　撰

曾孔方　点校

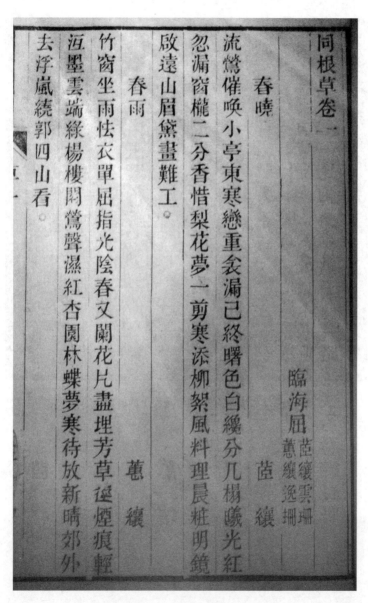

同根草卷一

臨海屈蕊纕雲珊
　　蕙纕逸珊
　　蕊纕

春曉

流鶯催喚小亭東寒戀重衾漏已終曙色白纔分几榻曉光紅忽漏窗櫳二分香惜梨花夢一剪寒添柳絮風料理晨粧明鏡

啟遠山眉黛畫難工。

春雨

蕙纕

竹窗坐雨怯衣單屈指光陰春又闌花片盡埋芳草逕煙痕輕涴墨雲端綠楊樓閣鶯聲濕紅杏園林蝶夢寒待放新晴郊外去浮嵐繞郭四山看。

临海市博物馆藏《屈云珊女史诗稿》书影

前　言

　　屈莒纕(1854—1940)，台州著名女诗人、教育家。待嫁闺中时，就与其妹屈蕙纕合著诗集《同根草》。她们是台州民国初年名噪一时的姐妹花。晚年，又在临海创办女子学校。屈莒纕的籍贯、家世、师承等，过去不见有人介绍；而对其妹屈蕙纕则有较为深入的考证，今参考引证如下。

　　关于屈氏的籍贯，有多种说法：

　　第一，称其为浙江临海人。由中国人民大学和北京大学联合主持编纂、上海海古籍出版社 2010 年影印出版的《清代诗文集汇编》收录的屈蕙纕《含青阁诗草》《含青阁诗余》，作者皆题为"临海屈蕙纕逸珊"。哈佛大学燕京图书馆所藏《小檀栾室汇刻闺秀词》收录屈氏《含青阁诗余》一卷，所称相同。另据屈蕙纕为友人曾懿《古欢室诗词集》所作序，亦自称"临海女士屈蕙纕"。叶恭绰《全清词钞》第三十四卷收屈氏名作《高阳台》一首，作者小传云："字逸珊，浙江临海人，黄岩王咏霓继室。有《含青阁诗余》一卷。"张怀珍《清代女词人选集》收其名作《高阳台》，其作者小传云："屈蕙纕，字逸珊，同光间浙江临海人，王咏霓妻，有《含青阁诗余》。其妹连纕(这是对屈莒纕的误写误判，以下有辨证)亦工词。"

　　第二，称其浙江太平人，太平现称温岭。陈汝霖、王棻等修纂的《光绪太平续志·艺文志》著录屈蕙纕及其父屈宗翰文集，则视其为太平人。谭献《箧中词》收其《高阳台》一首，作者小传仅称"王咏霓室",未言其籍贯。今人罗仲鼎在《箧中词》的基础上编辑的《清词一千首》,于屈氏《高阳台》之作者介绍云:"屈蕙纕,字逸珊,浙江温岭人,黄岩王咏霓继室。有《含青阁诗余》。"

第三,称其为浙江天台人。孙雄所辑《道咸同光四朝诗史乙集》卷七称屈蕙纕云:"屈蕙纕,字逸珊,浙江天台人,王子裳太守咏霓之继室,有《树蕙堂诗稿》。"袁昶《于湖题襟集》卷一附录评屈氏诗词云:"此同年王子裳太守录云其继室屈夫人之作也。"

王咏霓弟子朱谦为屈蕙纕及其姊屈莅纕诗歌合集《同根草》所作序云:"屈氏古临海郡望,今分籍隶太平,署以临海,所以别郡邑之多同名也。"《黄岩文史资料》第十期载尤伯翔《屈蕙纕及其诗集——〈同根草〉〈含青阁诗草〉》一文,其中介绍屈蕙纕云"她祖籍临海,分支温岭",二人之说最为通达。屈氏为临海望族,屈蕙纕一支何时入温岭籍,由于资料所限,暂时阙考。这所以有籍贯天台之说,是因台州诸县古代以天台最为知名,故常以之称呼州辖各县,但从准确性来说,称其籍贯天台毕竟欠妥。又,《同根草》卷三屈蕙纕有《泽国归舟》一诗,则自称其为太平泽国人。

有关屈莅纕的生卒年,据彭连生先生找到的临海东边村民国三十年辛巳重修的《临海山后葛氏宗谱》卷五"寿同"(葛咏裳族谱名)系图云:"继娶太平屈氏,生于咸丰甲寅(1854)三月十一辰时,卒于民国廿八年己卯(1940)七月初九日巳时。"屈莅纕生卒年应为1854—1940,其妹晚生6年,而早逝8年。

有关姊妹的姓名、家庭及师承问题。二屈父名宗翰,字墨林,以字行,担任《光绪太平续志》采访分修之责。据《光绪太平续志》记载,屈宗翰撰有《树蕙堂诗稿》。同书为《楚香社吟草》所作提要云:"叶倬云编录。倬云及林傅肖岩、陈琛秋航、孙大中叶五、女史屈芷湘云珊、屈钰如逸珊(一名梅辉,后改蕙缠)及杭州石纶藻渠阁、处州季培蓉栽、仙居王镜涵月波九家之诗。有光绪元年季培序及倬云自序。"则屈蕙缠原名钰如,又名梅辉,字逸珊,蕙缠为后来所改之名。其姊屈芷缠,原名芷湘,字云珊。另据下文所引《申报》所云,屈芷缠又名湘藻。屈氏姐妹二人皆有诗才。后来屈芷缠适临海葛咏裳,屈蕙缠适黄岩王咏霓。二人皆为台州才子,光绪六年(1880)同登进士第。王咏霓为台州近代史上最重要的人物之一。徐乃昌《小檀栾室闺秀词第九集词人姓氏》称:"屈蕙缠,字逸珊,临海人,前署凤阳府知府王咏霓室。有诗集。妹莲缠亦工诗词。"张怀珍《清代女词人选集》亦称:"其妹莲缠亦工词。"此处怀疑徐乃昌等人的说法。屈氏芷缠、蕙缠姐妹能诗,《同根草》《含青阁诗草》及《词草》中二人唱和相思之作甚多,芷缠之才不逊于蕙缠,而二人从不言及有妹莲缠者,故很可能是芷、莲二字形近;徐氏又以姐为妹,产生此误。芷缠《春日书怀示逸珊》其二云"无兄无弟倍相亲",则屈宗翰只有女而无子。

　　屈宗翰集名《树蕙堂诗稿》,树蕙堂当为其斋名。这可能源于屈原《离骚》"余既滋兰之九畹兮,又树蕙之百亩"之句。又《九歌·湘夫人》云:"沅有芷兮澧有兰。"芷即白芷。则芷缠、芷湘、湘藻、蕙缠等命名,皆源自《楚辞》矣。前引《道咸同光四朝诗史乙集》称屈蕙缠有《树蕙室诗稿》,然蕙缠集名《同根草》《含青阁诗草》《含青阁词草》,其斋名为含青阁,故此处乃父冠女戴。

　　屈宗翰家教甚严,朱谦《同根草序》云:"两淑人(芷缠、蕙纕)少禀异质,娴礼则,太翁墨林先生绩学厉行,矜式乡里,家居督课如严师,故学习有渊源,工于吟咏。"除了家学之外,还拜陈琛、戚祖姚、袁傅等人为师,学习诗歌。陈琛(? —1900),字秋航,太平人,其诗佳者可入以厉鹗为代表的浙派。《同根草》卷一有屈蕙纕《和秋航师太湖泛舟玩月》,《含青阁诗草》卷二有《秋航师枉过敝庐袖诗索和即步原韵》。民国四年(1915),太平金嗣献(1885—1920)刻《赤城遗书汇刊》十六种行世。《赤城遗书汇刊》收录陈琛《棣香馆诗钞》(或作《棣香馆诗草》)一卷。该诗钞为其侄陈廷谔所编,其中《示女弟子屈云珊逸珊》云:"团香词曲成双妙,点铁工夫甫半年。闻得病中仍握管,莫教憔悴早秋天。"可知屈氏姊妹学诗非常用功,虽抱病亦笔耕不辍。可能身体素质欠佳,以至陈琛为其健康担忧。这在屈氏《同根草》中亦可得到应证。陈琛《重阳》其二云:"登高重续龙山会,不复吟诗纪阿男。"句下小注云:"续龙山会屈云珊、逸珊二女弟子曾各赋诗。"陈廷谔跋文云:"其(陈琛)生平所好尤在诗,邑中屈云珊、逸珊二女史,自幼皆受业于门,点铁之功,前后经二十余年,著有《同根草》诗行于世。"屈氏姊妹向陈琛作诗二十余年,则其功力可想而知。

《同根草》卷二有《和戚少鹤师丹崖登高原韵二首》,卷三有《梦戚少鹤师贲临天明讣音已至为之一恸二首》《重九有感二首伤戚小鹤师作》,则屈氏姐妹又曾拜戚少鹤为师。1879年6月11日《申报》副刊载《丹崖登高小序》,其中称"屈湘藻、梅辉姊妹和戚鹤泉进士少君小鹤师原韵七律各二首",而所登屈氏姊妹诗名为《敬步小鹤夫子丹崖登高原韵》(与《同根草》所收小异),署名为女弟子屈湘藻云珊、女弟子屈梅辉逸珊,则少鹤即小鹤。按,戚学标(1742—1824),字翰芳,号鹤泉,太平县人,清乾隆四十六年进士,博通经史,尤精声韵训诂之学,著作丰富,是清代中后期杰出的文字学家。"戚鹤泉进士少君小鹤"中戚鹤泉即戚学标,而少君小鹤为其子。考之《光绪太平续志》卷十一"艺文志"之"书目",戚祖姚少鹤,字长川,一字冷江,学标之子,著有《月河渔唱》一卷,《三客僚诗稿》一卷,《冷江诗余》一卷。又民国《台州府志》卷八十三"艺文略"《月河渔唱》提要云:"祖姚,字少鹤,太平人,学标子。"据《光绪太平续志》之"同治十一年壬申重修姓氏"表,戚祖姚与陈琛皆为不在方志编修局的采访分修之成员。

另外,《同根草》卷一有蕙纕《和泮桥太老师游常乐窝感旧原韵》,卷四《贺半桥太老师重居环山楼》。半桥即泮桥,即叶倬云,撰有《环山楼吟草》,并辑《楚香社吟草》。《同根草》卷一又有蕙纕《题天台袁肖岩师入山采药图小照》《仲冬送肖岩师旋里》,则其师有天台袁肖岩,即《楚香社吟草》提要所称的袁傅。该提要还称叶倬云、袁傅、陈琛等人结楚香吟社,屈氏姐妹亦参与。二人转益多师,问学于地方贤达,这对其诗艺之提高自然大有裨益。

屈茝纕、屈蕙纕没有兄弟。其父对待两个女儿要求异常严格,专门聘请温岭有名的老师,学习诗词,父亲亲自课督,并且从小让女儿练习诗词写作。由于二屈姐妹长期浸润于传统文化的氛围之中,又加上她们天资聪明灵秀,后天的勤学苦练,而师长又悉心指导,姐妹二人对传统诗词的写作操练得十分纯熟。在幼年,就养成了与人诗词唱和的习惯。父辈的远近诗友经常前来与她们切磋诗艺,诗词创作的水平长进很快。父亲很是钟爱,在她们闺中时,就精心选录了姐妹们平时的作品,合为一集《同根草》。诗集几经传播,远近闻名。上海报纸也对诗集发了评论。当时,来他们家求婚的本地人不知多少。可是,当年温岭交通闭塞,人才又少,父亲屈墨林眼界很高,一个也看不上,这样将女儿的婚事就耽搁了。三十了,还待嫁闺中的姐妹俩,心里自然苦闷。恰巧,临海进士葛咏裳夫人去世,蕊纕才做了他的继室。

葛咏裳原本在京城兵部担任主事一职,因义和团运动爆发后,他回老家临海闲居。据项士元先生《巾子山志》说,葛咏裳虽然沉浮宦海多年,可依然保持着儒雅的士大夫的生活习性。他为人大度洒脱,不拘金钱之事。家里一应钱物,尽交与其弟咏琴管理,出入一概不问,专心于自己的学问与诗文。葛咏裳的父亲晚园,学问也很好,著有《易学辨说》,能写一手好诗。葛咏裳当年随父居于现在临海的龙须巷,一直到 19 岁。先父有一室名"绿荫",后被太平军所毁。咏裳移居巾山北麓新开巷后,怀念与父生活的那一段时光,把自己的居室叫"补绿荫室",后又更名为"忆绿荫室"专门请画师作图、装修。在《忆绿荫室图序》一文中,他有一段深情的回忆:"某家旧居在巾子山麓,中有绿荫之室。小园半亩,隙地数弓,瓦屋三椽,蛤墙四合。柯干铜石,则古桧千余覆其上焉;枝叶阑干,则高梧蔽其前焉。老梅十余树,修竹百余竿。畦有余蔬,间植桃李,阶无杂草,唯滋蕙兰。种蕉学书,并用听雨,折柳樊圃,兼资舞风。家君读书其中,故人二三,过从朝夕,学四五,执经左右,鲜尘俗之扰,敦天人之欢。流连琴尊,优游岁月。"

对葛咏裳来说,"近市之隐居,书生之清福矣。"在营造好"忆绿荫室"这样的环境后,他便可以静养浩然之气,著书读史了;他在《秋居杂咏》一诗中有句云:"玻璃窗外见双峰,冷翠经秋落槛浓。侧影空庭横古塔,催眠邻寺送古钟。"晚清国势风雨飘摇,如葛咏裳这样的有识之士,也只有空怀才志,报国无门,每日借诗酒来浇心中块垒。在临海陈氏的风雨楼,有葛咏裳题壁的七律四章:"半角楼依雉堞开,雨余山色过城来。青枹有客横吟草,绿壁经秋长暗苔。风月替君长作主,疏狂笑我是粗才。登临几度流连甚,不厌浇胸酒百杯。"从诗句中我们不难看到葛氏的向往。他精研历史,于《史记》《汉书》《三国志》用力最勤,多有批注,诗赋杂记收入其作《辑囊丛稿》。

　　以上对葛咏裳的家庭背景、人物出身、生活情趣、人生理想等等的介绍,我们不难看出,他的思想性格,屈莐纕是能够接受,夫妻的精神生活是非常谐和的。可能初入葛家,对继室的地位有点心里不快,但不久便琴瑟谐调那是必然的了。夫妻诗词唱和,这是很自然的家庭生活内容。葛咏裳平日诗友往来,屈莐纕也会参与其中,诗词相和,日子是其乐融融的。屈莐纕的和诗活动记载不少,但我们不见刻集。大概这些多半是文人圈子里的文字游戏,诗人觉得价值不高,没有留下。葛咏裳的《辑囊丛稿》,我们无法拜读,这里是否会留下屈氏的一些诗作,我们不得而知。最近,在临海市博物馆我们寻到她的一本手稿。诗稿写于学校平时每日记事的本子上。其面上有项士元的题签"屈云珊女史诗稿"。诗歌 62 首,用毛笔小楷直行书写。书写流畅,字体娟秀。是女诗人的真迹无疑。这组诗从内容可知,是诗人丈夫去世后,家道败落,身心交瘁时所作。62 首作品均没有在其他诗集上出现过。时间当在她临海办教育时节。

　　对于屈莐纕的造诣,我们从王咏霓友人袁昶的评点屈蕙纕诗词中可以得到一些参考,因为当时对于屈氏姐妹的评价,是相提并论不分伯仲的。他说:"芳声秀逸,婉转生情。"(见

《闺秀词话》)读了二屈的作品,我觉得他的评价是公允的。

　　本次点校采用底本为《同根草》四卷,屈荪纕、屈蕙纕姐妹作,光绪九年临海王氏刻本,浙江省图书馆藏,临海市博物馆所藏版本同。此册断自光绪二十九年以前。前有申江毛祥麟作于光绪二年之序、同郡朱谦光绪二十九年之序,又有郭传璞题诗,卷一110首,卷二103首,卷三125首,卷四104首。集中蕙纕之作较多,荪纕有作,蕙纕均同题作和,两人之作混排,今予以分开编排,收入荪纕诗共125题,221首。《屈云珊女史诗稿》一卷,荪纕手稿,总计82首,书写于学校科学教程的废旧表反面,藏于临海市博物馆。字迹不清,涂改较多,无别本作参校,可能会有亥豕鲁鱼之处,希望今后再有机会校定。本集将《同根草》中荪纕之作依原书卷一至卷四编排,而将《屈云珊女史诗稿》一卷作卷五,又于屈蕙纕《含青阁诗余》中辑得两首词作,今附于后,作卷六。原有之毛序、朱序和郭诗作附录,附于书尾。

目　录

卷一

春　晓

　　流莺催唤小亭东，寒恋重衾漏已终。曙色白才分几榻，曦光红忽漏窗棂。二分香惜梨花梦，一剪寒添柳絮风。料理晨妆明镜启，远山眉黛画难工。

春　晴

　　吹开雾縠好风轻，春色从新满锦城。嫩日溪桥飞絮影，绿阴门巷卖花声。鸭头涨碧波光腻，燕尾裁红夕照明。如此韶华如此景，绣余且向玉阶行。

消夏词

　　几排青玉绝纤埃，闲揭黄庭兰纸裁。忽讶蕉衫青欲滴，满阶桐影入帘来。

萤

　　著雨光难暗，随风影倍明。水精簾外望，星斗一天晴。

水村即景五首

　　环村一水碧欹斜，隔岸人烟住几家。遥望涓涓滩水浅，村童团聚捉鱼虾。

　　断岸桥通雁齿低，绿云蔽野稻孙齐。蓬头忙煞村中妇，饷馌归来日已西。

　　茅檐临水足鱼鲜，毛竹编篱近芋田，寄语榜人休荡桨，凫雏傍母正酣眠。

　　绿树阴中午日移，红荷岸侧晚风吹，波光滩畔影明灭，拳立一双白鹭鸶。

　　乡村好景晚晴天，傍岸棚多瓜蔓牵。牛鼻浮凉渡水去，两三茅舍起炊烟。

秋　塞

　　飒飒西风夜罢围，将军塞外未曾归。关头月黑寒偏早，城角沙黄马正肥。落叶声中胡雁过，大旗影里羽书飞。何时得报楼兰捷，一醉葡萄卸铁衣。

金陵怀古

　　金粉飘零风雨凄，宫垣无复接云齐。百年王气烟随散，六代箫声鸟自啼。废苑夭桃红灼灼，故园芳草绿萋萋。于今极目繁华地，一片荒榛夕照西。

题天台袁肖岩师入山采药图小照

袁翁示我采药图，图中乃作美丈夫。青衫芒屩手芝草，意态直与神仙俱。闻翁昔时年十九，撷芹独具才八斗。自是食饩贡成均，似非忘机遗簪绶。生天慧业有丹梯，紫禁瀛洲共品题。不见九仙骨，朝披一品衣。留侯辟谷邺侯梨。况闻台峤多奇景，琪花瑶草东风静。洞天福地本家山，万八峰头恣管领。记曾刘阮桃源来，桐柏又见丹炉开。寻真入山计良得，螺溪濯足歌琼台。琼台螺溪寄逸思，嫁婚未了向平事。且耕笔砚供卧游，园后重观自为记。记成回首五十年，朱颜似旧霜盈颠。海山想食安期枣，古希浑讶地行仙。地行仙，探幽谷，念念不忘图一幅。壮志如斯老欲酬，瓣香我愿为公祝。只今横湖开绛帷，盈门桃李春风吹。命作长歌题锦轴，如见二九采芝时。

子夜四时歌四首

帘幕飞杨花，雕梁入双燕。春风最恼人，掩窗不教见。
池中芙蕖花，分明六郎面。郎言花不如，秋来容易变。
促织啼金井，终夜声相连。回顾机上丝，四散乱如绵。
寒梅开雪里，幽香人共知。嗟彼桃李花。浓艳能几时？

拟李白长干行用原韵

妾未涂黄额，花插满头剧。萧郎总角来，讵知咏摽梅。同里暨同室,舅姑无嫌猜。琴瑟敦和和睦,笑口时常开。一朝军帖至,星火促数回。抗违力不逮,别离心始灰。里正为褰头,乃言戍轮台。行人去千里,愁绪萦龙堆。夜深不能寐,枕畔鹃声哀。西风发海棠,旧泪洒阶苔。愁眉慵自扫,今岁秋偏早。寒衣未寄将,极目黄边草。自是乱情丝,茧缚红蚕老。明月上东巴,征人遥忆家。岂知长干妇,念念在龙沙。

送季蓉栽谱伯回栝集药名

括苍凝望暮云连,江上防风早泊船。惜别使君肠曲曲,倚间知母念拳拳。留题甘草灯前字,作客当归岁暮天。柏叶香浓春晋酒,从容堂北侍高年。

春　泛

泛春好上木兰船,二月东风淡荡天。衫子润沾红杏雨,橹声摇破绿杨烟。倒涵黛影山千叠,独立滩湾鹭一拳。镇日镜中游不足,归心犹恋夕阳边。

含笑花

一枝旖旎画栏东,无限欢情在个中。对我嫣然娇不语,钿窝春晕美人红。

公子吟

裯裘来即醉芳丛，浪掷千金一笑中。更向五陵结豪客，珊鞭高拂马嘶风。

稚女词

薄绾双丫彩缕斜，两三絮语小窗纱。紫姑鞋子新描得，香唾黏丝学绣花。

思妇怨

独凭妆阁思悠然，鸳镜分飞记有年。说与垂杨浑不解，临风偏舞玉楼前。

游丝曲

游丝摇曳东风里，一任韶华去如水。柔情欲系无奈何，九转缠绵犹未已。无端飘泊到天涯，野马同吹去路赊。好冒玉人钗股上，莫教轻薄逐杨花。

春日书怀示逸珊二首

鼠姑风冷雨丝丝，九十韶光电影驰。深院落花怜小劫，闲窗啜茗品新诗。娇憨成性卿应减，荣辱关怀我独痴。一事思量终抱歉,亲恩师谊报何时?

尘海茫茫寄此身,蕙兰何必问前因。情怜弱妹华年少,愁见高堂白发新。集莞集枯难预卜,无兄无弟倍相亲。未能反哺输乌鸟,深愧人呼掌上珍。

闺中杂咏八首

灯前晃漾凤鸾斜,玉股玲珑颤髻鸦。卜罢归人窗畔坐,轻分小样到红纱。钗影

行近芳丛拣俏枝,丁东臂玉响参差。隔花争恐人潜听,纤腕低徊出袖迟。钏声

芙蓉傅罢整香奁,薇露旋忘盥指尖。玉屑斑斑痕偶染,半留画稿半留縑。粉痕

斜倚薰笼盼晓光,氤氲新换藕丝裳。栏前不怕风兜起,只怪随人舞蝶忙。衣香

苔浓草软步玲珑,泥爪何须问雪鸿。欲识香闺莲样窄,画栏西畔认弓弓。屐印

罗剪湘江八幅青,低垂绣带密悬铃。寻春小队舞喧笑,窣窣偏惊蝶梦醒。裙声

银缸近榻倦将眠,软底鞋兜窄窄莲。生怕晓来香梦里,红鸳微露锦衾边。睡鞋

一回相顾一多情,写照妆台我共卿。绿鬓朱颜春永驻,团圞长祝月同明。妆镜

夏夜纳凉寄怀玉筠女兄

蒙卿数致意,良晤苦无期。暮云在天末,好风为之吹。女子靳出门,恐招阃外讥。咫尺如千里,不见徒凝思。昔卿所赠花,至今已空枝。青青大堤柳,离绪萦千丝。欢聚只一夕,暌隔良多时。美人不在远,对月胡伤悲。纳凉晚窗下,缄寄见怀诗。

潇湘怀古

帝子潇湘不复还,西风木落洞庭闲。瑟声想像余泉响,竹影萧疏渍泪斑。千古客怀伤夜雨,一痕秋色对君山。水边剩有黄陵庙,古树栖鸦夕照殷。

宫 意

东风有意拂垂杨,巧把双眉斗画长。芳草应猜回辇处,朝朝楼上倚新妆。

边 意

大漠天寒月影孤,霜风如削逼肌肤。家乡漫道归何日,路阻关山梦亦无!

题　画

峭壁千寻矗空立,飞瀑奔流作晴雪。空濛浮翠如云烟,云也烟也两莫别。桥头老翁拄杖看,葛衣草履华阳冠。不知经历几甲子,庞眉鹤发丹砂颜。问尔不答头自掉,只向烟霞寄笑傲。此间可是避秦人,懒种桃花引渔棹。桃花流水去年年,不如古木长桥边。闲云野鹤自适意,逍遥且住壶中天。

遣　怀_{集药名}

镇日从容坐画楼,寻常事亦苦参谋。苔生滑石缘多雨,帘为防风故下钩。毕竟持家知母瘁,未能承志寄奴羞。问天不答连翘首,可许裙钗远志酬。

啼乌曲

秦淮水榭乌夜啼,霜风料峭霜月凄。当年粉黛筵前舞,侑酒弹筝月易西。双瞳翠展秋波活,长眉巧画春山齐。楼头歌舞情未歇,江上咚咚起鼓鼙。于今楼阁荒芜尽,枝梢剩有夜乌啼。

自题吟梅图二首

把卷微吟坐小楼,寒香跃跃为勾留。痴心欲索梅花笑,冷逼珠帘不下钩。

罗浮梦到境双清,香里吟香倍有情。花影瘦如人影瘦,卿须怜我我怜卿。

寒　夜

香烬金炉漏未终,夜寒倦绣倚薰枕。鸳鸯瓦上霜何许,敲断檐前铁马风。

仲冬十六夜雪月交辉余以病未及赏口占二绝

偶抱微疴一月多,懒描螺黛懒吟哦。月华冷照庭前雪,辜负良宵奈病何。

金猊香烬漏迢迢,窗外梅开雪未消。谛视药炉烟尚袅,可怜明月可怜宵。

卷二

寒夜曲和玉筠女兄原韵四首

屈戍窗前人语稀,夜深帘隙风攒衣。终宵月色凭谁玩,冷照鸳瓦霜花飞。

中宵玉漏递依稀,暖气薰笼未上衣。窗外无人明月静,梅花守鹤不曾飞。

霜月满天星斗稀,绣帏独坐棱生衣。解取囊琴天一曲,泠泠夜半指音飞。

鱼钥沈沈漏点稀,吴绵不温等罗衣。关山偏是霜天月,寄语西乌莫夜飞。

榆关鸿雁信全稀,黄叶秋前已寄衣。只恐霜风边塞紧,马啼夜逐羽书飞。

(附)原 作

太平林淑媛玉筠

绣倦停针玉漏稀,凭栏对月未更衣。风姨不管幽窗冷,还送霜花扑面飞。

镜中梅影

镜台分得陇头春,帘底晨妆伴玉人。半面春風同写照,一
奁秋水替传神。寿阳宫额窥新样,汉殿菱花证夙因。自是庄
严空色相,一枝含笑见天真。

花朝偶兴集花名

婪尾杯斟酒一巡,愿花长好节长春。闲拈木笔题新句,时
听金铃报早晨。但得忘忧消俗虑,常教含笑莫生嗔。漫云空
抱凌霄志,金粟如来证后身。

车遥遥

车遥遥,在何处?尘沙被旷野,山川隔云树。芳草绿无
情,断送征轮去。

春江夜泛

波光潋滟月光华,泛到轻舟春兴赊。两岸絮飞篷背雪,千
层浪打镜中花。橹声惊破眠鸥梦,灯影遥分卖酒家。一幅蒲
帆随处好,浑如天上坐灵槎。

白桃花和沈凤士广文原韵四首

原是天台洞里人,娟娟风韵淡生春。冰姿自照清溪水,红软难留半点尘。

月底精神雨底姿,天然素质下西池。含情相对还相讶,却异当年覿面时。

光华掩映月明中,淡比梅花一样同。锦绣香丛留皎洁,何须红借鼠姑风。

料应花底集诗寮,琢玉词题冰缕绡。莫误梨云寻旧梦,东风一例粉痕描。

感怀示逸珊

陈陈厌听腐儒谈,是是非非静里参。懒散性情同野鹤,缠绵心绪比春蚕。芸窗坐我书为伍,花气撩人月又三。绣倦金针思遣兴,不如斗险韵同探。

坐　雨

小窗坐雨意徘徊,无奈春阴昼不开。试拨金猊炉内火,香消心字半成灰。

病中口占

匡床慵坐倚薰枕,淡淡春山瘦镜中。银蒜低垂帘不倦,晓来更怕落花风。

凭楼远眺

寂寂松阴鹤未还,夕阳明灭乱峰间。临风莫作兴亡感,山自青青云自闲。

夏 闺_{集花名}

萱草堂前问寝回,偷闲含笑倚妆台。好风引自芭蕉扇,薄暑消从婪尾杯。欲觅蝉声频踯躅,待敲诗句且徘徊。无端菊婢来相报,道是邻家姊妹来。

松 月

似盖松千尺,如奁月一丸。针痕围锁碎,魄影写团圞。风定涛声静,云开夜色寒。虚窗人不寐,坐对取琴弹。

拟李白子夜秋歌

缠绵机上丝,随风任缭乱。终夜理刀尺,泪渍罗襟满。良人期不归,梦断天涯远。

古 意

鹪鹩巢一枝,安知天地宽。燕雀处深堂,安知风雨寒。鸱鸒遇凤凰,刺笑终无端。心存四海举,岂在乔林安?古今尽浩浩,尘海亦漫漫。夏虫难语冰,深为昔所叹。

除夕三首

敬迓东厨司命回,千家饯亥酌新醅①。六街嘈杂追逋语,欠债难寻避债台。

银烛闲闲彻夜烧,大家守岁坐通宵。彩包检点明晨事,待赏笙歌贺岁朝。

频开奁具整花钿,爆竹声中岁已旋。回首低呼如愿婢,为侬备酒庆新年。

注释

①原注:俗名做除夕。

徐苑卿太守士銮命题孔仪吉女史临绣谷司马太常仙蝶图四首

枝头栩栩百花新,画省深严戏好春。却为承平增瑞应,阆风吹送帝京尘。

点染香须与彩衣,竞传粉本出珠帏。斋宫遍舞春风倦,倩影翻随笔底飞。

绣管描成绣阁题,一番诗画属香闺。韵心羡煞神仙吏,长对春驹禁苑西。

绿宫自愧少清才,辜负仙图幅幅开。为语翩跹双凤子,玉京记否好楼台。

月夜寄怀秀卿贤妹

满地瑶光夜气清,倚栏无语独含情。如何一样团圞月,照向深闺各自明。

七夕寄秀卿

玉露金风又早秋,银河耿耿夜悠悠。神仙亦有分离恨,天上人间一样愁。

和戚少鹤师丹崖登高原韵二首

名山悬望隔晴川,佳宴喧传兴勃然。作赋是谁推大雅,题糕毕竟让群贤。云封丹灶仙踪古,霜傲黄花晚节坚。自佩萸囊斟菊酿,浪吟诗句续诗缘。

天半琅玕雅韵和,久钦文教盛西河。欲镌梨枣千篇富[1],预把珊瑚一网罗。吹帽豪情凭孰是,落霞警句问谁多。虽然骥尾难相附,冀与名山永不磨。

注释

[1]原注:闻采诗纂《丹崖志》。

病 起

懒向妆台理鬓云,带围宽褪旧湘裙。近来莫道黄花瘦,侬比黄花瘦几分。

去冬余以吟梅图求泮桥太老师
题句逸妹时为代索而太老师戏以长歌
命和余值岁阑事迫新陬补作次韵奉呈

耽吟小妹何娇痴,吟遍花笺还索诗。索得诗来要属和,长城安敢攻偏师。和之不速罚难缓,妹早完篇余独晚。悠悠新旧两经年,呵冻懒抽一枝管。尖叉韵险况难依,钟镛响掩虫声微。枯肠搜索不得句,忘餐恐减小腰围。季伯三弄妙若此①,阳春叠奏陈夫子②。佳章更有孙荆公③,珠玉盈前笔难使。贺岁来非为索逋,歉怀只愧我独无。女娲天缺原思补,五色石今其有乎? 喜值新春事不迫,腕底酬诗胸画策。早办春酒晋诗翁,赏罚从今听欢伯。

注释

①原注:季蓉裁谱伯已三叠原韵。
②原注:陈秋航夫子两叠原韵。
③原注:孙叶五先生亦有和章。

长至前一日寒甚翻阅楚香吟社
诗草感旧书怀仍叠前韵

厌听世事学聋痴,愿黜聪明不赋诗。笔砚抛荒吟兴减,九年点铁负良师。白驹过隙去难缓,橘绿橙黄岁又晚。近喜阳和一线来,催动葭灰飞六管。回思去岁尽依依,一室星光聚少微。须臾社散人皆去,诗句空题壁四围。盛衰世故皆如此,独恨天生为女子。举步偏招阃外讥,傀儡有丝奚所使。家清差幸少追逋,静坐窗前俗虑无。闻说梅花开似雪,笑言阿侬可知乎。妹闻我言意不迫,为余料理消寒策。一樽绿蚁一红炉,任尔寒林号风伯。

感事书怀三叠前韵

人笑侬痴侬不痴,懒拈针线好吟诗。只因生小双亲爱,修羊肃具拜贤师。命题日日不容缓,与妹程功共晨晚。近喜红闺良友多,雅谊深情真鲍管。春风绛帐几年依,愿接心香一瓣微。诗敌骤临才力困,难教烛子退秦围。虚名浪传竟至此,扫眉深愧呼才子。谁知弄假已成真,骑虎欲下势难使。频年碌碌办诗逋,惟愿开春诗债无。啜茗焚香情自适,六时清课良多乎。此外更无尘务迫,事皆前定何须策。况今我是女儿身,读书岂望公侯伯?

元旦开笔

五辛盘荐合家春,万汇昭苏雨露新。今岁喜逢三月闰,阿侬两度值生辰。

惜花词十首

情关风雨起侵晨,半为怜春半恼春。莫道红颜都薄命,须知开落有前因。

绿意红情惹艳思,怜香莫漫笑侬痴。殷勤嘱咐司花使,珍重番风廿四时。

剪剪斜风奈若何,彩幡不惜制轻罗。春来却喜香成海,漫唱秋娘金缕歌。

娇莺啼乱惜花心,小倚栏杆思转深。莫怪东君真薄倖,绿章应许乞春阴。

薄暖轻寒十二时,最关心处是连枝。娇红淡白初开候,争得东皇好护持。

昨宵听雨小楼中,惆怅侵晨有落红。自是娇憨怜小妹,强将料峭骂东风。

手把梨花酒自浇,马蹄芳草暗魂消。移春有槛留春住,金屋何能贮阿娇。

含情花底日逡巡,极目天涯草色新。为语封姨休肆虐,任他开到十分春。

何须风雨怨飘零,九十繁华梦易醒。悟到色空空即色,忏除烦恼写心经。

三生自悔堕情天,细雨轻风著意怜。惟愿枝头春永驻,名花长好月长圆。

卷三

别后有怀秀卿二首

记曾惜别手搴裳，一种痴情怕忖量。安得壶公能缩地，常教风雨话联床。

碧栏杆外日迟迟，忆否窗前并坐时。别有深情怜我瘦，呕心频劝莫吟诗。

代客窗四友答和

挂帆底事去匆匆，三径因荒夕照中。半载芳畦劳灌溉，未能延赏待秋风。淡友菊

绿天从此锁轻烟，夜雨春风只自怜。数尺芳阴今又展，未知鹿梦可能圆。清友蕉

浓阴清润晚风凉，一片离情付夕阳。只为孤高难入俗，赏音何处觅中郎。高友桐

翠盖亭亭干自高，此身本不伍蓬蒿。赏心若少陶宏景，空向虚堂卷怒潮。劲友松

古　意

岁序有代谢,山岳终不移。万物各适性,安能强所为。宾鸿怀北塞,越鸟巢南枝。余心有定着,非同空中丝。

题双溪送别图四首

怕蹈人间离恨天,无端索句一笺传。六朝山色双溪水,今日披图尚黯然。

两岸垂杨蘸碧流,丝丝不解系行舟。鹧鸪声里频回首,目极萧梁旧选楼。

聚首频年未忍分,旗亭落日怅离群。绿波渺渺帆千里,凝望孤舟入断云。

南浦依依长绿芜,鸿泥旧迹认模糊。丹青不仅描离绪,一幅溪山好画图。

晓闺即事 集鸟名

碧玉钩间翡翠垂,鸦鬟撩乱晓云攲。窃脂小婢娇痴惯,偷近妆台学画眉。

秋日感怀

木落衡阳雁去迟,坐披书卷费沈思。情如中酒非关醉,事到难言转学痴。心地奈堪明似月,愁怀只觉乱于丝。纷纷黑白争棋劫,九转肠回十二时。

病枕口占

斜月纱窗尚未眠,簟纹如水帐如烟。吟蛩最是无情物,偏送秋声到枕边。

病起叠前韵

晓妆台畔爇炉烟,差喜今朝恙渐痊。欲慰高堂双白发,强开奁具理花钿。

久抛银管懒涂鸦,斜倚窗楹启碧纱。荏苒不知秋已老,墙阴开瘦海棠花。

遣　怀

霜讯遥空白雁传,光阴又是暮秋天。朝来带缓因知瘦,病为时多强讳痊。犹检方书查药草,懒同阿妹赋诗篇。重拈筠管纱窗下,自惜抛荒已半年。

春　阴

垂杨庭院碧沉沉,十二栏杆暝色新。怪底连朝烟霭重,衔呢双燕湿红襟。

秋　夜

起觅秋声倚画栊,半阶斜月转梧桐。翛然又送清音到,吹堕高楼一笛风。

题王子裳先生《芙蓉秋水图》二首

如此秋容画不成,长天孤抹晚霞明。涉江无限蒹葭思,一夕西风客子情。

湘波渺渺石粼粼,无恙湖山寄此身。解识团圞明月夜,春风镜下证前因。

暮春二首

杜鹃声里雨丝微,似劝东皇且缓归。上相钱分新白打,雕梁燕返旧乌衣。欲赊花事痴心算,奈忍韶华转眼非。开到荼蘼春已返,朱樱翠笋两争肥。

东风无力漾游丝,雾景初开日渐迟。锦浪频添桃叶渡,好春愁到楝花时。晓莺亭北声犹哳,粉蝶枝头意欲痴。莫把韶华轻掷过,一杯且醉手中卮。

春　夜

碧月杨枝宝镜磨,春光如此夜如何?沈沈彩架秋千歇,滴滴铜壶漏点过。曲巷游人灯火盛,画楼宴客管弦多。千金一刻今宵价，莫使流光等逝波。

春柳用鹤巢咏柳絮韵

　　碧玉条轻傍水涯，一年一度展春华。青旗卖酒迷官渡，白板笼烟入画家。雅爱腰肢临舞榭，偷描眉样启窗纱。笛声奏彻阳关曲，送尽行人有落花。

春暮用林鹤巢春夜闻子规韵

　　曾喜春风柳上归，霎时绿暗又红稀。酴醾残瓣飞晴雪，芍药余香袭绣帏。何事子规啼不住，只今蝴蝶梦全非。阑干倚遍增惆怅，一片痴心与俗违。

余因多病笔砚抛荒茌苒光阴
又将十月闷坐冬窗作此消遣十首

　　怅望停云隔暮云，雁行飞处忆同群。情牵两地愁千万，何日方能减一分。

　　一寸心中万绪纷，茧丝自缚复何云。朝来忽把菱花照，比旧容颜瘦二分。

　　匆匆寒日易斜曛，懒把兰膏继晷焚。笔砚抛荒诗思涩，自知学力退三分。

　　多病身缘懒似云，终朝闷对药炉熏。检方慈母频频问，底事柴胡用四分？

　　风动湘帘漾縠纹，小窗倦坐酒微醺。静中悟彻盈亏数，人事天心各五分。

香爇金炉手自焚,窗前泼墨写烟云。惊闻客至掀帘出,一幅花笺剩六分。

满目疮痍未忍云,悠悠身世付浮云。兰因絮果何须问,天数由来定七分。

静掩纱窗避俗氛,寒暄酬应怕繁文。惜花无计将花护,反把闲愁惹八分。

富贵何殊过眼云,利名两字半虚文。为言阿妹休痴想,我已灰心到九分。

午夜啼乌静自闻,输渠反哺慰辛勤。掌珠恐负双亲望,心愿何能满十分。

论　诗

诗律端严岂等闲,愧余窥豹未全斑。句如雪锷千回炼,功比金丹九转还。绮丽词成花月外,清奇意在水云间。人言唐宋规模备,心少灵通讵易攀。

杨妃菊

曾经连理誓心同,妃子芳魂寄晚丛。幽恨千年无处白,零脂一捻可怜红。护花铃语伤秋雨,出浴仙姿怯晓风。记否沉香侍宴日,犹留佳色画栏东。

西施菊

寒葩仿佛浣纱人,脂粉妆台剩自今。访艳不嫌秋较淡,采香宛在径偏深。名花一笑犹倾国,冷蕊千年尚捧心。侬爱苎萝好佳种,柔情折向鬓边簪。

拟李长吉美人梳头歌用元韵

梦回锦衾玉体寒,金炉拨火爇旃檀。春葱出袖纤如玉,红晕惺忪睡初足。菱花晓启射寒光,为理云鬟坐绣床。牙梳轻拂云垂地,桂露香绕油脂腻。发光如鉴含秀色,凤髻双盘新学得。妆成对镜还自怜,俏倚春风娇无力。翠滑瑶钗插鬓斜,樱唇未点羞丹砂。莺啭一声呼小婢,替侬簪上海棠花。

题《春楼倚袖图》

杨柳青青莫上楼,上楼容易惹春愁。蒿砧自觅封侯去,何必关心到陌头。

鹦 鹉

玉楼人爱绿衣郎,记否能歌白傅章。烟水远迷洲草碧,家山遥认陇云黄。玉杯镂就空留影,红豆衔余尚带香。知尔慧中凡鸟异,常调巧语唤梳妆。

促织吟

秋风忽然起,促织阶下吟。少妇在幽闺,闻声思转深。关山远南越,鸿雁音久沉。边塞风霜早,授衣节已临。唧唧复唧唧,机杼长关心。

铜雀台

井火遭残劫,漳河见此台。势同郿坞险,高压业城隈。才子吟诗去,将军校射来。雄风今已矣,瓦砚亦成灰。

采桑曲

迟迟春日辉,喈喈鸧鹒鸣。采桑谁氏女,颜色何倾城!峨眉双约翠,秋水转盈盈。翩然若惊鸿,蕙心闲且清。微风漾雾縠,细语啭娇莺。柔条攀纤手,碧玉梯斜横。蚕饥当早归,勿待暮烟生。

秋　柳

疏风残月淡烟黄,楼台一角迷垂杨。西乌瑟缩啼夜半,丝丝缭乱情绪长。韶光瞬息留难住,满目萧条锁秋雾。笛声三弄最销魂,行人望断天涯树。隋堤堤上多摇落,章台台畔少绰约。张绪丰神不是初,小蛮无态全非昨。西风憔悴总堪怜,尽日垂垂大道边。为问瑯瑯王在未?柳枝空听唱当年。

雨后登楼

经月雨缠绵，苦无游乐地。兀坐昧萧然，不尽无聊意。灶底蛙亦生，庭前水渐渍。一朝放新晴，烟景开明媚。山色如招人，映到蘅门翠。与妹同登楼，瑶窗拓三四。流云白渐收，螺髻青欲坠。八幅列围屏，别自标新异。上有瀑布悬，一落千丈势。沿山多村庄，林木有奇致。扪萝客亦来，荷担樵俱至。恒雨易时旸，共庆天公赐。爽气溢吟怀，天外来诗思。

忆　梅

雪压荒篱暖信迟，一枝惹我最相思。孤山守鹤春应早，灞岸骑驴客是谁？索笑曾同明月夜，消寒共盼著花时。宵来纸帐萦清梦，姑射仙人知未知？

卷四

月夜有怀陈秀卿妹

满地瑶光夜气清，倚栏无语独含情。如何一样团圞月，照向深闺各自明。

丹崖怀古

行行一径入禅林，宝刹峨峨自古今。丹灶空留明月冷，青山仍锁白云深。登楼缥缈余仙迹，劫算棋枰悟道心。独倚悬岩万虑静，四围松吹作龙吟。

读宋史书后

中兴失计在偏安，末造金瓯再奠难。残局已甘丞相误，丰碑何苦党人刊。堂空蟋蟀遗经在，更冷蛙蟆暮鼓寒。始信好还天有道，孤儿寡妇两辛酸。

闻陈淑卿妹有恙作此代柬

路暌咫尺见偏难，无奈光阴岁又阑。我愿将身化鹦鹉，朝朝相傍劝加餐。

古意四首

燕子随春认旧梁，卢家记否郁金香？笙歌庭院珠帘迥，杨柳溪桥客路长。栩栩庄生梦蝴蝶，盈盈秦女织鸳鸯。阑干倚遍无聊赖，手折花枝归洞房。

落日春风唱大堤，迢迢草色望中迷。游丝百尺空牵恨，锦字千行忆旧题。冀北何人求骏足，辽西无梦任莺啼。烟云过眼浑闲事，莫漫痴情认雪泥。

伯劳西去燕飞东，迢递关河路不通。好梦愿随千里月，落花最惜五更风。漫教驿使传芳讯，难把垂杨系客篷。底事锦鞯游侠子，章台走马兴匆匆。

垂杨依旧发新芽，惹起高楼别思赊。斜日留辉金屈戌，幽怀寄语玉琵琶。薄描浅黛眉双锁，乱挽乌云鬓半斜。游子他乡归未唤，杜鹃疑不到天涯。

题山阴陆艾生先生拥貂策马图

万里长驱青海头，惊沙扑面风飕飕。好倩画图传壮志，几回含笑看吴钩。珊瑚鞭策青骢马，依稀较猎阴山下。前拥旌旄后琴剑，缓带轻裘倍儒雅。北风扬尘杂飞雪，莽莽寒林飞鸟绝。角弓冻折十指僵，自是英雄有热血。磨盾捷草露布文，此时浩气凌青云。倚马才高众推许，文坛亦足张雄军。笔锋锐扫蛟螭走，剑南家学传名久。仲淹胸中富甲兵，丰城剑气冲牛斗。际遇风云会有期，营开细柳树旌旗。文章与世终无补，小技雕虫耻不为。君不见班超生平心胆壮，玉关破虏成名将。当时投笔本书生，虎头已具封侯相。先生运筹参戎幕，韬钤早裕军中略。他年紫塞立功归，丹青画上麒麟阁。

重九有感二首 伤戚小鹤师作

死别生离各一天，黄花无恙又径年。绛帷人杳骚坛冷，手把茱萸转黯然。

题糕兴懒倚帘栊，寂寞黄花细雨中。惆怅尺书无寄处，秋江吹冷鲤鱼风。

画兰二首

月明香浦思悠悠，影自生香韵自幽。著色却嫌桃李俗，云根淡写一枝秋。

露叶参差翠影斜，淡依瘦石傲烟霞。彩毫写出循陔意，好补诗人咏白华。

大桥渔笛

鱼唉唉，水悠悠，大桥风景弥清幽。日暮柳阴纷垂钓，月明撒网弄扁舟。得鱼沽酒饮，短笛起船头。一声两声吹破万古愁，渔兄渔弟任夷犹。不知轩冕乐，那识风波忧！

小岭樵歌

小岭足樵薪,腰镰入幽谷。作苦忽忘疲,歌声出林木。担影夕阳红,衣痕松荫绿。古道远风吹,余音聆断续。

湾洋观稼

求志乐林泉,安步循畎亩。湾洋足膏腴,笠篓纷荷负。唱晚遍秧歌,馌午饷田妇。治苗如治民,扶良去稂莠。四野陇云黄,丰年庆大有。

凉亭避暑

亭榭不长好,寻踪追往昔。旧此有凉亭,披襟情自适。夏木啭黄鹂,山光沁遥碧。喜无暑气侵,不恤骄阳赤。兴废本无常,空自吊陈迹。

曾贞女诗[1]

天荒地老恨终牵,破镜分飞正妙年。同穴原期从地下,齐眉无分冀生前。尝余荼蘖心知苦,抛尽钗钿志益坚。并瘗鸳鸯三尺土,此身方不负重泉。

注释

[1]原注:女名义姑,字军门,李鸿宾长君未婚而卒,矢志守节。

分和仙居王月坡镜澜先生六旬自述原韵三首

　　夙仰高名六十年,陶潜听说早归田。湖山雅许偿前约,文字从教结后缘。一纪科名崇物望,三槐世泽绍家传。介眉遥想华堂上,书遍琳琅五色篇。

　　别殿曾经洒彩毫,此才端不老蓬蒿。挂冠为读三年礼,鞅掌空驰五载劳。草野亦关君国计,花晨每借酒诗豪。当年若使膺民社,定见庖丁解奏刀。

　　香蜡当年入贡时①,盘盘芳誉满京师。本来春梦非难醒,遮莫冬烘愧未知。兰蕙只今枝挺秀,苔莱仿古客呈诗。松牌邮寄征题咏,绣阁深惭少绮思。

注释

①原注:曾解香蜡贡进京。

太湖泛舟玩月

　　三万六千莽大泽,八万四千皓圆魄。飘然一叶泛太湖,茫茫不见卢花白。奇峰倒映湖中央,七十有二相低昂。扣舷歌起悄无答,怀人天末蒹葭苍。举杯邀月倒琼液,蟾蜍耀彩浸圆璧。长空万里绝纤尘,上下天光同一碧。御长风兮下洞庭,乘鸾䯪遇云中君。云中君去嫦娥下,湾头渔火两三星。

续惜花词七首

　　萝断三生紫玉歌,倚栏脉脉奈愁何。娲皇不补情天缺,赢得人间恨事多。

惊闻零雨起侵晨，肠断愁红闷翠人。生作红颜偏薄命，情天何苦种前因。

天上人间两渺茫，怜香心绪枉凄凉。愁怀却寄东流水，到海情波几许长？

春来春去太匆匆，过眼方知色是空。九曲栏边思往事，几回肠断倚东风。

万缕愁萦一寸心，花前无复理瑶琴。焦桐三尺空遗恨，难向人间寄赏音。

逝水东流夕照斜，倚栏无语惜芳华。怜香泪为埋香洒，零落春风富贵花。

一寸香消一寸灰，懒描眉黛倚妆台。惜春枉费啼鹃血，蝶梦何曾唤得回。

锺贞女诗二首①

星期咫尺近良辰，一现昙花了夙因。甘泛柏舟成独活，代将兰膳慰双亲。宝奁晓冷镜台月，瑶瑟秋埋金屋尘。脂粉香消环瑱撤，冰心留证画眉人。

仙凡隔绝恨茫茫，繐帐风凄午夜长。举案空教搴画卷，奉匜未敢带啼妆。九京待了人天愿，百炼生来铁石肠。会见鸾章旌苦节，门楣两姓倍辉光。

注释

①原注：字淑璋，湘乡成梓臣太守长君乂民聘室。

卷五

代浣清答菊孙和第一首韵

屟齿声中破绿苔，两情相爱□□□，粉墙虽隔心难隔，日夕何防共往来。

叠前赠尚苏韵

何难丝竹奏清音，诗酒娱情意自深。惨切沧桑多变幻，奈余犹抱济时心。忽地轻风送好音，倚栏侧耳听深深，玉人何处吹横笛，余韵悠悠快素心。

尚苏同事以美人风筝诗见示即次共韵

淡淡妆成体自妍，临风粉袖舞翩跹。人情莫怪轻如纸，幸赖儿童一线牵。

一线牵连上九天，此身易得接飞船。只愁炸弹从空下，炸碎娇躯谁见怜？

见怜我自有同人，何必从旁替出神？争恐罡风顷刻起，难妨依旧委埃尘。

青天白日戏遥空，帝国从今少主翁。借得天公无限力，喧传女子亦冲风。

咏美人风筝

竹为支骨纸为衣,双袖翩跹舞落晖。吩咐卿卿须著意,自由虽好莫忘归。

尚苏同事以木笔花诗见示不觉
技痒仿吟数首

一枝开向画栏东,仿佛霜毫映日红。写出春风无限意,芳名盗取入花丛。

想似魁星降下来,却将文笔失尘埃。从今不点奇男子,品紫题红逞艳才。

锋芒独扝管城君,飞檄新传革命文。颖脱毫尖细雨后,书成蕉叶扫千军。

廿四番风次第过,今年花事又蹉跎。朝来改作蟠桃会,木笔诗成属和多。

潇潇风雨一灯青,洒竹敲窗侧耳听。多少愁怀消不得,焚香且是诵《黄庭》。

春日至峰山头途中即事口占

行尽长堤又短堤,麦花荡漾柳丝齐。山鸡见客惊飞起,投入烟岚深处啼。

久雨初晴荇藻肥,游鱼逐水上苔矶。纤途徐步回环走,折得山花满握归。

龙钟白发一高年,妻女孙儿话灶前。饭毕呼童驱犊出,山堤水满去耕田。

数间茅屋半萝牵,四面墙垣不及肩。莫道山家多贫苦,阶前散遍尽榆钱。

劝卿身势莫差嗟,何必从今盖齿牙。平昔自由天作合,狡童尤女自成家。

感　怀

阴云压屋雨如丝,静坐楼头夜漏迟。棋局纷纭争黑白,米盐琐碎费支持。世无知己谁怜我,事到难言只学痴。十二时中肠九转,解愁无计且吟诗。

感　事

年来时局日纷争,荆棘萑苻遍地生。世上春秋空冷暖,风中泾渭自分明。因从铁路通夷狄,不见银河洗甲兵。四起烽烟无靖处,令人何日不心惊。

赠咏青生

两人同病两心怜,家事紊繁任一肩。儿女满前愁历碌,门庭□后费周全。迁移时局原难测,变幻人情听自然。但愿魔星从此退,与卿共饮合欢筵。

无　题

支离病体倚牙床，只觉炎炎夏日长。怕听侍儿呼客至，倦为招待费商量。

缠绵床笫已多时，瘦损腰围不自知。举步如船行不稳，叹眠叹起两难支。

缭绕香烟和药烟，无情无绪只思眠。良方自检难医病，多疴牵连岂易痊。

檐敲铁马响丁东，一梦惊回日正中。侍药床前愁弱媳，双眉深锁傍帘栊。

寿逸妹

华堂设帐烛双辉，桂子兰孙舞彩衣。且喜德门臻五福，三多晋祝乐慈闱。

蟠桃果熟已三年，王母瑶池集众仙。惟愿寿星康且健，筹添海屋复年年。

无　题

同参妙果证前因，方寸灵台已绝尘。呼女唤儿常作伴，清风明月乐天真。

大雄殿上锦铺张，时值三秋菊正芳。钟磬声中增福寿，徒孙徒子日匆忙。

暮鼓晨钟日礼禅，散花天女舞翩跹。牟珠百八循环数，修到身登九品莲。

漫言后果为前因，修得婆娑自在身。灌顶醍醐能养体，练练渐觉悟天真。

代作寿诗

大雄宝殿饰铺张，时值三秋菊正芳。年到古稀臻上寿，众僧演礼祝无疆。

悟彻西来一指禅，散花天女舞翩跹。牟珠百八循还数，数到身登九品莲。

昆仑顶上放金光，无我无人极乐乡。即佛即心心即佛，灵山咫尺是西方。

修得婆娑自在身，始知后果与前因。寿觥同晋醍醐酒，我亦莲台座下人。

无　题

桂花本向月中栽，分植灵根下界来。点缀三秋无限景，岂同凡卉傍墙隈。

联　语

寿达古稀只道金萱日永
病遭弥月谁知宝婺星沉

无　题

　　日坐楼头独举觞,光阴瞬息又重阳。题糕有兴无诗友,簪菊犹来忆雁行。似水流年偏易过,如烟往事费思量。同盟姊妹皆仙去,佳节相逢倍感伤。

　　瓶中供白菊一枝,乃守贞同事所赠。余题作一诗谢之,忽然怅触旧友秀卿,际此花开,必相对玩赏,今花在人亡,实难遣此。故诗出为情,未免有感。

无　题

　　惟爱黄花兴自优,故人相赠一枝秋。棱棱傲骨差堪偶,皎皎冰姿孰与俦。五夜霜清愁寂寞,三生梦冷少绸缪。卅年回首肠空断,何是天公独我留。

　　流光如驶过重阳,篱畔黄花正吐芳。多谢故人频寄赠,欲邀诗友晋壶觞。白衣冰姿嫦娥侣,玉质生怜素女妆。一片襟怀同皓洁,九秋晚节共流香。

和逸妹韵

　　修阻关山雁影单,相思午夜转心寒。暌违两地将三载,多少衷怀纸上看。

　　夜来梦觉锦衾单,飒飒尖风不胜寒。护体无裘僵手足,如今鲍叔有谁看。

一片雄心力不单，热肠如热不知寒。三杯清酒消愁易，手抚龙泉仔细看。

祝屈老先生寿

寿宴开值晚春天，携屐登堂乐自然。不是先生勤教育，何能化雨润年年？（前岁寿辰亦值雨）

桃花含笑李花妍，济济盈门尽少年。酒满金樽书满架，此生何用学成仙！

偶学成仙即似仙，蟠桃今熟又三千。高朋满座虽然美，不若孙枝一树妍。

新诗一首当蟠桃，为祝先生鹤算高。信是杏坛化雨足，愿将巾帼变英豪！

无　题

缟袖临风不觉单，冰心独抱耐冲寒。小园自植梅三五，焉得联吟比并看。

逸三元韵

依竹谁怜翠袖单，北风争奈暮天寒。窗前一树梅花发，好护仙姿雪里看。

联　语

培植人材云蒸霞蔚
喜开文运凤起蛟腾
怀仁持礼与时人所蔑视
革命公妻奈我辈三不为

无　题

纷纷六出报丰年，人寿年丰遍大千。唯愿此身尚自适，且将诗酒傲神仙。

新年开笔

贺书新诗写彩笺，升平世界乐尧天。膝前幼子堪承业，堂上慈姑祝永年。囊有余钱仓有粟，杯留佳酿脯留盘。亲朋同作消寒会，坐我团圞家庆筵。

无　题

革命从命小后妃，时人前哲不相齐。近来世局皆如纸，虽持清寒志未低。

朝来天气甚严寒，新酿频沽味亦酸。借此销寒四五盏，蒸尝佐酒肉堆盘。

无　题

爆竹声催岁已阑,一帆归去祝平安。临岐执手殷勤别,江水迢迢晤面难。

一灯相对共谈心,文字因缘情自深。记取明年春浩荡,绛帷来视白头人。

无　题

不补情天恨女娲,日来心绪乱如麻。臂弯卸下黄金钏,打作金铃护万花。

无　题

管迁去后我无聊,转转思量魂暗消。幸有膝前佳媳在,解愁遣闷度昏朝。

事事难言愧费思,米盐琐碎怎支持?心中热度无从泄,愁锁双眉只自知。

无　题

世态炎凉总一般,况今时势岂从前?若教衣锦归来日,摆尾摇头又乞怜。

春风锦帐夜须娱,今日罗敷自有夫。奈有深情怜旧雨,千金一刻伴登徒。

和朱绍基先生感时事原韵

四海未能归统一,和平惟愿息兵戈。频年忧忧惊烽火,去日茫茫感逝波。阳历已更新岁月,中兴谁奠旧山河。几多猿鹤虫沙劫,辄为苍生唤奈何。

无 题

深盟旧侣尽皆亡,何为侬身命独长?曾记当年新病后,添寒半臂怕风凉。

联 语

最可怜红粉娇娘,残尝嗞味旋守寡。
实可叹疯瘫大伯,室家早丧想洞房。

无 题

五年前事记留杭,几度伤心几断肠。曾记西湖明月夜,春风只得杏花忙。

桃花随水本无心,何事狂蜂苦意寻。恨我不如梁上燕,一年一度一登临。

无　题

　　夫婿年年赋宦游，名山胜水任勾留。自从鸳侣分飞后，谁解胸中万斛愁？

　　懒开明镜巧梳妆，十二时回九曲肠。多少时衣穿不得，重重深锁女儿箱。

　　近来宽退小腰围，事不如心愿已违。争奈灵椿风又折，此身无复更相依。

　　毕生但愿此身安，随影荣华早已灰。从此心香求大士，牟珠数佛傍莲台。

　　自悔当初小主张，任君独自返家乡。临行多少殷勤语，日在胸中刻不忘。

　　荡漾轻风拂素帷，清香心炷日凄其。形容笑貌依然在，相对无言只泪垂。

卷六

浪淘沙

明月渐西沉,墙转花阴。一天秋思起愁心。十二阑干闲倚遍,脉脉思寻。　怪底怕调琴,夜色暗暗。却怜尘世少知音。回首几多惆怅事,雨旧云今。

减字木兰花

茫茫烟水,江上芙蓉偏易委。月暗灯昏,叶落西风响到门。　无端惹恨,塞雁惊秋传远讯。镜影明明,愁锁双蛾画不成。

附录

《同根草》序

毛祥麟

　　闺中之作何昉乎？稽之邃古，盖已有之。然而世系绝远，艺林弗传，璇宫中帝子之谣，复乎尚哉！靡得而纪已，是故说《诗》者，断以《二南》为六义之祖。方是时，王化盛行，后妃之教始于宫闱，达于里闾，故其发于音也，若《草虫》《荣苜》诸章，率皆寓温柔敦厚之意，朱子所谓有自然之音响节簇而不能已也。自是以降，若汉、唐、宋、明，女子之能吟咏者，亦代不乏人。然距风人之旨，盖亦远矣。夫学士词人，撚髭拥鼻，往往殚数十年推敲之力，反不若深闺吐属，偶举一二语，居然脍炙人口者。彼必参以人工，此则纯乎天籁也。唐君圭卿自浙归，携其友墨林屈君女云珊、逸珊二稿见示，皆髫龄也。予受而读之，觉韵致天然，若新簧之甫炙、奇花之初胎。《离骚》之音渊源《三百》，屈君之家学在是而两媛得之，故美人香草余韵犹存欤？抑以见我朝风雅涵濡，灵秀所钟无独必偶，譬之竹、苇二草并垂甘露，青、赤二气同为景星。读者当无不以先睹为快，而亦即以备他日輶轩之采录焉。因不揣弇陋而为之序。光绪丙子秋九月既望，申江毛祥麟对山氏撰。

《同根草》叙

朱　谦

　　岁癸卯，王六潭夫子以《同根草》付梓，命谦任校雠。盖吾师母屈逸珊淑人，偕其姊云珊淑人合稿也。两淑人少禀异质，娴礼则，太翁墨林先生绩学厉行，矜式乡里，家居督课如严师，故学有渊源，工于吟咏。此稿乃在闺中时姊妹倡和之作，而格调吐属隽永清新，为慧业文人所退避。两淑人才名噪一郡，少年豪富求媒妁者满其门，太翁悉谢之，不称其才不选也。年近三十犹待字，乡之人私窃笑之。既而，云珊淑人归葛逸仙先生；淑人则归吾六潭师。乡之人又诧以为奇。盖两先生固今之萧、陆也。其才名久相埒，嘉耦曰配，殆有天缘。其尤异者一籍临海，一黄岩，幼即以神童齐名，其后于咸丰庚申同入泮，同治庚午同登贤书，光绪庚辰同举进士，榜发时京师诸钜公，争罗之门，两先生绝不往谒。及廷对，皆以直言时事，为读卷者所抑，不得馆选。使观政于曹司，一兵部，一刑部。论者咸惜之。既而葛先生以俸例得直刺，六潭师随使泰西亦得直刺，而皖抚沈公表于朝，以知府发皖，三权凤阳事，两淑人皆以继室受覃封。此其可异也。两先生富于学，而葛先生长于史，谙悉掌故；六潭师深于经，贯通汉、宋，尤精究时务，于中外机宜洞若观火。著录之稿各数尺，散文则同步马、班，骈文则同步齐、梁，诗则同得中唐之奥。邮筒酬唱，工力悉敌，则尤可异也。昔之称僚婿者，曰王拱辰，曰欧阳永叔。然两人之所主不同，其名位学业亦异。以两先生较之，固无有差池。盖以知两淑人之待年，若有默主之者，所谓天作之合也。谦从六潭师游最久,在皖又为属吏,葛先生则在都门,时以文字相过从,故于两家事知之最悉。刻将竣,六潭师又命弁其端,窃以为两淑人之才,读其诗者知之,而其遇之奇,则读诗者无从知也。因述其颠末,为昭代诗家传一则佳话焉。葛先生名咏裳,六潭师名咏霓。霓、裳同咏,其亦有先兆乎?逸珊淑人诗作于其姊于归后者,别为《含青阁集》。此册断自癸未以前。屈氏,古临海郡望,今分籍隶太平,署以临海,所以别郡邑之多同名也。光绪二十九年六月,同郡朱谦谨记。

题　词
鄞郭传璞晚香

信有人间女左徒,瑶思琼想眷蘼芜。绿窗浓笑停针问,唐韵如今写定无?

饭熟胡麻翠釜开,年前我亦访天台。一双仙子凌风立,如此聪明可脱胎。

丽赋风华掩洞箫,葳蕤春事滞蓝桥。伯符公瑾今谁是,未聘江东大小乔。

记泛鸳湖问婿乡,宣文也许列门墙①。云翘平揖云英拜,韵事输君得雁行。

注释

①原注:谓禾中陈慧娟女弟子。

屈蕙纕集

［清］屈蕙纕　撰

曾孔方　点校

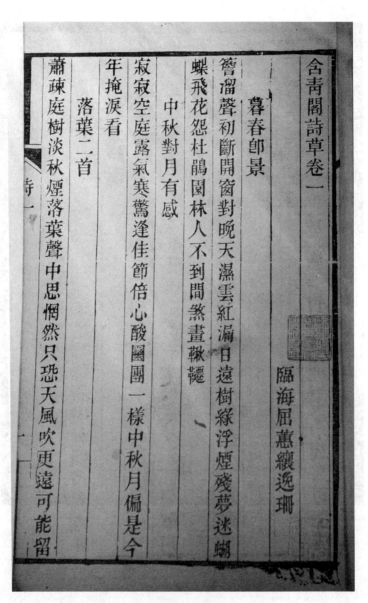

含青閣詩草卷一

臨海屈蕙纕逸珊

暮春即景

簷溜聲初斷開窗對晚天濕雲紅漏日遠樹綠浮煙殘夢迷蝴
蝶飛花怨杜鵑園林人不到閒煞畫鞦韆

中秋對月有感

寂寂空庭露氣寒驚逢佳節倍心酸團團一樣中秋月偏是今
年掩淚看

落葉二首

蕭疎庭樹淡秋煙落葉聲中思惘然只恐天風吹更遠可能留

詩一

臨海市博物馆藏《含青阁诗草》书影

599

含菁閣詩餘　　　　　　臨桂屈蕙纕逸珊譔

浪淘沙
誦雲姊韻

夜靜漏聲沈悄立庭陰落堦蛩語訴妖小怊悵芭蕉傍
舊在鹿廬隱尋　冷露溼瞑琴三徑惝惝風莿无復奏
清音雁落平沙妖思遠況是從今

減蘭
誦黍離韻

棲鴉流木錦瑟玉簫塵土委怊悵黃昏新月娟娟影到
門　畫坐舊恨梁鷰歸來愁問訊絳蠟分明問歡璃杯

含菁閣詩餘　　　　一　　　　小檀欒室

临海市博物馆藏《含青阁诗余》书影

前　言

　　屈蕙纕，原名钰如，一名梅辉，后改蕙纕，字逸珊，浙江温岭人。父屈宗翰，字墨林，以字行，曾担任《光绪太平续志》采访分修之责，撰有《树蕙堂诗稿》。屈宗翰只有两女而无子。姊屈苣纕，原名芷湘，字云珊，适临海葛咏裳。屈蕙纕适黄岩王咏霓，为清末至民国初年台州著名才女，擅长诗词创作，开创台州近代教育之先河，在台州文学史、教育史上都具有重要地位。有《含青阁诗草》《含青阁诗余》。

一、关于生卒年

　　屈氏姐妹的生平资料不多，关于屈蕙纕生卒问题，有多种说法，而近年彭连生先生找到的黄岩王咏霓民国旧刊木活本宗谱，则明确记载了其生卒年。椒江区洪家街道后洋王村的民国三十二年癸未重修《徐山王氏宗谱》卷三“仙骥”（王咏霓族谱名）系图云：“续配太平城屈墨林公女，诰封宜人，晋封夫人，咸丰庚申年（1860）八月初五日（阳历9月19日）卯时生，民国壬申年（1932）正月初一日（阳历2月6日）子时卒。”

二、关于诗词作品

　　屈宗翰家教甚严，屈氏姐妹少禀异质，娴礼则，墨林先生绩学励行，矜式乡里，家居督课如严师，故学习有渊源，工于吟咏。除了家学之外，还拜陈琛、戚祖姚、袁傅等人为师，学习诗歌，故二人诗词成就令人瞩目。

关于屈蕙纕的作品集及散佚诗文。计有《同根草》四卷，国家图书馆、南京图书馆以及临海市博物馆等皆收藏，其版本为清光绪二十九年癸卯（1903）王咏霓刻本。朱谦《同根草叙》云："岁癸卯，王六潭夫子以《同根草》付梓，命谦任校雠，盖吾师母屈逸珊淑人偕其姊云珊淑人合稿也。……此稿乃在闺中时姊妹唱和之作……此册断自癸未以前。"癸未为 1883 年，则《同根草》结集面世是在该年，其为抄本或刻本，尚难断定，但其刊刻于 1903 年，却无可置疑。又承张天星博士谕知，1877年 10 月 12 日《申报》副刊载醉禅外史初稿之《读屈云珊逸珊两女史〈同根诗草〉赋此即赠》，其一云："何缘得睹双双璧，千里萍蓬遇亦奇。"说明《同根草》此时已经流传。张博士以为晚清涌现出许多女性作家，其文集若是抄录而非刊刻，则不利于流传，故醉禅外史所读应为刻本。笔者以为此言甚是，千里外偶然读到，应以刻本的可能性最大。如此，则 1877 年 10 月之前《同根草》应结集甚至已刊刻一次。根据上文考证，现存《同根草》刊本最后截止于 1883 年，1903 年又再版，则 1877 年的《同根草》应为部分结集甚或已刊刻。樊增祥题词《高阳台》云："《同根词草》为太平屈云珊、逸珊两女史所作。"但笔者所见《同根草》并不收录词作，樊增祥之说或许有误，然屈氏姐妹又有《同根词草》亦未可知。据尤伯翔统计，《同根草》共有诗436 首，其中茝纕 171 首，蕙纕 265 首，同题分咏者 20 余首。

上文已考定《含青阁诗草》收录诗作始于 1883 年。集中最后两首虽难断作年，但倒数第三、四首为南京明孝陵、秦淮河随夫纪游之作。根据下文考证,这两首诗作于 1902 年,则《含青阁诗草》下限不迟于该年。据尤伯翔统计,《含青阁诗草》三卷,收诗三百一十三首,《含青阁诗余》一卷,收词三十四首。但台州学院高平先生根据《清代诗文集汇编》所收《含青阁诗草》统计,该集实收诗为一百七十七题,三百二十二首;所附《含青阁诗余》,收词三十五题,四十首,故尤文说法有误。另外,高平、牟璐阳先生又从屈氏后人王敏《函雅堂传习草》中找到《乙巳春漕川解榷随外子旋里舟中作》、《和外留别漕川原韵》、《感事》、《挽外子》、《留别崇诚女校学生》二首、《辛亥初秋水灾志感》二首、《焚寄先夫》四首,共七题,十二首,这些诗皆未收入《含青阁诗草》,其中《留别崇诚女校学生》二首、《焚寄先夫》四首之四,高、牟二先生文中已列举,今收入,其余九首笔者也无法联系上王敏先生,所以本集未能收入。

对于屈蕙纕的文学造诣,从王咏霓友人袁昶的评点可窥见一斑。袁昶《于湖题襟集》卷一附录王咏霓诗一卷,其后又录屈蕙纕《拟十索词》《七夕立秋》《和外秋夜不寐韵》,评云:"此同年王子裳太守录示其继室天台屈夫人之作也。屈夫人所作翰札诗词甚富,秘未传钞,此特其一鳞片甲耳。国朝夫妇皆工文墨,成名而去者,阳湖孙渊如之配王采薇《长离阁集》,长洲王惕甫之配曹墨琴、栖霞郝皋之配王照圆,今得太守伉俪而四。元之管仲姬不能专美于前矣。"《闺秀词话》卷四录屈蕙纕词三首,并认为"芳声秀逸,宛转生情,可传之作也。"于此可见时人对屈氏词之推崇。

另外,屈蕙纕还为友人曾懿《古欢室诗词集》作序一篇,文笔俊逸,其散文之水平于此可见一斑。

三、关于王咏霓、屈蕙纕的婚姻

　　王咏霓《函雅堂集》卷十《亡室蒋恭人忌日感赋》题下注云："十一月十六日。"首句云："隔绝音容已十年。"王咏霓友人袁昶《于湖题襟集》收录王氏诗一卷，并称所收诗"皆甲午秋新安道中记行之作"，从《题方涤侪大令涫水归舟图》至《松江》共二十四题，这些诗为王氏从安徽新安至嘉兴等地所作，亦为王氏《函雅堂集》卷十所收。同年王氏嗣后又至金陵，作《将之金陵途次杂咏和袁爽秋观察十二首》等诗，随后再归台州，途中作《归途杂咏十二首》，《亡室蒋恭人忌日感赋》即紧次其后。《函雅堂集》以时编年，上述诸诗之季节次序，历历可见。如此，则《亡室蒋恭人忌日感赋》作于甲午(1894)，倒推十年，原配蒋氏卒于光绪十年(1884)十一月十六日。是年秋，王咏霓随许景澄出使欧洲。《函雅堂集》卷七载其出国由吴淞口出发，行经台州作《晓望台州诸山有触乡思》有"横云一色海天秋"之句，嗣后《中秋二首》其一云："忆得故园今夜月，有人闲坐说牵牛。"从对面着笔，可知蒋氏此时尚在。换言之，王咏霓不可能于是年迎娶屈蕙纕。王咏霓回国是在光绪十三年(1887)，于《归国谣》之后又作《重赠别二首》《潞河舟中悼亡室》三诗悼亡蒋氏。王咏霓与蒋氏感情之深可以想见。

　　王咏霓《函雅堂集》卷六《偕屈墨林先生湖上踏青四首》其一诗下注称去岁壬申夏日与王子颂来此游玩，则作诗之时为癸酉(1873)，王咏霓与屈墨林为朋友无疑。屈蕙纕《含青阁诗草》卷三《游金山寺》云："石边犹记题诗处。"句下小注云："庚辰(1880)梦游金山，得绝句，见《同根草》。"《同根草》卷三有

《梦游金山寺二首》,题下注曰:"上首梦中作。"同卷屈氏姐妹《题王子裳先生芙蓉秋水图二首》作于《梦游金山寺二首》下一年,则其题图时间为辛巳年(1881)。诗中对王咏霓画作心领神会,颇为推崇。于此可见王咏霓与屈氏父女相契较深。

前述王咏霓娶屈蕙纕是在1884年蒋氏逝世之后。1887年王氏回国,故屈蕙纕适王咏霓最早为是年,屈氏此时最少二十七岁,且为继室,而非侧室。侧室为上海朱天球。朱氏何时归王氏,时间尚难断定,但朱氏卒年却可考。王咏霓作《情久长》词一首,其序云:"癸卯闰午日于舒州迎江寺为天球礼佛,追荐时刌已三年矣。雨夕不寐,情见于词,用樊山韵。"癸卯为1903年,则朱氏卒于1900年可知。王氏又有《翌日逢忌再成此解越缦絮字韵》,屈蕙纕于二词皆有唱和,均情深意切,可见屈、朱二人相处融洽。屈蕙纕《和外七夕伤永逝原韵》云:"巧乞天孙忆去年,鸳针绣线尚依然。"则此诗作于1901年。后又有春日南京纪游之作.显然是1902年了。卷三《看韵彩妹晓妆即和记梦原韵》后附录朱氏之作,题曰"上海朱天球韵彩",则韵彩为其字。从和诗来看,屈蕙纕对其还颇为欣赏。

现今诸多资料涉及屈蕙纕之时,皆认为屈墨林迫嫁王咏霓,屈蕙纕婚后郁郁寡欢。屈父视其女资质甚高,不欲随便嫁与,故而屈氏姐妹年届三十依然待字闺中。屈蕙纕婚后所作,诚有不少怨春悲秋色彩,但女性天生敏感,易为自然风物感动,故而不应以此断定其婚姻不幸。相反,随着二人相处日深,屈蕙纕受其夫影响,作品境界逐渐开阔,哀悼民生,关怀国事,格调明显高出婚前。王氏谢世后,屈蕙纕作挽联云:

> 偕隐赋同归,地老天荒,至死孤忠犹耿耿;
> 伤心成独活,海枯石烂,此生幽恨永绵绵。

次年王咏霓忌日,屈蕙纕又连作《焚寄先夫》四首,哀感顽艳,悲痛彻骨,令人不忍卒读。其四云:"百年身世浑如梦,九转丹成始是仙。洞府倘容携眷属,大罗天上永团圆。"则王氏生前夫妇是如何恩爱亦自然可想。

四、关于兴办黄岩学校

屈蕙纕《含青阁诗草》倒数第二首诗《偶感》云:"骅骝拔萃出风尘,门户何分旧与新。匡济果能求实学,捧心岂独效西颦。筑台已见招贤士,折槛应当表直臣。青史千秋金鉴在,好抒忠悃答枫宸。"表明自己不拘新学旧学,意欲兴办学校、培养人才的强烈愿望。这当是受到了其夫王咏霓在安徽推行近代教育事业的影响。光绪二十二年(1896)王氏起任安徽凤阳知府,此后相继署理太平州知府、池州知府,筹建池州府中学堂,出任安徽大学堂总教习,高等学堂、法政学堂编纂,存古学堂提调等职,在安徽近代教育史上具有崇高的地位。王氏晚年提倡实业教育,屈蕙纕讲求实学,夫唱妇随,不言而喻。至于屈蕙纕受到时代风潮的影响。兴办学校,这也是不难想见的。

民国十年(1921)八月,屈蕙纕创办黄岩县立崇诚女子高等小学,自任校长,地点设在文庙,首届招生 12 人,学制 2 年。十二年(1923)因经费紧张停办,十四年(1925)恢复,易名为黄岩县立女子师范讲习科,招收高小毕业生入学,同时于地藏寺附设崇诚女子小学,学制为 3 年。这是开台州女子教育先河之壮举。民国十八年(1929)因学员增多,场地窘迫,故回迁文庙,又易名为黄岩县立女子师范讲习所,创办附属小学部,主任改称所长。

屈蕙纕《留别崇诚女校学生》二首云：

讲学崇诚十一年，愧无成绩绍薪传。潮流未解趋时俗，气节惟知慕昔贤。

多谢诸生苦挽留，病躯端合早归休。从今省却经营力，转觉身闲得自由。

可知屈蕙纕办学并未随波逐流，而是诚如其《偶感》所说，"门户何分旧与新"，对于传统气节的教育非常重视。更令人感动的是，前文所引屈蕙纕碑记称其卒于民国二十一年十二月三十日，而此年屈蕙纕方因疾病主动辞退。其逝世前所作《感事》句下注曰"入冬常患咯血"，则屈蕙纕是将晚年心血全部付诸台州的教育事业了。屈蕙纕的材料，现在发掘并不多见。随着乡邦文献的不断整理，她的生平将会更加清晰。

五、关于版本

本次点校采用底本为清末木刻本《含青阁诗草》，内有诗三卷、诗余一卷，无序跋等编者、版本信息，仅有扉页王葆桢题书名，浙江省图书馆藏。集中不分体裁，古今七言五言、律绝皆备。诗余一卷，前有恩施樊增祥、永嘉陈祖绶、如皋冒文衡女士题词，分别为高阳台、菩萨蛮、踏莎行。收词40首。《同根草》四卷，屈茝纕、屈蕙纕姐妹作，光绪二十九年临海王氏刻本，浙江省图书馆藏，临海市博物馆所藏也是同一版本。此册断自光绪廿九年以前。前有申江毛祥麟作于光绪二年之序、同郡朱谦光绪廿九年之序，又有郭传璞题诗，此毛序、朱序和郭诗见前《屈茝纕集》，本集不再重录。《同根草》卷一110首，卷二103首，卷三125首，卷四104首。《同根草》中蕙纕之作较多,茝纕有作,蕙纕均同题作和,两人之作混排,今予以分开编排。本集先将《同根草》卷一至四中之蕙纕所作,仍作卷一至四,收诗 180 题,271 首。次将《含青阁诗草》中之卷一至三,计 199 题,307 首编入其后,作卷五至七。《含青阁诗余》40 首,编入卷八。又于高平、牟璐阳《台州近代才女屈蕙纕生平考略》中辑得蕙纕所作诗三首、挽联一付、序一篇,与《含青阁诗余》前之三首题词同附于后。

目　录

卷一

春　雨

竹窗坐雨怯衣单,屈指光阴春又阑。花片尽埋芳草径,烟痕轻沤墨云端。绿杨楼阁莺声湿,红杏园林蝶梦寒。待放新晴郊外去,浮岚绕郭四山看。

春　阴

东风著意酿春光,好藉浓阴护海棠。墙角一鸠呼未了,庭心双蝶梦偏长。淡烟漠漠迷红杏,香雾濛濛锁绿杨。满眼模糊天若暝,懒同女伴去寻芳。

拟良时难再至①

良时难再至,一见又分离。执手在歧路,睊怀不忍辞。良晤只片刻,后会哪可知?仰视月将落,渐近三更时。勉强各判袂,觌面总有期。善保千金躯,莫作长相思!

注释

①原注:珏筠女兄与云姊相见已二次矣,虽俱不多时而别。

和秋航师太湖泛舟玩月

扁舟弄明月,月上寒山顶。徐徐清风来,茫茫湖水静。七十二奇峰,沉浮出幽景。杯底吸月光,镜中落人影。鼓棹发长歌,歌残酒亦醒。俯仰心豁然,烟波三万顷。

金陵怀古

金陵自古擅繁华,六代宫墙绚紫霞。当日园亭连甲第,于今楼阁半桑麻。后庭玉树空留曲,故苑棠梨自著花。听彻一声鹈鴂起,兴亡还溯帝王家。

题天台袁肖岩师入山采药图小照

我闻台山多神仙,上有金城玉京之洞天,下有清螺蟠屈之长川。中产畸人古偓佺,携镵劚药香压肩。肖岩袁公昔少年,拔帜先著文坛鞭。五经便腹边孝先,百篇咳吐李青莲。胸襟落落空尘缘,轻衫芒屩游林泉。画图凤骨何翩翩,青芝黄蜀满山前。双阙摩空璧月悬,浩歌长啸凌云烟。归来斗室自周旋,转瞬不觉时光迁。翁今老矣拥青毡,作记有笔大如椽①。雨窗对景一流连,直如置身万八巅。我把此图细摹编,琳琅珠玉纷相联。漫将巴曲离文弦,祝公眉寿齐聃篯。

注释

　　①原注:公自有记。

仲冬送肖岩师旋里

归途已买月湖船,忽听骊歌意惘然。未惜重来是何日,只从远道祝高年。敲诗谬许分铅椠,采药仍教返洞天。欲向无亭问奇字,石梁回首暮云边。

乌夜啼

绕树哑哑乌乍栖,霜月满天彻夜啼。楼头织锦盈盈女,翠袖生寒对乌语。乌兮乌兮莫向关山啼,远客思归泪如雨。

答玉筠女兄寄怀原韵三首

芳筠丛畔倚疏梅,清阴常叨绝点埃。漫把罗浮仙子比,几生自愧未修来。

吟筒多谢寄遐思,盥读香奁绝妙辞。羡煞绣余春昼永,半帘花影坐题诗。

洗手调羹乐事真,唱随琴瑟五声均。凝之夫妇神仙侣,锦样词章玉样人①。

注释

①原注:嫁王姓。

春日即景

阳和已转换轻衫,嫩草侵阶莫漫芟。门掩梨花庭院静,东风双燕语呢喃。

闲　居

深深庭院绝尘嚣,拍案新词谱洞箫。粉箧风香添蛱蝶,乌丝楷细界芭蕉。垂帘低锁茶烟绿,隔幙新闻燕语娇。自写梅花为小影,半窗日色篆痕消。

春　闺<small>集花名</small>

酴醾残醉梦初醒,含笑东风倚画屏。蝴蝶生涯香里活,杏花消息雨中听。灯窗闲掷金钱卜,脂盝留描木笔停。非剪红罗烦错彩,满园春色护金铃。

拟李白长干行用原韵

终岁蹙粉额,谁与相欢剧。自嫁长干来,酸意常含梅。夫婿期不至,远道徒疑猜。溯从行役后,愁颜不一开。郎行日千里,妾意日千回。频年执箕帚,愿为扫尘灰。一朝伤远别,望夫登高台。黄沙被旷莽,落日满龙堆。君羁边塞地,回望江南哀。鸿雁忽焉去,未及寄笺苔。致令愁难扫,况届秋风早。刀尺事篝灯,寒螀催砧草。悠悠两地心,空自期偕老。何日返三巴,刀环共一家。欢娱仍似昔,不复忆瓜沙。

落 花

春事已云暮,无风花自飞。蛛丝萦不住,蝶梦已全非。绮陌香尘散,园林酒客稀。寻芳何处是,令我思依依。

寓 意

无弦琴子要人弹,几度沉吟下手难。谁是陶潜能解意,松风水石一般看。

月下偶成

楼正开时月正明,夜凉微觉茜罗轻。侍儿忽下珍珠箔,翻讶金钗坠地声。

月下口占呈云姊

莫贪明月夜忘眠,珍重添衣好自怜。玉骨不堪花露湿,新秋最是病人天。

潇湘秋思

惊回客梦雁归声,无限芳兰浥露清。帝子不来秋水冷,君山凉月自孤明。

题 画

一抹云山锁不开,叶声响杂雨声来。秋风满幅潇湘景,烟际渔舟逐浪回。

即景口占

一奁桂魄照疏檐,夜静名香手自添。篆缕无风烟细细,不关户外有重帘。

春日即景

杨柳依依晓雾笼,画梁双燕语东风。惊回一枕梨云梦,身在重帘烟雨中。

庭院春寒唤鹧鸪,酿花天气雨模糊。深闺偏有关心事,未识棠梨开也无?

春日即景

啼鸟声中破梦迟,轻寒庭院雨丝丝。三分春色传花信,二月风光到柳枝。金鸭重添香烬后,杏梁又见燕来时。海棠帘外开还未,好祝轻阴预护持。

题周冰笙先生撞烟楼诗集

速藻群钦倚马才,竟陵铜钵漫相催。桐江烟雨西湖月,齐向诗人笔底来。

囊探古锦尽琳琅,酒社祠坛占胜场。惭愧虚怀叨下问,红闺安敢浪评章。

和泮桥太老师游常乐窝感旧原韵

青山无分续前游,失却黄垆旧酒俦。丈室经常谈佛印[①],邺城诗记和杨修[②]。浮云易散人难再,胜事虽陈景宛留。此日如公还夔铄,追思时为说从头。

注释

①原注:为戒庵上人。

②原注:公曾与杨香生诸人结社于此。

四时白纻歌四首

兰堂风静华烛辉,美人酣舞飘罗衣。金尊满贮劝君饮,君今不醉春将归。春光抛人去容易,明日酒醒花乱飞。

招凉水榭陈叵罗,阑干无处无姮娥。翩跹舞袖轻回雪,临风倚扇酣娇歌。歌声散入宫花去,香飔袅袅生芰荷。起看月影淡坠水,东方欲白将奈何。

绿纱窗外啼晓鸦,碧梧夜冷湛露华。美人含嚬帘下立,晨妆未斗云鬟斜。冰弦欲奏湘妃怨,秋江粉坠芙蓉花。

朔风吹雪琼楼寒,围炉酌酒消夜阑。云屏深掩帘垂地,那知雪色凝栏杆。玉漏声停瓶水冻,窗前梦怯梅花单。

游子吟

倚闾尽日望频频,睽隔慈帏又一春。燕子亦知今日社,天涯犹是未归人。

思妇怨

寂寞帘栊双燕飞,春寒惊梦雨霏霏。无情最是长江水,只送人行不送归。

吴宫怀古

吴宫霸业散云烟,亭榭荒芜冷管弦。步屟廊虚花自落,馆娃人去月空圆。秋风黄土长埋剑,画舫香湾罢采莲。剩有姑苏台畔柳,舞腰犹学态翩跹。

春晓二首

柳丝风细荡帘旌,草软泥松宿雨晴。不是惜花偏早起,晓窗破梦有流莺。

春衫新试怯寒轻,斜拓窗纱晓气清。遮莫莺花好时节,东风吹雨半阴晴。

拟汉武帝思李夫人 _{次曹唐韵}

芳魂寂寂竟何归,怅望宫庭双燕飞。陵寝新添今日塚,建章空剩旧时衣。长生术少留难住,入梦缘悭见亦稀。回首春风游宴地,光明楼殿夕阳微。

春日即景二首

麹尘风卷艳阳时,好景从教系梦思。开到杏花春尚浅,画梁休怪燕来迟。

一庭花气散晴晖,宛袭炉香缕缕微。帘卷东风春昼永,海棠深处蝶双飞。

杨白花

杨白花,东风淡荡娇春华。春华难再得,摇曳落谁家。搴幙含情语双燕,愿衔杨花入宫殿。不教春锁奈何天,年年得与离人见!

题天台齐秀三先生双涧观澜图

不让神仙客,登临快壮游。波痕双涧雪,松吹万山秋。尘净襟凭浣,溪环翠共流。此心知不竞,苔石爱勾留。

暮　春 集词名

手卷珠帘撤镜台，玉栏杆畔少徘徊。东风门外生芳草，长笛楼头奏落梅。酒醒旗亭春去也，花衔仙苑燕归来。消将迟日间中好，庭院深深掩绿苔。

拟温飞卿惜春词

昨宵听雨心先恐，只恐落红春断送。碧纱如雾天欲明，莺声燕语惊残梦。揽衣睡起卷帘看，百花著雨垂枝重。行来花下香湿衣，落红满地情依依。绿云半軃金钗溜，东风独立心忘归。

幽　居

世事付苍茫，超然物我忘。白云闲自好，流水为谁忙？树影围幽宅，钟声出上方。此心存太古，不暇问沧桑。

采莲曲

采莲复采莲，采莲莲花媚。打起双鸳鸯，羞见并头睡。打桨入莲丛，停桡泊莲渚。不见花中人，柔情向谁语？

南 宋

一角孤城自夕曛，冬青寒食雨纷纷。子规梦断西湖月，貔虎宵归北塞军。江左长城甘自坏，中原大局任平分。晚霞世界难重复，更冷蛙蟆鼓不闻。

凉 夜 _{集词名}

仙籁无声玉漏迟，轻衫渐薄露华滋。半阶月转梧桐影，碧玉栏杆罢倚时。

秋夜二首 _{集词名}

手剔银缸理晚妆，一枝花插鬓云旁。隔帘听得双鬟语，玉漏迟迟夜正长。

露华如水夜悠悠，风送天香桂殿秋。边塞寒传消息早，月明新雁过妆楼。

白莲花二首

仙子凌波影，娟娟别有姿。淡香秋水远，凉露月明时。

珠露清留韵，凉风远寄思。掉舟人不见，秋水夕阳迟。

潇湘怀古

潇湘近接洞庭西,落木栖乌不住啼。宝瑟沈声秋水冷,苍梧凝望夕阳低。素波明处怀罗袜,翠竹丛边认雪泥。帝子如今何处去,楚天浩渺白云迷。

宫　意

金屋无人自岁华,凝窗脉脉倚窗纱。长门不是笙歌地,风雨何须怨落花。

边　意

秋月如霜冷铁衣,声声寒角怨金微。强胡未灭归无计,又见西风南雁飞。

秋　意

楚天渺渺水茫茫,瑶瑟声中月影凉。七十二峰人不见,一声归雁过潇湘。

秋　思

色净长天雁渡河,白蘋秋冷洞庭波。沅湘日夜东流去,落叶西风　客思多。

暮秋寄怀玉筠女兄 集词名

惜分飞后思悠悠,庭院深深落叶秋。南浦月明无限思,西
风愁上望仙楼。

拟明月何皎皎

明月何皎皎,当窗悬清光。佳人不能寐,耿耿秋夜长。整
衣扱珠履,徐步出兰房。仰视星历历,木叶经微霜。游子远行
役,何时还故乡。鸿雁已南飞,竟无书一行。含情入珠户,愁
坐理衣裳。

即景偶吟

一钩凉月照纤纤,恋倚红窗懒下帘。渐觉碧罗衫子薄,西
风寒比昨宵添。

秋将尽矣菊尚无花戏笔解嘲聊以自遣

西风帘卷雨丝丝,寂寞东篱信尚迟。莫怪黄花秋节负,近
来我亦未吟诗。

未知秋色落谁家,节过重阳菊未华。叶落闲庭人意悄,西
风独立数归鸦。

宫乌栖

宫乌栖,檐前月色微。长信秋风团扇冷,昭阳歌舞银烛辉。乌栖枝弱惊欲堕。夜半哑哑绕树飞。乌兮乌兮慎勿语:君王梦觉嗔汝啼,安能辨汝是与非?

卷二

过小兰亭

盈盈梅萼尚含苞，为访春风卷暂抛。行尽园林人不见，冻禽踏雪下花梢。

放　歌

白云渺渺天苍苍，古今世事皆茫茫。桑田顷刻变沧海，何况千载兴和亡。人生适意且行乐，放眼江山皆寥廓。浮云富贵总虚名，反使豪情受束缚。君不见顺水舟，回风一霎帆难收。又不见邯郸梦，黄粱一熟殊堪恸。矧今世故多翻新，康庄道路生荆榛。风波不数瞿塘恶，花鸟须知到处春。兴之所至身亦至，悠悠万事皆如此。寄生大块本浮沤，苍天尚亦梦梦耳。

新春访常乐窝即景口占

为访禅林胜，行行破绿苔。小桥流水畔，又见一枝梅。

咏雪中竹

天然潇洒有谁俦,矫矫丰姿尽自由。只道凌寒横老翠,如何今日也低头。

题美人倚树图

美人挽蛮髻,倚树手拈花。春风归燕燕,燕燕落谁家?

春日即景

忽忽韶华隙影驰,烧灯又过月明时。人如中酒情怀懒,春为多寒花信迟。墙外鸠声帘外雨,雾中山色画中诗。当前好景难描处,脉脉含毫却费思

车遥遥

征车何日回,征尘无时断。徒使送行人,络绎长亭畔。车铃声渐遥,车盖风旋转。夕阳不见人,青山空对面。

白桃花和沈凤士广文原韵四首

仙源恐有再来人,幻出瑶华别样春。流水一溪明月晓,那知人世有红尘。

一种盈盈艳雪姿,月明清梦醒瑶池。水晶帘外冰魂淡,倩

女东风独立时。

轻盈带雨小园中,皎影娉婷自不同。为问采香双蛱蝶,可曾人面识春风。

含娇相对倚窗寮,素质何须绚绛绡。换尽玄〔一〕都旧春色,冰儿骨格粉儿描。

校勘记

〔一〕玄:底本作"元",避康熙讳改,今回改。

家严至石塘登山观海述景命赋

石塘山势郁岧峣,石塘山下拥怒潮。樯帆出没渺无际,衣袖轩举天风飘。居民稔识纷指示,岛屿参差图画里。陡然风急波涛翻,一白茫茫天浸水。

和云姊韵

焚香啜茗共清谈,个里真诠要自参。幻梦蘧蘧庄化蝶,心思乙乙茧抽蚕。梅花图画寒消九,杨柳江城笛弄三。春去春来春又晚,余芳院落约同探。

芳　草

粘天翠色轻烟逗,落花半掩红如绣。别绪频牵南浦滨,消魂最是清明候。一条细剪裙腰齐,马蹄留迹东复西。怪底东风吹不断,六朝旧恨碧萋萋。风前团扇幽香静,双掩闲门花满径。翩跹蝴蝶过墙来,砌畔依依飞不定。蘅芜兰芷总纤纤,秀色离披映画帘。小立闲阶春意悄,翠痕微染凤鞋尖。

春暮即景

护花空自剪轻罗,争奈东君欲去何。柳絮心情春共懒,棠梨时节雨偏多。流觞且读《兰亭序》,对景难忘《金缕歌》。俯仰古今成一瞬,更从何处觅行窝。

猛虎行

有虎有虎踞深谷,白日腥风起林木。咆哮舞爪张利牙,惯攫肥羊与黄犊。空向五陵求少年,射虎不敢但射鹿。

暮　春

雨织新愁柳织烟,落花又是暮春天。秋千庭院无人到,一任东风唤杜鹃。

送　春

声声骊唱倩啼鹃,省识春来春又旋。三月莺花成过客,一厨樱笋敞离筵。絮飞满路亭长短,酒醒晨钟梦缈绵。寄语庾郎莫惆怅,江南金粉自年年。

夏 初

番风已过落花天,迅速光阴又一年。滚滚浪翻千顷麦,依依絮扑半溪烟。村前但听啼桑扈,枝上空劳唤杜鹃。犹是清和饶胜景,小桥门巷绿阴圆。

和素士先生暑月大雨感而有赋原韵

土田无水禾苗干,日轮酷烈骄云端。土人求雨天不雨,长河不见水弥漫。倏忽大风卷地浓云合,檐前飞溜如奔湍。急点斜敲窗纸碎,泉声汩汩生昼寒。仿佛黄河之水从天倒,汪洋陆地成波澜。咫尺阶前犹骇绝,何况大江涛头滚滚多奇观。怒挟千军万马势,更兼风伯驱策尤壮厉。今秋岁粟定能丰,天公特为农人计。欲吟诗句登高楼,湿云漠漠风飕飕。此时料得禾苗浡然多兴起,不教田拆龟甲农人愁。四山沉浮烟雾里,凭栏无自开心眸。不是珠帘隔,空上碧玉钩。只因风雨生阴幽,能教暑月如凉秋。连日阴霾低压堵,居民消得炎威苦。竞传新涨溢河漘,我处深闺无所睹。晓窗睡起且徘徊,瞳眬日出晴云开。三日甘霖愿已足,桔槔四野谁相催。多谢天公降珠玉,人无灾厉消鸿哀。惟惜窗外盆兰花,乍放幽香数朵为之摧。

敲 棋

闲庭清昼永,一局可忘忧。浅印湘帘碧,轻铺细簟幽。凉兼松子落,倦倚石坪秋。怡似星临曙,寥寥数点留。

读渔洋冶春词

六朝歌管旧春愁,司理扬州记胜游。第一消魂何处是?
秣陵烟雨广陵秋。

拟李白子夜秋歌

裁取箧中素,缝为游子衣。游子恋他乡,曰归竟不归。秋
风太容易,竟夕射罗帏。

秋窗偶笔

蒹葭霜冷雁来迟,又是秋阴做雨时。鹦鹉不知侬意懒,隔
窗催咏菊花诗。

残　月

微光一片照疏寮,不比初三纤影娇。恰是美人新病起,蛾
眉黯淡不胜描。

溪山访友图

暮云收残雨,秋色涵溪山。高人渺何去,门掩长松闲。幽
禽不答客,涧水自潺潺。徘徊余落日,极目青峰弯。

题　画

木落空山冷暮鸦,悬崖断处补烟霞。板桥驴背诗堪觅,争奈寒梅未著花。

古　意

幽兰生空谷,郁郁无人知。骏马陷盐车,良难千里驰。英雄身未遇,小人多见嗤。往古且如此,何独今之时!

遣　怀 用溪西鸡齐啼韵

人间那有武陵溪,避俗深居小阁西。浪把虚名争腐鼠,不谙世味类醯鸡。静占周易爻辞变,悟彻蒙庄物理齐。涉笔自嘲聊自遣,新声懒谱夜乌啼。

腊月十六日对雪偶作

冷云黯淡低压檐,雪花如掌扑画帘。枯枝冻折飞鸟绝,松顶失翠石埋尖。琼瑶顷刻装世界,江山纯白天然画。焉得同心三两人,红炉绿酒联诗话。薰笼斜倚思依依,为怯尖风下绣帏。兽炭红涩狐腋薄,野桥想见梅花肥。穴窗暗认苔阶迹,纸缝随风吹玉屑。诗牌澄澈坐拈毫,白战何曾持寸铁。傍晚鹅毛散不休,错疑明月入妆楼。明晨急起开门望,晓日晶莹照上头。

徐苑卿太守士銮命题孔仪吉女史
临绣谷司马太常仙蝶图

芳菲探遍蓬山春,栩栩游戏凌凡尘。京华二月足红紫,彩衣巧试东风新。随花迤逦穿宫院,五色遥迎五明扇。太常上界本清曹,除却仙班人莫见。来去芳踪倏有无,凭谁彩笔细描摹。滕王绝技今司马,自是人间重画图。从来奇物多奇遇,不料流传失缣素。忽逢粉本出深闺①,意态飞动增生趣。拟将佳咏乞名流,闺阁题诗事更伴。仙迹从教仙吏重,装潢韵事足千秋。霞城出守春风早,翩跹重见天台道。天台本是旧仙区,琪树金松间仙草。蝶访斋开蝶梦归②,枝头树底想依稀。披图试认春驹影,绰约临风纸欲飞。

注释

　①原注:前有绣谷司马画册,失去已久,壬申获仪吉女史临本,裱成一册,遍索名媛题咏。

　②原注:署中书斋颜曰蝶访。

戏筑百花坟绝句有引

雨声半夜,愁生拥被之时;花事一年,开到将离之候。叹铃幡之寂静,香雾低飘;等粉黛之销沉,游丝空罥。未免有情,谁能遣此乎? 当夫珠帘未卷,瑶琴罢御,檀心尚抱,尘梦已醒。依稀索笑之时,娇真解语;宛转辞柯之日,淡欲无言。羌似絮以缠绵,即飘茵而已误,遂使绿珠命薄,紫玉烟消。乌啼金谷之园,鹿走吴宫之苑。生原泡影,华严之谛何因? 劫堕罡风,离恨之天谁补？乃陈粉盒，为敛花魂，封以芹泥，酬之椒酿。月明青冢，怅环珮兮何归；酒醒红亭，慨春光之已去。聊抒短什，窃附《大招》。

收拾残红意自勤，携锄替筑百花坟。玉钩斜畔隋家冢，一样千秋冷夕曛。

飘零切勿怨春归，九十韶光花自飞。寄语芳魂莫惆怅，美人香草好相依。

暮春即事

廿四番风梦里过，未拈针绣未吟哦。絮飞渐觉春寒减，花落生憎夜雨多。翡翠帘垂嗔燕子，碧纱窗启教鹦哥。消魂怕读文通赋，江水年年自绿波。

七夕二首

碧天渺渺夜云轻，凉月经秋分外明。修到神仙有离别，人间儿女漫痴情。

斗转星移欲曙天，一番离合一凄然。长河渺渺情波阔，灵鹊难将旧恨填。

和戚少鹤师丹崖登高原韵二首

沧海由来纳百川，不逢胜会亦徒然。题糕原属名流事，脱稿争传老辈贤。仙灶无丹空吊古，长城得句孰攻坚。未知座上斯文盛，也有江神作合缘。

催来鞚鞳钵声和,正值西风雁渡河。野菊满头黄乱插,好山对面翠纷罗。樽倾黄酒吟怀畅,诗角文坛逸兴多。久仰扶轮诸大雅,读余佳句费磋磨。

云姊两叠前韵催予同和仍次以答

阿姊阿姊毋乃痴,不顾残冬催和诗。我似儿童久逃学,愁归芸馆亲严师。同居催促知莫缓,读书转悔十年晚。但求脱稿了诗债,为妍为媸且莫管。围炉拥背两依依,金鸭香添一缕微。炙砚笑看池水冻,开窗雪花乱打围。六时清课只如此,不羡奔忙作男子。双鱼忽递好音来,道是东瓯司铎使[①]。便抛班管作逃逋,笑问有诗寄我无?赍得水仙花几本,凌波罗袜真仙乎?寒交五九岁云迫,赏花预办开春策。重拈旧韵广征诗,撙兮听唱叔与伯。

注释

　　①原注:适永嘉学书至。

正月廿二日重游常乐窝四首

石溪桥北水田西,绕径穿林路不迷。到得半山回首望,疏林红抹夕阳低。

钟鼓喧阗梵呗声,幢幡飘漾认分明。南无菩萨香云盖,可在西方听得清。[①]

山势盘纡鸟道斜,扪萝重访古烟霞。当前风景浑如昨,只欠寒梅一树花[②]。

水流云去两忘机,贪看青山缓缓归。野鸟无端偏避客,隔林拍拍早惊飞。

注释

　　①原注:时寺中建水陆道场。

　　②原注:余前来游,见寺后有梅花一株,今已不见.

廿四日游城南诸兰若至北斗宫遇雨而返三首

　　梅花送腊柳摇春,嫩绿初萌草色新。才出城南偏遇雨,东风有意散游人。

　　湿云低压昼冥冥,山色浑如睡未醒。却怪今年春太晚,平畴才见麦苗青。

　　空濛烟霭隐遥山,兰若幽深昼掩关。到此忽生尘外想,吟身争共野云闲。

和云姊惜花词原韵十首

　　密密金铃护晓晨,爱花惟愿节长春。东风可有怜香意,试向情天问夙因。

　　爱花成癖替花思,相对无言枉自痴。为语封姨莫催促,含香正在未开时。

　　蜂喧蝶闹奈春何,婪尾筵开醉绮罗。几度问花花欲语,人间怕听《懊侬歌》。

　　晓风夜雨总关心,不为芳菲虑不深。莫道东皇浑不管,芳丛绿叶易成阴。

　　霁色初开雨过时,鼠姑无力瓣轻枝。小红觅竹忙扶植,为我关心共护持含情独倚小栏中，数遍枝头几点红。寄语东君须护惜，游丝无力冒斜凤。

银瓶清汲井泉浇，领略春光艳福消。金谷莺流花底滑，翻怜解语倍含娇。

为酹芳丛酒一巡，果然花样尽翻新。丁香结恨荼蘼笑，始信人间各有春。

最是盈盈晓露零，娇含泪点梦初醒。催春翻恐鹃声起，听向园亭日几经。

最难得是艳阳天，娇妒封姨亦解怜。留得满园春色住，赏花人共月团圆。

卷　三

拟李陵送苏武归汉二首

悲风飒飒起,班马萧萧鸣。之子远离别,何以慰我情?浮云隔千里,流水遄长征。执手重相视,言咽泪已盈。生死长异域,不得与偕行。愿尽此樽酒,别后难寄声。

揽辔不忍别,临歧心徬徨。万里指去路,引领徒悲伤。聚首曾几何,忽成参与商。绝域饕风雪,不复见牧羊。我留心伤悲,君归志飞扬。自是望故人,相隔天一方。安得化明月,伴子还故乡。

见烟雨楼集中有留别客窗四友诗寄情花木雅韵欲流戏广其意

绕畦欲去復徘徊,曾记分苗于自栽。未到秋深先话别,东篱空望白衣来。别淡友菊

一窗疏雨夜潇潇,每送秋声慰寂寥。此后绿天凉梦断,只饶圆月伴深宵。别清友蕉

亭亭百尺出蒿莱,莫作中郎□干材。珍重秋风休惜别,栖枝还有凤凰来。别高友桐

笙簧隔水记盘桓,十丈苍苍耐岁寒。向后虚窗凉月夜,有

人惆怅倚栏杆。别劲友松

代客窗四友答和

曾把香盟结岁寒,托根此地转移难。故阑未必无清友,彼此何妨一样看。

绿天深处少吟声,漫道无情却有情。听雨定教思旧雨,隔窗点滴记分明。

浓绿状疏覆槛幽,风枝露叶共吟秋。劝君别后休惆怅,记取龙门好再游。

却因惜别意徘徊,手抚孤根日几回。此后只愁烟月冷,云霄空盼鹤飞来。

古　意

独坐不成寐,渺渺心怀思。美人隔秋水,相忆不相知。疏星淡河汉,林表生凉飕。停琴待明月,明月来何迟。

题双溪送别图四首

六代萧梁文选楼,琴樽诗酒续前游。无端写出临歧景,水色山容尽客愁。

苔岑聚首忍分携,饯饮红亭日易西。无可奈何拼一别,鹧鸪还向耳边啼。

征帆欲挂又迟迟,旧雨殷勤劝酒卮。一样双溪好风景,销魂转在别离时。

夹岸垂杨锁翠烟,披图我亦思悠然。人间若尽无离别,碧落奚来离恨天?

除夕感怀

岁从何处来?岁从何处去?寒暑递变更,去来一何遽!年来年去两茫然,物换星移又一年。纸阁光摇银烛灿,频开奁具整花钿。关心检点浑忘寐,慈亲几次催侬睡。宝鸭香消夜渐阑,灯花喜兆新年瑞。启窗视夜色,夜色何朦胧。遥天悬耿耿,斗柄已朝东。华星光明尚未灭,钟鼓声沉漏初彻。生憎爆竹促残更,又听鸣难报时节。回头忽忆去年时,寒雨缠绵夜漏迟。彩系金钱分压岁,摰笺斗捷催新诗。春风户换桃符旧,金卮又晋屠苏酒。呼婢熏衣待晓妆,却惊曙色生窗牖。

新春即景

催花小雨润丝丝,又是东风解冻时。漫道今春芳信晚,庭梅香报隔年枝。

春闺二首集美人名

闲窗破睡拨琵琶,碧玉栏前日影斜。寒重莫愁芳讯晚,东风开到木兰花。

绛桃艳冶柳枝柔,翠翠红红景色稠。飞燕不来帘幕静,凭栏闲弄玉搔头。

醋

乞邻漫笑微生直，入瓮曾闻费苦吟。几度颦眉闲领略，秀才风味美人心。

病　怀

薄热微寒倚绣床，朝来盼不到昏黄。坐思就枕眠思起，秋日如何尔许长。

和云姊秋日感怀原韵

徘徊归燕卷帘迟，为底含毫有所思。因事偷闲嗔婢懒，借诗遣病笑侬痴。庭前秋讯惊梧叶，笛里西风瘦柳丝。好擘吟笺同觅句，木樨花发已多时。

王　导

茂弘社稷臣，明为亦如此。睊睊念小怨，不救伯仁死。当时一言便可活，览表流涕亦徒尔。优贤待士岂本怀，大义灭亲皆伪耳。

梅花五首

陇头折得一枝春，白水铜瓶证夙因。涤荡繁华归本色，小窗恰伴素心人。

　　探梅庾岭恨无缘,芳信遥传驿使鞭。纸帐不须萦远梦,春风已到绿窗前。

　　清供端宜雪案傍,安排笔砚为吟香。痴心欲得横斜影,几度移灯费酌量。

　　月冷中天鹤梦寒,一枝惹我倚阑干。萧疏风韵怜同瘦,移向妆台比并看。

　　消寒买得玉壶春,起向癯仙酌一巡。笑我吟香无好句,拈毫愧称咏花人。

云姊自暮春抱恙以来失于调养荏苒光阴瞬将莲夏戏集药名用呈一笑

　　莲花粉面渐消红,半夏光阴薄病中。云母屏前休久坐,薰风虽细要防风。

秋　闺

　　碧梧金井晓啼鸦,渐送新凉透绿纱。静下书帷尘不到,一炉香篆一瓶花。

梅花二首

　　雪压荒篱瘦影斜,珊珊骨格最清华。冷香不入时人眼,终占东风第一花。

　　藐姑仙子性幽闲,懒逐东风人世间。纵使调羹尊鼎鼐,争如风雪在空山。

读晋史感赋

吞吴破蜀天下平，诏传州郡罢屯兵。南风煽虐纪纲裂，五胡扰攘社稷倾。虎豹城关惊失守，天子蒙尘下殿走。惜哉茂先博雅才，也复低眉事贼后。未能力谏负大臣，杀身为国岂成仁？八王构兵自鱼肉，干戈接踵乱胡尘。青衣行酒辱戎虏，天意中兴启建武。外患未除内患生，专阃将军恣跋扈。天王力弱难节制，王敦败后桓温继。朝士虽多匡世才，争奈山河失大势。太真读祝泪沾襟，祖逖时怀击楫心。板图难复金瓯缺，末造江南竟陆沉。朝廷偏安百四年，兴亡转轴如风烟。铜驼日炙卧荆棘，行殿雨寒泣杜鹃。灯前读史三叹息，往古茫茫恨何极！抚床不悟卫瓘言，四海分崩竟亡国。呜呼当日贻谋误，篡弑相乘绝晋祚。君不见周室承平八百年，至今圣德人犹慕。

新春即事

梦觉纱窗晓，喧闻鸟语欢。唐花红破萼，生菜绿登盘。酒意添春暖，云阴酿雪寒。醉中思觅句，斜倚碧栏干。

梦戚少鹤师赍临天明讣音已至为之一恸二首

庚辰正月朔，夜梦先生至。袖出一卷书，谆谆相指示。临行顾余笑，蓦然顿惊寐。自念心积思，梦公亦非异。谁知新岁朝，已脱人间屣。闻讯摧肝肠，难忍千行泪。

去岁黄花节,高轩过草堂。喜我学词曲,与我正宫商。盘桓方两日,匆匆束归装。腊月寄书来,犹云身吉康。岂知此一别,音容竟渺茫。天乎果何如,仰视空苍苍!

泽国归舟作三首

欲抛别绪总依依,一棹迎风且缓归。为爱青山回首望,鹭鸶斜背夕阳飞。

堤杨岸草绿含烟,衬出春波鸭卵天。水送山迎忙不了,桃花又近木栏船。

波光云影两模糊,对面青山似有无。小雨欲来风渐紧,归程犹未近横湖。

牡 丹

浓露凝香腻粉腮,锦屏深护一枝开。笑他九陌人如蚁,争买胭脂学样来。

梦游金山寺二首 上首梦中作

树暗云岩浪拍天,竭来山寺小留连。老僧笑瀹炉中茗,请试中泠第七泉。

轻舟饱趁一帆风,江北江南在眼中。忽被狸奴惊梦觉,半钩月影射窗枕。

冬日即景二首

晨起檐前唤雪姑,彤云低压影模糊。断崖木落山容淡,一幅徐熙水墨图。

一树梅花倚短垣,吟香相对淡无言。日斜深院重门闭,静听林间冻雀喧。

寒夜二首

风敲窗纸月窥帘,夜静霜威倍觉严。只恐水仙花怯冷,金炉护暖火重添。

霜鸿嘹唳度南天,寒倚薰枕思邈然。巷柝声催斜月落,犹敲诗句未曾眠。

春　阴

东风帘幞影沉沉,润逼苔阶雨意侵。底事流莺啼不醒,嫩寒锁梦绿窗深。

春夜即景

轻烟丝柳隐栖鸦,香霭空濛淡月斜。满地云痕春寂寞,溶溶清影在梨花。

暮　春

一夜雷声喧急雨,落花满地春无主。晓窗扶梦起徘徊,遥见垂杨织烟缕。新绿浮空红影稀,余香冉冉袭人衣。曲栏置酒酣歌处,昨日繁华今已非。流莺含恨啼鹃咽,芳信匆匆易成别。空庭独立悄无言,轻风吹散荼蘼雪。

孟夏即事

闲卷珠帘步曲廊,湿云低瀁昼偏长。兼旬门掩黄梅雨,草色苔痕绿上墙。

新晴即事

一雨饶生意,茸茸遍四围。麦芒黄渐熟,豆荚翠初肥。跳渚群蛙聒,穿林野鸟飞。静中饶乐事,与世久忘机。

雨窗即事

远翠浮林端,湿烟散虚幌。风惊荷叶翻,雨滴空阶响。默默坐窗前,含毫结幽想。

夜坐口占

藕花塘畔画栏西,碧树沉沉夜色迷。万籁无声更漏永,银河斜转玉绳低。

和云姊秋夜元韵

蟋蟀声声透绮枕，又传秋讯到高桐。更堪惊破幽窗梦，檐铁丁噹语夜风。

题王子裳先生芙蓉秋水图二首

兰桨西风忆旧游，涉江采采思悠悠。楚天凉雨怀人梦，写出湘波一段秋。

洄溯盈盈水一方，秋容黯淡对斜阳。棹歌声远湘烟冷，江上西风离思长。

春晴用林鹤巢横溪道中韵

小檐残滴尚轻轻，忽漏曦光红满城。转蕙风才催蝶梦，穿林暖喜报禽声。一堤绿柳烟痕活，四面青山黛色明。不怕雨余泥滑滑，且随女伴看花行。

云姊以十分诗见示余亦率笔效颦十首

一桁湘帘皱浪纹，沉香深护鸭炉薰。朝来冻雀檐前噪，似觉阳和转一分。

吹面寒风解宿醺，菱花重启整鬟云。开窗忽见新蟾影，眉样偷描月二分。

北风猎猎霰纷纷，檐色模糊压冻云。小雪未临先见雪，今年寒信早三分。

贪坐镫窗理绣纹，霜乌啼月夜深闻。催眠阿母频频唤，华烛烧残剩四分。

起理残妆挽鬟云，衣篝香冷懒重熏。背灯细数铜壶漏，刻到寅初已五分。

寒恋香衾觉梦纷，晨钟敲彻未曾闻。侍儿含笑床前促，日影花砖过六分。

家酿新开一瓮云，消寒团饮易成醺。停杯笑谢侬真醉，酒已沉酣到七分。

书卷蟫生冷旧芸，拓笺喜见古砖文。簪花懒学夫人格，日向窗前写八分。

笑把名香倩姊焚，小窗并坐话闲文。乩仙隐语君知否，我已猜详得九分。

三径红堆落叶纷，画栏吟眺倚斜曛。赏心留得春风转，锦簇花团艳十分。

杨妃菊

玉容千载化秋芳，犹抱骊山幽恨长。南丙凭谁看夜月，东篱尚是傲清霜。丰姿绰约霓裳舞，枝叶萧疏罗袜凉。满地露华寒意透，犹留冷艳伴明王。

古意和王钗卿女士韵

江云细叠波，江月圆离水。秋声虫语中，凉思琼箫里。方寸抵星河,盈盈渺千里。

（附）原　作

黄岩王　婉钗卿

猗猗兰芷芳,渺渺湘江水。无人亦自芳,寂寞西风里。夕梦涉微波,明月共千里。

促织吟

促织复促织,声声玉阶草。少妇密缝裳,终宵怀远道。茧丝曳难停,刀尺催未了。破镜何是圆,红颜日将老。怅然停鸳针,幽居月皎皎。

塞上曲

落日照大旗,霜风杀边草。战士思归心,刻刻萦怀抱。却因王事艰,思乡不敢道。遥怜闺里人,空自歌偕老。

采莲曲

莲花似郎貌,藕丝似妾意。郎貌尽可怜,妾意不可弃。不识莲心苦,但知莲脸红。脸红奈足惜,生怕是秋风。

竹里红梅

梅花如佳人,亭亭倚翠竹。结为岁寒盟,超然远尘俗。笑脸晕轻红,湘烟袅空绿。嗟彼桃李姿,难入笑笃谷。

月夜有怀

清风拂袖来,暮烟傍屋起。日落又黄昏,明月凉如水。对此怀佳人,咫尺如千里。

春暮写怀

珠帘不卷篆烟微,花落空庭燕子归。风定绿窗人悄悄,雨余芳草蝶飞飞。愁吹玉笛声偏涩,醉写乌丝字太肥。拟与洞中仙子比,清闲镇日学忘机。

芦花吟

江天秋色佳,芦花缀幽景。飒飒西风生,摇曳波千顷。极目白茫茫,明月淡无影。

晚　眺

延赏珠帘卷,红楼倚夕晖。濛濛空翠合,暖暖暮烟微。雨久黄梅熟,风轻紫燕飞。闲吟聊遣兴,凭槛思依依。

卷　四

梅花二首

碎阴满地月横斜,笑问仙人萼绿华。可有三生修到福,春风消受海棠花。

清绝仙姿迥不同,传神宜在月明中。凌寒自有冰霜质,肯逐高楼玉笛风。

丹崖怀古<small>在太邑泽国葛仙翁遗迹</small>

十洲三岛居神仙,人间未必无洞天。秦皇浮海不得见,徐福一去迷归年。珠宫贝阙终杳渺,天涯目极空云烟。吾乡灵境在咫尺,心虽宴想游无缘。何时得访飞仙迹,丹嶂历历罗眼前。抱朴楼头观晓日,海天一览渺无边。松风吹空吼万壑,疑是虎啸山之巅。棋坪石冷岩花落,仙翁一去何时旋。云封丹灶长寂寂,瑞芝瑶草犹芊芊。愿教挥手谢尘世,入山采药求真诠。炼丹砂兮煮白石,餐玉液兮饮清泉。山中日月欣长在,世外沧桑任变迁。

瓶梅和王钗卿女士韵

相对疑姑射，无言倚淡妆。韵疏神更远，清极骨犹香。冷合铜瓶贮，安宜玉镜旁。雪窗谁写影？淡月正昏黄。

和钗卿女士踏青词元韵

麦垄秧畦色色幽，怕逢过客总含羞。凤头鞋窄行应倦，斜日红亭且少留。

踏　青

东风吹暖日迟迟，又是春光欲半时。芳草绿迷游客路，杏花红出隔墙枝。繁华何处非金粉，歌舞留人醉酒卮。一种长安游侠子，鞭梢拂地马骄嘶。

贺半桥太夫子重居环山楼

楼前溪水鸣寒玉，楼外山光映遥绿。三十年前此读书，楼头重剪今宵烛。雕甍碧瓦总依然，回首如流岁月迁。道有冯侯旧题额（邑侯冯侣笙题叙），命侬重咏新诗篇。记从先德初结构（此楼乃太封翁所构），牙签满架图书富。棠棣春风四照华，传经克守家声旧。椿树飘零秋复秋，琴樽诗酒思悠悠。故庐瓜析归仲氏，不复摊书坐上头。垂老优悠怡蔗境，山色一楼重管领。启窗把卷课诸孙，月明重照诗人影。月照诗人鬓已斑，买宅讵非为买山。有时对客恣谈剧，珠唾飞落青冥间。侬未登楼骋远望，几番握管难形状。想见环山山满楼，烟岚四面开图障。

冬至后一日林玉筠表姊寄梅花一枝
古风一首即次元韵

葭灰飞动春一脉，欲访梅花限巾帼。暗香疏影寄遐思，坐拥红炉浮大白。纸窗飒飒号朔风，卷帘对景盟幽衷。寒林萧瑟落黄叶，雪花皎洁飞白龙。酒酣追和阳春曲，信日吟成信手录。读君妙咏见深情，洒洒清才真脱俗。嘤鸣夙愿非为私，高山流水期相知。世间却恨知音少，难倩琴声作导师。即今步武夷光后，效颦愈见东施丑。试问金闺咏絮才，此时更有佳章否？

寿永嘉徐节母林太宜人

双鱼音讯瓯江传，慈帏祝寿征诗篇。阿侬愧乏如椽笔，难表金闺阃德贤。耳闻婉娩洵无比，郝家遗法钟家礼。曲意能承姑舅欢，深恩下逮奚奴喜。齐眉鸿案正相庄，讵料鸾分镜影凉。同穴何难从地下，晨昏谁为侍高堂？伯道无儿谋嗣续，青灯孤影伤黄鹄。式谷能推异腹恩，和丸克继前贤躅。南州丕振旧家声，陶侃名由姆教成。梓里口碑传淑慎，枫宸纶诏奖清贞。黄花岁晚香弥久，荪枝秀挺堂萱后。今岁欣逢揲甲周，介眉共晋延龄酒。莱衣戏彩春融融，琳琅投赠诸名公。儿家遥隔横湖水，未接夫人林下风。

题林少白先生幽雅楼

严君曾向横湖游,啧啧归述幽雅楼。图书古鼎巧位置,波光岚翠清双眸。一楼占尽湖山胜,啸傲烟霞寄幽兴。天空云影落琴床,静觉松风入清听。登临旷望心悠然,风帆叶叶来远天。棹歌声彻不知处,苍葭红树相娟妍。深林樵唱斜阳晚,柴门遥辨牛羊返。两堤竹树雾溟濛,一点渔灯近复远。晦明风景胜画图,丹青可否能描摹。乞诗松牌忽飞至,吟管才退惭荒芜。诗成凉飚拂林薄,英英白云迷涧壑。只今朝市多是非,衡门却羡栖迟乐。

塞下曲五首

阴山八月雪花飞,雁断南天乡信稀。极目黄尘迷白骨,封侯能有几人归。

莽莽平沙迷远碛,苍苍烽火照狼山。羽书夜半传呼急,前军已报度榆关。

胡笳殽幕壮边声,刁斗森严细柳营。枕戈卧对霜天月,冷照关山分外明。

杀气横秋塞草凋,边风凄紧马萧萧。贺兰山下阵云黑,手挈强弓仰射雕。

汉兵晓渡龙沙漠,虎帐宵摧赤羽旗。露布高搴传捷报,烟尘今已靖边陲。

古意四首

锦帻翩翩游侠子，连镳追逐马蹄忙。长安冠盖新张霍，乌巷家声旧谢王。劝酒佳人弹锦瑟，当窗中妇织流黄。轻罗怕作秋风扇，艳曲重翻《陌上桑》。

杨叶千条绿影齐，消魂最是渭城西。不教明月圆金镜，何处红尘认马蹄。孔雀徘徊还顾影，子规宛转为谁啼。关山迢递音书断，别梦依依路亦迷。

美人含思启帘栊，西北高楼日影红。罗袖双笼金翡翠，睡钗斜压玉玲珑。流莺隔叶调簧舌，乳燕依人避晓风。芳草天涯春又绿，垂杨何处系青骢。

故乡回首隔尘沙，三月边城未见花。战士怀归吹觱篥，燕姬倚醉拨琵琶。春风柳色楼头思，夜月刀环梦里家。夺取楼兰报天子，不教蔡女怨胡笳。

题　画

烟涵秋影水生波，云抹遥山隐黛螺。一叶扁舟归去缓，萧疏寒柳晚风多。

曹操疑冢

铜雀西风冷，荒坟夕照残。生前多鬼蜮，死后亦奸瞒。白骨愁难瘞，黄泉胆尚寒。累累七十二，留与后人看。

清明有感

纸灰风冷怨啼鹃，槐火新添一缕烟。百六光阴春似梦，红箫已过卖饧天。

碧山别墅歌为苍溪牟赞卿先生题

晓妆初罢理镜台，尺素又报苍溪来。征题累月未酬句，鱼书绎络频相催。书中历历叙佳景，别屋恰占清幽境。碧山排闼晴岚开，柳阴翠落书堂静。西南坐拥百城环，跌宕图史怡心颜。晓起招云入窗牖，晚看移雾梳螺鬟。此间景色变朝暮，无边吟料资词赋。况兼杰阁倚晴空，自署凌寒寄幽素。涵碧轩前遍修竹，驻青榭外饶花木。春雨阶翻芍药香，秋风架压葡萄熟。秋风春雨总堪娱，教侬握管难描摹。辋川摩诘东山谢，鼎峙前修胜画图。

陇头水

陇水声幽咽，陇坂高崔嵬。征人怨行役，至此重低徊。秦川隔云树，京洛迷尘埃。水流日以远，我行何时回？倚间念慈母，肠共车轮摧！

分咏萧山八景

东山月色

长风吹海月,照破苍冥烟。徘徊斗牛间,流辉东山巅。松杉发虚籁,远响答鸣泉。清光不可閟,俯仰心悠然。载登足寄傲,高唱渊明篇。

西涧泉声

万籁一以静,忽闻奔泉声。西行沿曲涧,东去感浮生。远听雷霆殷,近聆珠玉倾。中流有砥石,莫作不平鸣。

石洞寻春

古洞藏幽壑,怪石何玲珑。岚翠千年在,烟云一径通。风薰涧草绿,日照岩花红。游人探蜡屐,娇鸟啼春风。似此山景佳,可否栖仙翁?

水阁娱宾

古人不可见,山林长寂寞。民居指点余,旧是娱宾阁。秋水影涵虚,凉月侵疏幕。嘉肴兼美酒,清歌和弦索。起坐互交欢,洗盏还更酌。沧桑易变更,风景迥非昨。故迹空遐思,野花自开落。

寒夜坐雨叠云姊秋日感怀韵

一灯寒雨夜迟迟，斜倚薰笼辗转思。修竹干霄空有势，冻蝇钻纸已成痴。情天孰补娲皇石，世事徒悲墨翟丝。聊复开编吟旧句，漫云昔日异今时。

春夜即景二首

轻烟丝柳隐栖鸦，香蔼空濛淡月斜。满地云痕春寂寞，溶溶清影在梨花。

月明帘底晚妆残，花影离离眼倦看。却怪金铃风不定，强扶醉梦起凭栏。

古意次云姊原韵四首

一曲瑶琴韵绕梁，丫鬟凭几爇炉香。芭蕉卷雨心难展，杨柳牵风恨其长。轻薄魏收讥蛱蝶，艳情崔珏咏鸳鸯。武陵错认仙源路，那有胡麻宴曲房？

春风艳说白铜鞮，到处垂杨路易迷。璧月琼枝歌艳曲，锦鞋罗袜制新题。吴姬倚醉擎杯懒，娇鸟窥人绕树啼。斜日章台归去晚，马蹄愁踏落花泥。

美人相望画楼东，岂有灵犀一点通？梦影空圆团扇月，游丝吹断剪刀风。深春杨柳河桥路，细雨菰蒲客子篷。寄语江郎休怅恨，云烟过眼亦匆匆。

桐阴夜月品龙芽，读画评诗兴自赊。漫谓无情同木石，生憎聒耳闹筝琶。茫茫云路蓬山远,耿耿秋空银汉斜。偶把飞鸿留爪印,肯教别梦绕天涯。

分和仙居王月坡镜澜先生六旬自述原韵又三首①

天南耿耿灿星辰,正是悬弧诞降晨。莱彩舞衣摇烛影,玉箫法曲遏梁尘。门盈桃李庄应美,架满诗书腹不贫。恰与莲花生日并,此生原是白莲身。

急流勇退返轻舟,宦海风波不复忧。癖拟元章逢石拜,迹同灵运爱山游。诗才倜傥联卢骆,世态炎凉付马牛。济困有心兼翼教,置身何必凤池头。

无边风月坐高庐,世事茫茫一笑余。日暖临池裁茧纸,春深带雨剪园蔬。篆镌小印石同古,字问元亭客不虚。会待安车征上寿,五云深处下天书。

注释

①前三首为莭纕作。

咏古三首

未冷焚书火,咸阳烈焰红。山川空六国,粉黛失千宫。白玉新镌玺,长城旧策功。兴衰由主德,王气岂关中。

吴苑秋风冷,荒池剑气沉。绮罗空旧梦,麋鹿已芳林。养虺终非计,颦蛾自捧心。胥涛千古恨,凭眺一沉吟。

斜日金川路,东风燕子飞。凤城余劫火,龙衮忽缁衣。社稷新家难,山河旧帝畿。从亡诸将士,空望翠华归。

古　意

小廊回合画楼西，宝鸭香微篆影低。倚槛偷调鹦鹉语，隔林偏恼鹧鸪啼。海棠经雨红犹昨，庭草无人绿渐齐。为语归来双燕子，杏梁替尔护香泥。

桔　槔

求雨天不雨，桔槔满江浦。南畎苗欲枯，咨嗟起田父。炎炎赤日张，轧轧鸣卓午。车引河底泉，汗洒禾中土。须知物力艰，终岁忍多取。上忙粮未完，赋敛急官府。催租日日来，胥吏如狼虎。为歌踏车行，应识民辛苦。居官能爱民，民亦视如父。

横湖棹歌十首

横湖湖水碧于油，兰桨年年送远游。雨岸垂杨千万树，如何不解系行舟。

麦芒青映菜花黄，轧喔声中打桨忙。但见惊人飞白鹭，此湖争不浴鸳鸯。

两岸蝉声夕照天，柳阴但系钓鱼船。断桥仿佛西湖曲，消夏何人唱采莲？

野桥曲港路迢迢，绕岸生涯付短桡。休唱江乡风浪恶，湖波细小不通潮。

碧玻璃划净无尘，倒影山容带笑颦。倚桨禁他生客语，船头休指石夫人①。

浅水轻波摇复摇，人家记在蔡家桥。门遮破网蓑堆屋，可有金尊伴玉箫。

野菜青青茶叶粗，南塘塘外水云铺。可怜未解兴亡事，击楫争歌柿蒂乌。

狮子崖前樟树青，风鸣虚籁韵泠泠。颓垣败瓦无寻处，谁吊诗人戴石屏。

湿云漠漠压篷低，百丈岩高雾半迷。一阵斜风吹雨散，断虹横卧锦屏西。

落日春风野鸟啼，桃花流水问桃溪。谢公去后青山在，不是仙源路易迷。

注释

①原注:湖滨有石夫人,舟行忌说,谓不利市。

和李蕉云女史春夜间咏元韵

濛濛香霭小庭空，影转花稍月正中。蓦地风惊铃索响，恐防苔径有残红。

和云姊续惜花词五首

听唱回风一曲歌，落红满地恨如何？流莺那解啼鹃意，翻怪无端血泪多。

语燕啼莺闹早晨，晓风愁煞倚栏人。红销香冷春何处，难向华鬘问夙因。

水流花谢恨茫茫，茂苑春归蝶梦凉。无限栏干无限思，萦情愁见柳丝长。

甘番芳讯太匆匆,劫尽红尘返碧空。省识繁华原是梦,不须惆怅对东风。

四大皆空万念灰,从今枉筑避风台。惜花莫恨春难驻,明月团圞有几回?

挽凤珠兰妹

短梦轻尘廿二年,彩云飘散玉成烟。时常见惯惊鸿影,一隔重泉便杳然。

黯黯愁云落日低,繐帷尘迹掩凄迷。伤心最是周龄女,犹向灵前索母啼。

七弦琴碎谢知音,斜倚西风泪满襟。惆怅香魂招不得,空余冷月照枫林。

杨 花

淡日和风三月天,短长亭畔散如烟。垂杨似识春寒退,也向枝头脱却绵。

锦帆烟雨绿杨堤,满路飞花溅作泥。寂寞东风寒食节,纷纷都傍玉钩西。

锺贞女诗四首

灵鹊桥成未渡河,那堪黄鹄早兴歌。湘江更有湘娥恨,竹上应添泪点多。

风雨凄凄冷素琴，哀弦忽变断肠音。玉台誓守温郎聘，匪石难移一片心。

云鬟蓬飞粉泽枯，幽窗寂寂镜鸾孤。伤心不敢轻垂泪，还拭啼痕慰舅姑。

锺家诗礼旧传名，蕙质兰芬想性情。彤管他年标姓字，千秋芳躅并怀清。

暮春经凤珠妹旧庐感赋

重过城南路，凄然感旧游。画楼仍在眼，春梦怕回头。芳冢斜阳冷，空山杜宇愁。当时携手处，花落水空流。

寄云姊二首

窗外潇潇送雨声，别来眠食总牵情。鲤鱼未接平安信，独对银缸数雁程。

长河渺渺思悠悠，一日依稀隔九秋。更有慈帏凝望切，天风须早送归舟。

怀云姊

梨花雪谢楝花开，怅望云天日几回。寂寂帘栊谁作伴，呢喃惟有燕飞来。

卷五

暮春即景

檐溜声初断,开窗对晚天。湿云红漏日,远树绿浮烟。残梦迷蝴蝶,飞花怨杜鹃。园林人不到,闲煞画秋千〔一〕。

校勘记

〔一〕闲,底本作"間",疑为"閒"之误,径改。

中秋对月有感

寂寂空庭露气寒,惊逢佳节倍心酸。圆团一样中秋月,偏是今年掩泪看。

落叶二首

萧疏庭树淡秋烟,落叶声中思惘然。只恐天风吹更远,可能留影覆寒蝉。

白云依旧漾晴空,影闭重泉梦不通。落叶满山斜照冷,萧萧万木自摇风。

病中口占二首

虚廊瑟瑟响风声,偏是心寒梦易惊。婢子熟眠呼不醒,斜攲角枕盼天明。

药炉火冷蕙香残,人语无闻夜渐阑。最是病怀消不得,琐窗风雨一灯寒。

十一月十五夜

鱼灯无焰闷愁烟,尘满苫庐梦杳然。试问碧天今夜月,可能流影到重泉。

和云姊春日有怀元韵

一桁珠帘卷晓风,幽窗梦破鸟声中。苔经宿雨添新碧,花勒轻寒吐晚红。断续心情香篆冷,苍茫云树尺书通。相亲输与梁间燕,犹得呢喃话绮栊。

蛱　蝶

栩栩临风艳粉衣,采香终日恋芳菲。红蛛隐叶潜施网,莫向花丛僻处飞。

夏夜纳凉有怀云姊

小院雨初霁,流云淡碧天。松梢微吐月,竹影半笼烟。忆远难成梦,临风独擘笺。幽怀谁共语,默默倚窗前。

即景偶吟

静掩重门避俗氛,月痕松影压苔纹。茶香淡淡风初定,莲漏迢迢夜渐分。怅望东南飞孔雀,却愁西北有浮云。红栏十二闲凭偏,呼婢重将百和焚。

同霞卿姊散步二首

香阶携手共徘徊,浅浅弓痕印绿苔。笑指碧桃留后约,此花开候我重来。

俏并香肩倚画栏,树影回望思漫漫。枯桑叶落天风冷,细雨丝丝酿薄寒。

留别霞姊二首

晨夕追随谊最亲,同来忽又两经旬。悬知别后应相忆,风雨谈心少一人。

旭日瞳瞳破晓烟,榜人催上木兰船。明知聚首终须别,争奈临歧总黯然。

口　占

兰汤浴罢晚凉天,斜倚楼头思渺然。笑语阿清能对否^①,远山日落淡含烟。

注释

①原注:蕙甥小字阿清。

涵虚阁

夕阳帘底俏逡巡,山影含烟翠黛鬟。隔岸画楼窗半启,红妆遥见倚栏人。

夜雪偶赋

寒光晓射纸窗明,狐腋无温着体轻。远岫已迷松影翠,闲阶渐没石棱平。暖倾竹叶杯宜醉,冷斗梅花韵共清。未识灞陵桥上路,蹇驴踏冻几人行。

初　夏

樱桃红熟梅子肥,园林渐渐花事稀。重门深掩白日静,映空摇漾游丝飞。流光瞬息薰风转,夹衣旋把轻衫换。困人天气昼沉沉,起研竹露书纨扇。绿蕉影里启窗纱,含毫自笑真涂鸦。侍儿隔槛忽相报,流莺啄损蔷薇花。

和云姊二首

画烛摇红照绮筵,芙蓉香润玉娟娟。共钦阆苑无双士,合配瑶宫第一仙。合卺喜偕连理愿,爱才遥想两心坚。锦笺捧读催妆句,光灿珠玑字字圆。

台上琼箫声引凤,天边灵鹊夜填河。新妆倚镜花含笑,晓黛添螺墨细磨。蕴玉怀珠芳讯近,吟红刻翠艳情多。闺房唱和添佳什,管赵风流较若何。

悼花词二首

烟痕飘渺月微茫,恨紫愁红枉断肠。草草春归尘梦短,人间哪有返魂香!

流水落花春去也,海山兜率竟茫然。琐窗风雨潇潇夜,一片愁心托杜鹃。

次云姊长夏偶赋原韵四首

茶烟花雾认微茫,约鬓联吟觉夜长。倚月惊看人影瘦,卷帘喜趁晚风凉。绸缪心绪盘中字,撩乱云鬟浴后妆。底事瞒人偏讳病,罗衣销尽旧时香。

生怪芭蕉绿荫遮,文窗窈窕启红纱。闲从叶罅窥蟾影,笑向风前剪蜡花。弟子挟书频问字[①],侍儿乞假暂归家。纳凉听话村居乐,猫竹编篱蔓引瓜。

悄倚罗纨和短吟,水香微度竹窗阴。消除热恼翻丹诀,解释醒酾剖绿沉。凉意一帘疏雨润,离怀千古暮云深。青山缥缈成连远,法曲谁传海上琴?

　　闲庭雨过夜如秋,称体偏宜雾縠柔。娇弱池莲红带醉,轻盈烟柳碧含愁。调冰月榭同清赏,秉烛春园忆旧游。试举叵罗呼阿姊,未曾酩酊可容休。

注释

　　①原注:外甥蕙孙新从学于余。

新秋偶吟叠前韵四首

　　云烟过眼总茫茫,触景兴怀思转长。窗竹敲风惊午梦,井梧坠雨报秋凉。闲拈金缕翻新曲,倦启银奁试淡妆。记共玉人欢笑处,绿窗微度口脂香。①

　　芳林日落暝烟遮,半臂当风换碧纱。钿砌绿栽书带草,金盆红捣凤仙花。感秋词丽输温体,咏絮才疏愧谢家。拟乞天孙分巧思,时新小果荐凉瓜。

　　听彻苔阶蟋蟀吟,自携纨扇倚桐阴。墙根浣露萤光湿,阑角笼烟蝶梦沉。百和香消银烛冷,九环廊合画屏深。秋风遥和湘中曲,试把新声谱绮琴。

　　暑气潜消又早秋,薄罗云影漾轻柔。珠帘稳护鹦哥睡,画栋将离燕子愁。渺渺蒹葭湄萦远思,盈盈兰桨溯清游。小窗针线饶余暇,退笔深惭下未休。

注释

　　①原注:谓秀卿姊。

七夕二首

玉露金风夜气清，匆匆一晤倍牵情。愿倾天上银潢水，来续人间漏点声。

灵鹊桥成暂一过，依然消息隔银河。黄姑回首伤离别，赢得潺泪雨多。①

注释

①原注：连日大雨。

夜梦率师讨贼奏凯还朝马上得 诗二首醒而记忆不忘

刀光晃雪鼓鸣雷，五色旌旗耀日开。小队蛮靴争拥护，木兰新自战场回。

君恩许赋白华章，椿茂萱荣日正长。乞得明驼千里足，锦衣从此好还乡。

纪　梦

睡起无言倚镜台，追思幻境独低徊。封侯岂是裾钗事。昨夜无端入梦来。

云姊以叠和见示三叠前韵四首

静倚南窗思渺茫，疏星寥廓碧天长。芙蓉坠粉银塘冷，兰叶浮光玉露凉。薄命转添慈母虑,扫眉慵效内家妆。娇痴小婢频相问,丛桂因何未吐香。

　　画廊西畔柳阴遮,闲听红儿唱浣纱。喜蹴凤鞋轻点拍,懒裁茧纸学簪花。蜘蛛咒月频添网,燕子经秋枉作家。回忆水亭消夏日,中田庐畔摘新瓜。

　　萧疏风叶助清吟,槛外凉云一片阴。银汉无波秋耿耿,玉壶有漏夜沉沉。砧声捣月谁家急,烛焰凝烟别院深。坐久忽惊罗袖薄,石床清露湿眠琴。

　　袅袅西风又素秋,沧江载梦橹声柔。长天早雁迷云影,远树哀蝉起暮愁。掩卷几回怀胜迹,爱山何日快清游。林泉小住尘襟涤,不待沈酣万虑休。

题　画

　　海气云痕接混茫,遥山数点暮烟苍。片帆飞渡沧溟去,尘世风波懒较量。

四叠前韵呈云姊四首

　　絮果兰因属渺茫,云程遥睇九霄长。联吟只觉驹阴短,惜别先愁雁影凉。素月半帘邀小酌,绿云两鬓斗新妆。绣余共课文人业,珍重南丰一瓣香。

　　卍字栏干曲曲遮,熏香并坐小窗纱。红丝已定鸳鸯谱,绣阁难分姊妹花。夜雨孤灯劳别思,烟波双桨盼归家①。征兰已叶姬人梦,伫看绵绵衍瓞瓜②。

　　裁红刻翠并肩吟,检点丹黄惜寸阴。耿耿片言肯孤负,悠悠万事付消沉。蛩生暗里机难料,兰植当门忌最深。排遣俗尘聊把卷,虚堂静听响风琴。

凉痕如水一庭秋,露坐深怜玉骨柔。碧草漫萦南浦思,白华差解北堂愁。病多自合勤调养,质弱偏教赋远游。宦辙东西难预料,轮蹄历碌几时休。

注释

　①原注:仲春云姊赴郡奔丧,追忆及之故云。

　②原注:时云姊侍妾有喜云。

秋日即事五叠前韵

秋阴酝酿晚冥茫,倚遍雕栏九曲长。玉笛飞声度梅柳,锦筝翻调谱伊凉。瘦怜蝴蝶风前影,淡爱烟螺雨后妆。楼外木樨花正发,氤氲遥和麝兰香。

寂寂空庭薄蔼遮,熹微淡月漾蝉纱。虚心待种平安竹,同调难逢解语花。四壁秋声惊短梦,一天凉思落谁家。却怜童子痴憨甚,偷弄鸦锄学种瓜。

延赏秋光倚醉吟,海棠红瘦粉墙阴。冥鸿杳杳缯何篆,尺鲤迢迢讯易沉。斜照半阶黄叶冷,西风三径绿苔深。广陵声调于今断,壁上空悬中散琴。

碧云遥睇雁横秋,帘影当风水样柔。林表雨晴檐鹊喜,草根露冷砌蛩愁。闲临卫铄枕中帖,爱读庄生《知北游》。高卧南楼能避俗,寒暄酬应概容休。

秋　月

月魄皎如水,横空闻雁声。天高霜气冷,海阔夜云轻。河汉淡无影，关山望倍明。旅人当此际，应有故乡情。

秋　露

夜静月逾白，青空浮露光。碎珠凝蕙叶，残粉堕莲房。罗袜玉阶冷，金茎仙掌凉。遥怜霜信晚，葭菼正苍苍。

秋　风

凉飙入庭树，萧瑟暮愁多。荒径扫残叶，空塘卷败荷。鲈鱼吴下思，汾水汉时歌。无限苍茫感，横空雁影过。

秋　雨

暮雨添萧瑟，东篱丛菊残。冷侵瑶瑟慢，润逼琐窗寒。落叶声相杂，栖乌梦不安。画檐听淅沥，凉思渺无端。

秋　水

空水渺无际，长天一色秋。雁飞涵远影，鱼跃顺清流。碍网莼丝懒，牵衣菱角柔。溯洄谁宛在，东去任悠悠。

秋　山

暮云卷残雨，明净洗新妆。崖壑烟霞古，风霜草木凉。冷添枫叶艳，淡抹夕阳黄。欲仿倪迂笔，凭栏秋思长。

秋 花

点缀清秋色,幽花晚更妍。疏篱凉伴月,荒径淡栖烟。自抱香心固,羞邀俗眼怜。孤芳解相赏,濯露愈娟娟。

秋 树

玉露凄凉夜,庭柯换绿阴。倚根闲展卷,坠叶冷催砧。落日寒鸦影,西风倦客心。攀条寄惆怅,霜气倍萧森。

秋 客

塞雁又南去,旅人愁思长。关山明月冷,松菊故园荒。霜信催蓬鬓,萍踪滞异乡。莼鲈怀未已,何日买归航。

秋 戍

久作辽阳戍,瓜期又及秋。碧云雁声远,白草马蹄柔。烽火天山隔,乡心陇水流。寒衣迟未到,南望不胜愁。

云姊以重阳唱和诗索和即次原韵二首

拼将酩酊过重阳,家酿频倾玳瑁觞。金井渐看梧叶瘦,罗囊新佩紫萸香。风能落帽登高懒,诗为题糕引兴长。添得凭栏无限思,蒹葭萧瑟满江乡。

卷五

689

水色山光漾雾华,西风渺渺逸情赊。白迷远浦芦翻雪,黄补疏篱菊吐花。城上角声催落照,楼头杯影泛流霞。浪吟自笑迟兼拙,输与飞卿擅八叉。

重阳后一日追悼谱妹林凤珠叠前韵二首

一行飞雁过衡阳,闷倚西风懒举觞。黄菊又斟今日酒,翠钿难觅旧时香。窗前握手情如昨,笛里怀人思转长。萝薜空山秋寂寞,芳魂可否念家乡①。

遣愁强起读《南华》,怅触予怀恨倍赊。寂寂珮环归夜月,空空幻影现昙花。难将灵药回香骨,盼断仙旌驻紫霞。窗外芙蓉颜色艳,珠帘慵上玉了叉。

注释

①原注:凤妹亡于去年是日。

晚秋有怀霞卿姊

水阔天长落日遥,苍葭凝望思迢迢。尺书欲寄无鱼使,江上西风又晚潮。

晚秋杂兴三叠前韵二首

乱山合沓隐斜阳,独坐楼头泛玉觞。细朵最怜黄菊瘦,圆跌新剖绿橙香。寄情泉石吟怀畅,放眼乾坤客感长。鸡犬桑麻随地有,桃源何处是仙乡。

倚栏吟赏惜芳华,山翠波光四面赊。泥姊敲诗添茗火,呼鬟换水养瓶花。柳枝碧悴含秋思，枫叶红深绚晚霞。渐觉江干潮信落，两三灯影聚鱼叉。

读云姊送行诗四叠前韵二首

金风瑟瑟淡秋阳，惜别殷勤各尽觞。两点眉痕凝黛色，一炉心字爇浓香。黄花镜里芳容瘦，红豆阶前别思长。酒意未酣心已醉，沉沉早入黑甜乡。

斜倚朱栏玩月华，碧云渺渺雁程赊。情丝易织同功茧，艳影愁分连理花。锦帐梦寒闻晓角，澄江秋远睇晴霞。料知此后遥相忆，闲煞珠帘一桁叉。

新春即事次云姊韵四首

日影瞳瞳瑞色开，柏枝香里逛春来。芳筵合倩柑灯照，花信还劳羯鼓催。喜拂霞笺试新管，祥占云物上灵台。丰穰应有尧年庆，淑气先随斗柄回。

欲将寸草报春晖，三载驹光度若飞。又见桃符更绮户，空留鹃血染麻衣。帘帷未许乌私遂，华表何时鹤驭归。岁果堆盘香在鼎，寒风愁对烛光微。

罗幡彩胜剪玲珑，添写宜春帖子红。兰萼幽香含细雨，梅花浅笑倚东风。评量诗草偿新债，酝酿韶光属化工。差喜年来无俗事，熏香静坐绿窗中。

玉碗醪浮竹叶清，迎神遥听管弦声。椒花拟续刘娘颂，柳絮惭叨谢女名。冻结砚池冰未解，温回黍谷律初更。红笺贺岁年年惯，赢得春风亦世情。

夜雪和云姊韵二首

琼瑶为地玉为城,碧落光辉照眼明。吹上松梢寻有迹,飘来絮影悄无声。金瓯暖趁龙团熟,纸帐寒添鹤梦清。几遍西风斜透入,潇潇细响扑帘旌。

小窗人静漏声沈,笑倚梅花和冷吟。只觉瑶光浮绣幌,翻疑凉月转花阴。围炉衣薄催添火,睡鸭香温懒拥衾。灯市阑珊春寂寂,消寒聊把玉壶斟。

雪霁月明云姊以诗见示次韵二首

满庭凉月雪初晴,手卷珠帘望转清。琪树光摇山改色,玉壶冻合漏停声。征鸿过处踪堪认,老鹤飞来影不明。拟掬瑶华烹绿茗,借他冷韵助诗情。

雪屏悄悄夜深沈,料峭严寒翠袖侵。光彩已经动春讯,清华毕竟酝冬心。早添弱柳三分絮,谱入幽兰一曲琴。闻说段桥风景好,几回展卷费思寻。

春日即事

雾幌云屏迤逦开,雕梁静待燕归来。哦诗未就嗔人唤,绣线无心任姊催。细雨梨花深院落,东风杨柳画楼台。嫩寒恻恻春如梦,斜倚红栏日几回。

春晓曲

宿云渐散晴霞红，流莺百啭朱栏东。海棠和露睡初醒，湿烟绕径青濛濛。玻璃屏掩房栊静，佳人慵把云鬟整。燕子犹栖玳瑁梁，东风隔住珠帘影。

雨窗即事

浓云何日放晴晖，莺湿无声蝶倦飞。花怯晓风情脉脉，柳眠残雨梦依依。渐消香篆催添火，未定春寒屡换衣。却怪鹧鸪啼不住，踏青心愿已相违。

拟四时塞上曲四首

塞草年年战血腥，何曾春色到边庭。却怜杨柳东风曲，只在关山笛里听。

西出萧关万里遥，黄沙极目景萧条。当空赤日炎如火，犹有阴山雪未消。

鸣笳吹角动高秋，月白霜清万里愁。愿得汉家飞将起，早弯弧矢射旄头。

寒日无光杀气迷，朔风惨淡阵云低。将军未定擒王策，辛苦频年事鼓鼙。

瓶　花

色色空空认未真，几番回首又逡巡。红嫌木槿香难久，淡爱幽兰韵可亲，伴我绿窗消俗虑，与卿白水证前因。胆瓶清供晶帘护，肯许轻沾半点尘？

夏　日

玲珑水榭卷帘旌，风送莲池夏气清。一角远山云尚锁，半阶斜日雨初晴。喜拈新句书纨扇，重着残棋倚石枰。催浴兰汤人意倦，深林遥听暮蝉声。

六月八日先君忌辰志感

悲风撼乔木，晨起心傍徨。堂前展遗挂，含泪献酒浆。盘铡具珍错，果否来一尝。抚今念畴昔，哀痛煎衷肠。昊天自罔极，岁月空堂堂。反哺愧乌鸟，此恨千秋长。

读云姊集药名诗亦成一律

云母屏深画漏稀，金炉续断篆烟微。蝇钻故纸痴难破，蝉脱寒林梦已非。闲踏苍苔嫌滑石，笑拈黄菊倚斜晖。枯桑叶落天风冷，缥缈云连雁阵飞。

卷　六

感　事

一任雷声送雨声，葵心终向夕阳倾。乘槎有路天应近，激水无风浪自平。眼底云烟多变幻，胸中泾渭自分明。闲愁只觉浓于酒，五斗何能解宿醒。

花　态

残梦惺忪唤晓莺，栏杆斜拂媚春晴。笼烟薄带三分醉，背日娇含一种情。香吐檀心仍蕴藉，红低粉脸倍轻盈。天然艳轶神仙度，只觉丹青画不成。

花　情

檀心旖旎玉和温，脉脉含香对酒樽。粉蝶三生寻幻梦。游丝一缕系柔魂。春归欲共烟痕化，夜静深愁月色昏。倦倚东风娇不语，杜鹃声里掩重门。

七 夕

穿针楼上拜双星,月影迷烟澹画屏,万籁无声人散后,苍苔和露坠流萤。

七月十五风雨纪事

声泻江河势动摇,阴霾惨淡蔽昏朝。山腾雨气连天暗,树挟风声入夜骄。倚枕那能成短梦,挑灯仍复坐长宵。水乡茅屋愁沈没,一夕新流过石桥。

忆 菊

催寒有讯雁南来,心绕霜枝日几回。玉露故园无恙否,金风昨夜可曾开?寻秋迹杳偏萦梦,倚石情深懒举杯。屈指重阳佳节近,篱边凝望意徘徊。

醉 菊

护持风雨一年忙,合向花前醉几场。三径幽芬宜待月,九秋香伴此传觞。掇英雅助陶潜兴,对影争如李白狂。倦倚东篱归未得,朦胧扶梦立昏黄。

品　菊

霜寒老圃竞芬芳,倚月临风费品量。高下总成千种艳,清浓细较一篱香。幽人骨格宜求淡,仙子风流不待妆。应笑黄金迷俗眼,别标冷韵占秋光。

供　菊

饱餐佳色傍妆楼,茗碗炉香位置幽。半缕轻烟扶瘦影,一帘细雨伴深秋。怜卿澹泊真堪侣,笑我疏慵未识愁。门外西风寒正峭,琴樽相对共绸缪。

咏　菊

烟横老圃绽黄金,摹写芳蓉细细吟。冷挹清霜知晚节,澹和明月见秋心。左芬献颂传神远,楚客餐英寄意深。几度噙香篱畔立,含毫雅愿订知音。

簪　菊

和露东篱折一枝,助妆恰称晓妆时。秋含宝镜人同瘦,香压云鬟蝶未知。斜伴钗光添冷艳,还从酒面照幽姿。只防银蒜闲勾住,自卷珠帘上玉蕤。

采　菊

西风趁晓采寒英，篱角烟笼日未明。云袖低揎秋影碧，玉纤细撷露华清。懒储绿瓮添新酿，拟供红窗证旧盟。信手拈来还自笑，绕枝瘦蝶共多情。

饯　菊

霜篱回首梦全非，饯罢黄花倚夕晖。情到忘言还脉脉，秋当欲别转依依。荒凉苔径心犹恋，珍重芳樽愿莫违。寄语西风留后约，早传香讯到柴扉。

即景怀霞姊

袅袅西风拂素波，天长梦远思如何。游鳞阻浪迟传信，旅雁惊寒早渡河。水国蒹葭秋露冷，妆台杨柳暮烟多。遥知此夕兰闺里，一样怀人敛翠蛾。

正月十一夜雪

春痕遍地散瑶华，夜色空濛酒力差。积雪满庭风满袖，冷和明月倚梅花。

兰

娟娟幽兰花,含英媚春节。深谷倚寒烟,尘埃迥超绝,雅抱寄瑶琴,清华俪白雪。孤芳自欣赏,岂求美人折。

送云姊归郡二首

碧天雁影怅离群,执手依依未忍分。后夜相思望明月,巾山缥渺隔层云。

春水迢迢泛木兰,情深只觉别离难。晚来江上东风紧,珍重添衣护薄寒。

春日寄怀云姊二首

轻寒恻恻思悠悠,绣线无心懒上楼。絮影一帘春似梦,闲同鹦鹉话离愁。

小窗独坐最无聊,愈觉吟魂黯黯消。欲倩红鳞遥问信,东风何日送归桡。

三月廿七夜梦偕云姊泛舟至一处言是汇风峡奇险之中别饶幽秀舟次得五律一首醒后仅记浪花飞雪一联追忆梦境历历在目因续成之

入峡天疑暗,神奇目未经。浪花飞雪白,山影压船青。泛泛身如寄,飘飘梦欲醒。故乡何处望,兰芷隔遥汀。

春夜有怀云姊

别来触景总萦思，花影横窗夜睡迟。惟有娟娟云际月，照人帘底立多时。

杂　兴

一重绣幕上金钩，山影含青入画楼。过眼烟云如梦醒，关心风雨替花愁。未能免俗嗤篱鷃，真个忘机羡海鸥。宿火半消芳篆冷，笑呼侍婢理香篝。

暮春即事二首

楝花风冷雨丝丝，梦恋香衾睡起迟。桑柘成阴蚕上箔，流光又近饯春时。

春闺初试薄罗裳，啼鸟声中日渐长。细数落花闲独立，隔篱风送焙茶香。

成梓臣太守命题小瀛洲春禊图

柳丝绿映繁花红，波光潋滟涵晴空。采兰被禊记芳序，兰香波暖春融融。碧烟影里流莺啭，湖心亭上张高宴。湘乡太守作主人，四方招集青云彦。一觞一咏叙幽情，麹尘风暖天气清。脱略冠裳敦古谊，谢除丝竹余春声。此歌彼和吟情适，丹青特遣留真迹。要使东湖逸事传，琴樽雅韵谐泉石。冠盖飞

扬映绿芜,湖光山色共清娱。他年好待王摩诘,重写瀛洲学
士图。

云姊以赠霞卿姊诗索和次韵调之四首

半臂轻绵护薄凉,绿窗晓起共凝妆。惺忪睡态春云懒,撩
乱情丝素藕长。细掠鸦鬟临宝镜,偷拈象管坐匡床。欢惊历
历堪追忆,销尽熏炉一炷香。

罗袜凌波似洛神,玉容含笑语含春。密缄豆蔻心原细,略
吐丁香意未申。曲曲雕栏携素手,垂垂绣幕隔香尘。名花只
合殷勤护,荆棘何堪作比邻。

密密朱丝姓氏连,氤氲曾遇梦中仙①。团圆照影窥明月,
宛转缄愁寄线笺。省识多情终是累,却缘同病倍相怜。偎香
倚玉双栖稳,未许流莺唤晓眠。

无端牵恨到眉头,心自伤离水自流。养病勤劳调药饵,催
归勉强上兰舟。三生有约终当践,两地相思易惹愁。遥想闺
中同寂寞,绿波春暖望来游。

注释

①原注:庚辰年,云姊梦一叟手持玉册,上写"奇缘簿"三字,偕观启
视,则"屈""周"二字大书并列,下有小字,密界朱丝。方欲细看,老人云:
"天机不可泄漏"。遂还之。后遇霞卿,一见如旧。三生香火,信有前因。

秋航师枉过敝庐袖诗索和即步原韵

听话兴衰思惘然,水沈销尽鸭炉烟。冷拈筠管赓新句,叠
赐瑶篇忆昔年,扰攘世途纷剑戟,逍遥心地即神仙。绛帷重侍

春风暖，不觉深谈到暮天。

感旧叠前韵

诗笺粘壁尚依然，淡墨尘蒙欲化烟。脉脉鸿泥寻旧迹，匆匆驹影换流年。围屏向日开云母，宝鼎留香护水仙，回忆消寒妆阁里，红炉煮茗共谈天。

昨检书箧得先君遗墨怆然作此三叠前韵

披吟遗墨泪潜然，树影摇风锁暝烟。乌恋寒林空有梦，鹤归华表是何年。青箱已散难传世，丹诀无灵枉学仙。焉得返魂香可爇，再生人世莫生天。

即事偶吟兼寄秀卿姊四叠前韵

冷倚梅花思悄然，鹤翎憔悴瘦迷烟。抛除药裹初离病，散佚诗编不计年。香梦几回逢旧雨，云軿何日降瑶仙，月明林下频凝望，咫尺相暌似各天。

昨夜梦经太华见三峰缥缈高接层霄惟玉女一峰在云雾中乍隐乍现即景得一截醒而志之

三峰远在有无间，拟欲披云认玉颜。却喜天风吹渐散，窥人约略露烟鬟。

春晓即事

啼鸟唤春眠,霁日明窗户。烟痕澹未收,柳色青初吐。妆罢背东风,倚槛调鹦鹉。

清明偶成

晴烟浮绿雨初干,偷得微吟倚画栏。深院秋千人散后,紫桐花底晚风寒。

春日闲咏

梨花翻艳雪,弱柳拖金缕。新绿涨池塘,东风夜来雨。燕子不归来,卷帘久延伫。

病起即事兼怀霞卿姊叠云姊韵四首

寂寂幽窗晓梦凉,镜台强起理晨妆。螺痕懒扫青烟淡,帘影低垂白日长。瘦觉鸳鸯宽绣带,闲调鹦鹉倚银床。莺啼花落无聊赖,宝鸭浓添百和香。

药栏斟酒饯花神,草草流光又送春。风里杨花团复散,雨中蕉叶卷难申。人因久病都成懒,事不经心怕惹尘。静爱高楼能避俗,澹云微月自为邻。

停云怅望暮云连,前度瑶台降玉仙。银蒜夜凉同听雨,木樨露冷记题笺。悠悠往事空追想,脉脉离怀只自怜。一点灵犀相照处,倾谈衷曲屡忘眠。

看山并倚画楼头,雨后岚光翠欲流。为我遮寒添半臂,送卿别梦绕孤舟。苍苍葭浦频凝望,漠漠江天起暮愁。回首光阴逾半载,未知何日赋来游。

病起偶吟

十二珠帘上玉钩,碧天空阔暮云流。夕阳一抹黄如海。贪看青山独倚楼。

晚　烟

晚烟和雨湿梧桐,云散遥空现断虹。顿觉蕉衫凉意满,银塘香透藕花风。

寓　言

历乱芦花似雪飘,一湖烟水望迢迢。蒙鸠自道安巢稳,不信西风折苇苕。

长夏杂咏

寂寂云扉昼亦扃,竹炉茶沸梦初醒。绿阴满地人声静,帘外轻风响碧玲。

闲庭雨过夕阳斜,爽气微微透茜纱。薜荔墙阴留隙地,自携鸦嘴种秋花。

灯　花

却疑喜信报窗纱，碧穗双垂已结花。留得丹心终吐焰，吹嘘原不藉春华。

冬窗即事

水仙梅萼倚冰奁，倩影娟娟月影纤。暖护幽香藏斗室，海红低亚一重帘。

寒夜偶成

淡月笼云影未明，敲窗落叶乱风声。忏除绮障消烦恼，纸帐梅花鹤梦清。

经蒋桐花姊殡宫怅然有作二首

水绕山回别一村，薜萝风冷暮烟昏。珊珊环珮归来否，剪纸虚招月夜魂。

芙蓉如面想当年，脉脉思量转惘然。孤椟冷抛荒草外，凄风零雨倩谁怜。

腊月初八作家书有触于怀率吟二绝

乱挽香云睡起迟，人前讳病强支持。生憎鹦鹉多言语，纵有深愁未许知。

彤云酿雪北风寒，瘦觉新来带影宽。只恐慈亲添远虑，反传消息报平安。

寒夜怀霞姊二首

金猊香冷夜迢迢，料想幽闺倍寂寥。莲漏无声灯半暗，打窗落叶听潇潇。

风满帘旌雪满天，昨宵欢笑话灯前。屠苏独酌难成醉，寒倚薰笼定不眠。

己丑元旦试笔

椒花香暖岁华新，渐渐风调六律匀。小帖泥金书宝字，延龄柏酿晋长春。迎神只觉乡风异，角彩欢腾笑语频。遥想故园诸姊妹，也应系念远离人。

即景口占

雪影明窗纸，平添晓色寒。幽兰香有讯，冷伴玉栏杆。

即景写怀

平望亭台雪色凝，酒怀乡思两难胜。梦迷纸帐三更月，寒结河桥十里冰。密密竹枝空写影，茫茫鸿雁杳无凭。小楼昨夜东风峭，侍婢贪眠唤未应。

春日偶成

　　屏山曲折掩房栊,树影青涵镜影中。鸿爪远迷三径雪,花香浓护一帘风。琴书只合商清课,荣悴何须问化工。连日轻阴春气冷,博山炉火又添红。

留　别

　　垂堤枯柳思依依,脉脉攀条对夕晖。萱草北堂萦远梦,脂车南陌赋当归,山川纵远情难隔,金石能坚愿岂违。好采芳兰频寄讯,莫教迢递盼鸿飞。

游　丝

　　低萦花径远和烟,宛转情丝一缕牵。应是柔魂吹不化,东风影里又缠绵。

寄怀霞卿姊

　　隔堤烟柳影参差,情短情长又系思。两地关怀应有梦,寸心相照转无辞。梅花篱落敲诗处,夜月楼头并倚时。别后东风频怅望,碧云迢递雁书迟。

拟刘妙容宛转歌二首

春院深，拂石理瑶琴。东风结愁思，掩抑不成音。歌宛转，宛转复含情。愿为天上月，万古此心明。

春昼长，风暖百花香。隔叶生憎莺乱语，衔泥又见燕飞忙。歌宛转，宛转复依依，愿为云外鹤，与世两忘机。

古意二首

绛阙瑶台思渺茫，玉杯慵泛郁金香。不教晓梦迷蝴蝶，肯借春阴护海棠。宛转游丝千万缕，绸缪锦字十三行。含情欲向东风问，手折芳兰倚夕阳。

春寒如梦雨如酥，又听枝头唤鹧鸪。寂寂华堂巢翡翠，盈盈宝帐卷流苏。东风无赖生红豆，南浦依然长绿芜。十二层城天样远，难将瑶札寄麻姑。

得霞卿和诗复次前韵奉寄

燕南雁北竟参差，脉脉频萦两地思。栀子同心劳远赠，杏花消息寄新词。独怜晓镜梳妆候，忆昔宵灯话雨时。焉得绣帏常作伴，晴窗共听鸟声迟。

舟行杂兴

岸柳依依波影绿，轻舟晓沂河流曲。深林布谷唤春耕，泥润平畴雨初足。沿途风景尽怡情，闲倚篷窗聘遥瞩。烟渚低飞白鹭斜，水田阁阁噪群蛙。乡村渐觉桑麻少，遍地红开莺粟花。

和云姊寄怀原韵

画屏秋梦冷，脉脉坐通宵。绿蜡心难展，红牙曲罢调。萤光经雨暗，树色挟风骄。怅触情何限，离魂已半消。

蓉姬患虐倚灯口占

疏灯夜雨话频频，药裹亲调病后身。寄语东君休眷念，惜花侬亦护花人。

忆家二首

绿展芭蕉数尺阴，半窗细雨悄沈吟。鲤鱼久杳平安信，脉脉时萦一寸心。

昨宵倚月思漫漫，一样清光两地看。寄语归潮将信去，殷勤替我劝加餐。

正月初三舟中作

舟中默坐泪沾巾，云物凄凉又一春。纵说故乡乡路近，望归无复倚闾人。

在三角程村留别云姊二首

一自堂萱萎，乌雏失所依。沉吟望乡月，红泪满罗衣。
惜别复惆怅，他乡非故乡。争如云外雁，来去总成行。

病起即事集药名和云姊韵

芙蓉花底掩房栊，兰麝香消薄病中。青黛懒描临晓镜，黄
花愁悴倚秋风。重帘静下珍珠冷，新酒香浮琥珀红。昨夜寒
砧声续断，郁金堂北画楼东。

春夜偶成

空濛香霭掩重门，兽炭红销酒半温。何处东风吹玉笛，海
棠深院月黄昏。

清明有感二首

渺渺轻帆落日迟，梨花吹雪柳垂丝。故园回首情何限，又
是清明上冢时。

梦断萱帷又一年，松楸冷锁墓门烟。伤心寒雨棠梨候，夜
夜空山泣杜鹃。

题陈员员小像二首

二百年来迹已陈，吴宫无复旧时春。五铢衣薄天风冷，缟袖翩翩迥出尘[一]。

花月千秋粉黛香，无心家国念兴亡。可怜缟素三军泪，不及春风一面妆。

校勘记

〔一〕迥，底本作"迊"，疑为"迥"之误刻，径改。

题子辛九叔中秋玩月图照二首

碧天如水夜悠悠，坐对西风院宇幽。却忆悬弧刚此夕，桂花香满月轮秋。①

清如云鹤写丰神，一点灵光不染尘。早得仙家元妙诀，合呼明月是前身。

注释

①原注：九叔中秋生日。

七　夕

乌鹊低飞报早秋，金风玉露夜悠悠，人间亦有分离恨，银浦谁填两地愁。

秋夜偶成

玉阶寂寞露华凉，月转高梧夜渐长。绣簟浓香消豆蔻，画屏秋梦冷鸳鸯。流黄倦织机中锦，薄粉谁施镜里妆。徙倚西风倍惆怅，又惊飞雁过衡阳。

寄怀云姊

雁影分飞后，驹光又一年。乡心迷远树，别梦渺秋烟。对月应相忆，闻蛩定不眠。何时重握手，细与话灯前。

同绣云世妹园中散步二首

盈盈携手下香阶，散步春风小遣怀。忘却莓苔初过雨，泥痕深染凤头鞋。

绕亭竹树影参差，花气浓薰日午时。正倚云根闲觅句，春禽啼上万年枝。

留别秀卿姊二首

窗下消愁酒共斟，休将闲事恼芳心。春风好护怀中燕，莫再和衣卧夜深。①

停云霭霭暮云平，迢遞依然隔水程，回首故园明月夜，难抛还是故人情。

注释

①原注：时秀姊有喜故云。

送蓉姬赴皖

烟波渺渺暮云平，怅望山程又水程。对月已惊千里隔，顺风遥想一舟轻。殷勤好体夫君意，婉顺休伤姊妹情。到日皖江春正好，杂花芳树语流莺。

七夕立秋二首

强扶薄病启帘栊，凉信初传一叶风。独倚针楼望河汉，淡云和月又朦胧。

露华悄悄夜冥冥，人散瓜筵坠冷萤。添得秋闺无限思，年年两地拜双星。

秋夜不寐和夫子原韵

机上流黄锦，含愁织未成。疏钟惊晓梦，画角动边声。望远迷烽火，防秋壮甲兵。遥怜关塞月，冷照乱蛩鸣。

春闺即事二首

嫩寒峭峭近清明，酝酿春光几日晴。昨夜啼鹃前夜雨，模糊残梦总关情。

半卷珠帘睡起迟，倚栏脉脉寄遐思。东风吹绿庭前柳，又是梨花细雨时。

拟丁娘十索诗十首

丽日影迟迟,柔桑低绿枝。绵蛮语黄鸟,感物增怀思。欲识绸缪意,从郎索茧丝。

轻风燕子飞,细雨闲庭暮。感叹复沉吟,含情倚芳树。独咏苦无聊,从郎索新句。

红添槛外花,绿长庭前柳。辜负故园春,忽忽三年久。无计遣离忧,从郎索美酒。

松风发虚籁,娇鸟鸣春林。宛转写幽意,泠泠传古音[一]。欲奏高山曲,从郎索绮琴。

山翠扑帘栊,花影横窗户。画意满胸中,思向毫端吐。展绢复逡巡,从郎索画谱。

裙曳藕丝轻,衫换宫纱茜,扣扣佩香囊,团团握素扇。笼袖意徘徊,从郎索金钏。

消夏水窗前,盈盈贴翠钿。艳歌翻白苎,研露拂松烟。更仿簪花格,从郎索彩笺。

风闪碧檠寒,窗掩文纱绿。倚镜卸残妆,按谱敲棋局。未忍剔灯花,从郎索银烛。

瑶阶玉露寒,罗幕蛩声透,镜里惜腰身,杨柳因秋瘦。含意讳相思,从郎索红豆。

春风觞咏天,夜月笙歌地。一别两茫茫,何由见君意。试探别来情,从郎索日记。

校勘记

〔一〕泠泠,底本作"冷冷",系误刻,径改。

卷七

春日偶成

澄波绿映柳枝柔,几见征帆阻石尤。寂寂玳梁栖乳燕,迢迢银汉望牵牛。游丝无赖牵新恨,锦字含情寄远愁。门掩梨花春欲去,东风吹雨湿帘钩。

申甥桢夫以诗问病次韵二首

药铛影里诵瑶篇,寂寂衡居屋数椽。懒挽云鬟临宝镜,从教日影花砖。病萦弱体偏难遣,讯隔重闱岂易传?① 焉得长风遥借力,积阴吹散月当天。

世事茫茫唤奈何,非关寒暖失调和。春风不展双眉锁,铃雨空传一曲歌。辗转芭蕉心易悴,糢糊鹦鹉话偏多。濠梁近悟蒙庄旨,非我非鱼莫问他。

注释

① 原注:时外子在试院。

秋日携女佩襄陪曾少夫人游龙
兴寺用夫子修禊诗韵二首

寺古云深树色寒,昆池劫火几烧残。龙飞海甸秋萧瑟,山抱江城气郁盘。寂寂真容添旧感,迟迟佳日待谁看。钟声梵呗喧阗处,知是僧寮进午餐。

淮水东流莫问年,祇园依旧镇南天。胜游喜有金闺伴,对景惭无好句传。缥缈九华开霁色,参差百堞隐晴烟。兴衰多少前朝事,落日西风思渺然。

九月二日陪曾静珊夫人游独山兼送之
皖城借用外子龙兴寺消夏韵

良辰近重九,霜飚入丛樗。喜共素心侣,游览涤尘虑。联袂登独山,戒旦走仆御。淮流曲似环,山色秀堪饫。仙洞缄幽踪,白云漾晴絮。深黝未敢穷,泉石恣谈助。回车赴嘉招①,雕盘进犀箸。殷勤借霞酌,送子归华署。皖城号繁郡,南丰有文誉。行见内助贤,慈爱兼明恕。德化被闺帷,舆歌洽众庶。余才信不逮,短策乏长驭。吟窗夜月寒,荒驿鸡声曙。握手长徘徊,转惜分离遽。此日共君游,他日思君处。柏悦耐岁寒,泾渭别清淤。渺渺江上波,愁送征帆去。

注释

①原注:是日杨大令夫人招饮。

送外叠前韵

中泽鸣哀鸿，雚苻遍荒墟。时事方殷忧，潦洪更萦虑。枕席不暇安，琴樽复谁御？旁午理案牍，对食未遑饫。念君今行役，寒衣厚添絮。朔风渐戒严，旨蓄惭御助。既投刘宠钱，岂羡何曾箸。依依濉水涯，寂寂淮南署。穷源思治安，孰计毁与誉。成谳或有疑，推原幸矜恕。排潴期安澜，地利兴民庶。呼仆起戎装，车驾策良驭。鸡鸣晓梦惊，画角霜天曙。言归曾几时，出门一何遽。今宵柳岸风，酒醒在何处。明月共素影，银河无浊淤。翘首望浮云，脉脉送君去。

感事和桢夫甥原韵

迷离鹿马辨难真，匡济同心有几人。鸿为高飞思避弋，蠖非久屈岂求伸。金缯颠倒输胡羯，国事安危系重臣。日暮望云增太息，涓埃何以答君亲。

游盱眙都梁山五首

荷叶滩前宿雨收，阻风连日滞行舟。朝来忽动游山兴，拾级思登最上头。

月到风来①兴洒然，清心亭上小流连。龙团雅配松枝火，碧试玻璃一鉴泉。

石刻模糊碧藓斑，深林人语夕烟间。东风无限南朝感，来访都梁第一山。

当年玉帛和戎事,南北山河自此分。杜宇啼残春欲尽,落花飞絮正纷纷。

参差楼阁依山转,晴树深含石气凉。试倚危栏望淮水,风帆叶叶乱斜阳。

注释

①原注:石刻四字。

汴河怀古

汴水无情只自流,丝丝杨柳不胜秋。西风落日空遗恨,锦缆牙樯忆昔游。无复美人歌旧曲,只逢渔父掉扁舟。隋家堤畔频凝望,浩渺烟波万古愁。

夜渡洪泽湖和桢夫甥原韵

雾影空濛夜色薄,榜人催唤南风作。张帆深夜渡洪湖,北斗参横月将落。烟波凝望空漫漫,悄倚篷窗风露寒。决排疏瀹记禹绩,支祈镇伏长安澜。元圭告成功无两,清河东去通兰桨。蛟龙酣睡静不惊,连天远水平如掌。我欲直上蓬莱巅,霞觞渴饮丹砂泉。飘飘遗世疑独立,瑶琴一曲弹水仙。曲罢晨光动帘隙,隐隐青山遥送客。回首苍茫水气昏,湖流倒影春云白。

感　怀

宦味真如水,流光渐及春。红颜愁里老,白发镜中新。世事争棋劫，征衣浣路尘。五湖渺烟水，乡梦往来频。

清明日追悼湘六五兄二首

化鹤归来事渺茫，鸰原回首暗神伤。天涯又是清明节，旅榇何时返故乡。

桐棺寂寂寄荒村，谁奠梨花酒一樽。轻别故园应有恨，春山凄断杜鹃魂。

淮阴钓台

淮山青，淮水平。汉火已灭遗江城。烟波无恙钓台在，千秋犹说淮阴名。淮阴逐鹿中原去，抛却当年钓鱼处。登坛拜将领全军，解衣推食隆恩遇。雄师破楚定山河，战士投戈奏凯歌，毕竟封侯符蒯彻，岂知成败属萧何。东下齐城郦生死，未央之祸从此始。草间兔尽狗亦烹，百战元勋竟如此。鱼水君臣恩不终，莫将成败论英雄。岂有密谋成执手，竟将钟室作酬功。自古兴衰如转毂，钟鸣漏尽非为福。只今山木怨啼鹃，王孙不归芳草绿。

游扬州平山堂

寻幽偶访平山寺，选胜还登定远楼。淮海风帆云外落，金焦山色望中收。髯翁醉墨留遗韵，司理琴樽记旧游。独倚危栏怀往迹，澹烟斜日思悠悠。

游金山寺

　　大江莽莽日夜流,蛟龙出没波涛秋。阻风京口不得发,舣舟还作金山游。红墙碧瓦江天寺,宝殿庄严金布地。入门但觉旃檀香,奎藻欣瞻御碑字。磴道盘空苍藓迷,扪萝绝顶穷攀跻。古洞阴幽白日静,危亭俯视青烟低。乱帆隐隐浮天去,远影微茫辨江树。此是昔年梦里游,石边犹记题诗处①。即今风景尚依然,鹍蟀悠悠岁几迁。山灵与我如相识,且试中泠第七泉。

注释

　　①原注:庚辰梦游金山得绝句,见《同根草》。

登迎江寺塔

　　孤塔岩峣〔一〕耸,登临四望开。龙山横翠远,皖水接天来。危堞明斜照,低田半草莱。苍茫射蛟浦,何处是荒台。

校勘记

　　〔一〕底本作"荛",系误。"岩峣"一词常见于诗歌,如(三国魏)曹植《九愁赋》:"践蹊径之危阻,登岩峣之高岑。"

四月朔日游大观亭

　　冠盖飞觞地,危亭亦大观。云迷千嶂合,水接九江宽。芳草天涯远,蒲帆夕照寒。茫茫今古事,含思久凭栏。

感事和夫子韵二首

强邻虎视遍西东，何日欃枪一扫空。破虏自应筹战略，偷安转恐酿兵戎。齐疆远望烽烟急，胶水惊传敌舰通。快马健儿无恙在，好教金印早论功。

愿震天威慑四溟，重关要隘总宜扃。不教胡骑窥疆域，自有祥云护帝星。醇酒漫从无忌醉，楚骚谁似屈原醒？斩蛟射虎英雄事，力挽银河洗血腥。

题阳谷殉难事实后①

柏台冰鉴凝清光，熙熙蔀屋皆春阳。一从赵公莅六皖，皖江流比恩波长。人道公心如止水，或云公面如秋霜。传家忠孝著国史，读公纪述方能详。公父昔作蒙阴宰，弦歌化洽民风改。飞蝗入境不敢灾，甘棠遗爱今犹在。甲寅岁调阳谷城，豺狼遍野烟尘生。下车五日寇氛逼，霣云指断无援兵。慷慨登陴诀妻子，此身誓守孤城死。炮声震地鼓不鸣，烽火烧空云半紫。南来贼骑如烽屯，杀气惨淡天日昏。睢阳骂贼志已决，策马独往城东门。脱将半袖慰亲念，拼洒碧血酬君恩。正气长留天地间，崇祠血食壮河山。只今宵旰忧胡虏，匡济同伤时事艰。天子怀忠恩眷重，公抱经纶终大用。愿保金瓯致太平，勋名竹帛千秋共。

注释

①原注："为赵次山廉访"。

题古吴张翰伯先生恒春片石图

一片元章石,摩挲感旧游。润含琅峤雨,梦断虎门秋。为惜朱崖弃,因教粉本留。补天谁妙手,对此思悠悠。

为蓍林夫人题萱帏课读图即送之陕西任二首

林下知名久,相逢意倍倾。鸠兹江上水,何似玉壶清。寸草三春意,寒灯五夜情。当时怀母教,图画若生平。

西望潼川路,悠悠送别心。花香迎翠幰,桐响感青琴。汉月终南迥,秦云渭北深。秋风有来雁,千里盼瑶音。

题蓍林夫人画山水横幅次渐西廉访韵二首

有怀林下风,清言兰气静。却对画中山,淡秀如人影。

云深涧忽幽,木落寒山静。茅亭不见人,一片斜阳影。

乌江吊西楚霸王

乌江日落水空流,运厄英雄岂自由!雉力终难扛汉鼎,鸿门应悔失人谋。八千子弟兵何在,百二关河气已秋。成败底须羞父老,本来天命早归刘。

无　题

轻寒恻恻思悠悠,绣线无心懒上楼。絮影一帘春似梦,闲同鹦鹉话离愁。

看韵彩妹晓妆即和记梦原韵

玻璃窗下看凝妆,浅澹眉山画更长。对镜盈盈花欲笑,芙蓉旖旎玉生香。

（附）原　作

春风满面未梳妆,镜里云鬟几许长。梦见美人相对奕,瑶台花影露凝香。

江行绝句十四首

渺渺江波似镜平,长风吹送布帆轻。晚来流泊矶头住,记取江行第一程。

帆樯丛集晚烟稠,灯火遥明水上楼。无赖宵来风又雨,大通港口又停舟。

鸦鬟梳罢水窗凭,湿雾初开旭日升。十里长山青似画,朝来一棹下铜陵。

铜陵南去接繁昌,江阔堤平远思长。隔岸人家深树里,炊烟淡抹夕阳黄。

江流晴影漾浮图,倒影遥山淡欲无。金碧楼台凝望处,绿

723

杨影里是于湖。

鸥波诗画久传名，今日相逢意倍倾。感到怜才犹意外，明珠更许掌中擎。①

游丝万缕漾晴空，不尽离情夕照中。辜负桃花潭水意，柳枝无力冒东风。

天门俯瞰大江流，戍垒缘山控上游。要厄东南凭保障，鲸氛澄澈水天秋。

舟经采石求遗迹，正是春波浅涨时。碧瓦红墙烟柳外，瓣香未拜谪仙祠。

流光荏苒过重三，草长莺啼绿意含。正好春江花月夜，轻舟和梦到江南。

白鹭洲前白鹭飞，顺流南下午风微。云山到眼如相识，小泊江边燕子矶。

巉岩削壁邻江立，树色烟痕照眼青。仿佛梦中登觅处，五云犹绕御碑亭②。

戎马当年争战地，模糊废垒夕阳间。英雄老去偏多感③，野鸟忘机自往还。

杨柳春风铁瓮城，挂帆东去暮潮平。啼莺声里频回首，北固青青落照明。

注释

①原注：谓薛蕅林夫人携女枉过。

②原注：辛巳岁，余梦至一处，见削壁临江，危亭孤峙，中有御碑，曾吟一绝。醒时仅记末二句：飘然便欲乘风去，小谪红尘二十年。舟中遥望，梦境宛然。

③原注：松圃八伯，指点当年驻兵处。

舟泊下关即目

薄暮停舟处，遥瞻细柳营。旌旗坚戍垒，鼓角壮严城。天堑原夸险，江流总未平。电灯高照处，愿似将星明。

舟中望惠山

模糊岚翠接晴烟，绀宇琳宫望俨然。舟子趁风贪利涉，未能一试惠山泉。

阊门夜泊

灯火楼台隔柳枝，银筝哀怨漏声迟。潇潇暮雨吴娘曲，记取阊门夜泊时。

春暮游虎丘〔一〕八首

桥影长虹卧碧流，天桃红映柳丝柔。落花三月春风暖，问水寻山到虎丘。

佛像庄严宝殿新，翠华鸾辂忆南巡。辉煌睿藻留题处，雨露犹含旧日春。

绀宇云房半劫灰，荒烟难觅讲经台。尚遗一片千人石，春雨年年长绿苔。

断碣模糊字半残，霸图凝望思漫漫。夕阳冷照浮图影，剑气销沉碧水寒。

绿影含风蔓薜萝,荒池终古傍崖阿。兴亡阅尽千年事,不独游人照翠蛾。

不波艇子接山庄^①,一树繁花映粉墙。拟向平泉骋游览,朱扉深掩晚风凉。

绮罗香散梦难寻,钟梵空山自古今。欲访真娘理玉处,萋萋芳草墓门深。

浓云蓦地响轻雷,又见风吹霁色开。胜景当前游未遍,笋舆悔向雨中回。

注释

①原注:出虎丘寺门,有不波艇子、挹翠山庄.

校勘记

〔一〕底本作"邱",为避孔子讳,今回改作"丘",后文"丘"均同。

枫泾夜泊二首

扶疏烟柳隐楼台,两岸纱窗傍水开。愁绝鸳鸯湖上月,更无人唱棹歌来。

枫泾桥畔片帆停,萧寺钟声入夜听。明日秀州城外过,抱琴先访曝书亭。

舟次石门湾

孤城雉堞认回环,西望临安一水间。桑柘阴阴村舍密,扁舟晚泊石门湾。

到杭三首

江山且漫分吴越，霸气销沈水自流。十载西湖劳梦想，今朝真个到杭州。

堤边几处好楼台，坐对船窗两面开，龛赭山高云半掩，长风吹雨过江来。

篷背潇潇听有声，夜来倚枕倍关情。明将湖上寻春去，且祝东风早放晴。

武林舟次

闰春三月朔，舟次武林城。参差认楼堞，日落苍烟生。绿杨隐台榭，深树鸣流莺。晚风吹菰蒲，潇潇疑雨声。故乡久离别，东望萦心情。缄愁待双鲤，云远暮潮平。

飞来峰

岩峣灵鹫峰，清净菩提境。瑶草散幽香，疏松落青影。天光一线悬，泉水千秋冷。石佛悄无言，闻钟发深省。

欲游韬光庵不果

笋舆出灵隐，探奇觅山径。岩险路易迷，林深日欲暝。万壑卷松涛，泠泠入幽听。不敢复前行，逡巡倚萝磴。云外望韬光，天风落清磬。

行宫二首

谁见南巡日，千门气象新。只今湖上望，可是昔时春。
萍合龙池水，尘锁藏书阁。翠辇不重来，宫花自开落。

湖上作

宿雨初开霁，晴光散晓烟。云迷三竺路，风引两宜船。碍
桨菱丝嫩，涵波塔影圆。平湖望秋月，倚槛一流连。

放鹤亭

湖水远涵春影绿，山光不改旧时青。逋翁仙去梅花谢，寂
寞春风放鹤亭。

小青墓二首

风絮霜兰岂自由，春波照影独含愁。芳魂冷伴孤山月，犹
占西湖土一丘。
香消粉散影凄迷，怨魄长随杜宇啼。芳草无情春自绿，年
年寒雨瘦棠梨。

岳　墓

风波三字沉冤狱，日暮灵旗冷阵云。松柏南枝遗恨在，杜

鹃啼断鄂王坟。

望湖楼

红桥曲折柳垂丝，潋滟晴波放棹迟。试上望湖楼上望，南屏已近晚钟时。

钱塘舟中怀蒼林夫人三首

薄暮上轻舟，鸡鸣挂帆去。别梦绕西湖，茫茫隔云树。
塔影漾中流，烟光澹将夕。波涵落照黄，风涌春潮白。
清浅富春江，东接钱塘水。山色望桐庐，美人渺千里。

上滩三首

七里严陵濑，深林叫画眉。晚霞红映处，舟楫镜中移。
日出雨初收，岩壑阴晴变。泉争百道流，帆随千嶂转。
一滩复一滩，山水更奇绝。怪石刺奔涛，浪花飞白雪。

和申甥客感韵二首

闻鸡午夜屡惊眠，月影微茫澹碧天。已见飚轮驰铁路，还
虞斥卤变桑田。局中扰攘争棋劫，世外逍遥学散仙。金粉六
朝春似梦，江波流恨自年年。

千日中山只醉眠，几人醒眼对青天。岱云有愿成霖雨，野
鹭忘机立水田。涉世自应求学术，清谈毕竟误神仙。请缨投

笔男儿事，莫遣蹉跎负岁年。

（附）原　作

宿迁　申翰周桢夫

迷离乡梦搅清眠，愁绝莺啼欲曙天。十载登楼空作赋，几经弹铗思归田。乘风意气轻投笔，中酒心情爱学仙。守屈待伸应有日，肯教花月误华年。

题李艺渊观察慕莱堂二首

一领临江郡，高风企老莱。望云亲舍远，爱日画堂开。孝子斑衣地，名臣济世才。千秋同不朽，棠荫共低徊。

禄养今难遂，循声昔共钦。文章原孝友，榷税见仁心。云叶供清课，茶香助醉吟。新安好山水，雅集续题襟。

题率溪程氏前后三烈妇殉难传后

率溪流水声呜咽，似惜幽贞抱冰雪。取义成仁萃一门，后先辉映标三烈。烟尘扰攘天地昏，洁家避寇皁瀛村。小妇辞姑先赴水，寒塘冷月栖芳魂。姑携大妇仓皇走，伤心万种愁回首。豺虎纵横欲避难，否运凄凉厄阳九。山川是处惊鼙鼓，贼骑奔腾突风雨。白刃难回节烈心，斑斑血洒胭脂土。珠沉玉碎埋荒烟，夜夜深林啼杜鹃。后有武林殉难事，阖家娣姒投深渊。纲常义重生死轻，同完太璞全艰贞。平昔闺帏娴姆教，湖波鉴取冰心清。冬窗展读朱杨传①，卅九年光去如电。千秋彤管扬芳徽，愧我题词乏黄绢。

注释

①原注:前三烈妇,朱鼎科作传;后三烈妇,杨陈复作传。

代外和申甥韵

阆苑蓬莱忆梦游,披云捧日愿难酬。输他兔狡营三窟,未必鹏飞隘九州。愤世有心甘守拙,请缨何处觅封侯。杞人惯洒忧天泪,浪说身闲得自由。

对月怀曾静珊夫人二首

西望峨眉月,婵娟忆故人。锦江烟水阔,何处问鱼鳞。清影天涯共,相思独倚栏。水晶帘卷处,携手忆同看。

题程母孙太恭人秋灯课纺图

独有秋宵月,曾经照北堂。诗书勤课读,杼轴自成章。烛影三条短,机声五夜长。画图遗躅在,俭德世流芳。

题　画

空山雪意寒,日暮柴门静。江岸少人行,云外蒲帆影。

九月四日舟发屯溪

轻舟发屯浦,一棹下篁墩。石阻滩声急,烟迷树影昏。暮云起天末,秋色老江村。回首溪堂月,依依绕梦魂。

重游小南海

归棹兴未已,重游小普陀。岑山红树晚,古寺白云多。日落钟初定,溪澄水不波。培师留法像①,终古镇岩阿。

注释

①原注:寺有培山和尚肉身。

雄村游曹文正公别墅

歙浦初回棹,雄村晚泊船。风云储上相,草木记平泉。荒磴封苍藓,危亭枕碧烟。桂丛若招隐,倚树一流连。

九日威坪舟中

晓日威坪渡,西风送客舟。四山云乍合,万壑水争流。故国黄花晚,新寒白雁秋。沉逢重九节,旅思倍悠悠。

(附)外和作

十年为异客,江上又扁舟。白日忽幽映,青溪长水流。浮生几重九,别思动三秋。辜负故园菊,相看旅梦悠。

严陵舟中

柔橹冲烟发,篷窗晚梦醒。浪翻孤月白,云拥乱山青。片石自终古,高风仰客星。临流一回首,烟树隔苍溟。

京江晓发

雁尽书犹滞,愁多酒易醒。沧江落明月,孤屿没残星。远水浮空白,乱山相向青。故乡渺何处,归梦绕邮亭。

秋日偕韵妹游焦山二首

西风渡杨子,携手上焦山。古寺斜阳里,疏钟暮霭间。华阳昔栖隐,犹留瘗鹤处。松竹晚萧萧,闲云自来去。

怀云姊

津沽盛豺虎,北望倍怀忧。兵革未休息,音书苦滞留。雁分云外影,蝉诉雨中愁。羁旅平安否,沧波别思悠。

哭韵妹二首

方喜征兰梦,谁知永别离。五丝徒续命,一霎怅无医。渺渺天难问,茫茫死尚疑。旧时行坐处,尘网黯罗帷。

遥送灵辅去,情伤泪自流。忍抛儿女幼,差免乱离忧。往事真成梦,名山忆共游。[①]凄凉今夜月,魂返故园秋。

注释

①原注:去岁偕游虎丘、西湖、焦山诸胜。

七夕有感二首

淡云微月夜生凉,独倚针楼思转长。记得去年同乞巧,水晶帘卷共焚香。

银河耿耿思悠悠,又是人间一度秋。却忆去年风露里,朱栏并倚话牵牛。

得云姊消息

燕云北望思漫漫,地棘天荆行路难。未识征车何日到,传来消息幸平安。

怀蒨林夫人

烽烟隔南北,消息苦难真。梦寐怀娇女,^①凄凉念故人。可曾离虎口,惊说触龙鳞^②。板荡乾坤里,含愁北望频。

注释

①原注:其次女佩芬寄余膝下。

②原注:谓袁京卿以直谏死。

和外七夕伤永逝原韵

巧乞天孙忆去年,鸳针绣线尚依然。彩云影散鸾屏在,妆阁尘封蛛网悬。盼断银河秋耿耿,听残玉漏夜绵绵。人间天上情长在,钗钿恩深未忍捐。

感时事叠前韵

惆怅黄阳厄闰年,沧桑世变更茫然。烽烟幸脱情尘劫,镜月空留梦影悬。长簟那堪秋寂寂,孤灯愁听雨绵绵。新来君国方多事,愿把闲愁一例捐。

题曾旭初大令邯郸梦影图

又宿邯郸道,鸡声晓月残。神仙寻旧梦,宫阙似长安。镜影双轮速,风尘一剑寒。黄粱炊熟未,云路自漫漫。

和袁太常降乩诗原韵寄蒨林夫人六首

红灯夜照远天青,张角妖书语不经。那有神兵安社稷,徒将幻术惑宫廷。

一疏匡时著杀青,读书大义炳麟经。朝衣东市千秋恨,未许丹诚达内廷。

战骨纵横鬼火青,萧条蓟市客愁经。当时若使从公谏,未必胡氛集紫廷。

秦云西望华山青,炎日仓皇卤簿经。毕竟殃民还误国,几人当轴负明廷。

鸥波妙墨写丹青,训子兼传绛帐经。仓卒未容身请代,迟修血表吁天廷。

满目荒凉蔓草青,黍离麦秀感葩经。回銮应有褒忠典,仁盼恩纶降阙廷。

即景口占

衙斋幽寂似山居,绿满闲园草未除。垂柳影涵池水碧,闲凭画槛数游鱼。

初夏即事三首

啼莺唤梦起迟迟,薄病无心理绣丝。满地绿阴帘不卷,却怜春去已多时。

绿窗风定药炉闲,黛影青窥雨后山。极目天涯芳草远,落花时节燕飞还。

小园闲步夕阳斜,浅白深红绚晚霞。莫道春归芳事减,薰风开遍蜀葵花①

注释

①原注:郡圃遍地艺葵,花时如锦。

春日游明陵四首

二月和风扇曲尘,金闺雅约共游春。钿车晓出城南路,十里沙堤柳色新。

群山朝拱水潆洄,无复森严飨殿开。谁记胜朝全盛日,翠华万骑上陵来。

世事沧桑几变迁,郁蟠王气尚依然。风雷稿葬传奇迹,海甸龙飞五百年。

断碑寂寞埋荒藓,玉碗金鱼感废兴。松柏已无前代树,茫茫斜日下淳陵。

秦　淮

莫愁湖畔水漪涟,横笛风微璧月圆。画舫笙歌桃叶渡,清尊诗酒木兰船。六朝梦幻飞花影,两岸灯明冒柳烟。惟有情波流不断,板桥春色自年年。

偶　感

骅骝拔萃出风尘,门户何分旧与新。匡济果能求实学,捧心岂独效西颦。筑台已见招贤士,折槛应当表直臣。青史千秋金鉴在,好抒忠悃答枫宸。

题外子漕川禊集图后次元韵

采兰记芳序,蚕月恰初三。树色笼烟渚,花光濯锦潭。春风沂水乐,觞咏酒筹探。云影微茫外,青山隔皖南。

兼旬阴雨后,平绿涨江浔。啼鸟喧新霁,晴岚媚远岑。朋簪游赏共,诗句寄情深。留取飞鸿迹,披图证素心。

卷八

浪淘沙 和云姊韵

夜静漏声沈,悄立庭阴。苔阶蛩语诉秋心。惆怅芭蕉依旧在,鹿梦难寻。　冷露湿眠琴,三径愔愔。风前无复奏清音。雁落平沙秋思远,况是从今。

(附)原　作

屈莒纕云珊

明月渐西沈,墙转花阴。一天秋思起愁心。十二阑干闲倚遍,脉脉思寻。　怪底怕调琴,夜色愔愔。却怜尘世少知音。回首几多惆怅事,雨旧云今。

减字木兰花 和黍芗词韵

栖鸦流水,锦瑟玉箫尘土委。惆怅黄昏,新月娟娟影到门。　画堂旧恨,梁燕归来愁问讯。绛蜡分明,闷饮琼杯醉易成。

（附）同　作

莅繀

茫茫烟水，江上芙蓉偏易委。月暗灯昏，叶落西风响到门。　无端惹恨，塞雁惊秋传远讯。镜影明明，愁锁双蛾画不成。

临江仙

庭院秋千声寂寂，映阶草色凄迷。东风争奈又将归。枝头香雨，片片扑人飞。一响低徊帘下立，却惊日影沈西。落花惆怅鸟空啼，怪他啼鸟，何故向侬啼。

菩萨蛮

湘娥泪染湘筠紫。洞庭波冷金风起。梦断九疑云，箫韶声不闻。　依依江上柳，也觉惊秋瘦。木落夜猿啼，天空星欲稀。

金凤钩春暮感赋

滴不尽残春雨，添绣阁、几多情绪。韶华如梦，东风薄幸[一]，断送落花归去。　明知开谢由春主，却不道、阑珊如许。黄昏庭院，画屏烟锁，愁听梁间燕语。

校勘记

〔一〕上阕"薄幸"之"幸"据词谱，为衍字。

步蟾宫 题江干送别图

长堤杨柳丝千缕，怎不解、系将船住。早知见面即分离，悔多此一番萍聚。　西风落日空延伫，暮天远、故人何处？欲从云际望孤帆，却又被、青山遮住。

迎春乐 题云姊吟梅图

珠帘淡月黄昏候，翠袖轻、寒透玉。楼人更比梅花瘦。真一个、神仙友。　凭画槛、沈吟许久，寒意重、同根知否？未识人间清福，怎地能消受。

金缕曲 春阴

春在溟濛处。怪眼底、韶华都被，浓阴遮住。庭院深深帘不卷，只把沉檀香炷。辜负却、阳春几许。屈指清明时已近，有何人、约伴寻芳去？试先绣，踏青履。　却将花事从头数。恨几番、芳菲萦梦，游踪迟莫。万绿模糊天欲暝，不放斜阳一缕。又奚待、绿章催护。闲煞海棠花下立，只听他、双燕呢喃语。似相对，诉愁绪。

卜算子二首 和芙蓉秋水词韵

梁燕话春愁，飞絮穿帘幕。忆否金铃昨夜声，红惜庭花落。　春云几曾回，梦醒眠难著。罗袖双垂避晓风，冷惜衫儿薄。

淡月照疏窗，铃语风初定。曲曲栏干梦亦迷，俏倚梨花影。　旧事去如云，脉脉闲追省。香霭空濛夜色深，露湿云鬟冷。

菩萨蛮三首 和韵

玉台晓启芙蓉镜，画楼遮断垂杨影。春在海棠红，濛濛细雨中。　鹧鸪声不住，似怨啼鹃误。别梦绕飞花，茫茫天一涯。

珊瑚枕畔钗欹凤，流莺啼破红窗梦。睡起倚妆楼，飞花点点愁。　绿波江上水，流进离人泪，脉脉背栏干，颦眉低远山。

荻花枫叶秋萧瑟，水云迢递重山隔。凉思绕烟汀，渔灯一点青。　薄帆风未稳，又阻江潮信。凉月照波心，钩人离恨深。

高阳台 和秋日泛舟湖上用玉田春感韵

绿柳梳风，红莲坠粉，泛秋同上游船。曾几何时，西风暗换流年。销金多少繁华梦，倚斜阳、脉脉偷怜。感苍茫、菱叶蘋花，摇荡湖烟。　南朝宫殿无寻处，但愁凝松柏，梦阻山川。

燕燕莺莺,而今知在谁边。笙歌枨触天涯恨,对金樽、赢得无眠。更禁他、冷雨冬青,啼苦春鹃。

高阳台 寄怀云姊叠前韵

红熟樱桃,青舒蕉叶,几回空盼归船。飞絮飞花,送春又是今年。云天凝望情何限,倚东风、消瘦谁怜?遍天涯、草色依依,青接寒烟。　锦鳞卅六愁难寄,怅云迷湖树,路隔晴川。弹泪清波,随潮流到伊边。疏灯摇晕纱窗冷,忆前宵、听雨难眠。问此时、回首家乡,那更闻鹃。

金缕曲 送外

碧草迷南浦。望天涯、暮云重叠,乱山无数。去去烟波今更远,梦影犹迷前路。惟愿取、情深无阻。一点灵犀相照处,寄鱼函、密密休迟误。多少恨,向谁诉?　绿阴容易闲庭暮。掩帘栊、低徊脉脉,瑶琴愁抚。遥想星轺催早发,遮断瘴云腥雾。更烈日、当空如火。暑雨寒风关塞隔,愿君身、眠食须调护。借金缕,寄情愫。

金缕曲 寄外叠前韵

帆影沉云浦。倚妆楼、几回凝望,邮程愁数。欲织锦机传远思,万转千回心路。待寄与、湘波又阻。却为垂杨偏碍目,致锦鳞、屡被秋潮误。心抑郁,几曾诉?　岁华荏苒行将暮。听霜天、乌啼午夜,玉徽慵抚。无限伤心无限恨,赢得断魂迷雾。只冷对、幽窗灯火。故里梅花君念否？受霜欺、雪压凭谁护。又何处，达离愫。

金缕曲 寄外三叠前韵

送别仍南浦。黯消魂、春波渺渺，飞花无数。绿遍天涯芳草色，迷却来时旧路。空凝睇关河修阻。云水千重山万叠，便模糊梦影寻还误。情脉脉，敢轻诉？　药栏红瘦春光暮，倚东风，玉杯谁赏，绮琴谁抚？闲煞窗前青玉案，静掩碧纱如雾。重爇取、博山炉火。密绪缠绵缄尺楮，押银泥、小印重重护。拈旧韵，写幽愫。

减字木兰花 杨花和夫子韵

春魂唤起，扶梦随郎行万里。纵别长条，犹有离情绕灞桥。　东风欲尽，消息天涯何处问？漫舞帘前，催送春归亦可怜。

菩萨蛮 怀李楚娟如妹

春风记执纤纤手，窗前共酌盈盈酒。旧事怕思量，愁情和梦长。　海棠花上月，偏照人离别。含思独徘徊，鞋痕遍绿苔。

菩萨蛮 春日偶成

梨花吹雪春寒浅，秋千影散闲庭院。忽忽又清明，东风几日晴。　　画帘垂细雨，脉脉添愁绪。燕子不归来，重门掩绿苔。

高阳台 秋柳三叠前韵

脉脉含秋，依依锁梦，春游记拂兰船。只解牵愁，何曾绾得华年。关山笛里西风冷，便纤腰，瘦尽谁怜，袅情丝，亭短亭长，一抹荒烟。　　天涯凝望斜阳远，但平芜接影，淡霭笼川。纤手攀条，旧痕犹认堤边。栖鸦流水添萧瑟，唤柔魂，欲起还眠。更能消、几度春归，几度听鹃。

菩萨蛮 早秋偶成

绿槐雨过闲庭静，模糊淡月迷花影。脉脉望银河，秋含幽思多。　　炉香风袅袅，漏断人声悄。倚遍玉栏干，风生罗袖寒。

醉花阴

一叶风凉疏雨后，罗帐轻寒透。倚枕梦难成，唧唧吟蛩，怎避愁时候！　　兰缸黯淡光如豆，听彻莲花漏。月冷画屏深，杨柳依依，也觉和秋瘦。

一萼红_{秋花}

绕疏篱,正娇黄淡白,艳缀一枝枝。露洗明妆,霜添弱态,低徊似有萦思。看是处、苔荒径冷,只依依、寒蝶梦魂痴。瘦影欹烟,芳心逗晚,开也谁知? 惆怅西风庭院,便寻秋吟玩,争及春时?愁鬓慵簪,残杯倦赏,芳华为底偏迟?问此际、粉香消减,系金铃、可解惜柔姿?惟有多情夜月,冷伴幽墀。

高阳台_{题湖山寻梦图四叠前韵}

浣月亭空,樵云阁倚,几回共泛吟船。岸柳垂青,分明张绪当年。琴樽泥醉流连处,悄寻思,梦影堪怜。似南华,蕉鹿成阴,栩蝶成烟。 水光山色还依旧,只鬓丝禅榻,老去樊川。画里相寻,乡心夜夜湖边。天涯重话联床雨,莫羡他、沙上鸥眠。认巾峰、塔外斜阳,林外鸣鹃。

望湘人_{秋兰}

恰娟娟绿叶,袅袅紫茎,碧栏罗幌深护。瘦倚金风,凉含玉露,写出婵媛眉妩。楚畹烟迷,沅湘云远,芳怀谁诉?听隔帘、曲奏清琴,极目愁生江浦。 比似秋人迟暮,抱幽香自爱,澹然无语。恁吟遍《离骚》,添得几多情绪。采馨纫佩,依稀记取,曾否素心相许?斯觑着、竟体芬芳,梦影欲寻何处?

鹊桥仙_{七夕}

沈沈玉宇，垂垂银汉，正好新秋良夜。彩云天上会佳期，可真个桥凭鹊驾。深宵风露，冷筵瓜果，几处穿针庭榭。星河迢递恨难填，悔十万聘钱曾借。

菩萨蛮二首_{桃源图为程清泉先生题}

缘溪无限桃花树，渔舟误入花深处。流水自成村，数峰青到门。　避秦人在否？芳草年年有。世外事纷纷，山中空白云。

新安亦有桃源地，画图试续渊明记。波影落渔槎，斜阳明断霞。　谁家花里住，不在云深处。莫误武陵人，重寻溪上春。

望江南_{溪堂对月}

溪上月，如鉴复如弦。几处画楼人怅望，一年能得几回圆？流影淡秋烟。

高阳台_{春日泛舟西湖五叠前韵}

柳困青垂，桃慵红褪，两宜迟放轻船。从想湖山，胜游才得今年。六桥春色三潭月，蓦韶光、处处堪怜。冒东风，花事如尘，絮影如烟。　香车油壁归何处？望西泠松柏，绿暗斜川，人散亭空，夕阳犹恋堤边。南朝多少繁华梦，却输它、冷占鸥眠。只声声、老却啼莺，闲煞啼鹃。

菩萨蛮 冬夜

千林摇落群芳歇，梅花冷伴中庭月。巷柝一声声，幽闺香梦惊。　锦衾羞彩凤，灯影和愁共。梦影杳如烟，乌啼霜满天。

如此江山
为李艺渊观察题姚简叔浔阳琵琶图次集中题船山诗画册韵

扁舟送客浔阳上，琵琶夜半深语。五指分明，四条历乱，老大飘零终古。天涯尔汝。诉往事尊前，教坊曾谱。湿尽青衫，最怜司马酒醒处。　来薄宦如许，剩一船书画，同听鱼鼓。南部新愁，西江旧梦，秋月玉钩初吐。蹉跎何补？叹解佩伊谁，未逢交甫。说与周郎，拂弦容易误。

望江南二首 对镜

菱花镜，无意照梳头。惆怅朱颜容易改，生憎青鬓欲成秋。脉脉共含愁。

菱花镜，冷伴绿窗前。照处分明知我瘦，情痴转欲倩卿怜。梦影几时圆？

相见欢

春归忒煞匆匆,怨残红,为问金铃谁护夜来风?　茶蘼院,重门掩,画栏空。一任秋千闲却月明中。

情久长和外闰午日追悼韵

裙腰草色,依然梦影和烟远。禁几度、鸟啼花落,春去谁管?妆楼重过处,还追忆、笑脸盈盈顾盼。只留得、惊鸿小影,画扇罗衣,云鬓薄、春山浅。　旧绣香囊,镫下低徊看。添惆怅、韦郎老去,芳思浑懒。玉箫虽再世,也要待、一十五年相见。觅西域、胡香四两,愿返芳魂,花更好、月长满。

(附)外原作

癸卯闰午日,于舒州迎江寺中,为天球礼佛追荐。时殇已三年矣。雨夕不寐,情见于词,用樊山韵。

迎江寺下,江流水也和人远。怪底样、绣帷独自,谁更承管。夜香烧尽处,但相对、画里当年倩盼。听帘外、潇潇暮雨,悄不成眠。谁共话、愁深浅。　桐絮楼空,已作僧寮看。怕佳节、两逢地腊,蒲酿斟懒。重泉劳问讯。是那日、天上人间重见。①愿凭仗,慈航普渡,忏悔今生,来世事、同圆满。

注释

①原注:去声。

长亭怨慢 又和外絮字韵

怅飞尽桐花桐絮，尘锁妆楼，网萦珠户。柳外阑干，昔时罗袖共凭处。翠眉安在，又绿暗、垂杨树。惜逝水华年，忍更忆、琐窗欢聚。薄暮，正画帘微雨，点点漏声频数。梦残酒醒，那复伴、夜深低语。最苦是、绿谢榴花，问燕子、雕梁谁主？算一例端阳，佳节两番愁度。

（附）外原作 翌日逢忌再成此解用越缦絮字韵

正檐外、湿云如絮，梅子黄时，艾旗当户。又是今朝，几番禁受断肠处。石榴开后，空艳说、宜男树。莫泪血装成，便霎地、眉山愁聚。　迟暮，悔那时懵懂，旧事不堪重数。彩丝难续，更谁共、剪镫深语。第一是、怕检荷囊，剩扣扣、遗香无主。独守着芭蕉，窗下怎生能度。

踏莎行 珮卿夫人赐题一词和韵答谢

白雪词工，青琴调古，瑶笺飞下新题句。熏香珍护碧纱笼，神交梦绕龙舒路。　水绘名园，谢庭飞絮。金闺喜得知音侣。灯前不厌百回吟，空阶凉滴梧桐雨。

辑佚

焚寄先夫四首其四

百年身世浑如梦,九转丹成始是仙。洞府倘容携眷属,大罗天上永团圆。

留别崇诚女校学生

讲学崇诚十一年,愧无成绩绍薪传。潮流未解趋时俗,气节惟知慕昔贤。

多谢诸生苦挽留,病躯端合早归休。从今省却经营力,转觉身闲得自由。

挽夫君联

偕隐赋同归,地老天荒,至死孤忠犹耿耿;
伤心成独活,海枯石烂,此生幽恨永绵绵。

古欢室诗词集序

诗家至杜工部而称圣,然其诗以入蜀后乃益工。蜀中山水之灵蓬郁以助其气也。工部生逢乱世,间关奔走,崎岖戎幕,系怀君国,慨念时艰,故即景物流连而悲壮苍凉,寄其忠爱之志。至于亲朋骨肉,患难分离,故国乡关,伤心触目,每一下笔,则缠绵悱恻,读者为之神往。此其过人之性自然流露,固有不求工而工者,所以推为千古绝唱也。伯渊夫人,蜀之名媛,家在草堂之旁,世笃忠贞,门有通德,姊妹昆季皆以诗鸣于时。盖生于工部寄迹之乡,而又得山水之秀,灵气萃于一门,故其为诗能洒落凡近,情深语挚,真浣花之嗣音乎?当其家园团聚,群季联吟,赋物写怀,则清微澹远。既而于归袁幼安大令,笾仕皖江,而诸妹分裾,各随宦辙,伯仲亦京华谒选,雁行远道,振翮分飞。离合不常,欢爱异候,则凡唱随之作,离索之思,音书之间,靡不本其肫挚,发于歌辞,婉转绸缪,性真毕露,杜家衣钵,独得真传。境遇虽殊,何神气之绝似耶?蕙纕于此事粗解问津,曩读君妹季硕《桐凤集》,已倾慕夫人之名。旧岁外子权凤阳府篆.而袁公方摄令全椒,相去仅数程,乃得读夫人《古欢室诗》,朗诵焚香,岛拜不置。以拙集方之,直小巫之见大巫,相形而益拙耳。辱承不弃,索弁数言,其敢以丑陋违雅命?谨述其大致如此。世有读夫人之诗者.不啻读工部之诗。月白风清,恍若神游草堂间,聆一曲仙墩,不后忆筝琶凡响矣。光绪癸卯九月,临海女士屈蕙纕序。

附录　题辞

高阳台
恩施樊增祥嘉父

《同根词草》为太平屈云珊、逸珊两女史所作。云珊适葛进士咏裳,逸珊字余同年王君咏霓,皆佳耦也。读竟,为题是解并调王君。

集号联珠,词名漱玉,红房对擘吟笺。低髻吹笙,分明并蒂双莲。花间打叠相思谱,怕双声、绛树偷传。是灵均、一脉湘愁,付与婵娟。　彩鸾已伴文箫住,剩小乔未嫁,幽独谁怜?夫婿相如,琴心消渴年年。销魂第一霓裳序,捡题名、彼此嫣然。胜当时、刘阮匆匆,赘与神仙。

菩萨蛮
永嘉陈祖绶墨农

昙云仙馆双飞燕,琅环宝笈篇篇见。红满镜台花,人间仙子家。　唾珠开绣口,也仗龙相守。蝶梦一园香,才评春日长。

踏莎行

如皋女士冒文蕙佩卿

浣月亭高,映江楼古,湖山蕴藉供裁句。欲寻陈迹认南朝,新词吟到西泠路。 香润兰丛,影留桐絮,联吟更有神仙侣。玉窗想得静拈毫,浓青不卷疏帘雨。

赵云崧集

[清] 赵云崧　撰

钱汝平　点校

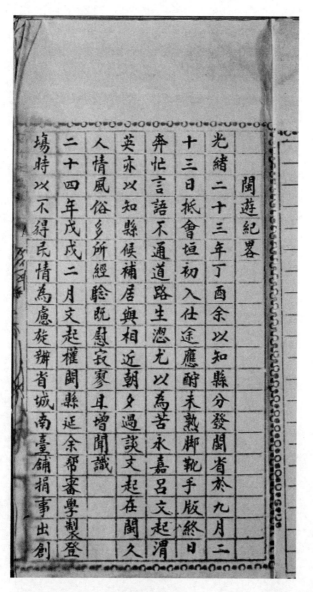

閩遊紀畧

光緒二十三年丁酉余以知縣分發閩省於九月二
十三日抵會垣初入仕途應酬未熟腳靴手版終日
奔忙言語不通道路生澁尤以為苦永嘉呂文起渭
英亦以知縣候補居與相近朝夕過談文起在閩久
人情風俗多所經驗既慰寂寥且增聞識
二十四年戊戌二月文起權閩縣延余帮審學製登
場時以不得民情為慮旋辦省城南臺舖捐事出創

《闽游纪略》抄本书影

孤本抄本《闽游纪略》考略（代前言）

最近，笔者在整理清末温岭籍学者林丙恭遗著（收入"温岭丛书"）时，又获得了林丙恭孙女林鄂青、林平青两位女士提供的一册抄本《闽游纪略》，这册抄本未署作者之名。以"闽游纪略"为名的近代著述不少，如清王沄亦撰有《闽游纪略》，但与该册抄本涉及的年代和内容明显不合；民国时期的《佛学半月刊》第五卷第十五号至二十四号也发表过署名子培的《闽游纪略》，但那是一册佛教徒的游记，也与该册抄本毫无瓜葛。另外，民国三年（1914）鸳鸯蝴蝶派刊物《民权素》第三集里也有一篇署名啸虎的游记《闽游纪略》，内容也与该册抄本不合。笔者检寻《中国古籍总目》以及国家古籍保护中心网站的全国古籍普查登记数据库，均未发现此书的著录信息，因此疑此书是一册尚未被著录的孤本抄本。

一、抄本的特征和内容

抄本线钉，用红格稿纸抄就。从外观来看，应是用作机器印刷的稿纸，年代不会太早，大概是民国时期。全书共 18 番，不到 6000 字，书名"闽游纪略"占一番，书名下未署作者姓名。文中略有涂抹删改之迹，笔迹与正文不类，当非一人所为。如"人心皇皇"，原写作"人心惶惶"，涂去"忄"字旁；"时路过温州，纳姬人周氏，携以回省"，"纳"本作"娶"，"携"本作"揭"，均作改动。该书讲述了一个外省捐官者在光绪二十三年（1897）至宣统三年（1911）间于福建任职地方官时的所见所闻，内容颇为丰富，有极高的文献史料价值，是研究中国近代史不可多得的宝贵资粮。

二、抄本的抄写者

该抄本是林丙恭的孙女林鄂青（93 岁）、林平青（88 岁）所提供，两人均称是其祖父的遗物。但我们不能据此就贸然定其为林氏抄本，还须从笔迹上再作验证。笔者掌握有林氏著作稿本数种及一封亲笔信，对林氏的笔迹还是比较清楚的。虽然林氏的稿本和亲笔信多用行书写就，但其中的一种稿本《老子索微》（现藏临海市博物馆）是用端楷写成的，正好可以与该册抄本比对。从以下图 1、图 2 的比照中，我们可以看出，《老子索微》的字形重心平稳，笔法老练，而《闽游纪略》的字形重心不稳，略向左偏，而且笔法拘谨，似是初学者所为。但一撇一捺的笔势又与《老子索微》很像，似乎是模仿林氏的笔法，因此疑该抄本非林氏所抄，而是林氏学生或子孙辈所为。或者林氏晚年握笔发抖，导致字迹与先前不同。今姑作此推测，以便日后再作质证。

三、抄本的作者

抄本未署作者姓名，但可从内容中寻绎作者信息的蛛丝马迹。现据抄本所述，将作者在闽十四年的主要经历总结如下。光绪二十三年（1897），以候补知县分发闽省，在省城与永嘉吕渭英（字文起）相善，结下深厚友谊。[①]二十四年（1898）二月，吕渭英代理闽县县政，延请其帮审学制，旋办省城南台铺捐事；四月，办理南台平粜；九月，委办建宁府浦城县深坑税厘。二十五年（1899）五月，吕渭英署浦城县知县，县署距深坑仅九十里，两人时相过从。二十六年（1900）五月，衢州江山县刘加幅造反，逃匿浦城后龙山刘姓族内，时任浦城知县翁天祜请其帮办军务，"凡剿匪及署中事遂归我一人"；七月十八日，捕获刘加幅，电请就地正法；八月，知县翁天祜病故，布政使张曾敭命其代理县政；因剿匪有功，晋秩直隶州知州；因翁氏在任时亏空甚巨，遂设法为其偿还公私欠款；十一月，福州将军善联整顿海关厘务，以吕渭英董其事，以作者为副。二十七年（1901），福建奏办海防、赈济两捐，作者承办福宁府属防捐及浙江温、台两府赈捐。二十八年（1902），署理福州府古田县事，古田民教相仇，教案迭出，作者设法与洋人周旋，任内幸得无事。三十年（1904）初，创办警察局，作者承办省城一局；四月，奉委候官帮审，并开办开源胰皂洋烛公司；八月，委署永春德化县，与日人为购买樟脑事起交涉。三十二年（1906）四月，省城米价昂贵，设局平粜，作者任其事，并委闽县帮审；不久，委办汀州永定县厘务。三十四年（1908）四月，卸任回省，旋为候官帮审；因福清县民教不和，大起交涉，上宪命其赴福清处理；不久，又奉命赴长乐办理英国教案。宣统元年（1909）七月，赴汀州查办统计；八月，委署漳州海澄县，为美国人购买境内基地事大起交涉；任内创办研究所、自治会、去毒所、教练所、学堂等。三年（1911）三月卸任；四月，率家眷航海回里，不复作远游之想矣。

根据上述履历提供的信息，按图索骥去查寻作者并不困难。笔者在《民国古田县志》卷十三《职官》知县中检得赵云崧，名下小注云："光绪二十八年署。"《民国德化县志》卷十二《职官》知县中亦有赵云崧名，下小注云："字庚亭，浙江太平附生，光绪三十年署。"与上述履历若合符契，因此该抄本的作者是赵云崧无疑。据此，笔者又去检寻《光绪太平续志》，在卷首协修人员中查到此人，字庚亭，时为附生。又在该书卷四《选举志》的杂选中查到此人，小注云："字赓廷，潘郎庄人，附生。光宣间，历署福建浦城、古城（当是古田）、德化、海澄等县知县。"也与赵氏自述履历完全相合。此人的详细生平，笔者尚未掌握。据抄本"光绪三十一年"条下所云"十年前余游幕江西金溪县"，可知此人来福建之前也曾长期在外游幕。而在宣统三年四月卸任回里后也曾从事过实业活动，温岭新闻网有关于大溪镇历史的介绍，云："民国元年（1912）1月，大溪邮寄代办所兼营电报收发业务，为温岭县内电报业的开端。是年，设立潘郎镇，境地属之。赵庚亭于潘郎街设立信柜，由赵氏天一斋代理业务，发送信件。"此赵庚亭当是赵云崧。笔者在整理林丙恭《蕉阴补读庐诗稿》时也发现了此人踪影。该书卷五有《桂舟广文营寿藏于长屿，落成之日，赵赓庭明府、郭涵秋明经邀予同往赋诗为贺，聊表先施之意，非同谀墓之词》诗，同书卷七有《展重阳日同狄桂舟广文、赵赓廷明府赴郭明经涵秋招饮龙山》诗，此赵赓庭、赵赓廷当是赵云崧无疑。

四、抄本的文献价值

抄本虽不足 6000 字，但内容颇为丰实，举凡流民暴乱、设卡抽厘、科举考试、民教矛盾、华夷交涉、官场赔累甚至民间淫祀种种，均有记及，实在是考察清末福建基层行政机构运作过程和社会政治经济发展状况的不可多得的第一手材料。扬榷论之，笔者以为以下两点可重点关注：

1. 记载了刘加幅暴动被镇压的具体详实的过程

光绪二十六年（1900）发生的义和团庚子事变，所涉及的区域主要集中在北方，但南方诸省也偶有出现局部骚乱的情况。其中六月发生的衢州事件，应属规模和影响较大的地方性群体事变之一。关于此次事变的经过和性质，学术界多有探讨，详情请见郭道平《被讲述的历史——庚子衢州事件中的吴道潇被戕案》一文。② 而刘加幅（亦作家福、加福、嘉福等，官府文书则多作加幅）暴动则是此次衢州事件的直接导火索。作为直接参与指挥镇压刘加幅暴动的领导者之一，赵云崧在《闽游纪略》中对此次事件的来龙去脉记述甚详：

二十六年庚子五月……大雨，水涨十余丈，浦城地势极高，溪流直趋，府城为没，居民被水者数百家。田禾冲坏，米价骤涨，加以北京团匪肇祸，洋兵入都，皇上出狩长安，警报频来，民心惶恐。土匪刘加幅，江山县逸犯也，逃匿浦城后龙山刘姓族内，劣绅、营兵、胥差、地痞，无不交通。六月十六日，乘百姓闹米之机，于九牧聚众起事。十八日，抢渔梁汛署，守备许祺遁，军械马匹均为匪有。二十日，至深坑，余力不能制，挈眷避之，局中抢掠一空，并火其屋。匪进据盆亭，余乘夜徒步至浦城谒应候（即知县翁天祐）告急并请速剿。翁素柔懦，复以病辞，请余帮办军务，通禀上宪，特加委任，凡剿匪及署中事，遂归我一人矣。善将军联在省闻变，邮书相邀，余以军务倥偬，不能应。二十二日，贼趋浙江江山县。越日，建宁总兵敫天印率兵来浦，余言："二度关与玉山接壤，梅溪隘与政和接壤,洋源隘与瓯宁接壤,皆紧要,应防守。而廿八都之枫岭营尤为由浙入闽要道,宜驻扎以防回窜。"敖皆依计而行,并令四乡立团练以树声援。时匪首刘加幅与其党柴洪瑞、陈铁龙、癞梨丑等,率众万余围攻江山。二十六日,城陷,贼屯据二日,遂分股出龙游、衢州。贼党王受书,浦城仙阳人也,部众四五百人,谋内应,余侦知其事,令哨官戴兆凤捕斩之。其党羽以报仇为名,七月初三日纠众至上洞街,任意抢劫。北乡团董詹萃之嘱其子保三兄弟率团勇与防兵协力兜拿,杀贼十余,地方以安。惜保三为贼所毙,民气一挫,城中人心异常惊恐,挈眷避难者纷纷不绝。余日夜桉巡,绅民亦分路防守,虽勉强支持,而兵力不足,人心终不能定。城守备叶向荣亦以营兵不得力,束手无策。其时,闽督许应骙派曹镇志忠入卫,道出浦城,饬其帮同剿匪。讵曹与敖凤有隙,初六日行至建宁府,遂按兵不动,其意俟上游糜烂,然后出而剿平,可以居功也。崇安县富户范、蔡两姓送曹三千金,请其保护,曹派兵驻其地。初八日,刘匪于衢州之后车街被官兵击败,退至江西玉山县八都排山,地方贼氛逼近,浦之绅民怨翁不力,致曹兵遂与翁为难。十五日,阖城闭户,人情汹汹,余竭力开导,众怒始平,开门贸易,内匪不致多事,而岌岌乎危哉!探报刘加幅被八都民团击伤,余言该匪必回浦城,刑友陆少亭与绅士问何知之,余曰:"刘匪名大赏重,非妥当之处不敢养伤。后龙山形势险隘,民皆其同姓,彼此信孚,可托心腹,是以知其必至。"当即派探出二度关探查匪踪,遇贼华国林等,杀我探一人,其一逃回。余即通知敖镇并各团董,十八日围攻后龙山,毁其巢穴,获刘匪,带县讯供,电请就地正法。事平而曹镇不知也,犹禀许督言:"贼势猖獗,浦城恐不能保。"许怒其诳,电批斥责,有"入卫则迁延观望,剿匪则捕风捉影"之语。曹镇羞惧,潜由光泽出江西赴陕。二十日,余带兵出乡安民,并搜捕余匪,百姓安居如初,一切善后事宜悉由余与绅士酌派。

这段一千余字的记载几近全书的五分之一。作为身受刘加幅暴乱之"害"并亲自参与指挥镇压暴乱的基层官员,赵云崧的现身说法应该是了解此次事件最为可靠的第一手材料。浦城县是刘加幅活动的根据地,有着广泛而深厚的民众基础。刘加幅早年拜终南会首领吴洪星为义父,并与吴氏之子吴嘉猷奉浦城九牧终南会友程铁龙为师习武。后充江山城守营兵勇,不久,至浦城加入终南会为新副。光绪二十五年(1899),江山大旱,奸商劣绅囤粮居奇,抬高米价。刘加幅率众攻入县城,打开米行粮仓,散米济贫,继又惩罚土豪劣绅两家。因遭官府缉捕,潜避浦城九牧,化名刘志标,以开饭铺为业,与程铁龙、罗有楷等终南会友广交浙闽边境义士。"土匪刘加幅,江山县逸犯也,逃匿浦城后龙山刘姓族内,劣绅、营兵、胥差、地痞,无不交通",剔除阶级立场和情感因素,赵云崧对刘加幅身份及活动的定性其实是非常准确的。赵氏对导致刘加幅暴乱的外部环境和内部原因都作了精确的总结:外部环境是北方义和团的反帝斗争进入高潮,招致各国洋兵进京,"皇上出狩长安,警报频来,民心惶恐"。不过,这只是一个社会氛围问题,预示着有发生事变的可能,但不一定会真实发生,或者说很难确定事变发生的具体时间。而内部原因是更为直接的,那就是当时浦城一带的天灾,"大雨水涨十余丈,浦城地势极高,溪流直趋,府城为没,居民被水者数百家,田禾冲坏,米价骤涨"。天灾直接导致当地百姓生活发生困难,再加上一些不法米商乘机囤积居奇,更使贫苦百姓无以为生,这就为刘加幅起事直接准备了广泛的民众基础。于是刘氏振臂一呼,万民响应。尤其值得注意的是,赵氏对刘加幅之死也有明确的交代。关于刘加幅的下落,学术界有两种说法:一种说刘氏攻下江山、常山两县后,继续围攻衢州,浙江巡抚刘树棠派兵围剿,刘氏因寡不敌众,暂时分路撤退,在峡口一山洞中遭遇清军,被杀害。③另一种说法是刘加幅攻下江山、常山两县后,继续围攻衢州。朝廷闻报大为惊恐,急令浙江巡抚刘树棠率军镇压,又命苏、闽、皖、赣督抚合力会剿。刘加幅被迫撤围,西攻江西玉山县城不利,在玉山八都又遭清军围攻,突围至浦城县后龙山,急用炒熟的热芝麻烫面,乔装为一大麻子的采药老人而脱险,传说日后在徽州一带曾发现其人。④比照赵氏所述,第二种说法比较符合事实。但刘加幅乔装脱难的说法,又未免过于离奇。据赵氏所述,缉捕刘氏是他亲自定谋、亲自指挥的。浦城是刘加幅的根据地,有较为深厚的民众基础,而后龙山又是刘氏聚居地,刘加幅与族中人物彼此信乎,因此刘氏受伤后逃回浦城后龙山养伤,实在情理之中。不料却被赵氏算中,最终被捕获归案,"就地正法"。当然,赵氏的做法有失权威性,因为对刘加幅这样的"巨匪",将其押解省城,验明正身,择日斩决,是最权威的做法。或许当时情势紧急,押解途中又易发生不测,故赵氏为免夜长梦多,"电请就地正法",这自然也不失为一种权宜之策。但也因此而导致后人对刘加幅下落的猜疑。如果刘加幅真的成功逃脱,按照他的行为逻辑来推测,不至于从此销声匿迹,必定会重出举事,这也可从反面证实赵氏所述的可靠性。

　　2.记载了福建地方教案及华洋交涉的诸多事宜

　　教案是清末涉外政治的一个焦点问题。教案的频发,既有宗教冲突的因素，也存在着文化龃龉的问题，甚至也牵涉到民族压迫和阶级矛盾的方面。总之，教案是影响清末政治走向的一个棘手问题。由于福建靠海，福州和厦门又是鸦片战争后最早的被迫开放的口岸，于是福建也成为传教士最早登陆和大量涌进的区域之一。因此，福建地区教案发生的频率之高和涉及的地域之广，均非广大内地所能比拟。光绪二十一年（1895）六月发生的震惊中外的"古田教案"就是一个著例。赵云崧作为一个福建基层地方官吏，对处理教案有着不少切身的体会和经验，并在《闽游纪略》中多有记述：

> （光绪）二十八年壬寅，余署理福州府古田县。地广人稠，东西三百里，南北百五十余里，人民六十余万，教堂林立。二十一年，民教相仇，毙西人六名，大兴交涉，经三四月始得了结，官场视此为畏途。余承首府程祖福、前府金学献荐，署是缺。四月初二日到任……各国洋人来拜会，当与约法："以后如有交涉，必须面谈，不可使人传话，致生枝节。民教有事涉讼，曲直是非，由我秉公讯断，有不妥处，可以磋商。"洋人信从
>
> （光绪）二十九年癸卯二月……上游以古田多教案，余任内无事，有连任之议。余以今年又有使差过境，差费赔累不堪，遂即告病。三月初十日，卸篆回省，随班听鼓，故我依然，拂宪意故也。

古田教会林立，势力强大，随之民教相仇事件亦层出不穷。地方官一旦措置失当，就会被革职，甚至献出身家性命。再加上震惊中外的"古田教案"刚刚过去只七年，大家对此记忆犹新。因此，福建地方官吏莫不视接任古田知县一职为畏途。赵氏受命于危难之际，从光绪二十八年（1902）四月到任，

到次年三月卸任,在这不到一年的时间里,辖区内没有发生教案,这说明他措置得当,上峰竟也因此有让其连任之议。只是赵氏料到次年有使差过境,将会使自己赔累不堪,因此以有病为名谢绝了连任之议。这就说明对教案能否措置得当已成为当时福建官场衡量地方官吏能力的标尺之一。

从此赵氏在上司眼中就成了处理教案问题的专家,成了救火队长,哪里有教案发生而当地官吏难以处理的,就往往派他前往处理,光绪三十四年(1908)一年内竟两膺此任。该年六月,福清县知县王纬堂以民教不和,大起交涉,禀请委员讯办。赵氏奉命周旋其间,法国领事亦派裨教士随赵氏赴福清,会同王知县、柯主教商办事宜,"余秉公讯断,王与裨无异言,而柯不为然,一再磋商,柯理屈辞穷,亦俯首认服"。这边纠纷尚未了结,那边长乐县又发生英国教案。赵氏又奉命前往长乐,会同知县丁振德商办事宜。虽然赵氏处理这两次教案的具体细节不详,但从他的叙述来看,还是颇著成效的。

从《闽游纪略》来看,赵云崧擅长处理华洋交涉事宜。他在光绪三十年(1904)署理德化县时,曾因日本人勾结生员非法倒卖境内樟树制作樟脑一事与日本人严正交涉,为德化县夺回了一些利权。在宣统元年(1909)署理海澄县时,又曾一再据理力争,要求美国人归还违规购买的海澄县境内基地。这都说明他是一个有眼光、有魄力、有担当、有手腕的基层干吏,他身上或许能在一定程度上映现福建基层地方官吏群体的某些侧影。

注释

①从抄本内容来看,作者与吕渭英交情颇深,吕曾将一女阿翘寄养作者膝下,但《吕渭英集》中找不到两人交往的直接证据。吕氏有诗《步赵赓

琴闲闲居落成原韵》："仙境天台近我傍，阑干十二护回廊。安居自叶幽人吉，高处多生分外凉。风雨覆巢悲燕省，河山劫局笑沧桑。闭门每作羲皇想，揽镜须眉愧不妨。"此赵赓琴疑即是赵云崧，赵云崧字庚亭（一作赓廷），疑琴、亭（或作廷）音近而混。今录此备考。诗见潘猛补编《吕渭英集》，第141页，天马图书有限公司2001年版。

②文见《现代中国》第十四辑，北京大学出版社2011年版。

③张瑞山编著：《义和团首领小传·刘加幅》，1991年油印本，第33页。

④严肃：《刘家福起义》，《衢州文史资料》第5辑，中国人民政治协商会议浙江省衢州市委员会文史资料研究委员会编，1988年版，第100页。

目　　录

闽游纪略

光绪二十三年丁酉,余以知县分发闽省,于九月二十三日抵会垣。初入仕途,应酬未熟,脚靴手版,终日奔忙,言语不通,道路生涩,尤以为苦。永嘉吕文起渭英亦以知县候补,居与相近,朝夕过谈。文起在闽久,人情风俗多所经验,既慰寂寥,且增闻识。

二十四年戊戌二月,文起权闽县,延余帮审学制。登场时,以不得民情为虑,旋办省城南台铺捐,事出创始,人心惶惶。同事十六人,一不谨慎,牵动大局,得以平安蒇事,亦云幸矣。四月,办理南台平粜,户口万余,嗷嗷待哺,竭两月之劳,事无贻误,得为上游奖许。九月,委办建宁浦城县深坑税厘,地处万山之中,居民仅数十家,北界浙江江山,西连江西玉山,商贩往来,日夕不绝,照章抽捐,舆情颇洽。

二十五年己亥四月,内子周氏率儿媳自家来。五月,吕文起署浦城县,距深坑几十里,时相过从。六月,偕文起赴府城祝玉宾卿太守贵之夫人寿,时政和县蒋少珊唐祐先到,少珊能相人,谓余曰:"君满面善气,善人也。"遂订昆季交。八月,文起病,邀余至署,以家事相托,并见妻小,余亦视如骨肉,署中事无大小,皆经理之。察其病似热,劝勿服药而食梨,阅月果愈。文起感甚,以其女阿翘寄余膝下,于是内子留署中十余日。十二月二十八日,将军善星垣联自京来闽,路经浦城,余代办差事,晋谒接谈,颇蒙青眼。

二十六年庚子五月，吕文起卸浦篆，广东翁应侯天祜复任，应侯以进士补授斯缺，调署南安，此重来也，一见如故，遂订交。未几，大雨，水涨十余丈，浦城地势极高，溪流直趋，府城为没，居民被水者数百家，田禾冲坏，米价骤涨。加以北京团匪肇祸，洋兵入都，皇上出狩长安，警报频来，民心惶恐。土匪刘加幅，江山县逸犯也，逃匿浦城后龙山刘姓族内。劣绅、营兵、胥差、地痞，无不交通。六月十六日，乘百姓闹米之机，于九牧聚众起事。十八日，抢渔梁汛署，守备许祺遁，军械马匹均为匪有。二十日，至深坑，余力不能制，挈眷避之，局中抢掠一空，并火其屋。匪进据盆亭，余乘夜徒步至浦城谒应侯告急，并请速剿，翁素柔懦，复以病辞，请余帮办军务，通禀上宪，特加委任，凡剿匪及署中事，遂归我一人矣。善将军联在省闻变，邮书相邀，余以军务倥偬，不能应。二十二日，贼趋浙江江山县。越日，建宁总兵敖天印率兵来浦，余言："二度关与玉山接壤，梅溪隘与政和接壤，洋源隘与瓯宁接壤，皆紧要，应防守；而廿八都之枫岭营尤为由浙入闽要道，宜驻扎以防回窜。"敖皆依计而行，并令四乡立团练，以树声援。时匪首刘加幅与其党柴洪瑞、陈铁龙、癞梨丑等率众万余围攻江山。二十六日，城陷，贼屯据二日，遂分股出龙游、衢州。贼党王受书，浦城仙阳人也，部众四五百人，谋内应，余侦知其事，令哨官戴兆凤捕斩之。其党羽以报仇为名，七月初三日纠众至上洞街，任意抢劫。北乡团董詹萃之嘱其子保三兄弟率团勇与防兵协力兜拏，杀贼十余，地方以安。惜保三为贼所毙，民气一挫，城中人心异常惊恐，挈眷避难者纷纷不绝。余日夜梭巡，绅民亦分路防守，虽勉强支持，而兵力不足，人心终不能定。城守备叶向荣亦以营兵不得力，束手无策。其时，闽督许应骙派曹镇志忠入卫,道出浦城,饬其帮同剿匪。讵曹与敖凤有隙,初六日行至建宁府,遂按兵不动,其意盖俟上游糜烂,然后出而剿平,可以居功也。崇安县富户范、蔡两姓送曹三千金,请其保护,曹派兵驻其地。初八日,刘匪于衢州之后车街被官兵击败,退至江西玉山县八都排山地方,贼氛逼近,浦之绅民怨翁不力,致曹兵遂与翁为难。十五日,阖城闭户,人情汹汹,余竭力开导,众怒始平,开门贸易,内匪不致多事,然而岌岌乎危哉!探报刘加幅被八都民团击伤,余言该匪必回浦城,刑友陆少亭与绅士问何知之,余曰:"刘匪名大赏重,非妥当之处不敢养伤,后龙山形势险隘,民皆其同姓,彼此信孚,可托心腹,是以知其必至。"当即派探出二度关探查匪踪,遇贼华国林等,杀我探一人,其一逃回。余即通知敖镇并各团董,十八日围攻后龙山,毁其巢穴,获刘匪,带县讯供,电请就地正法。事平而曹镇不知也,犹禀许督言:"贼势猖獗,浦城恐不能保。"许怒其诳,电批斥责,有"入卫则迁延观望,剿匪则捕风捉影"之语。曹镇羞惧,潜由光泽出江西赴陕。二十日,余带兵出乡安民并搜捕余匪,百姓安居如初,一切善后事宜悉由余与绅士酌派。八月二十二日,翁病故,藩宪张曾敭以余有微功,檄摄斯篆。此一役也,先后斩首十四人,糜[一]费万余金,余卧不脱衣者月余。上司命择尤保奖,翁天祐、詹保三皆得恤典,余晋秩直隶州,其余友绅之出力者皆纪功叙保。余到省三年即遇此等事,可谓因祸得福矣。翁之死也,亏空公私款以万计,余任事后,裁拨地丁银五千两,连平余七千六百余两,为之还偿私款,而公款尚少一万一千数百两,遂设法将募勇剿匪、入卫兵差二项公费通禀报销,翁家属始得扶枢回里。路费不赀,再赠洋四百元。十一月初四日,余卸篆起程,四乡绅民来送者数千人,道路壅塞,涕泣相别。回省后,揖见首府谢春谷启华,代达翁令苦情,求缓颊,谢曰:"翁事在子一人,吾无不竭力。"学使戴鸿慈与应候同乡久交,知其亏空甚钜,颇以为念。告余曰:"闻君为翁事极热心,真难得,请始终成全之。"余求其臂助,戴诺。连日谒见藩台周莲、臬台杨文鼎,问及刘匪始末并应候情事,余详告之,皆有矜怜之意。次见总督许应骙,细述浦城及应候苦况,求准报销,再三驳诘,余侃侃而道,遂蒙邀准作正开销,应候始得免身后之累。迨算明交代,翁尚欠粮米二百余石,约银千元,并为之代解。续见善将军,言及浦城事,大加称许,遂邀同文起面议整顿海关厘务,以文起董其事,余副之。未及举办而将军病,阅十余日,弥留时,执余与文起手,口不能言,惟目视流涕而已。十二日夜,将军卒,身后一切事皆余襄办。将军才学富赡,声名卓著,人皆钦佩,死之日,同声哀悼,各领事馆皆下半旗。后其继子礼部侍郎瑞丰来闽奔丧,将军之如夫人与其幕友管凤酥感余之义,以实告,瑞丰感激,遂订交。

二十七年辛丑,日人入寇,海防告警,年岁歉收,贫民乏食。大府奏办海防、赈济两捐,余承办福宁府署防捐并浙江温、台两府赈捐,共捐银十余万两。婿蒋履祥到宁德县,言次子克恂病重,遂顺道还家。比至,而儿已死,伤哉。长子克怡入继二兄,膝下无人。旋闽时,路过温州,纳姬人周氏,携以回省。

二十八年壬寅,余署理福州府古田县,地广人稠,东西三百里,南北百五十余里,人民六十余万,教堂林立。二十一年,民教相仇,毙西人六名,大兴交涉,经三四月始得了结,官场视此为畏途。余承首府程祖福、前府金学献荐,署是缺。四月初二日到任,新旧事件未及清理。以奏销期迫,初十出东乡征粮,阅两月回署,各国洋人来拜会,当与约法:"以后如有交涉必须面谈,不可使人传话,致生枝节。民教有事涉讼,曲直是非,由我秉公讯断,有不妥处,可以磋商。"洋人信从。九月,县试。古田陋习:案首皆预定,该生送官千金,名曰考棚经费,习以为常。将开考时,教官黄锟亲来关说,余缓谢之。后取陈宾寅为案首榜,后来见,知为寒士,是科乡试,宾寅旋膺荐拔。九月,奉办坐贾等五项捐,为赔各国兵费,余集绅士从轻酌派,共得五千余金,屡遭宪诘,终不加多。在任年余,幸无事,绅民亦相洽。惟办学使、主考两大差,亏空六千金,赖吕文起、蒋少珊、傅冀生诸君协力帮助,始得解清公款,然自此受重累矣。

二十九年癸卯二月初一夜,邑文庙失慎,几及衙署,幸风回火转,只焚后殿、大成殿两处。事闻,宪责綦严,续后面呈颠末,始得无事。二月十五日,六男克懂生,上游以古田多教案,余任内无事,有连任之议。余以今年又有使差过境,差费赔累不堪,遂即告病。三月初十日,卸篆回省,随班听鼓,故我依然,拂宪意故也。

三十年甲辰,新政初颁,创办警察,城台分设警务八局,警兵两千余名。余承办城中一局,各同寮有事必会商于此,而警兵皆营伍中人,未谙[二]法律,兼之所辖七十三街巷,地广人稠,稽查不易。总督李兴锐履任,臬台朱其煊言制军新到,须小心将事。余格外谨慎,事无贻误。同事者以宪眷渐隆,多方排挤,余知之,遂辞差,臬宪慰留。四月,奉委候官帮审并开办开源胰皂洋烛公司,彼此奔忙,日无暇晷。八月,委署永春德化县。九月,赴任。德邑处万山之中,地瘠民贫,而风俗朴厚,无乞丐,亦无贼盗,百姓皆聚族而居,亦有依山开垦,三五家同居,或一家独处者,古人所谓一家村是也。瓷器为出产大宗,年约十余万金,而城墙为大水冲坍,荡然无存,邀集绅士议修筑,以筹款维难,罢其事。东门、南门外两处大桥,余首先倡捐,百姓乐助,集款五六千金,兴工造修,不数月而桥成,行人便之。日人来购樟脑,不许而去,续后再来,曰:"贵国与我国邦交最厚,贵国人到我国生理,官府未尝不许,公何拒之深耶?"余碍于情面,暂许之,订约只许买脑,不许买树自熬。不逾月,有生员林日新者,私将公有樟木卖与日人,各房不服,因而涉讼,余判令树仍归公有,事虽了结,而日人从此衔恨矣。亲兵潘得胜与日人火夫因买物角口,日人乘隙要求以泄忿,余不稍让步,日人悻悻而去。余即通禀列宪准备交涉,而日人石垣三代治亲来认错,和好如初。五月,县试取赖其煌为案首。八月间,学使秦佩鹤绶章按临兴化府,奉旨停考,中道折回,时预考生童毕集永春州,一时星散,颇难为情。

　　三十一年乙巳正月初二日,余因公晋省,并视内子周氏病。回署后,邑中无事,惟日坐堂皇,为小民理间田隙地之争。七月,内子病重,男克怡、侄克刚侍其旋里,于九月初三日去世,糟糠之妻,一朝永诀,闻弥留时犹念我不置,伤何如也。十月初五日为本署仙诞,向例座设大堂暖阁下,前供两案,上插掌扇红伞,前排烛台香炉,再前设水果古玩,开台演戏,官民同乐,亦快事也。初六夜,戏初开唱时,忽有青蛙,状亦如常,身有黑点,脚稍长,爪下有肉如珠颗,先登瓷假山顶,坐而观剧,众人环视之,不惧亦不去。余曰:"此青蛙将军也。十年前,余游幕江西金溪县曾见之。将军兄弟三人居古井中修道,未成果,被邑人扰乱而出,时或化人行医,遇者立愈,邑人感其神,立庙祀之。又好外游,凡江西人所到之处,各直省无不到,邑志记载甚详。是年将军兄弟次第回籍,邑人见之,即知为某将军,余由是识之。性嗜酒,饮以酒,不醉。"初七日,由假山尖跳至香案上伞顶,坐观如故。夜间下至烛台,缘烛上伏近火处,烛烧渐短,蛙亦随退,众奇之,聚而观,忽不见,时冬十月也。德化水寒气热,有瘴气,余不服水土,精神疲倦,不能支持。到任年余,幸得告退卸篆。后过兴化府,为知府赖辉煌、同知赵时刚留饮数日。

三十二年丙午四月,省城米价昂贵,官厅照例设局平粜,余职其事,并委闽县帮审。七月,七女巧儿生,既而委办汀州永定县厘务。八月十五日,到差接办。局设东关外,东三十里为炉市分卡,南七十里为堆坑分卡,东南四十里为坎市分卡,又南三十里为湖雷分卡,又东南四十里为折滩分卡,各派司巡分投办理。是局厘金以条丝烟为大宗,百货次之,每年报销一万七千四百两,再加补水。

三十三年丁未,厘局进出款项由长男料理,余清闲无事,当春气融和,巡视各卡,寻山问水,以舒性情,诚宦途中一乐境也。

三十四年戊申四月,卸办回省,旋为候官帮审。五月,八男克恒生。六月,福清县王少鹤纬堂以民教不和,大起交涉,禀请委员讯办,余承乏其间。法国领事亦派裨教士随余赴福清,会同王大令、柯主教商办。余秉公讯断,王与裨无异言,而柯不为然,一再磋商,柯理屈词穷,亦俯首认错。未及回省,又檄赴长乐办理英国教案,县令丁尧卿振德留余在署十余日,事竣,到省销差。

宣统元年己酉七月,赴汀州查办统计,路出广东汕头,过潮州,渡湘子桥,谒韩文公庙,抵虎头山。先到汀州府,后历长汀、上杭、武平、永定、龙岩,时亲翁江梦生为龙岩牧,留署中作十日饮。八月，委署漳州海澄县，时余犹在差次。九月，九女菊妹生。十月，回省销差。十一月，赴任。十九日，接印。美国人购买境内基地，前县潭禄泉任内已成券矣。余视事后，谒何道成浩、陈府嘉言，询及前事，余答以知县有守土之责，何道曰："持之坚，勿效李观察易令卖地外人，至今被人唾骂也。"余向卖主追回契价洋百元，送交美领事，向缴契据，领事不收洋，亦不缴契，并托故不见。余致函诘责之，领事覆书，辞气谦抑，终我任不敢言地事，可知其中馁矣。十二月十三日，长男为时疫传染，病发热，初以为偶感风寒。余随何道下乡查禁烟苗，十八日，回署，长男病笃，身发肿，遍体珠粒，无立锥处，口不能言，眼不能视，鼻不能通气，奄奄一息，百药无灵。姬人周氏对神设誓，愿以己出儿女代长男死，而其病不稍解，束手无策，听之天命而已。

二年庚戌正月初一日，行香回署，见长男病有转机，喜甚。而七女巧儿病发，翌日八男克恒亦病，时疫气盛行，自府城至厦门，死者数千人。初四日，巧儿死。初五日，克恒死。余悲痛不自胜，而回顾长男之病渐就痊可，寸心稍慰。调治得宜，日见平复，遂得强健如初。姬人之誓果灵，而以小易大，亦不幸中之大幸也。长男感庶母情，请于余，为之扶正，遂得膺封诰之荣。其时新政纷更，如研究所、自治会、去毒所、教练所、学堂均属当务之急，余择邑中绅士曹谦、徐模诸人相助为理，次第举办，费三千余金，皆取诸宫中而用之。事成后，曹谦语众曰："缺苦官廉，何堪多累，吾邑仓谷项下存洋四千余元，可拨出千元，以地方之钱办地方之事，亦属公理。"邑绅杨鹤年感余防匪事，捐助千元，又奉文报销一千两，始免赔垫。海澄为海疆要缺，上游颇重视之，余任内幸无事故，惟潭前任因病废弛新政,旧案积压过多,为之清理,诚有日不暇给之势。数月以来,事皆就绪,民亦相安。澄人多过番生理,拥重赀者数十家,如马祖庚家计约四千万,杨鹤年七八百万,陈炳煌四五百万,其余百数十万及数十万,不能胪列其名,亦可谓富邑矣。余任将满,绅民联名禀请留任,华侨纷纷电禀制军。本道府宪语余曰:"海澄近年官皆不能终任,君与绅民相洽,甚难得,我二人当禀请上游联任一年。"余力辞而罢。

　　三年辛亥三月,余卸篆晋省,料理交代,事皆清了,惟被厦门源丰润银号倒去洋四千五百元,省城承源钱店倒去银一千五百两,皆无着。续后源丰润掌盘胡富川将龙溪县人民蔡振镛田产契据计价银二千一百两作抵,而承源之款非宽以时日,势必难追,余不能久待,遂即通报在案。于四月间,率眷航海回里,不复作远游想矣。

注释

　　① 侯,原卷作候,经查翁代科考朱卷,实作侯,今据改。下同。

校勘记

　　〔一〕糜,原卷作縻,据文义改。

　　〔二〕谙,原作暗,据文义改。

图书在版编目(CIP)数据

　　金寿祺集　吴观周集　江涵集　裴灿英集　陈一星集
屈莔纕集　屈蕙纕集　赵云崧集 / 徐三见等整理、点校.
—杭州：浙江大学出版社，2019.12
　　(温岭丛书)
　　ISBN 978-7-308-19725-0

　　Ⅰ.①金… Ⅱ.①徐… Ⅲ.①古典诗歌－诗集－中国
－清代②古典散文－散文集－中国－清代 Ⅳ.
①I214.92

　　中国版本图书馆 CIP 数据核字(2019)第 257206 号

金寿祺集　吴观周集　江涵集　裴灿英集　陈一星集
屈莔纕集　屈蕙纕集　赵云崧集
徐三见　等　整理、点校

责任编辑	宋旭华　吴　庆
责任校对	吕倩岚
封面设计	项梦怡
出版发行	浙江大学出版社
	（杭州市天目山路 148 号　邮政编码 310007）
	（网址：http://www.zjupress.com）
排　版	浙江时代出版服务有限公司
印　刷	绍兴市越生彩印有限公司
开　本	880mm×1230mm　1/32
印　张	24.625
字　数	569 千
版印次	2019 年 12 月第 1 版　2019 年 12 月第 1 次印刷
书　号	ISBN 978-7-308-19725-0
定　价	120.00 元

本《玉篇》、慧琳《一切經音義》援引《説文》可證"歉"爲衍文。"纏"下云"繞也",據唐寫本《玉篇》、慧琳《一切經音義》可證"繞"當作"約"。

又,徐鍇引書錯訛較多,清人的《校勘記》多有考訂,然亦有疏漏,整理時做了一些補訂。蓋有三種情形:(一)引文難以卒讀或與今本不同者,整理時援録今本文字。如"吏"下引《尚書》"克肩一心",今本作"永肩一心";又如"蕡"下徐鍇引《吕氏春秋》云"殷王孔甲田于蕡山之陽,大風迷惑,入于民室",此引與今傳本有異,整理時提供了今本全文,以便參考。(二)引文有書名、作者、文字錯訛者,整理時據相關文獻辨證,同時援録引文。如"醴"下引《史記》"楚元王爲穆生設醴",此句不見《史記》而見於《漢書·楚元王傳》,整理時徑録了《漢書》原文。(三)正文與注文相混、雜糅者,整理時或加以區分,或補充原文。如"蕫"下徐鍇引《爾雅》"蘱,蕭蕫也。似蒲而細","似蒲而細"實爲郭璞注文,整理時做了區分。訂訛補充亦以脚注形式呈現。

附:參校書目(限列校訂所涉及者)

白氏六帖事類集　〔唐〕白居易撰　文物出版社

本艸經集注(輯校本)〔南朝·梁〕陶弘景編　人民衛生出版社

帛書老子校注　高明撰　新編諸子集成本　中華書局

初學記　〔唐〕徐堅等撰　中華書局

楚辭補注　〔宋〕洪興祖撰　上海古籍出版社

大廣益會玉篇　〔梁〕顧野王撰　中華書局

爾雅校箋　周祖謨校箋　江蘇教育出版社

廣韻校本　周祖謨校　中華書局

國語集解(修訂本)　徐元誥撰　中華書局

漢書　〔漢〕班固撰　中華書局

經典釋文　〔唐〕陸德明撰　上海古籍出版社

禮記　〔漢〕鄭玄注　中華書局

論語譯注　楊伯峻譯注　中華書局

呂氏春秋　〔漢〕高誘注　上海古籍出版社

尚書　〔漢〕伏勝傳　四部叢刊本

神農本艸經　〔清〕黃奭輯　中醫古籍出版社

詩經注析　程俊英、蔣見元注　中華書局

史記　〔漢〕司馬遷撰　中華書局

釋名　〔漢〕劉熙撰　中華書局

説文解字（大徐本）〔宋〕徐鉉等校定　中華書局

説文解字繫傳　〔南唐〕徐鍇撰　四部叢刊本／四庫本

説文解字約注　張舜徽撰　華中師範大學出版社

説文解字注　〔清〕段玉裁撰　中華書局

説文木部殘卷　見李宗焜《唐寫本〈説文解字〉輯存》　中西書局

文選　〔唐〕李善注　中華書局

一切經音義三種校本合刊　徐時儀校訂　上海古籍出版社

藝文類聚　〔唐〕歐陽詢撰　上海古籍出版社

原本玉篇殘卷　〔梁〕顧野王撰　中華書局

周禮注疏　〔漢〕鄭玄注，〔唐〕賈公彥疏　上海古籍出版社

左傳　〔戰國〕左丘明傳，〔晉〕杜預注　上海古籍出版社

凡　例

一、本書以中華書局 1987 年影印清道光十九年祁寯藻刻本爲底本，參校以《四部叢刊》影印述古堂本（簡稱"四部叢刊本"）、文淵閣《四庫全書》本（簡稱"四庫本"）。

二、對底本全文加以録排並加注新式標點。爲便利讀者，除將豎排改爲橫排外，又作如下幾項工作：

（一）底本各部下之字基本接排，本次録排均單字另行，重文者退一格。

（二）各篆文字頭前加標楷書字頭並注音。部首字頭下鋪灰底以區別。

（三）徐鍇傳釋多以"臣鍇曰、臣鍇按"等領起，爲醒目計，特將其排爲標宋。朱翱反切排以楷體。

（四）底本行文中空缺，疑有脱文處，代以□。依語例當補之字，括以〔〕。

（五）底本書後附清人《校勘記》三卷，本次整理一并録入。其中，針對各篆文字頭下説解、反切、篆形等内容的校記移列於正文相應條目之後，以【校】字領起，排以仿宋體，不同内容之間以○區別；餘隨文校記則以腳注形式附列頁下，爲區別於整理者補注，亦以【校】字領起。唯針對卷三十一、三十二《部敘》部分校記較長，爲便讀者，改爲原文、校文左右分欄對列。

三、底本字形複雜，本次録排整理，兼顧存真與規範。

（一）篆文字頭均採自底本掃描圖片，以存其真。

（二）楷書字頭與構形分析，在不違背漢字結構理據和實際用字情況的前提下酌予規範。

（三）行文中不影響文意理解和構形分析的常見異寫字，酌改爲規範漢字；常見異構字酌予統一，如底本中構形分析"從某、从某"混用，統爲"從某"。

（四）缺筆避諱字徑改，如"㐀"徑改"丘"；刻本常見訛混字，如從木從扌 相混、"于干、苦若"相混者徑改。

四、整理者校勘與補證均採取腳注形式。

（一）底本文字正確、校本有誤，不出校。底本文字錯誤、校本正確，或底本與校本文字相異而無法判斷正誤時，出校説明。

（二）底本與校本文字一致，然據歷代文獻所引《説文》及其他字書韻書可證其顯然訛誤者，出校説明。

（三）底本所引文獻與今通行本文字有異而不致影響文意理解者，不出校；差異較大或有明顯訛誤以致影響文意理解者，出校説明。

五、注音以《廣韻》聲系與朱翱反切折合音爲主，兼顧現代漢語讀音。

（一）若據朱翱反切與《廣韻》聲系反切折合今音一致，則在字頭上注出該折合音；若該折合音與現代漢語讀音差距較大，則於腳注中注明今讀。

（二）若據朱翱反切與《廣韻》聲系反切折合今音不一致，則參考該字聲符、徐鍇所注直音等信息，擇其善者注於字頭。字頭注《廣韻》聲系反切折合音者，朱翱反切後括注其折合音；反之則於腳注中注明《廣韻》聲系反切折合音。

（三）《廣韻》中不止一讀者，於腳注中注明又音。

（四）因古今語音演變，據同一切語折合的今音有時不完全相同。

六、書末附部首字、音序、筆畫檢字表。

目　録

敘

古者經師最重六書，誠以六書者聲音訓詁之本，名物度數之原，學者所以通陰陽消息變化，禮樂刑德鴻殺易簡者也。其淺者亦得以達夫形聲相生，音義相轉，用治六藝百家傳記微文奧義，則小學之爲功鉅矣。

許氏叔重，生東漢之末，睹古義之湮失，患俗説之紕繆，爲博考通人，作《説文解字》十五篇。雖不知于其所謂"達神恉"者何如，而文之遷變，音之正轉，以及三代之遺制，四裔之聲訓多具。其子沖所云"天地、鬼神、山川、艸木、鳥獸、蚰蟲、雜物、奇怪、王制禮儀、世閒人事，莫不畢載"是已。自漢以來，凡碩儒儁材，通經術、述字例者，多宗是書。然閒爲李陽冰所亂，非徐氏鉉與其弟鍇修治之，其書寖以舛僞。

今觀二本，鉉頗簡當，閒失穿鑿，又附俗字。鍇加明贍，而多巧説衍文。又一文繁略有無不同，若閑若放等，兩部互見，鉉本多已言之，鍇本略。若詔若牆等十九字，皆鉉承詔附益，而鍇書《疑義篇》亦云"《説文》有誌無志"，則十九字鍇本宜無，今具在。又《疑義》云"《説文》有潅、摧而無崔，疑崔之省"，而崔附山部末。若覓若且若奝等十數字，鉉本無。若祿若瀨等則鍇本無。或部居移易，若鍇本眔次富後，录次克前。或説解闕佚。若鍇本羉、寐等下是。度後人增改傅會及傳寫遺脱，是今所傳二徐本亦非其舊矣。

二徐攻是書，雖各執己學，優絀互出，而鉉書後成，其訓解多引鍇説，而鍇自引經，鉉或誤爲許注。又諧聲、讀若之字，鍇多于鉉，則學者當由鍇書以達形聲相生，音義相轉，用治六藝百家傳記微文奧義，而研窮其原本者矣。顧鍇本尤多殘闕，雖黃公紹《韻會》多引鍇説可考證，而《韻會》復爲熊忠增補，有分韻兩收之字，互見爲大小徐本者，有兩引鍇説而繁簡互異，則據以校鍇書，亦多參錯。

　　壽陽祁淳甫侍郎，經術明通，學識閎邃，尤好是書。往歲督學江蘇，即求得顧千里影宋鈔本，及汪士鐘所藏宋槧殘本，既又得錯所作《篆韻譜》，詳爲考覈。復屬武進前輩李申耆先生，寶山毛君生甫，與申耆弟子吳汝庚、承培元、夏灝等審其譌脱，繕刻于江陰。侍郎嗜學之深，好古之篤，導微扶弱，嘉惠英彦，以佐國家，同文之盛，可謂至矣。惟二徐本既有異同，又訓釋交有得失，又有二家皆失者，非索其奧賾，窮其會通，本諸故訓，參于眾説，別爲條疏，附于簡後，則經藝弗顯。嘗約侍郎共爲校勘一書，侍郎心韙其言，屬余綜定，余雖觝牾，弗克稽譔，而樂觀其成，實爲同志焉。會《繫傳》刊竟，侍郎已有文敘之，又屬余一言，用少先詳其本末云。

　　道光十有九年十月，江夏陳鑾謹譔。

重刊影宋本《說文繫傳》敘

賜進士出身資政大夫戶部左侍郎
南書房翰林提督江蘇全省學政祁寯藻譔

六書之教，當刱自倉頡，至《周禮》而始著。學者以文字聲音求訓詁，以訓詁通義理，未有不由此者也。周之時，文化聿昭，彬彬郁郁，開治平者數十世。遭秦滅學，六書大指得不盡泯，賴許君叔重網羅綜理，成《說文解字》，垂于後世。徐鼎臣、楚金兄弟，校訂表彰，爲許功臣，而小徐之《繫傳》校大徐發明尤多。我國家昌明儒術，同文之盛，遠邁前代。士子知從聲音、文字、訓詁以講求義理，《說文》之書，幾于家置一編，然多大徐本也。小徐《繫傳》，唯歙汪氏刻有大字本，石門馬氏刻有袖珍本，譌脫錯亂，厥失維均，閱者苦之。寯藻讀段君懋堂《說文注》，知吳中顧千里、黃蕘圃兩家藏有舊鈔本，讎校精詳，久懸胸臆。河閒苗仙簏夔，篤志許學，研究《繫傳》，亦傾慕此本。歲丁酉，寯藻奉命視學江蘇，約仙簏同行。

初以老憚遠涉，既念顧、黃本或可因是得見，欣然命駕。九月抵署，謁暨陽院長李申耆先生，首訪是書。先生于顧，舊同學也，即寓書其孫瑞清假之。取以校汪、馬之本，則正文、注文，顧本往往字數增多，而木部、心部竟增多篆文數十，且有繫部，汪、馬本脫去部首字。尚、𦬊、冎、歒、次、旡、兒、象等部，汪、馬本通部俱脫而顧本全者。先生又爲訪求汪氏士鐘所藏宋刻本，汪氏僅齎示弟四函三十二卷至四十卷，餘云無有。以宋刻本校鈔本，大略相符，知顧氏本實爲影宋足本。寯藻既欣得此書，欲公同好，閒與芝楣陳撫軍言及，撫軍慨任剞劂之費，即請申耆先生董紀其事，依寫開雕。至《繫傳》原闕二十五卷，顧氏鈔本係據大徐本補入，寯藻復請先生蒐採《韻會》等書所引《繫傳》，輯補編附，以存崖略。先生又命弟子江陰承培元、夏灝，吳江吳汝庚作《校勘記》。苗君獲見顧本，益加訂證，遂以心得別成一編付梓。其小徐《篆韻譜》，雋藻復從沈蓮叔都轉訪錄，附刊書後，于楚金一家之言，庶云備矣。

　　雖然，此書在宋時據尤延之、李仁父、王伯厚諸家紀載，已多殘闕，元、明兩代竟未刊行。茲僅據顧氏影鈔本，而汪氏宋刻本又未獲睹其全，恐遺漏舛錯，仍所不免。尚冀海內好古之士就此本詳加考訂，匡其不逮，俾後之學者于小徐書得見真面目，無毫髮遺憾，用以研究六書，由訓詁以通義理之原，而光昭聖治。是則撫軍傳刻之意，而亦雋藻之所昕夕跂望也夫。

　　道光十有九年太歲在己亥九月敘于江陰使署。

說文解字通釋卷第一

繫傳一

臣鍇曰：部數、字數皆仍舊題，今分兩卷。

文林郎守祕書省校書郎臣徐鍇傳釋
朝散大夫行祕書省校書郎臣朱翱反切

十四部　文二百七十四　重七十七

^{yī}
一 一　惟初太極，道立於一，造分天地，化成萬物。凡一之屬皆從一。**臣鍇曰**：一者，天地之未分，太極生兩儀。一，旁薄始結之義，是謂無狀之狀、無物之象。必橫者，象天、地、人之气，是皆橫，屬四極。老子曰"道生一"，今云"道立於一"者，得一而後道形。無，欲以觀其妙，故王弼曰："道始於無。"無又不可以訓，是故造文者起於一也。苟天地未分，則無以寄言；必分之也，則天地在一之後，故以一爲冠首。本乎天者親上，故曰"凡一之屬皆從一"。當許慎時，未有反切，故言"讀若"。此反切皆後人之所加，甚爲疏朴，又多脫誤，今皆新易之。*伊質反。*

【校】太極，鉉作"太始"。按：同一許書而鉉、鍇各異，蓋許書至南唐時譌誤已甚，鉉、鍇各以意改，故是非互見。茲不及悉詳其同異，取鉉義之長於鍇者，則曰"當依鉉作某"，取其說可兩存者，則曰"鉉作某"。下放此。○"親上"下當有"也"字，此足冠首義也。下更當有"許慎自敘云'分別部居，不相襍厠'"十三字，以發明"凡一皆從一"之義也。此鈔寫譌脫。以下言"譌脫"者放此。

弌 弌　古文一。**臣鍇曰**：弌者，物之株橜，義主於數，非專一之一。若言一弋、二弋、三弋，如今人言一簡、二簡、一枚、二枚，故曰"枚，卜也"。簡從竹，枚從木。弋，杙也。杙亦木也。會意。

【校】"專一"之"一"，皆當作"壹"。

yuán

元　**元**　始也。從一、兀。**臣鍇曰：**元者，善之長，故從一。元，首也，故謂冠爲元服，故從兀。兀，高也，與堯同意。俗本有"聲"字，人妄加之也。會意。**宜袁反。**

【校】按鍇説，"兀"下舊有"聲"字，有之是也。古音元、兀相爲平入，鉉、鍇皆不達音韻之學，凡"某聲、讀若某、古文以爲某字"，率多更易，今就其可正者皆正之。

tiān

天　**天**　顛也，至高無上。從一、大。**臣鍇曰：**《通論》備矣。會意。**聽連反。**

pī

丕　**丕**　大也。從一，不聲。**臣鍇曰：**古音不若夫，故得不爲丕字之聲也。**鋪眉反。**

lì

吏　**吏**　治人者也。從一從史，史亦聲。**臣鍇曰：**吏之理人，心主於一也，《書》曰："克肩一心。"[1] 史者，爲君之使也。凡言亦聲，備言之耳，義不主於聲，會意。**連致反。**

文五　重一

shàng

丄　丄　高也。此古文丄，指事也。凡丄之屬皆從丄。**臣鍇曰：**本乎天者親上，故曰指事，班固謂之象事。嘗試論之曰：凡六書之義起於象形，則日月之屬是也。形聲者以形配聲，班固謂之象聲，鄭玄注《周禮》謂之諧聲。象則形也，諧聲言以形諧和其聲，其實一也。江、河是也，水其象也，工、可其聲也。若空字、雞字等，形或在下，或在上，或在左右，亦或有微旨，亦多從配合之宜，非盡有義也。而今之末學爲篆文者，妄相移易，偏旁乖亂，以爲奇詭。若言字，辛在口上則爲言，辛在口右則五葛反，其類

---

[1] 今《尚書・盤庚下》作"永肩一心"。

甚多。由此以察，則妄爲奇詭者，浮俗剽薄，絶於言議焉。六文
之中，象形者，蒼頡本所起。觀察天地萬物之形謂之文，故文少。
後相配合，孳益爲字，則形聲、會意者是也，故形聲最多。轉注
者，建類一首，同意相受，謂老之別名有"耆"、有"耊"、有
"壽"、有"耄"，又"孝，子養老"是也[①]。一首者，謂此"孝"等
諸字皆取類於老，則皆從老。若松、柏等皆木之別名，皆同受意
於木，故皆從木，後皆象此。轉注之言若水之出源，分歧別派，
爲江、爲漢，各受其名，而本同主於一水也。又若醫家之言病痒，
故有鬼痒，言鬼气轉相染箸注也。而今之俗說謂丂左回爲考，右
回爲老，此乃委巷之言。且又考、老之字，皆不從丂。丂音考，
老從匕，音化也。假借者，古省文從可知。故令者，使也，可借
爲使令平。長者，長上也[②]，可借爲長上幼。諸如此類，皆以旁字察
之則可知。至春秋之後，書多口授，傳受之者未必皆得其人，至
著於簡牘，則假借文字不能皆得其義相近者，故經傳之字多者乖
異疎□[③]，《詩》借"害"爲"曷"之類是也。後人妄有作文字附
益之，故今假借爲少。假者，不真也；借者，同門也。若《周禮》
"使萬民一鄉一鄙，共用祭器、任器、樂器"是也。凡指事、象
形，義一也。物之實形有可象者，則爲象形，山川之類皆是物也。
指事者，謂物事之虛无不可圖畫，謂之指事。形則有形可象，事
則有事可指，故上下之義無形可象，故以丄丅指事之，有事可指
也。故曰象形、指事，大同而小異。會意亦虛也，無形可象，故
會合其意。以字言之，止戈則爲武，止戈，戢兵也。人言必信，
故曰"比類合義，以見指撝"。形聲者實也，形體不相遠，不可以
別，故以聲配之爲分異。若江、河同水也，松、柏同木也。江之
與河，但有所在之別，其形狀所異者幾何？松之於柏相去何若？
故江、河同從水，松、柏皆作木，有此形也，然後齝其聲以別之。

---

① 按，老部"孝"字下作"子承老"。
② 四部叢刊本"上"字爲注文。
③ 四庫本"疎"下有"略"字。

故散言之則曰形聲。江、河可以同謂之水，水不可同謂之江、河；松、柏可以同謂之木，木不可同謂之松、柏。故曰：散言之曰形聲，總言之曰轉注。謂耆、耋、耄、壽，皆老也，凡五字。試依《爾雅》之類言之，耆、耋、耄、壽，老也。又老、壽、耋、耄、耆可同謂之老，老亦可同謂之耆，往來皆通，故曰轉注，總而言之也。大凡六書之中，象形、指事相類，象形實而指事虛；形聲、會意相類，形聲實而會意虛；轉注則形、事之別，然立字之始類於形聲，而訓釋之義與假借爲對。假借則一字數用，如行莖、行杏、行杭、行沆；轉注則一義數文借，如老者直訓老耳，分注則爲耆、爲耋、爲耄、爲壽焉。凡六書爲三耦也。臣鍇以爲古者訓六書多矣，自許慎已後，俗儒鄙説，皆失其真。至於通識亦然，豈知之而不言，將言之而不悉乎？後生傳習又懵澒而不明。臣故反覆論之，而今而後玉石分矣。**時快反。**

【校】長上也，“上”當作“久”。○多者乖異，“者”當作“有”。○闕文擬補“略如”二字。○一鄙，按《周禮》當作“一閭”。○任器，汪本作“禮器”，是。

上 篆文丄。**臣鍇曰：**篆文屈曲，象陽气。

dì

帝 諦也。王天下之號。從丄，朿聲。**臣鍇曰：**《通論》備矣。**的例反。**

【校】“之號”下鉉有“也”字。按：許書“某也”，“也”字鉉備而鍇略，茲不具録，唯取淆二義爲一義者正之。

帝 古文帝。古文諸丄字皆從一，篆文皆從二。二，古文上字。辛、言、示、辰、龍、童、音、章皆從古文丄。**臣鍇曰：**萬物莫先於一，故古文上皆爲一，非謂古文以一爲上字也。古上爲二字，亦指事也。似上字，但上畫微横書之，則長下畫而短上畫。二貳字則上下兩畫齊等也。凡示字天垂象，辰字象房星，故皆從二。辛，愆字也。愆者，干上獲愆，故字從干、上[1]。干，

① 上，依文義當作“二”。